HILDEGARD
BURRI-BAYER

Die Bluterbin

Roman

blanvalet

FSC
Mix
Produktgruppe aus vorbildlich bewirtschafteten Wäldern und anderen kontrollierten Herkünften
Zert.-Nr. SGS-COC-1940
www.fsc.org
© 1996 Forest Stewardship Council

Verlagsgruppe Random House FSC-DEU-0100
Das für dieses Buch verwendete FSC-zertifizierte Papier
Holmen BookCream liefert Holmen Paper, Hallstavik, Schweden.

2. Auflage
Taschenbuchausgabe Dezember 2008 bei Blanvalet,
einem Unternehmen der Verlagsgruppe
Random House GmbH, München.

Lizenzausgabe mit Genehmigung des Verlags
fredeboldundfischer, Köln
Umschlaggestaltung: HildenDesign, München
Umschlagbild: © akg-images
lf · Herstellung: rf
Druck und Einband: GGP Media GmbH, Pößneck
Printed in Germany
ISBN: 978-3-442-37076-4

www.blanvalet.de

Für Günter, Johann und Silvia

»Erkennt, was vor eurem Angesicht ist,
und das Verborgene wird sich euch offenbaren.
Denn es gibt nichts Verborgenes,
was nicht offenbar werden wird.«

Aus dem Thomas-Evangelium

PROLOG

Der Aufruf der stolzen Bürgerschaft von Bourges, im Jahre 1247 des Herrn, verbreitete sich leise flüsternd mit dem Wind bis in die armseligste Behausung der Provinz und löste eine regelrechte Landflucht aus.

»Jeder, der ein Jahr innerhalb unserer Stadtmauern verbringt, ohne dass sein Herr ihn findet und zurückfordert, wird fortan ein freier Bürger sein«, lautete die vielversprechende Botschaft der berittenen Stadtboten von Bourges, die so schnell wieder verschwanden, wie sie gekommen waren.

Getragen von der stillen Hoffnung auf Freiheit und auf ein menschenwürdiges Leben, folgten einzelne Familien, aber auch ganze Dörfer deren verlockendem Ruf, und immer mehr ausgemergelte und verdreckte Gestalten tauchten mit ihren wenigen Habseligkeiten bepackt vor den Toren der Stadt auf.

Die mächtige Steinmauer, die sich, nur von düster aufragenden Wachtürmen unterbrochen, um die Stadt zog, löste die verschiedensten Gefühle in den Menschen aus. Obwohl sie Schutz versprach, wirkte sie abweisend und bedrohlich. Allein die Hoffnung überwand alle Bedenken.

Unter den misstrauischen Augen der Stadtwachen schlichen die Menschen geduckt durch die hohen Tore, um wenig später hilflos in einer anonymen, bunt brodelnden Masse aus Menschen und Tieren unterzugehen.

Sie waren nicht vorbereitet auf den Lärm und den Gestank, der unvermittelt über sie hereinbrach und ihr schlichtes Gemüt hoffnungslos überforderte.

Ergeben ließen sie sich treiben, vorbei an großen Steinhäusern und hübschen Fachwerkhäusern, die allesamt Paläste waren im Vergleich zu den primitiven Katen und Hütten, die sie bisher gekannt hatten.

Irgendwann erreichten sie unweigerlich den Vorplatz der Kathedrale. Dort blieben sie unwillkürlich stehen und starrten geschockt zu dem kalten und stolzen Moloch empor, der sich in wahnwitziger Größe vor ihnen erhob und unter dessen Ehrfurcht einflößendem Schatten sie ihr weiteres Leben verbringen würden.

1

Nachdem das letzte Gerüst entfernt worden war, konnte niemand mehr sagen, wie viele Jahre es insgesamt gedauert hatte, um die Kathedrale größer und mächtiger in die Höhe wachsen zu lassen als jedes andere Bauwerk in der Provinz Berry.

Bischof Henri de Sully, der zu Ehren des Allmächtigen mit dem gewaltigen Bau begonnen hatte, war schon vor geraumer Zeit in dessen Reich eingegangen und genauso aus dem Gedächtnis der Lebenden verschwunden wie der Schweiß und das Blut mehrerer Generationen von Baumeistern, Handwerkern und Arbeitern, deren Leben allein durch den Bau der Kathedrale bestimmt worden war.

Das fünfschiffige, lichtdurchflutete Bauwerk mit seinen unzähligen Pfeilern und Bögen war schlichtweg überwältigend und erschien den Menschen wie ein Wunder, und so kamen jeden Tag mehr Besucher, um es zu bestaunen und zu begaffen. Mochten sie sich im ersten Augenblick im Schatten dieses machtvollen Bauwerkes auch armselig und klein fühlen, letztendlich überwog in ihnen doch stets das triumphale Gefühl, die Schwerkraft überlistet zu haben. Die unermesslichen Waldgebiete, die dem Bau zum Opfer gefallen waren, zählten nicht mehr und auch nicht die vielen menschlichen Dramen, die sich in den vergangenen Jahren rund um die Baustelle herum abgespielt hatten.

Obwohl es noch früh am Morgen war, hatte sich bereits

eine lange Schlange gottesfürchtiger Menschen vor dem Westflügel gebildet, die geduldig darauf wartete, eingelassen zu werden, um auch das Innere dieses Wunders bestaunen zu können.

Die vierzehnjährige Marie, Tochter eines ehrgeizigen Tuchhändlers, hatte an diesem Morgen von ihrer Mutter den Auftrag erhalten, der Bäckerswitwe die übrig gebliebenen Reste einiger Stoffballen zu bringen, aus der sie Kleider für ihre neun Kinder nähen konnte.

Die Menschen, die ihr unterwegs begegneten, starrten Marie, deren ungewöhnlich helle, fast schon weiße Haut an jungfräulichen Neuschnee erinnerte, neugierig an. Ihr lockiges, dunkelbraunes Haar fiel ihr offen bis auf die schmale Taille herab und wurde nur am Kopf durch einen schmalen bronzenen Reif gebändigt. Das Auffälligste an Marie waren jedoch nicht ihre feinen ebenmäßigen Gesichtszüge, sondern ihre Augen, die so ungewöhnlich dunkel und dabei von solch außergewöhnlichem Glanz waren, dass sie dem Betrachter bis tief in die Seele zu blicken schienen. Nicht wenige, die ihr begegneten, drehten sich nach ihr um und sahen dem schlanken hochgewachsenen Mädchen hinterher, das in ihrem blauen Kleid mit den weiten Ärmeln und dem langen Mantel aus feinstem flandrischen Tuch, der von einer kupfernen Fibel zusammengehalten wurde, wie ein Engel wirkte.

Schüchtern nahm sie die Dankbarkeit der verhärmt aussehenden Frau entgegen, die ihr und ihrer Mutter Gottes Segen wünschte. Auf dem Rückweg konnte sie nicht widerstehen, den kleinen Umweg an der Kathedrale vorbei zu nehmen.

Das erhabene Bauwerk war Maries Freund, seitdem sie denken konnte. Innerhalb seiner breiten Mauern fühlte sie sich sicher und geborgen und glaubte Gott näher zu sein. Hier hing sie ihren kindlichen Träumen nach und wagte es leise flüsternd, den stummen, mit Gold bemalten Heiligenfiguren ihre Ängste und Hoffnungen anzuvertrauen.

In stiller Erwartung lief sie durch das Goldene Tor und betrat die »Heilige Stadt«, die sich weit über die Häuser der Handwerker und Kaufleute erhob.

Sie war eine Stadt in der Stadt, in der die hohen Kirchenherren, umgeben von einem Heer aus Mönchen, Dienern, Knechten und Mägden, nahezu ungestört für sich lebten.

Die »Heilige Stadt« besaß ihre eigenen Kornspeicher und Ställe, gut gefüllte Weinkeller, Kräuter-, Obst- und Gemüsegärten und natürlich die Zehntscheune, in der jeder Bürger einmal im Jahr seine Abgaben an den Klerus entrichtete. Zwischen der Zehntscheune und den unscheinbaren Holzhäusern der Dienerschaft lagen wiederum Bade- und Krankenstuben, und sie alle wurden vom Glanz des Bischofspalastes überstrahlt.

Marie hatte das Ende der Menschenschlange bei der Kathedrale schon beinahe erreicht, als plötzlich zwei halb verhungerte Straßenköter knurrend und zähnefletschend auf sie zugejagt kamen. Erst kurz vor ihr stoben sie auseinander, um sich direkt hinter ihr wieder aufeinanderzustürzen. Der kleinere der beiden hielt eine laut fiepende, aus mehreren Wunden blutende, fette Ratte im Maul und versuchte sie mit allen Mitteln gegen seinen größeren Rivalen zu verteidigen.

Maries Herz zog sich vor lauter Schreck und Mitleid mit der im Todeskampf zuckenden Ratte zusammen. Auch wenn die meisten Menschen Ratten für Ausgeburten der Hölle hielten, waren sie doch gleichfalls Geschöpfe Gottes, die wie jedes andere Lebewesen Schmerz empfanden.

Marie glaubte die unerträglichen Schmerzen des Tieres am eigenen Leib zu verspüren, und sie bekam zunehmend immer weniger Luft zum Atmen. Der Raum um sie herum begann auf einmal leer und kleiner zu werden. Was übrig blieb, war allein das furchtbare Knacken der Knochen im Leib der Ratte, das ihr in den Ohren dröhnte. Ein heftiger Schwindel ließ den Boden unter ihren Füßen wanken, und obwohl sie versuchte dagegen anzukämpfen, gelang es ihr nicht. Mit weit geöffnetem Mund rang sie verzweifelt nach Luft, dann schwanden ihr die Sinne, und sie sank bewusstlos auf das harte Kopfsteinpflaster.

Für die Gassenjungen, die überall stets dort auftauchten, wo es Fremde gab, und nur auf eine Gelegenheit lauerten, diese zu bestehlen, waren die Hunde eine willkommene Abwechslung. Vergnügt bildeten sie johlend einen Kreis um die miteinander kämpfenden Tiere. Beide Hunde hatten ihre Reißzähne jetzt tief in der Ratte vergraben und zerrten sie knurrend zwischen sich hin und her. Niemand achtete dabei mehr auf Marie, die sich mittlerweile von schweren Krämpfen geschüttelt auf dem harten Kopfsteinpflaster wand.

Stattdessen wurden schon die ersten Wetten auf die Hunde abgeschlossen und per Handschlag bekräftigt. Endlich war es den Tieren gelungen, die Ratte in zwei Teile zu reißen. Mit ihrer Beute im Maul suchten sie sich einen Weg zwischen den Beinen der Neugierigen und stoben in verschiedene Richtungen davon.

Erst jetzt wurden die Menschen auf das bewusstlos am Boden liegende Mädchen aufmerksam. Dunkle, weit aufgerissene Augen starrten den Gaffern blicklos entgegen, während der schmale Mädchenkörper immer wieder von Krämpfen geschüttelt wurde. Schaum rann Marie aus beiden Mundwinkeln und bildete eine kleine Pfütze auf den Steinen, und ihr vorher ebenmäßiges Gesicht war durch den Anfall zu einer hässlichen Fratze verzerrt, die den Menschen kleine Schauer über den Rücken laufen ließ.

Wieder bildete sich ein Kreis, und die Menschen stierten nunmehr genauso auf das zuckende Mädchen herab, wie sie zuvor auf die Hunde gestarrt hatten. Keiner der Zuschauer kam Marie zu Hilfe. Die Vorsichtigen unter ihnen hielten einen wohl berechneten Abstand zu dem Mädchen ein, während sich die Neugierigen weiter nach vorne drängten, um sich nur ja nichts von dem spannenden Schauspiel entgehen zu lassen.

»Es ist Marie, die Tochter des Tuchhändlers. Sie ist von Dämonen besessen«, brüllte einer der Gassenjungen in die schweigende Menge hinein, die sich noch nicht schlüssig war, was sie von dem Ganzen halten sollte und ob es hier überhaupt mit rechten Dingen zuging.

Ein kräftiger Mann mittleren Alters, bei dem es sich den feinen Kleidern nach zu urteilen um einen reichen Kaufmann handelte, sah den Jungen scharf an. »Was stehst du dann noch hier herum? Lauf und hol ihn«, forderte er mit befehlsgewohnter Stimme.

Verärgert, seinen Mund so weit aufgerissen zu haben, kam der Junge dem Befehl nach und rannte, so schnell er konnte, auf die schmalen, mehrstöckigen Fachwerkhäuser der Kaufleute und Händler zu, die sich eng aneinandergedrängt um den nahen Marktplatz herumzogen.

Geschickt sprang er dabei von einem Trittstein zum anderen, um nicht in den knöcheltiefen Unrat zu treten, der sich zwischen und neben den Platten befand. Jetzt würde er gewiss das Beste verpassen, doch er tröstete sich mit dem Gedanken, mit ein wenig Glück vielleicht etwas zu essen für seine Gefälligkeit heraushandeln zu können, und er sollte nicht enttäuscht werden.

Auf sein drängendes Klopfen hin wurde ihm die Türe zum Haus des Tuchhändlers von Elsa, der Magd der Familie, geöffnet. Misstrauisch sah sie auf den Jungen herab, dessen zerrissene Kleider vor Schmutz starrten.

»Was gibt es denn so Dringendes, dass du beinahe die Türe einschlägst?«, fragte sie unfreundlich.

»Marie ist zu Boden gefallen und sieht ganz komisch aus«, gab der Junge zur Antwort. »Ungefähr so.« Geschickt imitierte er das Zucken von Maries Gliedern und stellte erfreut fest, dass die Magd vor Schreck ganz blass wurde.

»Gott im Himmel, führe mich sofort zu ihr«, befahl ihm Elsa aufgeregt. Sie wischte ihre mit Mehl bestäubten Hände an der Schürze ab und rief dann nach dem Knecht, der mit hochrotem Kopf hinter ihr im Türrahmen erschien.

»Ich habe Hunger«, meinte der Junge entschieden, nicht bereit, die sich ihm bietende Chance nutzlos verstreichen zu lassen. Elsa überlegte nur kurz und kam dann zu dem Schluss, dass keine Zeit für lange Reden war. Rasch lief sie in die Küche zurück und kehrte von dort mit einem Stück duftenden Brotes in der Hand zurück.

Dem Jungen lief das Wasser im Mund zusammen. Gierig griff er nach dem Brot, doch die Magd zog die Hand, in der sie das Brot hielt, blitzschnell wieder zurück und versteckte sie hinter ihrem Rücken.

»Erst will ich sehen, ob du die Wahrheit gesprochen hast.«

Sogleich lief ihr der Junge mit flinken Schritten voran, und Elsa hatte Mühe, mit ihm Schritt zu halten. Keuchend musste sie einige Male stehen bleiben, um nach Luft zu ringen. Doch schließlich öffnete sich die schmale Gasse und gab ihr den Blick auf die alles dominierende Kathedrale frei.

Schon von Weitem konnte sie die Menschenmenge erkennen, die sich auf dem Kathedralenvorplatz gebildet hatte. Als sie schließlich bei ihr ankam, half ihr der Junge, sich einen Weg durch die Menschen zu bahnen, die dicht gedrängt nebeneinanderstanden. Doch noch bevor sich die Magd voller Sorge über Marie beugen konnte, hatte ihr der Junge auch schon blitzschnell das versprochene Brot aus der Hand gerissen und war damit davongerannt, um sich ein stilles Plätzchen an der Stadtmauer zu suchen, wo er sich in Ruhe darüber hermachen konnte.

Der Knecht war Elsa gefolgt und stand nun seitlich hinter ihr. Mit offenem Mund glotzte er auf Marie herab.

»Was stehst du da Maulaffen feilhaltend herum, heb sie schon auf«, zischte Elsa wütend und bedachte die Menge mit abfälligen Blicken. Was dachten sich diese Gaffer nur dabei, so nutzlos herumzustehen, ohne auch nur den geringsten Versuch zu unternehmen, dem Mädchen zu helfen?

Der Knecht zögerte, und ein ängstlicher Ausdruck legte sich über seine etwas dümmlich wirkenden Gesichtszüge.

»Jetzt mach schon, oder muss ich dir erst einige Stockhiebe versetzen lassen?«, fauchte Elsa ihn an, der Maries starr aufgerissene Augen große Angst bereiteten.

Der Knecht wagte es schließlich nicht länger, sich ihrem Befehl zu widersetzen. Gehorsam hob er das bewusstlose Mädchen auf und trug es hinter Elsa her, die, ohne noch weiter nach rechts und links zu blicken, zielstrebig voranlief und ihm den Weg durch die Menge frei machte.

Als sie zu Hause angekommen waren, ließ Elsa Marie sofort in die Kammer bringen, die sie sich mit ihren drei älteren Schwestern teilte. Danach herrschte sie den Knecht an, Wasser zu holen und die Herrin des Hauses zu verständigen.

Eleonore, Maries Mutter, war eine schöne und stolze, aber vom Leben verbitterte Frau, die an der Strenge ihres Herrn Gemahls beinahe zerbrochen war. Nie hatte sie auch nur das geringste Anzeichen von Zuneigung, geschweige denn Liebe von ihm empfangen, und so fiel es ihr schwer, Gefühle zu zeigen, selbst ihren eigenen Kindern gegenüber. Beherrscht und voller Pflichtgefühl verhielt sie sich stets, wie man es von einer Frau ihres Standes erwartete.

Sie war gerade dabei, die im Kontor gelagerten Stoffballen auf Motten und anderes gefürchtetes Ungeziefer hin zu untersuchen, als der Knecht aufgeregt hereinstürzte, um ihr zu berichten, was sich zugetragen hatte.

Eleonores schmales Gesicht mit der hohen Stirn zeigte keinerlei Regung; nur die schönen goldbraunen Augen blitzten ärgerlich ob der Störung auf. Sie legte den Stoff zur Seite und stieg mit angemessenen Schritten die steile Treppe zu Maries Kammer empor.

Die Herrin des Hauses hatte nie besonders viel für ihre jüngste Tochter übriggehabt, deren unnatürlich weiße Haut ein Erbteil der Familie ihres Mannes war und mit der sie auch sonst nur wenig gemein hatte. Marie war es außerdem gewesen, die Eleonores Traum, ihrem Mann einen Sohn schenken zu können, endgültig zunichtegemacht hatte.

Maries Geburt war schwer gewesen, und irgendein Körperteil war damals in ihrem Inneren so sehr beschädigt worden, dass sie nie wieder ein Kind hatte bekommen können. Zusammen mit ihrem Schoß hatten sich auch ihre Brüste für immer verschlossen.

Doch Gott hatte andere Pläne mit Marie gehabt und entschieden, das zarte Mädchen leben zu lassen. Noch am

Tage ihrer Geburt hatten sie eine halb verhungerte junge Frau vor ihrer Türe gefunden, die zudem gerade ihr Neugeborenes verloren hatte; ihre Brüste waren schwer von Milch gewesen.

Auf Eleonores Gesicht zeigte sich ein Anflug von Ekel, als sie auf das bewusstlose Mädchen herabsah, dessen Körper noch immer von Zuckungen beherrscht wurde.

»Worauf wartest du noch? Nimm Bitterwurz, gib etwas Alraune hinzu, und dann wisch sie sauber«, herrschte sie Elsa an, bevor sie sich mit einem kurzen Seufzer abwandte und wieder nach unten ging. Als ob sie nicht schon genug Probleme hätte.

Elsa schob die blonde Haarsträhne, die sich durch den raschen Lauf gelöst hatte, wieder unter ihre weiße Haube zurück und begab sich in die Küche. Dort kochte sie eine kleine Menge Wein auf, in die sie, wie ihr geheißen, zerstoßenen Bitterwurz und eine kleine Menge Alraune gab. Anschließend goss sie den Wein in einen Becher und rührte ihn noch einmal sorgfältig um. Als sie zurück in die Kammer kam, wischte sie Marie sauber und flößte ihr den Wein Tropfen für Tropfen ein.

Es schien tatsächlich zu helfen, denn die Krämpfe begannen nachzulassen. Maries Atem wurde gleichmäßiger, aber sie erwachte nicht, sondern schlief erschöpft bis zum nächsten Tag.

2

Zwei Wochen nach ihrem Anfall erwachte Marie eines Morgens vom dröhnenden Hufgeklapper eines mächtigen Kutschpferdes, das sich mühte, mit dem vollbepackten Wagen, an den es geschirrt war, durch die schmalen Gassen zu kommen. Der Kutscher auf dem Bock fluchte laut, als ihn der übel riechende Inhalt einer Bettpfanne traf und sich genau über seinen Umhang ergoss.

Eine unerträgliche Hitze hatte sich über die Stadt gelegt, die mit jedem Tag schlimmer wurde und die Menschen ungeduldig und reizbar machte.

Marie warf einen raschen Blick auf ihre Schwestern und stellte erleichtert fest, dass diese noch schliefen. Schnell sprang sie aus dem Bett, wusch sich Gesicht und Hände in der Waschschüssel, die auf einem eigens dafür angefertigten Holztisch stand, und schlüpfte in ihr Gewand. Nachdem sie gekleidet war, griff sie nach ihrem Holzkamm, kämmte sich damit sorgfältig ihre langen Haare nach hinten und setzte sich dann zum Abschluss ihrer Toilette den schmalen bronzenen Reif auf.

Als sie fertig war, stieg sie mit leisen Schritten die Holztreppe hinunter und beeilte sich, in die Küche zu kommen, in der Elsa um diese Zeit das Feuer im Kamin schon immer geschürt hatte.

Der große, gemauerte Kamin bildete den Mittelpunkt des geräumigen Fachwerkhauses und führte durch das gesamte erste und zweite Stockwerk bis zum Dach hinauf, was den Vorteil hatte, dass man unten feuern und dadurch gleichzeitig fast alle anderen Zimmer mit beheizen konnte.

Vom Kamin aus gingen Diele, Stube und Küche ab. Letztere lag zum Garten hin, und unter dem Küchenfenster befand sich eine Kompostgrube, in die man die Küchenabfälle kippen konnte. Das vermied nicht nur viel Dreck, sondern ersparte auch eine Menge Lauferei.

In der Küche traf Marie auf Elsa, die der einzige Mensch im ganzen Haus war, bei dem sie etwas Wärme fand. Um wie viel lieber hätte sie bei der Magd in der winzigen Gesindekammer direkt unterm Dach geschlafen als bei ihren Schwestern, die sie immer nur herumschubsten und bei jeder sich bietenden Gelegenheit ärgerten. Doch ihre Mutter hatte es nicht erlaubt und ihr sogar mit der flachen Hand ins Gesicht geschlagen, als sie sich trotz des bestehenden Verbotes einmal heimlich in Elsas Kammer geschlichen hatte.

Beim Anblick des Mädchens legte sich ein gutmütiges Lächeln auf Elsas rundes Gesicht, das im Gegensatz zu sonst jedoch etwas gequält wirkte, denn auch sie litt unter der schrecklichen Hitze der letzten Tage.

Marie bemerkte es voller Sorge. »Ich werde dir helfen«, verkündete sie mit heller Stimme und begann mit geschickten Händen die einzelnen Zöpfe für den Hefekranz zu formen, den sich ihr Vater in den wenigen Tagen des Jahres, an denen er sich in seinem Haus aufhielt, anstelle des üblichen Haferbreis zum Frühstück wünschte.

Jean Machaut verbrachte den größten Teil des Jahres auf den großen Messen in der Champagne.

Von Anfang Januar bis zur Mittfastenzeit befand er sich in Lagny und bis Himmelfahrt dann in Bar-sur-Aube. Danach ging es nach Provins und anschließend zur »foire chaude«, zur Heißen Messe nach Troyes weiter, die von Johanni bis Mitte September dauerte. Auf diese folgte wiederum die Saint-Ayoul-Messe in Provins und nach Allerheiligen schließlich die »foire froide«, die Kalte Messe von Troyes.

»Bist ein gutes Kind.« Elsa strich ihr mit der mehlbepuderten Hand über die Wange und stellte ihr einen Becher Milch hin. Das arme Mädchen war viel zu blass und viel zu dünn. Die Milch würde Marie guttun und sie wieder zu Kräften kommen lassen.

»Dumme Elsa, du sollst die Milch nicht so verschwenden, ich werde es Mutter erzählen.« Die schrille Stimme von Katharina, Maries ältester Schwester, die hochmütig in die Küche hereinstolziert kam und sich auf den Stuhl neben Marie setzte, ließ sowohl Marie als auch Elsa erschrocken zusammenzucken.

Mit einem raschen Blick auf Elsa, die gerade den Hefekranz in den vorgeheizten Ofen schob, nahm sie Marie den Becher aus der Hand und trank ihn in einem Zug leer. Marie ließ es wortlos geschehen. Traurig sah sie Katharina an, doch die wandte ihren Blick ab.

Nach Katharina betraten nun auch die restlichen Familienmitglieder nach und nach die Küche und nahmen ihren Platz an dem mit einem weißen Linnen überzogenen Tisch ein. Martha, die zweitälteste der Schwestern, erschien wie immer zusammen mit der zierlichen Agnes, die gerade einmal elf Monate jünger war als sie selbst und die ihr wie ein Schatten überallhin folgte.

Die beiden Knechte, Henry und Pierre, saßen am unteren Ende der Tafel und warteten geduldig darauf, dass ihr Herr eintraf. Alle verstummten, als das Oberhaupt der Familie schließlich den Raum betrat.

Der Tuchhändler war ein hagerer, strenger Mann ohne jeden Sinn für Humor, dessen einziger Lebensinhalt ausschließlich darin bestand, sein Vermögen zu vermehren. Sein kantiges Gesicht mit dem spitzen Kinn wurde von den gleichen dunklen Augen beherrscht, die auch Marie besaß.

Machaut selbst hielt sich für einen gerechten Mann, der über seine Familie herrschte wie ein Vasall über seine Knappen. Mit lauter Stimme sprach er das Tischgebet und ließ sich anschließend ein großes Stück von dem duftenden Hefekranz reichen, den Elsa auf den Tisch gestellt hatte.

»Elsa hat Marie vor dem Frühstück Milch gegeben«, sagte Katharina und warf Marie dabei einen boshaften Blick zu.

Schon des Öfteren hatte sie Elsa dabei ertappt, wie sie Marie heimlich eine Leckerei zusteckte. Einmal war es ein Apfel, ein anderes Mal ein Stück von dem köstlichen Schinken gewesen, den es nur an besonderen Feiertagen gab. Katharina war eifersüchtig auf Marie, und sie konnte nicht verstehen, warum ihre Mutter ihre Schwester nach deren letzten beiden Anfällen auf der Straße und in der Kirche nicht im Haus eingesperrt hatte, wo sie keinen weiteren Schaden anrichten und nicht mehr unangenehm auffallen konnte.

Hatte ihre Mutter denn nicht gemerkt, dass die Leute schon über die Familie Machaut redeten und sich Gedanken über Maries seltsame Krankheit machten? Warum musste sie auch ausgerechnet während des Gottesdienstes diese unheimlichen Krämpfe bekommen? Sie würde nie vergessen, wie die Leute die anderen Familienmitglieder angestarrt hatten und zur Seite gerückt waren, als hätten sie alle eine ansteckende Krankheit. Am liebsten wäre Katharina im Boden versunken, so sehr hatte sie sich geschämt.

Seitdem zerrissen sich die Leute die Mäuler über die Machauts und beobachteten sie voller Misstrauen.

Erst einen Tag zuvor hatte Katharina gehört und gesehen, wie die Frauen aus der Nachbarschaft ihre Stimmen gesenkt und die Köpfe enger zusammengesteckt hatten, als sie die Gasse zu ihrem Haus hochgelaufen gekommen war.

Eine Schar bösartiger alter Krähen, deren Gesichter sich jedoch unter den gesenkten Hauben nicht alle hatten erkennen lassen.

»Es ist ein Zeichen für schlechtes Blut, aber vielleicht ist ja auch der Leibhaftige in sie hineingefahren. Jeder weiß doch, dass er dafür am liebsten unschuldige Jungfrauen auswählt.« Das feiste Gesicht der Frau des Salzhändlers drehte sich dabei vergewissernd nach allen Seiten. Rasch schlug sie ein Kreuzzeichen, bevor sie mit gesenkter Stimme fortfuhr:

»Und habt ihr neulich den Geruch bemerkt, der aus dem Haus der Machauts kam?«

Die Köpfe der anderen Frauen schossen aufgeregt vor. Zwei der farbenprächtigen Hauben stießen zusammen und verhedderten sich an den Nadeln, mit denen sie am Kopf befestigt waren. Es dauerte eine Weile, bis ihre Besitzerinnen sie zeternd und schimpfend wieder auseinanderbekamen. »Jetzt sagt schon, von welchem Geruch ihr sprecht.« Die neugierige Stimme kam aus einem langen, dürren Hals.

»Es war eindeutig Schwefel«, die Stimme der Frau des Salzhändlers vibrierte genussvoll vor wohligem Entsetzen.

Ein Ochsenkarren ratterte mit viel Lärm an ihnen vorbei, gefolgt von einer Schar tobender Kinder, die mit ihren Stecken ein paar ängstlich quietschende Ferkel vor sich her jagten.

Die Frauen warfen sich verschwörerische Blicke zu, während sie darauf warteten, dass der Lärm wieder abebbte und die Frau des Salzhändlers endlich fortfahren konnte.

»Ich sage euch, es war Schwefel, stinkender gelber Schwefel, der oben aus dem Dach gefahren ist und mitten in die riesige schwarze Wolke hinein, die direkt über dem Haus hing.«

Die Frauen schlugen hastige Kreuzzeichen und flatterten wie aufgeregte Hühner durcheinander.

»Das Böse ist also direkt in unserer Mitte, sodass wir nur beten und den Herrn anflehen können, uns und unsere Kinder vor ihm zu bewahren«, schloss sie theatralisch.

Katharina war rasch ins Haus gelaufen. Zuerst war sie nur unangenehm berührt gewesen. Nachdem sie jedoch Haube und Umhang abgelegt hatte, war ihr plötzlich die Gefahr bewusst geworden, die vom boshaften Geschwätz der Frauen nicht nur für Marie, sondern für sie alle ausging. Allein der Gedanke, dass ihr Verlobter Jacques davon erfahren und daraufhin ihre Verlobung lösen könnte, was wiederum zur Folge haben würde, dass sie ihr Leben als alte Jungfer in diesen stinkenden Gassen verbringen müsste, ließ Katharina den Atem stocken.

Doch dann hatte sie erkannt, dass alles noch viel schlimmer war. Grausige Bilder der Vergangenheit stiegen aus ihrer Erinnerung empor, und mit ihnen zusammen kamen Angst und Entsetzen. Katharina begann zu zittern. Eine eisige Kälte kroch ihren Leib empor und legte sich schwer auf ihr Herz.

Vor ihren Augen tauchte wieder das Gesicht des Juden und seine stumme Angst auf, die sich in namenloses Entsetzen verwandelt hatte, als er begriffen hatte, dass er sterben würde. Es war schrecklich gewesen. Nie würde sie es vergessen.

Der jüdische Geldverleiher war der Ketzerei angeklagt gewesen und vor den Augen der ehrbaren Bürger von Bourges auf dem Scheiterhaufen verbrannt worden.

Tage danach hatte sie noch immer seine entsetzlichen Schreie in den Ohren gehabt, die nicht hatten verstummen wollen.

Seitdem war die Heilige Inquisition in Bourges allgegenwärtig, und wo immer die Domini canes, die Hunde des Herrn, in ihren schwarzen Kapuzenkutten auftauchten, wichen die Menschen ehrfürchtig vor ihnen zurück. Durch ihre Anwesenheit waren die Einwohner der Stadt unablässig dazu gezwungen, an ihre Sünden zu denken und sich ihre jämmerliche Unzulänglichkeit schmerzhaft ins Bewusstsein zu rufen.

Katharina wusste zwar, dass der Angeklagte ein Jude gewesen war, also ein Ungläubiger, während sie selbst immerhin der achtbaren Bürgerschaft angehörte, doch der Schock, den sie damals erlitten hatte, war so groß gewesen, dass sie ihn nicht wieder hatte vergessen können.

Eleonore sah Elsa streng an. »Ich werde dir die Milch von deinem Lohn abziehen«, sagte sie und wandte sich dann an Marie: »Und du wirst zur Strafe auf dein Essen verzichten und in deine Kammer gehen.«

Schweigend nahm Marie ihre Strafe entgegen. Elsa sah ihr mitleidig nach, als sie sich traurig erhob, um den Befehl ihrer Mutter zu befolgen.

Niemand sprach mehr ein Wort, und nachdem Jean zusammen mit seinen Knechten die Küche verlassen hatte, erhob sich auch Eleonore vom Tisch, um sich ihrer täglichen Näharbeit zu widmen.

Sie würde sich wohl bald nach einer neuen Magd umsehen müssen, denn Elsa war störrisch und ungehorsam, sobald es um Marie ging. Sie hatte geradezu einen Narren an dem Mädchen gefressen, und Eleonore konnte diese Bevorzugung ihrer jüngsten Tochter auf keinen Fall noch länger dulden.

Jean würde wütend werden, wenn er merkte, dass sie nicht einmal die Magd unter Kontrolle hatte.

Elsa hatte die Küche verlassen und war die enge Treppe zum Vorratskeller hinuntergestiegen. Kaum war sie fort, da drehte sich Martha, die Zweitälteste, zu Katharina um.

»Jetzt müssen wir sogar noch das Geschirr wegräumen und das Gemüse putzen, während Marie es sich in der Kammer gemütlich machen kann«, beschwerte sie sich. Sie war kleiner und rundlicher als Katharina und hatte ebenso wie Agnes die dunklen Haare ihres Vaters geerbt.

»Marie ist dumm«, bemerkte Agnes und steckte ihren Finger in den offenen Honigtopf, um ihn anschließend genüsslich abzulecken. Sie war grundsätzlich derselben Meinung wie Martha, die sie über alles liebte.

»Marie ist schuld daran, dass die Leute sich die Mäuler über uns zerreißen«, grollte Katharina, immer noch ganz von ihren düsteren Gedanken beherrscht.

Doch Elsa hatte ihre Worte gehört. Mit einer heftigen Bewegung warf sie das Fleisch und die Fische, die sie aus dem Vorratskeller geholt hatte, auf den Tisch und drehte sich dann zu Katharina um.

»Du solltest dich schämen. Anstatt Mitleid mit deiner Schwester zu haben, denkst du nur an das Gerede der Leute. Aber die würden sich das Maul auch über uns zerreißen, wenn Marie nicht krank wäre, weil sie neidisch auf unseren Reichtum sind, den ihr ja deutlich genug zur Schau stellt«, rief sie aufgebracht und voller Empörung, auch wenn es ihr nicht zustand, die Tochter des Hauses zurechtzuweisen.

»Marie ist der Schandfleck unserer Familie«, bemerkte Katharina und bedachte Elsa mit einem hochmütigen Blick. Sie war jetzt erwachsen, und Elsa war nur eine unbedeutende Magd, die ihr nichts mehr zu sagen hatte, während sie selbst schon bald eine Gräfin sein würde.

»Ich werde mit Mutter darüber reden. Sie muss Marie verbieten, das Haus zu verlassen, sonst wird bald niemand mehr etwas mit uns zu tun haben wollen«, setzte sie entschlossen hinzu.

»Ich will nicht, dass die Leute schlecht über uns reden«, jammerte Agnes mit weinerlicher Stimme.

Martha legte tröstend einen Arm um ihre Schulter.

»Du brauchst keine Angst zu haben. Mutter wird nicht zulassen, dass so etwas passiert.«

3

Marie war gehorsam nach oben in ihre Kammer gegangen, wo sie nun traurig aus dem halb offenen Fenster hinaussah, eine bauliche Neuerung, die längst nicht jedes Haus in der Stadt aufwies und die den neu erworbenen Reichtum ihrer Familie zur Schau stellte. Denn nur wenige Bürger konnten sich ein Fenster aus Glas leisten, durch das man hindurchsehen konnte, als ob es gar nicht vorhanden wäre.

Katharinas Ablehnung tat ihr weh, obwohl sie ihre Schwester gut verstehen konnte.

Sie allein war schuld daran, dass ihre Familie ins Gerede gekommen war, und diese Schuld lag schwer wie ein Mühlstein auf ihrer Seele. Nach dem Vorfall in der Kathedrale hatte Katharina sie wütend beschimpft, aber ihre Stimme war dabei vor lauter Angst ganz schrill geworden. Marie hatte es nicht ertragen können, Katharina so voller Angst zu sehen.

»Die alte Frau hatte solche Schmerzen, ich musste ihr einfach helfen«, hatte sie ihr zu erklären versucht, aber Katharina hatte sie nur verständnislos angestarrt.

»Was willst du damit sagen?«

»Ich habe sie geheilt«, flüsterte Marie zitternd. Flehend sah sie Katharina an, in der Hoffnung, dass diese jetzt verstehen würde, dass sie keine Wahl gehabt hatte, doch nach einem Blick in ihr verkniffenes Gesicht wusste sie, dass ihre Hoffnung vergeblich war. Eine Stimme tief in ihrem Inneren hatte sie bisher davor gewarnt, darüber zu reden, aber der Wunsch, Katharinas Zuneigung zu erringen, war für einen Augenblick stärker gewesen.

Katharina hatte wortlos ausgeholt und ihr so heftig ins Gesicht geschlagen, dass ihre Wange brannte.

»Wie kannst du es wagen, mir so frech ins Gesicht zu lügen und dann auch noch Gott zu lästern. Gib doch endlich zu, dass du dich nur wichtig machen wolltest.« Ihre Stimme hatte sich beinahe überschlagen vor lauter Wut.

»Ich will nichts mehr mit dir zu tun haben. Hast du verstanden? Du bist nicht ganz richtig im Kopf und außerdem auch noch von Dämonen besessen. Niemand wird jemals etwas mit einer Besessenen wie dir zu tun haben wollen.«

Der Hass, der in Katharinas Stimme mitschwang, war mehr, als Marie ertragen konnte. Flehend streckte sie Katharina ihre Hand entgegen, doch Katharina hatte sie zur Seite gestoßen und war gegangen.

Danach hatte sie es nie wieder gewagt, mit jemandem über diese Dinge zu reden, die ihr selbst unerklärlich waren.

Eine Weile beobachtete Marie die kleinen Wölkchen, die mit unglaublicher Langsamkeit über den tiefblauen Himmel zogen. Danach wanderten ihre Gedanken wie immer, wenn sie Zeit zum Träumen fand, unweigerlich zur Kathedrale und der Anwesenheit Gottes, der ihr unerreichbar schien. Doch allein der Gedanke, dass es Ihn gab, war ein großer Trost für sie.

Sobald Marie die Menschen und ihre schmalen Häuser mit Gott und der mächtigen Kathedrale von Bourges verglich, konnte sie sich Seine unermessliche Größe besser vorstellen. Wie gerne hätte sie einmal mit Ihm gesprochen, um zu erfahren, warum Er ausgerechnet sie dafür auserwählt hatte, den Menschen ihre Schmerzen zu nehmen. Oder bildete sie sich das alles nur ein? War sie vielleicht doch nicht ganz richtig im Kopf, wie Katharina behauptet hatte? Als sie der alten Frau in der Kathedrale in das schmerzverzerrte Gesicht gesehen hatte, war es zu spät gewesen, um so zu tun, als ob sie nichts gesehen hätte. Sie hätte es auch nicht übers Herz gebracht. Es wäre nicht richtig gewesen.

Dennoch erfüllte Marie tiefe Scham, weil sie ihrer Familie so viel Sorgen bereitete. Die Ablehnung ihrer Eltern und Schwestern empfand sie deshalb als gerechte Strafe. Sie gab sich die größte Mühe, es allen recht zu machen, und hoffte verzweifelt, dass ihre Familie ihr irgendwann verzeihen und ihr die Liebe entgegenbringen würde, nach der sie sich mehr als alles andere sehnte. Aber sie durfte sich nicht so treiben lassen, sondern musste sich zusammennehmen.

Ohne weiter auf den Gestank zu achten, der durch die feuchte Schwüle noch verstärkt wurde, wandte sich Marie nun wieder den bunt gekleideten Menschen zu, die durch die Gasse eilten. Mitten im Gewühl entdeckte sie auch einen grauen Schecken, der einen breiten, mit Zunder beladenen Wagen zog und dabei die genüsslich vor ihm im Schlamm suhlenden Schweine aufschreckte.

Das Fell des kräftigen Pferdes glänzte vor Schweiß, als es gehorsam die Befehle seines Herrn befolgte, doch dann steckte es fest.

Direkt vor dem Wagen war eine Bande halbwüchsiger Gassenjungen gerade damit beschäftigt, mit Holzstecken in der Hand eine neue Rangordnung unter sich auszukämpfen, und unternahm daher keinerlei Anstalten, zur Seite zu treten, um das Fuhrwerk vorbeizulassen.

»Gebt endlich den Weg frei, ihr nutzlosen Kakerlaken«, schimpfte der Zunderhändler.

In seinem mehrfach gestreiften Überrock war er eine imposante Erscheinung, zumal er seine Worte auch noch unterstrich, indem er drohend die lange Peitsche hob.

Die Jungen bedachten ihn ihrerseits mit unflätigen Worten, gaben dann aber endlich nach und drückten sich eng an die Häuserwände, um den Wagen passieren zu lassen.

Plötzlich blitzte ein Feuerstrahl in der Hand eines der Jungen auf. Mit geübtem Griff entzündete er ein kleines Stück Zunder, das er aus seinem Beutel gezogen hatte, an einem Feuerstein, rannte hinter dem Zunderhändler her und warf den glimmenden Zunder auf den Wagen. Danach lief er, gefolgt von seinen Freunden, blitzschnell davon, um das weitere Geschehen aus sicherer Ferne zu verfolgen.

Voller Entsetzen konnte Marie beobachten, wie der Zunder Feuer fing und die Flammen sich in rasendem Tempo auf dem Wagen ausbreiteten.

Der Händler hob schnuppernd den Kopf und wandte sich, beunruhigt über den Brandgeruch, nach hinten. Die Ware auf dem Wagen stellte seinen gesamten Besitz da. Wenn er sie verlor, würden er und seine Familie den Winter über hungern müssen.

Als er sah, dass der Zunder auf dem Wagen brannte, kam Bewegung in seine behäbige Gestalt. Er sprang vom Kutschbock und begann verzweifelt und auf allen vieren die Zunderlappen, die bereits Feuer gefangen hatten, aus dem Wagen zu werfen. Dabei achtete er weder auf sein Pferd, das, beunruhigt durch den Brandgeruch, mit den schweren Hufen scharrte, noch auf seine Hände, an denen sich die ersten Brandblasen zeigten. Die Wut auf die verdammten Gassenjungen ließ ihn seine Schmerzen vergessen. Wie eine Wanze würde er jeden einzelnen von ihnen zerquetschen, wenn er ihn zwischen die Finger bekäme. Doch dazu blieb keine Zeit mehr. Er musste jetzt handeln.

Laut fluchend versuchte er zu retten, was noch zu retten war. Monatelang hatte er mit seinen Söhnen nach den begehrten Schwämmen gesucht und sie mühsam von den Bäumen geschnitten. Während seine Frau den minderwertigen gemeinen Feuerschwamm und den rotrandigen Baumschwamm zu Kappen, Hausschuhen und Trinkbechern weiterverarbeitete, hatte er die Zündwilligkeit der aus den Baumschwämmen gewonnenen Zunderlappen durch Einlegen in Urin und Holzaschenlauge verbessert, sie mit Holzschlägeln breit geklopft und anschließend zum Verkauf in gleich große Stücke geschnitten. Besondere Sorgfalt hatte er den höherwertigen Baumschwämmen zukommen lassen, die wegen ihrer blutstillenden Wirkung bei der Wundbehandlung unersetzlich waren. Mit der Arbeit eines halben Jahres auf dem Wagen hatte er schließlich den weiten Weg in die Stadt angetreten. Die Städter waren auf seinen Zunder angewiesen, da die Wälder in der näheren Umgebung längst abgeholzt und mit ihnen zusammen auch die Baumschwämme verschwunden waren.

Der Holzverbrauch der Städter war so hoch wie nie zuvor. Allein für den Bau einer einzigen der unzähligen Kirchen wurde das Holz von ungefähr zwanzigtausend Eichen benötigt. Die Städter benötigten außerdem immer mehr Holz für Kisten, Truhen, Besteck, Badezuber und Kerzenleuchter. Auch der Bedarf zum Kochen und Heizen im Winter stieg ständig weiter an. Dazu kam noch der Verbrauch der Handwerker.

Die Schmieden brauchten Holz für ihre Öfen, genauso wie die Bäcker, Töpfer, Kutschen-, Schiffs- und Brückenbauer. Doch am meisten Holz verbrauchten die Köhler, die das

Holz zur Kohle verschwelten und damit die Ziegel- und Kalkbrennereien, aber auch die Salinen im Umkreis belieferten.

Einige Funken sprangen auf den Überrock des Händlers, der sofort zu brennen begann. Zwar versuchte er eilig, sich den brennenden Umhang vom Leib zu reißen, doch dazu musste er sich erst einmal wieder aufrichten.

Im gleichen Moment verlor das Kutschpferd endgültig die Nerven. Angstvoll schnaubend raste es in blanker Panik los. Durch den plötzlichen Ruck, mit dem sich der Wagen in Bewegung setzte, verlor der Zunderhändler das Gleichgewicht und stürzte rückwärts in den brennenden Zunder.

Der herrenlos gewordene Wagen raste in vollem Tempo auf den Marktplatz zu, der um diese Zeit hoffnungslos überfüllt war.

Fahrendes Volk und allerlei Gesindel hatten sich dort unter die Handwerker, Kaufleute und Bauern gemischt. Die Menschen, die den Markt aufgesucht hatten, um zu kaufen, Beziehungen zu knüpfen oder einfach nur ein Schwätzchen zu halten, ahnten nichts von der Gefahr auf vier Rädern, die auf sie zukam.

Ahnungslos bemühten sie sich darum, einen Platz im Schatten zu finden, um so wenig wie möglich von der gnadenlos brennenden Sonne abzubekommen. Dicht gedrängt umrundeten sie feilschend und streitend die verschiedenen Händler, Handwerker und Kesselflicker, die ihre Waren teils in überdachten Buden, teils auf grob gezimmerten, auf Böcken aufliegenden Ladentischen feilboten, an denen farbig bemalte Schilder mit den Namen der Standbesitzer hingen.

Die Standbesitzer, deren Stände in der prallen Sonne standen, versuchten durch das provisorische Aufspannen von Tüchern etwas Schatten zu erhalten, was den Nachteil besaß, dass der Blick auf die feilgebotenen Waren stark eingeschränkt wurde. Aus diesem Grund priesen sie lauthals ihre Waren an, um die Aufmerksamkeit der Leute doch noch auf sich zu lenken. Es war ein fast aussichtsloser Versuch, den vorherrschenden Lärm von Menschen und Tieren zu übertönen.

Der Wagen hatte jetzt das Ende der schmalen Gasse erreicht, die sich öffnete und direkt in den Marktplatz mündete. Das schrille Kreischen des Zunderhändlers, dessen Kleider lichterloh brannten, steigerte die Panik des Pferdes noch mehr. Als das Tier dem ersten Stand auswich, geriet der Wagen ins Schleudern. Er überschlug sich und zerbarst mit lautem Krachen in mehrere Einzelteile. Brennende Zunderlappen mischten sich mit den umherspritzenden Holz- und Eisenstücken und flogen in die Menge, die sich verzweifelt vor den Pferdehufen in Sicherheit zu bringen versuchte.

Der Zunderhändler wurde aus dem Wagen geschleudert und knallte gegen den Zaun eines Töpferstandes, wo er bewusstlos liegen blieb, während sich das mächtige Kutschpferd blind vor Angst weiter in die vor Panik schreiende Menschenmenge drängte, der nur wenig Platz zum Ausweichen blieb. Und so nahm das Unglück seinen Lauf.

Eine Frau, mit einem kleinen Mädchen an der Hand, sank getroffen von einem Hufschlag zu Boden. Ihre Tochter wurde zur Seite geschleudert, wo sie still und mit seltsam verdrehten Gliedern liegen blieb.

Der Kaufmann Pierre Gilbert achtete nicht auf die ängstlichen Schreie hinter sich, denn er war gerade auf dem Weg in die gegenüberliegende Schenke.

Ein kühler Krug Wein würde genau das Richtige sein, um seine ausgedörrte Kehle zu befeuchten. Zufrieden mit dem Geschäft, das er im Zelt des Gewürzhändlers gerade abgeschlossen hatte, war er ins Freie getreten und blinzelte noch immer in die Sonne, weil sich seine Augen noch nicht an das grelle Tageslicht gewöhnt hatten.

Da tauchte plötzlich wie aus dem Nichts das mächtige Kutschpferd vor ihm auf. Abwehrend hob er die Arme und fuchtelte wild mit ihnen durch die Luft.

Das Pferd bäumte sich erschrocken auf und wieherte schrill.

Trotz seiner Körperfülle erwies sich der Kaufmann als äußerst beweglich. Blitzschnell warf er sich zur Seite, noch bevor die schweren Hufe des Pferdes wieder den Boden berührten und es seine wilde Flucht fortsetzte.

Auf seinem Weg zertrampelte es alles, was ihm in die Quere kam. Buden und Stände brachen zusammen, Splitter und Verkaufsgegenstände flogen durch die Luft und verletzten auch Menschen, die nicht unmittelbar die Bahn des Tieres gekreuzt hatten. Mit großen Sprüngen setzte der verängstigte Schecke über Verkaufstische, wich mit Stöcken fuchtelnden Menschen aus und überrannte dafür andere, die nicht schnell genug etwas zur Hand hatten, womit sie das Pferd abwehren konnten, bis es endlich das andere Ende des Marktplatzes erreicht hatte und in eine ruhige Gasse gelangte. Schwer atmend und aus mehreren Wunden blutend blieb es zitternd vor Angst stehen.

Marie hielt es nicht länger in ihrer Kammer. Ohne weiter darüber nachzudenken, dass es ihr verboten war, das Haus zu verlassen, lief sie die schmale Treppe hinunter und folgte dem Wagen.

Nach wenigen Minuten erreichte sie den Markt und sah entsetzt auf die Verheerung, die durch den dummen Streich der Gassenjungen ausgelöst worden war. Eine Schneise der

Zerstörung zog sich mitten durch den Marktplatz, und überall lagen mehr oder weniger schwer verletzte Menschen auf dem Boden.

Maries Herz zog sich vor Mitleid zusammen, als sie auf den Zunderhändler zulief, der gerade wieder stöhnend zu sich kam.

Trotz der Hitze begann sie zu frieren, ihr Atem ging stoßweise, und ihr war zum Weinen zumute.

Die Blicke der Menschen folgten dem zierlichen Mädchen, dessen außergewöhnliche Schönheit sie sofort in ihren Bann zog. Ihre helle, durchscheinende Haut ließ sie noch zarter wirken, und ihre Bewegungen waren voller Anmut, als sie sich über den schwer verletzten Mann beugte.

Eine alte Frau bekreuzigte sich mehrmals hintereinander. Sie war ärmlich gekleidet, und die Gicht hatte ihren Rücken so verkrümmt, dass sie ihren Hals verbiegen musste, um geradeaus sehen zu können.

»Ein Engel ist vom Himmel herabgestiegen«, murmelte sie und fuhr fort, sich zu bekreuzigen, während ihre Blicke dem Mädchen folgten.

Der Zunderhändler lag hilflos auf dem Rücken und erinnerte an eine fette Küchenschabe.

»Meine Beine«, schrie er verzweifelt. »Ich kann meine Beine nicht mehr bewegen.«

Marie strich ihm mitfühlend über die verschwitzte Stirn, die vom Ruß geschwärzt war, und begann, seine Verletzungen zu untersuchen. Die Haut des Mannes wies schwere Verbrennungen auf und war überall mit Brandblasen überzogen, die an manchen Stellen bereits aufplatzten.

Mit dem Erwachen aus der Bewusstlosigkeit waren auch die unsäglichen Schmerzen wieder zurückgekehrt.

Ein gequälter Ausdruck verzerrte seine Züge, verwandelte sich aber in ehrfürchtiges Staunen, als er in die schönen Augen des Mädchens blickte, die dunkel und tiefgründig waren. Auch ihm erschien das Mädchen wie ein Engel.

»Bin ich im Himmel?«, fragte er heiser. Marie musste lächeln und schüttelte sanft ihren Kopf. Sie spürte, wie die Schmerzen des Händlers von ihrem Körper Besitz ergriffen und ihre Sinne langsam schwanden.

Im Gegenzug begannen sich die Züge des Zunderhändlers immer mehr zu entspannen, bis das Mädchen schließlich bewusstlos neben ihm zusammensank und wie von unsichtbaren Händen geschüttelt wurde. Ihre unschuldigen, schönen Züge hatten nichts mehr mit der Fratze gemein, zu der sich ihr Gesicht jetzt verzerrte. Heller Schaum rann ihr aus den Mundwinkeln, während immer neue Krämpfe ihre Glieder in bizarr wirkende Zuckungen versetzten.

Der Zunderhändler erhob sich schwerfällig und strich sich die vom Rauch geschwärzten Haare aus der Stirn. In seinem Gesicht stand ein Ausdruck von Ungläubigkeit geschrieben, als er auf seine Hände herabsah. Seine Schmerzen waren vollständig verschwunden, genau wie die Brandblasen an seinen Händen. Eine nie gekannte Leichtigkeit beschwingte ihn. Es war wie ein Wunder.

Eine rasch größer werdende Menschenmenge umringte ihn und das Mädchen. In den Gesichtern der Menschen standen Sensationslust und Neugier.

Ein kleinwüchsiger Narr mit viel zu großem Kopf und spitzen, abstehenden Ohren drängte sich entschlossen nach vorne. Die Zuschauer wichen zurück, als er auf krummen Beinen um das bewusstlose Mädchen herumsprang und obszöne Grimassen in die Menge schnitt.

Als er sich der Aufmerksamkeit aller sicher war, die er wie die Luft zum Atmen brauchte, begann er in einer übertriebenen Darstellung, die Zuckungen des Mädchens zu imitieren, und stieß dabei kurze, schrille Schreie aus, die direkt aus der Tiefe der Hölle zu kommen schienen.

Ein bösartiger, hässlicher Kobold aus der Unterwelt, der für Satan tanzte. »Das geht nicht mit rechten Dingen zu«, flüsterte die krumm gewachsene Frau von vorher ängstlich ihrer Nachbarin zu, doch obwohl sie große Angst hatte, gelang es ihr dennoch nicht, ihren Blick von dem traurigen Schauspiel abzuwenden.

»Es ist Teufelswerk«, kreischte eine dürre Person nicht weit von ihr entfernt und wies mit dem Finger auf das zuckende Mädchen. »Die Dämonen der Hölle sind in sie gefahren und zeigen endlich ihr wahres Gesicht.«

Der Zunderhändler war kein gelehrter Mann. Er konnte weder lesen noch schreiben und hatte das Denken über höhere Dinge bisher dem Klerus überlassen. Aber nun beschlich ihn ein eigenartiges Gefühl, und es war ihm, als ob eine Stimme in seinem Inneren ihm befehlen würde, das Mädchen vor dem lärmenden Mob zu beschützen.

»Weiß irgendjemand, wer sie ist?«, fragte er und durchbrach damit für einen Moment die sich langsam aufbauende ungute Stimmung.

»Sie ist die Tochter des Tuchhändlers Jean Machaut, der erst vor wenigen Jahren in die Stadt gekommen ist. Sein Haus befindet sich dort drüben in der Kaufmannsgasse«, antwortete eine Frau.

Ohne sich weiter um die Menge zu kümmern, hob der Kutscher das Mädchen daraufhin hoch und lief mit weit ausholenden Schritten auf die angegebene Gasse zu. Er machte sich große Sorgen um sein Pferd, doch zuerst wollte er das Mädchen in Sicherheit bringen.

Schon von Weitem sah er das Zunftzeichen des Tuchhändlers, das auf ein Schild neben dem Eingang gemalt war. Noch bevor er klopfen konnte, wurde ihm die Türe bereits von Elsa geöffnet, der nicht entgangen war, dass Marie das Haus verlassen hatte.

Seitdem hatte sie immer wieder ihre Arbeit unterbrochen und war ans Fenster getreten, um in die Gasse hinunterzusehen, in der Hoffnung, Marie dort zu entdecken, bevor Eleonore ihr Verschwinden bemerken würde.

Es war noch nie vorgekommen, dass das Mädchen sich den Anordnungen seiner Mutter widersetzt hatte, und Elsa machte sich ernsthafte Sorgen. Ihre Sorge wuchs noch mehr, als sie Marie nun in den Armen des nach Rauch stinkenden und von Ruß geschwärzten Zunderhändlers entdeckte. In seinen dunklen Augen stand die Angst um Marie, aber auch seine Unsicherheit deutlich geschrieben. Die Situation, in der er sich befand, schien ihm allerdings wenig zu behagen.

Ruhig und bestimmt forderte Elsa ihn auf, ihr zu folgen, und wies ihm den Weg zu Maries Kammer. Behutsam, als wäre sie zerbrechlich, legte der Mann das Mädchen auf das große Bett. Anschließend wurde er von Elsa wieder zur Tür begleitet.

»Sie ist ein Engel«, begann der Mann, aber Elsa gebot ihm zu schweigen. Warnend legte sie einen Finger auf ihren Mund und lauschte nach unten. Doch zu ihrer Erleichterung drang kein Laut aus den unteren Geschäfts- und Lagerräumen zu ihnen nach oben.

»Geht jetzt«, wies sie ihn an. »Ich muss mich um Marie kümmern.«

So leise wie möglich schloss sie die Türe hinter dem Zunderhändler und lief dann zurück in die Küche, wo sie gerade damit beschäftigt gewesen war, das Mittagessen vorzubereiten. Sie stellte den schweren Eisenkessel mit dem

Gemüseeintopf zur Seite und machte sich sofort daran, Bitterwurz und Alraune aufzukochen. Dann eilte sie nach oben, um Marie den stärkenden und beruhigenden Trank zu verabreichen. Mit ein bisschen Glück würden Maries Mutter und ihre Schwester nichts bemerken, und Marie würde einer Strafe ob ihres Ungehorsams entgehen.

4

Elsas Hoffnung wurde jedoch enttäuscht, denn Katharina erschien plötzlich an der Tür der Kammer. Jacques, ihr Verlobter, hatte sich für den heutigen Tag angemeldet, er wollte mit ihrem Vater den anstehenden Hochzeitstermin besprechen, und Katharina war nach oben gekommen, um sich noch ein wenig herauszuputzen und vor allem das kostbare, mit Almandinen verzierte Fibelpaar anzulegen, das er ihr zur Verlobung geschenkt hatte.

Als sie Marie nun von Krämpfen geschüttelt auf dem Bett liegen sah, verzog sich ihr Gesicht vor Abscheu. Es dauerte nur einen Moment, bevor sie zu begreifen anfing.

»Sie ist nicht in der Kammer geblieben, wie Mutter es befohlen hat«, bemerkte sie kühl und überlegte, ob diese Erkenntnis von Nutzen für sie sein könnte. Doch dann wurde ihr einmal mehr bewusst, dass sie sich selbst ins eigene Fleisch schneiden würde, sobald sie Marie verpetzte. Denn wenn Jacques auch nur das Geringste davon erfuhr, würde er sie nicht mehr heiraten, das stand fest.

Aufgeregt drehte sie sich um und rannte die steile Treppe hinunter, um mit ihrer Mutter zu beratschlagen, wie man verhindern konnte, dass er etwas von Maries Krankheit erfuhr.

Eleonore blickte Katharina missbilligend entgegen, als diese mit hochrotem Kopf in den Lagerraum gestürmt kam, wo sie mit Argusaugen über die Angestellten ihres Mannes wachte, die gerade dabei waren, die von verschiedenen Kunden bestellten Stoffballen zusammenzustellen und auf einen Wagen zu schaffen.

»Dein Benehmen entspricht nicht dem, was ich dich gelehrt habe«, wies sie Katharina in scharfem Ton zurecht.

Aber Katharina ließ sich dadurch nicht einschüchtern und sah ihre Mutter entschlossen an.

»Ich muss sofort mit Euch reden«, forderte sie und bedachte die beiden Männer, die ihre Arbeit unterbrochen hatten und sie neugierig anstarrten, mit einem hochmütigen Blick.

»Zuallererst werden wir die Bestellungen hier fertig machen. Du weißt, wie ungeduldig dein Vater sein kann, wenn es Verzögerungen gibt und nicht alles nach seinem Plan verläuft«, erwiderte Eleonore kühl.

Henry, ein gut aussehender Bursche, grinste Katharina daraufhin schadenfroh an. Es war noch nicht lange her, dass sie seine bewundernden Blicke genossen hatte, doch seit ihrer Verlobung mit dem Grafen sah sie durch ihn hindurch, als wäre er Luft. Henry konnte zwar nicht lesen und schreiben, aber immerhin war er sehr geschickt im Umgang mit Zahlen. Und so war es ihm im Laufe der Jahre gelungen, sich zur rechten Hand seines Herrn hochzuarbeiten, der zu seinem großen Kummer keinen leiblichen Sohn besaß.

Bis zur Verlobung Katharinas hatte er die stille Hoffnung gehegt, sie eines Tages heiraten zu dürfen.

Katharina war eine Schönheit, auch wenn sie in seinen Augen ein wenig zu hochnäsig war. Ihr langes, dunkelblondes Haar hatte sie ebenso wie die glänzenden, goldbraunen Augen von ihrer Mutter geerbt, und nachts, wenn er in seiner Kammer auf dem Stroh lag und sich vorstellte, wie sich ihr weicher Mädchenkörper mit dem festen Busen wohl anfühlen würde, schoss ihm jedes Mal das Blut in die Lenden, und seine sündigen Gedanken begannen sich zu verselbstständigen. In Gedanken ritt er sie dann so lange, bis sich ihre Hochnäsigkeit in wilde Leidenschaft verwandelte und sie sich stöhnend vor Lust unter ihm zu winden begann, genauso wie Emma, die Magd des Gewürzhändlers, es tat, die er des Öfteren an seinen freien Abenden traf.

Anfangs hatte er wegen seiner lüsternen Gedanken an den darauf folgenden Tagen immer ein schlechtes Gewissen gehabt und einen großen Bogen um die Kathedrale geschlagen.

Aber sein Gewissen hatte sich im Laufe der Zeit beruhigt, und er tröstete sich damit, dass Gott ganz sicher anderes zu tun hatte, als sich um einen so unwichtigen Mann wie ihn zu kümmern. Gewiss waren seine Verfehlungen nicht einmal von Ihm bemerkt worden.

Jedenfalls geschah es Katharina ganz recht, wenn einmal etwas nicht nach ihrem Willen lief.

Noch immer vor sich hin grinsend, warf er sich einen Ballen kostbaren Tuches über die Schulter und schaffte ihn zum Wagen, der sich aus Sicherheitsgründen in dem von einer hohen Brandmauer umgebenen Hof direkt hinter dem Haus befand.

Pierre, der Knecht mit dem dümmlichen Gesichtsausdruck, folgte ihm.

Katharina war jetzt mit ihrer Mutter allein.

»Marie hat heimlich die Kammer verlassen und wieder einen ihrer Anfälle bekommen. Was sollen wir nur tun? Wenn Jacques davon erfährt, wird er mich ganz sicher nicht mehr heiraten«, jammerte sie. Ihre Stimme wurde flehend. »Ich bitte Euch, unternehmt etwas, Mutter.«

Eleonore seufzte gedankenverloren und nickte dann. Katharinas Angst war durchaus berechtigt. So konnte und durfte es nicht weitergehen. Dass Marie die Kammer entgegen ihrer Anordnung verlassen hatte, war schon schlimm genug, und sie würde mit aller Härte durchgreifen müssen, um sich wieder den nötigen Respekt zu verschaffen.

Aber Maries Krankheit wurde ihr langsam unheimlich. Bereits als kleines Kind hatte sie unter diesen merkwürdigen Anfällen gelitten, und weder Bader noch Magister hatten einen Rat gewusst, sondern Eleonore nur an einen Priester verwiesen, der jedoch ebenso ratlos gewesen war. Der Geistliche hatte Marie mit Weihwasser besprengt, wobei er sorgfältig darauf achtete, sie nicht zu berühren, und den Dämonen in ihrem Körper befohlen, im Namen des Herrn wieder daraus zu verschwinden. Anschließend hatte er den Machauts empfohlen, ihre Gebete durch das Spenden von Wachskerzen zu unterstützen, und sie alle ermahnt, ein tugendhafteres Leben zu führen.

Danach war Marie tatsächlich für eine Weile von den Krämpfen verschont geblieben, und Eleonore hatte schon gehofft, dass es endgültig mit ihnen vorbei wäre, doch ihre Hoffnung hatte sich als trügerisch erwiesen.

Abgesehen von ihren vereinzelt auftretenden Anfällen, verhielt sich Marie allerdings vollkommen normal und zeigte keinerlei Anzeichen von geistiger Verwirrtheit, wie sie besessene Menschen sonst oft aufwiesen.

In ihrer Familie hatte es, soweit sie wusste, niemals Krankheiten dieser Art gegeben, und ihr Mann sprach mit ihr nicht über seine Familie, die sie nie kennengelernt hatte. Das Einzige, was ihr Jean jemals erzählt hatte, war, dass seine Eltern verstorben waren, als er noch ein Kind gewesen war. Danach war er bei seinem Onkel aufgewachsen, einem strengen, gottesfürchtigen Mann, der ihn jeden Tag geschlagen hatte und ihn von morgens bis abends in seiner Färberei hatte schuften lassen.

Einmal nur hatte sie es dennoch gewagt, ihn nach seiner Familie zu fragen, damals, vor sechs Jahren, als Marie das erste Mal Anzeichen ihrer merkwürdigen Krankheit gezeigt hatte, woraufhin Jean mit einer solch abweisenden Kälte auf ihre Fragen reagiert hatte, dass sie ihn nie wieder darauf angesprochen hatte.

Doch Maries Krankheit war zu einem ernsthaften Problem geworden, für das sie bald eine Lösung finden mussten.

Katharina war jedoch noch immer nicht zufrieden, sie wollte, dass Marie für das, was sie ihnen allen antat, bezahlen musste.

»Sicher hat sie es mit Absicht gemacht, weil sie mir Jacques nicht gönnt und mein Leben zerstören will«, hetzte sie weiter. »Ihr müsst sie einsperren und ihr verbieten, das Haus zu verlassen, wenigstens bis zur Hochzeit«, drängte sie.

»Ich werde heute noch mit deinem Vater darüber sprechen«, beschwichtigte Eleonore ihre Tochter. »Doch jetzt geh wieder an deine Arbeit. Dein Vater wird sehr wütend sein, wenn wir nicht fertig werden und er morgen früh nicht pünktlich aufbrechen kann.«

Sie gab Henry, der zurückgekommen war, noch einige Anweisungen. Dann erhob sie sich, um mit Elsa noch einmal die Speisenfolge für das bevorstehende Nachtmahl durchzugehen; immerhin hatten sie heute Abend einen wichtigen Besucher bei sich zu Gast.

Lustlos begab sich Katharina in den dunklen Lagerraum zu ihren Schwestern, in dem es aus Sicherheitsgründen keine

Fenster, sondern lediglich einen nach außen hin offenen, schmalen Lichtschacht gab, der die Luftzufuhr gewährleistete.

Ihr Vater hatte ihnen aufgetragen, ein purpurfarbenes Kreuz auf einen kostbaren, golddurchwirkten Schal zu sticken, der von einem Baron in Flandern für den Altar seiner Kapelle bestellt worden war. Allein der Stoff kostete schon ein kleines Vermögen.

Aus diesem Grund mussten sie nun auch in dem nur von Kienspänen beleuchteten Kontor sitzen, damit Eleonore besser darauf achten konnte, dass ihnen kein Fehler unterlief. Wenn sie mit dem Schal fertig wären, würden sie endlich wieder in der Stube nähen können, wo man immerhin ab und zu einen Blick aus dem Fenster werfen konnte und sich nicht ganz so vom Leben ausgeschlossen fühlte.

Während ihre Finger geschickt die feine Knochennadel führten, die aus dem hinteren Wadenbein eines Schweins hergestellt worden war, glitten ihre Gedanken für einen Moment lang zu ihrer gemeinsamen Zukunft mit Jacques ab.

Seine Familie war entfernt mit der von Johanna von Toulouse verwandt, der Gemahlin Alfons von Poitiers, der seinerseits wiederum ein Bruder König Ludwigs IX. war. Jacques besaß drei Tagesreisen von Bourges entfernt, in der Nähe von Poitiers, eine kleine Burg mit bescheidenen Ländereien. Er war der jüngste von drei Söhnen und hatte sich im Gegensatz zu seinen Brüdern erfolgreich dagegen gesträubt, ein Ritter zu werden oder ins Kloster zu gehen.

Von klein auf hatte es ihn in die Ferne gezogen, und mit einigem Geschick und etwas Glück war es ihm schließlich durch den sich ständig weiter ausbreitenden Fernhandel gelungen, ein Vermögen zu verdienen.

Jahrelang war er quer durch ganz Asien gereist und hatte dort kostbare Seidenstoffe erstanden, die er nun, wieder nach Frankreich zurückgekehrt, teuer weiterzuverkaufen gedachte.

Seine Ware transportierte er, soweit es möglich war, auf dem Seeweg, um so die immer zahlreicher werdenden Zollstationen zu umgehen. Nachdem er außerdem mehrere Niederlassungen von Marseille über Damaskus bis hin zu Shanghai aufgebaut hatte, konnte er es sich nunmehr leisten, seine Güter auf die beschwerliche Reise nach China zu schicken und nur noch an Großhändler zu verkaufen.

Einer dieser Großhändler war Jean Machaut, der sich auf edles und ausgefallenes Tuch wie Seide, Brokat, Damast, Baldachin und Scharlach spezialisiert hatte, mit dem er wiederum kleinere Händler belieferte, die ihrerseits die Stoffe anschließend an reiche Bürger und Adlige weiterverkauften.

Bereits bei seinem ersten geschäftlichen Besuch hatte Jacques beschlossen, Jean Machauts Tochter Katharina zu heiraten.

Ihre kühle Schönheit gefiel ihm, und er konnte sie sich gut als Mutter seiner zukünftigen Söhne vorstellen. Sein Vater war vor einiger Zeit verstorben, und sein ältester Bruder hatte seinen Platz als Graf und Burgherr eingenommen. Durch sein Vermögen war Jacques unabhängig, und seine Mutter versuchte erst gar nicht, ihn zu einer standesgemäßen Heirat zu zwingen, nachdem er ihr mehr als deutlich klargemacht hatte, dass er lieber wieder auf Reisen gehen würde, als sich dieser Forderung zu beugen.

Und so hatte er sich ein großes Steinhaus am Rande der Stadt bauen lassen, von dem aus er auch seine Geschäfte tätigte, und beschlossen, dass es nun an der Zeit wäre, seine eigene kleine Familie zu gründen und den ersehnten Erben zu zeugen.

Zwar war es durchaus möglich, dass er früher oder später durch seinen Beruf als Kaufmann seine Privilegien als Adliger verlieren würde, doch das nahm er billigend in Kauf.

Auf seinen Reisen hatte er viel gelernt, und er betrachtete es als Glück, in einer Zeit zu leben, in der alles möglich war. Unfreie und Leibeigene konnten mittlerweile ihre Freiheit und sogar das Bürgerrecht erlangen, indem sie in die Städte zogen. Mit etwas Glück konnten sie es dort darüber hinaus zu so viel Reichtum bringen, dass manch ein Adliger, der hochnäsig in seiner Burg saß und sich weigerte, die vielen Veränderungen, die in seinem Land vor sich gingen, wahrzunehmen, blass vor Neid wurde.

Menschen wie Jean Machaut gehörte sein ganzer Respekt und seine Bewunderung, denn sie hatten es aus eigener Kraft heraus geschafft, Besitz zu erlangen, und waren für viele ihrer Zeitgenossen, die sich bis dahin ergeben in ihr Schicksal gefügt hatten, zu Hoffnungsträgern geworden.

Die Reisen, die Jacques unternommen hatte, hatten seinen Horizont erweitert und ihm neue, aber auch gefährliche Denkanstöße geliefert, die, hätte die Kirche Kenntnis von ihnen erhalten, mit Sicherheit von ihr als ketzerisch verdammt worden wären. Schade war nur, dass er in den Ländern, die er bereist hatte, nur selten auf jemanden gestoßen war, mit dem er sich hatte austauschen können, auf jemanden wie den Großkahn, dem er in China begegnet war und der ihn eingeladen hatte, sein Gast zu sein.

Mangu Khan war in der Tat ein ungewöhnlicher, wenn auch grausamer Mann, der von dem Gedanken besessen war, alles, was in der Welt vor sich ging, zu erfahren. Aus diesem Grund hatte er auch regelmäßig Angehörige der verschiedensten Religionen zu gelehrigen Disputationen an seinen Hof eingeladen, in der Hoffnung, dadurch zu neuen Erkenntnissen zu gelangen.

Jeder der Geladenen war überzeugt davon gewesen, dass seine Religion die einzig wahre wäre. Mangu Kahn hatte nur gelächelt, sobald die Dispute immer hitziger geworden und zuletzt in wüste Beschimpfungen ausgeartet waren.

Erst dann hatte er seinen Gästen mit lauter Stimme zu schweigen befohlen und so lange gewartet, bis Stille in den prunkvollen Saal eingekehrt war. Mit mahnenden Worten hatte er sodann die Debatte abgebrochen.

»So wie Gott der Hand verschiedene Finger gab, so gab Er den Menschen verschiedene Wege. Euch gab Gott die Heilige Schrift, aber ihr Christen richtet euch nicht danach. Uns aber gab Er Weissager, und wir tun, was sie uns sagen, und wir leben in Frieden.«

Wie oft hatte Jacques schon darüber nachgedacht, ob seine Landsleute wohl anders gewesen wären, wenn sie wie er das Glück gehabt hätten, ferne Länder und Menschen mit fremden Religionen kennenlernen zu können. Anfangs waren diese alle Heiden und Ungläubige für ihn gewesen, doch dann hatte ihn die demütige Inbrunst ihres Glaubens beeindruckt, mit der die Chinesen ihren Buddha verehrten und die Sarazenen und Mauren ihren Mohammed. Sie hatten ihre eigene Religion und würden niemals einen anderen Glauben annehmen.

Die Chinesen erschienen ihm geheimnisvoll und fremd, und je länger er sich in ihrem Land aufgehalten hatte, umso mehr war er zu der Überzeugung gelangt, dass Buddha bei Weitem besser zu ihnen passte als sein eigener christlicher Gott.

Seine Gedanken waren ketzerisch, und er wusste, dass er sie niemals laut aussprechen durfte. Aus demselben Grund war er auch froh darüber, dass China viel zu weit von Frankreich entfernt lag, um von dem religiösen Wahn, der den Kreuzzügen vorausging, in Mitleidenschaft gezogen werden zu können.

Nur wenigen Menschen war bekannt, dass dieses Land überhaupt existierte, und nochmal weniger kannten den Weg dorthin, zumal er von den Eingeweihten strengstens gehütet wurde.

Jacques packte die Geschenke zusammen, die er für die Familie seiner Verlobten ausgewählt hatte, und ließ den Diener sein Reitpferd satteln. Aus dem Haus der Machauts schlug ihm bereits der köstliche Duft von Schweinebraten entgegen, als ihm Elsa die schwere Eichentüre öffnete und ihn aufs Freundlichste begrüßte. Mit lauter Stimme rief sie nach dem Knecht, dem sie befahl, sich um das Pferd ihres Gastes zu kümmern.

Danach führte sie Jacques in die Stube, wo Eleonore gemeinsam mit Katharina, Martha und Agnes bereits auf ihn wartete. Alle drei hatten ihre Festtagsgewänder angelegt, und eine jede für sich bot einen entzückenden Anblick.

Katharinas Wangen hatten sich bei seinem Erscheinen gerötet, und sie sah schöner aus denn je. Sie war in ihren Verlobten verliebt, obwohl er in ihren Augen fast schon ein wenig zu alt für sie war. Doch seine Bewegungen wirkten noch immer jugendlich, und sein gut geschnittenes Gesicht strahlte sowohl Intelligenz als auch Großzügigkeit aus.

In der Stube war es warm und gemütlich. Öllampen hingen von dem mächtigen Deckenbalken herab, der sich der Länge nach durch den ganzen Raum zog, und verbreiteten zusammen mit dem auf dem Tisch stehenden Kerzenleuchter ein warmes, angenehmes Licht.

Der Hausherr hatte sich noch nicht zu ihnen gesellt, würde aber sicher gleich eintreffen. Jacques gab Eleonore und den Mädchen die Hand und überreichte gleichzeitig einer jeden von ihnen ein in Seide gewickeltes Geschenk. Dann legte er seinen Überrock und seinen Hut auf der Bank ab und ließ sich auf dem für ihn vorgesehenen Klappstuhl am Kopfende der Tafel nieder.

Während die Mädchen neugierig ihre Geschenke auswickelten, musterte ihn Eleonore nachdenklich. Sie dachte an das wenig erfreuliche Gespräch zurück, das sie heute Nachmittag mit ihrem Mann geführt hatte: »Marie hat heute Morgen wieder diese seltsamen Krämpfe bekommen, und ich mache mir große Sorgen, denn die Nachbarn reden seit Maries letztem Anfall in der Kathedrale mehr denn je über uns. Wenn das so weitergeht, wird es nicht mehr lange dauern, bis sie mit dem Finger auf uns zeigen.«

Jeans Miene hatte sich bei ihren Worten verdüstert. Ärgerlich begann er nun mit den Fingern auf den Tisch zu trommeln.

Eleonore kannte diesen Blick nur zu gut und musste all ihren Mut zusammennehmen, um fortzufahren: »So kann es unmöglich weitergehen, ich bitte Euch, unternehmt endlich etwas, sonst werden unsere Töchter noch als alte Jungfern enden. Die Frau des Salzhändlers hat außerdem behauptet, dass aus unserem Haus Schwefelgeruch aufsteigen würde, und Ihr wisst, wohin das führen kann«, hielt sie ihm mit fester Stimme vor, obwohl sie innerlich aufgewühlt war.

Überrascht sah Jean seine Frau an. In diesem Ton hatte sie noch nie mit ihm gesprochen. Doch der heutige Vorfall hatte Eleonore endgültig die Augen geöffnet, und sie hatte

Angst vor dem, was möglicherweise passieren konnte. Auf keinen Fall wollte sie noch mehr ins Gerede kommen. Allein der neu erworbene Reichtum, den Jean durch das Einbauen der Fenster und die Anschaffung eines teuren Reitpferdes demonstrierte, hatte den Neid der Nachbarn schon zur Genüge geweckt. Hinzu kam noch, dass sie erst seit wenigen Jahren in der Stadt lebten und dort immer noch als Zugereiste galten, denen man voller Misstrauen begegnete.

Das waren die Voraussetzungen, unter denen Maries merkwürdige Krankheit den Nachbarn nurmehr eine willkommene Handhabe lieferte, um ihnen allen das Leben schwer zu machen, und das, obwohl sich Eleonore die größte Mühe gab, ihrer Wohltätigkeitspflicht gegenüber den Armen nachzukommen, und mildtätige Gaben verteilte, wann auch immer sich Gelegenheit dazu bot.

Jean schwieg jedoch noch immer, und Eleonore entdeckte bestürzt einen Anflug von Unsicherheit in seinem markanten Gesicht. Es war das erste Mal, seitdem sie ihn kannte, dass sie eine Form von Schwäche an ihm feststellen konnte.

Sie bekam es mit der Angst zu tun, und ihr Magen klumpte sich schmerzhaft zusammen. Konnte es sein, dass er ihr die ganze Zeit über etwas verschwiegen hatte?

Doch schon hatte er sich wieder in der Gewalt und wirkte kühl und unnahbar wie immer.

»Ich werde darüber nachdenken«, beschied er ihr barsch und erhob sich. Mit großen Schritten verließ er den Raum und stapfte schwerfällig die Holztreppe in den Keller hinunter.

5

Katharinas entzückter Schrei holte sie wieder in die Gegenwart zurück. Stolz hielt diese einen wunderschönen Ring mit einem blauen Stein in die Höhe, damit ihn jeder in dem kleinen Raum sehen und gebührend bewundern konnte. Martha und Agnes hatten jeweils ein kleines, liebevoll geschnitztes Pferd aus Jade erhalten und Eleonore kostbare chinesische Seide für ein neues Gewand.

Elsa hatte ihnen gerade den Würzwein gereicht, als Jean zur Türe hereinkam und seinen Gast begrüßte.

Jacques überreichte ihm eine silberne Gürtelschnalle mit Emaileinlagen. Damit blieb nur noch ein Geschenk übrig. Ein wenig enttäuscht hob Jacques es hoch und meinte dann bedauernd: »Eine Tochter fehlt noch.«

Er konnte sich noch gut an das Mädchen erinnern, deren Gesicht ungewöhnlich hellhäutig, fast schon weiß gewesen war. Ihre Augen hatten die seinen für einen Moment getroffen und ihn tief in seinem Innersten berührt.

Auch nach ihrer Begegnung hatte er noch oftmals an sie denken müssen und deshalb insgeheim darauf gehofft, sie an diesem Abend wiederzusehen, um feststellen zu können, ob er sich das Ganze nicht nur eingebildet hatte.

Eleonore warf ihrem Mann einen erschrockenen Blick zu. Sie hatte nicht damit gerechnet, dass Jacques es bemerken würde, wenn eines der Mädchen fehlte. Ob er vielleicht schon von den Gerüchten über Marie erfahren hatte? »Die

Hitze hat ihr zu schaffen gemacht, weshalb ich ihr erlaubt habe, sich in der Kammer auszuruhen«, gab sie rasch zur Antwort.

Jacques verbarg die leise Enttäuschung, die in ihm hochstieg.

Doch da trug Elsa auch schon das Essen auf. Es gab Brathuhn in Rotweinsoße, Schweinebraten mit Speckkraut, Gepfeffertes, Aalrutte und Äpfel mit Honig. Dazu wurde frisch gebackenes Weizenbrot gereicht, so viel jeder mochte.

Die Hochzeit wurde während des Essens im gegenseitigen Einvernehmen auf den Tag des heiligen Nikolaus festgelegt, dem Schutzheiligen der Seeleute, von dem die Legende erzählte, dass er einmal drei Kinder aus sturmgepeitschter See gerettet hatte.

Die Speisen waren hervorragend, und so rülpste Jacques zum Abschluss laut und vernehmlich, um seinen Gastgebern zu zeigen, dass es ihm geschmeckt hatte.

Elsa füllte noch einmal die Weinbecher.

»Habt Ihr schon gehört, dass jetzt auch auf den Flüssen immer mehr Zollstationen errichtet werden?« Jean Machaut sah seinen zukünftigen Schwiegersohn an, um seine Meinung zu dieser neuen Plage zu erfahren. »Es wird tatsächlich immer schwieriger, reich zu werden«, erwiderte Jacques fröhlich. »Bald wird es mehr Zollstationen als Sterne am Himmel geben, und wir werden unsere Preise weiter erhöhen müssen, wenn wir überhaupt noch etwas verdienen wollen. Dabei lohnt es sich jetzt schon kaum noch, Tuch in Flandern einzukaufen, nachdem wir es selbst in die verschiedenen Baronien einführen müssen.«

Eine steile Falte erschien auf Jean Machauts Stirn.

»Ich habe gehört, dass sich die Flamen mit ihrem Qualitätstuch auf den Messen in der Champagne angekündigt haben, und bin schon sehr gespannt darauf, was sie dafür verlangen werden. Wir sollten uns tatsächlich mehr auf den Handel mit Seide spezialisieren, da können wir die Preise noch selbst bestimmen und haben weniger Konkurrenz.«

»Ihr habt ganz recht«, stimmte ihm Jacques nachdenklich zu. »Was war es doch noch für ein Vergnügen, durch China zu reisen und dort Geschäfte zu machen.«

Sofort richteten sich die Augen der ganzen Familie in der Hoffnung auf eine spannende Geschichte erwartungsvoll auf ihn. Und sie wurden nicht enttäuscht. Jacques war ein guter Erzähler, und schon bald tat sich vor den Machauts eine fremde Welt voller Wunder auf.

Staunend vernahmen sie, dass es in China öffentliche, warme Bäder für alle gab und Schiffe, deren Kabinen einen eigenen Abort besaßen. Breite, steinerne Brücken und gepflasterte Straßen, die von Schatten spendenden, hohen Bäumen gesäumt waren, machten das Reisen zu einem wahren Vergnügen, genau wie die Gasthäuser, deren weiche Betten mit kostbarer Seide überzogen waren und in denen es keine Flöhe und Wanzen gab.

Ein Führer überwachte die Sicherheit der Reisenden, die geschützt vor Überfällen unbesorgt größere Geldsummen mit sich führen konnten. Die Menschen waren gastfreundlich, und im ganzen Land herrschte Sauberkeit und Ordnung.

Der Name eines jeden Gastes wurde neben der Haustüre eingeritzt, und so wusste man stets, wer wann an welchem Ort gewesen war.

»In goldenen Tempeln beten sie zu Buddha, ihrem glatzköpfigen, dickbäuchigen Gott, der für jeden ein offenes Ohr hat, der ihm Räucherwerk oder Münzen opfert. Die Luft ist so warm und weich wie chinesische Seide und mit Düften von seltenen und kostbaren Blüten erfüllt, deren Schönheit nur schwer zu beschreiben ist. Selbst der Himmel leuchtet dort in einem anderen Blau«, schloss er seinen Bericht ab.

Die Glocken läuteten die zehnte Stunde ein. Höchste Zeit für einen ehrbaren Bürger, um aufzubrechen, und so verabschiedete sich Jacques von der Familie seiner Braut.

Der Knecht stand schon mit dem gesattelten Pferd und einer Fackel in der Hand bereit, um ihm heimzuleuchten, und die laute Stimme des Nachtwächters schallte durch die schwüle Nacht. Mit monotoner Stimme rief er die nächste Stunde aus und ermahnte die Leute, auf das Feuer in ihren Häusern Acht zu geben.

Die Mädchen begaben sich in ihre Kammer, und Eleonore blieb mit ihrem Mann allein zurück. Fragend sah sie ihn an, doch er wich ihrem Blick aus. Seufzend begab sie sich daraufhin in das gemeinsame Schlafzimmer, wo sie sich auszukleiden begann.

Jean würde das Haus im Morgengrauen verlassen und erst mehrere Wochen später wieder nach Hause kommen. Er wollte in die Champagne nach Troyes, zur so genannten Heißen Messe, die von Johanni bis Mitte September dauerte, um dort weitere Geschäfte abzuschließen und neue Verbindungen aufzubauen. Nachdem die Marktpolizei die Gläubiger unterstützte und Alleinreisenden Schutz gewährte, stellte der Besuch der Messen auch kein sonderlich großes Risiko dar.

Eleonore wusste, dass Jean vor seiner Reise noch zu ihr kommen würde, um sein Verlangen an ihr zu stillen, und griff deshalb vorsorglich nach einem kleinen Talgtöpfchen unter ihrem Bett. Seufzend verrieb sie etwas von dem Talg zwischen ihren Beinen, denn Jean hasste es, wenn sie zu trocken war, und sie wusste aus schmerzlicher Erfahrung, wie grob er werden konnte, sobald ihn der Zorn übermannte. Schon des Öfteren hatte er sie geohrfeigt und ihr vorgeworfen, eine schlechte Ehefrau zu sein.

Gleichgültig ließ sie demzufolge das Unvermeidliche über sich ergehen und war froh, als es endlich vorüber war.

Pflichtbewusst blieb sie am nächsten Morgen noch in der Türe stehen und winkte ihrem Mann nach, bis er verschwunden war. Sie war gereizt und hatte Kopfschmerzen. Rasch schloss sie die Türe, um den unerträglichen Gestank, den der Wind aus der Gerbergasse herübertrug, nicht länger ertragen zu müssen.

Eine fette Ratte versuchte im letzten Moment an ihren Füßen vorbei ins Haus zu schlüpfen, doch Eleonore gelang es, sie im Türrahmen einzuklemmen und mit einem nicht sehr weiblichen Tritt zurück auf die Gasse zu befördern.

Als Eleonore in die Küche kam, saßen ihre Töchter bereits am Tisch und aßen ihren Gerstenbrei. Die dunklen Ringe um Maries Augen riefen ihr die Ereignisse des gestrigen Tages zurück. Sie bedachte ihre Tochter mit einem strengen Blick.

»Du wirst das Haus bis zur Hochzeit deiner Schwester nicht mehr allein verlassen«, sagte sie in einem Ton, der keinen Widerspruch duldete.

Marie sah erschrocken von ihrer Tonschüssel auf. Die Kälte, die in der Stimme ihrer Mutter lag, war für sie schlimmer als der soeben über sie verhängte Hausarrest. Was sie zu Beginn ihrer Krankheit immer nur befürchtet hatte, war mit jedem ihrer Anfälle mehr zur Gewissheit geworden. Sie würde niemals wirklich in den Kreis ihrer Familie aufgenommen werden und dazugehören. Irgendetwas stimmte nicht mit ihr. Sie war anders als die anderen und löste damit Abwehr und Furcht bei den Menschen aus, die sie liebte, sodass ein unüberwindlicher Abgrund zwischen ihr und ihren Angehörigen lag.

Traurig sah sie ihre Mutter an, suchte vergeblich ihren Blick, doch Eleonore wandte sich Katharina zu, die ununterbrochen über ihre bevorstehende Hochzeit plapperte.

Sie konnte den anklagenden Ausdruck in den dunklen Augen ihrer jüngsten Tochter nicht länger ertragen.

»Darf ich mir heute den Stoff für mein Hochzeitskleid aussuchen?«, fragte Katharina ihre Mutter.

Eleonore nickte gleichgültig.

Katharina hielt Marie das Geschenk ihres Verlobten hin. Ihre Augen glitzerten boshaft.

»Das ist für dich«, sagte sie.

Marie sah überrascht auf, als sie auf einen wunderschön geschnitzten Vogel aus gelber Jade sah. Die Augen des daumengroßen Kunstwerkes bestanden aus zwei schimmernden Kristallen. Nie zuvor hatte sie solch ein kostbares Geschenk erhalten.

Sie streckte die Hand aus, um den Vogel entgegenzunehmen, doch in dem Moment, als sie zugreifen wollte, zog Katharina blitzschnell ihre Hand zurück und ließ den kleinen Vogel auf den Boden fallen.

»Wie ungeschickt von mir«, säuselte sie mit gespieltem Bedauern und bückte sich rasch, um den Vogel aufzuheben, bevor Marie ihn erreichen konnte.

Einer der beiden winzigen Kristalle hatte sich gelöst und war über die Holzdielen in eine Ritze hineingekullert.

In Maries Augen glänzten Tränen, doch es kam kein Wort über ihre Lippen.

Katharina sah sie böse an. Sie war neidisch auf das kostbare Kleinod, das Jacques ihrer Schwester mitgebracht hatte, genauso wie sie auf Maries Schönheit und ihre zarte Haut neidisch war. Die ganze Nacht über hatte sie überlegt, ob es Absicht gewesen war, dass gerade Marie den Vogel erhalten sollte, was bedeuten würde, dass sie Jacques besser gefiel als ihre beiden anderen Schwestern. Vor lauter Neid hatte sie kein Auge zubekommen und überlegt, wie sie es Marie heimzahlen könnte.

Sicher hatte Marie Jacques, als sie selbst einen Moment lang nicht aufgepasst hatte, mit ihrem traurigen Blick angesehen.

Katharinas ohnehin schon schrille Stimme wurde noch einmal greller, als sie sich nun vorbeugte und Marie einen herausfordernden Blick zuwarf.

»Du hast doch nicht etwa geglaubt, dass ich dir den Vogel überlasse? Ich weiß genau, dass du mir meinen Verlobten neidest. Wahrscheinlich bekommst du deine komischen Zuckungen extra, weil du nicht willst, dass er mich heiratet.« Ihre Stimme überschlug sich beinahe vor Wut.

Sie hatte schnell und laut gesprochen und musste einen Moment innehalten, um Luft zu holen.

»Vielleicht gebe ich dir den Vogel nach der Hochzeit«, fuhr sie langsamer fort. »Doch zuerst musst du mir helfen, mein Hochzeitskleid zu nähen, und dabei wirst du dich besonders anstrengen.«

Alle vier Mädchen hatten von klein an gelernt, mit Nadel und Faden umzugehen, und konnten sticken, weben und spinnen, doch keine war so flink und geschickt wie Marie.

Mitleidig hatte Elsa das Gespräch mit angehört. Sie konnte nicht verstehen, dass alle auf der sanften Marie herumhackten, die niemandem etwas zuleide tat und alle Gemeinheiten ohne Widerrede und Gegenwehr über sich ergehen ließ. Sie konnte nicht ahnen, dass Marie sich schuldig fühlte und ihren Schwestern die ständigen Boshaftigkeiten nicht einmal nachtrug. Zugleich bedachte sie ihre Herrin mit einem vorwurfsvollen Blick, weil diese Katharina mit keinem Wort in ihre Schranken wies, doch Eleonore war tief in Gedanken versunken und hatte nicht auf das Geplapper der Mädchen geachtet.

Elsa betrachtete Marie, die still und blass auf ihrem Stuhl saß. Ihre weiße Haut und die dunklen Augen verliehen ihr etwas Fremdartiges, trotzdem oder gerade deshalb würde sie eines Tages eine Schönheit werden.

Noch dazu eine gefährliche Schönheit, die das Begehren der Männer und den Neid der Frauen auf sich ziehen würde, ein Umstand, der Elsa schon jetzt große Sorgen bereitete. Und die Ablehnung, die selbst Maries Eltern ihrer Tochter gegenüber an den Tag legten, verstärkte Elsas Verdacht noch einmal mehr, dass Marie mit einem düsteren Geheimnis behaftet sein musste, das weit zurück in der Vergangenheit liegen musste.

Sie kannte Marie von Geburt an und war die Einzige in der Familie, die ihr Zuneigung entgegenbrachte, fast so, als wäre sie ihr eigenes Kind.

Elsa war erst sieben Jahre alt gewesen, als ihre Eltern sie als Magd in der nahe gelegenen Burg des Grafen untergebracht hatten, ganz wie es bei armen Leuten üblich war, die nicht in der Lage waren, alle Kinder zu ernähren.

Nur noch dunkel erinnerte sie sich an die kleine zugige Kate, in der sie mit ihren Eltern und ihren Geschwistern die ersten Jahre ihres Lebens verbracht hatte. Anfangs hatte sie viel geweint. Der Verwalter der Burg, ein Mann mit spitzem Gesicht und harten Augen, ließ sie von morgens bis abends arbeiten, bis ihre Hände von der vielen Arbeit und dem kalten Wasser mit dicken Schwielen überzogen waren.

Im Laufe der Jahre hatte sie sich jedoch an das harte Leben gewöhnt und war zufrieden damit, denn sie bekam stets genug zu essen und brauchte im Winter nicht zu frieren. Wenn sie abends in die kleine Kammer ging, die sie mit vier anderen Mägden teilte, war sie todmüde und schlief sofort ein.

Aber dann hatte sich mit einem Schlag alles geändert. Ihre Brüste begannen sich zu wölben, und die erste Blutung stellte sich ein. Sie hatte sich nicht weiter um die begehrlichen Blicke der Männer gekümmert, die ihr von nun an gefolgt waren, und als sie deren Bedeutung endlich begriffen hatte, war es schon zu spät gewesen.

Der älteste Sohn des Grafen war ihr, ohne dass sie es bemerkte, in den kleinen Schuppen hinter der Burgküche gefolgt.

Sogar noch heute erschien ihr sein höhnisches Grinsen, wenn sie nachts nicht schlafen konnte, vor den Augen, und sie konnte seinen von Wein geschwängerten Atem riechen.

Mit brutaler Gewalt war er über sie hergefallen und hatte sich rücksichtslos genommen, was er begehrte. Mehr tot als lebendig war sie noch am gleichen Abend von der Burg geflohen, bevor der Burgfried verschlossen und die Zugbrücke hochgefahren worden war.

Während der langen, einsamen Wanderschaft, die danach für sie begonnen hatte, war ihr Bauch immer dicker geworden.

Irgendwann hatte sie die Stadt erreicht und war erschöpft vor dem Hause der Machauts zusammengebrochen. Während die Herrin des Hauses ein gesundes, wenn auch zartes Mädchen zur Welt brachte, hatte sich ihr Sohn bei dem Versuch, auf die Welt zu gelangen, mit seiner eigenen Nabelschnur stranguliert und war nach langem Kampf tot zur Welt gekommen.

Elsa hatte es als gerecht empfunden und Gott von ganzem Herzen dafür gedankt. Sie hatte dieses Kind nicht gewollt, das sie nur immer wieder an das schlimmste Erlebnis ihres Lebens erinnert hätte.

Das kleine Mädchen der Hausherrin trank aus ihren überquellenden Brüsten und füllte die Leere, die das ungewollte Kind dennoch in ihr hinterlassen hatte.

Elsa hatte nie wieder die Nähe eines Mannes gesucht. Seit ihrer Vergewaltigung traute sie ihnen nicht mehr und war ihrem Interesse und ihren Nachstellungen erfolgreich aus dem Weg gegangen.

Alle Liebe, zu der sie fähig war, hatte sie Marie geschenkt, die von ihrer eigenen Familie vom ersten Atemzug an nur Ablehnung erfahren hatte.

6

Nachdem der Zunderhändler Marie nach Hause gebracht hatte, suchte er voller Sorge nach seinem Pferd und fand es schließlich erschöpft und verwundet in einer kleinen Gasse.

Er wusste, dass es vergeblich sein würde, auf den Marktplatz zurückzukehren, um nach den Überresten seiner Ware zu suchen, die von den Flammen verschont geblieben waren. Bettler und anderes Gesindel hätten sich sicher schon längst darüber hergemacht und die allgemeine Verwirrung dazu benutzt, alles, was ihnen unter die Finger kam, an sich zu raffen und wegzutragen.

Er nahm das Pferd am Zügel und verließ auf Umwegen die Stadt, denn er wollte vermeiden, auf jemanden zu treffen, der ihm womöglich die Schuld an dem Unglück geben und Schadenersatz von ihm verlangen würde.

Obwohl er seinen gesamten Besitz verloren hatte, fühlte er sich leicht und frei wie nie zuvor in seinem Leben und dankte Gott im Stillen dafür. Irgendwie würde es schon weitergehen.

Er könnte das Pferd verkaufen und seine Familie mit dem Erlös über den Winter bringen. Vielleicht würde es sogar noch für einen Esel oder ein altes Maultier reichen. Im Frühjahr würde er dann noch einmal von vorne beginnen und so lange Baumpilze sammeln, bis er sich ein neues Pferd leisten konnte.

Immer wieder tauchte das Gesicht des engelsgleichen Mädchens vor ihm auf. Er spürte, dass sie etwas mit seiner wundersamen Genesung zu tun haben musste, auch wenn er sich nicht zu erklären wusste, wie das möglich sein sollte.

Gegen Abend kam er an einem aus Stein gebauten Kloster vorbei. Er klopfte an die Pforte und bat um eine Unterkunft für die Nacht, die ihm wie jedem Reisenden gewährt wurde.

Ein gebeugter, alter Mönch mit schlohweißer Tonsur wies ihm freundlich den Weg zu den Ställen, in denen er sein Pferd unterstellen konnte. Anschließend begab er sich zur Herberge, einem schlichten, scheunenähnlichen Gebäude, das sich an der Rückseite der Kapelle befand und den Reisenden als Unterkunft diente. Zwei Brüder in brauner Kutte standen neben einem grob gezimmerten Tisch und teilten schweigend das Abendessen an die lange Schlange der Reisenden aus.

Nachdem er eine Erbsensuppe, ein Stück Brot und einen Becher mit verdünntem Wein erhalten und seine Mahlzeit hungrig verzehrt hatte, begab er sich zu den Ställen auf der gegenüberliegenden Seite des Klosterhofs, wo ein älterer Mönch in einer braunen Leinentunika gerade damit beschäftigt war, Heu an die Pferde auszuteilen. Immer wieder hielt er dabei inne, um einem der Tiere über die weichen Nüstern zu streicheln. Er schien die Tiere zu mögen und nahm den Zunderhändler dadurch auf Anhieb für sich ein.

Als dieser näher trat, sah Bruder Gilbert auf. Seine kleinen, klugen Augen strahlten heitere Zufriedenheit aus.

»Gott schütze Euch, kann ich Euch behilflich sein?«, fragte er.

So viel Freundlichkeit hatte der Zunderhändler nicht erwartet. Verlegen blickte er zu Boden und meinte dann:

»Mein Pferd hat sich verletzt, und die Wunden haben angefangen zu eitern. Das Pferd ist alles, was ich noch besitze.«

Der Mönch lächelte ihn an. »Ich werde sehen, was ich tun kann, wartet hier auf mich. Ich bin gleich zurück.«

Der Zunderhändler konnte sein Glück kaum fassen. Das zweite Mal an diesem Tag begegnete er einem Menschen, der ihm, ohne lange zu überlegen, seine Hilfe anbot.

Während er noch immer überlegte, was das wohl zu bedeuten hatte, kam der Mönch auch schon zurück. In seiner Hand hielt er eine gedrechselte Holzdose, deren Deckel er jetzt öffnete. Ein scharfer Geruch stieg dem Kutscher in die Nase.

»Das ist Baumöl mit Alaun, Kampfer und Himmeltau«, erklärte ihm Bruder Gilbert.

Gemeinsam begaben sie sich zu dem verletzten Schecken, der freudig schnaubte, als er seinen Herrn erkannte. Mit einem dünnen Holzspatel trug der Mönch die Paste auf die Verletzungen auf.

»Wenn Ihr morgen früh aufbrecht, werden die Wunden geschlossen sein.«

Der Zunderhändler bedankte sich mit Tränen in den Augen.

Bruder Gilbert sah ihn streng an.

»Dankt Gott für Seine Hilfe, nicht mir, Ihm diene ich mit ganzem Herzen.«

Er wollte sich entfernen, doch der Händler hielt ihn zurück. Verlegen druckste er eine Weile herum. Es schien ihm unverschämt, den Mönch noch länger zu belästigen, doch sein Wunsch, eine Antwort auf seine Fragen zu erhalten, war übermächtig geworden und überwog seine Bedenken.

Der strenge Ausdruck im Gesicht Bruder Gilberts wurde

weicher, als er die angespannte Aufregung des Händlers bemerkte. Ruhig wartete er, bis der Fremde zu reden begann.

»Heute Morgen ist ein Wunder geschehen: Eine Jungfrau, rein wie ein Engel, ist vor mir erschienen und hat mich geheilt.«

Nachdem er den Anfang gemacht hatte, sprudelten die Worte nur so aus ihm heraus, und er erzählte dem freundlichen Mönch von dem seltsamen Mädchen mit der weißen Haut, das wie ein himmlisches Wesen aussah und das irgendetwas mit seiner wundersamen Heilung zu tun haben musste. Während er erzählte, war es ihm, als würde er alles noch einmal erleben.

Bruder Gilbert hörte ihm aufmerksam zu. Seine Augen wurden dabei immer größer, und neue Hoffnung strahlte in ihnen, als ihn der Händler, nachdem er geendet hatte, voller Erwartung ansah.

»Jetzt wisst Ihr alles, und nun sagt mir, womit ich dieses Wunder verdient habe. Ich bin nur ein einfacher Mann, der versucht, seine Familie zu ernähren«, sagte er mit gesenktem Kopf, und Tränen der Rührung liefen dabei über seine Wangen.

Bruder Gilbert konnte nicht anders. In seinen Augen glitzerten ebenfalls Tränen, als er den Händler umarmte und ihm einen brüderlichen Kuss auf die unrasierte Wange drückte.

»Gott hat meine Gebete erhört und mir ein Zeichen gesandt, indem Er Euch hierhergeführt hat, um mir von diesem Wunder zu berichten und so meinen Glauben zu stärken«, stammelte er tief bewegt.

Überwältigt von seinen Gefühlen brach er die Ordensregel, seine Worte stets auf das Nötigste zu beschränken, und redete mehr als sonst in einem ganzen Monat: »Meine

Familie ist von einer Horde Raubrittern überfallen worden, als ich noch ein kleiner Junge war. Sie erschlugen meinen Vater, schändeten meine Mutter und spießten meine Geschwister auf wie Spanferkel. Dann plünderten sie den Hof und steckten ihn in Brand. Unser alter Verwalter und ich waren die einzigen Überlebenden.

Erst nach einer langen, dunklen Zeit, in der mein Herz blind und voller Hass auf Gott und die Menschen war, habe ich in diesem Kloster meine Ruhe gefunden. Mit Gottes Hilfe ist es mir gelungen, meinen Hass zu überwinden, doch die schrecklichen Bilder haben sich in mein Gedächtnis eingebrannt, und die Zweifel kommen von Zeit zu Zeit wieder, um mich zu quälen.

Gott in Seiner großen Gnade hat Euch zu mir geschickt, um mir, einem Seiner geringsten Diener, neue Hoffnung zu geben, indem Er einen Engel wie dieses Mädchen auf die Erde gesandt hat. Was würde ich darum geben, ihr einmal begegnen zu dürfen.

Vacare deum non est otium, sed negotium negotiorum – sich Gott anheimzugeben, ist nicht Müßiggang, sondern die wichtigste aller Beschäftigungen.«

Die beiden Männer schwiegen bewegt. Bis auf das Rascheln der Mäuse im Stroh und das Stampfen der Pferde war es ruhig in dem Stallgebäude. Nach einer Weile unterbrach Bruder Gilbert die Stille und kratzte sich nachdenklich das stoppelige Kinn.

»Wisst Ihr, wer dieses Mädchen war?«, wollte er wissen.

»Sie ist die Tochter eines wohlhabenden Tuchhändlers in Bourges, ihren Namen kenne ich nicht«, antwortete ihm der Händler.

Bruder Gilbert reichte ihm die Hand.

»Ich werde in die Kapelle gehen, um Gott für seine große Gnade zu danken. Vielleicht sehen wir uns eines Tages wieder.«

»Habt Ihr etwas dagegen, wenn ich im Stall übernachte?«, fragte der Händler.

»Nein, nein, legt Euch ruhig ins Stroh.« Mit ruhigen Schritten verließ Bruder Gilbert den Stall.

Der Händler schob daraufhin das in einer Ecke liegende Stroh zu einem Lager zusammen und legte sich zum Schlafen darauf. Die unterschiedlichsten Gedanken gingen ihm durch den Kopf. Was er heute erlebt hatte, war einfach zu viel für ihn, und erst jetzt merkte er, wie müde er war.

Am nächsten Morgen reichten die Mönche Brot und einen Becher verdünnten Weines zum Frühstück. Anschließend segneten sie die Reisenden und entließen sie nach draußen.

Der Zunderhändler hätte sich noch gerne von Bruder Gilbert verabschiedet, doch er konnte den Mönch nirgendwo entdecken, als er sein Pferd aus dem Stall holte und sich schließlich auf den Weg machte.

Ein feuchter Nieselregen hatte eingesetzt und die herrschende Schwüle nochmals verstärkt, aber er achtete nicht darauf. Er konnte es kaum erwarten, seine Familie wiederzusehen und seiner Frau zu erzählen, was ihm alles widerfahren war.

Jean Machaut saß hoch aufgerichtet auf seinem neuen Reitpferd und ritt hinter dem mit kostbaren Stoffballen vollbeladenen Wagen her, der von Henry kutschiert wurde. In seinem scharlachfarbenen, aus edlem Stoff gefertigten Reitmantel und dem dazu passenden Reithut bot er fürwahr das wohlgefällige Bild eines wohlhabenden Bürgers. Obwohl sie sich mit dem ersten Licht des Tages aufgemacht hatten, waren sie nicht die Einzigen, die bereits unterwegs waren. Bauern trieben ihre Schweine in die Stadt, und auch die Krüppel und die Aussätzigen mit ihren Klappern waren schon längst unterwegs, immer auf der Suche nach einer milden Gabe.

Jean achtete nicht auf die neugierigen und oft auch neidischen Blicke, die ihm folgten. Eleonore hatte ihm am Tag zuvor schmerzhaft einen Teil seiner Vergangenheit ins Bewusstsein zurückgerufen, den er am liebsten für immer vergessen hätte. Aber er hatte sich etwas vorgemacht, als er geglaubt hatte, die Vergangenheit dadurch verdrängen zu können, dass er einfach nicht mehr an sie dachte oder über sie sprach.

Unwillkürlich wanderten seine Gedanken nun zu dem Tag zurück, an dem seine sorglose Kindheit ein brutales Ende gefunden hatte, und längst vergessen geglaubte Bilder stiegen wieder vor ihm auf.

Es war ein heller sonniger Tag gewesen, und er hatte fröhlich und unbeschwert mit seinem Holzschwert im Hof gespielt und so lange unsichtbare Feinde bekämpft, bis ihn der Hunger irgendwann zurück ins Haus getrieben hatte.

Seine Eltern hatten am Küchentisch gesessen und nicht bemerkt, dass er an der Türe stand und ihr Gespräch mit anhörte. Das Gesicht seines Vaters war düster gewesen, und er selbst hatte auf Jean seltsam hilflos gewirkt.

»Du darfst niemanden mehr heilen, es ist einfach zu gefährlich. Sie haben schon wieder Steine auf unser Haus geworfen. Es wäre besser, wenn wir die Stadt so schnell wie möglich verlassen würden.«

Er hatte die Angst in der Stimme seines Vaters gehört, den er bislang immer für unbesiegbar gehalten hatte, und hätte sich am liebsten in Mutters Armen verkrochen, um sich von ihr trösten zu lassen. Doch er war wie angewurzelt stehen geblieben.

»Es ist Gott, unser Herr, der die Menschen heilt, nicht ich. Ich bin nur Sein Werkzeug«, hatte seine Mutter mit sanfter Entschlossenheit widersprochen. »Vor Ihm können wir nicht fliehen. Wenn es Sein Wille ist, wird er uns beschützen.«

Doch Gott hatte sie nicht beschützt, sondern einfach vergessen.

Er konnte noch immer die weichen Arme seiner Mutter spüren, die ihn liebevoll umschlossen und ihn über die Gefahr hinweggetäuscht hatten, die unaufhaltsam näher gerückt war.

Dann hatte sich jedoch von jetzt auf gleich der Höllenschlund vor ihnen geöffnet, und die Flammen waren überall gewesen. Gefräßig und unbarmherzig wie Raubtiere hatten sie alles verschlungen, was ihm lieb und teuer gewesen war. Er war aus den weichen Armen seiner Mutter fortgerissen worden, die verzweifelt versucht hatte, ihn festzuhalten.

»Ich liebe dich, mein kleiner Jean«, waren ihre letzten Worte gewesen, und er hatte ihr Gesicht nicht sehen können, als sie ihn ein letztes Mal fest an sich gedrückt hatte, aber die furchtbare Angst, die ihn umklammerte, hatte für einen Moment nachgelassen. Doch dann hatte er ihre schützenden Arme nicht mehr gespürt, und die schrecklichen Flammen, die vor ihm hochschossen, versperrten ihm die Sicht. Es war so entsetzlich heiß gewesen, und er hatte so furchtbare Angst gehabt, dass seine Kehle wie zugeschnürt gewesen war.

Das Grauenvollste von allem war aber der grässlich süßliche Geruch gewesen, der ihn auch heute noch regelmäßig aus dem Schlaf hochfahren ließ und den er wohl bis zu seinem letzten Atemzug nicht mehr vergessen würde, ebenso wenig wie den unversöhnlichen Hass, der ihm und seinen Eltern aus den verzerrten Gesichtern der Leute entgegengeschlagen war und der sich schließlich in zügelloser Gier und purer Mordlust entladen hatte.

Der wütende Pöbel hatte seinen Vater erschlagen und das Haus mitsamt seiner Mutter in Brand gesetzt. Nur das mutige Eingreifen der alten Magd hatte ihn vor einem ähnlichen Schicksal bewahrt.

Kurz bevor sie das Stadttor erreichten, wandte Henry sich um. Sein Herr sah aus, als wäre er dem Leibhaftigen persönlich begegnet, wie er da so abwesend und mit bleichem Gesicht auf seinem Pferd saß, das brav hinter dem Wagen hertrottete.

Sofort hielt Henry den Wagen an und sprang vom Kutschbock. Jeans Pferd blieb ebenfalls stehen.

»Herr, was ist mit Euch?«, fragte Henry besorgt.

Jean sah ihn an, als würde er gerade erst aus einem tiefen Traum aufwachen.

»Es ist nichts«, meinte er leise. »Lass uns weiterreiten.«

Aber die Worte seiner Frau gingen ihm nicht mehr aus dem Kopf. Würde ihn die Vergangenheit selbst in Bourges und nach so vielen Jahren noch einholen?

Sein Onkel, bei dem er nach dem Brand gelebt hatte, hatte nie wieder über seine Eltern gesprochen, und er selbst hatte ihn nie zu fragen gewagt, was damals eigentlich wirklich geschehen war, auch nicht, als er längst erwachsen gewesen war. Jetzt war es zu spät, denn sein Onkel war vor drei Jahren verstorben und hatte sein Wissen für immer mit ins Grab genommen.

War es möglich, dass Maries Krankheit etwas mit der seiner Mutter zu tun hatte? Seine Mutter hatte ebenfalls unter diesen merkwürdigen Anfällen gelitten, die immer dann aufgetreten waren, nachdem sie jemanden geheilt hatte.

Die Erkenntnis traf ihn wie ein Schock.

Gott wollte ihn strafen, weil er seine Herkunft verleugnet hatte!

Nicht einmal Eleonore ahnte, dass seine Mutter eine Jüdin gewesen war.

Er spürte, wie die alte Wut und der Hass wieder in ihm hochstiegen. Gott hatte sie damals im Stich gelassen, obwohl sie Ihm aus ganzem Herzen vertraut hatten, und das würde er Ihm nicht verzeihen. Alle hatten sie ihn alleingelassen, und er hatte sein Herz verschlossen, weil er niemals mehr einen so großen Schmerz hatte erleiden wollen. Er hatte gelernt, nur sich selbst zu vertrauen, und es mit eisernem Willen unaufhaltsam zu Ansehen und Reichtum gebracht. Das konnte und wollte er jetzt nicht aufs Spiel setzen. Niemand hatte bisher von seinem Geheimnis erfahren. Doch nun drohte durch Marie alles ans Licht zu kommen.

Er versuchte sich damit zu beruhigen, dass Nürnberg weit genug von Bourges entfernt war. Immerhin war er ein angesehener Bürger, der seine Steuern bezahlte und darüber hinaus die Kirche durch großzügige Spenden unterstützte.

Marie würde im nächsten Sommer das fünfzehnte Lebensjahr erreichen und damit heiratsfähig sein. Und damit lag auch die Lösung seines Problems nahe. Er beschloss, ihr einen Ehemann weit weg von Bourges zu suchen und diesen über eine großzügige Aussteuer, die Marie mit in die Ehe bringen würde, zu unterstützen. Darüber hinaus würde er Radulfus, dem Bischof von Bourges, einen halben Ballen von dem golddurchwirkten Brokatstoff, den er in Venedig erworben hatte, stiften, um Gott gnädig zu stimmen.

7

Nach langem Hin und Her hatte Katharina sich schließlich für einen sanft schimmernden goldgelben Samt entschieden, und Eleonore beauftragte die besten Näherinnen der Stadt damit, Katharinas Hochzeitskleid zuzuschneiden und anzupassen. Anschließend befahl sie Marie, das Kleid und die dazugehörige Schleppe zu säumen und den Schleier zu besticken. Für sich und ihre Töchter ließ sie ebenfalls aus dem gleichen kostbaren Samt etwas schlichtere Kleider anfertigen.

Die Hochzeit sollte in der Burgkapelle der Montreuis stattfinden, und sie wollte sich auf keinen Fall vor der zukünftigen adligen Verwandtschaft eine Blöße geben.

Marie nähte, ohne zu murren, von morgens bis abends und erwartete jede Woche sehnsüchtig den Sonntag, an dem sie gemeinsam mit ihrer Familie die Kathedrale besuchen konnte. Es war die Pflicht eines jeden Gläubigen, ob jung oder alt, reich oder arm, mindestens einmal in der Woche zum Gottesdienst zu gehen, in dessen Höhepunkt das Hochheben der Hostie stand.

Endlich war es wieder so weit. Marie sprang als Erste aus dem großen Bett und legte ihr Festtagsgewand an, das zusammen mit den Kleidern ihrer Schwestern in einer großen Truhe neben der Türe aufbewahrt wurde. Danach lief sie in die Küche, wo sie ungeduldig auf ihre Mutter und ihre Schwestern wartete.

Elsa hatte ihre Schürze abgelegt und sich eine saubere Haube umgebunden. Genau wie Marie liebte sie den Gottesdienst, der eine willkommene Abwechslung in den eintönigen Tagesablauf der Woche brachte.

Maries Herz begann wie immer schneller zu schlagen, als sie durch das Goldene Tor die Heilige Stadt betrat, die sich wie ein Ring um die Kathedrale zog und die obere Stadt von der unteren trennte.

Das große Portal war übersät mit eng nebeneinanderstehenden Skulpturen von Heiligen.

Die Kathedrale war schon gut gefüllt, als Marie ihrer Mutter und den Schwestern durch das äußere Seitenschiff zur Familienkapelle folgte.

Ihr Vater hatte sie im letzten Jahr für viel Geld von einem Grafen erworben, dessen gesamtes Vermögen vom König eingezogen worden war.

Die anderen Kapellen befanden sich überwiegend im Besitz des Adels, der, begleitet von seinen Eskorten, in die Kirche einzog und ein farbenprächtiges Bild abgab.

Sie hatten gerade ihren Platz eingenommen, als die Mönche in geschlossener Prozession die Kathedrale betraten. Hinter ihnen folgten die Kathedralschüler.

Der Bischof selbst hielt an diesem Sonntag die Predigt. Mit geschmeidigen Bewegungen und wallender schwarzer Kukulle erklomm er die steile Wendeltreppe der kunstvoll geschnitzten hölzernen Kanzel, um aus lichter Höhe mit lauter Stimme auf die Gläubigen herabzudonnern. Die Wirkung seiner Worte wurde noch dadurch gesteigert, dass die Morgensonne just in diesem Augenblick durch eine Rosette des sechsbahnigen Triforiums schien und die Kanzel in goldenes Licht tauchte.

Die Menschen schlossen für einen Moment geblendet die

Augen und lauschten dem Bischof, der ihnen wortgewandt ihre Sünden vor Augen führte und sie dazu aufforderte, diese zu bekennen und sich zu bekehren.

»Der König von Frankreich war sterbenskrank und von seinen Ärzten bereits aufgegeben, als er sich auf Asche betten ließ und alle seine Vasallen zu sich rief und zu ihnen sprach:

»Sehet! Ich, der reichste und edelste Herr der Welt, der ich mächtiger war als alle anderen Menschen, ihnen überlegen an Rang, Vermögen und Anzahl meiner Freunde, kann doch dem Tod nicht den geringsten Aufschub noch der Krankheit eine einzige Stunde der Linderung abtrotzen! Was also sind all diese Dinge wert?«

Indem sie ihn so sprechen hörten, brachen alle Anwesenden in Schluchzen aus. Doch entgegen jeder Erwartung ließ der Herrgott ihn in diesem Moment, da man ihn schon tot wähnte, genesen. Er stand auf, dankte Gott und nahm das Kreuz infolge dessen, was sich zugetragen hatte.

Das irdische Leben ist nur eine Exilstation auf dem Wege zur ewigen Seligkeit. Kehrt um, ihr sündigen Seelen, denn Gott kennt eure Missetaten und wird euch nicht verlassen, wenn ihr euch ihm zuwendet. Oder wollt ihr ewig in der Hölle schmoren?

Salvandorum paucitas, damnandorum multitudo, extra ecclesiam nulla salus: Wenige gerettet, viele verdammt. Außerhalb der Kirche gibt es kein Heil«, schloss er.

Einen Moment lang blieb es still, und die Menschen nahmen sich, eingeschüchtert von den Worten des Bischofs, fest vor, sich zu ändern und künftig ein gottgefälligeres Leben zu führen. Wer wollte schon in der Hölle schmoren, wenn es doch die Möglichkeit gab, ins himmlische Jerusalem einzuziehen, wo man für immer von jeder Mühsal und irdischen Sorge befreit sein würde? Es war zumindest die einzige Hoffnung, die sie hatten.

Die Mönche erhoben ihre Stimmen zum gemeinsamen Gesang und ließen den Gläubigen Zeit, über ihre Sünden nachzudenken.

Trotz der Hitze, die draußen herrschte, war es im Inneren der Kathedrale angenehm kühl. Glücklich lauschte Marie dem Chor der Mönche. Sie hätte alles dafür gegeben, wenn sie einfach für immer hier hätte bleiben dürfen, ganz nah bei Gott und Seinen Heiligen, umhüllt vom Duft des Weihrauchs und dem Gesang der Mönche. Weit weg von den Menschen, die sie ablehnten, obwohl sie ihnen nie etwas zuleide getan hatte. Ihre Gedanken wanderten zum König von Frankreich, den sie noch nie in ihrem Leben gesehen hatte und dessen Gesicht sie sich vergeblich vorzustellen versuchte, um sich wenigstens annähernd ein Bild von ihm machen zu können. Wie sehr musste Gott ihn lieben, wenn Er ein solches Wunder an ihm vollbracht hatte.

Doch wie immer ging der Gottesdienst auch dieses Mal viel zu schnell vorüber, und Marie blieb nichts anderes übrig, als die Kathedrale gemeinsam mit ihrer Mutter und den Schwestern wieder zu verlassen.

Als sie durch das Portal lief, löste sich der Riemen an ihrer linken Sandale, ohne dass sie es bemerkte, und sie geriet ins Stolpern. Noch bevor sie auf die harten Pflastersteine stürzte, kam ihr jedoch einer der Kathedralschüler zu Hilfe und fing sie auf.

Er war höchstens achtzehn Jahre alt, doch der stille Ernst, der auf seinen feinen Zügen lag, ließ ihn älter wirken, als er tatsächlich war.

Für einen kurzen Moment trafen nun seine hellen Augen

auf die ihren, und der junge Mann lächelte das Mädchen freundlich an.

»Das ist ja gerade noch einmal gut gegangen«, meinte Robert de Forez mit einem Blick auf den gerissenen Riemen ihrer Sandale. »Ihr solltet ihn reparieren lassen.« Und mit diesen Worten und einem letzten höflichen Nicken wandte er sich um und folgte seinen Kameraden, die einzeln oder in kleinen Gruppen durch das große Portal strömten, um den Rest des Sonntags in der Stadt oder auch an den grünen Wiesen des Flussufers zu verbringen.

Marie sah ihm dankbar nach, sie war es nicht gewohnt, dass sich jemand ihr gegenüber so zuvorkommend verhielt.

Katharinas schrille Stimme riss sie unsanft aus ihren Gedanken.

»Du bist ein ungeschickter Trampel und wirst nie einen Bräutigam finden«, bemerkte sie gehässig. Marie senkte traurig den Kopf, erwiderte aber wie immer nichts, um Katharina nicht noch mehr gegen sich aufzubringen.

Auf dem Weg nach Hause dachte sie wieder an den liebenswürdigen, gut aussehenden jungen Mann, der ihr so bereitwillig geholfen hatte.

Katharina hat unrecht, dachte sie und presste die Lippen fest zusammen. Er hat mich nicht für ungeschickt gehalten, sonst hätte er mich nicht so freundlich angesehen.

Doch sie behielt ihre Gedanken für sich. Zu Hause angekommen begab sie sich in ihre Kammer und gab sich ihren Tagträumen hin, die sich abwechselnd um König Ludwig und Robert de Forez drehten.

Bis zum Tag des heiligen Nikolaus war es nicht mehr lange hin, und dann dürfte sie endlich wieder das Haus verlassen und die Kathedrale so oft besuchen, wie sie wollte und die tägliche Arbeit es ihr erlaubte.

Martha und Agnes hatten sich entschlossen, zum Fluss hinunterzugehen, wo sich am Sonntag stets die Jugend traf, um ein wenig Abwechslung zu genießen. Dort konnte man den jungen Männern beim Bogenschießen zusehen und sich von ihnen bewundern lassen, den Schülern der Kathedrale bei ihren hochgeistigen Disputen lauschen oder einfach über die von Kanälen durchzogenen, trockengelegten Sümpfe und vorbei an blühenden Obstbäumen und Gemüsegärten spazieren, die vom Gesang der Vögel erfüllt waren. Und immer wieder konnte man dabei beobachten, wie Liebespaare heimlich zwischen Weiden und Pappeln verschwanden, um sich dort einem Schäferstündchen hinzugeben. Eleonore begab sich hingegen in den kleinen Garten hinter ihrem Haus, wo sie sich auf eine Bank neben ihren Rosensträuchern setzte, die sie pflegte, so oft sie die Zeit dazu fand. Eine Weile lauschte sie dem Gesang der Vögel und genoss die Wärme der Sonne, die nicht mehr ganz so heiß schien wie noch vor wenigen Wochen.

Aus dem hinteren Teil des Gartens, zwischen Brunnen und Abort, drang der Duft von unzähligen Kräutern zu ihr nach vorne. Liebstöckel und Fenchel standen dort in Reih und Glied neben Minze, Salbei, Petersilie und Kreuzkümmel.

Nach der Hochzeit ihrer ältesten Tochter würde es Zeit, sich auch nach einem Bräutigam für Martha und Agnes umzusehen. Da sie keinen Sohn hatten, war es naheliegend, eine der beiden mit Henry zu verheiraten. Henry war ein tüchtiger junger Mann und könnte die Geschäfte später einmal in ihrer aller Sinn weiterführen.

Sie wunderte sich, dass Jean noch kein Wort darüber verloren hatte, und beschloss, ihn nach seiner Rückkehr darauf anzusprechen. Und was Maries Zukunft betraf, war es ebenfalls langsam an der Zeit, eine Entscheidung zu treffen.

Ihre Gedanken ließen sie schläfrig werden. Eleonore fielen die Augen zu, und sie erwachte erst wieder, als die Sonne längst hinter den Häusern verschwunden war.

8

Die Messe in Troyes war in jeder Hinsicht gut verlaufen. Jean hatte äußerst lohnende Geschäfte abgeschlossen und neue Kontakte nach Flandern und Venedig knüpfen können. Am letzten Abend entschloss er sich, in der Herberge »Zum roten Hahn« zu übernachten, in der sich während der Messe überwiegend Kaufleute aufhielten.

Die Unterkünfte in der Stadt waren zum jetzigen Zeitpunkt alle überfüllt, und die Wirte nutzten die Situation, indem sie die Preise kräftig anhoben.

Henry war am Stand geblieben, um den Wagen und die Pferde zu bewachen. Wie die meisten Angestellten und Knechte schlief er unter einer einfachen Zeltplane.

Und ebenso zogen es die weniger betuchten Händler im Sommer vor, unter freiem Himmel zu schlafen, anstatt die Nacht in einer stickigen, verdreckten Kammer und einem Bett voller Flöhe und Wanzen zu verbringen, für das man zudem noch teures Geld bezahlen musste.

Die Luft in dem verrußten Gastraum war schlecht und unerträglich stickig.

Der Geruch von Gebratenem und ranzigem Tran vermischte sich mit den Ausdünstungen der Gäste und etwas anderem Undefinierbarem, dem man besser nicht auf den Grund ging.

Über dem Feuer hing ein saftiger fettiger Braten, der von einem schmierigen Kerl bewacht und von Zeit zu Zeit gewendet wurde, damit er nicht anbrannte und schwarz wurde.

Jeans Magen machte sich mit einem lauten Knurren bemerkbar. Er fand einen Platz in der Nähe der steilen Treppe, die zu den Schlafkammern hinaufführte, und betrachtete das rege Treiben um sich herum, während er auf den Wirt wartete, um seine Bestellung aufzugeben.

Am Nebentisch saßen einige Kaufleute und Händler, die sich lautstark die Zeit mit Würfeln vertrieben. Ihre verschwitzten Gesichter waren vom Alkohol gerötet, und sie schienen schon eine ganze Weile hier zu sein, was darauf schließen ließ, dass auch sie gute Geschäfte getätigt haben mussten.

Die Tische in dem kleinen Gastraum waren allesamt besetzt, und die vielen Kreidestriche an den Wänden, mit denen der Wirt die Anzahl der bestellten Krüge markierte, zeigten, dass dieser ebenfalls ordentlich verdiente.

Neben dem Eingang räkelte sich eine abgetakelte Dirne mit rot bemalten Lippen auf dem Schoß eines Händlers, dem man unschwer ansehen konnte, dass er weit über den Durst hinaus getrunken hatte.

Seine linke Hand grabschte prüfend nach den schweren Brüsten der nicht mehr ganz jungen Frau. Er schien mit dem Ergebnis zufrieden, denn er erhob sich wankend und verschwand mit der Hure in einer der oberen Kammern.

Nicht weit von Jean entfernt versuchte ein anderes, nicht minder spärlich bekleidetes junges Mädchen mit langen dunklen Haaren vergeblich, die Aufmerksamkeit der spielenden Männer auf sich zu lenken. Verführerisch wiegte sie sich in den Hüften und zeigte ihren kleinen, festen Hintern, doch sie hatte weit weniger Glück als ihre ältere Kollegin. Die Männer waren zu sehr mit ihren Würfeln beschäftigt, um ihr Beachtung zu schenken.

Der Blick des Mädchens richtete sich daher nach einer Weile voller Hoffnung auf den Neuankömmling Jean, aber schon nach wenigen Minuten sah sie ein, dass sie sich auch hier umsonst bemühte, und begab sich daraufhin mit gelangweiltem Gesichtsausdruck zu der breiten, wurmstichigen Holztheke, hinter der verschiedene Wein- und Bierfässer standen.

Der neue Gast war noch entschieden zu nüchtern und würde erst essen und trinken wollen, bevor sie andere Bedürfnisse in ihm wecken konnte.

Jean hörte, wie der Wirt sie kräftig ohrfeigte und als faule Schlampe beschimpfte, bevor er sich endlich dazu bequemte, Jean seine Aufmerksamkeit zukommen zu lassen.

Fettige schwarze Haare hingen ihm in sein aufgedunsenes Gesicht, und sein halb geöffneter Mund zeigte eine Reihe teils verfaulter, teils gelber Zähne.

Mit energischen Schritten stapfte er auf Jean zu und musterte ihn ungeniert von oben bis unten.

»Bring uns noch einen Krug von deinem gepantschten Wein, oder willst du uns verdursten lassen?«, schrie ihm einer der Händler vom Nebentisch zu.

Der Wirt schien nicht im Geringsten beleidigt zu sein. Aus geröteten Augen stierte er auf seinen neuen Gast hinunter. Sein Atem roch nach billigem Wein.

»Bringt mir Essen und einen Krug von Eurem besten Wein«, verlangte Jean.

Der Wirt brüllte etwas in die Küche und kam bereits nach kurzer Zeit wieder mit dem bestellten Wein zurück.

Jean hatte den Krug jedoch schon längst geleert, als der Wirt endlich mit dem Essen kam und ihm auf einem speckigen Holzteller Selchfleisch, Kraut und dunkles Brot servierte. Dennoch bedankte er sich höflich und machte sich hungrig über sein Essen her. Er war fast fertig, als ein weiterer Gast den Schankraum betrat. Nach einem kurzen Blick auf die spielenden Kaufleute setzte er sich höflich grüßend zu Jean an den Tisch.

Der Mann war leicht untersetzt und mochte um die vierzig Jahre alt sein. Sein dunkles halblanges Haar war an den Schläfen bereits ergraut, und über seiner Nasenwurzel hatten sich tiefe Kummerfalten eingegraben.

Er trug einen leicht verschlissenen rot-blau gestreiften Mantel aus feinstem flandrischen Tuch und darunter eine blaue Hose aus dem gleichen Stoff. Schweigend beobachtete er Jean beim Essen.

Als der Wirt ihm seinen Wein brachte, stürzte er den Krug in einem Zug hinunter und bestellte sofort einen neuen, den er ebenfalls, ohne auch nur einmal abzusetzen, leerte. Aus trüben Augen starrte er auf den fleckigen Holztisch, dessen Oberfläche mit eingeritzten Sprüchen und Namen übersät war.

»Diese Juden sind gottlose Halsabschneider und Betrüger, man sollte sie allesamt aus der Stadt werfen«, sagte er nach einer Weile wie zu sich selbst.

Jean spuckte einen Knorpel aus, der sich beim besten Willen nicht klein kauen ließ, und sah von seinem leeren Holzteller auf.

Er entnahm den Worten seines Gegenübers, dass dieser Geldsorgen hatte.

»Wenn man sich einmal in den Klauen dieses raffgierigen Packs befindet, lassen sie einen nie wieder los«, fügte der Mann grimmig hinzu.

Der Wein machte ihn gesprächig, und Jean erfuhr, dass er Raymond Chandos hieß und wie er selbst Tuchhändler war. Auf dem Seeweg von Venedig nach Frankreich hatte er in einem Sturm seine gesamte Ware ans Meer verloren. Und so war ihm nichts anderes übrig geblieben, als sich bei einem der jüdischen Geldverleiher Geld zu borgen, um damit neue Handelsgüter kaufen zu können. Doch der Zins, den der Jude verlangte, war hoch und die unzähligen Zollstationen so teuer, dass er von seinem aufgenommenen Kredit nicht mehr herunterkam und ihm kaum mehr etwas zum Leben übrig blieb.

»Ich habe drei Söhne, doch ich kann sie kaum ernähren und finde keine Frau für sie. Wer gibt schon seine Tochter einem Mann zur Frau, dessen Vater hoch verschuldet ist? Jetzt haben sie alle drei beschlossen, sich dem von König Ludwig geplanten Kreuzzug anzuschließen. Sie werden in den Tod reiten, weil ich ihnen nicht einmal Schwerter und Rüstungen kaufen kann.« Seine Stimme troff vor Selbstmitleid.

Jean bestellte noch zwei Krüge Wein. Raymond Chandos schien ein aufrichtiger Mann zu sein, der schuldlos ins Unglück gestürzt war.

Er selbst würde sein gesamtes Handelsgut nicht einem einzigen Schiff anvertrauen. Schon seit Jahren verringerte er das Transportrisiko, indem er einen Teil seiner Stoffe auf dem Wasserweg und den anderen zu Land transportieren ließ.

Plötzlich begann eine Idee in Jeans Kopf Gestalt anzunehmen, die ihn nicht mehr losließ. Er beugte sich etwas vor, um sein Gegenüber noch etwas genauer mustern zu können. Raymonds leidenschaftsloses, klares Gesicht wirkte ehrlich und bestärkte ihn in seinem Vorhaben.

»Woher stammt Ihr, wenn ich fragen darf?«

Raymond hob erstaunt die Brauen. Er schien unschlüssig. Was konnte dieser zweifelsfrei erfolgreiche Kaufmann wohl für ein Interesse daran haben zu erfahren, woher er kam? Doch dann kam er zu dem Schluss, dass nun auch das keine Rolle mehr spielte.

»Aus Aurey«, erwiderte er daher gleichgültig.

»Dann habt Ihr einen weiten Weg auf Euch genommen, um an der Messe teilzunehmen«, stellte Jean fest.

Raymond sah ihn gequält an.

»Die Messe war meine letzte Hoffnung«, erwiderte er leise. »Aber ich habe gerade einmal so viel verkauft, dass ich dem verfluchten Juden seine Zinsen bezahlen kann.«

Jean richtete sich entschlossen auf.

»Ihr habt mir von Euren Sorgen erzählt, doch Ihr seid nicht der Einzige, der vor Kummer nicht in den Schlaf findet. Gott hat mich mit einer Tochter namens Marie gestraft, die unter einer merkwürdigen Krankheit leidet. Sie tritt nur hin und wieder auf und ist schnell wieder vorüber.

Auch ist sie ansonsten hübsch anzusehen, außerdem fleißig und bescheiden, doch die Leute in der Stadt zerreißen sich ihre Schandmäuler über uns, und meine Frau befürchtet, dass wir für die anderen beiden Töchter keinen Ehemann mehr finden werden, sollte sich Maries Krankheit noch weiter herumsprechen. Dabei sind wir alle gesund und ich glaube nicht, dass es an unserem Blut liegt. Es muss etwas anderes sein.«

Raymond hörte ihm gleichgültig zu. Er hatte noch nicht begriffen, worauf der Großhändler hinauswollte.

»Ich würde Marie gerne außerhalb von Bourges verheiraten. Sie wird im nächsten Jahr fünfzehn und ist damit heiratsfähig. Der Mann, der sie heiratet, wird eine großzügige Morgengabe von mir erhalten, sagen wir einmal so an die dreißig Pfund Silber?«

Erwartungsvoll blickte er Raymond an, hinter dessen

Stirn es fieberhaft zu arbeiten begann. Aber es dauerte noch eine ganze Weile, bevor dieser begriff, dass ihm gerade die Lösung für all seine Probleme angeboten worden war.

Ungeduldig wartete Jean auf seine Antwort. Waren dreißig Pfund Silber etwa zu wenig? Raymond hatte nicht über die Höhe seiner Schulden gesprochen. Er gab sich einen Ruck.

»Darüber hinaus würde ich Euch, als Schwiegervater meiner Tochter, so viel von meiner Ware auf Kommission zur Verfügung stellen, wie Ihr für einen Neuanfang benötigt«, setzte er hinzu.

Ein Leuchten lief über Raymonds Gesicht.

»Das würdet Ihr wirklich tun?«, fragte er ungläubig.

»Ihr habt mein Wort darauf.« Jean hielt ihm seine Hand hin.

Raymond zögerte nicht lange und schlug ein, worauf Jean noch zwei weitere Krüge Wein bestellte.

»Was haltet Ihr davon, wenn Ihr nach der Messe mit Eurem Sohn nach Bourges kommt und wir das Geschäft perfekt machen?«, schlug er vor. Raymond war mit allem einverstanden. Sein Gesicht strahlte, als würde er das himmlische Jerusalem selbst erblicken.

Sie redeten noch eine Weile über allgemein geschäftliche Belange, bevor sie sich schließlich zum Schlafen in ihre Kammer begaben, wo Raymond das erste Mal seit Langem wieder Pläne für die Zukunft zu schmieden begann. Er konnte es kaum erwarten, seiner Familie die gute Nachricht zu überbringen.

Auch Jean Machaut war zufrieden. Nicht nur, dass er schneller als erwartet einen Mann für Marie gefunden hatte, er war darüber hinaus auch davon überzeugt, in Raymond Chandos einen zuverlässigen Geschäftspartner gefunden zu haben, mit dessen Hilfe es ihm gelingen würde, seine Beziehungen weiter auszubauen.

Katharina fieberte währenddessen dem Tag ihrer Hochzeit entgegen. Sie konnte nicht mehr schlafen und steckte die restlichen Familienmitglieder mit ihrer Aufregung an. Von morgens bis abends schallte ihre schrille Stimme durchs Haus, und alle waren froh, als endlich der Tag ihrer Abreise bevorstand.

Die Truhen waren gepackt, und schon am nächsten Morgen würde sich die Familie Machaut auf die Reise nach Poitiers begeben.

Jean, der kein Risiko eingehen wollte, hatte deshalb beschlossen, dass Marie bei Elsa und dem Knecht zu Hause bleiben sollte, und Eleonore hatte ihm, erleichtert über seine Entscheidung, sofort zugestimmt.

Marie verbarg ihre Enttäuschung, so gut sie konnte. Dabei hatte sie sich schon so sehr auf die Reise gefreut und ganz besonders darauf, Katharina in ihrem wunderschönen Hochzeitskleid zu sehen, an dem sie unzählige Stunden lang gestickt hatte. Es tat ihr weh, immer ausgeschlossen zu werden. Denn obwohl ihre Schwestern alles andere als freundlich zu ihr waren, liebte Marie sie dennoch.

Katharina war so glücklich, dass sie an ihrem letzten Abend in der Kammer sogar ein wenig zur Seite rutschte, um Marie in dem großen Bett Platz zu machen. Und als sie bemerkte, dass Marie weinte, sprang sie auf und wühlte in ihrer Truhe herum. Sie wollte nicht, dass auch nur der kleinste Wermutstropfen auf ihre Hochzeit fiel.

Mit dem kleinen Jadevogel in der Hand kam sie zurück ins Bett.

»Bitte, wünsch mir Glück«, flüsterte sie und reichte

Marie den Vogel. Marie konnte vor lauter Freude nicht einschlafen. Doch es war nicht nur die Freude über das kostbare Kleinod, die sie am Schlafen hinderte.

Das erste Mal in ihrem Leben war Katharina freundlich zu ihr gewesen, und so strich sie immer wieder über das kostbare Kleinod, das ihr von nun an ganz allein gehörte und sie stets an Katharina erinnern würde.

Es war ein regnerischer, kalter Tag, an dem Katharina ihrem neuen Leben entgegenfuhr, und Marie winkte dem Wagen so lange nach, bis er hinter einer Biegung verschwunden war.

Elsa hatte hinter ihr gestanden und zog sie nun zurück ins Haus, als sie bemerkte, dass Marie vor Kälte zitterte. Besorgt legte sie dem Mädchen einen Arm um die schmale Schulter und zog sie mit sich in die Küche.

»Du bist ja ganz kalt, ich werde dir etwas von dem guten Wein aufkochen, damit dir schnell wieder warm wird.«

Kurze Zeit später stellte sie Marie einen mit heißem Würzwein gefüllten Becher und dazu frisch gebackenes Brot und etwas Käse auf den Tisch.

»Jetzt werden wir es uns gemütlich machen und die Abwesenheit deiner Familie auf unsere Art feiern«, erklärte sie mit Nachdruck in der Stimme.

Pierre, den der Duft des Würzweines angezogen hatte, steckte hoffnungsvoll seinen Kopf durch die Küchentüre.

Elsa öffnete schon den Mund, um ihn zurück an seine Arbeit zu scheuchen, doch dann überlegte sie es sich anders. Pierre war zwar einfältig und dumm, aber auch willig und fleißig, und sie beschloss, dass auch er eine Freude haben sollte.

»Nicht dass du denkst, es geht jetzt jeden Tag so«, brummelte sie streng. »Doch heute werden wir feiern und es uns gut gehen lassen.«

Sie stellte zwei weitere Becher mit Wein auf den Tisch und holte noch mehr Brot und Käse, dazu ein kleines Stück Schinken, das sie in drei gleich große Teile schnitt. Das Feuer im Ofen verbreitete eine gemütliche Wärme, und Elsa zwang Marie dazu, den Wein auszutrinken und etwas zu essen.

Es wurde ein schöner Vormittag und Marie, deren Wangen vom Wein leicht gerötet waren, warf Elsa einen bittenden Blick zu.

»Darf ich heute die Kathedrale besuchen? Ich möchte so gerne für Katharina beten«, drängte sie.

Elsas Gesicht verzog sich abfällig.

»Deine Schwester hat es nicht verdient, dass du für sie betest. Ich habe noch nie erlebt, dass sie auch nur ein einziges Mal an jemand anders gedacht hat als an sich selbst.«

Marie warf der alten Magd einen seltsamen Blick aus ihren dunklen Augen zu.

»Sie ist meine Schwester«, erwiderte sie ernst und zog dann das kostbare Vögelchen aus dem Beutel an ihrem Gürtel hervor und hielt es strahlend vor Freude hoch.

»Katharina hat ihn mir letzte Nacht gegeben, ist er nicht wunderschön?« Elsa betrachtete das Kleinod. Dass dem Vogel ein Auge fehlte, schien Marie nicht weiter zu stören, und es war schön, Marie endlich einmal glücklich zu sehen.

»Ich bin einverstanden, aber Pierre wird dich begleiten«, gestand sie Marie schließlich zu, aber Marie sah sie fest an.

»Pierre hat zu arbeiten. Mein Vater wird böse sein, wenn er erfährt, dass er seine Arbeit liegen lässt, nur um mich zur

Kathedrale zu begleiten. Du brauchst dich nicht zu sorgen, mir wird schon nichts geschehen.«

Glücklich sprang sie auf und lief in die Kammer, um ihren Umhang zu holen. Und bevor Elsa noch etwas sagen konnte, war sie schon wieder die Treppe hinunter und auf die Straße hinausgelaufen.

Eiskalter Wind schlug ihr entgegen, und es regnete in Strömen. Nur wenige Menschen kamen ihr entgegen. Wer bei diesem Wetter nicht unbedingt nach draußen musste, zog es vor, am warmen Ofen zu bleiben. Marie schlang ihren Mantel fester um sich, während sie mit schnellen Schritten durch die Gassen eilte.

Allerdings vermied sie es, durch die Gasse der Fischhändler und Fleischhauer zu gehen, weil der Geruch des Blutes, der dort überall aus den Läden heraus und direkt auf die Straße floss, für sie nur schwer zu ertragen war.

Stattdessen nahm sie den etwas längeren Weg, der sie an den großen Steinhäusern der jüdischen Geldverleiher vorbeiführte.

Als die mächtigen Mauern und Türme der Kathedrale vor ihr auftauchten, wurde ihre Vorfreude immer größer. Der große Platz vor der Kathedrale, auf dem es normalerweise vor Menschen nur so wimmelte, lag verlassen vor ihr. Selbst die Bettler und die unzähligen stromernden Katzen und Hunde hatten sich irgendwo verkrochen.

Mit klopfendem Herzen trat Marie durch das große Portal. Einige Frauen beteten vor der Heiligen Jungfrau und trugen ihr ihre Anliegen vor. Andere Gläubige blieben im äußeren Seitenschiff stehen und bestaunten das große Doppelfenster mit dem bekrönenden Oculus.

Sie schienen Bauern zu sein. Unfreie, die darauf hofften, dass sie in der Stadt Arbeit finden und ihre Freiheit gewinnen würden. Das neue Gesetz, dessen Inhalt besagte, dass jeder Unfreie nach einem Jahr in der Stadt seine Freiheit erlangen konnte, wenn es seinem Besitzer bis dahin nicht gelungen war, ihn aufzuspüren und zurückzufordern, hatte sich schon längst bis zu den entlegensten Dörfern herumgesprochen.

Viele der Bauern litten um diese Jahreszeit bitteren Hunger, während sich ihre Herren, die Fürsten und Grafen, mit den Früchten ihrer Arbeit fette Bäuche anfraßen.

Marie betrat die kleine Kapelle und kniete vor der Heiligen Jungfrau nieder. Sie dachte an Katharina, die ihre Familie verlassen hatte und schon bald eine verheiratete Frau sein würde.

Ihre Hand fuhr hinunter zu dem Beutel an ihrem Gürtel, in dem sie den kleinen Vogel verwahrte. Sie unterdrückte den Wunsch, ihn herauszunehmen, um ihn zu betrachten, und begann stattdessen kaum hörbar zu Gott zu sprechen.

In der heiligen, von Weihrauch geschwängerten Atmosphäre der Kathedrale konnte sie seine Anwesenheit deutlich spüren. Sie redete sich alle ihre Sorgen und Ängste von der Seele, und als ihr nichts mehr einfiel, stand sie einfach nur da und träumte vor sich hin.

Dass sie seit einer geraumen Zeit beobachtet wurde, bemerkte sie nicht. Robert de Forez hatte nach Beendigung seines Unterrichts die Kathedrale aufgesucht, um ein wenig für sich allein sein zu können. Er war der einzige Sohn des Grafen Guido de Forez und der Mathilda von Artois, der Gräfin von Courtenay und Nevers. Sein Vater hatte ihn nach Bourges gebracht, damit er dort studieren konnte. Nach Beendigung seines Studiums würde er dann nach Forez zurückkehren und die Verwaltung der Grafschaft übernehmen.

Robert nahm das Lernen sehr ernst. Im Gegensatz zu seinen Freunden, allesamt Söhne von Adligen oder reichen Bürgern, bereitete ihm das Studieren große Freude, und er verbrachte seine freien Stunden lieber in der Kathedrale oder der Bibliothek als in den Tavernen und Schenken der Stadt, die seine Kameraden mit Vorliebe aufzusuchen pflegten, um sich das Leben mit Glücksspielen und Trinken zu versüßen.

Die Folge davon war, dass nicht wenige ihrer Väter große Summen aufbringen mussten, um die unüberlegten Streiche ihrer Söhne entweder zu vertuschen oder zu bereinigen und deren Schulden zu bezahlen.

Er erkannte Marie sofort und musste an den merkwürdigen Ausdruck in ihren dunklen Augen denken, nachdem er sie aufgefangen und vor dem Fallen bewahrt hatte. Sie wirkte so schutzlos und einsam, wie sie im Gebet versunken dastand und nichts um sich herum wahrzunehmen schien. Dabei war sie so schön wie ein Engel. Er wollte sie nicht stören und suchte sich deshalb einen Platz, von dem aus er sie unbemerkt beobachten konnte.

Nach einiger Zeit läuteten die Glocken die Hora vesperalis, den Sonnenuntergang, ein. Sobald der Glöckner den Turm nach dem Läuten wieder hinuntergestiegen wäre, würde der Sakristan die Gläubigen dann dazu auffordern, die Kathedrale zu verlassen, und hinter ihnen die Portale der Kirche bis zum nächsten Tag verschließen.

Marie erhob sich ohne Eile und begab sich zum Ausgang. Robert beeilte sich, ihr zu folgen. Als er sie beinahe eingeholt hatte, zögerte er jedoch.

Sein Herz schlug ihm bis zum Hals, und plötzlich wusste er nicht mehr, was er ihr sagen sollte.

In diesem Moment drehte Marie sich um, als ob sie gespürt hätte, dass ihr jemand folgte. Ihre Augen weiteten sich vor Überraschung, als sie Robert erkannte. Schüchtern lächelte sie ihn an, wandte sich wieder um und verließ mit raschen Schritten die Kathedrale.

Robert sah ihr nach. Er kam sich wie ein Trottel vor. Was war nur los mit ihm? Wie kam es, dass ein Mädchen ihn derart verwirren konnte? Er strich sich die schulterlangen dunkelblonden Locken aus dem Gesicht und trat ebenfalls aus dem Portal. Eisige Kälte schlug ihm entgegen.

Die Dämmerung zog bereits herauf, und nur wenige Menschen waren noch unterwegs und überquerten den Kathedralenvorplatz. Suchend sah er sich um. Das Mädchen war nicht mehr zu sehen. Es konnte nicht mehr lange dauern, bis auch die Tore der Heiligen Stadt geschlossen werden würden.

Auf der anderen Seite der Mauer begann das Gewirr aus schmalen Gassen, in denen die Handwerker und Kaufleute mit ihren Familien lebten.

Robert versuchte, sich an die Angehörigen des Mädchens zu erinnern, um dadurch wenigstens einen Anhaltspunkt zu haben, der Rückschlüsse auf ihre Herkunft zuließ, doch es gelang ihm nicht. Gedankenverloren begab er sich ins Dormitorium, das er mit elf anderen Schülern teilte.

Er legte Wachstafel, Schreibgriffel und das teure Pergamentpapier auf seine Bank und ließ sich auf das große Bett fallen.

Kaum hatte er seine Augen geschlossen, als die Türe auch schon wieder geöffnet wurde und sein Freund Bernard von Auvergne hereingewankt kam. Er war der dritte Sohn des Grafen Robert von Auvergne, dessen Vorfahren bislang noch an jedem Kreuzzug teilgenommen hatten, weshalb die Familie überall großes Ansehen genoss. Sein Vater hatte ein hohes kirchliches Amt für seinen Sohn vorgesehen und ihn dazu gezwungen, das Studium anzutreten, obwohl Bernard bereits als kleiner Junge von nichts anderem geträumt hatte, als Ritter zu werden und ebenfalls an einem Kreuzzug teilzunehmen. In seinen Augen war das Studium überflüssig, und er betrachtete es als eine lästige Angelegenheit, die er notgedrungen über sich ergehen lassen musste. Das Leben in der Stadt war da schon wesentlich aufregender, und er genoss die Zeit, die er in Bourges verbringen musste, in vollen Zügen.

Seine Augen waren glasig, und er roch nach billigem Wein. Wie immer, wenn er getrunken hatte, redete er munter und ohne Luft zu holen drauflos:

»Ihr wisst nicht, was Euch entgangen ist. In der Schenke ›Zur Fetten Henne‹ gibt es ein neues Mädchen, das Ihr Euch unbedingt ansehen müsst, ihr Name ist Catherine. Sie verlangt zwei Sous, aber die ist sie wert. Sie macht mich noch ganz verrückt mit ihren roten Locken und ihrem biegsamen Körper.«

Er breitete seinen linken Arm aus, um seinen Worten mehr Nachdruck zu verleihen. Die schnelle Bewegung brachte ihn jedoch aus dem Gleichgewicht, das er nur mit Mühe wiedergewann.

»Ihr solltet sie einmal zwischen Eure Schenkel nehmen, sie wird Euch eine ganz neue Form der Rhetorik beibringen«, riet er Robert kichernd.

Achtlos ließ er seinen Umhang auf den Boden fallen und warf sich neben seinem Kameraden aufs Bett.

»Ich habe genug für heute, und außerdem besitze ich keinen einzigen Sous mehr. Ich werde einen Boten zu meinen Eltern schicken müssen.«

Prüfend betrachtete er Robert, der ihm schweigend zugehört hatte. »Könntet Ihr mir in der Zwischenzeit nicht etwas borgen? Denn es wird wohl eine Weile dauern, bis der Bote zurück sein wird, und der Wirt verlangt schon beinahe so hohe Zinsen, wie die hakennasigen Juden es tun, wenn man bei ihm anschreibt. Ich weiß wirklich nicht, wie lange ich es hier noch aushalte, wenn ich mir nicht einmal mehr einen Schenkenbesuch erlauben kann. Am liebsten würde ich das ganze Studium einfach beenden und an König Ludwigs Kreuzzug teilnehmen, aber mein Vater besteht nun einmal darauf, dabei habe ich schon lange mehr als genug von all der Rhetorik, Grammatik und Dialektik.«

Sein schönes Gesicht verzog sich verächtlich, und er wirkte fast wieder nüchtern. Plötzlich nahm seine Stimme einen dramatischen Tonfall an:

»Lieber würde ich mit dem Schwert in der Hand auf dem Schlachtfeld sterben, wie es jedem Ritter zur Ehre gereicht, als am Schreibpult bei Tinte und Feder zu verrotten.«

Bittend sah er Robert an. Und obwohl Robert wusste, dass Bernard bereits überall Schulden hatte, brachte er es trotzdem nicht übers Herz, ihm seine Bitte abzuschlagen.

»Ich kann Euch zwanzig Sous borgen, mehr habe ich nicht«, versprach er. Bernard sah ihn dankbar an.

»Ihr seid ein guter Freund, und wenn ich Euch einmal helfen kann, dann zögert nicht, mich anzusprechen.«

Schon fielen ihm die Augen zu, und er begann laut zu schnarchen.

Robert betrachtete ihn nachdenklich. Bernard war das genaue Gegenteil von ihm. Er war ein Mann, dem die Mädchen und Frauen bewundernd nachsahen, und das nicht nur, wenn sie sich unbeobachtet glaubten. Schwarze glänzende Locken fielen Bernard bis auf die Schultern herab und umrahmten ein kühnes, scharf geschnittenes Gesicht mit tiefblauen Augen, die meistens voller Übermut blitzten. Bernard war leichtfertig und sorglos, trotzdem war er ein guter Freund, der niemals ein Versprechen brechen würde, weil ihm die Ritterideale wie Treue, Glaube und Mut heilig waren. Er war beseelt vom Gedanken, Ritter zu werden und gleich seinen Vorfahren Jerusalem aus der Hand der Ungläubigen zu befreien.

Im Stillen musste er Bernard recht geben. Schwert und Rüstung würden ihm tatsächlich besser anstehen als der Schreibgriffel. Das einzige Fach, in dem er wirklich glänzte, war Rhetorik.

Roberts Gedanken wanderten zurück zu dem wunderschönen Mädchen mit den unergründlichen Augen, die wie kostbarer Samt schimmerten. Er hatte sich bisher nicht für Mädchen interessiert. Doch dieses Mädchen war anders als alle Mädchen, die er bislang kennengelernt hatte.

9

Am nächsten Tag erschien sie wieder in der Kathedrale, ganz wie er es sich erhofft hatte. Er wartete vor dem Portal auf sie.

»Darf ich Euch nach Hause begleiten? Es ist nicht ganz ungefährlich für ein junges Mädchen, allein in der Dämmerung zu gehen.«

Marie sah überrascht auf und betrachtete Robert genauer. Sie konnte kaum glauben, was sie gerade gehört hatte. Er schien tatsächlich ihre Gesellschaft zu suchen, anstatt sie zu meiden. Die hellbraunen Augen in seinem offenen, klaren Gesicht wirkten freundlich und passten gut zur Farbe seiner Haare, die ihm bis auf die Schultern fielen.

Zudem wirkte er vertrauenerweckend und war ihr ohne Zögern zu Hilfe geeilt, als sie zu stürzen drohte. Schüchtern hielt sie seinem Blick stand und nickte dann unmerklich mit dem Kopf.

Sie gingen los, und Robert hatte zunächst Mühe, sich ihren Schritten anzupassen, obwohl er viel größer war als sie.

Marie wagte nicht zu sprechen, aus Angst, es könnte dumm klingen. Schweigend lief sie neben ihm her und genoss mit flatterndem Herzen die unaufdringliche Gesellschaft ihres Begleiters. Robert schwieg ebenfalls. Es genügte ihm, einfach nur neben ihr herzugehen und auf diese Weise bei ihr sein zu können.

Viel zu schnell erreichten sie die Kaufmannsgasse.

Marie blieb vor einem stattlichen Fachwerkhaus stehen.

»Hier wohne ich«, wendete sie sich erstmals an ihn. »Es war sehr freundlich von Euch, mich zu begleiten.«

Zögernd reichte sie ihm ihre schmale Hand.

Robert sah ihr in die glänzenden Augen.

»Es war mir ein Vergnügen, und wenn ich darf, werde ich Euch das nächste Mal wieder begleiten.« Da fiel ihm ein, dass er noch nicht einmal ihren Namen wusste. »Verratet Ihr mir, wer Ihr seid?«

»Ich heiße Marie Machaut, und mein Vater ist der Tuchhändler Jean Machaut«, erwiderte Marie leise.

Maries offensichtliche Verlegenheit gab Robert seine Selbstsicherheit zurück.

»Ich bin ein Esel, verzeiht mir«, begann er fröhlich. »Ich verlange von Euch, mir Euren Namen zu nennen, ohne mich selbst vorgestellt zu haben. Sicher interessiert es Euch, wer Euch nach Hause begleitet hat.«

Er wartete ihre Antwort nicht ab, sondern fuhr lächelnd fort.

»Mein Name ist Robert de Forez, Sohn des Grafen Guido de Forez, ich absolviere gerade mein Studium an der Kathedralenschule.«

Darauf wandte sich Marie, ohne ein weiteres Wort zu sagen, um und lief auf die Haustüre zu.

»Es war schön, mit Euch zu reden, Marie Machaut«, rief er ihr nach.

Bevor sie die Türe öffnete, drehte sie sich noch einmal um. Grüßend hob Robert seine Hand.

Wie im Traum eilte Marie die steile Treppe zu ihrer Kammer hinauf und sah Robert von ihrem Fenster aus nach, bis er in einer der Gassen verschwunden war.

Ihr Herz klopfte noch immer ungestüm in ihrer Brust, und sie konnte kaum glauben, was sie gerade erlebt hatte. Sie hörte, wie Elsa die Treppe heraufkam. Eigentlich wäre sie gerne noch eine Weile allein gewesen, doch schon öffnete sich die Türe, und Elsa betrat die Kammer.

Sie sah das Leuchten in Maries Augen und die feine Röte auf ihren hellen Wangen. Einmal mehr wurde ihr voller Sorge bewusst, dass Marie kein Kind mehr war. Aus dem kleinen blassen Mädchen von einst war im letzten halben Jahr eine wunderschöne junge Frau geworden. Die plötzliche Aufregung und die sichtbare Veränderung im Gesicht ihres Schützlings machten sie misstrauisch.

Da konnte nur ein Mann dahinterstecken, irgend so ein Kerl mit schmutzigen Gedanken, der sich an ihr kleines Mädchen herangemacht hatte, um ihre Unerfahrenheit auszunutzen.

Sie kniff die Augen zusammen und sah Marie auffordernd an.

»Erzähl mir, was geschehen ist«, sagte sie streng.

Marie seufzte. Elsa konnte man einfach nichts vormachen, und so blieb ihr schließlich nichts anderes übrig, als ihr von ihrer Begegnung mit Robert zu erzählen.

Die Magd schnappte aufgeregt nach Luft. Es war genau das eingetreten, was sie befürchtet hatte, und noch dazu zu einem Zeitpunkt, zu dem sie allein die Verantwortung für das Mädchen trug.

In diesem Moment bedauerte sie beinahe, dass Maries Eltern nicht hier waren. Bei dem Gedanken an die Kathedralenschüler stieg jedoch heller Zorn in ihr hoch.

In feinen Kleidern liefen diese Burschen durch die Stadt und machten den Mädchen mit schönen Worten Versprechungen, die sie danach nicht einzuhalten gedachten.

»Du wirst nicht mehr allein zur Kathedrale gehen«, donnerte sie los. Maries Augen füllten sich mit Tränen. Das erste Mal in ihrem Leben war sie wirklich glücklich, und nun wollte nicht einmal Elsa sie verstehen.

Flehend sah sie Elsa an.

»Robert wollte mich nur beschützen«, verteidigte sie ihn. »Er hat nichts Unrechtes im Sinn. Und es war so schön, von ihm begleitet zu werden.«

Ein Schatten überzog ihr schmales Gesicht. »Wenn Robert erst einmal von meiner Krankheit erfahren hat, wird er sowieso an mir vorbeigehen, genau wie die anderen Menschen es auch tun.«

Tränen stiegen ihr in die Augen, als sie daran dachte, dass niemals jemand zuvor so aufmerksam und liebevoll zu ihr gewesen war wie Robert. Sie schluckte.

»Du brauchst dich also nicht zu sorgen. Ich werde ihm aus dem Weg gehen.«

Elsa war von Maries Worten nicht sehr überzeugt, aber sie brachte es nicht länger über sich, weiterhin so streng mit ihr zu sein.

»Du musst mir versprechen, dass du mir erzählst, wenn der junge Mann dich noch einmal anspricht, und dass du heimkehrst, bevor die Dämmerung hereinbricht.«

Dankbar sah Marie sie an.

Es war bereits so dunkel in der Kammer, dass Elsa die Talglampe von der Wand nahm und sie anzündete.

»Es ist Zeit zum Essen«, erklärte sie daraufhin und schritt mit der Lampe in der Hand die Treppe zur Küche hinunter. Marie folgte ihr. Sie verspürte keinen Hunger, aber sie wollte Elsa nicht noch mehr erzürnen, indem sie nichts aß.

Uns so zwang sie sich, etwas von der Bohnensuppe zu

essen, die Elsa vor sie auf den Tisch gestellt hatte, und begab sich anschließend sofort in ihre Kammer. Es war kalt in dem großen Bett ohne die Wärme der Schwestern, und Marie kroch tiefer unter die Decke. Immer wieder musste sie an Robert denken, und es dauerte lange, bis sie endlich in einen unruhigen Schlaf gesunken war.

Als sie am nächsten Tag aus der Kathedrale kam, erwartete Robert sie bereits. Er sah sie so liebevoll an, dass sie hören konnte, wie ihr das Herz in der Brust schlug. Wie selbstverständlich lief er neben ihr her, und Marie ließ es geschehen.

Sie brachte es einfach nicht fertig, ihn abzuweisen, obwohl sie es Elsa versprochen hatte. Einmal noch wollte sie die Freude über seine Begleitung genießen.

»Besucht Ihr die Kathedrale jeden Tag?«, fragte Robert, nachdem sie einige Schritte gegangen waren.

»Ich komme, so oft ich kann«, erwiderte Marie mit leuchtenden Augen. »In der Kathedrale ist alles so erhaben und heilig, dass ich es manchmal kaum wage zu atmen, um die Stille dort nicht zu stören.«

Erschrocken sah sie zu Robert auf. Ohne es zu wollen, hatte sie ihm ihre geheimsten Gedanken verraten. Ob er sie jetzt wohl für töricht halten würde? Doch Robert lächelte nur.

»Ich kann Euch gut verstehen. Manchmal fällt es mir schwer zu glauben, dass es tatsächlich Menschen waren, die dieses gewaltige Bauwerk erschaffen haben.«

Sie bogen in die Gasse ein, in der Marie wohnte. Entschlossen blieb Marie stehen.

»Danke, dass Ihr mich begleitet habt, aber es ist besser, wenn ich jetzt allein weitergehe. Wenn Elsa Euch zusammen mit mir sieht, lässt sie mich nicht mehr in die Kathedrale gehen. Sie trägt die Verantwortung für mich, solange meine Eltern fort sind.«

Ängstlich sah sie ihn an. Jetzt würde er sicher ärgerlich werden, doch Robert nickte nur ernst mit dem Kopf.

»Eure Elsa hat ganz recht, wenn sie Euch vor den Männern warnt«, gab er der Magd recht. »Obwohl ich wirklich nichts Böses im Sinn habe, das glaubt Ihr mir doch, oder?«

Marie nickte erleichtert.

»Dann werde ich jetzt gehen.«

Er wandte sich ab und lief zurück. Marie blieb stehen und sah ihm nach. Sie hatte sich daran gewöhnt, den Menschen in ihrer Umgebung auszuweichen, weil es ihr wehtat, mit anzusehen, wie sie bei ihrem Anblick hastig das Kreuzzeichen schlugen und mit abgewandtem Gesicht an ihr vorbeiliefen. Die Gassenjungen aus der Umgebung riefen ihr üble Beschimpfungen nach, vermieden es aber tunlichst, ihr zu nahe zu kommen. Noch wusste Robert nichts von ihren Krämpfen. Daher würde es leichter und entschieden besser für sie sein, ihn nicht mehr wiederzusehen, als eines Tages seine Ablehnung ertragen zu müssen.

Doch als sie später in ihrer Kammer lag, konnte sie nicht anders, als an ihn zu denken. Jeden Augenblick mit ihm würde sie wie einen kostbaren Schatz in ihrem Herzen bewahren. Ihre Hand schloss sich um den kleinen Jadevogel.

»Du hast mir Glück gebracht, kleiner Vogel«, flüsterte sie leise. Marie hatte sich damit abgefunden, niemals dazugehören zu dürfen. Gott hatte es so gewollt, und sie musste dankbar dafür sein, dass Er ausgerechnet sie auserwählt hatte, um die Leiden anderer Menschen zu lindern, auch wenn das nicht leicht für ihre Familie war, so war es anscheinend doch ihr Schicksal, das sich nun einmal nicht mehr ändern ließ. Nichtsdestoweniger lebte tief in ihrem Inneren der Wunsch, irgendwann ein normales Leben führen zu können und einen Mann und Kinder zu haben.

Am nächsten Tag wartete Robert vergeblich am Portal auf Marie, und auch die Tage darauf ließ sie sich nicht sehen. Robert konnte an nichts anderes mehr denken als an sie. Sie war das schönste Mädchen, das er je getroffen hatte, und der Gedanke, sie vielleicht nie wiederzusehen, war unerträglich für ihn. Sobald er die Augen schloss, sah er ihr Gesicht vor sich, und nie gekannte Sehnsucht erfüllte jede Faser seines Körpers.

»Was ist los mit Euch?«, fragte Bernard nun schon zum dritten Mal. »Ihr seid doch nicht etwa verliebt? Wollt Ihr mir nicht sagen, wer sie ist? Kommt schon, ich bin Euer Freund. Ihr könnt sie mir wenigstens vorstellen«, drängte er. »Ihr wisst doch, dass Ihr mir vertrauen könnt.«

Er war neugierig darauf, das Mädchen kennenzulernen, das es geschafft hatte, sich in Roberts Gedanken zu schleichen und ihn von seinem Studium abzulenken. Sie musste etwas ganz Besonderes sein, und es war nicht anständig von Robert, ihm das Mädchen vorzuenthalten.

Aber Robert gab ihm keine Antwort. Er hatte ihm nicht einmal zugehört. Angestrengt dachte er darüber nach, wie er es anstellen sollte, Marie wiederzusehen. Er musste einfach herausfinden, ob sie seine Gefühle erwiderte, doch was würde dann sein? Sein Vater hatte bereits Heiratspläne gemacht, die ihn betrafen, und er würde ihm nicht ohne Weiteres erlauben, die Tochter eines Tuchhändlers zu heiraten. Er musste unbedingt mit ihm reden, doch zuvor musste er erst mit Marie sprechen. Es war zum Verzweifeln. Ob er es wohl wagen konnte, ihr einen Besuch abzustatten? Kopfschüttelnd verwarf er den Gedanken wieder. Maries Eltern würden ihn nicht empfangen, solange sie nicht von seinen ehrbaren Absichten überzeugt waren, doch dazu brauchte er erst die Erlaubnis seines Vaters.

Bernard trat ungeduldig von einem Fuß auf den anderen. Roberts Verhalten verletzte ihn, und er fühlte sich von ihm zurückgesetzt.

»Wenn Ihr hier versauern wollt, dann ohne mich. Ich werde mir noch ein bisschen die Beine vertreten«, teilte er ihm mit und wartete noch einen Augenblick, ob Robert es sich nicht doch noch anders überlegen würde, dann warf er sich seinen Umhang über und verließ ohne ein weiteres Wort die Schlafkammer.

Der nächste Tag war ein Sonntag. Marie ging mit Elsa und Pierre in die Kathedrale, um an der heiligen Messe teilzunehmen. Robert wartete am Portal auf sie, er wollte sie wenigstens sehen, wenn er schon nicht mit ihr sprechen durfte.

Marie wurde es abwechselnd heiß und kalt, als sie ihn entdeckte. Ihre Blicke trafen sich für eine kleine Ewigkeit, und Robert spürte, wie ihm warm ums Herz wurde. Obwohl sich Hunderte von Menschen um sie herum in der Kathedrale drängten, hatte er das seltsame Gefühl, ganz allein mit Marie zu sein.

Und von diesem Augenblick an war er sich sicher, dass ihm Marie zum Schicksal werden würde.

10

Drei Tage später kehrte Maries Familie von ihrer Reise zurück.

Henry und Pierre trugen die Kleidertruhen ins Haus und versorgten danach die Pferde und den Wagen. Eleonore begab sich mit Martha und Agnes ans Feuer.

Trotz der Decken, in die sie sich gehüllt hatten, waren alle drei durchgefroren und zitterten vor Kälte.

Elsa schürte das Feuer höher und brachte ihnen einen Becher mit heißem Würzwein und geräuchertes Fleisch.

»Bin ich froh, dass ich nicht in einer Burg leben muss«, meinte Martha schließlich. »Es war fürchterlich, mit all diesen Menschen und Tieren zusammen in einem Raum schlafen zu müssen. Ich hatte mir das Leben auf einer Burg ganz anders vorgestellt, viel aufregender und schöner.«

Marie hörte neugierig zu. Sie brannte darauf zu erfahren, wie die Hochzeit verlaufen war und wie es Katharina ging, hütete sich aber davor, danach zu fragen. Denn dann würden Martha und Agnes, um sie zu ärgern, so leise miteinander reden, dass sie nichts mehr von dem Gespräch mitbekommen würde.

Also tat sie so, als ob sie das alles nicht weiter interessierte, und beugte sich über ihre Stickarbeit, bis das Essen aufgetragen wurde.

Auf diese Weise erfuhr sie, dass es auf einer Burg kalt und ungemütlich war und so einsam, dass man, abgesehen von den anderen Burgbewohnern, glauben konnte, man wäre allein auf der Welt. Die Ritter und Knappen waren ständig betrunken und benahmen sich rüpelhaft und roh.

Agnes und Martha kamen zu dem Schluss, dass Katharina großes Glück hatte, weil sie mit ihrem Mann nach der Hochzeit in der Stadt leben durfte. Allein als Martha von den fahrenden Sängern und Musikern erzählte, die nach der Hochzeit zum Essen aufgespielt hatten, bekamen beide glänzende Augen.

Immer wieder wanderten Maries Gedanken zu Robert. Als sie später in ihrer Kammer lagen und Martha mit Agnes tuschelte, bis beiden irgendwann die Augen zufielen, musste sie daran denken, wie Robert sie angesehen hatte. In seinen Augen hatte sie eine so tiefe Zuneigung für sie gesehen, dass ihr beinahe schwindelig geworden war vor lauter Glück.

Der nächste Morgen überraschte sie damit, daß Henry mit der Familie am Tisch saß und Jean seiner Tochter Martha mitteilte, dass er beschlossen hatte, sie nach dem Osterfest mit Henry zu verheiraten.

Martha war kleiner und rundlicher als Katharina, aber alles in allem hübsch anzusehen mit ihrem vollen Mund und den großen goldbraunen Augen.

Henry war nach dem Gespräch, das sein Herr am Morgen mit ihm geführt hatte, sehr erleichtert gewesen. Nach der Verlobung Katharinas hatte er insgeheim befürchtet, Marie heiraten zu müssen, wenn er in die Familie des Tuchhändlers aufgenommen werden wollte.

Dabei war ihm das Mädchen fast schon unheimlich. Allein wie sie einen mit ihren dunklen Augen ansah, war nur schwer zu ertragen. Er war fest davon überzeugt, dass sie von Dämonen besessen war, zumindest manchmal. Irgendwann würde es ein schlimmes Ende mit ihr nehmen, und er hatte weder die Absicht, dabei zu sein noch das gleiche Schicksal mit ihr zu teilen.

Zufrieden riss er sich ein Stück von dem duftenden Hefekranz ab. Um seine Zukunft brauchte er sich ab heute keine Sorgen mehr zu machen. Martha würde ihm gesunde Söhne gebären, und irgendwann würde er das Familiengeschäft übernehmen und es so führen, wie er es für richtig hielt.

Martha warf ihrer Mutter einen entsetzten Blick zu, den Eleonore voller Strenge erwiderte. Sie wusste, dass Martha Henry nicht sonderlich mochte, doch das spielte keine Rolle.

Wütend starrte Martha auf den Hefekranz. Der Appetit war ihr gründlich vergangen, aber sie wagte es nicht, in Anwesenheit ihres Vaters Widerspruch zu erheben. Solange sie denken konnte, hatte sie stets davon geträumt, einen stolzen Ritter zu heiraten, der sie auf seine Burg bringen würde, oder zumindest einen reichen Kaufmann mit einem schönen großen Haus, der ihr jeden Wunsch von den Augen ablas, und jetzt sollte sie einen Knecht heiraten, während Katharina einen echten Grafen geehelicht hatte? Es war einfach ungerecht, und sie dachte nicht daran, die Entscheidung ihres Vaters widerstandslos hinzunehmen.

Als sie aufsah, zwinkerte Henry ihr vergnügt aus seinen graublauen Augen zu, eine Geste, die sie ihrerseits nur mit einem eisigen Blick kommentierte. In wenigen Wochen würde er ein vollwertiges Mitglied der Familie sein, und er war davon überzeugt, dass Martha sich schon noch an ihn gewöhnen würde, wenn sie erst einmal verheiratet waren.

Sofort nachdem die beiden Männer die Küche wieder verlassen hatten, stürzte Martha auf ihre Mutter zu und fasste sie am Arm.

»Ich will Henry nicht heiraten, warum kann Agnes ihn denn nicht nehmen?«, flehte sie. »Ich bitte Euch, sprecht noch einmal mit Vater darüber.«

»Ich will ihn auch nicht heiraten«, meldete sich Agnes erschrocken zu Wort und suchte Marthas Blick, doch die wich ihr aus. Voller Angst wandte sie sich darauf an Eleonore.

»Wenn Vater einmal etwas gesagt hat, dann bleibt es auch dabei, nicht wahr, Mutter?« Eleonore nickte, und Agnes begab sich wieder zufrieden an ihre Näharbeit. Martha flehte und bettelte, doch es nützte ihr nichts.

Mit der Zeit wurde sie jedoch ruhiger und begann damit, Henry heimlich zu beobachten. Auch wenn er nicht gerade dem Ritter oder Kaufmann ihrer Träume entsprach, war er doch ein gut aussehender Mann und würde eines Tages das Unternehmen ihres Vaters übernehmen. Dann wäre sie die Hausherrin. Und als sie an diesen Punkt ihrer Überlegungen gekommen war, fiel es ihr auf einmal nicht mehr ganz so schwer, sich mit ihrem Schicksal abzufinden.

Eleonore war insgeheim erleichtert, denn sie wusste, wie störrisch Martha sein konnte. Außerdem gab es nun wirklich schlechtere Männer als Henry, und sie war davon überzeugt, dass ihr zukünftiger Schwiegersohn Martha gut behandeln würde.

11

Das Leben im Hause Machaut nahm wieder seinen gewohnten Gang.

Und als Marie einige Tage später an einem Wintermorgen gemeinsam mit Martha und Agnes das Haus verließ, war es klirrend kalt.

Es hatte die ganze Nacht über geschneit, und die Mädchen sahen bewundernd auf den glitzernden Neuschnee, der die Stadt mit einer weißen Decke überzogen hatte und selbst die Berge von Unrat in den Gassen überdeckte. Es war Weihnachten, und Elsa hatte auf Eleonores Anweisung schon früh am Morgen angefangen, Brot für die vielen hungernden Bettler zu backen. Wie jedes Jahr im Winter hatten diese den Strom der reisenden Kaufleute abgelöst und gesellten sich nun zu den Krüppeln und Aussätzigen, die sich in der Hoffnung auf etwas Essbares überwiegend auf dem Kathedralenvorplatz aufhielten, wo sie an das Gewissen der Gläubigen appellierten und sich zwischendurch immer wieder in der überfüllten Kathedrale aufwärmten.

Jedes der drei Mädchen trug einen großen Korb voll duftenden Brotes am Arm, um es an die Hungrigen zu verteilen. Als die Mädchen den großen Platz erreichten, waren sie innerhalb kürzester Zeit von einer riesigen Traube von Bettlern, Krüppeln und Aussätzigen umringt. Männer, Frauen und Kinder starrten ihnen aus flehenden Augen entgegen.

Maries Herz zog sich vor Mitleid zusammen, als sie in die bleichen Gesichter der Ärmsten unter den Armen sah. Rasch begann sie ihr Brot zu verteilen, wobei sie darauf achtete, dass die Frauen und Kinder zuerst etwas zu essen bekamen. Der Korb war schon fast leer, aber noch immer drängten sich Menschen aus den hinteren Reihen nach vorne, aus Angst, nichts mehr abzubekommen. Es kam zu einem regelrechten Gerangel, und die Bettler rissen Marie das Brot förmlich aus der Hand.

Ein ausgemergelter Junge mit tief in den Höhlen liegenden Augen kam zu spät, er war nur mit Lumpen bekleidet. Das rotblonde Haar fiel ihm wirr ins Gesicht und verdeckte nur teilweise die tiefe Narbe, die sich quer über seine hohe Stirn zog.

Gerade reichte Marie einer Frau mit einem Säugling im Arm das letzte Brot. Maries Umhang hatte sich durch das Gedränge halb geöffnet und gab den Blick auf ihren seidenen Beutel frei, den sie an einer Schnur befestigt am Gürtel trug. Ein gieriger Ausdruck trat in die grünblauen Augen des Jungen. Das Mädchen war kein Gegner für ihn.

Er nutzte das Gedränge um Marie herum aus und sprang mit einem Satz auf sie zu. In seiner Hand blitzte ein Messer auf. Mit einer schnellen Bewegung zerschnitt er ihre Kordel und nahm den Beutel an sich. Dann war er auch schon wieder in der Menge untergetaucht.

Das Ganze war so schnell vor sich gegangen, dass Marie im ersten Moment gar nicht begriff, was überhaupt geschehen war.

Erst als ihr Blick auf die abgetrennte Kordel fiel, bemerkte sie, dass ihr Beutel verschwunden war und mit ihm ihr geliebter Jadevogel.

Die Bettler begannen sich sofort zu zerstreuen, als sie feststellten, dass es hier nichts mehr zu holen gab.

Allein stand Marie auf dem Kathedralenvorplatz und sah sich suchend nach ihren zwei Schwestern um, doch die waren längst verschwunden. Voller Ekel angesichts der vielen Frostbeulen und Geschwüre in den Gesichtern und auf den ausgestreckten Händen der Bedürftigen, hatten sie sich beeilt, ihr Brot möglichst schnell loszuwerden. Innerhalb kürzester Zeit waren ihre Körbe leer gewesen, und sie hatten sich erleichtert auf den Rückweg begeben, froh, den Anblick der Bettler nicht länger ertragen zu müssen.

Andere Frauen und Mädchen betraten mit Körben an den Armen den Platz und waren innerhalb kürzester Zeit erneut von einer Ansammlung von Bettlern umringt.

Marie hatte nicht bemerkt, dass Robert nur wenige Ellen von ihr entfernt gestanden und sie von seinem versteckten Platz aus beobachtet hatte.

Der kleine Beutelschneider lief ihm direkt in die Arme. Robert sah das Messer in seiner Hand und auch Maries blauen Beutel, den er noch im Laufen unter seinem abgewetzten braunen Umhang zu verbergen suchte.

Der Junge warf einen raschen Blick hinter sich, um sich zu vergewissern, dass er nicht verfolgt wurde. Dieser Augenblick genügte Robert, um ihm das Messer aus der Hand zu schlagen und ihn am Kragen zu packen.

In den Augen des Jungen stand die nackte Angst. Er wusste genau, was für eine Strafe ihn erwartete, wenn man ihn beim Stehlen erwischte.

Dieben und Beutelschneidern wurde ohne langes Zögern die rechte Hand abgehackt, damit sie sich für immer an ihr Verbrechen erinnerten.

»Gib mir den Beutel, den du gerade dem Mädchen gestohlen hast«, forderte Robert leise, aber mit bestimmter Stimme.

Der Junge zögerte, und Robert verstärkte den Druck an seinem Hals. Da gab er nach und zog den Beutel unter seinem Umhang hervor.

»Ich habe seit drei Tagen nichts mehr gegessen, und der Korb war leer«, versuchte er sich zu verteidigen.

»Das rechtfertigt noch lange nicht dein Verhalten«, meinte Robert streng. Trotz allem tat ihm der Junge leid. Er konnte kaum älter als zwölf Jahre sein. Sollten andere über ihn richten, er hatte keine Lust dazu.

»Wenn du bei Gott schwörst, ab sofort nie mehr etwas zu stehlen, werde ich dich ausnahmsweise laufen lassen.«

Ein dankbarer Blick aus den grünblauen Augen traf ihn. Das war mehr, als der Junge zu hoffen gewagt hatte.

»Ich schwöre es«, versprach er feierlich.

»Solltest du deinen Schwur brechen, wirst du in der finstersten Hölle schmoren, darauf gebe ich dir mein Wort.« Robert hatte seine Stimme erhoben.

Der Junge starrte ihn erschrocken an. In der Kathedrale hatte er Bilder von dem riesigen Höllenkessel gesehen, in dem alle Sünder unter größten Qualen bis zum Jüngsten Tag ausharren mussten. Robert sah, wie er schluckte. Er würde seine Worte beherzigen, davon war er überzeugt.

Einige Leute waren stehen geblieben und hatten das Geschehen neugierig beobachtet. Robert lockerte seinen Griff, und der Junge rannte los, als ob der Teufel hinter ihm her wäre. Er befürchtete, dass Robert es sich vielleicht doch noch anders überlegen könnte. Ein lauter Ruf von ihm würde genügen, und die Meute würde sich auf ihn stürzen, um ihn festzunehmen.

Es war nur eine kleine Bewegung, mit der ein kräftiger,

grobschlächtiger Mann seinen rechten Fuß nach vorne setzte, aber sie genügte, um den Jungen aus dem vollen Lauf heraus zu Fall zu bringen.

In die Augen des Mannes, der den roten Umhang eines Büttels trug, trat ein grausamer Zug, als er sich blitzschnell bückte und den Jungen mit festem Griff am Arm packte, noch bevor dieser sich zur Seite rollen und entwischen konnte. Robert bekam von dem, was sich hinter seinem Rücken abspielte, nichts mit. In seinen Gedanken war er schon bei Marie. Suchend schweifte sein Blick über den großen Platz, der überfüllt mit Bettlern, allerlei Gesinde und ehrbaren Bürgern in festlichen Kleidern war.

Endlich entdeckte er sie am Ende der langen Schlange, die sich vor dem Portal der Kathedrale gebildet hatte. Mit großen Schritten eilte er auf sie zu. »Ich glaube, ich habe etwas, das Euch gehört«, sagte er und hielt ihr den Beutel hin.

Maries Augen weiteten sich vor Freude. Sie nahm den Beutel und öffnete ihn. Der kleine Jadevogel war unversehrt. Dankbar fasste sie Robert beim Arm, und ihre Augen versanken in einem stummen Zwiegespräch, das jedoch jäh unterbrochen wurde.

Ein angstvoller Schrei ließ Marie den Kopf wenden. Nicht weit von ihr entfernt versammelten sich immer mehr Schaulustige um den Büttel, der den kleinen Gauner so fest gepackt hielt wie ein Jäger seine Beute. Zwei weitere Büttel bahnten sich, gefolgt vom Scharfrichter, einen Weg durch die Leute. Ihre scharlachfarbenen Umhänge hoben sich grell vor dem Hintergrund des hellen Schnees ab.

Marie ließ Robert stehen und lief schnell auf den Jungen zu. Ein stummer Vorwurf stand in seinen angstvoll aufgerissenen Augen.

In aller Eile wurde ein grob zusammengehauener Tisch herbeigeschafft und vor dem Büttel aufgestellt. Ungerührt sahen die Leute zu, wie dieser den Jungen zum Tisch schleifte und seinen rechten Arm auf die Holzplatte drückte. Sein Gehilfe packte den mageren Arm und band ihn mit einem groben Hanfseil so fest auf die Tischplatte, dass das Seil tief in die Haut des Jungen schnitt.

Dieses räuberische Gesindel war eine wahre Plage, und es geschah dem kleinen Lump ganz recht, dass er erwischt worden war, bevor er noch mehr stehlen konnte.

Der Büttel wandte sich an die Menge und forderte sie durch eine Handbewegung auf zu schweigen. Mit drohend erhobenem Schwert stellte sich der Scharfrichter neben ihn, bereit, seine Pflicht zu erfüllen.

Ein aufgeregtes Raunen ging durch die Menge, als er das riesige Eisenschwert Unheil verkündend über den Köpfen der Leute schwang.

»Dieser Junge ist ein Beutelschneider und Dieb, der ehrbaren Bürgern ihr Hab und Gut stiehlt, das sie mühsam im Schweiße ihres Angesichts erworben haben«, brüllte der Büttel. Die Menge quittierte seine Worte mit lautem Beifall.

Voller Verachtung sah er auf den Jungen hinab.

»Gibst du deine Schuld zu?«

Namenloses Grauen packte den Jungen. Seine Lippen zitterten, und er brachte vor Angst und Entsetzen keinen Ton heraus.

Triumphierend wandte sich der Büttel an den Scharfrichter.

»Laut Gesetz wird er dafür seine rechte Hand verlieren, damit jeder, der ihn sieht, weiß, wen er vor sich hat.«

Das Raunen verstummte sofort. Gespannte Erwartung lag über dem Platz.

Marie wandte ihren Blick von dem Jungen ab und versuchte gegen den Schwindel anzukämpfen, der den Boden unter ihren Füßen wanken ließ wie ein Schiff auf den Wellen. Mit letzter Kraft drängte sie sich durch die Menge nach vorne.

»Der Junge ist kein Dieb.« Ihre Stimme drang glockenhell durch die kalte Luft.

Die Köpfe der Menschen fuhren herum, alle Blicke hefteten sich auf das zierliche Mädchen. Empörtes Stimmengewirr ertönte.

Die Miene des Büttels verfinsterte sich. Er liebte diesen Augenblick kurz vor der Vollstreckung des Urteils, denn er genoss die Macht, die er in diesem Moment besaß. Sie allein wog die Verachtung der ehrbaren Bürger auf, die seinen Blick genauso mieden wie den seiner Frau und seiner Kinder.

Der Scharfrichter wartete auf das vereinbarte Kopfnicken des Büttels. Feine Schweißperlen erschienen auf seiner Stirn. Lange würde er das Schwert nicht mehr oben halten können. Er konnte es aber auch nicht herunternehmen, weil das Senken des Schwertes vor der Vollstreckung des Urteils Unglück über ihn bringen würde.

Es begann wieder zu schneien. Feine weiße Schneeflocken schwebten lautlos vom Himmel herab und legten sich wie ein weißer Schleier auf Maries Haar und ihren Umhang. Die Menschen traten zur Seite, sodass sie alsbald für jedermann gut zu erkennen war.

Schützend stellte sie sich vor den Jungen und strich ihm über das verfilzte Haar. Dann öffnete sie ihren Beutel und reichte ihm den Jadevogel.

»Ich bringe ihn dir zurück, er gehört dir.« Ihre Angst um den Jungen war größer als die vor dem grobschlächtigen, hartherzigen Mann, der sie wütend anstarrte und seine Hände bedrohlich in die Hüften stemmte.

Ihre Knie zitterten vor Aufregung, als sie sich an ihn wandte und ihm direkt in die harten Augen sah. Er versuchte seinen Blick abzuwenden, doch es gelang ihm nicht. Der ärgerliche Ausdruck in seinem Gesicht wich alsbald ungläubigem Staunen.

Die Stille über dem Platz war jetzt mit beiden Händen greifbar. Noch wusste niemand, in welche Richtung die Stimmung umschwenken würde. Mit offenem Mund starrten die Menschen auf den Büttel und das Mädchen und warteten ab, was weiter geschehen würde.

Plötzlich riss die graue Wolkendecke auf. Ein Sonnenstrahl fiel auf Marie und tauchte sie in strahlendes Licht. Der Schnee in ihrem Haar und auf ihrem Umhang glitzerte wie kostbare Kristalle.

Die Heilige Jungfrau schien leibhaftig erschienen zu sein, unschuldig und rein wie ein Engel.

Ehrfürchtig wichen die Menschen zurück. Einige sanken von heiligen Schauern geschüttelt auf die Knie und begannen laut zu beten.

Es war ein Zeichen des Himmels, ein Wunder, das der Herr vor ihren Augen vollbracht hatte.

»Macht den Jungen endlich los, er ist unschuldig«, brüllte jemand.

Andere Stimmen fielen in die Forderung mit ein.

Der Scharfrichter warf dem Büttel einen verzweifelten Blick zu. Es war ihm nicht möglich, das Schwert noch länger in der Luft zu halten.

Doch der Büttel reagierte nicht. Verwundert strich er sich über die Stirn. Er fühlte sich, als würde er aus einem tiefen Traum erwachen.

Langsam senkte sich das Schwert über ihren Köpfen nach unten. Die Leute hielten den Atem an, doch nichts geschah. Der Scharfrichter steckte das Schwert in die lederne Scheide zurück und wandte sich ab.

Sofort sprang ein kräftiger Mann vor und versuchte, den Jungen zu befreien. Ein weiterer kam ihm mit seinem Messer zu Hilfe und zerschnitt das Hanfseil, mit dem der Junge an den Tisch gefesselt war.

Der Büttel reagierte auf all das nicht. Seine schwieligen Hände falteten sich zum Gebet, und er richtete seinen Blick gen Himmel, als suche er dort nach einer Antwort auf seine Fragen. Er verstand nicht, was mit ihm geschehen war, und doch war er noch nie so glücklich gewesen wie in diesem Augenblick.

Robert, der Marie keine Sekunde lang aus den Augen gelassen hatte, sah, wie sie wankte. Sofort eilte er zu ihr, um sie zu stützen.

Schon richtete sich die Aufmerksamkeit aller wieder auf Marie.

»Sie ist eine Heilige«, flüsterte eine ärmlich gekleidete Frau. Vor lauter Rührung liefen ihr dicke Tränen über die Wangen.

Zwei zerlumpte Gestalten stürzten auf Marie zu und berührten mit ihren Lippen den Saum ihres Gewandes.

»Sie ist keine Heilige, es ist Marie, die Tochter des Tuchhändlers, und sie ist von Dämonen besessen«, kreischte die Frau des Salzhändlers.

Sofort entstand ein wütendes Wortgefecht, bei dem sich zwei Lager bildeten.

»Bitte bringt mich von hier fort«, flüsterte Marie.

Robert kam ihrem Wunsch nur zu gerne nach. Der Streit wurde immer heftiger, und schon kam es zu den ersten

Handgreiflichkeiten. Keiner der Menschen achtete mehr auf den jungen Mann und das Mädchen, die sich unbemerkt davonstahlen.

»Ihr seht erschöpft aus«, sagte Robert besorgt. »Ich werde Euch nach Hause bringen.«

Marie schüttelte den Kopf.

»Es geht mir gut. Ich würde gerne in die Kathedrale gehen, um Gott für Seine große Güte zu danken.«

Sie ließ es zu, dass er neben ihr die Kathedrale betrat, und warf ihm von der Seite einen verstohlenen Blick zu. Die Kathedrale war bis auf den letzten Platz besetzt, selbst zwischen den Gängen standen die Menschen dicht gedrängt.

Robert legte schützend seinen Arm um Maries Schulter und zog sie neben einen Pfeiler. Hunderte von Kerzen erleuchteten die Kathedrale, und der Geruch von Weihrauch und Wachs überdeckte die Ausdünstungen der vielen Gläubigen. Still vor Glück standen Robert und Marie eng nebeneinander und lauschten dem Gesang der Mönche. Beide wünschten sich, dass dieser Moment nie vorübergehen möge.

Von nun an trafen sie sich täglich.

Sie hatten ein verschwiegenes Plätzchen im großzügig angelegten Garten des Bischofs gefunden, wo sie vor neugierigen Blicken geschützt waren und in Ruhe miteinander reden konnten. Robert wollte alles über Maries Familie wissen, und sie erzählte ihm von Elsa und ihren Schwestern. Doch mit dem feinen Gespür eines Liebenden merkte Robert, dass Marie etwas vor ihm zurückhielt. Dennoch drängte er sie nicht, es ihm zu erzählen, obwohl es ihm oft schwerfiel, vor allem wenn er spürte, dass sie traurig war. Nichts sollte ihr Glück trüben oder gar zwischen ihnen stehen. Um sie abzulenken, erzählte er ihr von seinen Eltern und dem Leben auf der Burg, von den Pferden und der Jagd, und Marie hörte ihm zu, glücklich darüber, dass er bei ihr war.

»Könntet Ihr Euch vorstellen, meine Frau zu werden und mit mir auf der Burg zu leben?«, fragte er eines Tages überraschend und nahm Maries Hand zärtlich in die seine. Das Herz klopfte ihm bis zum Hals, als er Marie erwartungsvoll ansah und auf ihre Antwort wartete.

Feine Röte stieg ihr in die Wangen, sie konnte kaum glauben, was sie gerade gehört hatte, es konnte nur ein Traum sein, aus dem sie jeden Moment erwachen würde.

Ihre Liebe zu Robert erschien ihr vermessen und gleichzeitig so zerbrechlich wie das hauchdünne Glas, das der Vater ihr von einer Reise aus Venedig mitgebracht hatte, aber sie war auch voller Hoffnung. Es war, als würde sie nach den Sternen greifen, obwohl diese unerreichbar für sie waren, und sie bekam Angst vor ihrem eigenen Mut.

Robert beobachtete die widerstreitenden Gefühle, die sich deutlich auf ihrem Gesicht widerspiegelten. Wie schön sie war. Es gelang ihm kaum, den Blick von ihr zu wenden. Er unterdrückte den Wunsch, sie an sich zu reißen und zu küssen, um sie nicht noch mehr zu erschrecken.

Wilde Freude durchfuhr ihn, als Marie endlich nickte.

»Ich werde meinem Vater schreiben und ihn um sein Einverständnis bitten, Euch heiraten zu dürfen«, versprach er entschlossen.

Hand in Hand saßen sie danach schweigend nebeneinander und waren wie berauscht von ihrem Glück.

Es war schon später Nachmittag, als Robert Marie nach Hause begleitete. Bevor Maries Elternhaus in Sichtweite kam, verabschiedete er sich von ihr.

»Ich kann es kaum erwarten, Euch wiederzusehen«, sagte er, und seine Stimme klang rau vor Zärtlichkeit. Marie stellte sich auf die Zehenspitzen und hauchte ihm einen Kuss auf die Wange, dann wandte sie sich errötend ab und bog in die Tuchgasse ein.

Robert war vollkommen überrascht. Verblüfft blieb er stehen und starrte ihr nach.

Eine junge Frau kam die Gasse hoch und lief direkt auf Marie zu. Sie war für die Jahreszeit viel zu leicht gekleidet, trotzdem schien sie nicht zu frieren, denn der Schweiß rann ihr in Strömen über das Gesicht. Immer wieder blieb sie stehen und krümmte sich unter einer neuen Schmerzwelle. Offensichtlich hatte sie kein Geld, um einen Bader bezahlen zu können, und die Kathedrale war ihre letzte Hoffnung.

Dort würde sie wohl den heiligen Erasmus anflehen, ihr zu Hilfe zu kommen und ihre körperlichen Leiden von ihr zu nehmen.

Marie sah ihr entgegen und wusste sofort Bescheid. Ihrer beider Augen trafen sich, und Marie spürte, wie die Pein der jungen Frau auf sie überging und immer stärker wurde, bis ihr schließlich schwindelig wurde und der Boden unter ihren Füßen zu wanken begann.

Kurz bevor sie das Bewusstsein verlor, nahm sie jedoch noch das ungläubige Erstaunen in den Augen der jungen Frau wahr, die sie überrascht ansah.

Erschrocken sah Robert, wie Marie zu Boden stürzte, und rannte los, so schnell er konnte. Die Fremde hatte sich über Marie gebeugt und bemerkte voller Entsetzen, wie sich das Gesicht des Mädchens zu verzerren und ihr Körper zu zucken begann.

Robert zögerte nicht lange. Am meisten Angst bereiteten ihm Maries Augen, die starr und leblos wirkten. Er hob sie vorsichtig hoch und trug sie eilig und behutsam zugleich zu ihrem Elternhaus.

»Ihr dürft nicht sterben«, flüsterte er ihr immer wieder ins Ohr. »Bitte sterbt nicht.« Allein der Gedanke, Marie zu verlieren, war unvorstellbar und ließ ihn sich völlig hilflos fühlen.

Elsa hatte gerade das Fenster geöffnet, um die Stube zu lüften, als sie Robert mit Marie auf den Armen die Gasse hochkommen sah. Sie stürzte die Treppe hinunter und riss die Türe auf, noch bevor Robert klopfen konnte. Ihre Augen blitzten zornig, und auf ihren Wangen hatten sich vor lauter Aufregung hektische Flecken gebildet. Was hatte dieser Kerl ihrem kleinen Mädchen nur angetan?

Vor ihren Augen stiegen wieder die furchtbaren Bilder der Vergangenheit hoch. Der grausame Blick, mit dem der Sohn des Grafen sie verschlungen hatte, bevor er ihr rücksichtslos die Kleider vom Leib gerissen hatte und brutal über sie hergefallen war.

Nur die Tatsache, dass der junge Mann Marie auf seinen Armen trug, hielt sie davon ab, sich wütend auf ihn zu stürzen, obwohl sie den Anblick, wie inniglich Robert Marie umfasst hielt, kaum ertragen konnte.

Doch dann sah sie die heillose Angst in seinen sanften, hellen Augen. Der junge Mann wirkte ungewöhnlich ernst für sein Alter und schien sehr besorgt um Marie zu sein, was sie etwas besänftigte.

Mit einer knappen Kopfbewegung forderte sie ihn auf, ihr hinauf in die Kammer zu folgen, wo Robert Marie behutsam und sanft auf das große Bett legte.

»Geht jetzt«, forderte Elsa ihn nur mühsam beherrscht auf. »Ich muss mich um Marie kümmern.«

Robert sah sie verzweifelt an. In seinen Augen konnte Elsa die Sorge um Marie lesen.

»Sie wird wieder gesund werden, doch jetzt geht«, wiederholte sie ihre Aufforderung.

Robert erwiderte nichts, blieb aber noch eine ganze Weile stehen. Schließlich warf er Marie noch einen letzten Blick zu, bevor er sich umdrehte und widerwillig das Haus verließ.

Vor der Türe sah er sich suchend nach der fremden Frau um, die sich zuvor auf der Gasse über Marie gebeugt hatte, doch er konnte sie nirgendwo mehr entdecken. Gerne hätte er sie gefragt, was eigentlich geschehen war.

Die Sorge um Marie ließ ihn ziellos durch die Stadt laufen, und als er sich endlich auf den Heimweg begab, läuteten die Glocken schon die Nacht ein.

Es war bereits heller Tag, als Marie erwachte. Sie fühlte sich schwach und hatte schrecklichen Durst. Mit weichen Knien erhob sie sich und zog ihr Gewand über. Sie hatte sich gerade angekleidet, als Elsa die kleine Kammer betrat, in der Hand eine Schale mit Suppe.

»Ich habe solchen Durst«, sagte Marie und sah Elsa bittend an.

Elsa stellte die Holzschale auf den Boden und lief zurück in die Küche, um Marie einen Becher mit verdünntem Wein zu holen. Gierig trank Marie den Wein und sträubte sich nicht lange, als Elsa ihr befahl, sich wieder ins Bett zu legen.

»Deine Mutter ist sehr erzürnt. Sie möchte, dass du dich ausruhst, weil dein Vater heute Abend einen wichtigen Gast erwartet. Ich glaube fast, sie haben einen Ehemann für dich ausgewählt.«

Marie starrte Elsa erschrocken an. Ihre Eltern hatten mit ihr bislang niemals über eine Eheschließung gesprochen, was nicht weiter verwunderlich war. Welcher Mann würde schon freiwillig ein Mädchen zur Frau nehmen, von dem es hieß, es wäre von Dämonen besessen? Sie dachte an Robert. Er war der einzige Mann, dem sie vertraute und den sie mit Freuden heiraten würde. Was konnte sie nur tun?

Elsa beobachtete sie mitleidig. Sie wusste, dass Marie sich an nichts mehr von dem, was geschehen war, erinnern konnte, zögerte aber, ihr von dem jungen Mann zu erzählen, der sie nach Hause getragen hatte, um sie nicht noch mehr zu beunruhigen. Sie war überzeugt davon, dass es sich dabei um denselben jungen Mann handelte, der Marie schon einmal nach Hause begleitet hatte.

Marie hatte ihr zwar versprochen, ihn nicht wiederzusehen, doch es sah ganz danach aus, als ob sie ihr Versprechen nicht gehalten hätte. Doch das Wichtigste war jetzt, dass Marie erst einmal wieder zu Kräften kam.

Sie hörte die harte Stimme ihrer Herrin, die schon ungeduldig nach ihr rief, und beeilte sich, in die Küche zurückzukommen.

»Wie geht es Marie?«, fragte Eleonore. Sie war ärgerlich, weil Elsa sich so lange in der Kammer aufgehalten hatte.

»Es geht ihr schon besser, sie wird zum Essen herunterkommen können«, gab die Magd zur Antwort.

Eleonore seufzte erleichtert auf.

Jean war wütend geworden, als er von dem Vorfall erfahren hatte, und hatte ihr schwere Vorwürfe gemacht, weil sie Marie allein aus dem Haus hatte gehen lassen.

Gegen Mittag trafen die Gäste ein. Raymond Chandos hatte seinen ältesten Sohn mitgebracht, genau wie er es mit Jean Machaut vereinbart hatte. Renaud war klein, dunkelhaarig, und ein verschlagener Ausdruck lag in seinem Gesicht. Seinen flinken Augen entging nicht die geringste Kleinigkeit. Er hatte sich sofort bereit erklärt, Marie zu heiraten, wenn es dadurch endlich mit dem Geldmangel vorbei sein würde. Schließlich gab es genügend Möglichkeiten, um sich einer unbequemen Ehefrau nach der Hochzeit wieder zu entledigen, wenn man sie nicht mehr brauchte.

Jean begrüßte seine Gäste höflich und stellte ihnen seine Familie vor. Nachdem sich alle um die Tafel versammelt hatten, überreichte Raymond Chandos dem zukünftigen Schwiegervater seines Sohnes ein Rechentuch aus blau schimmerndem Samt, auf dem in gleichmäßigen Abständen Goldfäden eingestickt waren, sowie einen Beutel, der aus dem gleichen Material genäht war.

Neugierig breitete Jean das kostbare Tuch auf dem Tisch aus. Unter den staunenden Augen der Familie erklärte Raymond ihm, wie es funktionierte. »Es stammt von den Muselmanen, aber in Venedig benutzt beinahe jeder erfolgreiche Geschäftsmann diese Rechenmethode.«

Er nahm einige dünne Elfenbeinplättchen in Form einer Münze aus dem Beutel und legte sie nebeneinander zwischen die Goldfäden. Dann fuhr er mit seiner Erklärung fort:

»Die Null ist für sich allein ein Nichts, aber wenn man sie einer Zahl hintenansetzt, verzehnfacht sie deren Wert. Die Kirche behauptet zwar, die Null stamme vom Teufel persönlich, aber sie erleichtert das Rechnen von größeren Summen doch sehr.«

Jean probierte es aus und war begeistert.

Elsa, die neugierig zugehört hatte, schlug heimlich ein Kreuzzeichen. Das mit der Null konnte nicht mit rechten Dingen zugehen. Wie konnte ihr Herr nur solch ein gottloses Geschenk annehmen und sich darüber auch noch freuen, wo es dazu noch von Heiden stammte? Kopfschüttelnd ging sie zurück in die Küche, um den Wein zu holen.

Mit Maries Schönheit hatten weder Raymond noch Renaud gerechnet. Heißes Begehren stieg Renaud in die Lenden, als er das zartgliedrige Mädchen mit der ungewöhnlich weißen Haut genauer musterte. Die unschuldige Schönheit seiner Braut war ganz nach seinem Geschmack, die das genaue Gegenteil von dem war, was er vorzufinden befürchtet hatte, nachdem sein Vater ihm von dem Handel berichtet hatte.

Zufrieden nahm er den ihm zugewiesenen Platz am Tisch ein und genoss das gute Essen und den Wein. Es gelang ihm kaum, seinen Blick von dem jungen Mädchen zu wenden, das so still am Tisch saß, als würde sie das alles gar nichts angehen.

Lediglich bei der Begrüßung hatte sie ihn für einen winzigen Moment mit einem merkwürdigen Ausdruck in den Augen angesehen.

Das Mädchen wirkte weder krank noch schwachsinnig, und er hätte es auch für weniger als dreißig Pfund Silber genommen.

Nach dem Essen führte Jean die beiden Männer in sein Lager und zeigte ihnen seine Stoffe. Es stellte sich heraus, dass Raymond über weitaus bessere Handelsbeziehungen in Venedig verfügte, als Jean gehofft hatte, und so waren alle drei Männer hochzufrieden mit dem Handel, den sie mit einigen Krügen Wein nochmals bekräftigten.

Am nächsten Tag überreichte Jean dem zukünftigen Schwiegervater seiner Tochter fünf Pfund Silber als Vorschuss und einige Ballen Brokat auf Kommission, die es ihm ermöglichten, seine Geschäfte sofort wieder aufzunehmen.

Die Verabschiedung der drei Männer verlief beinahe freundschaftlich, und Jean begab sich gut gelaunt zurück in sein Lager.

Auch Eleonore war erleichtert. Wenn Marie erst einmal aus dem Haus war, würden die Nachbarn mit Sicherheit ihre üble Nachrede einstellen, und sie könnten endlich wieder in Frieden leben.

Marie war entsetzt bei dem Gedanken, den dunkelhaarigen Fremden heiraten zu müssen. Sie hatte die Gier in seinen verschlagenen Augen bemerkt und sich schutzlos und verletzbar unter seinen begehrlichen Blicken gefühlt. Roberts klares Gesicht tauchte vor ihr auf, alles an ihm war anders. Warum konnte er nicht ihr Ehemann werden, wenn sie schon heiraten musste? Alles in ihr sträubte sich dagegen, ihren Eltern zu gehorchen, doch dann dachte sie wieder an die Schuld, die sie trug, und wusste, dass sie wohl kaum eine andere Wahl haben würde. Allein schon um diese zu begleichen, durfte sie ihren Eltern den Gehorsam nicht verweigern.

Kurz bevor Renaud mit seinem Vater eingetroffen war, hatte Eleonore ihr noch klargemacht, was für ein großes Glück es für sie war, dass es ihrem Vater gelungen war, trotz ihrer Krankheit einen Ehemann für sie zu finden.

Von diesem Tag an ließ man sie in Ruhe, und es war fast so, als ob sie ihr Elternhaus schon verlassen hätte und nicht mehr vorhanden wäre.

Robert hatte in dieser Nacht keinen Schlaf gefunden. Mehrmals war er am nächsten Tag an dem Haus, in dem Marie wohnte, vorbeigelaufen in der Hoffnung, entweder sie selbst oder die Magd zu sehen. Doch er wagte es nicht zu klopfen, um sich nach Maries Befinden zu erkundigen, und so blieb ihm nichts anderes übrig, als zu warten. Erst am darauf folgenden Tag sah er sie endlich wieder.

Maries Augen leuchteten vor Freude auf, als er sich aus

dem Schatten eines der gegenüberliegenden Häuser löste und ihr entgegenkam. Schweigend liefen sie eine Weile nebeneinanderher und über den großen Platz, bis Robert schließlich stehen blieb und ihr fragend in die dunklen Augen sah.

»Was ist mit Euch geschehen? Ich habe mir große Sorgen um Euch gemacht.«

Es dauerte eine Zeit lang, bevor Marie anfing zu begreifen. Ihre Wangen glühten vor Scham, und ihre schönen Augen füllten sich mit Tränen.

Es war also eingetreten, wovor sie sich am meisten gefürchtet hatte: Robert hatte sie gesehen, als die schrecklichen Krämpfe von ihrem Körper Besitz ergriffen hatten. Sie wollte nur noch fort, um seine Ablehnung und seinen Ekel, den er nunmehr sicher empfand, nicht ertragen zu müssen. Blind vor Tränen drehte sie sich um und rannte, so schnell sie konnte, nach Hause.

Robert war von ihrer unerwarteten Reaktion viel zu überrascht, um ihr sofort zu folgen. Verzweifelt überlegte er, was er wohl falsch gemacht hatte, doch ihm fiel besten Wissens und Gewissens nichts ein. Allerdings hätte er sie nicht fortgehen lassen dürfen, ohne sie zu fragen.

Doch Marie hatte schon das Ende des Platzes erreicht und lief an der Zehntscheune vorbei. Damit war sie bereits zu weit entfernt, um sie jetzt noch einholen zu können.

Elsa kam ihr auf der Treppe entgegen. Maries gerötete Augen verrieten ihr, dass sie geweint hatte. Voller Anteilnahme sah sie das Mädchen an.

»Du hättest es mir sagen müssen«, meinte diese.

Elsa starrte sie verständnislos an.

»Was hätte ich dir sagen müssen?«, fragte sie zurück.

»Dass Robert mich gesehen hat, dass er es war, der mich zurückgebracht hat.«

Endlich begriff Elsa, was Marie meinte. Ihr Gesicht wurde streng.

»Du hast mir dein Versprechen gegeben, ihn nicht wiederzusehen. Jetzt musst du auch die Folgen tragen, es gebrochen zu haben.« Ungläubig schüttelte sie ihren Kopf. »Wenn ich es nicht besser wüsste, würde ich nicht glauben, dass ausgerechnet du dich heimlich mit einem jungen Mann triffst.«

Sie packte Marie an den Schultern und schüttelte sie, als könne sie sie dadurch wach rütteln. »Hast du den Verstand verloren? Wo es doch immer auf das Gleiche hinausläuft mit den Männern. Erst stammeln sie heiße Liebesschwüre, und dann fallen sie wie ein Tier über dich her, um dich anschließend mit einem dicken Bauch sitzen zu lassen.«

Marie senkte schuldbewusst ihren Blick.

»Ich habe es nicht gewollt, und jetzt ist es geschehen.« Ihre Stimme klang so traurig, dass Elsa nicht anders konnte, als ihr mitleidig über die Wange zu streichen.

»Ich wollte dich nicht beunruhigen, aber du musst wissen, dass der junge Mann in großer Sorge um dich war. Er schien ganz vernarrt in dich zu sein, und ich hatte große Mühe, ihn von deinem Bett fortzubekommen.«

Überrascht hob Marie ihren Kopf, und eine leise Hoffnung stieg in ihr auf.

»Ist das wirklich wahr, er hat sich nicht abgewandt wie die anderen?«

»Ich schwöre es bei Gott und allen Heiligen.«

Zufrieden sah Elsa, dass Marie sich ein wenig zu beruhigen schien.

Ihr Blick war nachdenklich geworden. Mit weit geöffneten Augen starrte sie vor sich hin. Es übertraf einfach ihre

Vorstellungskraft, dass es außer Elsa noch einen Menschen geben sollte, der so bedingungslos zu ihr stand.

Plötzlich griff sie nach Elsas Händen und klammerte sich an sie.

»Bitte hilf mir«, bat sie. Ihr Gesicht glühte vor Entschlossenheit. »Ich bete jeden Tag zu Gott, damit Er diese schreckliche Krankheit von mir nimmt, doch Er scheint meine Gebete nicht zu hören. Kannst du mir nicht helfen?« Dabei sah sie Elsa so inständig und flehentlich an, dass Elsa sie mitleidig in ihre Arme zog.

»Ich werde sehen, was ich tun kann«, versprach sie, dann wurde ihre Stimme wieder streng. »Du siehst, dass ich recht hatte mit meinen Befürchtungen, was die Männer angeht. Sie bringen nur Aufruhr und Unglück in unser Leben. Man sollte sich von ihnen fernhalten, anstatt ihre Nähe zu suchen wie eine heiße Hündin.«

Maries Gesicht überzog sich mit flammender Röte. Sie war so geschockt über Elsas Worte, dass sie keine Erwiderung herausbrachte.

Elsa merkte, dass sie zu weit gegangen war.

»Ich habe es nicht so gemeint, obwohl ich recht habe. Wer die Gefahr sucht, kommt auch in ihr um. Eines Tages wirst du noch an meine Worte denken. Doch jetzt muss ich zurück an meine Arbeit, und du wirst dich ausruhen«, sagte sie so bestimmt, dass Marie sofort nach oben ging und in ihrer Kammer für die nächsten zwei Stunden in einen tiefen Schlaf fiel.

Die nächsten Tage verbrachte Marie im Haus und stickte von Sonnenaufgang bis Sonnenuntergang an einem Altartuch, das für die Kathedrale bestimmt war. Als sie es schließlich nicht mehr länger aushielt, immer nur im Haus zu sein, begann sie schon morgens in aller Frühe, die Kathedrale zu besuchen und dort den langen Litaneien der Mönche zu lauschen.

Um diese Tageszeit betraten nur wenige Frauen die Kathedrale, und Marie war überzeugt davon, dass Gott ihr nun viel leichter zuhören konnte, wenn sie zu Ihm sprach. Seitdem sie Robert nicht mehr traf, fühlte sie sich einsamer als je zuvor.

Unterdessen war Robert verzweifelt. Noch nie zuvor hatte er sich so sehr zu einem Menschen hingezogen gefühlt wie zu Marie, die ihm mehr bedeutete als alles andere auf der Welt.

Ob es vielleicht etwas mit ihrer Krankheit zu tun hatte, dass sie nicht mehr in die Kathedrale kam? Oder war ihre Familie dahintergekommen, dass sie sich heimlich getroffen hatten?

Nachdem sie zusammengebrochen war, hatte er sich so hilflos gefühlt, weil es nichts gegeben und er nicht gewusst hatte, womit er ihr hätte helfen können. Schon wieder versank er ins Grübeln. Seine Gedanken drehten sich nur noch um Marie, und es fiel ihm jeden Tag schwerer, sich auf sein Studium zu konzentrieren.

Am nächsten Morgen sollte ihm jedoch das Schicksal zu Hilfe kommen.

Er war früher aufgewacht als sonst und beschloss nach einem Blick auf seine laut schnarchenden Kameraden, noch vor dem Studium in die Kathedrale zu gehen und Gott anzuflehen, dass Er ihm Marie zurückgeben möge.

Er betrat die Kathedrale durch den Seiteneingang, den auch die Mönche benutzten. Als er durch das Mittelschiff ging, erblickte er Marie. Im Gebet versunken stand sie in der Seitenkapelle und betete zur Heiligen Mutter.

Sie bemerkte ihn erst, als er neben sie trat.

Er sah die Freude in ihren Augen, doch nur für einen kurzen Augenblick, dann verschloss sich ihr Gesicht und wurde abweisend.

Robert fasste sie sanft am Kinn und zwang sie, ihn anzusehen.

»Warum seid Ihr nicht mehr in die Kathedrale gekommen? Ich glaube beinahe, dass Ihr mich meidet. Sagt mir, wovor Ihr Euch fürchtet«, forderte er sie leise auf.

Zögernd blickte sie ihm in die Augen, in denen sie jedoch nichts anderes als aufrichtige Sorge und Zuneigung lesen konnte, und ihr Herz begann wie wild zu schlagen. Elsa hatte recht gehabt. Obwohl er von ihrer Krankheit wusste, sah er sie noch immer genauso liebevoll an, wie er es vorher getan hatte.

»Ich hatte Angst, dass Ihr Euch von mir abwendet, wenn Ihr von meiner Krankheit erfahrt. Die Leute sagen, es wären Dämonen in meinem Körper. Niemand will etwas mit mir zu tun haben, selbst die Gassenjungen gehen mir aus dem Weg.«

Ihre Stimme klang dabei so verzagt, dass Robert sie nur noch in den Arm nehmen wollte, trotzdem verstand er nicht, was sie meinte. Wieso sprach sie plötzlich von Dämonen? Was sollte ausgerechnet Marie mit Dämonen zu tun haben? Allein der Gedanke war absurd.

»Was ist das für eine Krankheit, von der Ihr sprecht? Hat die Frau, die ich bei Euch gesehen habe, etwas damit zu tun?«

Marie schüttelte den Kopf. Sie wünschte sich nichts sehnlicher, als sich Robert anzuvertrauen, aber ob sie es wirklich wagen konnte?

Er war so gelehrt und klug, und sie vertraute ihm. Vielleicht würde er verstehen, wofür sie selbst keine Erklärung fand, doch dann fiel ihr ein, wie verständnislos Katharina reagiert hatte, und sie wurde wieder unsicher.

Robert spürte, wie sie mit sich rang.

»Ich werde Euch nicht eher gehen lassen, bevor Ihr mir nicht alles erzählt habt«, sagte er bestimmt.

»Ich habe nur gesehen, dass die Frau große Schmerzen hatte, dann ist mir schwindelig geworden, und ich kann mich an nichts mehr erinnern«, begann sie vorsichtig und wartete gespannt auf seine Reaktion.

Robert legte seinen Arm um ihre Schulter und zog sie ganz nah zu sich heran. »Ich werde Euch beschützen und nicht zulassen, dass Euch jemand verletzt. Ich schwöre es bei Gott«, versprach er.

Marie hatte das Gefühl, vor Glück zu zerspringen, doch dann fiel ihr siedend heiß ein, dass sie Robert noch nichts von ihrer Verlobung erzählt hatte. Sie durfte es ihm nicht verschweigen.

»Mein Vater hat mich mit dem Sohn eines seiner Geschäftspartner verlobt und den Hochzeitstermin für das kommende Frühjahr festgesetzt«, gestand sie ihm mit gepresster Stimme.

Robert fühlte sich, als ob ihm gerade jemand mit einem Dolch mitten ins Herz gestoßen hätte. Er dachte nicht länger an die junge Frau, und auch Maries Andeutungen über ihre Krankheit waren in diesem Moment ohne jede Bedeutung für ihn.

»Und was ist mit Euch? Ist es ebenfalls Euer Wunsch, diesen Mann zu heiraten?« Er stellte die Frage doch heftiger, als er vorgehabt hatte, aber es gelang ihm nur mit sehr viel Mühe, seine Eifersucht auf Maries Verlobten zu beherrschen.

Marie schüttelte empört den Kopf.

»Ich würde lieber gar nicht heiraten als einen Mann wie ihn. Er hat mich mit seinen kleinen stechenden Augen gemustert, als wäre ich ein Stück Vieh, es war entsetzlich«, brach es aus ihr heraus.

Alles in Robert sträubte sich dagegen, Maries Verlobung kampflos hinzunehmen. »Ich werde meinem Vater noch heute einen Brief schreiben, und dann werde ich mit Eurem Vater sprechen und ihm ein Angebot machen, das er nicht ausschlagen kann.« Entschlossen fasste er Marie an beiden Schultern.

»Bis zur Hochzeit ist es noch lange hin, und wir dürfen die Hoffnung nicht aufgeben«, setzte er drängend hinzu, als Marie noch immer schwieg.

Marie wusste, dass Robert sich etwas vormachte, denn ihr Vater würde sein einmal gegebenes Wort niemals brechen, doch sie brachte es nicht über sich, ihm die Hoffnung zu nehmen.

Robert schien ihre Zweifel zu spüren. Es hielt ihn nicht länger auf der Bank, und er begann unruhig auf und ab zu gehen, um besser nachdenken zu können. Der Gedanke, Marie zu verlieren, nachdem er sie gerade erst gefunden hatte, machte ihn rasend, und er hatte das Gefühl, sofort etwas unternehmen zu müssen.

»Ich muss jetzt gehen, aber vorher möchte ich Euer Versprechen, dass Ihr nie wieder vor mir weglaufen werdet.«

Marie versprach es und sah ihm nach, wie er mit großen Schritten davonging und durch den Park eilte. Roberts Verhalten hatte ihr gezeigt, dass er sie ebenso sehr liebte wie sie ihn, und doch durfte diese Liebe nicht sein. Obwohl sie wirklich war, war sie gleichzeitig doch nur ein Traum, den sie nicht leben, den ihr aber auch niemand nehmen konnte und den sie für immer tief in ihrem Herzen verschließen wollte.

12

Elsa hatte lange nachgedacht und sich dann dazu entschlossen, alles zu tun, um Marie zu helfen. Ein Gedanke war in ihr herangereift, der sie nicht mehr losließ, und schließlich machte sie sich an seine Umsetzung. Sie wartete bis zum nächsten Sonntag.

Gleich nach dem Kirchgang, nachdem sich Eleonore und die anderen Familienmitglieder zurückgezogen hatten, schlich sie sich leise aus dem Haus. Unter ihrem Umhang trug sie einen kleinen Beutel, in dem sie ihre gesamten Ersparnisse aufbewahrte.

Ihr Herz klopfte ihr ungestüm in der Brust, und ihr Mund war vor lauter Aufregung ganz trocken, als sie durch die engen Gassen hindurch zum Nordtor eilte. Düster ragte der hohe Wachturm vor ihr auf und warf seinen langen Schatten auf die farbenprächtigen Kleider der jungen Leute, die, wie jeden Sonntag, das Bild um die Stadttore herum beherrschten.

Die jungen Mädchen waren eine willkommene Abwechslung für die Wachposten, die ihnen derbe Sprüche nachriefen und sich an ihrem Anblick erfreuten.

Niemand behelligte Elsa, als sie durch das Tor lief, hinter dem sich eine weite Sumpflandschaft auszubreiten begann. Elsa bog in einen schmalen Pfad abseits der trockengelegten Wege ein. Der gefrorene Boden verhinderte, dass sie in dem knöcheltiefen Matsch versank, der den Weg vom Frühjahr bis zum Herbst normalerweise schwer passierbar machte.

So schnell sie konnte, lief sie weiter. Ab und zu blieb sie keuchend stehen und schnappte nach Luft. Sie musste sich beeilen, wenn sie wieder zurück sein wollte, bevor die schweren Stadttore am Abend wieder geschlossen werden würden.

Die Sonne stand schon tief am Himmel, als sie endlich die tiefer gelegenen Sümpfe erreichte.

Unberührt von den Schaufeln der Mönche glänzte die tiefschwarze Erde hier tückisch wie der Abgrund der Hölle und war bereit, jeden zu verschlingen, der unvorsichtig genug war, vom schmalen Pfad abzukommen. Nur wenige verzweifelte Menschen verirrten sich hierher.

Aber Elsa hatte keine Augen für die eigenartige Schönheit der unberührten Natur um sich herum, sondern konzentrierte sich ganz auf ihren gefährlichen Weg. Endlich sah sie die knorrigen Weiden vor sich auftauchen, die sich gebückt wie drei alte Frauen aneinanderzuklammern schienen, und wusste: Von hier aus war es nicht mehr weit.

Aus der kleinen windschiefen Hütte, die sich wie ein Kuhfladen in eine kleine Kuhle schmiegte und von hoch wachsendem Schachtelhalm geschützt war, stieg eine kaum sichtbare Rauchwolke in den klaren Himmel auf.

Elsa schnappte nach Luft. Die Aufregung schnürte ihr beinahe die Kehle zu. Vorsichtig trat sie näher an die aus Lehm gebaute Hütte heran.

Das verwitterte, mit Gras gedeckte Dach reichte bis weit über die schief in den Angeln hängende Türe herab. Eine fette Katze lag träge in der untergehenden Sonne. Als sie Elsa bemerkte, öffnete sie ihre grünen Augen einen Spalt weit, machte sich aber nicht die Mühe aufzustehen. Nur ihr Schwanz bewegte sich leise drohend auf und ab.

Die Augen der Katze folgten ihr, als sie durch die halb geöffnete Türe trat.

Elsa brauchte einen Augenblick, bis sich ihre Augen an das Halbdunkel des niedrigen Raumes gewöhnt hatten. Über dem Feuer in der Mitte der Hütte hing ein großer eiserner Kessel, dem einige undefinierbare Gerüche entströmten.

Eine alte Frau saß zusammengesunken an einem grob zusammengezimmerten Tisch. Sie schien eingeschlafen zu sein. Vorsichtig trat Elsa näher. Die Decke und die Wände der Hütte waren mit unzähligen zu Sträußen zusammengebundenen Kräutern und Pflanzen übersät, deren intensiver Duft Elsa den Atem zu nehmen drohte. Ihre Nase wehrte sich, indem sie heftig zu jucken begann und sich schließlich in einem befreienden Niesen entlud.

Die alte Frau schreckte auf. Strähnige graue Haare hingen ihr wirr um den Kopf bis auf die Schultern herab. Sie trug einen aus Flicken zusammengesetzten schmuddeligen Umhang, der ihr bis hinunter auf die dürren Knöchel reichte, und ihre bloßen Füße waren mit ein paar Lappen umwickelt.

Schnüffelnd hob sie ihren Kopf.

»Wer ist da?«, schnarrte sie.

»Ich bin gekommen, um dich um Hilfe zu bitten«, erwiderte Elsa, deren Hals vor lauter Aufregung ganz ausgetrocknet war. Ob es wirklich stimmte, dass sich die Sumpfmalfica*, wie sie allgemein genannt wurde, tatsächlich in einen Raben verwandeln und in die Lüfte erheben konnte? Sie hatte schon die verschiedensten Gerüchte darüber gehört, und die Frauen erzählten sich unter vorgehaltener Hand die unglaublichsten Dinge über sie.

Viele von ihnen waren schon heimlich von ihren Herrinnen in die Sümpfe geschickt worden, um dort das eine

---

**malfica, lat. Übeltäterin*

oder andere Mittel von ihr zu erwerben, das seine Wirkung bei Problemen mit dem Ehemann oder gegen andere den Frauen vorbehaltene Leiden tun sollte.

So förderte Menstruationsblut, dem Mann heimlich ins Essen gemischt, dessen Potenz. Blüten von Weiden oder Pappeln führten hingegen unweigerlich zur Dämpfung seines Verlangens. Wenn man sich jedoch vor dem Ehemann und seinen Gelüsten ekelte, beraubten vierzig Ameisen, im Saft einer Narzisse gekocht, diesen für immer seiner Manneskraft.

Die Sumpfmalfica wusste auf alles einen Rat und hielt für jeden die passenden Kräuter oder ein Töpfchen mit Salbe bereit.

Die geröteten Augen in dem faltigen Gesicht musterten Elsa prüfend. »Kannst du bezahlen?«

Elsa nickte eifrig und zog den kleinen Beutel unter ihrem Umhang hervor. Sie öffnete ihn und brachte sieben Silberpfennige zum Vorschein, die sie vor der Alten auf den Tisch legte.

Die Sumpfmalfica nickte zufrieden.

»Setz dich.« Mit ihrer knochigen, von Gicht verkrümmten Hand wies sie auf einen dreibeinigen Schemel.

Elsa kam ihrer Aufforderung nach und ließ sich auf dem Schemel nieder.

»Es geht um meine kleine Marie. Sie ist zart und sanft wie ein Engel und hat noch nie in ihrem Leben jemandem etwas zuleide getan. Doch Gott hat sie mit einer merkwürdigen Krankheit gestraft. Von jetzt auf gleich wird ihr zarter Körper von schrecklichen Krämpfen geschüttelt, dass es einem das Herz zerreißt. Die Leute sagen, sie wäre von Dämonen besessen, aber das stimmt nicht. Meine Marie ist so rein und unschuldig wie die Heilige Jungfrau selbst.«

Erwartungsvoll sah sie der Alten in die rot geränderten Augen. Ob sie ihr helfen konnte?

Die Augen der Sumpfmalfica wurden dunkel vor Erregung. Ein scharfer Windstoß fuhr in die Hütte und drückte den Rauch des Feuers, der durch eine kleine Öffnung im Dach entwich, in den Raum zurück.

Ängstlich blickte Elsa zu der Alten hinüber. Der Qualm breitete sich wie eisiger Nebel in der ganzen Hütte aus, beinahe als ob der Atem des Leibhaftigen sie streifen würde, und Elsa wurde es unheimlich zumute.

Kalte Schauer liefen ihr über den Rücken, und ihre Nackenhaare stellten sich auf.

Aber die Alte schien sie nicht mehr wahrzunehmen. Ihr Blick war seltsam leer.

Schlotternd vor Angst wartete Elsa ab, was weiter geschehen würde.

Plötzlich fing die Sumpfmalfica zu singen an. Ihre Stimme stieg hell und klar wie die eines Kindes in die Luft, und sie sang in einer fremden Sprache aus einer längst vergessenen Zeit. Mitten im Lied brach sie jedoch ab und begann wie wild zu kichern. Es war ein krächzendes Lachen, das Elsa die Haare zu Berge stehen ließ. Mit trüben Augen starrte die Alte sie an.

»Der Teufel sitzt in der Kathedrale. Er wird sich deine Marie holen.«

Elsa graute es. Voller Furcht und Entsetzen bekreuzigte sie sich.

Die Augen der Sumpfmalfica wurden klarer. Sie strich sich einige Strähnen aus dem Gesicht und richtete sich auf.

Der verwirrte Eindruck, den sie eben noch gemacht hatte, wich einer grimmigen Entschlossenheit.

»Ich habe das Mädchen auf dem Markt gesehen. Es gibt

nur wenige wie sie, und immer tauchen sie dort auf, wo sich das Böse befindet.«

Elsa begriff nicht, was die Sumpfmalfica meinte. Ihre Augen fielen auf den grünlich schimmernden runden Anhänger der Alten, auf dem sich merkwürdig ineinander verschlungene Linien befanden.

»Gott schickt die Unschuld, um das Böse aufzuwiegen.« Die Stimme der Sumpfmalfica wurde kalt vor unterdrücktem Zorn. »Diese verblendeten Kirchenfürsten und Pfaffen begreifen nicht, dass der Heilige Berg den Göttern der Biturigen gehört, einem untergegangenen Volk aus der alten Zeit. Niemals hätten sie die Kathedrale auf diesem Berg errichten dürfen.«

Sie hob den Kopf und sah an Elsa vorbei.

»Vor langer Zeit haben die Christen die Biturigen mit Feuer und Schwert bekehrt. Jeder von ihnen, der sich weigerte, vor dem Kreuz zu beten, wurde umgebracht. Männer, Frauen und Kinder. Dunkle Mächte erhoben sich, und der Berg färbte sich rot vor Blut. Es ist ein Kampf der alten Zeit gegen die neue. Auge um Auge, Zahn um Zahn. Doch erst dann, wenn es einmal niemanden mehr geben wird, der die Namen der alten Götter noch kennt, wird ihre Macht gebrochen sein.«

Prüfend sah sie Elsa an, die entsetzt und blass auf ihrem Schemel hockte. Feine Schweißperlen standen auf ihrer Stirn.

Sie verstand nicht, was das alles mit Marie zu tun haben sollte, und konnte kaum mehr einen klaren Gedanken fassen. Dann aber tauchte Maries trauriges Gesicht vor ihr auf, und sie nahm all ihren Mut zusammen.

»Wirst du Marie helfen?«, fragte sie die Alte tapfer, wurde jedoch enttäuscht.

»Niemand kann ihr helfen. Denn sie ist diejenige, die Hoffnung in diese armselige Welt bringt, indem sie die Schmerzen anderer auf sich nimmt.

Es wird erst vorbei sein, wenn sie ihre Unschuld verliert, und auch nur dann, wenn ihr eine Tochter bestimmt ist, die ihr Erbe weitertragen wird. Deine Marie wird sehr viel Kraft brauchen, bis es so weit ist.« Sie zog ein kleines Leinensäckchen unter ihrem Umhang hervor und reichte es der verstörten Elsa.

»Zerstampfe immer nur ein Blatt davon und gib es ihr in den Wein, wenn ihre Kräfte nachlassen. Mehr kann ich nicht für dich tun. Geh jetzt.«

Elsa erhob sich und machte sich auf den Weg durch die Dunkelheit zurück in die Stadt.

13

Der Frühling brach mit voller Macht herein. Kräftige, warme Winde trugen den Duft von Blumen und blühenden Gräsern in die Stadt, der einen Moment lang in der Luft hing, bevor er vom aufsteigenden Gestank in den Gassen wieder verschluckt wurde. Ein langer Zug von Menschen, Tieren und Wagen quälte sich durch den knöcheltiefen Matsch.

Der heftige Regen der letzten Nacht hatte die Wege in schwer passierbare, rutschige Schlammbahnen verwandelt. Immer wieder blieben Wagen in dem braunen Dreck stecken und konnten nur unter größten Anstrengungen wieder herausgezogen werden.

Ein lauter gotteslästerlicher Fluch übertönte das Brüllen der Ochsen, die immer wieder schmerzhaft die Peitschen zu spüren bekamen.

König Ludwig IX. parierte seinen Hengst durch und wandte sich um. Seine dunkelgrauen Augen blitzten zornig. Zwei Räder eines mit Weinfässern beladenen Karrens waren gebrochen und der Karren auf die Seite gekippt. Nun drohte er vom Weg abzurutschen, noch dazu an einer Stelle, an der die Straße so schmal war, dass es für die hinteren Wagen keine Möglichkeit gab, an ihm vorbeizukommen.

Sofort sprangen einige Männer herbei und brachten den Karren wieder in eine horizontale Lage, während andere damit begannen, die Fässer abzuladen und sie danach auf die anderen Wagen umzuverteilen.

Auf der Stirn des Königs erschien eine steile Falte. Er war mehr als ungehalten, und es gelang ihm nur mit Mühe, seinen Unmut zu verbergen.

»Wie können sie es wagen, in meiner Gegenwart zu fluchen?«, wandte er sich anklagend an seinen Seneschall, der neben ihm dahinritt.

Jean de Joinville, ein schlanker, noch jugendlich wirkender Mann mit schwarz glänzendem Haar und funkelnden Augen, kannte den König gut genug, um zu wissen, dass dieser kurz davor war, seine Beherrschung zu verlieren. Und sollte es dazu kommen, würde er sich, wie schon so oft zuvor, zu einem vorschnellen und daher überzogenen Urteil hinreißen lassen.

Dieses würde er im Nachhinein zwar sofort wieder bereuen und sich selbst dafür eine harte Buße auferlegen, doch das nützte den zuvor vom königlichen Zorn getroffenen, erbarmungswürdigen Menschen nur wenig.

Noch bevor der König einen unüberlegten Befehl erteilen konnte, ergriff er daher das Wort:

»Ihr habt ganz recht, Sire, und ich werde dafür sorgen, dass die Schuldigen umgehend ihre Strafe erhalten. Allerdings wird es wohl dennoch eine Weile dauern, bevor wir weiterziehen können. Was haltet Ihr davon, wenn wir ein Stück vorausreiten, um dem Geschrei des Mobs für eine Weile zu entkommen? Bei diesem Lärm kann man ja kaum noch einen klaren Gedanken fassen?«, schlug er vor.

Joinville liebte seinen König und war voller Bewunderung für ihn, obwohl dessen fast schon krankhaft ausgeprägter Gerechtigkeitssinn ihn des Öfteren zu unerbittlicher, wenn nicht sogar grausamer Härte antrieb.

Zufrieden bemerkte er, dass Ludwig zögerte. Der König hatte seine List durchschaut und wollte sich nun keine Blöße vor ihm geben.

In einer Situation wie dieser musste Ludwig stets an seinen Großvater Philipp August denken, den er sehr verehrt hatte. Dieser hatte ihn gelehrt, dass ein gottgefälliger König in allem, was er tat, Maß halten musste.

Also schluckte Ludwig seinen Zorn hinunter und bewies seinem Seneschall damit, dass er sich sehr wohl zu beherrschen wusste.

Er nickte ihm zu, trieb sein Pferd an und entfernte sich, gefolgt von Joinville, ein Stück vom übrigen Tross. Warme Winde umschmeichelten sein Gesicht, und das fröhliche Gezwitscher der Vögel klang verheißungsvoll in seinen Ohren.

Im letzten Jahr hatte er von den Benediktinermönchen der Abtei Psalmodi ein Stück Land erworben, wobei sich die Verhandlungen als nicht besonders schwierig erwiesen hatten, weil das Land überwiegend aus Sumpf bestand und die Mönche damit ohnehin nicht viel anzufangen gewusst hatten.

König Ludwig verfolgte damit jedoch ein ehrgeiziges Projekt für den von ihm geplanten Kreuzzug. Er hatte beschlossen, in dem angrenzenden kleinen Fischerdorf Aigues-Mortes seinen eigenen Hafen zu bauen, der ihn von den anderen in Frage kommenden, politisch wenig zuverlässigen Häfen inner- und außerhalb seines Reiches unabhängig machen sollte.

So von dem Hafen in Narbonne, der in dem Einflussbereich der mächtigen Grafen von Toulouse lag, und dem von Montpellier, wo ihm der aragonesische Einfluss gefährlich werden konnte. Ebenso wenig kam Marseille, wo dennoch viele Kreuzfahrer an Bord gingen, für ihn in Frage, genauso wenig wie Genua, der alte Kreuzzugshafen, den Philipp August für seinen Kreuzzug genutzt hatte.

Ludwig begann damit, Aigues-Mortes zu einer Hafenstadt auszubauen, und ließ von dort aus einen Kanal zum Meer graben. Während der Hafen in größter Eile fertig gestellt wurde, ließ er in Genua und Venedig Schiffe für den Truppentransport ankaufen.

Um die für Ausrüstung und Lebensmittelversorgung des Kreuzfahrerheers notwendigen Mengen an Rohstoffen, insbesondere Salz und Holz, nach Aigues-Mortes schaffen zu können, gewährte Ludwig den Montpellianern als Entschädigung für die Konkurrenz, die ihnen durch den neuen Hafen entstand, wesentliche Steuer- und Zollvorteile. Mit einer Mischung aus Schmeichelei, Zugeständnissen und Gewalt nahm er die Cevennenstraße für seine Zwecke ein, indem er alle Wegezölle aufhob und die Ausrodung der Region befahl. Anschließend kaufte er die gesamten Vorräte an Wein und Weizen der Umgebung auf und ließ sie in seine neu erbauten Lagerräume schaffen.

Um die Finanzierung zu sichern, forderte er von den Städten und Kirchen Kreuzzugssteuern und traf auch Vereinbarungen mit den Tempelrittern und den italienischen Bankiers, um jederzeit und unbehindert Gelder aus dem königlichen Schatz ins Heilige Land transferieren zu können.

Er sehnte sich danach, endlich das Versprechen einzulösen, das er seinem Herrn und Schöpfer einst voller Dankbarkeit auf dem Krankenbett gegeben hatte: das Heilige Land für immer von den gottlosen Moslems zu befreien.

»Wenn das so weitergeht, werden wir Bourges heute nicht mehr erreichen«, bemerkte Joinville.

Ludwig erwiderte daraufhin zunächst kein Wort, und sein schmales, lang gezogenes Gesicht mit dem eckigen Kinn, das von dunkelgrauen, melancholischen Augen beherrscht wurde, blieb völlig unbewegt.

Bereits als Knabe hatte er sein Leben in den Dienst Gottes gestellt. Seitdem strebte er die vollkommene Frömmigkeit an. Sein Zorn über die gotteslästerlichen Flüche des Wagenlenkers war für den Moment jedoch vergessen, denn er dachte über eine weitaus wichtigere Angelegenheit nach, seinen ersten Kreuzzug. Dieser Kreuzzug war sein heiligstes Ziel, und er konnte es kaum noch erwarten, ihn endlich zu starten.

Sie waren bereits seit mehreren Wochen unterwegs, und es würden nochmals weitere vergehen, bis sie wieder nach Paris zurückkehren würden. Er drehte sich zu Joinville um und meinte schließlich:

»Wir beide werden vorausreiten und uns unters Volk mischen. Ich möchte mir selbst ein Bild von der Stimmung in der Stadt machen.«

König Ludwig gedachte die Rückreise zu nutzen, um Werbung für seinen Heiligen Krieg zu machen. Er hatte Kundschafter mit dem Auftrag vorausgesandt, die Barone und Grafen einer jeden Stadt, die auf seinem Weg lag, zu versammeln, um auf diese Weise von seinen Lehnsherren die ihm zustehende Anzahl an Rittern einzufordern.

Der bevorstehende Kreuzzug des Königs war schon jetzt das vorherrschende Thema in allen Städten und Dörfern, an denen sie vorbeizogen, und hatte in unzähligen jungen Männern die Hoffnung geweckt, ihr tristes Dasein gegen ein Leben voller spannender Abenteuer eintauschen zu können.

Joinville musterte den König prüfend. Er trug einen

Leibrock aus Leder. Oberrock und Mantel bestanden aus grün schimmerndem Samt mit Hermelinbesatz, einem breiten goldverzierten Gürtel sowie Spange und Schapel. Zum Reiten trug er eine lederne Hose, die allerdings aus feinster Kalbshaut gegerbt war. Seine Beine waren durch hohe Gamaschen aus dem gleichen Leder geschützt, und als einzige Waffe trug er ein Messer in einer ledernen Scheide am Gürtel mit sich. Das Auffälligste an ihm war aber der breite Filzhut mit seinem pfauenfarbenen Tuchbesatz.

An manchen Tagen siegte Ludwigs Vorliebe für prunkvolle Kopfbedeckungen über seine fromme Enthaltsamkeit, obwohl er selbst an diesen Tagen nicht auf das härene Büßergewand verzichtete, das er stets unter seinen prächtigen Kleidern trug.

»Wir sollten einige Männer zu Eurem Schutz mitnehmen«, schlug Joinville besorgt vor.

Denn auch wenn die Wege der Reisenden nach dem ausgerufenen Landfrieden angeblich sicher waren, trieben sich dennoch überall Banden von Ausgestoßenen, Raubrittern und anderen Wegelagerern in der Gegend herum, die sich einen Teufel um irgendwelche Gesetze scherten.

Aber Ludwig schüttelte entschlossen seinen Kopf.

»Wir werden allein reiten, Gott wird uns beschützen«, bestimmte er.

Joinville gab nach. Er wusste, dass es keinen Zweck hatte, dem König zu widersprechen.

Und so blieben seine Sinne den ganzen Ritt über angespannt. Misstrauisch überwachte er immer wieder die gesamte Umgebung und war erleichtert, als endlich die Stadtmauern von Bourges vor ihnen auftauchten.

Sie mischten sich unter den Strom der Reisenden, der immer größer wurde, je näher sie der Stadt kamen. Bauern, die ihr Vieh auf dem Markt verkaufen wollten, dazwischen Händler, Kaufleute, fahrendes Volk und Huren, die sich in der Stadt ein besseres Leben erhofften.

Plötzlich brach direkt hinter ihnen ein Tumult aus.

Joinville drehte sich um und sah, wie sich ein kräftiger Keiler laut grunzend seinen Weg durch die Menschen und Wagen bahnte, nachdem es ihm irgendwie gelungen war, sich von dem Strick loszureißen, mit dem man ihn festgebunden hatte. Sein Besitzer rannte laut schimpfend in seinen Holzschuhen hinter ihm her und versuchte, das Tier wieder einzufangen, jedoch vergeblich.

Einige Leute blieben stehen, um sich das Schauspiel anzusehen, und brachten damit den ganzen Zug ins Stocken. Lachend sahen sie zu, wie der krummbeinige Bauer, als er schon geglaubt hatte, sein Schwein packen zu können, auf einmal im Matsch ausrutschte und der Länge nach hinschlug.

Während der Mann sich fluchend wieder erhob, rannte das Schwein ängstlich quiekend weiter.

Ein kleiner Junge, den das Jagdfieber gepackt hatte, hob einen Kieselstein auf und warf ihn nach dem Keiler, der vor Schreck einen Haken schlug und dabei zwischen die Hinterbeine von König Ludwigs Reitpferd geriet.

Der Hengst wieherte erschrocken auf und stieg auf seine beiden Hinterbeine.

König Ludwig, durch die plötzliche Bewegung überrascht, verlor das Gleichgewicht und stürzte vom Pferd. Unfähig, allein aufzustehen, blieb er auf dem Rücken liegen.

Das alles war so schnell geschehen, dass Joinville keine Zeit geblieben war, um zu reagieren. Voller Sorge sprang er nun vom Pferd und beugte sich über seinen Herrn. Ludwigs Gesicht war schmerzverzerrt.

Neugierig betrachteten die Umherstehenden den gestürzten Reiter in der prächtigen Kleidung, der noch vor wenigen Augenblicken an ihnen vorbeigeritten und auf sie herabgesehen hatte.

Joinville wollte kein Aufsehen erregen und forderte die Menschen daher durch eine unmissverständliche Handbewegung auf weiterzugehen, was allerdings keinen der Umherstehenden kümmerte.

Ungerührt blieben sie weiterhin stehen und starrten auf den verletzten König. Unwillkürlich fiel Joinvilles Blick auf den schweren goldenen Siegelring an Ludwigs Hand.

»Schafft Ihr es, wieder aufzusteigen, Sire?«, flüsterte er leise. »Es wird nicht mehr lange dauern, bis Euch einer von ihnen erkennen wird, und dann werden wir Mühe haben, unbehelligt in die Stadt zu kommen.«

König Ludwig nickte. Der stechende Schmerz in seiner Brust nahm mit jedem Atemzug zu.

Mit der Hilfe seines Seneschalls gelang es ihm jedoch schließlich, wieder auf sein Pferd zu steigen.

Joinville nahm dessen Zügel und führte König Ludwigs Pferd zusammen mit seinem eigenen in die Stadt hinein. Die Wachen an dem Tor starrten sie neugierig an, ließen sie aber unbehelligt passieren.

»Bringt mich zur Kathedrale«, befahl ihm Ludwig.

Joinville leistete dem Befehl Folge, sah sich aber immer wieder besorgt nach dem König um. Denn obwohl sich Ludwig große Mühe gab, vor ihm zu verbergen, dass er sich kaum im Sattel halten konnte, ließ Joinville sich nicht täuschen.

»Sollten wir nicht besser einen Bader aufsuchen? Er wird Euch etwas gegen Eure Schmerzen geben können«, schlug er vor.

König Ludwig bedachte ihn daraufhin mit einem strengen Blick.

»Wenn es Gottes Wille ist, dass ich Schmerzen leide, werde ich sie auch ertragen. Davon abgesehen würde meine Seele in den Badestuben, zwischen Huren und anderem lasterhaften Volk noch größere Schmerzen leiden, als es mein Körper jetzt schon tut«, erwiderte er eigensinnig.

Joinville, der seinen Herrn nur allzu gut kannte, gab es auf. Er wusste, dass jeder weitere Versuch, den König zur Vernunft zu bringen, vergeblich sein würde.

Als die Kathedrale kurz danach vor ihnen auftauchte, war Joinville überwältigt von den gewaltigen Ausmaßen und der Schönheit des mächtigen Bauwerkes, dessen Türme bis in den Himmel zu reichen schienen, doch der König ließ ihm keine Zeit, es lange zu bewundern.

»Helft mir vom Pferd«, flüsterte er. Sein Gesicht war bleich und ließ befürchten, dass er sich am Rand der Bewusstlosigkeit befand.

Joinville rief einen der herumlungernden Gassenjungen zu sich heran und befahl ihm, die Pferde in die klösterlichen Ställe zu bringen. Streng sah er den Jungen an.

»Wenn auch nur das kleinste Teil eines Riemens fehlt, werde ich dich vierteilen lassen. Du kannst dich darauf verlassen, dass ich dich finden werde, egal, wo du dich verkriechst. Wenn du hingegen deine Sache gut machst, erhältst du einen Sous.«

Der König stützte sich schwer auf Joinville, als sie gemeinsam durch das hohe Portal traten und das Mittelschiff durchquerten. Die Staffelung der Seitenschiffe gab dem Raum mehr Licht, und der Wechsel zwischen Fenstern und Triforien sorgte dafür, dass die Helligkeit durch die wachsende Fenstergröße und die weiter nach innen gerückten Fenster mit jedem Schritt, den sie machten, zunahm.

Marie hatte ihre Gebete beendet und sich auf den Weg zum Ausgang begeben. Mit gesenktem Blick und tief in Gedanken versunken betrat sie den Mittelgang. Gleich würde sie Robert wiedersehen, und die Vorfreude darauf beschwingte sie.

Erst im letzten Moment bemerkte sie die beiden Männer, die ihr entgegenkamen. Sie trat einen Schritt zur Seite, um sie passieren zu lassen. König Ludwig konnte nicht anders, als sie bewundernd anzusehen. Ihre graziösen Bewegungen und ihre helle, fast weiße Haut verliehen ihr ein engelsgleiches Aussehen und eine Unschuld, wie er sie nie zuvor an einem Mädchen erblickt hatte.

Marie hielt ihre Augen züchtig zu Boden gesenkt. Erst als der König vor ihr stehen blieb, sah sie auf.

Ihre Augen trafen auf die seinen, und ihr Blick ging ihm durch und durch. Ludwig hatte das Gefühl, in den schimmernden Augen des Mädchens zu versinken. Er fühlte sich zutiefst bewegt und bemerkte voller Staunen, wie seine unerträglichen Schmerzen langsam nachließen und all seine Ängste verschwanden. Eine nie erlebte Leichtigkeit erfüllte ihn, während er hilflos und unfähig zu begreifen mit ansehen musste, wie das unschuldige, liebreizende Gesicht sich vor seinen Augen zu einer grotesk anzusehenden Grimasse zu verzerren begann.

Lautlos sank das Mädchen zu Boden, wo es, von immer neuen Krämpfen geschüttelt, liegen blieb.

Ludwig starrte nach Fassung ringend auf das zuckende Mädchen, dem heller Schaum aus den zusammengepressten Mundwinkeln rann.

Auch Joinville schüttelte ungläubig den Kopf. Die Verwandlung des Mädchens von einem unschuldigen Geschöpf in ein hässliches Wesen, das sich wie ein Wurm auf dem Boden wand, war zu viel für ihn.

König Ludwig legte ihm fest die rechte Hand auf die Schulter.

»Gebt Euch zu erkennen, und lasst sofort nach dem besten Medicus in der Stadt schicken. Ich will, dass dieses Mädchen geheilt wird«, befahl er. Joinville erwachte aus seiner Erstarrung und beeilte sich, seines Königs Befehl auszuführen.

Zielstrebig lief er auf den Altar zu, wo ein älterer, wohlgenährter Mönch in einer schwarz gefärbten Kutte gerade damit beschäftigt war, die abgebrannten Kerzen gegen neue auszutauschen. »Wir brauchen sofort einen Arzt«, forderte er.

Der Mönch sah kurz auf, wirkte aber nicht sonderlich beeindruckt.

»Wer seid Ihr denn, dass Ihr glaubt, mir Befehle erteilen zu können?«, fragte er ihn, ohne dabei auch nur für einen Moment seine Arbeit zu unterbrechen.

»Ich bin der Seneschall des Königs und gebe dessen allerhöchsten Befehl an Euch weiter.« Der Mönch zögerte einen Augenblick.

»Des Königs? Es hat uns niemand gesagt, dass der König in der Stadt ist.« Der Mönch wirkte jetzt überrascht und begann den Mann vor sich genauer zu betrachten. Der kam ihm in seiner abgetragenen Lederkleidung allerdings eher wie ein verarmter Adliger vor.

Joinville verlor langsam die Geduld.

»Der König befindet sich hier in der Kathedrale und wünscht sofort einen Medicus«, wiederholte er schroff.

Endlich kam Bewegung in den Mönch. Er legte die Kerzen beiseite und verschwand eiligen Schritts in der Sakristei.

Joinville begab sich unterdessen zum König zurück, der sich besorgt zu Marie herabgebeugt hatte. Die eben noch blassen und verzerrten Züge des Königs wirkten entspannt, als würde er keine Schmerzen mehr leiden.

Noch bevor Joinville Ludwig jedoch befragen konnte, was das zu bedeuten hatte, trat ein großer, schlanker Mann aus einer verborgenen Tür des Kreuzgangs und eilte mit großen Schritten auf sie zu. Seine harten Gesichtszüge wurden von einer spitzen Geiernase beherrscht, die den Betrachter auf den ersten Blick von seinen kalten Augen ablenkte. Über seiner schwarz gefärbten Kutte trug er einen kostbaren, pelzverbrämten Umhang, und das große, mit wertvollen Steinen besetzte, silberne Kreuz auf seiner Brust ließ vermuten, dass er das Amt des Bischofs bekleidete.

Vom Sakristan hatte er erfahren, dass König Ludwig sich angeblich in der Kathedrale befinden sollte, und wenn das tatsächlich der Wahrheit entsprach, wäre dies eine einmalige Gelegenheit für ihn, die er auf keinen Fall verpassen wollte. Es konnte nicht schaden, mit dem König allein zu sprechen und ihm von seinen Sorgen zu berichten.

Nach einem raschen Blick auf die beiden Männer, die vor ihm standen, deutete er eine leise Verbeugung an.

»Seid willkommen in Bourges, Sire, mein Name ist Radulfus Berengar, ich vertrete den Erzbischof während seiner Abwesenheit«, wandte er sich an den älteren der beiden Männer, der, seinen Gewändern nach zu urteilen, der König sein musste.

Dabei warf er einen abfälligen Seitenblick auf das zuckende Mädchen.

»Sie braucht keinen Medicus, sondern einen Priester, der ihr die Dämonen austreibt«, stellte er gleichgültig fest.

Joinville bemerkte, wie der König beim Anblick des Bischofs unwillig die Stirn runzelte. Allein schon der mit Pelz besetzte Umhang forderte seinen Zorn heraus, denn seiner Meinung nach geziemte es sich nicht für einen Mann Gottes, derart teure Kleidung zu tragen. Er selbst trug unter seiner Reitkleidung nur ein raues, kratzendes Büßergewand.

Als Oberhirte seines Bistums traf der Bischof ebenso wie der Erzbischof selbstständig alle Entscheidungen, die das Bistum betrafen. Doch während der Erzbischof von einem Bistum seiner Provinz zum nächsten reiste, um dort im Auftrag des Papstes nach dem Rechten zu sehen, schien dieser Bischof zu den Männern Gottes zu gehören, die ihr Amt ausschließlich für ihre eigenen Zwecke nutzten und gegen deren Machenschaften Ludwig bereits seit Jahren kämpfte.

»Der König hat Euch nicht um Eure Meinung gebeten«, antwortete ihm Joinville an Stelle des Königs. »Er wünscht einen Medicus, und zwar den besten, den Ihr auftreiben könnt.«

Doch so einfach ließ sich Radulfus nicht aus der Fassung bringen. Demonstrativ sah er an dem Seneschall vorbei.

»Sire, erlaubt mir, Euch in meine Gemächer zu führen, wo Ihr Euch von den Strapazen der Reise erholen könnt.« Er warf einen kurzen Blick auf Marie. »Ich werde dafür Sorge tragen, dass man sich um sie kümmert«, setzte er hinzu.

Der Bischof ist nicht nur überheblich, sondern auch noch dumm, dachte Joinville, während er gespannt auf Ludwigs Reaktion wartete.

Der König musterte den Bischof kalt.

»Ihr scheint vergessen zu haben, dass Ihr ein Mann Gottes seid. Muss ich Euch erst an Eure Pflicht, den Kranken gegenüber Barmherzigkeit zu zeigen, erinnern? Wie könnt Ihr glauben, dass ich mich erholen kann, solange dieses

Mädchen dringend unserer Hilfe bedarf?«, fragte er in einem eisigen Tonfall.

Das glatte Gesicht des Bischofs verzog sich ungläubig und nahm dann augenblicklich einen unterwürfigen Ausdruck an, den Joinville ihm allerdings überhaupt nicht abnahm. »Verzeiht, Sire, doch ich konnte nicht wissen, dass Euch das Mädchen so viel bedeutet. Ich werde selbstverständlich sofort nach dem Medicus schicken«, beschied er eifrig.

Er winkte den Sakristan zu sich heran und erteilte ihm rasch einige Befehle. Der Sakristan nickte zustimmend und verschwand dann wieder in Richtung Sakristei.

Radulfus wandte sich erneut dem König zu.

In diesem Moment betrat Robert de Forez die Kathedrale. Suchend sah er sich nach Marie um, nachdem er vergeblich am Portal auf sie gewartet hatte. Als er sie jetzt auf dem kalten Steinboden im Mittelgang liegen sah, stürzte er besorgt auf sie zu, ohne die drei Männer, die neben ihr standen, weiter zu beachten. Er bückte sich zu Marie hinunter, um sie auf seine Arme zu nehmen und sie nach draußen zu tragen, doch König Ludwig hielt ihn zurück.

»Wer seid Ihr, und was habt Ihr mit dem Mädchen zu tun?«, fragte er ihn in einem scharfen Ton.

»Mein Name ist Robert de Forez. Ich kenne Marie und werde sie nach Hause bringen. Ihre Familie weiß, was zu tun ist, wenn sie von den Krämpfen befallen wird«, antwortete er entschlossen, wobei er Marie mühelos hochhob und schon mit ihr an den Männern vorbeieilen wollte, doch der König dachte nicht daran, ihn so ohne Weiteres gehen zu lassen.

»Wer ist dieses Mädchen?«, fragte er leise.

»Ihr Name ist Marie Machaut, und sie ist die Tochter

von Jean Machaut, einem Tuchhändler, der nicht weit von hier sein Haus hat. Würdet Ihr jetzt bitte zur Seite treten und mich vorbeilassen?«

»Ihr solltet besser einen anderen Ton anschlagen, immerhin sprecht Ihr gerade mit dem König von Frankreich«, bemerkte Radulfus trocken. Erschrocken sah Robert den König an.

»Verzeiht mir, Sire, aber ich mache mir große Sorgen um Marie und konnte nicht wissen, wer Ihr seid.«

»Es ist gut«, gab der König zur Antwort. »Auch ich bin in großer Sorge um dieses Mädchen und habe nach dem besten Medicus der Stadt schicken lassen.«

Robert zögerte. Wie war es nur möglich, dass Marie dem König so wichtig war, dass er sogar nach einem Medicus rufen ließ? Ein Anflug von Eifersucht stieg in ihm hoch, als er Ludwig genauer betrachtete. Der König war ein ungewöhnlich gut aussehender Mann mit feinen, scharf geschnittenen Gesichtszügen. Zudem besaß er eine faszinierende Ausstrahlung, der man sich nur schwer entziehen konnte.

Marie hing leblos in Roberts Armen. Ihre Krämpfe hatten nachgelassen, und ihre weit geöffneten Augen blickten nunmehr starr nach oben. Ihr Atem ging flach, und die Angst um sie verlieh Robert neue Kräfte. Er nahm all seinen Mut zusammen.

Bittend wandte er sich erneut an König Ludwig.

»Bitte erlaubt mir, sie nach Hause zu bringen, Sire. Dort wird man sich um sie kümmern. Es ist nicht das erste Mal, dass sie von dieser merkwürdigen Krankheit befallen wird.«

Der junge Mann schien Ludwig ernstlich besorgt zu sein.

Währenddessen beobachtete Radulfus die Szene mit zusammengekniffenen Augen.

König Ludwig trat näher an Robert heran.

»Ihr habt meine Erlaubnis, doch wartet noch einen kleinen Moment.«

Einer plötzlichen Eingebung folgend zog er seinen goldenen, rubinbesetzten Ring von seinem kleinen Finger und steckte ihn an Maries rechte Hand, die leblos herabhing.

Dabei sah er Robert eindringlich in die Augen.

»Dieses Mädchen hat mich wie durch ein Wunder von meinen Schmerzen befreit. Sollte es jemals meine Hilfe brauchen, dann zögert nicht, mir den Ring zukommen zu lassen. Er wird mich für immer an den Tag erinnern, an dem mir Gott eine große Gnade gewährt hat.«

Seine Worte klangen wie ein Schwur.

Radulfus nahm es erstaunt zur Kenntnis. Wie kam der König dazu, einem Mädchen, das eindeutig von Dämonen besessen war, einen solch kostbaren Ring zu schenken? Und was war das für ein Wunder, von dem der König gesprochen hatte? Erst jetzt musterte er Marie genauer. Ihr Gesicht wirkte entspannt, und sie sah aus, als würde sie schlafen. Das Mädchen besaß die unschuldige Schönheit einer Madonna, und nachdem er sie eine Weile betrachtet hatte, gelang es ihm kaum noch, seinen Blick von ihr zu wenden. Seine Kehle wurde ganz trocken vor Aufregung. Er schluckte hart. Wenn dieses Mädchen tatsächlich Wunder bewirken konnte, musste er es unbedingt in seine Gewalt bringen, um Genaueres über ihre geheimnisvollen Kräfte herauszufinden, denn weder der König noch sein Seneschall schienen gewillt zu sein, ihm Näheres zu berichten, aber das würde ihnen nichts nutzen. Sobald der König wieder abgereist war, würde er seine Agenten einsetzen, die er überall in der Stadt hatte, und dann würde er weitersehen.

Ludwig, der indessen nichts von den Plänen des Bischofs

ahnte, sah Robert gedankenverloren nach, bis dieser die Kathedrale verlassen hatte. Erst dann wandte er sich abermals dem Bischof zu.

Als er in die flackernden, kalten Augen Radulfus' sah, beschloss er, dem Geistlichen eine Lehre zu erteilen, die dieser nicht so schnell wieder vergessen würde.

»Wir sind nunmehr bereit, Eure Gastfreundschaft anzunehmen, doch ich möchte Euch bitten, unsere Anwesenheit vorerst noch geheim zu halten«, sagte er kühl.

Radulfus schien erfreut.

»Dann darf ich Euch bitten, mir zu folgen.«

Er führte den König und seinen Seneschall über den Kathedralenvorplatz zu dem gegenüberliegenden Palast des Erzbischofs. Durch den bischöflichen Empfangsraum, der an manchen Tagen für Bittsteller und Gesandte geöffnet war, gelangte man durch eine mit aufwändigem Schnitzwerk verzierte Eichentüre in die Kemenate, die von einem riesigen Kamin beherrscht wurde.

Dass König Ludwig unerkannt bleiben wollte, kam Radulfus nur gelegen, denn dann würden sie allein zusammen speisen, und der König hätte mehr Zeit und könnte sich ungestört mit ihm unterhalten.

Als Erzbistum unterstand Bourges allein dem König, doch da dieser den größten Teil des Jahres mit seinem Gefolge durch die Lande reiste und nur schwer zu erreichen war, wurden die reichen Bürger der Stadt der Kirche gegenüber zunehmend unverschämter. Ständig stellten sie neue Forderungen an die Kirchenoberhäupter, versuchten aber andererseits durch alle möglichen Tricks, diese um den ihnen zustehenden Anteil an ihren immer reicher ausfallenden Gewinnen zu betrügen.

Die Krönung von allem war das neue Rathaus, dessen

Bau die Bürger ohne Zustimmung der Kirche mit einer selbstverständlichen Überheblichkeit planten, die in Radulfus' Augen an Unverschämtheit grenzte. Es wurde höchste Zeit, ihrem Treiben endlich einen Riegel vorzuschieben und dadurch zu verhindern, dass dem Erzbistum ein noch größerer Schaden entstand, als es bereits der Fall war.

Der Bischof betrachtete das unerwartete Auftauchen des Königs als ein gutes Zeichen und hoffte, dass Ludwig, dem größte Frömmigkeit nachgesagt wurde, ihn in dieser heiklen Angelegenheit unterstützen würde.

Er war so sehr mit sich und seinen Gedanken beschäftigt, dass er nicht einmal bemerkte, wie sich das Gesicht des Königs beim Anblick der mit kostbarem Tuch und Teppichen geschmückten Bischofsgemächer verdüsterte.

Das Innere der Räume erinnerte mehr an einen Palast als an die karge Zelle eines Mannes, der sein Leben dem Dienst Gottes geweiht hatte.

Radulfus geleitete Ludwig zu einem mit weißen Wolfsfellen belegten Faltstuhl am Kopfende der Tafel und nahm selbst an der linken Seite des Königs Platz, während er Joinville dazu aufforderte, sich rechter Hand von Ludwig niederzulassen.

Die Diener schienen bereits über den hohen Besuch informiert zu sein, denn sie brachten, kaum dass sich die drei Männer niedergelassen hatten, Wein, Obst und Brot auf den Tisch. Zwei weitere Diener folgten mit kaltem Braten, duftendem Schinken und geräuchertem Fisch. Es dauerte nicht lange, da bog sich der Tisch unter den mit allerlei Leckereien gefüllten Silberplatten.

König Ludwig runzelte unwillig die Stirn. Es sah ganz danach aus, als würde sich in diesem Palast niemand um die Fastenzeit scheren.

Sein Blick schweifte über die leeren Plätze an der langen Tafel, und in seine Augen trat ein spöttisches Funkeln, als er sich zu Radulfus hinüberbeugte.

»Erwartet Ihr vielleicht noch weitere Gäste an dieser Tafel oder werden wir heute Abend unter uns bleiben?«

Der Bischof war überrascht. Wünschte der König etwa doch nicht, mit ihm allein zu sein? Die Enttäuschung darüber stand ihm buchstäblich ins Gesicht geschrieben.

»Ich erwarte keine weiteren Gäste mehr, und ich glaubte Euren Worten entnehmen zu können, dass Ihr unerkannt bleiben möchtet«, stieß er schließlich hervor.

Joinville unterdrückte ein Grinsen. Er glaubte zu wissen, worauf der König eigentlich hinauswollte, und er sollte recht behalten.

»Was meint Ihr, mein lieber Joinville, findet Ihr nicht auch, dass diese reich gedeckte Tafel viel zu groß für drei Männer und ihren bescheidenen Appetit ist?«

Joinville zwinkerte dem König zu.

»Ich bin ganz Eurer Meinung, Sire«, gab er, so ernst es ihm möglich war, zur Antwort. »Vielleicht sollten wir noch einige Gäste zu uns laden?«

Radulfus blickte unsicher von einem zum anderen. Er verstand noch immer nicht, worauf der König hinauswollte.

Doch Ludwig ließ ihn nicht lange im Ungewissen.

»Ich gehe doch recht in der Annahme, dass Ihr ebenso um Barmherzigkeit gegenüber unseren armen und kranken Brüdern bemüht seid wie ich?«, fragte er.

»Das ist fürwahr eine unserer heiligsten Pflichten«, erwiderte Radulfus ohne große Überzeugung.

»Dann werdet Ihr doch sicher nichts dagegen haben, einige dieser armen Brüder vom Vorplatz der Kathedrale zu uns an die Tafel zu bitten?«

Er wies auf den mit Speisen überladenen Tisch.

Belustigt sah Joinville, wie geschockt der Bischof von den Worten des Königs war. Seine Geiernase begann aufgeregt auf und ab zu zucken, und er setzte einige Male zum Sprechen an, bevor er endlich ein Wort herausbrachte. »Sire«, begann er endlich. »Wenn ich Euch richtig verstanden habe, wünscht Ihr, dass ich Krüppel, Bettler und vielleicht sogar Diebe in mein Haus einladen soll?«

Er konnte es einfach nicht glauben.

Der König lächelte ihm aufmunternd zu.

»Ich sehe, Ihr habt mich verstanden und seid ebenso begierig darauf, Nächstenliebe auszuüben wie wir. Wir haben bald Ostern, und es wäre schön, wenn wir unsere Tischgesellschaft deshalb auf die Anzahl von zwölf Personen erweitern könnten.«

Radulfus blieb keine andere Wahl. Er winkte einem der Diener.

»Geht hinaus auf den Platz und bittet neun der Bettler, zu uns hereinzukommen«, befahl er ergeben.

Der Diener verschwand, und es dauerte nicht lange, bis der erste in Lumpen gekleidete Bettler in der Türe erschien und sich verunsichert in dem kostbar eingerichteten Raum umsah. Sein Blick blieb auf der mit Leckereien überfüllten Tafel hängen.

König Ludwig erhob sich und trat ihm entgegen.

»Kommt näher, mein Bruder, und setzt Euch auf meinen Stuhl!«, forderte er ihn freundlich auf.

Nacheinander betraten noch acht weitere zerlumpte Gestalten den Raum, deren strenge Ausdünstungen in Wettstreit mit dem köstlichen Duft der auf dem Tisch aufgetragenen Speisen traten.

König Ludwig begrüßte jeden Einzelnen von ihnen wie

einen fürstlichen Gast und geleitete ihn zu einem Stuhl an der Tafel.

Die Bettler begriffen kaum, wie ihnen geschah. So etwas war ihnen bislang weder widerfahren, noch hatten sie jemals davon gehört, dass der Bischof auch nur einen von ihnen an seine Tafel geladen hatte. Sie warfen sich gegenseitig misstrauische Blicke zu, und man konnte ihren schmutzigen, unrasierten Gesichtern ansehen, dass ihnen die Situation, in der sie sich befanden, nicht ganz geheuer war.

Schließlich hatten alle Bettler am Tisch Platz genommen und warteten mit knurrendem Magen darauf, was weiter geschehen würde. Es gelang ihnen kaum, ihre Augen von den vor ihnen angerichteten Köstlichkeiten abzuwenden.

Radulfus war der Appetit gründlich vergangen, doch er sagte nichts.

Da sah ihn König Ludwig auffordernd an.

»Wir brauchen eine Schüssel voll Wasser, um unseren Brüdern hier die Füße zu waschen, wie der Herr es uns gelehrt hat«, bemerkte er freundlich. Radulfus wurde blass. Das war der Gipfel. Erwartete der König etwa, dass er, Radulfus, ein Bischof und Gelehrter, diesen verwanzten Hungerleidern die schmutzigen Füße waschen würde?

Aber es gelang ihm, seinen Zorn zu unterdrücken, und er befahl seinen Dienern, eine Schüssel mit Wasser zu bringen.

Der Diener eilte hinaus und kehrte nur wenig später mit einer großen Tonschüssel wieder zurück. Der zweite Diener, der ihm gefolgt war, brachte feine trockene Leinentücher, die er zum Abtrocknen der Füße gleich neben die Schüssel hinlegte.

»Worauf wartest du, wasch unseren Gästen endlich die Füße«, herrschte Radulfus den Diener an.

Der Diener bückte sich gehorsam, um den Befehl seines Herrn auszuführen, doch König Ludwig hielt ihn zurück.

»Das werde ich übernehmen«, sagte er und begann, dem ersten Bettler die Füße zu waschen. Als er fertig war, ließ er sich eines der Leinentücher reichen und rieb die Füße des Bettlers sorgfältig trocken.

Radulfus sah ihm fassungslos zu.

»Wollt Ihr mir nicht behilflich sein?«, forderte Ludwig ihn auf.

»Diese armen Menschen hier haben Hunger, und wir wollen sie doch nicht zu lange warten lassen.«

Radulfus glaubte, vor Wut zerspringen zu müssen. Grimmig wusch er dem nächsten Bettler die Füße und versuchte nicht einmal, seinen Ekel zu verbergen.

Joinville kam ihm zu Hilfe. Das missmutige Gesicht des Bischofs amüsierte ihn, doch insgeheim hoffte er, dass Ludwig es nicht auf die Spitze treiben würde. Er hatte sich auch so schon genügend Feinde im Land gemacht, und manch einer der hohen Kirchenherren belächelte seinen frommen Eifer bereits mitleidig.

Endlich war die Waschung beendet, und der König sprach persönlich das Tischgebet. Anschließend forderte er die Bettler auf zuzugreifen, was sich keiner der Männer zweimal sagen ließ. Hungrig fielen sie über die aufgetragenen Speisen her und stopften, nachdem sie ihre Hemmschwelle erst einmal überwunden hatten, so viel in sich hinein, wie ihre Bäuche zu fassen vermochten.

König Ludwig aß nur etwas Brot, und man sah ihm an, dass es ihm große Freude bereitete, den Männern beim Essen zuzusehen, während Radulfus seinen Blick angewidert von den laut schmatzenden, rülpsenden Männern abwandte.

Er verstand den König nicht. Es gab weitaus wichtigere

Dinge, als sich um ein paar zerlumpte Bettler zu kümmern, die, nachdem sie nun einmal an einer Tafel der Oberen gesessen hatten, am nächsten Tag nur noch unzufriedener mit ihrem Leben sein würden.

Der König war für seine vorbildliche Frömmigkeit bekannt und stand in dem Ruf, umsichtig und gerecht, wenn auch mit harter Hand zu regieren. Streitereien und Fehden versuchte er zunächst durch Einigung beizulegen, und ein Kampf kam erst als letztes aller möglichen Mittel für ihn in Betracht.

Doch Radulfus' Meinung nach beging Ludwig für einen König zu viele entscheidende Fehler.

Dabei kümmerte Radulfus die Beschneidung der Machtbefugnisse der adligen Grundherrschaft, die mit dem Verlust deren Unabhängigkeit und der uneingeschränkten Autorität ihrer Lehen einherging, nur wenig. Viel schlimmer fand er dagegen, dass der König die Macht der Kirchenobrigkeit und damit auch die seine minderte, indem er die wichtigsten kirchlichen Verwaltungsposten mit seinen eigenen, weltlichen Leuten besetzt hatte und jegliche Form der Korruption mit der vollen Härte des Gesetzes ahndete. Diese Verwaltungsämter waren davor von den Bischöfen und Äbten über Jahrhunderte hinweg für viel Geld an Angehörige ihres eigenen Standes, des Klerus, verkauft worden, wodurch sie sich dessen Loyalität gesichert und ein System aufgebaut hatten, das sich bewährt und der Kirche gleichzeitig den Rücken gestärkt hatte.

Ein ebenso großes Übel war die Unterstützung, die der König dem Bettelorden der Minoriten gewährte, einem Haufen überheblicher, selbsternannter Mönche, die weder das Paternoster noch das Ave Maria hersagen konnten, ganz zu schweigen von der Absolutionsformel.

Sie sprachen kein Latein und begriffen nicht einmal den

höheren Sinn der Taufe. Irgendwie hatten sie es jedoch geschafft, von Papst Innozenz III. als Bruderschaft anerkannt zu werden. Wenn auch nur mündlich und mit König Ludwigs Hilfe war es ihnen gelungen, einen eigenen Orden zu gründen, der nichts weiter im Sinn hatte, als das Volk gegen die Kirchenoberhäupter aufzuhetzen.

Aber das Volk verehrte Ludwig wie einen Heiligen, seitdem sich herumgesprochen hatte, dass Gott mehrere Wunder durch ihn gewirkt hatte. Warum nutzte er seinen Einfluss nicht, um die Kirche zu unterstützen? Diese verwanzten Bettelorden, die wie Pilze aus dem Boden schossen und, einer Seuche gleich, das Land überzogen, verunsicherten das Volk doch nur und verbreiteten nichts als Unruhe.

Die Bettler hatten mittlerweile sogar noch den letzten Brotkrümel vertilgt und rieben sich nun zufrieden ihre vollen Bäuche.

Ludwig stand auf und reichte jedem der Männer ein Silberstück.

»Geht jetzt und dankt dem Herrn für seine große Güte. Er ist es, der für euch sorgt und dem ihr dienen müsst, so wie ich euch gedient habe.«

Die Bettler bedankten sich unterwürfig und verschwanden dann genauso lautlos, wie sie gekommen waren.

Endlich waren sie allein. Radulfus warf dem König einen verstohlenen Blick zu. Vielleicht würde sich jetzt eine Möglichkeit ergeben, über die aufsässige Bürgerschaft und die damit zusammenhängenden Probleme zu sprechen. Doch zu seinem Ärger wurde seine Hoffnung zum zweiten Mal an diesem Abend enttäuscht.

Der König erhob sich von seinem Stuhl.

»Wir sind müde von der Reise und würden uns gerne in unsere Schlafgemächer zurückziehen.«

Damit blieb Radulfus nichts anderes übrig, als dem Wunsch des Königs nachzukommen.

Mit säuerlicher Miene geleitete er seine hohen Gäste zu ihren Gemächern.

Den ganzen Abend über hatte Joinville schon darauf gewartet, mit Ludwig zu sprechen, um von ihm zu erfahren, was eigentlich wirklich in der Kathedrale geschehen war. Mehrmals hatte er bereits zum Sprechen angesetzt, aber der König hatte ihn immer wieder durch einen warnenden Blick zum Schweigen gebracht. Jetzt endlich war der Moment gekommen, in dem er unter vier Augen mit Ludwig reden konnte.

»Wie ich voller Freude feststelle, scheinen Eure Schmerzen auf wundersame Weise verschwunden zu sein, und Ihr erfreut Euch wieder bester Gesundheit«, stellte er fest.

Ludwigs Gesicht wurde ernst.

»Ich wollte verhindern, dass dieser überhebliche Bischof etwas davon erfährt, nur aus diesem Grund habe ich Euch angewiesen zu schweigen. Meine Schmerzen sind tatsächlich verschwunden, als wären sie nie da gewesen. Und zwar seitdem ich in die Augen dieses Mädchens gesehen habe. Ich habe den ganzen Abend darüber nachgedacht und bin zu dem Schluss gekommen, dass unser Herr in Seiner großen Güte ein weiteres Wunder an mir vollbracht hat.«

Joinville war bei den Worten des Königs nachdenklich geworden.

»Ihr glaubt, dass dieses Wunder etwas mit dem Mädchen zu tun hat?«, fragte er.

Ludwig sah ihn aus seinen strahlenden Augen heraus an.

»Ich glaube es nicht nur, ich weiß es. Es war eine eigenartige Erfahrung. Ich konnte geradezu spüren, wie sie mir tief in meine Seele geblickt hat, und dabei stand in ihren

Augen nichts als Liebe, reine, unschuldige Liebe ohne jede Bedingung. Eine solche Liebe kann nur von Gott kommen, und daher ist es meine Pflicht, dieses Mädchen vor solchen Menschen wie dem Bischof zu schützen. Nur aus diesem Grund habe ich sie auch gehen lassen und dem jungen Mann überantwortet, und aus diesem Grund werde ich mich auch in Zukunft von ihr fernhalten.«

Ein melancholischer Zug trat auf sein schmales Gesicht.

»Bitte lasst mich jetzt allein, mein Freund. Ich habe das dringende Bedürfnis, zu beten und meinem Herrn und Gott für Seine unendliche Güte zu danken.«

Joinville begab sich in sein Zimmer, das direkt neben dem des Königs lag und etwas kleiner als dieses war. Er legte seine Kleider bis auf sein Untergewand ab und wusch sich Gesicht und Hände. Ein weiterer Tag, den er an der Seite des Königs von Frankreich hatte verbringen dürfen, neigte sich seinem Ende zu.

Er legte sich in das große Bett und starrte an die Decke des Baldachins, die, von vier kunstvoll geschnitzten Pfosten getragen, über dem Bett schwebte. Die gut gefüllte Matratze ruhte auf quer gespannten Lederstreifen und war für seinen Geschmack schon fast zu weich. Er verzichtete darauf, die dicken Vorhänge, die um das Bett herumliefen, zuzuziehen, es würde doch nichts nützen. Die Wanzen würden so oder so ihren Weg zu ihm finden, aber er würde sich nach den langen Wochen in der freien Natur wenigstens nicht eingeengt fühlen.

Er schloss die Augen und ließ den Tag noch einmal an sich vorüberziehen. Der König war nach seinem Sturz vom Pferd so schwer verletzt gewesen, dass er in größter Sorge um ihn gewesen war. Dann hatten sie dieses seltsame Mädchen getroffen, das in voller Unschuld und lichter Schönheit vor ihnen gestanden hatte, bis es von den dunklen Dämonen der Unterwelt in eine abschreckende Groteske verwandelt worden war. Von einem Moment auf den anderen war der König, der sich eben noch schwer auf ihn gestützt hatte, wieder vollkommen gesund gewesen.

Es war tatsächlich ein Wunder geschehen, ein Wunder, dessen er selbst teilhaftig geworden war.

Dass Ludwig dem Mädchen im Beisein des Bischofs seinen kostbaren Ring an den Finger gesteckt hatte, war in seinen Augen allerdings ein Fehler gewesen, und er konnte nur hoffen, dass die Familie des Mädchens genügend Einfluss besaß, um sich gegen die Nachstellungen Radulfus' zur Wehr zu setzen.

Denn dass der Bischof versuchen würde, das Geheimnis des Mädchens zu ergründen, stand für ihn fest. Aber was war eigentlich ihr Geheimnis?

Er rief sich die Worte des Königs ins Gedächtnis zurück. Ludwig war davon überzeugt, dass Gott ein weiteres Wunder an ihm gewirkt hatte.

Das war an sich nichts Außergewöhnliches, denn der König pflegte grundsätzlich alles Wundersame auf sich zu beziehen. Gleichzeitig hatte er aber auch gesagt, dass es der Blick in die Augen des Mädchens gewesen sei, der ihn geheilt habe.

Erschrocken setzte er sich auf. Er hatte schon von vielen Wunderheilern gehört und auch selbst einige kennengelernt. Doch keinem von ihnen war es bislang gelungen, ihn wirklich zu überzeugen.

Er sah die Tochter des Tuchhändlers wieder vor sich.

Dieses Mädchen war in der Tat anders. Sie war etwas Besonderes, und wenn Gott ihr wirklich die Gabe verliehen hatte, mit ihrem Blick zu heilen, würde sie sich bald in großer Bedrängnis befinden, denn der Bischof würde versuchen, sie für seine schmutzigen Pläne zu missbrauchen und ihre Fähigkeit rücksichtslos ausnutzen, um seine eigene Macht zu stärken. Ob er mit Ludwig darüber reden sollte? Nach kurzem Nachdenken verwarf er diesen Gedanken jedoch wieder.

Er kannte den König gut genug, um zu wissen, dass er sich nicht gerne auf einen Fehler hinweisen ließ, und die Sache mit dem Ring war ein Fehler gewesen, der das Mädchen in große Gefahr bringen konnte.

Davon abgesehen pflegte der König stets zu behaupten, dass Gott das, was er liebte, auch immer schützte.

Er dachte an den Tag zurück, als er den König von Frankreich zum ersten Mal getroffen hatte. Niemals in seinem Leben würde er diesen Tag vergessen. Es war der vierundzwanzigste Juni des Jahres 1241 gewesen, der Johannistag, an dem die Schwertleite des Grafen Alfons von Poitiers mit großer Festlichkeit begangen worden war.

In Anjou, in den großen Hallen von Saumur, hatte er erstmals die ganze Prachtentfaltung des königlichen Hofes kennengelernt und war dort unverhofft Ludwig begegnet. Er hatte sich über den schlichten baumwollenen Hut gewundert, den Ludwig an diesem Tag getragen und der ihm weder besonders gut gestanden noch zu seinen ansonsten prächtigen Gewändern gepasst hatte.

Damals hatte er noch nicht geahnt, dass der König sein Schicksal werden würde und er noch oft die Gelegenheit bekommen würde, mit dem unsäglichen Zwiespalt konfrontiert zu werden, aus dem heraus Ludwig für seinen Glauben kämpfte.

Er war nur ein einfacher Knappe des Königs von Navarra gewesen und hatte die prächtigen Kleider der Grafen und

Barone bewundert, ebenso wie die Ritter in ihren Seidenröcken und die unzähligen Lakaien, die mit dem Wappen des Grafen von Poitiers auf Zindeltaft geschmückt waren.

Die riesigen Hallen waren nach dem Vorbild der Kreuzgänge der weißen Mönche von Citeaux errichtet worden. Niemals zuvor hatten seine staunenden Augen jemals Räumlichkeiten von solch einem Ausmaß erblickt.

Der König hatte, umgeben von seinen Rittern und Lakaien, mit zwanzig Bischöfen und Erzbischöfen getafelt. An der Tafel ihm gegenüber saß die Königinmutter Blanca mit ihrem nicht minder prächtigen Hofstaat.

Viele Gedanken gingen Joinville an diesem Abend noch durch den Kopf, und als er endlich in einen unruhigen Schlaf fiel, träumte er von grässlichen Fratzen und Dämonen, die über himmlische Wesen herfielen und sie doch nicht vernichten konnten.

Am nächsten Morgen verabschiedeten sie sich vom Bischof, der nicht den geringsten Versuch unternahm, sie zum Bleiben zu überreden. Im Gegenteil, man konnte fast schon den Eindruck gewinnen, dass er froh darüber war, den König so rasch wieder loszuwerden. Gut gelaunt ritten sie aus der Stadt hinaus und schlossen sich wieder ihrem Tross an, der in der Zwischenzeit weiter in Richtung Paris gezogen war.

14

Nachdem Robert Marie unterwegs den Ring des Königs vom Finger gezogen und ihn in seinen Beutel gesteckt hatte, trug er sie auf seinen Armen nach Hause. Marie würde nur erschrecken, wenn sie den Ring entdecken würde, ohne zu wissen, wie er an ihren Finger gekommen war. Er hielt es daher für besser, erst mit ihr darüber zu reden und ihr danach den Ring zurückzugeben.

Eleonore war gerade auf dem Weg in die Küche, als es klopfte. Sie öffnete die Türe und starrte misstrauisch auf den jungen Mann, der ihre Tochter in den Armen hielt. Sie überlegte, wo sie sein Gesicht schon einmal gesehen hatte, doch es fiel ihr nicht ein.

Mit lauter Stimme rief sie nach dem Knecht, der nur wenig später hinter ihr an der Tür auftauchte.

»Trag Marie in ihre Kammer und gib Elsa Bescheid, damit sie sich um sie kümmert«, befahl sie ihm herrisch.

Der Knecht befolgte den Befehl und nahm Robert das bewusstlose Mädchen aus dem Arm.

Als Pierre mit Marie verschwunden war, bedachte Eleonore Robert mit einem kühlen Blick.

»Es war sehr großzügig von Euch, Marie nach Hause zu bringen. Wollt Ihr mir nicht Euren Namen sagen, damit ich Marie berichten kann, wer so großherzig war, sich um sie zu kümmern?«

Ihren scharfen Augen entging weder das sorgenvolle Gesicht des jungen Mannes noch das feine Tuch, aus dem seine Kleider gefertigt waren. Der junge Mann vor ihr schien einer der Adelssöhne zu sein, die an der Kathedralenschule studierten und keinen allzu guten Ruf genossen. War es möglich, dass er sich in Marie verguckt hatte? Er war ein gut aussehender junger Mann und wirkte eher ernst als draufgängerisch, was sie ein wenig milder stimmte.

»Mein Name ist Robert, Sohn des Grafen Guido de Forez. Ich war in der Kathedrale, als Marie bewusstlos wurde, und sah es als meine Pflicht an, sie nach Hause zu bringen.«

Eleonore beschlich das unangenehme Gefühl, dass der junge Mann ihr etwas verschwieg. Doch sie wollte nicht neugierig erscheinen und stellte ihm deshalb keine weiteren Fragen. Sie würde Marie noch ausführlich genug befragen können, sobald sie wieder bei Bewusstsein war. Und sollte sich herausstellen, dass die beiden sich kannten oder sogar heimlich trafen, würde sie das zukünftig sowieso zu unterbinden wissen. Maries Hochzeit durfte auf gar keinen Fall durch ein solches Techtelmechtel gefährdet werden.

»Ich werde Gott dafür danken, dass Er Euch im rechten Moment geschickt hat«, verabschiedete sie ihn steif. »Doch jetzt muss ich zurück an meine Arbeit.« Sie nickte ihm noch einmal zu, dann schloss sie die Türe.

Radulfus lief unruhig in seinem Empfangszimmer auf und ab. Die Aussagen Bruder Gregors, des Sakristans, hatten ihn bisher auch nicht weitergebracht.

Und ohne Vorwarnung waren die verhassten Bilder wieder vor seinen Augen aufgetaucht. Er hatte versucht, sie zu vergessen und sich, um Buße zu tun, wochenlang selbst gegeißelt und so lange gefastet, bis er zusammengebrochen war, doch es hatte alles nichts genutzt.

Sein Vater hatte auf dem Feld gearbeitet, als der Reiter auf den Hof galoppiert war.

Obwohl er damals erst vierzehn Jahre alt gewesen war, hatte er sofort gespürt, dass etwas nicht stimmte, und so war er zurück zum Haus geschlichen, anstatt das Vieh auf den Weiden zu tränken, wie sein Vater es ihm aufgetragen hatte. Heimlich hatte er durch die fensterähnliche Öffnung gesehen.

»Knie nieder«, hörte er den Mann befehlen, den er am meisten hasste, weil er ständig damit drohte, sie vom Hof zu jagen. Es war der Grundbesitzer, dem alle kleineren Höfe in der Umgebung gehörten und dem sein Vater noch die Pacht der letzten Monate schuldete. Seine Mutter war ganz blass geworden und hatte abwehrend ihre Arme ausgestreckt.

»Bitte habt doch Erbarmen mit uns. Die Ernte in diesem Jahr wird gut, und dann werden wir unsere Schulden bezahlen können«, flehte sie ihn an, doch der Grundbesitzer kannte kein Erbarmen.

»Entweder tust du, was ich dir sage, oder ich werde dich und deine Bälger heute noch von meinem Grund und Boden vertreiben, und dein Mann wird so lange als Knecht für mich arbeiten, bis er all seine Schulden abbezahlt hat. Bist du wirklich zu dumm, um zu begreifen, was für ein Glück du hast, dass du mir gefällst?«, drohte er, verärgert über ihre abweisende Haltung.

Seine Mutter war noch blasser geworden, als sie eh schon war, und hatte das Kreuzzeichen geschlagen. Danach hatte sie ihren Widerstand aufgegeben. Der Hof war alles, was sie hatten. Und wenn sie ihn verloren, würden sie den nächsten Winter nicht überleben.

Aus seinem Versteck heraus hatte er beobachtet, wie seine Mutter ergeben ihren Rock hochgeschoben und sich gehorsam auf alle viere niedergelassen hatte wie eine läufige Hündin.

Radulfus war wie erstarrt gewesen, als der bullige Kerl sein steif gewordenes Glied aus seiner Hose hervorholte und gierig ihr entblößtes Hinterteil betatschte, bevor er sich grunzend und stöhnend in ihr bewegt hatte.

Etwas in ihm war explodiert, und er hatte wie von Sinnen nach dem Küchenmesser gegriffen und sich rasend vor Wut auf die beiden gestürzt. Immer und immer wieder hatte er das Messer in das weiche Fleisch gestoßen, so lange, bis es von all dem Blut ganz glitschig gewesen und ihm aus der Hand gerutscht war.

Endlich hatten sie aufgehört, sich zu bewegen, und das Grunzen des Grundbesitzers war in ein schwaches Stöhnen übergegangen, das aber schon bald für immer verstummt war.

Zitternd hatte er anschließend auf den blutüberströmten Körper seiner Mutter gestarrt. Ihr großer weißer Busen hing schlaff herunter, aber ihre behaarte Scham war noch immer geschwollen gewesen.

Der Anblick hatte ihn wider Willen erregt, und obwohl er versuchte, sich dagegen zu wehren, hatte er nicht verhindern können, dass sich ein warmer Strahl in seine Hose ergossen hatte.

Von namenlosem Grauen gepackt, hatte Radulfus daraufhin das Messer fallen lassen und war aus dem Haus gerannt, weiter und immer weiter, so lange, bis seine Lunge vor Schmerz fast geborsten waren.

Er war bereits halb verhungert und völlig verstört gewesen, als irgendwann zwei Mönche aufgetaucht waren und ihn ohne große Worte mit in ihr Kloster genommen hatten.

In dem ständig wiederkehrenden Rhythmus des eintönigen Klosterlebens begannen die Erinnerungen an sein altes Leben allmählich zu verblassen, geblieben waren nur eine merkwürdige Unruhe und seine quälenden Träume, die ihn immer wieder aus dem Schlaf rissen und ihn nicht zur Ruhe kommen ließen. Sein schlechtes Gewissen und die Angst, dass seine gottlose Tat eines Tages doch noch ans Tageslicht kommen könnte, hatten seinen Instinkt für Gefahr geschärft. Und mit einem schon fast krankhaften Misstrauen begann er seine Umgebung zu beobachten, wodurch er Zeuge einer Intrige gegen den Abt wurde, der wegen seiner übergroßen Strenge nur wenig beliebt bei seinen Mitbrüdern war. Er erkannte die Chance, die sich ihm bot, und nutzte sie, indem er dem Abt alles berichtete, was er zuvor beim Lauschen erfahren hatte.

Der Abt nahm ihn daraufhin als Novizen auf und ließ ihn lesen und schreiben lernen. Anfangs hatte sich Radulfus mit dem Lernen schwergetan und seine Lehrer immer wieder zur Verzweiflung gebracht, doch dann hatte er erkannt, dass das Lernen die einzige Möglichkeit für ihn darstellte, eines Tages ein besseres Leben zu führen, und von diesem Tag an hatte er einen ungeahnten Ehrgeiz entwickelt. Es dauerte nicht lange, bis er der beste Schüler des Klosters geworden war. Auf diesem Erfolg hatte er aufgebaut und sich rücksichtslos weiter nach oben gearbeitet, bis er zuletzt, von seinem alten Abt und durch eine glückliche Fügung des Schicksals unterstützt, sogar Bischof geworden war.

Die Worte des Königs klangen ihm noch immer im Ohr: »Dieses Mädchen hat mich wie durch ein Wunder von meinen Schmerzen befreit.«

Wenn Marie den König geheilt hatte, dann würde sie

auch Radulfus' Seele heilen können. Es war dieser Gedanke, an den er sich klammerte und von dem er von einem Moment zum anderen wie besessen war. Vor so viel reiner Unschuld würde selbst Gott kapitulieren. Er musste das Mädchen nur dazu bringen, für ihn zu beten. Plötzlich fiel ihm der junge Mann ein, der sie in seinen Armen gehalten hatte, und wilder Hass loderte in ihm auf. Er war einer der Kathedralschüler, die sich allesamt für etwas Besseres hielten und so gut wie vor nichts und niemandem Respekt hatten. Unter allen Umständen musste er verhindern, dass er das Mädchen beschmutzen oder ihr gar die Unschuld rauben würde, denn sie war seine einzige Chance, dem Höllenfeuer doch noch zu entgehen. Seine Gedanken wurden wirr, verwoben sich miteinander, bis die Schmerzen in seinem Kopf schließlich unerträglich wurden.

Er klingelte nach seinem Diener. »Bring mir Wein und gib etwas von meiner Medizin hinein«, forderte er, »und mach rasch.«

Der Diener beeilte sich, den Wunsch seines Herrn zu erfüllen, und kehrte sogleich mit einer Kanne Wein zurück, in die er eine kleine Menge Opium, vermischt mit Schierling, gegeben hatte. Damit füllte er dem Bischof seinen silbernen, juwelenbesetzten Becher. Radulfus stürzte den Wein in einem Zug hinunter und ließ sich danach erneut einschenken. Der Wein beruhigte ihn, und es dauerte nicht lange, bis auch die Schmerzen in seinem Kopf nachließen. Entschlossen ließ er Bruder Gregor zu sich rufen.

Der Sakristan stand am Fenster und beobachtete ihn aus schmalen Augen. »Ihr habt also nichts gesehen, weder was geschehen ist noch sonst irgendetwas?«, fragte ihn Radulfus nun schon zum dritten Mal.

»Ich möchte wissen, ob der König das Mädchen kannte

oder ob er sie zufällig getroffen hat, und ich will alles über ihre Krankheit in Erfahrung bringen.«

»Wie ich Euch bereits gesagt habe, war es mir vom Altar aus nicht möglich zu sehen, was genau geschehen ist. Ich weiß nur, dass dieses Mädchen beinahe täglich die Kathedrale besucht«, erwiderte Bruder Gregor. »Sie ist mir aufgefallen, weil sie immer allein kommt und sich stets bescheiden in die Kapelle ihrer Familie zurückzieht«, fügte er hinzu.

Der Bischof starrte an ihm vorbei, und seine Stirn legte sich in Falten. Hatte er ihm überhaupt zugehört? Geduldig wartete Bruder Gregor, bis sich Radulfus ihm wieder zuwandte.

»Jean Machaut ist ein angesehener Bürger und ein gottesfürchtiger Mann, der im Gegensatz zu vielen anderen wohlhabenden Kaufleuten unserer Stadt das Bistum großzügig unterstützt.«

Radulfus starrte ihn misstrauisch an. Seine Worte klangen fast so, als wolle er den Tuchhändler verteidigen. Aber kein Kaufmann spendete freiwillig, solange er keinen triftigen Grund dafür hatte.

Wie immer, wenn er aufgeregt war, begann seine spitze Geiernase zu zucken. Ohne es zu wollen, hatte Bruder Gregor ihn auf die richtige Spur gebracht. Triumphierend sah er seinen Sakristan an.

»Ich glaube, ich weiß, warum Jean Machaut uns so großzügig unterstützt. Es hat sicher mit der Krankheit seiner Tochter zu tun. Er ist ein harter Geschäftsmann, der genau weiß, was er tut, und der bislang keinen sonderlich frommen Eindruck auf mich gemacht hat.

Machaut spendet daher nicht aus Mildtätigkeit, sondern aus reiner Berechnung. Irgendetwas stimmt nicht mit ihm und seiner Familie. Er verbirgt etwas und versucht, die Kirche und damit Gott durch großzügige Geschenke auf seine Seite zu ziehen. Aber es ist genau seine übertriebene Großzügigkeit, durch die er sich nunmehr verraten hat.«

Bruder Gregor nickte nachdenklich.

»Eure Gedankengänge besitzen eine bewundernswerte Schärfe«, bemerkte er trocken.

Radulfus lächelte geschmeichelt, doch schon im nächsten Moment spielte ein grausamer Zug um seinen Mund.

»Ich werde unserem Tuchhändler einen Besuch abstatten und mich nach dem Befinden seiner Tochter erkundigen. Das wird ihn verunsichern, und seine Reaktion wird mir verraten, ob ich mit meiner Vermutung richtigliege oder nicht. Anschließend werde ich mit dem jungen de Forez sprechen, den Ihr mir bringen werdet. Sein Gesicht kam mir bekannt vor, er ist einer der Schüler an unserer Kathedralenschule, habe ich recht?«

Bruder Gregor nickte. Der Bischof hat den Teufel im Leibe, dachte er und schlug unbemerkt rasch ein Kreuzzeichen.

Der Tuchhändler besaß schon jetzt sein Mitgefühl. Wer den Bischof gegen sich hatte oder sich seinen Zorn zuzog, hatte Schlimmes zu befürchten, denn der Bischof war allgemein für seine Grausamkeit bekannt. Er gehörte zu den wenigen Klerikern, denen es allein mittels ihres Ehrgeizes und ihrer Rücksichtslosigkeit gelungen war, in das Amt des Bischofs gewählt zu werden.

Radulfus konnte es kaum erwarten, seinen Plan in die Tat umzusetzen, und so ließ er sich seinen Umhang bringen und forderte Bruder Gregor auf, ihn zu begleiten.

Als sie den Kathedralenvorplatz überquerten, trat ein zerlumpter Mann auf sie zu und sank vor dem Bischof auf die Knie. Sein Gesicht und seine Hände waren mit eitrigen Geschwüren übersät.

»Im Namen Gottes, habt Erbarmen«, jammerte er und griff nach dem Saum von Radulfus' Umhang.

Der Bischof trat einen Schritt zur Seite.

»Scher dich zum Teufel«, zischte er und lief, ohne den Bettler noch eines Blickes zu würdigen und gefolgt von Bruder Gregor, einfach weiter. Das überfallartige Auftauchen des Bettlers hatte er gewiss König Ludwig zu verdanken, dessen Großzügigkeit sich wahrscheinlich längst unter den Bettlern herumgesprochen hatte. Sicher würden sie jetzt noch aufdringlicher und unverschämter werden, als sie es ohnehin schon waren, und er würde sehen können, wie er damit fertig wurde.

Sein Gesicht verzog sich grimmig, als er an den König dachte. Doch zuallererst galt es nun herauszufinden, was es mit der Tochter des Tuchhändlers auf sich hatte, danach würde man weitersehen.

Sie waren mittlerweile in eine der kleinen Handwerkergassen eingebogen, und sowohl Radulfus als auch Bruder Gregor mussten ihre Kutten anheben, wollten sie verhindern, dass ihre Gewänder durch den knöcheltiefen Schlamm schleiften und dabei vollkommen verdreckten.

Die Gassenjungen bogen sich vor Lachen, als sie die beiden Kirchenmänner sahen, die mit gelüpftem Rock wie zwei große schwarze Krähen von einem Trittstein zum nächsten hüpften.

»Wir hätten die Reitpferde nehmen sollen«, stieß Radulfus ärgerlich hervor. »Diese unverschämte Bürgerschaft sollte sich lieber erst um den Unrat in ihren Gassen kümmern, anstatt über den Bau eines neuen Rathauses nachzudenken.«

Endlich waren sie vor Jean Machauts Haus angelangt. Auf Bruder Gregors Klopfen hin wurde ihnen die Türe von Elsa geöffnet, die sie argwöhnisch einen nach dem anderen betrachtete.

Als sie den Bischof erkannte, der sie um mehr als einen ganzen Kopf überragte, erstarrte sie vor lauter Ehrfurcht.

»Wir möchten den Tuchhändler Jean Machaut sprechen«, verlangte Radulfus' und seine Stimme klang ungeduldig.

Aufgeregt lief Elsa ins Kontor, um ihrem Herrn Bescheid zu geben.

Jean Machaut blickte ärgerlich über die Störung von seinem Rechentuch auf. Er war gerade dabei, mit Henry den Gewinn des letzten Jahres zu errechnen, und hasste nichts mehr, als bei der komplizierten Addition der Zahlenreihen gestört zu werden.

»Der Bischof ist hier und wünscht Euch zu sprechen«, meldete ihm Elsa mit zitternder Stimme.

Jean sah sie erschrocken an. Damit hatte er nicht gerechnet. Was um Himmels willen konnte der Bischof nur von ihm wollen? Ob er wegen des Altartuchs hier war? Sofort verwarf er den Gedanken wieder.

Ein Bischof würde sich wegen eines Altartuches nirgendwohin bemühen, selbst wenn es noch so kostbar war.

»Führe unsere Gäste in die Stube und bring ihnen Wein«, befahl er Elsa, die ihn ängstlich beobachtete. Tief in ihrem Inneren spürte sie, dass der Besuch des Bischofs für ihren Herrn und seine Familie eine Bedrohung darstellte.

Jean erhob sich und strich seinen Rock glatt.

»Wir machen später weiter«, sagte er zu Henry.

Sein Gesicht wirkte angespannt, und er atmete noch einmal tief durch, bevor er sich in die Stube begab, wo Bruder Gregor und der Bischof bereits Platz genommen hatten.

Höflich reichte er seinen Gästen die Hand. Leises Unbehagen beschlich ihn, als die stechenden Augen des Bischofs sich auf ihn richteten. Radulfus lächelte ihm beruhigend zu, doch Jean ließ sich nicht täuschen. Der Bischof wirkte auf ihn wie ein Habicht, der sich seiner Beute absolut sicher war, und Jean fühlte sich immer unbehaglicher.

»Wir sind gekommen, um Euch für Eure großzügigen Spenden zu danken«, begann Radulfus im Plauderton.

Jeans Züge entspannten sich bei seinen Worten ein wenig, was Radulfus nicht entging, und so schoss er seine nächsten Worte wie Pfeile ab, um dem Tuchhändler keine Zeit mehr zum Nachdenken zu lassen.

»Wir möchten uns außerdem nach dem Befinden Eurer Tochter erkundigen.«

Der Tuchhändler starrte ihn erschrocken an. Sein Gesicht hatte jede Farbe verloren.

Radulfus bemerkte es voller Genugtuung, aber schon im nächsten Moment hatte Jean sich wieder gefasst. Hinter seinem jetzt unnahbaren Gesichtsausdruck begann es in seinem Kopf fieberhaft zu arbeiten. Dabei spürte er, dass der Bischof jede seiner Regungen ganz genau beobachtete. Er musste von Maries Krankheit erfahren haben, doch warum interessierte er sich so dafür, dass er sich deswegen extra herbemüht hatte?

Es gab noch mehr Menschen, die von Dämonen heimgesucht wurden, ohne dass es jemanden kümmerte. Es musste also etwas anderes dahinterstecken. Ob Radulfus wohl Geld benötigte? Das wäre eine Möglichkeit.

Dann war er gekommen, weil er eine weitere Spende wollte, und würde anbieten, für Marie beten zu lassen. Es war bekannt, dass die Kirche Unmengen an Geld benötigte, um ihren aufwändigen Lebensstil finanzieren zu können.

Bei dem Gedanken daran beruhigte sich Jean wieder etwas und brachte sogar ein unverbindliches Lächeln zuwege.

»Es ist sehr großzügig von Euch, sich nach dem Befinden meiner Tochter zu erkundigen. Marie befindet sich bei bester Gesundheit und stickt gemeinsam mit ihren Schwestern an dem Altartuch, das ich Euch versprochen habe. Es wird bald fertig sein«, sagte er in der Hoffnung, dass sich der Bischof mit dieser Antwort zufriedengeben würde.

Doch Radulfus dachte nicht daran, ihm diesen Gefallen zu tun.

»Uns würde interessieren, um was für eine Krankheit es sich bei Eurer Tochter handelt. Ist sie von Dämonen besessen, oder hat sie gar den bösen Blick?«

Jean Machaut begann innerlich zu zittern. Würde die verfluchte Vergangenheit denn niemals ruhen? Er riss sich zusammen und bemühte sich, seiner Stimme einen festen Klang zu geben.

»Wir wissen nicht, warum Gott sie so gestraft hat, aber es geschieht nur hin und wieder, dass sie von diesen schrecklichen Krämpfen befallen wird.« Er legte eine Pause ein und tat so, als würde er nachdenken, obwohl er sich längst einen Plan zurechtgelegt hatte.

»Vielleicht sollte ich eine größere Summe an die Kathedrale spenden, damit man dort für sie betet?«, schlug er vor, als wäre ihm der Gedanke gerade jetzt erst gekommen.

In Radulfus' Augen trat ein gieriger Glanz.

»An welche Summe dachtet Ihr denn?«, fragte er sofort zurück.

»Zehn Pfund in Silber«, beschied ihm Jean, ohne auch nur zu zögern.

Der Bischof schien erfreut.

»Ihr seid wahrhaftig ein gottesfürchtiger Mann und ein

guter Christ, was man nicht von allen Kaufleuten in dieser Stadt behaupten kann. Trotzdem hat es mich überrascht zu erfahren, dass Ihr ebenfalls ein Mitglied des neuen Schutzbündnisses seid.«

Zum großen Ärger des Bischofs hatten die reichen Kaufleute im letzten Jahr mit den unabhängigen Klerikern und einigen der einflussreichsten Aristokraten der Stadt eine Art Beistandspakt geschlossen. Es handelte sich dabei um ein Schutzbündnis, das als juristische Körperschaft fungierte und den städtischen Frieden wie auch die gegenseitige Verteidigung sichern sollte.

Jean nickte nur, ohne eine Antwort zu geben. Was sollte er dazu auch sagen, wenn der Bischof ohnehin schon Bescheid wusste?

Er stand auf, um das Geld zu holen, doch Radulfus hielt ihn zurück. »Wusstet Ihr eigentlich, dass König Ludwig in der Stadt gewesen ist?«

Jean Machaut sah ihn verblüfft an. Wie kam der Bischof plötzlich auf den König?

»Ich habe gehört, dass sich der König in der Provence in Aigues-Mortes befindet, um den Bau seines neuen Hafens zu überwachen.«

Er wartete einen Moment, ob Radulfus noch etwas sagen würde, aber der Bischof schwieg. Der Tuchhändler schien ehrlich überrascht zu sein, als er König Ludwig erwähnt hatte. Das bedeutete, dass er vom Zusammentreffen des Königs mit seiner Tochter und auch von dem Ring nichts wusste. Das Mädchen hatte also Geheimnisse vor seinen Eltern, das war ganz in Radulfus' Sinn und konnte ihm nur recht sein. Umso leichter würde er es mit ihr haben. Er beschloss, sich das Mädchen bei nächster Gelegenheit einmal allein vorzunehmen.

Jean erhob sich von seinem Falthocker.

»Dann werde ich jetzt das Silber holen gehen.« Er verließ den Raum und kehrte wenig später mit einem großen Lederbeutel zurück, den er neben dem Bischof auf den Boden stellte.

Radulfus stand auf und verbarg den schweren Beutel unter seinem Umhang.

»Wir werden für Eure Tochter beten, und wenn es Gottes Wille ist, wird sie wieder gesund werden«, versprach er und reichte Jean Machaut zum Abschied die Hand. Da fiel ihm noch etwas ein, und er stellte dem Kaufmann noch eine letzte Frage:

»Ist es wahr, was mir mein Sakristan berichtet hat, dass Eure Tochter die Kathedrale fast täglich aufsucht?«

»Ich werde Sorge dafür tragen, dass sie ab sofort im Haus bleibt, damit niemand mehr durch ihren Anblick belästigt wird«, versicherte ihm Jean eifrig.

Radulfus bedachte ihn mit einem strengen Blick.

»Die Kathedrale ist für die Gläubigen erbaut, damit sie darin Trost und Kraft finden. Wenn es Eurer Tochter ein Bedürfnis ist, in der Kathedrale zu beten, ist das ein Zeichen dafür, dass die Dämonen in ihrem Körper noch nicht gesiegt haben. Und es ist Eure Pflicht als Vater, sie in ihrem Glauben zu bestärken.« Damit war das Gespräch für ihn beendet.

Der Tuchhändler begleitete seine Gäste bis zur Haustüre und schloss sie dann einigermaßen erleichtert wieder hinter ihnen zu. Er konnte nur hoffen, dass sich der Bischof so lange mit dem Silber zufriedengeben würde, bis Marie endlich verheiratet wäre.

Nachdenklich begab er sich zurück in sein Kontor, aber es gelang ihm nicht mehr, sich zu konzentrieren. Immer wieder wanderten seine Gedanken in die Vergangenheit zurück. In seiner Verzweiflung beschloss er, dem heiligen Veit am kommenden Sonntag zehn Dutzend Wachskerzen zu stiften und ihn anzuflehen, Marie von ihrer unheimlichen Krankheit zu befreien.

Auf seiner Familie musste ein Fluch lasten, dessen Wurzeln weit in die Vergangenheit reichten. Jean konnte nicht länger die Augen davor verschließen, wollte er sich und seine Familie nicht in noch größere Gefahr bringen. Seine Mutter hatte die Menschen geheilt, und diese hatten es ihr gedankt, indem sie sie umgebracht hatten.

War es etwa möglich, dass Marie ebenfalls diese verfluchte Gabe besaß?

Er musste es so schnell wie möglich herausfinden. Ungeduldig rief er nach Elsa.

»Bring Marie zu mir«, befahl er. Elsa starrte ihn erschrocken an, einen Moment lang war sie unfähig, sich zu bewegen.

Noch nie hatte sie erlebt, dass ihr Herr Marie zu sich gerufen hatte.

Jean Machauts Miene verfinsterte sich. Ärgerlich blickte er auf die Magd.

»Hast du nicht gehört, was ich dir gesagt habe? Ich möchte mit meiner Tochter sprechen, und zwar sofort.«

Endlich kam Bewegung in Elsa. Sie verließ das Kontor und lief eilig die Treppe zur Stube hinauf.

»Marie, du sollst sofort zu deinem Vater kommen.«

Marie sah erschrocken von ihrer Stickarbeit auf. Elsas Gesicht war hochrot vor Aufregung, und ihre Stimme klang gehetzt.

»Was ist denn geschehen?«, erkundigte sich Martha neugierig. »Warum will Vater mit Marie sprechen?«

»Das musst du ihn schon selbst fragen«, gab Elsa wenig freundlich zurück.

»Sicher hat sie wieder etwas angestellt, das für neues Gerede sorgt«, bemerkte Agnes abfällig. »Wenn das so weitergeht, können wir uns bald nirgendwo in der Stadt mehr sehen lassen.«

Marie stand auf und verließ mit Elsa den Raum.

»Geschieht dir ganz recht, wenn Vater dich bestraft«, zischte Agnes hinter ihr her.

Mit klopfendem Herzen betrat Marie das Kontor. Sie konnte sich nicht vorstellen, warum, und vor allem, worüber ihr Vater mit ihr sprechen wollte.

Jean Machaut musterte sie nachdenklich, als sie vor ihm stand, vermied es aber, ihr in die Augen zu sehen.

»Ich möchte wissen, ob du heilen kannst«, wollte er kurz und bündig von ihr wissen.

Marie überlegte, wie sie es ihm wohl am besten erklären konnte. Sie spürte seine Ablehnung, aber auch die Angst, die sich dahinter verbarg.

»Manchmal, wenn ich jemandem in die Augen sehe, der Schmerzen hat, kann ich sie fühlen, und dann wird mir schwindelig und ich kann mich hinterher an nichts mehr erinnern.«

»Kannst du es beeinflussen?«, fragte er weiter.

Marie schüttelte den Kopf.

»Es geschieht einfach«, sagte sie leise.

»Ich wünsche mir so sehr, dass es aufhört, um Euch keinen Kummer mehr zu bereiten.« Sie suchte den Blick ihres Vaters, der seine Augen jedoch weiterhin starr auf einen nicht auszumachenden Punkt an der Wand hinter ihr gerichtet hielt.

Er hatte genug gehört. Seine Befürchtungen, Marie betreffend, waren zur traurigen Gewissheit geworden. Marie hatte die Heilkräfte seiner Mutter geerbt.

»Du kannst jetzt zurück an deine Arbeit gehen«, beschied er ihr kalt.

Die Härte in seiner Stimme bestürzte sie, und verstört verließ sie das Kontor. Vor der Türe wartete Elsa auf sie und nahm sie tröstend in den Arm. Vor lauter Sorge um Marie hatte sie der Versuchung, heimlich zu lauschen, nicht widerstehen können und alles mit angehört.

Beim Abendessen war Jean schweigsam und gab Eleonore auf ihre Fragen nur sehr einsilbig Antwort.

Eleonore brannte darauf zu erfahren, was der Bischof in ihrem Hause gewollt hatte, doch Jean weigerte sich, darüber zu reden, und wies sie ärgerlich zurecht.

»Die Neugier des Weibes ist des Mannes Tod. Haltet endlich Euren Mund, und geht lieber Euren Pflichten nach«, maßregelte er sie streng.

Eleonore senkte beschämt ihren Blick. Ihr Gefühl sagte ihr, dass der Besuch des Bischofs etwas mit Marie zu tun hatte, und ihre Sorge wuchs.

In der darauf folgenden Nacht fand sie nur wenig Schlaf. Immer wieder wurde sie von düsteren Träumen gequält, die sie nicht zur Ruhe kommen ließen.

Und so hielt sie Marie, als diese am nächsten Tag das Haus verlassen wollte, zurück.

»Du wirst bis zu deiner Hochzeit das Haus nicht mehr verlassen«, ordnete Eleonore an, doch wider Erwarten kam ihr Vater ihr zur Hilfe.

»Marie darf die Kathedrale aufsuchen, wann immer sie es möchte«, sagte er hart.

Eleonore sah ihn an, als hätte er den Verstand verloren, aber Jean schenkte ihr keine weitere Beachtung, sondern begab sich in sein Kontor zurück.

Glücklich verließ Marie das Haus. Robert erwartete sie

bereits wie immer sehnsüchtig vor dem Portal. Er wollte ihr heute den Ring des Königs zeigen. Voller Sorge betrachtete er Maries feines Gesicht. Unter ihren schönen Augen lagen tiefe Schatten, doch es schien ihr wieder besser zu gehen.

»Mein Vater hat mir die Erlaubnis gegeben, die Kathedrale zu besuchen, wann immer ich will«, strahlte sie ihn an, wurde aber sogleich wieder ernst. »Meiner Mutter scheint es nicht recht zu sein. Ich würde sie gerne fragen, was der Grund dafür ist, aber ich wage es nicht.«

Sie klang so traurig, dass Robert einen Arm um sie legte und ihr tröstend über das seidige Haar strich. Erschrocken wand sie sich aus seiner Umarmung.

»Das dürft Ihr nicht, ich bin verlobt«, meinte sie entschieden.

Sie ist nicht mehr das kleine Mädchen, das ich kennengelernt habe, dachte Robert nach einem Blick in ihr entschlossenes Gesicht und: Sie hatte recht. Nur war er so sehr in sie verliebt, dass er die ganze Zeit über den Gedanken an Maries Verlobten weit von sich geschoben und die Hoffnung, sie allen widrigen Umständen zum Trotz, doch noch heimführen zu dürfen, nicht aufgegeben hatte.

»Ich muss mit Euch reden«, bat er leise und zog sie von der Kathedrale und mit sich fort. »Könnt Ihr Euch denn noch an irgendetwas von dem, was gestern geschehen ist, erinnern?«

Marie sah ihn erschrocken an. »Nein, an nichts mehr, nachdem ich wieder diese schrecklichen Krämpfe gehabt habe.«

Dann tauchte allerdings wie aus weiter Ferne das Gesicht eines Mannes vor ihrem inneren Auge auf.

»Da war dieser Mann mit den traurigen Augen, er war prächtig gekleidet, und er hatte furchtbare Schmerzen, ich konnte sie fühlen. Danach kann ich mich an nichts mehr erinnern.« Hilflos sah sie Robert an, der sofort beruhigend nach ihrer Hand griff.

»Der Mann, den Ihr gesehen habt, war der König von Frankreich«, brachte ihr Robert behutsam bei.

Marie erschrak. »Der König war in der Kathedrale? Was hat das zu bedeuten?« Verwirrt sah sie an ihm vorbei. »Ich habe einen merkwürdigen Traum gehabt, der mir Angst gemacht hat.«

»Erzählt mir davon.« Robert legte sanft einen Arm um ihre Schultern, und Marie ließ es geschehen.

»Ich sah ein brennendes Kreuz am Himmel, es wurde immer größer, bis es direkt vor mir stand. Es war so heiß, dass ich dachte, die Flammen würden mich verbrennen. Dann bin ich aufgewacht. Was mag das alles nur bedeuten?«, wandte sie sich wiederum völlig ratlos an ihn.

Robert hätte sie am liebsten in seine Arme gezogen, um sie für immer festzuhalten. Sie war so zart und so verletzlich, und die Vorstellung, sie nicht jederzeit vor allem beschützen zu können, beunruhigte ihn zutiefst.

»Es war nur ein Traum«, beschwichtigte er sie, obwohl er innerlich aufgewühlt war. »Ihr braucht keine Angst zu haben, ich werde Euch beschützen, notfalls mit meinem Leben.«

Ihre Augen trafen sich, versanken ineinander und hielten stumme Zwiesprache. Es dauerte lange, bis sie sich wieder voneinander lösten.

Beide spürten, dass gerade etwas mit ihnen geschehen war, das so überwältigend war, dass es sich nicht in Worte fassen ließ. Jedes Gefühl von Fremdheit war von ihnen abgefallen und einer bedingungslosen Vertrautheit gewichen.

Beide hatten Mühe, mit dem Ansturm der Gefühle fertig

zu werden, die wie eine Naturgewalt über sie hereingebrochen waren.

Als die Dämmerung hereinbrach, sah Marie erschrocken auf. Sie fühlte sich, als würde sie aus einem wunderschönen Traum erwachen. Doch mit der Dämmerung kam die Feuchtigkeit, und sie begann zu frösteln.

»Ich muss nach Hause«, sagte sie. »Elsa wird fürchterlich schimpfen, wenn ich noch länger fortbleibe.«

Robert fühlte sich verwirrt wie nie zuvor. Was war nur mit ihm geschehen? Er hielt Marie zurück.

»Bitte wartet. Es gibt noch etwas, das ich Euch zeigen möchte.« Er zog den Ring des Königs aus seinem Beutel und legte ihn in Maries Hand.

Im letzten Licht des Tages betrachtete Marie das kostbare Schmuckstück eine Weile, dann sah sie Robert fragend an.

»Der Ring ist von König Ludwig. Er hat ihn an Euren Finger gesteckt, als Ihr bewusstlos wart.«

Robert wiederholte die Worte des Königs, die er sich fest eingeprägt hatte. »Dieses Mädchen hat mich wie durch ein Wunder von meinen Schmerzen befreit. Sollte es jemals meine Hilfe benötigen, dann zögert nicht, mir den Ring zukommen zu lassen. Er wird mich für immer an den Tag erinnern, an dem Gott mir eine große Gnade gewährt hat.« Beide schwiegen sie für einen Moment bedrückt.

»Was hat das alles zu bedeuten?«, fragte Marie schließlich zum dritten Mal an diesem Tag, und ihre Stimme zitterte leicht.

»Ich weiß es nicht«, antwortete Robert. »Ich weiß nur, dass ich Euch beschützen werde, solltet Ihr jemals in Gefahr geraten.«

Er begleitete Marie nach Hause und blieb noch eine ganze Weile vor dem Haus der Machauts stehen.

Er war so in Gedanken versunken, dass er nicht einmal die Stimme des Nachtwächters hörte, der Stunde um Stunde ausrief und die Bürger der Stadt in monotonem Singsang immer wieder ermahnte, auf das Feuer in ihrem Herd Acht zu geben.

Es wurde bereits hell, als er endlich vom Dach der Zehntscheune aus über die Mauer in die Heilige Stadt kletterte und sich an den Häusern der Kirchenleute vorbei leise zu seiner Unterkunft schlich. Erschöpft ließ er sich auf sein Bett fallen.

Am nächsten Morgen hatte er Mühe, sich auf den Unterricht zu konzentrieren. Immer wieder wanderten seine Gedanken zu Marie, und die Ahnung, dass sich irgendetwas Bedrohliches gegen sie zusammenbraute, verstärkte seine Unruhe von Sekunde zu Sekunde. Die Aufmerksamkeit der Mächtigen auf sich zu ziehen, war ebenso gefährlich wie ein Wasserstrudel, aus dem es kein Entkommen mehr gab, sobald man erst einmal in seinen Sog geraten war.

15

Bruder Gregor war als junger Mann aus Überzeugung in den Orden eingetreten, um sein Leben ganz in den Dienst Christi zu stellen. Nach einer schweren Zeit, in der er gegen die verschiedensten Versuchungen angekämpft hatte, hatte er aber zu seiner Enttäuschung feststellen müssen, dass bei den hohen Kirchenfürsten nur wenig christliches Verhalten zu finden war. Geld und Macht waren ihnen weitaus wichtiger als Demut und Gottesfurcht.

Doch er blieb mit seiner Sorge und Beklemmung so gut wie allein, da nur sehr wenige seiner Brüder seine Ansicht teilten, und so hatte er sich angewöhnt, seine Meinung für sich zu behalten. Durch seine Verschwiegenheit und seine ruhige Zuverlässigkeit hatte er es jedoch zu einer gewissen Beliebtheit bei ihnen gebracht und wurde mit Vorliebe für streng vertrauliche Botengänge und andere ähnliche Dinge eingesetzt.

Nach und nach war er so zu einem der engsten Vertrauten Radulfus' aufgestiegen. Dabei hatte er ungewollt einen tieferen Einblick in dessen kranke Seele erhalten und erkannt, dass es nicht nur Kopfschmerzen waren, die dieser mit Opium und Wein zu betäuben suchte. Mehrmals schon hatte er mit angehört, wie Radulfus in seinem Wahn versucht hatte, mit Gott zu handeln, als hätte er einen gemeinen Krämer vor sich. Er war sogar noch weitergegangen und hatte wilde Flüche und Beschimpfungen gegen den

Herrn ausgestoßen, weil er keine Antwort von Ihm erhalten hatte.

Und so betete Bruder Gregor voller Entsetzen Tag und Nacht zu Gott und flehte Ihn an, den Teufel wieder aus ihrer Mitte zu holen.

Radulfus hatte dem Sakristan den Auftrag erteilt, ihn auf der Stelle zu benachrichtigen, sobald Marie in der Kathedrale auftauchte. Seitdem bat Bruder Gregor jedes Mal, wenn er kontrollierte, ob noch genügend Wachskerzen vorhanden waren, die Heilige Mutter um Schutz für das Mädchen, das nicht ahnen konnte, was für eine gefährliche Aufmerksamkeit es auf sich gezogen hatte. Die Gerüchte, die ihm in letzter Zeit zu Ohren gekommen waren, beunruhigten ihn über alle Maßen. Zwei blutjunge Mädchen, beides uneheliche Töchter von Küchenmägden, waren spurlos verschwunden, und man flüsterte sich zu, dass sie zuletzt im Palast des Bischofs gesehen worden wären.

Zu Beginn der Vesper betrat Marie die Kathedrale. Bruder Gregor erkannte sie schon von Weitem. Er beobachtete sie eine Weile und überlegte, ob er es wagen konnte, dem Bischof ihre Anwesenheit zu verheimlichen. Nach kurzem Nachdenken entschied er sich jedoch dagegen. Wenn er überhaupt etwas für die junge Frau tun konnte, dann nur, indem er das Vertrauen, welches Radulfus ihm entgegenbrachte, nicht enttäuschte, und stattdessen weiterhin ein wachsames Auge auf alles hatte, was dieser tat.

Er fand den Bischof an seinem Schreibpult. Vor ihm lagen einige Pergamentbogen, und in der rechten, ringgeschmückten Hand hielt er eine Feder, die er anscheinend jedoch noch nicht benutzt hatte.

»Sie ist jetzt da«, meldete ihm Bruder Gregor und fühlte sich plötzlich wie ein Verräter. Saulus konnte sich nicht schlimmer gefühlt haben, als er seinen Herrn und Meister verraten hatte.

Ohne seine Lippen zu bewegen, bat er Gott, ihm seine Sünden zu vergeben.

In die kalten Augen Radulfus' trat ein lauernder Ausdruck, als er sich geschmeidig erhob.

»Ich brauche Euch nicht mehr, Ihr könnt gehen«, bemerkte er.

Bruder Gregor kam dieser Anweisung nur zu gerne nach. Erleichtert eilte er quer über den Kathedralenvorplatz, um das weitere Geschehen zu beobachten. Als er die Kathedrale betrat, sah er, wie Radulfus gerade aus der Krypta kam. Hatte der Teufel ihm etwa Flügel verliehen? Wie war es ihm nur so schnell gelungen, in die Kathedrale zu gelangen? Er musste den unterirdischen Gang benutzt haben, von dem Gregor zwar schon gehört, den er aber noch nie gesehen hatte.

Der Sakristan Gregor verbarg sich schnell hinter einer der Säulen.

Wie ein bösartiger Dämon bewegte Radulfus sich auf das Mädchen zu. Lautlos trat er neben sie. Er überragte sie um mehr als zwei Köpfe, und Bruder Gregor stockte der Atem, als der Herr der Finsternis seinen Schatten auf das Licht warf. Hastig schlug er das Kreuzzeichen.

Marie schrak aus ihren Gedanken, als sie den Bischof neben sich bemerkte. Sittsam senkte sie ihren Blick. Sie sah so vollkommen und unschuldig aus, und Radulfus betrachtete fasziniert ihre lichte Schönheit. Der Teufel musste sie geschaffen haben, um den Verstand der Männer zu verwirren. Ob König Ludwig ihr den Ring vielleicht nur geschenkt hatte, um ihrer Schönheit zu huldigen? Doch in diesem Moment erinnerte er sich wieder daran, wie sie vor ihm auf dem Boden gelegen hatte und von unsichtbaren Händen geschüttelt worden war. Nein, es musste einfach mehr dahinterstecken.

Marie stand wie erstarrt und hielt weiterhin ihren Blick gesenkt. Ihr Herz klopfte so laut, dass sie glaubte, jeder könne es hören.

Radulfus beugte sich vor und brachte seinen Mund nah an ihr Ohr. Sein warmer Atem strich über Maries Gesicht.

»Mir ist zu Ohren gekommen, dass Ihr die Sünde der Eitelkeit begangen habt«, flüsterte er ihr leise zu. Marie fuhr herum und starrte ihn entsetzt an. Sie öffnete den Mund zu einer Erwiderung, doch sie brachte kein einziges Wort über ihre Lippen.

»Wendet Euch vom Bösen ab, oder Ihr werdet bis in alle Ewigkeit in der Hölle schmoren«, setzte Radulfus ungerührt hinzu.

Ihr stummes Entsetzen löste seltsame Empfindungen in ihm aus und erregte ihn gleichzeitig. Sein Blut wurde heiß, als er sie plötzlich in Gedanken nackt vor sich sah, so wie Gott sie erschaffen hatte.

Da war es wieder, dieses schreckliche Gefühl der Zerrissenheit, das er längst überwunden geglaubt hatte. Sein Atem ging schwer, und ein fanatischer Glanz trat in seine Augen. Er musste es einfach wissen.

»Wer sind die Dämonen, die in Euch stecken? Seid Ihr gekommen, um mich zu versuchen?«

Die Flammen des Fegefeuers tanzten auf dem Grund ihrer dunklen, geheimnisvollen Augen. In seiner Aufregung hatte er gar nicht bemerkt, dass er bei seinen letzten Worten die Stimme erhoben hatte.

Die halblaut gemurmelten Gebete um ihn herum verstummten. Einige der Gläubigen drehten sich neugierig zu ihnen um.

Marie versuchte ihm zu antworten, vermochte es aber nicht. Sie wollte weglaufen, doch es gelang ihr nicht, sich zu bewegen.

Radulfus schien ihre Gedanken zu erahnen. »Versucht erst gar nicht, vor mir fortzulaufen«, drohte er ihr. »Ich habe bisher noch jeden zum Reden gebracht, und Ihr werdet keine Ausnahme machen.«

Marie fröstelte unter dem stechenden Blick seiner kalten Augen.

»Werdet Ihr nun endlich reden?«

Marie hatte solche Angst, dass ihr auf einmal die Tränen kamen. Stockend begann sie zu sprechen: »Ich weiß nicht, warum die schrecklichen Krämpfe über mich kommen, aber ich bete jeden Tag zu Gott, dass Er sie von mir nimmt.«

Radulfus bedachte sie mit einem mahnenden Blick.

»Was hat der König von Frankreich mit Euch zu schaffen? Habt Ihr ihn mit dem höllischen Glanz Eurer schwarzen Augen verzaubert?«

Maries Knie begannen zu zittern, sie schwankte. Ihre Stimme war nur noch ein Hauch. »Ich weiß es nicht, ich habe ihn nur einmal hier in der Kathedrale getroffen und seine Schmerzen gespürt.«

Ihre Stimme wurde flehend. »Bitte, Monsignore, lasst mich gehen, ich fürchte mich so.«

In diesem Moment beschloss Bruder Gregor, der das Geschehen mit wachsendem Unbehagen verfolgt hatte, dass es an der Zeit war einzugreifen. Bemerkte Radulfus denn nicht, dass immer mehr Menschen ihn und die junge Frau beobachteten? Rasch setzte er sich in Bewegung. Heißer

Zorn stieg in ihm hoch, als er in das Gesicht des völlig verstörten Mädchens sah. Er trat zu Radulfus und packte ihn hart an der Schulter.

Sofort wandte sich Radulfus von Marie ab und funkelte Bruder Gregor wütend an.

»Wie könnt Ihr es wagen«, stieß er heftig atmend hervor.

Bruder Gregor zog seinen Arm zurück. »Verzeiht mir, Monsignore, aber ich wollte Euch nur warnen, die Leute beobachten Euch bereits.«

Nach einem raschen Blick in seine Umgebung stellte Radulfus fest, dass Bruder Gregor recht hatte, und so ließ er Marie stehen und verschwand, gefolgt von Bruder Gregor, in der Sakristei.

Am ganzen Körper zitternd lief Marie zur Heiligen Jungfrau und fiel vor ihr auf die Knie. Ihre Lippen bewegten sich flüsternd, und schon bald hatte sie jedes Zeitgefühl verloren. Robert hatte wie jeden Tag am Portal auf Marie gewartet. Doch dann war die Vesper vorbei gewesen und Marie noch immer nicht erschienen. Also betrat er die Kathedrale, wo er sie schließlich wie erstarrt und auf Knien vor der Heiligen Jungfrau fand. Er hatte sie mehrfach angesprochen, bevor sie ihn endlich wahrnahm, und ihr danach beim Aufstehen geholfen, denn ihre Gelenke waren durch die lange Zeit auf dem kalten Boden ganz steif geworden. Gemeinsam verließen sie die Kathedrale.

»Lasst uns ein paar Schritte gehen, und wenn Ihr Euch beruhigt habt, erzählt Ihr mir, was geschehen ist.«

Langsam schien sich Marie wieder etwas zu fassen, und sie begann, ihm von der Begegnung mit dem Bischof zu erzählen. Robert spürte, wie ihn Zorn überkam. Ohne dass es ihm bewusst wurde, ballten sich seine Hände zu Fäusten.

Wie kam der Bischof dazu, Marie mit solchen Vorwürfen zu quälen? Er hatte kein Recht dazu. Was erlaubte er sich nur?

Auf einmal blieb Marie stehen und fasste Robert bei der Hand.

»Gott hat mich mit dieser Krankheit gestraft, und ich bitte Ihn jeden Tag, sie von mir zu nehmen.« Ihr Gesichtsausdruck veränderte sich, als sie mit gesenkter Stimme fortfuhr: »Aber den Bischof hat er auch gestraft, seine Seele ist krank, ich kann es spüren.« Ihre Augen glühten, und ihr Kinn reckte sich entschlossen vor. »Er sagt, ich hätte die Sünde der Eitelkeit begangen, doch davon weiß ich nichts. Ich bin allein Gott gegenüber verantwortlich für meine Sünden.«

Zufrieden bemerkte Robert den Widerstandsgeist, der sich in seiner kleinen Freundin regte. Sie schien nicht länger bereit zu sein, sich wie ein Opferlamm ihrem Schicksal zu fügen.

»Ich sehe, Ihr seid endlich bereit zu kämpfen. Wir werden daher gemeinsam herausfinden, was der Bischof tatsächlich von Euch will. Er steht nicht gerade in dem Ruf, auch nur einen Gedanken an die Armen und Kranken zu verschwenden. Es muss etwas anderes dahinterstecken, und ich bin mir sicher, dass es mit dem König zu tun hat.« Er überlegte eine Weile. »Vielleicht solltet Ihr mit Eurem Vater darüber reden?«

Marie setzte sich erneut in Bewegung.

»Seitdem mich meine Eltern mit diesem schrecklichen Mann verlobt haben, behandeln sie mich, als ob ich nicht mehr vorhanden wäre.«

Vor ihnen tauchte der Fluss auf, eingebettet in fette grüne Wiesen. Der frische, feuchte Wind strich angenehm kühlend über Maries erhitztes Gesicht.

Nachdenklich schlenderten sie an den Färbereien vorbei. Blaue und rote Stoffe hingen zum Trocknen aufgespannt auf Gerüsten aus Holz, danach folgten die gelben. Einige Männer mit krummen Rücken und schwieligen Händen waren gerade dabei, die großen Färberbottiche aufzufüllen, andere walkten die schweren Tücher. Zwischendurch hielten sie immer wieder inne und rieben sich über ihre schmerzenden Rücken.

Neugierige Blicke folgten Marie und Robert. und manch einer der Arbeiter wünschte sich, mit dem adligen Herrn zu tauschen, um wenigstens einmal in seinem Leben am helllichten Tag völlig sorglos mit einem schönen Mädchen am Fluss entlangschlendern zu können.

Der Spaziergang tat Marie gut, und auch Robert schien ihn zu genießen. Ein großer Steinadler zog langsam seine Kreise über dem glitzernden Fluss, und Marie beobachtete mit zunehmender Begeisterung seinen Flug.

»Wäre es nicht wunderbar, einmal wie dieser Adler über den Wolken schweben zu können und Gott ganz nah zu sein?«

Robert lächelte über ihren Eifer. Er nahm ihre Hand und erzählte ihr die Geschichte von Wieland dem Schmied und seinem Sohn, die den gleichen Traum hatten wie sie und ihn eines Tages zu verwirklichen versuchten.

»Wenn Gott gewollt hätte, dass wir fliegen können, hätte Er uns Flügel gegeben wie den Vögeln«, schloss er lächelnd seine Erzählung ab.

»Aber Er hat uns unsere Träume gegeben«, beharrte Marie. »Meine Mutter schimpft mit mir, wenn ich tagsüber manchmal träume, aber es geschieht einfach, ohne dass ich etwas dagegen tun kann.« Noch nie hatte Marie bei einem ihrer Zusammentreffen so viel geredet wie an diesem Tag.

Robert genoss es, ihrer hellen Stimme zu lauschen und mehr von ihren Träumen und Gedanken zu erfahren. Erst als die Dämmerung sich unmerklich herabsenkte und die friedliche Landschaft in ein geheimnisvolles Grau tauchte, kehrten sie in die Stadt zurück.

Robert begleitete sie nach Hause. Es war jetzt fast dunkel. In den Häusern wurden die ersten Talglampen entzündet, deren Licht durch die schmalen Fenster aber nur schwach nach draußen drang.

»Es wäre besser, wenn Ihr die Kathedrale eine Weile meiden und dem Bischof aus dem Wege gehen würdet«, warnte er sie.

Ein Schatten glitt über Maries Gesicht.

»Dann werde ich Euch nicht mehr sehen«, erwiderte sie traurig.

»Wir könnten uns woanders treffen«, schlug er vor. »Vielleicht am Brunnen oder besser am Salzmarkt, dort sind weniger Menschen.«

Marie strahlte ihn an.

»Dann sehen wir uns also morgen, zur fünften Stunde.« Sie winkte ihm noch einmal zu, bevor sie im Haus verschwand.

Fröhlich vor sich hin pfeifend schlenderte Robert zurück in die Heilige Stadt.

Im Dormitorium erwartete ihn eine Nachricht von seinem Vater, die ihn schmerzhaft in die Wirklichkeit zurückbrachte. Guido de Forez teilte ihm mit knappen Worten mit, dass seine Braut Philippa, die vierte Tochter des Grafen von Ponthieu, am Sonntag nach Dreikönig in der väterlichen Burg eintreffen würde. Bis dahin würde er sein Quadrivium beendet haben und sich endgültig von Marie trennen müssen. Und auch Marie würde nach dem Willen ihrer Eltern im Frühjahr vermählt werden.

Der Gedanke, sie in den Händen eines anderen Mannes zu wissen, war ihm unerträglich. Zwar versuchte er, sich damit zu trösten, dass dieser Tag noch weit entfernt war, doch es gelang ihm nicht.

16

Als Marie weder am nächsten noch am übernächsten Tag in der Kathedrale erschien, sandte Radulfus einen seiner Spione mit dem Auftrag aus, das Haus der Machauts zu überwachen. Immer wieder erschien das Bild der jungen Frau vor seinen Augen. Ihre schon fast überirdische Unschuld berührte sein kaltes Herz und rief ihm schmerzhaft seine furchtbaren Sünden ins Bewusstsein. Der Gedanke an Marie ließ sogar alle seine Ränke gegen die Stadtobrigkeit in den Hintergrund treten und ihn seinen Ärger über den Beistandspakt der Kaufleute und Aristokraten vergessen, die sich immer dann einig waren, wenn es darum ging, die Macht der Kirche zu untergraben.

Mit finsterer Miene schlich er durch die Kathedrale und wartete darauf, dass Marie erschien.

Schließlich erfuhr er von seinem Spion, dass sich Marie jeden Tag zur fünften Stunde mit einem jungen Edelmann am Salzmarkt traf. Ob er sich so in ihr getäuscht hatte? War sie doch nur eine Hure wie alle anderen? Eine heiße Hündin, die voll sündiger Leidenschaft der Umarmung eines Mannes entgegenfieberte?

Rasch tauschte er seinen pelzverbrämten Umhang gegen einen schlichten braunen ein, der weniger Aufsehen erregen würde, und verbarg das schwere silberne Kreuz unter seiner Kutte. Er sah jetzt aus wie ein einfacher Mönch und gelangte auf diese Weise unerkannt zum Salzmarkt.

Robert war noch nicht erschienen, und Marie betrachtete das geschäftige Treiben um sich herum. Jeder Haushalt brauchte Salz, aber man konnte sich gut einen Vorrat davon anlegen und musste es nicht täglich einkaufen gehen, weshalb es an den Salzständen auch wesentlich ruhiger zuging als vor den Obst- und Fleischständen.

Eine Weile lauschte sie dem metallischen Hämmern der Schmiede und Pfannenschläger, das bis hierher drang und vermischt mit dem an- und abschwellenden Stimmengewirr eine eigenartige Melodie ergab.

Da legte sich auf einmal unvermittelt ein Schatten, der von einem eisigen Hauch begleitet wurde, auf Marie. Fröstelnd zog sie die Schultern hoch. Noch bevor sie sich umwandte, wusste sie bereits, wem der Schatten gehörte.

Sie wurde steif vor Schreck. Verzweifelt richtete sie ihren Blick auf die Bäckergasse, die auf den Marktplatz mündete, und hoffte, Robert dort entdecken zu können. Er war sicher schon unterwegs und würde jeden Moment auftauchen.

Ein Ochsenkarren ratterte vorbei und versperrte ihr die Sicht. Ihm folgten eine Schar schnatternder Mägde und weitere Fuhrwerke.

Sie konnte nicht ahnen, dass Radulfus Bruder Gregor befohlen hatte, Robert aufzuhalten.

Radulfus' Blick glitt über das Mädchen, das starr und weiß wie frisch gefallener Schnee vor ihm stand. Das blaue Samtkleid unterstrich ihre madonnenhafte Erscheinung und ließ sein Herz schneller schlagen. Der schmale bronzene Reif auf ihrem Kopf erschien ihm wie ein Heiligenschein. Er beugte sich so nah an sie heran, dass sein Mund ihre Wange streifte.

»Ich habe Euch gesagt, dass Ihr nicht vor mir weglaufen könnt. Ich werde Euch immer finden.« Seine Stimme klang seltsam weich, trotzdem lief Marie ein kalter Schauer den Rücken entlang, und ihre Nackenhaare sträubten sich. Immer noch stand sie wie festgewachsen, nur ihre Augen suchten den Markt weiterhin nach Robert ab.

Doch die Sicht war ihr versperrt, nachdem eine Gruppe barfüßiger Bettelmönche nicht weit von ihr entfernt stehen geblieben war, weil sie von zwei Frauen angesprochen worden war. Eine der Frauen hielt zwei kopflose Hühner in der Hand, die sie dem offensichtlichen Anführer der Mönche reichte. Der Mönch hob segnend die Hand und schickte einen dankbaren Blick zum Himmel, worauf sich die beiden Frauen bekreuzigten und verschwanden. Endlich setzten sich auch die Mönche in Bewegung und gaben den Blick auf die Bäckergasse wieder frei.

Noch nie hatte Robert sie warten lassen.

Radulfus schienen ihre suchenden Blicke nicht entgangen zu sein.

»Wenn Ihr auf Euren Freund wartet, muss ich Euch enttäuschen, er wird nicht kommen«, erklärte er ihr mitleidlos.

Allein der Gedanke an den Kathedralenschüler löste heftige Hassgefühle in ihm aus. Am liebsten hätte er ihn beseitigen lassen, aber sein Verstand warnte ihn davor, eine unüberlegte Handlung zu begehen.

Roberts Familie besaß großen Einfluss, und sie würde seinen Tod nicht ohne Weiteres hinnehmen. Ganz sicher würde sie lästige Nachforschungen anstellen, und zum Glück gab es ja noch andere Möglichkeiten, den jungen Mann von dem Mädchen fernzuhalten.

Maries Gesicht wurde noch blasser. Radulfus beobachtete jede Regung in dem fein geschnittenen Antlitz, und heißes Verlangen stieg in ihm hoch, zusammen mit der vagen

Hoffnung, an ihrer Unschuld teilzuhaben, um den Folgen seiner Sünden doch noch zu entgehen. Er verdrängte den Gedanken an das ewige Feuer der Hölle, das ihn Nacht für Nacht aus dem Schlaf schrecken ließ, und vor seinen Augen stieg golden das himmlische Jerusalem auf. Das Mädchen würde ihm helfen, seine Seele von der schrecklichen Schuld, die er auf sich geladen hatte, reinzuwaschen. Vor so viel Reinheit musste selbst Gott kapitulieren. Fiebrig glitten seine Augen über Marie.

»Ihr braucht Euch nicht vor mir zu fürchten«, sagte er sanft. »Ich bin nur gekommen, weil ich mir Sorgen um Euer Seelenheil mache und Euch auf den rechten Weg zurückführen will. Der Teufel will Euch nämlich versuchen und hält Euch in Gestalt des jungen Mannes von Euren frommen Gebeten in der Kathedrale fern. Noch ist es nicht zu spät umzukehren.«

Ein warmer Sonnenstrahl fiel auf Maries Gesicht, und sie schloss geblendet ihre Augen. Als sie sie wieder öffnete, war Radulfus verschwunden.

Verwirrt lief sie durch die Gassen und stand schließlich mit klopfendem Herzen vor der Kathedrale. Zufrieden beobachtete Radulfus, wie sie nach kurzem Zögern durch das Portal schritt und demütig vor der Heiligen Jungfrau niedersank.

Er konnte seine Augen nicht von ihr lassen. Ihr Anblick wärmte sein Herz und erfüllte ihn mit dumpfer Hoffnung.

Eine Gruppe Frauen war hinter Marie getreten, sodass er sie eine Weile nicht sehen konnte. Deren Kleidung nach zu urteilen, handelte es sich um Mägde, die den Gang zum Markt nutzten, um bei der Heiligen Jungfrau vorbeizugehen und ihr ihre Wünsche und Sorgen mitzuteilen. Genauso schnell, wie sie gekommen waren, waren sie auch schon wieder verschwunden. Zurück blieb nur eine junge Frau in einem safrangelben Umhang, die er zuvor nicht bemerkt hatte.

Die Frau kniete neben Marie nieder und musterte sie verstohlen von der Seite. Dann sagte sie einige Worte zu ihr, die er nicht verstehen konnte.

Marie wandte ihren Kopf und sah die junge Frau verwundert an.

Lautlos trat Radulfus näher. Das Gesicht der jungen Frau war geschminkt. Sie war eine Hure, worüber auch ihr bürgerlicher Umhang nicht hinwegtäuschen konnte. Marie erwiderte etwas, jedoch zu leise, als dass es Radulfus hätte hören können.

Die Hure erhob sich daraufhin und reichte Marie beide Hände. Sie lächelte scheu, als Marie ihre Geste erwiderte und die Hände der Frau in die ihren nahm.

»Betet für mich, ich bitte Euch«, bat sie demütig und wandte sich dann zum Gehen.

Ohne lange zu überlegen, folgte Radulfus ihr in Richtung Ausgang. Er musste einfach in Erfahrung bringen, was die Hure von Marie gewollt hatte.

Einem dunklen, lautlosen Schatten gleich, ging er ihr nach, bis sie schließlich im Hinterausgang einer heruntergekommenen Schenke verschwand.

Nur einmal hatte sie sich umgewandt und sich misstrauisch umgesehen. Doch es war Radulfus gerade noch rechtzeitig gelungen, sich hinter einem Mauervorsprung zu verbergen.

Er zog sich die Kapuze tiefer ins Gesicht und betrat die Schenke. Seine Augen brauchten einen Moment, um sich an das vorherrschende Dämmerlicht in dem niedrigen Schankraum zu gewöhnen. Das warm flackernde Feuer war noch das Freundlichste in dem verdreckten, ansonsten nur von einem Kienspan beleuchteten Raum. Ein paar klapprige Schemel standen um grob zusammengehauene Holztische, auf denen Essensreste und verschütteter Wein klebten.

Die zwei düsteren Gestalten in der Ecke neben dem aus römischen Backsteinen gemauerten Kamin hatten ihr Gesicht bei seinem Eintritt abgewandt, so als wollten sie vermeiden, erkannt zu werden. Aus großen Krügen tranken sie Wein und flüsterten leise miteinander, nicht ohne dem Neuankömmling jedoch immer wieder versteckte, misstrauische Blicke zuzuwerfen.

Der schief aufgehängte Vorhang hinter der niedrigen Holztheke bewegte sich, und ein Kerl mit fettigen gelben Haaren und mürrischem Gesicht trat dahinter hervor. Er schien geschlafen zu haben, denn er rieb sich mehrmals über die geröteten Augen. Mit einem raschen Blick musterte er den Mönch. Das Urteil, zu dem er gekommen war, schien ihn zu belustigen, denn sein verknittertes Gesicht verzog sich zu einem grimmigen Lächeln. »Ein Mädchen?«, fragte er schnarrend.

Radulfus nickte und warf einen Sous auf den Tresen.

Er stand mit dem Rücken zu der Funzel und achtete sorgsam darauf, dass sein Gesicht stets im Schatten lag. Der Wirt nahm die Münze und ließ sie unter seiner speckigen Schürze verschwinden.

»Da hinaus und die Treppe hoch. Constance ist gerade frei.«

Radulfus bewegte sich zum Hinterausgang. Er hörte noch, wie der Wirt einen Stock nahm und dreimal an die Decke klopfte. Das Zeichen für die Mädchen, dass ein Kunde zu ihnen unterwegs war.

Ein paar Hühner stolzierten auf der Suche nach etwas Essbarem gackernd in dem kleinen Hof herum und scharrten mit ihren Füßen im Dreck, sonst war weit und breit niemand zu sehen.

Radulfus stieg die schmale Außentreppe hoch und gelangte in einen schmalen muffigen Flur.

Dort erwartete ihn bereits Constance. Sie war nur mit einem Leinenhemd bekleidet. Radulfus erkannte sie sofort. Vor ihm stand die junge Frau, die Marie in der Kathedrale angesprochen hatte. Sie lächelte ihn freudlos an und schloss dann die Türe, die leicht in der Angel knarrte, hinter ihm ab.

Die winzige Kammer wurde von einem Bett ausgefüllt, das erstaunlich sauber wirkte. Unter dem Fenster stand eine Truhe, in der Constance ihre persönlichen Sachen verwahrte und die ihr gleichzeitig als Sitzgelegenheit diente.

Radulfus starrte sie an. Ihre Gesichtszüge waren gut geschnitten. Sie hatte große braune Augen und einen einladenden Mund, dessen rot bemalte, volle Lippen ihn erregten und gleichzeitig abstießen. Sein Blick wanderte tiefer und blieb auf ihren vollen Brüsten hängen. Wie Speerspitzen drückten sich die steil aufgerichteten Brustwarzen provozierend durch das dünne Hemdchen.

Er atmete schneller.

»Leg dich aufs Bett und spreiz die Beine«, forderte er. Seine Stimme klang belegt.

Constance folgte seinem Wunsch. Radulfus starrte sie an. Das Blut schoss ihm in die Lenden und stieg ihm bis in den Kopf.

»Wo hast du die rote Farbe, die du für deine Lippen benutzt?«, fragte er sie. »Ich will, dass du sie dir zwischen die Beine reibst.«

Constance erhob sich ruhig und kam auch diesem Wunsch nach. Wenn sie überrascht war, ließ sie es sich jedenfalls nicht anmerken.

Radulfus begann zu keuchen, als sie provozierend langsam die rote Farbe auf ihren Schamlippen verteilte. Ihr Körper war weiß wie der Leichnam Christi, und das Rot stach wie Blut zwischen ihren Beinen hervor.

Die Wirklichkeit begann sich mit seinen düsteren Träumen und quälenden Ängsten zu vermischen. In seine Augen trat nackte Gier.

Er zog seine Kutte hoch und warf sich auf die Hure. Brutal packte er sie an den Haaren und versetzte ihr einige Ohrfeigen. Constance schrie auf, doch das erregte ihn nur noch mehr. Heftig drang er in sie ein. Seine Stöße waren schnell und kraftvoll, bis er sich schließlich stöhnend in ihr ergoss und über ihr zusammensackte.

Sofort rollte er sich zur Seite und stand auf. Aus schmal zusammengezogenen Augen beobachtete er, wie Constance ihr Hemd wieder anzog.

Sie wich zurück, als er unvermittelt auf sie zutrat.

»Was wollt Ihr denn noch?«, fragte sie unfreundlich. Mit einer blitzschnellen Bewegung griff er in ihre Haare und riss ihr den Kopf nach hinten.

»Die Fragen stelle ich«, erwiderte er schneidend.

Constance erschrak vor der Kälte in seiner Stimme. Ihre Sinne waren angespannt, und instinktiv spürte sie die Gefahr, die von diesem Mann ausging. Entgegen dem, was er vorgab zu sein, war sie sich sicher, keinen Diener Gottes vor sich zu haben. Ein ängstlicher Ausdruck trat in ihre Augen.

Radulfus sah sie drohend an.

»Was wolltest du von dem Mädchen in der Kathedrale?«, fragte er und beobachtete sie dabei ganz genau.

Mit dieser Frage hatte Constance nicht gerechnet. Der Ausdruck in ihren Augen veränderte sich. Überrascht sah sie Radulfus an. Nun war allerhöchste Vorsicht geboten.

»Sie ist eine Heilige«, stieß sie leise hervor.

»Rede weiter«, forderte Radulfus sie auf und zog ihren Kopf nochmals etwas weiter nach hinten. »Warum ist sie eine Heilige?«

Constance schrie vor Schmerz auf.

»Ich hatte schlimme Leibschmerzen und traf sie auf dem Weg zur Kathedrale, wo ich den heiligen Erasmus anflehen wollte, mir zu helfen. Sie blieb stehen und sah mich mit so einem merkwürdigen Blick aus ihren dunklen Augen an. Da habe ich gespürt, wie meine Schmerzen nachließen«, berichtete sie stammelnd.

Radulfus lockerte seinen Griff, um sie besser verstehen zu können, und nickte ihr ungeduldig zu.

»Plötzlich waren meine Schmerzen vollständig verschwunden, aber die Kleine sank zu Boden, wo sie von schrecklichen Krämpfen geschüttelt liegen blieb. Ein junger Mann in teuren Kleidern kam herbeigeeilt und hat sie fortgetragen.«

Immer wieder hatte sie über den seltsamen Vorfall nachgedacht. War es tatsächlich möglich, dass Gott sich auch um Huren wie sie kümmerte? Immerhin hatte Er ihr dieses Mädchen geschickt, das aussah wie ein Engel. Sie bekam Angst um Marie. Auf keinen Fall durfte ihr etwas zustoßen, das Mädchen hatte versprochen, für sie zu beten. Wie ein strahlender Stern war sie in ihr Leben getreten und hatte es für einen Moment mit lichter Wärme erfüllt. Die Hoffnung, dass es noch etwas anderes gab als brutale, geile Männer und verdreckte Hinterhöfe, hatte sie aus ihrer Lethargie gerissen und ihr neuen Mut gegeben.

Was konnte dieser düstere Mönch mit den kalten Augen nur von ihr wollen? Es konnte jedenfalls nichts Gutes sein, das stand fest. Sie musste Marie vor ihm schützen. Alle Angst fiel von ihr ab. Wütend funkelte sie Radulfus an: »Was wollt

Ihr von der Kleinen? Ihr könnt Frauen wie mich haben, um Eure Bedürfnisse zu befriedigen.«

Radulfus zögerte nicht lange. Er löste seine Hände von ihr, doch bevor Constance sich erleichtert aufrichten konnte, packte er mit einer blitzschnellen Bewegung erneut zu.

Ein grässliches Knacken war alles, was zu hören war, dann sank Constance mit gebrochenem Genick zu Boden. In ihren weit geöffneten Augen stand noch immer das Erstaunen, das sie ergriffen hatte, als der Tod sie ereilt hatte.

Radulfus zog sich die Kapuze wieder weit ins Gesicht hinein und verließ die kleine Kammer. Rasch lief er die schmale Stiege hinunter und verschwand durch den Ausgang über dem Hof.

Er war sich sicher, dass ihn niemand bemerkt hatte.

Marie ahnte indessen von alldem nichts. Ihre Gebete zur Heiligen Mutter trösteten sie und gaben ihr neuen Mut. Bevor sie die Kathedrale verließ, betrachtete sie die wunderschön bemalte Holzfigur mit ihren gleichbleibend lächelnden Augen jedoch nochmals eingehend. Neugierige Blicke folgten ihr auf dem Weg zum Ausgang. Wo immer sie vorbeikam, schien es ein klein wenig heller zu werden.

Zu Hause angekommen begab sie sich in die Stube und griff nach ihrer Stickarbeit. Sie war dort ganz allein. Ihre Mutter war mit Agnes und Martha zum Markt gegangen, um einige Besorgungen zu machen, und ihr Vater saß mit Henry im Kontor. Die Stimmen der beiden vermischten sich mit den Geräuschen aus der Küche, wo Elsa dabei war, das Abendessen vorzubereiten.

Während ihre Finger geschickt die Nadel führten, wanderten ihre Gedanken zu Robert und sie begann in aller Ruhe nachzudenken.

»Ich bin sicher, dass das plötzliche Interesse des Bischofs

an Euch etwas mit dem König zu tun hat«, hatte er gesagt und ihr dabei einen so sorgenvollen Blick voller Liebe zugeworfen, dass sie den Bischof darüber ganz vergessen hatte. Dann hatte Robert ihr den Ring von König Ludwig überreicht.

Sie legte ihre Stickarbeit zur Seite und griff nach dem Ring, den sie in ihrem Beutel neben Nadel, Kamm und Pinzette verwahrte. Robert hatte ihr den Ring gegeben, und obwohl er ein Geschenk des Königs war, würde er sie zuallererst immer an Robert erinnern.

Nun betrachtete sie den Ring das erste Mal etwas genauer. Er war aus massivem Gold gearbeitet und lag schwer in ihrer Hand. In seinem Inneren waren winzige Buchstaben eingraviert. Allein die Fassung, die den kostbaren Rubin hielt, war ein Meisterwerk der Goldschmiedekunst. Ehrfürchtig hielt Marie den Ring ins Licht und drehte ihn langsam hin und her. Die einzelnen Facetten des Steins fingen das helle Licht ein und warfen es sprühend und funkelnd zurück.

»Ihr habt die Sünde der Eitelkeit begangen.« Die Worte des Bischofs waren plötzlich in ihrem Kopf. Ob er den Ring damit gemeint hatte? Doch wie konnte er davon wissen? Es gab nur eine Erklärung dafür: Er war damals ebenfalls in der Kathedrale gewesen.

Schlagartig erlosch ihre Freude über die Schönheit des Ringes, und sie ließ ihn achtlos wieder zurück in den Beutel gleiten. Sie würde Robert fragen, was sie mit dem Ring tun sollte.

17

Bruder Gregor hatte Robert zu sich ins Scriptorium bestellt und ihm aufgetragen, die Novizen bei ihrer Arbeit zu beaufsichtigen. Es war nichts Ungewöhnliches, nach dem Unterricht zu solchen Aufgaben herangezogen zu werden, doch an diesem Tag hatte Robert ein ungutes Gefühl beschlichen. Bittend hatte er dabei Bruder Gregor angesehen.

»Es ist nicht so, dass ich mich vor der Pflicht drücken will, aber wäre es nicht möglich, dass jemand anders diese Aufgabe übernehmen könnte? Ich habe eine Verabredung getroffen, die mir sehr wichtig ist.«

Bruder Gregor sah ihn streng an.

»Ein Mädchen also. Besinnt Euch lieber auf Gott, anstatt Euch der Sünde hinzugeben«, tadelte er ihn. Der junge Mann tat ihm leid, und er konnte seine Sorge um Marie gut verstehen, doch Radulfus' Befehl war eindeutig gewesen, und er wagte es nicht, sich ihm zu widersetzen.

Ohne ein weiteres Wort kehrte er Robert den Rücken und ließ ihn mit den Novizen allein. Robert hatte keine Wahl. Er sorgte sich um Marie, die am Salzmarkt auf ihn wartete und nicht verstehen würde, warum er nicht käme.

Lustlos schabten die Novizen die Buchstaben von dem teuren Pergament, das zu kostbar war, um es fortzuwerfen. Wenn die Buchstaben sorgfältig abgeschabt wären, würde man es wiederverwenden können. Es war eine ungeliebte und mühsame Arbeit, die aber von irgendjemand getan werden musste.

Es kam Robert wie eine Ewigkeit vor, bis die Glocken endlich die Vesper einläuteten und die Novizen das Scriptorium verlassen durften.

Robert eilte zum Salzmarkt. Wie er befürchtet hatte, war Marie längst gegangen. Er lief zurück zur Kathedrale, doch auch dort konnte er sie nirgends finden. Am liebsten wäre er zu ihr nach Hause gegangen, doch er wusste, dass das unmöglich war, wollte er Marie nicht in ernsthafte Schwierigkeiten bringen.

Vor dem Portal traf er auf Bernard, der ihm freundschaftlich den Arm um die Schulter legte und bester Laune war. Sein Vater hatte ihm eine größere Summe Geldes gesandt, und er konnte sich endlich wieder in den Schenken amüsieren, ohne auf jeden einzelnen Sous achten zu müssen.

»Was für ein Furz sitzt Euch denn quer?«, fragte Bernard nach einem Blick in Roberts grimmiges Gesicht und bedachte ihn mit einem aufmunternden Lächeln. Insgeheim bewunderte er Robert wegen dessen Gelehrsamkeit, vor allem aber war er ihm für die Geduld dankbar, die er aufgebracht hatte, um ihm die Grundlagen der Arithmetik und Geometrie zu erklären. Ohne Robert hätte er sein Studium schon längst aufgegeben, aber Robert war es im Laufe der Zeit sogar gelungen, ein wenig Begeisterung für die hohen Künste der Wissenschaft in ihm zu wecken.

Robert überlegte einen Moment. Bernard war der einzige Freund, den er hier hatte, und wenn er auch oft den Anschein erweckte, leichtfertig zu sein, wusste Robert doch, wie mitfühlend und treu er sein konnte. Ob er es wagen konnte, sich ihm anzuvertrauen? Er beschloss, das Risiko einzugehen, vielleicht würde Bernard ihm ja tatsächlich einen Rat geben können.

»Es gibt tatsächlich etwas, das mir Sorgen bereitet. Ich kann doch auf Eure Verschwiegenheit zählen?«

Bernard hob übertrieben theatralisch die rechte Hand.

»Kein Wort wird über meine Lippen kommen, ich schwöre es bei Gott und allen Heiligen.« Neugierig geworden sah er den Freund an. »Jetzt redet schon, vielleicht kann ich Euch von Eurer Sorge befreien, und Ihr hört endlich auf herumzulaufen, als trüget Ihr die Schuld aller Sünder allein auf Eurem Buckel.«

Roberts Mund verzog sich zu einem grimmigen Lächeln.

»Lasst uns ein Stück gehen, hier haben die Wände Ohren.«

»Ihr macht es aber spannend.« Bernard platzte beinahe vor Neugier. Ungeduldig wartete er darauf, dass Robert zu reden begann.

»Ihr habt mich einmal gefragt, ob es ein Mädchen in meinem Leben gibt, nun, es gibt tatsächlich eines, das mir sehr viel bedeutet.«

Bernard zwinkerte ihm verständnisinnig zu.

»Es ist nicht, wie Ihr denkt«, wies Robert ihn ein wenig verlegen zurecht. »Unsere Freundschaft ist frei von jeder Sünde.«

Es gelang Bernard nur mit Mühe, ein Grinsen zu unterdrücken. Sein braver, verträumter Freund war noch unschuldiger als die unschuldigste Jungfrau in der Stadt. Es wurde Zeit, dass endlich einmal jemand einen richtigen Mann aus ihm machte. Seiner Meinung nach verbrachte Robert viel zu viel Zeit in der Bibliothek und in der Schreibstube und bekam vom Leben in der Stadt zu wenig mit.

Eine hübsche Magd kam ihnen entgegen. Sie trug einen

Korb nasser Wäsche am Arm, die sie am Gemeinschaftsbrunnen gewaschen hatte. Im Vorbeigehen warf sie Bernard einen bewundernden Blick zu, den er erfreut erwiderte.

»Ich würde Euch gerne tragen helfen, meine Schöne, aber leider gibt es noch eine dringende Angelegenheit, die meine gesamte Aufmerksamkeit verlangt, vielleicht ein anderes Mal?« Er schenkte ihr ein strahlendes Lächeln und genoss es sichtlich, dass sie unter seinem Blick errötete. Lächelnd sah er ihr nach, bis sie zwischen einer Schar ehrwürdiger Schwestern verschwand.

Dann erst wandte er sich wieder Robert zu, der unwillig die Brauen hochgezogen hatte.

»Ich bin eben anders als Ihr«, meinte er entschuldigend. »Doch redet nur weiter, ich bitte Euch.«

Robert räusperte sich einige Male, bevor er fortfuhr:

»Vor einiger Zeit hat König Ludwig der Kathedrale einen Besuch abgestattet.«

»Davon habe ich gar nichts gehört«, unterbrach Bernard ihn aufgeregt. »Wie ist der König denn so? Glaubt Ihr, dass er ein guter Feldherr sein wird? Oder ist er so fromm, wie man sich erzählt, und es wäre besser, er würde in ein Kloster gehen, anstatt einen Kreuzzug zu führen?« Er öffnete den Mund, um weitere Fragen zu stellen, doch Robert fiel ihm ins Wort. »Ich habe nur kurz mit ihm gesprochen, aber er schien mir ein außergewöhnlicher Mann zu sein. Doch hört endlich auf, mich ständig zu unterbrechen.« Robert war stehen geblieben. Sein Blick richtete sich auf einen Punkt hinter Bernard.

Sie befanden sich in der Judengasse, die nicht weit von Maries Elternhaus entfernt lag. Ohne dass es ihm bewusst geworden war, hatte er diesen Weg eingeschlagen. Einige Kinder rannten die Gasse hinauf, doch sie verbreiteten weniger

Lärm, als man es sonst von Kindern gewohnt war. Überhaupt war es in der Umgebung der Juden sonderbar still und auch weniger schmutzig. Es gab keine Hühner und keine Schweine hier, weshalb die Straße auch von deren Exkrementen frei war. Ebenso kam hier niemand auf die Idee, seine Abfälle oder die eigenen Exkremente achtlos aus dem Fenster zu werfen, wie es allgemein üblich war.

Die schlichten Steinhäuser wirkten trotz ihrer Größe unauffällig, aber auch ein wenig abweisend, was an den Fensteröffnungen lag, die so schmal waren, dass nicht einmal ein Kind durch sie hindurchschlüpfen konnte.

Die Leute erzählten sich, dass alle Judenhäuser durch unterirdische Gänge miteinander verbunden wären, und obwohl niemand von ihnen diese angeblichen Geheimgänge jemals gesehen hatte, hielten sich die Gerüchte hartnäckig.

Bernards Geduld wurde auf eine harte Probe gestellt, während er darauf wartete, dass Robert weitersprach. Aber der Freund schien mit seinen Gedanken weit fort zu sein, und so räusperte er sich einige Male, um dessen Aufmerksamkeit wieder auf sich zu ziehen.

Roberts Gedanken waren währenddessen zu dem Tag zurückgewandert, an dem er dem König begegnet war, und er versuchte zu verstehen, was damals wirklich geschehen war. Er sah Marie auf dem kalten Boden der Kathedrale liegen und neben ihr König Ludwig mit seinem Seneschall und dem Bischof stehen.

»Der König hat mir einen rubinbesetzten goldenen Ring für Marie gegeben und mir befohlen, ihn ihm sofort zuzusenden, sollte Marie jemals in großer Gefahr sein und seine Hilfe benötigen.«

Ratlos sah er Bernard an, der nicht verstand, wovon sein Freund überhaupt sprach.

»Jedenfalls ist Radulfus durch diesen Vorfall auf Marie aufmerksam geworden, und wir wissen beide nicht, was er von ihr will. Er verfolgt sie regelrecht und bedrängt sie. Ich mache mir große Sorgen, Marie ist so zart und verletzlich, und ich habe versprochen, sie zu beschützen.«

Bernard hatte ihm aufmerksam zugehört, seine Neugier war erwacht.

Aufmunternd zwinkerte er dem Freund zu.

»Jetzt erzählt mir alles noch einmal der Reihe nach, damit ich endlich verstehen kann, worum es genau geht.«

Ein feiner Nieselregen setzte ein, doch die beiden Freunde waren so in ihr Gespräch vertieft, dass sie ihn weder jetzt noch später bemerkten, als er stärker zu fallen begann.

Bernard wusste, dass Robert sich nicht um das Gerede der Leute kümmerte. Außerdem war er viel zu sehr mit seinem Studium beschäftigt, um diesen Dingen Beachtung zu schenken. Aus diesem Grund konnte er auch nichts von den Gerüchten ahnen, die sich um den Bischof rankten: Immer wieder waren blutjunge Mädchen verschwunden und nie wieder aufgetaucht. Unter vorgehaltener Hand wurde jedoch gemunkelt, dass man sie zuletzt allesamt jeweils im Bischofspalast gesehen hatte.

Roberts Sorge um das Mädchen war demzufolge mehr als berechtigt, sollten die Gerüchte auch nur ein Fünkchen Wahrheit enthalten, und daran zweifelte Bernard nicht einen Moment.

»Wenn Euch die Kleine wirklich so wichtig ist, solltet Ihr sie aus der Stadt schaffen«, sagte er, bereute seine Worte im gleichen Moment aber auch schon wieder, denn er hatte seinen Freund nicht noch mehr beunruhigen wollen. Doch dafür war es jetzt zu spät.

Robert sah ihn erschrocken an.

»Glaubt Ihr, dass Radulfus so gefährlich ist?«, wollte er wissen.

»Es gibt Leute, die behaupten, dass er dem Schoß der Hölle selbst entsprungen ist«, erwiderte Bernard ehrlich und beruhigte sich wieder etwas. Es hatte keinen Sinn, Robert etwas vorzumachen, wenn er ihm wirklich helfen wollte.

»Wie stellt Ihr Euch das vor? Marie ist verlobt und wird bald heiraten, und wohin sollte ich sie außerdem bringen? Zumal ich nicht einmal weiß, ob sie überhaupt fortwill.« Die verschiedensten Gedanken wirbelten ihm durch den Kopf. Er atmete einige Male tief durch, um ruhiger zu werden und besser nachdenken zu können.

»Dann sprecht mit ihren Eltern, vielleicht haben diese ja genügend Einfluss, um Marie zu schützen? Oder mit Eurem Vater? Er pflegt doch die besten Beziehungen, bis hin zum Königshaus«, schlug Bernard vor.

Auf Roberts hoher Stirn kräuselten sich Sorgenfalten.

»Das wäre sinnlos. Sie würden es nicht verstehen.«

Während sie miteinander sprachen, waren sie unentwegt weitergelaufen. Längst hatten sie die Judengasse wieder verlassen, und die Gassen wurden schmaler und dunkler, je weiter sie kamen. Gleich würden sie das Viertel der Gerber und Abdecker erreichen, das kein Bürger jemals ohne zwingenden Grund betrat.

Auf der linken Seite lag etwas zurückgesetzt eine heruntergekommene Schenke, der ein neuer Anstrich keinesfalls geschadet hätte. Die Inschrift auf dem schief hängenden Schild, das unter dem mit Stroh gedeckten Dach baumelte, war bereits so verwittert, dass man sie kaum noch lesen konnte.

Die beiden Fensterläden neben der Türe waren geschlossen. Obwohl es an diesem Haus nichts gab, das einen zum Bleiben einlud, war Bernard davor stehen geblieben.

»Lasst uns dort hineingehen und etwas trinken, meine Kehle ist schon ganz ausgedörrt von dem vielen Reden.«

Seine letzten Worte gingen in lautem Hufgeklapper unter. Der Schinderwagen bahnte sich mühsam seinen Weg durch den Schlamm und hielt direkt vor der Schenke an. Er schien bereits erwartet worden zu sein, denn er war noch nicht ganz zum Stehen gekommen, als schon zwei Männer aus der Schenke kamen, die eine Frauenleiche an Füßen und Händen gepackt hielten und zum Wagen trugen.

Mit unbewegten Gesichtern traten sie von hinten an den Karren heran und beförderten ihre Last mit einem Schwung auf die mit dunklen Flecken übersäte Ladefläche. Dabei verrutschte das Tuch, das um die Leiche herumgewickelt worden war, und gab den Blick auf ihr Gesicht frei. Es handelte sich zweifelsfrei um eine Hure. Sie war noch jung, und Bernard hob bedauernd die Schultern. »Schade um das schöne Kind«, bemerkte er trocken. »Ich habe gar nicht gewusst, dass es hier solche Mädchen gibt.«

Robert gab ihm keine Antwort. Nachdenklich starrte er auf die Tote. Ihr Gesicht kam ihm bekannt vor, doch er konnte sich nicht mehr daran erinnern, wo er es schon einmal gesehen hatte. Einer der Männer zog ihr das Tuch wieder über den Kopf.

»Ihr könnt losfahren«, brüllte er dem Schinder zu, ohne ihn dabei anzusehen. Aber der Schinder war es gewohnt, dass es normalerweise jeder anständige Bürger vermied, ihm offen in die Augen zu sehen. Er knallte mit der Peitsche, worauf sich sein Pferd wieder in Bewegung setzte und der Wagen rumpelnd davonfuhr.

»Wenn ich nur wüsste, wo ich ihr Gesicht schon einmal gesehen habe«, überlegte Robert laut.

Bernard schlug ihm fröhlich auf die Schulter.

»Besucht Ihr vielleicht heimlich die Schenken der Stadt, ohne Eure Freunde an Euren Vergnügungen teilhaben zu lassen?«, scherzte er, ohne eine Antwort auf seine Frage zu erwarten. »Jetzt kommt endlich, ich habe Durst.«

Er zog Robert mit sich in die Schenke, die von innen noch weniger einladend wirkte als von außen.

Die beiden Männer, die die Leiche des Mädchens auf den Wagen geworfen hatten, saßen jetzt neben dem Kamin. Sie waren die einzigen Gäste, und der Wirt hatte ihnen gerade neuen Wein gebracht. Als die Türe geöffnet wurde, wandte er sich um und starrte den beiden vornehm gekleideten Jünglingen grimmig entgegen.

»Wir haben geschlossen«, beschied er ihnen sehr unfreundlich.

»Wir möchten nur einen Krug Wein trinken«, erwiderte Bernard ungerührt und warf einen Silberpfennig auf die verdreckte Theke. Dann ging er zusammen mit Robert an einen der Tische und setzte sich. Der Wirt gab nach. Er hatte keine Lust, sich wegen einiger Krüge Wein Ärger einzuhandeln, davon hatte er bereits genug. Sein bestes Mädchen war ermordet worden, und es würde nicht leicht sein, einen gleichwertigen Ersatz für sie zu finden.

Leise fluchend füllte er zwei Krüge mit Wein und brachte sie an den Tisch. Bernard nahm einen großen Schluck, während Robert noch immer nachdenklich auf den fleckigen Tisch starrte. Plötzlich schlug er sich mit der Hand an die Stirn. »Jetzt weiß ich, wo ich das Mädchen schon einmal gesehen habe«, stieß er aufgeregt hervor.

»Welches Mädchen?« Bernard nahm noch einen großen Schluck aus seinem Krug.

»Das Mädchen, das die beiden da drüben eben herausgetragen haben.« Die Männer am Kamin wandten neugierig ihre Köpfe, und auch der Wirt trat schlurfend näher.

Bernard stand auf.

»Nicht hier«, wisperte er warnend. »Lasst uns draußen weiterreden.«

Robert sah ihn verständnislos an. Er begriff nicht, warum Bernard es auf einmal so eilig hatte.

Doch schon baute sich der Wirt drohend vor ihrem Tisch auf. Er packte Bernard am Arm.

» Nicht so eilig, Bürschchen. Erst erzählt ihr mir, was ihr über meine arme Constance wisst. Kennt ihr etwa ihren Mörder, den feinen Mönch? Oder steckt ihr gar mit ihm unter einer Decke?« Grimmig beugte er sich vor. Sein fauliger Atem schlug Bernard ins Gesicht, das sich angewidert verzog.

Angeekelt wandte er seinen Kopf und befreite sich mit einem Ruck aus dem Griff des Wirtes, den er um einen halben Kopf überragte.

»Wagt es nicht, mich noch einmal anzufassen, Ihr würdet es sonst bereuen«, schrie er wütend.

Der Wirt schien nicht sonderlich beeindruckt. Auf eine knappe Bewegung seines Kopfes sprangen die beiden Männer am Kamin auf und stellten sich links und rechts neben ihn. In der Hand des Kleineren blitzte eine Klinge auf.

»Hier erteile ich die Befehle, junger Herr, und ich will jetzt wissen, wer dieser Mönch ist, der meine Constance ermordet hat.«

Bernard funkelte den Wirt wütend an. Dann warf er den beiden Männern einen abschätzenden Blick zu. Ihre dunklen Umhänge starrten vor Dreck, und sie sahen nicht so aus, als würden sie einem ehrlichen Handwerk nachgehen. Sie waren eindeutig betrunken und nicht annähernd so kräftig wie er. Besonders der Größere von ihnen, mit den verfilzten Haaren, hatte bereits Mühe, das Gleichgewicht zu wahren, und wankte leicht, während er ihn aus glasigen Augen anglotzte. Er würde kein Problem mit ihnen haben. Robert bräuchte nur den Schenkenwirt zu übernehmen, dem er an Kraft und Schnelligkeit bei Weitem überlegen war. Um das Messer machte er sich keine Gedanken. Er würde es dem Kleineren aus der Hand schlagen, noch bevor dieser überhaupt reagieren konnte.

Robert kannte Bernard gut genug, um zu wissen, dass er keiner Prügelei aus dem Weg ging. Deshalb legte er ihm die Hand auf die Schulter und drückte ihn auf seinen Stuhl zurück. Dabei sah er dem Wirt fest in die wässrigen Augen.

»Auch ich würde gerne wissen, wer dieser Mönch ist, von dem Ihr sprecht. Wir sind zufällig hier vorbeigekommen und haben das Gesicht des Mädchens auf dem Wagen des Schinders gesehen«, antwortete er ruhig. »Sie kam mir irgendwie bekannt vor, und eben ist mir eingefallen, wo ich sie schon einmal gesehen habe. Es war vor einigen Tagen in der Gasse der Tuchhändler. Mehr kann ich Euch nicht sagen.«

Der Wirt zögerte. Die Worte des jungen Mannes klangen ehrlich.

»Nimm das Messer weg«, befahl er mit einem Blick auf den kleineren der beiden Männer. Der Mann befolgte den Befehl und steckte das Messer zurück in die lederne Scheide, die er unter seinem Umhang trug.

»Der Mönch war groß und hager«, begann der Wirt. »Sein Gesicht konnte ich nicht erkennen, weil er eine Kapuze trug.« Angestrengt dachte er nach. »Wenn ich mich recht erinnere, besaß er eine ziemlich hässliche Nase.« Robert versuchte, seine Aufregung zu unterdrücken. Das war schlichtweg nicht möglich. Aber auch die weitere Beschreibung des Wirtes passte genau auf Radulfus. Doch welchen Grund sollte der Bischof haben, eine Hure zu ermorden? Selbst wenn er einen Grund dafür gehabt hätte, würde sich ein Mann in seiner Position gewiss niemals selbst die Hände schmutzig machen. Wie kam er überhaupt auf solche Gedanken? Radulfus war ein Mann der Kirche, er würde niemals sein Gewissen mit einem Mord belasten. Mord war eine Todsünde, die man bei keinem noch so einfallsreichen Ablasshändler der Welt wieder loswerden konnte.

Er atmete tief durch, dann sah er den Wirt voller Bedauern an.

»Es tut mir leid, doch ich kenne keinen Mönch, auf den diese Beschreibung passt.« Das war nicht einmal gelogen, denn Radulfus war Bischof und kein Mönch.

»Ist schon gut, ich glaube Euch.« Der Wirt sank in sich zusammen, und der grimmige Ausdruck in seinem Gesicht löste sich in einer Welle von Selbstmitleid auf.

»Es gibt genauso viele geile Mönche wie Schweine in der Stadt, und wer sagt uns, dass er überhaupt ein Mönch war? Schließlich gibt es nichts Einfacheres, als sich eine Kutte überzuwerfen, um nicht erkannt zu werden.«

Aus feuchten Augen sah er Robert an. »Setzt Euch zu uns und lasst uns zusammen trinken, das ist immer noch die beste Art, um dieses unglückselige Ereignis so schnell wie möglich zu vergessen.«

Robert winkte mit einer raschen Handbewegung ab.

»Es ist sehr freundlich von Euch, uns einzuladen, doch wir haben noch etwas Wichtiges zu erledigen«, entschuldigte er sich und Bernard. Er murmelte noch einen Abschiedsgruß, dann verließ er, gefolgt von seinem Freund, die Schenke.

Sie waren kaum vor der Tür, als Bernard sich aufgeregt an Robert wandte: »Denkt Ihr das Gleiche wie ich? Ich habe recht gehabt, Radulfus hat den Teufel in sich.«

»Es gibt noch mehr Männer in der Stadt, die eine hässliche Nase besitzen«, gab Robert zu bedenken.

»Aber Ihr habt doch selbst auf die Verbindung zwischen ihm, Marie und der Hure hingewiesen«, beharrte Bernard, der keinerlei Skrupel wegen seiner schon fast ketzerischen Gedanken zu haben schien. Robert war jedoch nicht sehr überzeugt.

»Radulfus ist ein Mann Gottes, aus welchem Grund sollte er eine Hure ermorden?«

»Ein Mann Gottes ist jemand, der wie ein Mann Gottes handelt, und nicht jemand, der sich eine Kutte überwirft, um so auszusehen. Jedermann weiß, dass der Bischof rücksichtslos und grausam ist und sich mit Unmengen von Opium und Wein betäubt, wodurch er nochmals unberechenbarer wird, als er eh schon ist.«

Es wurde höchste Zeit, Robert aus seiner Traumwelt zu reißen. Er musste endlich begreifen, wie schlecht die Menschen wirklich waren.

»Was glaubt Ihr eigentlich, warum immer mehr Menschen den Bettelmönchen folgen? Weil sie barfuß und ohne Besitz das Wort Gottes leben und nicht in pelzverbrämten Umhängen und mit vollen Bäuchen um weltliche Macht rangeln, anstatt den Menschen Trost zu spenden. Selbst der Mob hat es mittlerweile begriffen und spendet sein Geld lieber den minderen Brüdern als der Kirche.«

Robert wirkte überrascht.

»Über diese Dinge habe ich mir tatsächlich noch keine Gedanken gemacht«, murmelte er nachdenklich.

»Ich habe es Euch schon oft gesagt, Ihr seid so mit

Eurem Studium beschäftigt, dass Ihr das wirkliche Leben ganz darüber vergesst.« Bernard grinste breit. Seine Augen funkelten vergnügt. »Jetzt guckt nicht so entsetzt, Ihr habt ja mich, und ich weiß, wo es langgeht, vertraut mir einfach. Mir wird schon etwas einfallen.«

Im Ton eines Lehrmeisters begann er zu zitieren: »Nur durch Anschauen sehe ich nicht, welcher Art ein Gegenstand ist, genauso wenig wie ich spüre, wie ein Gegenstand schmeckt, wenn ich nur meine Augen einsetze, um ihn zu erkennen. Dennoch lassen sich Substanzen wahrnehmen.«

Seine Stimme klang ernst, als er weitersprach: »Machen wir einmal den Bischof zum Gegenstand unserer Betrachtung. Wir sehen ihn so, wie er möchte, dass wir ihn sehen, und wir hören nur, was er uns sagt, können aber nicht wissen, was er wirklich denkt. Wenn in seiner Stimme aber ein Hauch von Lüge mitschwingt und die Kälte in seinen Augen seine offenkundige Barmherzigkeit Lügen straft, können wir sein wahres Wesen trotzdem wahrnehmen.«

Robert musste wider Willen lachen.

»Das Studium hat Euch nicht so sehr geschadet, wie Ihr immer behauptet, und Ihr seht selbst, dass es auch Nutzen bringen kann. Das Schwert allein reicht nicht aus zum Sieg, gewinnen wird immer der Klügere mit der besseren Taktik und Strategie.« Er erhob seine Stimme. »Denn der Glaube wird von der Weisheit beherrscht und regiert und von der Ritterschaft verteidigt.«

Robert war froh, dass er sich Bernard anvertraut hatte. Auch wenn er immer noch weit von der Lösung seines Problems entfernt war, tat ihm die Unbekümmertheit seines Freundes doch gut, und er fühlte sich weniger allein mit seinen Problemen.

Trotzdem wälzte er sich in dieser Nacht wieder unruhig

auf seiner Lagerstätte herum. Wenn Radulfus tatsächlich ein Mörder war, befand sich Marie in großer Gefahr, und er war fest entschlossen, alles zu tun, was in seiner Macht lag, um sie vor dem Bischof zu schützen.

18

Am nächsten Tag fiel Robert beim gemeinsamen Mahl mit den Mönchen auf, dass Bruder Gregor ihn mehrmals nachdenklich ansah. Ob er irgendetwas wusste? Robert beschloss, ihn bei der nächsten sich bietenden Gelegenheit darauf anzusprechen.

Vor allem aber brannte er darauf, Marie zu sehen, um sie nach Constance zu befragen, und sprach nach dem Essen mit Bernard darüber. Bernard bestand darauf, ihn zu begleiten. Er war neugierig darauf, Marie kennenzulernen. In der Hoffnung, dass sie zum Salzmarkt kommen würde, begaben sie sich pünktlich zur fünften Stunde dorthin.

Marie erwartete Robert bereits.

Sie hatte sich hinter einem der Stände verborgen, um zu verhindern, dass Radulfus sie noch einmal ansprach. Als sie Robert entdeckte, lief sie freudig auf ihn zu, blieb dann aber stehen und ließ ihre Augen fragend über den gut aussehenden jungen Mann an seiner Seite gleiten.

»Bernard ist mein Freund«, teilte ihr Robert mit, noch bevor er die beiden miteinander bekannt machte.

Bernard fühlte sich ganz seltsam, als Marie ihn aus ihren dunklen Augen ansah. Obwohl sie nicht dem Frauentyp entsprach, den er im Allgemeinen bevorzugte, war er von ihrer lichten Schönheit sehr schnell fasziniert und begann sowohl die Leidenschaft als auch die Sorge seines Freundes zu verstehen.

Marie drängte darauf, den Salzmarkt zu verlassen, zu tief saß der gestrige Schock über ihre Begegnung mit dem Bischof noch in ihr.

Sie fanden ein ruhiges Plätzchen in der Nähe der Stadtmauer, wo sie sich zu dritt unter einen Apfelbaum setzten. Vor ihnen lag, von Unkraut überwuchert, die Ruine eines abgebrannten Hauses. Marie hatte ihre Arme um die Knie geschlungen und beobachtete eine kleine grüne Raupe, die sich über einen Grashalm schlängelte.

Robert wartete, bis sie wieder aufsah.

»Es tut mir leid, dass ich Euch gestern habe warten lassen, aber Bruder Gregor gab mir den Auftrag, die Novizen zu beaufsichtigen.«

Marie sah ihn aus ihren unergründlichen Augen an.

»Der Bischof war gestern auf dem Salzmarkt, er stand plötzlich neben mir. Ich habe mich vor ihm gefürchtet, um ihn herum ist etwas Düsteres, er macht mir Angst.« Sie sprach die letzten Worte so leise, dass Robert sich vorbeugen musste, um sie besser verstehen zu können.

»Was wollte er denn von Euch?«

Sein Gesicht wirkte gequält, denn es war offensichtlich, dass er zum zweiten Mal dabei versagt hatte, Marie zu beschützen.

»Er hat mich davor gewarnt, die Kathedrale zu betreten, und Euch hat er als Teufel bezeichnet, der mich versuchen will.«

»Er selbst ist es, der den Teufel in sich hat«, stieß Bernard voller Erregung hervor.

Robert strich sich nachdenklich eine Haarsträhne aus dem Gesicht.

»Er hat also gewusst, dass wir uns auf dem Markt treffen. Daraus können wir schließen, dass er Euch beobachten lässt.« Seine Augen trafen sich mit denen Bernards. »Und Bruder Gregor wusste es auch. Es war kein Zufall, dass er mich gestern aufgehalten hat. Radulfus wollte verhindern, dass ich Marie beschütze.«

Langsam wurde die Sache spannend. Aufmerksam verfolgte Bernard das Gespräch.

»Ich habe Euch schon einmal nach der jungen Frau gefragt, die Euch vor Eurem Haus entgegenkam, aber ich muss es noch einmal tun. Gab es irgendetwas, das Euch an ihr aufgefallen ist? Ihr müsst scharf nachdenken. Jede noch so unbedeutende Kleinigkeit kann sich als wichtig erweisen und uns weiterbringen.« Erwartungsvoll blickte er sie an.

»Sie war keine Bürgerin«, erwiderte Marie. »Und sie hatte große Schmerzen.«

»Die hat sie jetzt nicht mehr«, entfuhr es Bernard.

Robert sah ihn scharf an. Warum konnte Bernard nicht einmal seinen vorlauten Mund halten? Er wandte sich wieder an Marie, die ihn voller Entsetzen ansah.

»Ich wollte es Euch nicht sagen, damit Ihr Euch nicht ängstigt, aber Bernard hat die Wahrheit gesprochen. Constance ist tot, sie wurde ermordet.«

Marie warf ihm einen Blick zu, den er nicht deuten konnte.

»Ich habe sie gestern in der Kathedrale wiedergesehen. Sie stand auf einmal neben mir und hat mich aufgefordert, für sie zu beten.«

Bernard sprang erregt auf.

»Ich habe recht gehabt«, sagte er bedeutungsvoll. »Radulfus ist ihr Mörder.«

Die Worte hingen eine Weile in der lauwarmen Luft, und alle drei schwiegen bestürzt ob der Ungeheuerlichkeit und der Tragweite dieser Aussage. Robert fasste sich als Erster.

»Wie könnt Ihr da so sicher sein?«

»Die Beschreibung des Mörders passt genau auf Radulfus. Was uns bisher gefehlt hat, war eine Verbindung zwischen Constance und dem Bischof, und genau die hat Marie uns gerade geliefert.

Ihr solltet gut auf Euch achtgeben«, wandte er sich dann an Marie, »denn ich glaube nicht, dass es möglich sein wird, Radulfus den Mord nachzuweisen. Auch wenn ihn der Wirt wiedererkennt, kann er nur aussagen, dass der Bischof in seiner Schenke war. Für den Mord gibt es keine Zeugen, und selbst wenn es einen geben würde, hätte das Wort eines Bischofs mehr Gewicht als das eines Schenkenwirts. Sie war nun einmal eine Hure, und kein Schöffe in der Stadt interessiert sich für einen Mord an Huren. Es gibt nichts, was wir tun können.«

Seine letzten Worte klangen verzweifelt.

Nach einem Blick in Bernards Gesicht sah Marie, dass auch er besorgt war. Ob sie Robert und Bernard wohl von ihrem Traum der letzten Nacht erzählen sollte? Er war verwirrend gewesen und hatte sie auf merkwürdige Weise berührt, und sie hätte nur zu gerne gewusst, ob er etwas zu bedeuten hatte. Vielleicht würde ihr einer der beiden mehr darüber sagen können? Sie konnte der Versuchung nicht widerstehen.

»Ich habe gestern Nacht einen merkwürdigen Traum gehabt«, begann sie zögernd. Robert sah sie gespannt an, und auch Bernard hörte ihr aufmerksam zu, als sie weitersprach:

»Ich stand ganz allein auf dem Marktplatz neben dem Brunnen und verspürte plötzlich großen Durst. Doch es befand sich nirgendwo ein Schöpfeimer oder eine Kelle in der Nähe. Und genau in diesem Moment ist mir die junge

Frau in einem strahlend weißen Gewand erschienen. Sie hielt eine Schöpfkelle in der Hand und hat damit Wasser für mich aus dem Brunnen geschöpft und mir zu trinken gegeben. Die ganze Zeit über hat sie gelächelt. Sie hat so glücklich ausgesehen.«

Robert spürte, wie sehr der Traum Marie immer noch gefangenhielt.

»Ein seltsamer Traum«, begann er und sah Bernard auffordernd an. »Findet Ihr es nicht auch merkwürdig, dass Marie ausgerechnet von Constance geträumt hat, nachdem sie ermordet worden ist?«

Bernard nickte zustimmend.

»Merkwürdig ist das schon, wenn ich auch nicht sagen kann, warum oder was der Traum bedeutet, falls er überhaupt eine Bedeutung besitzt.«

Ein Sonnenstrahl bahnte sich seinen Weg durch die Äste des Apfelbaums und fiel warm auf Maries Gesicht. Es war so still und friedlich hier draußen an dieser Ruine. Das Schimpfen einiger Spatzen übertönte die Geräusche der Stadt, die aus weiter Ferne an ihr Ohr drangen. Ein tiefes Glücksgefühl durchfuhr sie. Vor wenigen Wochen noch war sie ganz allein gewesen, und nur Elsa hatte ein wenig Wärme in ihr Leben gebracht.

Jetzt waren dagegen wie durch ein Wunder diese beiden Männer in ihr Leben getreten und brachten ihr Freundschaft und Anteilnahme anstelle von Ablehnung und Gleichgültigkeit entgegen.

Durch die Äste des knorrigen Baumes sah sie den tiefblauen Himmel leuchten, der das größte Geheimnis von allen vor den Augen der Menschen verbarg.

Kleine weiße Wölkchen zogen hoch über ihr vorbei, und sie fühlte sich wie eines von ihnen, getrieben vom Schicksal, dessen verschlungene Wege niemand außer dem Allmächtigen kannte. Da fielen auf einmal alle Ängste von ihr ab und ihr Gesicht begann vor Freude zu strahlen.

»Wir sind nicht allein, Gott ist bei uns, um über uns zu wachen. Ich kann Ihn spüren, Er ist überall um uns herum.«

Robert starrte sie fasziniert an, sie war so schön wie noch nie, und die Sorgen, die ihn eben noch gequält hatten, rückten in weite Ferne, als er ihr in die leuchtenden Augen sah.

Nur Bernard schien weniger begeistert zu sein.

»Hoffentlich weiß Radulfus das auch«, bemerkte er trocken und holte die beiden damit wieder ins Hier und Jetzt zurück. Marie sah ihn an.

»Der Bischof hat gesagt, dass ich mich nicht vor ihm zu fürchten brauche und er sich nur um mein Seelenheil sorgt. Ich glaube nicht, dass er meinen Tod wünscht.« Sie sprach voller Überzeugung.

»Es wäre besser für ihn, sich um sein eigenes Seelenheil zu kümmern«, knurrte Bernard. »Aber Vermutungen allein bringen uns nicht weiter. Wir müssen herausfinden, was er von Marie will. Erst dann können wir entscheiden, was zu tun ist. Immerhin wissen wir jetzt, dass er Marie beobachten lässt, und das bringt mich auf eine Idee.« Triumphierend sah er Robert an. »Das nächste Mal, wenn Ihr Euch mit Marie trefft, werde ich ihn beobachten. Außerdem könnte ich versuchen, einen seiner Diener zu bestechen, vielleicht erfahren wir auf diesem Weg mehr. Doch dafür müsstet Ihr mir schon etwas Geld geben.«

Sie redeten noch eine Weile hin und her, schmiedeten Pläne und verwarfen sie wieder.

Marie beteiligte sich nicht mehr an ihrem Gespräch, hörte jedoch aufmerksam zu und stellte ihre eigenen Überlegungen an.

19

Der Gedanke an Marie ließ Radulfus nicht mehr los. Tagsüber war er gereizt und kaum noch ansprechbar, und in der Nacht quälten ihn düstere Träume. Rastlos lief er in seinem Arbeitszimmer auf und ab und war für niemanden zu sprechen.

Der Teufel hatte ihn fest umschlungen und zog ihn immer tiefer in sein schwelendes Höllenreich hinab, ohne dass er dagegen ankam. Namenloses Grauen packte ihn, als er daran dachte, was ihn nach seinem Tod erwarten würde. Dieses Mädchen in seiner unbefleckten Unschuld war seine letzte Hoffnung. Wenn sie den König geheilt hatte, würde sie auch seine Seele heilen können, und sein krankes Hirn klammerte sich an diese Möglichkeit wie ein Ertrinkender. Es musste ihm einfach gelingen, sie in seinen Besitz zu bringen. Allein der Gedanke, dass andere Männer sie mit ihren Blicken beschmutzen könnten, ließ ihn rasend werden.

Von seinem Spion hatte er erfahren, dass Marie sich mit zwei Schülern der Kathedrale getroffen hatte, und diese Tatsache gefiel ihm ganz und gar nicht.

Fieberhaft überlegte er, wie er seinen Plan, Marie in seine Gewalt zu bringen, in die Tat umsetzen konnte, ohne dabei unnötiges Aufsehen zu erregen.

Denn zu seinem großen Ärger hatten die reichen Kaufleute im letzten Jahr ja diesen verfluchten Beistandspakt mit den unabhängigen Klerikern und einigen der einflussreichsten

Aristokraten der Stadt geschlossen. Und Jean Machaut war einer von ihnen.

Der König hatte aus taktischen Gründen zunächst in den Vertrag eingewilligt. Trotz des Machtverlustes erwuchsen ihm aus dieser Gründung gewisse finanzielle Vorteile, und er wollte weitere Streitereien zwischen der Stadtobrigkeit und der Kirche vermeiden, um sich ungestört den Vorbereitungen auf seinen Kreuzzug widmen zu können.

Doch er selbst dachte nicht daran, sich mit den vereinbarten, verringerten Einnahmen der Kirche zufriedenzugeben. Und um den Kaufleuten zu zeigen, welche Macht er trotz allem noch besaß, hatte er angefangen, ihre Handelswaren mit minderwertigem Geld zu vergelten, das er in der bischöflichen Münze schlagen ließ. Dadurch war es ihm zwar gelungen, einige der Kaufleute in den Ruin zu treiben, aber er hatte sich damit auch viele Feinde geschaffen, die nur darauf lauerten, dass er einen Fehler beging.

Was Marie betraf, würde er daher also gezwungen sein, mit äußerster Vorsicht vorzugehen.

Sobald sich Marie in der Kathedrale befand, verschlang er sie mit seinen Blicken. Ihr unschuldiger Liebreiz zog ihn mit jedem Tag tiefer in seinen Bann, und seine anfängliche Faszination wandelte sich unmerklich in eine krankhafte Besessenheit, die nicht frei von Leidenschaft war.

Er bemerkte nicht, dass Bruder Gregor ihn aus schmalen Augen beobachtete und sich seine eigenen Gedanken machte. Die Kirche konnte sich keine weiteren Skandale leisten, und Phillip Berruyer, der Erzbischof, hätte längst über die Vorgänge in Bourges informiert werden müssen, doch es war nicht leicht, ihn zu verständigen, da man nie genau wusste, wo er sich gerade aufhielt. Denn als Primas von Aquitanien war er ständig in den verschiedensten Bistümern unterwegs, um

Streitereien zu schlichten und nach dem Rechten zu sehen. Trotzdem war der Zeitpunkt gekommen, an dem er wenigstens versuchen musste, ihm eine Botschaft zu übermitteln.

Nachdenklich begab er sich an sein Schreibpult im Scriptorium und schrieb einen langen Brief. Er versiegelte ihn sorgfältig und übergab ihn dann einem Boten, der sich sofort damit auf den Weg machte.

Drei Tage später entdeckte der Knecht des Köhlers abseits des Weges die bis zur Unkenntlichkeit entstellte Leiche eines nackten Mannes im Wald. Da niemand wusste, wer er war, verscharrte man seine sterblichen Überreste im Boden und machte sich keine weiteren Gedanken um den Toten. Wer freiwillig den Schutz der Wege verließ, konnte kein reines Gewissen haben und trug selbst die Schuld an seinem Unglück.

Bernard hatte Wort gehalten und Radulfus beobachtet. Sein hübsches Gesicht war ungewöhnlich ernst, als er Robert am nächsten Tag aufsuchte, um ihm Bericht zu erstatten. Gerade hatte die sechste Stunde geschlagen, und die Mönche befanden sich allesamt bei der Vesper.

»Lasst uns in die Bibliothek gehen«, schlug Robert vor. »Dort werden wir ungestört reden können.«

Bernards Gesicht verzog sich, als hätte er in einen sauren Apfel gebissen. »Meine Kehle fühlt sich in diesem Raum immer an wie eine ausgedörrte Pflaume, und am Ende werde ich noch genauso aussehen«, jammerte er.

Er konnte nun mal den Geruch von Papyrusrollen und Wachs nicht ausstehen.

Robert hingegen liebte die Atmosphäre in der großen Bibliothek, in der das Wissen längst vergangener Zeiten aufbewahrt wurde. In dem warmen, dunklen Raum konnte man in Ruhe stöbern und sein Wissen erweitern. Übersetzungen griechischer Philosophen reihten sich in hohen Regalen an monastische und naturkundlich-medizinische Werke. Abschriften der Bibel, Liturgien, Predigten und Heiligenviten fanden sich genauso wie Werke über Arithmetik, Musik und Astronomie. Selbst den Koran hatte man ins Lateinische übersetzt.

Robert gab nach, und nach einiger Zeit hatten sie schließlich ein ruhiges Plätzchen auf einem Holzstoß im Kräutergarten hinter der Küche gefunden. Das Zirpen der Grillen wurde immer wieder von dem Klappern der Teller und dem Gebrüll des Küchenmeisters übertönt, das aus den kleinen Fensteröffnungen drang und bis zu ihnen hinüberschallte.

»Ihr hattet recht mit Eurer Sorge um Eure kleine Freundin«, begann Bernard, nachdem sie sich gesetzt hatten. »Der Bischof lauert Marie in der Kathedrale auf. Er verbirgt sich hinter einer der Säulen und verschlingt sie geradezu mit seinen Blicken. Es war richtig unheimlich, wie er sie angesehen hat.«

Er legte eine kleine Pause ein, bevor er fortfuhr:

»Zum Salzmarkt hat er sie nicht selbst verfolgt, sondern ihr einen seiner Spione nachgeschickt. Ihr kennt doch Otto, diesen kleinen Speichellecker mit den strohgelben Haaren und dem verschlagenen Blick? Ständig streicht er mit unterwürfiger Miene um den Bischof herum wie ein räudiger Hund. Ich habe immer gewusst, dass er nicht so harmlos ist, wie er tut. Am liebsten hätte ich sein Wissen aus ihm herausgeprügelt, doch ich wollte zuerst einmal mit Euch sprechen.«

Robert hatte ihm aufmerksam zugehört.

»Ich danke Euch, Ihr seid ein wirklicher Freund. Und jetzt wissen wir auch, dass Radulfus Marie tatsächlich beobachtet, nur wissen wir leider immer noch nicht, warum.«

»Er hat irgendetwas vor, davon bin ich überzeugt. Warum sollte er sich sonst solche Mühe machen? Gebt mir so viel Silber, wie Ihr entbehren könnt, und ich versuche, mehr darüber herauszubekommen.«

Robert zögerte. Der Gedanke, dass Bernard sich ihm zuliebe in Gefahr begab, behagte ihm nicht.

»Radulfus ist gefährlich, wir dürfen ihn keinesfalls unterschätzen«, gab er zu bedenken.

Eine Weile schwiegen die beiden Freunde. Das Gefühl, irgendetwas übersehen zu haben, verdichtete sich immer mehr in Roberts Kopf. Bernard öffnete den Mund, um etwas zu sagen, doch Robert hielt ihn mit einer Handbewegung davon ab.

Bernard sah, wie sein Freund angestrengt nachdachte.

Er riss einen Grashalm aus und zerteilte ihn langsam in kleine Fäden, die er sich um den Finger wickelte, während Robert begann, alle ihnen bekannten Fakten noch einmal der Reihe nach laut aufzuzählen.

»Radulfus interessiert sich seit dem Tag für Marie, an dem König Ludwig in der Kathedrale war. Wenn ich nur wüsste, was genau in der Kathedrale geschehen ist. Von Marie wissen wir, dass der König starke Schmerzen hatte, doch als ich dort eintraf, wirkte König Ludwig völlig gesund. Er hat gesagt, dass ihn der Ring immer an den Tag erinnern würde, an dem Gott ihm eine große Gnade gewährt habe. Welche Gnade könnte das sein?«

Er legte eine kleine Pause ein, um seine Worte nachwirken zu lassen. »Constance hatte ebenfalls starke Schmerzen, als sie auf Marie traf. Beide Male, in der Kirche und in der Gasse, ist Marie anschließend zusammengebrochen. Es muss irgendeinen Zusammenhang zwischen den beiden Begegnungen geben. Der König hatte danach keine Schmerzen mehr, und auch der Wirt hat nichts davon gesagt, dass Constance irgendwie krank gewesen ist. Wäre sie krank gewesen, hätte er ihr sicher keine Freier in die Kammer geschickt.« Der Gedanke, der sich nun in seinem Kopf formte, war so ungeheuerlich, dass er kaum wagte, ihn auszusprechen. Er sah Bernard unsicher an, bevor er langsam weitersprach:

»Kann es möglich sein, dass Marie die Gabe des Heilens besitzt und König Ludwig ebenso wie Constance von ihren Schmerzen befreit hat?« Bernards Gesichtsausdruck wurde ungewöhnlich ernst. Es war das erste Mal, dass er sich um jemand anders als sich selbst Gedanken machte, und das Schicksal des Mädchens berührte ihn sehr. Es würde nicht mehr lange dauern, bis er die Schwertleite erhielt, und es war die vornehme Pflicht eines jeden Ritters, Frauen und Kinder zu schützen. Seine hohe Stirn kräuselte sich, als er über die Worte seines Freundes nachdachte.

»Wenn das wirklich wahr ist, warum hat Marie uns dann nichts davon erzählt?«

Auf diese Frage wusste Robert auch keine Antwort.

»Vielleicht weiß sie es nicht. Es könnte doch sein, dass es ihr gar nicht bewusst ist, und selbst wenn sie es weiß, wäre sie viel zu bescheiden, um darüber zu reden.«

Seine Gesichtszüge wurden weich, als er weitersprach:

»Es sind ihre Augen, sie haben einen merkwürdigen Glanz und eine Ausstrahlung, wie ich sie noch nie bei einem Menschen erlebt habe. Wenn sie mich ansieht, habe ich das Gefühl, als würde ich in ihren Augen versinken. Mit einem Blick hat sie bei einer unserer ersten Begegnungen den Büttel davon abgehalten, einem kleinen Beutelschneider die Hand abzuhacken. Es gibt Menschen, die den bösen Blick besitzen, weshalb sollte es daher also nicht auch welche geben, die den guten Blick oder sogar einen heilenden Blick haben? Schon allein um das Gleichgewicht zwischen den Dingen wieder herzustellen.«

»Was Ihr sagt, entbehrt nicht einer gewissen Logik.« Bernard war beeindruckt.

»Es würde auch erklären, warum Radulfus sich ihrer bemächtigen will. Stellt Euch vor, er könnte mit Maries Hilfe Wunder wirken und Kranke heilen! Dann würde er mächtiger werden, als er es sich je erträumt hat. Jeder, der unter einer Krankheit leidet, würde in die Kathedrale kommen. Fürsten und Grafen ebenso wie die Adligen und die reichen Kaufleute. Er hätte sie alle in der Hand und würde verehrt werden wie ein Heiliger.«

Bernard spuckte verächtlich auf den Boden.

»So weit darf es nicht kommen. Ein Mörder, der den Teufel im Leib hat, soll angebetet werden wie ein Heiliger? Glaubt Ihr, dass Gott das zulassen wird?«

»Wenn Ihr Gottes Wort aufmerksamer gelesen hättet, würdet Ihr wissen, dass Er den Menschen den freien Willen gegeben hat. Während seines Erdendaseins kann jeder tun und lassen, was er will. Warum sollte Er sich da einmischen? Radulfus wird in der finstersten Ecke der Hölle schmoren, doch bis dahin muss er mit seinem Gewissen allein zurechtkommen. Ein reines und unschuldiges Mädchen wie Marie kommt ihm da gerade recht. Vielleicht trägt er sich sogar mit der Hoffnung, dass Maries Unschuld Gott von seinen Sünden ablenken würde.«

Robert konnte nicht ahnen, wie nah er der Wahrheit mit seinen soeben geäußerten Überlegungen gekommen war.

Am nächsten Tag wartete Robert vergebens auf Marie. Als sie am darauf folgenden Tag auch nicht erschien, ließ er sich vom Studium befreien und begab sich zu Maries Elternhaus, wo er unruhig auf und ab lief. Er brauchte nicht lange zu warten, bis er Elsa entdeckte, die immer wieder voller Sorge aus dem Fenster spähte, in der Hoffnung, Marie zu entdecken.

Als sie Robert sah, schnappte sie aufgeregt nach Luft. Die ganze Zeit über hatte sie sich an den Gedanken geklammert, dass Marie bei dem jungen Mann sein könnte, der ihr Freund war, wie sie Elsa erzählt hatte.

So schnell sie konnte, rannte sie zur Türe hinaus und auf Robert zu.

»Wo ist Marie, was habt Ihr mit ihr gemacht? Geht es ihr gut?« Zornig starrte sie den jungen Mann an. Am liebsten hätte sie ihn gepackt, um aus ihm herauszuschütteln, was er wusste, doch sie wagte es nicht. Da sah sie die Angst in seinen Augen. Insgeheim hatte Robert gehofft, dass es eine einfache Erklärung dafür geben würde, dass Marie nicht zu ihrem Treffen gekommen war. Dass sie krank wäre oder Hausarrest hätte.

»Nun redet schon«, fuhr Elsa ihn schärfer an, als sie es vorgehabt hatte. »Ich will endlich wissen, wo Marie ist.«

Robert atmete einmal tief durch.

»Das möchte ich auch, oder was glaubt Ihr, weshalb ich hergekommen bin? Marie ist seit zwei Tagen nicht am Salzmarkt erschienen, obwohl wir uns dort zur fünften Stunde verabredet haben.«

Elsa schnappte empört nach Luft.

»Was fällt Euch ein? Marie ist die Tochter eines ehrbaren Tuchhändlers. Wollt Ihr ihre Ehre beschmutzen?«

»Jetzt beruhigt Euch wieder, ich habe nur versucht, sie zu beschützen, und mache mir genauso große Sorgen um Marie wie Ihr.«

»Und Ihr wisst nicht, wo sie sein könnte?«, schluchzte

Elsa plötzlich auf. Dicke Tränen liefen ihr über die Wangen, als Robert verneinend den Kopf schüttelte.

In diesem Moment schallte Eleonores harte Stimme aus dem Haus. Ungeduldig hatte sie bereits zum dritten Mal nach der Magd gerufen. Langsam wurde sie wütend. Seitdem Marie verschwunden war, war Elsa zu nichts mehr zu gebrauchen. Selbst die Gemüsesuppe war ihr so stark angebrannt, dass sie ungenießbar gewesen war.

Elsa zuckte zusammen. »Ich muss zurück ins Haus. Bitte wartet hier auf mich. Ich komme wieder, sobald ich kann.«

Robert nickte und sah ihr nach, bis sie im Haus verschwunden war.

Er musste an Radulfus denken, und die namenlose Angst, die ihn seit zwei Tagen lähmte, verwandelte sich auf einmal in eiskalte Wut. Es war genau das eingetreten, was er insgeheim befürchtet hatte, und er zweifelte nicht einen Moment daran, dass der Bischof etwas mit Maries Verschwinden zu tun hatte. Dieser Teufel hatte es tatsächlich geschafft, Marie in seine Gewalt zu bringen, und er selbst hatte sein Versprechen, sie zu beschützen, zum dritten Mal gebrochen.

»Ich schwöre bei Gott und allen Heiligen, dass ich diesen Satan in Menschengestalt umbringen werde, sollte er Marie auch nur ein Haar krümmen.« Ohne es zu wollen, hatte er seinen Schwur laut herausgeschrien.

Die beiden prächtig gekleideten Bürgerfrauen, die gerade die Gasse hochkamen, zuckten erschrocken zusammen und beeilten sich, an dem zornigen jungen Mann vorbeizukommen. Erst als sie weit genug von ihm entfernt waren, wandten sie sich vorsichtig um und tuschelten leise miteinander, während sie Robert argwöhnisch beobachteten.

Robert kümmerte sich nicht um sie. Ungeduldig wartete er darauf, dass die Magd zurückkam. Nichts tun zu können, während Marie sich in Gefahr befand, war schwer für ihn zu ertragen.

Endlich erschien Elsa mit hochrotem Kopf.

»Ich habe nur wenig Zeit«, flüsterte sie. »Marie hat vor zwei Tagen, so um die dritte Stunde herum, das Haus verlassen, um in die Kathedrale zu gehen. Seitdem haben wir nichts mehr von ihr gehört. Mein Herr hat die Nachbarn zusammengerufen, und sie haben die ganze Nacht nach ihr gesucht. Er hat sogar einen Ausschreier bezahlt, der auf dem Markt die Leute dazu aufgefordert hat, sich bei uns zu melden, falls sie etwas über das Verschwinden seiner Tochter wissen.«

Sie warf einen ängstlichen Blick zum Haus hinüber und sprach dann so leise weiter, dass Robert Mühe hatte, sie zu verstehen.

»Neulich war ich heimlich bei der Sumpfmalfica. Sie hat mir gesagt, dass der Teufel in der Kathedrale wäre und sich Marie holen würde und dass Maries Krankheit erst verschwinden würde, wenn sie keine Jungfrau mehr wäre. Ich habe Marie nichts davon erzählt, um sie nicht zu beunruhigen.«

Flehend rang sie ihre Hände.

»Ich bitte Euch, gebt mir Bescheid, wenn es Euch gelingt, etwas über Marie in Erfahrung zu bringen. Ich muss jetzt gehen.« So schnell, wie sie gekommen war, war sie auch wieder verschwunden.

Doch Robert hatte genug erfahren.

Verzweifelt begab er sich in die Kathedralenschule zurück. Er musste Marie finden, doch wo sollte er mit der Suche beginnen? Im Flur traf er auf Bruder Gregor, der mit gesenktem Blick an ihm vorbeieilen wollte.

Seine gesamte Haltung war ein einziger Ausdruck schlechten Gewissens. Kurz entschlossen versperrte Robert ihm den Weg und zwang den Mönch, ihm in die Augen zu sehen. Sie würden ihn verraten, falls dieser versuchen sollte, ihn zu belügen.

»Was wisst Ihr über Marie?«, fuhr er ihn an.

Argwöhnisch erwiderte Bruder Gregor den Blick des jungen Mannes. Er schien unschlüssig zu sein, wie er sich verhalten sollte. Doch dann straffte sich seine Gestalt.

»Mir missfällt Euer Ton«, stieß er unwirsch hervor.

»Ehrwürdiger Bruder, ich bitte Euch, ich brauche Eure Hilfe in Gottes Namen«, appellierte Robert an den Sakristan.

Doch Bruder Gregor bedachte ihn nur mit einem strengen Blick.

»Alle schreien nach Gott, wenn sie nicht mehr weiterwissen, und danach scheren sie sich einen Dreck um Ihn und führen ihr sündiges Leben fort. Ihr seid auch nicht anders als die anderen.« Es klang verbittert.

Er hätte in ein einsames Kloster gehen sollen, als er noch jung war. Jetzt war es zu spät, um seine alten Knochen noch an die Härte des Eremitenlebens zu gewöhnen.

»Ich bitte Euch, Ihr seid der Einzige, der mir helfen kann.«

Bruder Gregor schien unschlüssig, dann gab er sich einen Ruck. Es sah so aus, als ob er gerade eben eine Entscheidung getroffen hätte.

»Nicht hier«, flüsterte er ängstlich. »Man darf uns nicht zusammen sehen. Kommt nach Einbruch der Dunkelheit in die alte Kapelle. Aber kommt allein und seid vorsichtig.«

Mit diesen Worten ließ er Robert stehen und verschwand im Scriptorium.

20

Die schlichte, aus hellem Sandstein gebaute Kapelle lag verlassen im Schatten der Kathedrale. Seit deren Fertigstellung wurde sie nur noch selten genutzt und blieb die meiste Zeit über verschlossen.

Es war fast schon dunkel, als Robert sich auf den Weg dorthin begab.

Nur noch schwach zeichneten sich die Konturen der Bäume und Sträucher rechts und links des schmalen Weges ab, der vom Unkraut überwuchert wurde. Das gesamte Gelände rings um die Kapelle wirkte vernachlässigt und ungepflegt.

Das Knacken eines Astes schreckte ihn aus seinen Gedanken. Als er sich umwandte, sah er im ersten Moment nichts als Schwärze. Seine Augen versuchten die Dunkelheit zu durchdringen, und er konnte wahrnehmen, wie sich etwas in dem Schwarz bewegte. Robert machte einige Schritte in Richtung der Bewegung zurück, doch der Schatten, den er zu sehen geglaubt hatte, war verschwunden. Ob ihm seine Augen einen Streich gespielt hatten?

Nicht weit von ihm entfernt heulte ein Hund auf. Seine Nerven waren zum Zerreißen gespannt, und er versuchte sich mit dem Gedanken zu beruhigen, dass es wohl die Umrisse eines Hundes gewesen waren, den er davonhuschen gesehen hatte. Trotzdem lauschte er noch einen Moment in die Dunkelheit, bevor er seinen Weg fortsetzte.

Er hatte niemandem von dem Treffen mit Bruder Gregor erzählt, nicht einmal Bernard. Als er die Kapelle erreichte, bemerkte er, dass die schwere Holztüre nur angelehnt war. Bruder Gregor musste also bereits da sein. Er fand den Mönch vor dem steinernen Altar, an dem er gerade eine Kerze anzündete. Mit einem kräftigen Ruck schloss er das Portal hinter sich. Bruder Gregor fuhr erschrocken herum. Doch als er Robert erkannte, entspannten sich seine Gesichtszüge wieder.

»Ihr seid es«, stieß er erleichtert hervor.

»Habt Ihr jemand anders erwartet?«

»Nein, nein, es ist nur …« Bruder Gregor seufzte schwer. »Es ist gefährlich, sich in Radulfus' Angelegenheiten einzumischen.«

»Marie ist auch meine Angelegenheit«, erwiderte Robert scharf. »Ich habe geschworen, sie mit meinem Leben zu beschützen. Sagt Ihr mir jetzt endlich, was Ihr wisst?« Es klang ungeduldig.

»Beruhigt Euch wieder, junger Freund. Wenn Ihr der jungen Frau helfen wollt, müsst Ihr sehr besonnen vorgehen, sonst bringt Ihr uns alle in Teufels Küche.« Winzige Schweißperlen bildeten sich auf seiner Stirn, und sein Gesicht nahm einen verschwörerischen Ausdruck an, als er näher an Robert heranrückte.

»Der Satan ist harmlos gegen den Bischof. Man könnte meinen, alle Mächte der Hölle seien durch seine Gedärme gekrochen und in das bösartigste und abscheulichste Gehirn hinein, das ich jemals kennengelernt habe.«

Robert sah ihn voller Entsetzen an, aber der Sakristan fuhr leise fort:

»Ihr hattet recht mit Eurer Vermutung. Radulfus hat das Mädchen von seinen geifernden Höllenhunden verschleppen lassen.«

Roberts Augen hingen wie gebannt an den Lippen des Mönches.

»Wo ist Marie, wo hat er sie hingebracht?«

»Ich habe es noch nicht herausgefunden. In dem Gefängnis im Taubenturm ist sie jedenfalls nicht, ebenso wenig wie in den Gemächern des Bischofs.« Er wirkte plötzlich nachdenklich. »Wenn er sie aus der Heiligen Stadt gebracht hätte, würde ich es wissen. Ich habe mir seinen Leibdiener vorgenommen und ihm ins Gewissen geredet. Aus Angst vor der ewigen Verdammnis hätte er mir alles erzählt.« Er bekreuzigte sich.

»Der Herr möge mir vergeben, dass ich ihn vielleicht ein wenig zu hart angefasst habe. Jedenfalls weiß ich durch ihn, dass Radulfus zusammen mit diesem Otto irgendetwas ausgeheckt hat.« Er schwieg, und man konnte seiner gekrausten Stirn ansehen, dass er angestrengt überlegte. »Wo könnte diese Ausgeburt der Hölle das Mädchen versteckt haben, ohne dass es jemand mitbekommt?« Robert wagte kaum zu atmen, um Bruder Gregor nicht in seinen Überlegungen zu stören, obwohl er so aufgewühlt war, dass es ihm schwerfiel, sich zu beherrschen.

Plötzlich schlug sich Bruder Gregor mit der Hand an die Stirn.

»Warum fällt einem das Naheliegende immer zuletzt ein? Er muss sie in die Krypta geschleppt haben, deswegen hat auch niemand etwas gesehen oder gehört. Das Mädchen besucht ja beinahe täglich die Kathedrale. Sie dort abzufangen und in einem unbeobachteten Moment in die Krypta zu stoßen, wird nicht allzu schwierig gewesen sein. Ihr müsst wissen, dass es dort einen unterirdischen Gang gibt, der irgendwann einmal für den Fall, dass die Stadt angegriffen wird, angelegt worden ist, um unbemerkt fliehen zu können.«

»Dann lasst uns hingehen und nachsehen.« Es gelang Robert kaum noch, seine Erregung zu beherrschen.

Bruder Gregor betrachtete ihn abschätzend.

»Wie stellt Ihr Euch das vor? Ich war zwar schon oft in der Krypta, doch den Gang habe ich dabei noch nie entdeckt. Selbst wenn es uns gelingt, ihn zu finden, wird er mit an Sicherheit grenzender Wahrscheinlichkeit verschlossen sein. Wir müssen den Bischof heimlich beobachten. Das ist die einzige Möglichkeit, die wir haben.«

Sein Blick wurde ernst. »Lasst mich allein gehen, und ich verspreche Euch, ich werde das Mädchen finden.«

Beschwörend sah er Robert an.

»Wenn es eine Möglichkeit gibt, dem Mädchen zu helfen, dann nur wenn Radulfus nicht misstrauisch wird. Er muss sich ganz sicher fühlen. Ihr müsst Euch jetzt zusammennehmen. Der Allmächtige hat uns den Verstand gegeben, damit wir ihn nutzen.«

Seine Stimme wurde eindringlich.

»Wenn Radulfus merkt, das wir ihm auf die Schliche gekommen sind, wird er Marie beseitigen, um alle Spuren zu vernichten und um über jeden Verdacht und jede Anschuldigung erhaben zu sein.«

Robert überlegte kurz. Er wusste, dass der Mönch recht hatte, obwohl er am liebsten sofort losgelaufen wäre, um Marie zu befreien.

Bruder Gregor legte ihm tröstend eine Hand auf die Schulter.

»Ihr könnt nichts anderes tun als beten. Bittet den Allmächtigen, uns zu helfen, und vertraut mir. Ich fürchte weder den Bischof noch den Tod, dazu habe ich mich viel zu lange inmitten des Bösen bewegt. Und so sehnt sich meine Seele bereits jetzt nach der Herrlichkeit Gottes. Kommt morgen um die gleiche Zeit wieder hierher. Vielleicht ist es mir bis dahin gelungen, mehr über den Aufenthaltsort des Mädchens herauszufinden.«

Am nächsten Morgen begab sich Bruder Gregor in aller Frühe zum Bischof.

»Ich hatte recht«, murmelte er grimmig, als er auf die Wache vor den Gemächern des Bischofs stieß, die dort Stellung bezogen hatte.

»Hier darf niemand durch, Befehl des Bischofs«, knurrte der Mann ihn unfreundlich an.

»Der Bischof erwartet mich«, gab Bruder Gregor unbeeindruckt zurück. Der Mann kratzte sich unsicher den Bart.

»Davon hat er aber nichts gesagt«, meinte er schon nicht mehr ganz so unfreundlich wie zuvor.

Bruder Gregor trat näher an den Mann heran und sah ihm fest in die Augen.

»Wollt Ihr etwa einen Mann Gottes der Lüge bezichtigen?« Er schlug ein Kreuzzeichen und setzte eine mitleidige Miene auf. »Wehe den Ungläubigen, die kein Vertrauen zu mir haben. Sie sind es nicht wert, in mein Reich und meine Herrlichkeit einzugehen«, zitierte er und drehte sich um, als ob er weggehen wolle.

»Wartet!« Seine eindringlichen Worte hatten ihre Wirkung nicht verfehlt. Der Mann war verunsichert. Schließlich trat er zur Seite und gab den Weg frei.

»Gott segne Euch«, sagte Bruder Gregor gnädig.

Er fand sowohl den Empfangsraum als auch den Schreibraum des Bischofs verlassen vor, und auch von der Dienerschaft war weit und breit niemand zu sehen. Möglichst leise ging Bruder Gregor weiter. Plötzlich spürte er in dem geräumigen Flur vor dem Schlafgemach des Bischofs einen kalten

Luftzug von der Seite kommen. Suchend sah er sich um. Sein Blick fiel auf einen kostbaren Wandbehang, auf dem das Letzte Abendmahl des Herrn abgebildet war.

Vorsichtig schob Bruder Gregor den Stoff ein Stück zur Seite und entdeckte dahinter tatsächlich eine schmale Türe, die einen Spalt weit offen stand. Die Türe war optisch so perfekt in das Mauerwerk eingepasst, dass man sie mit bloßen Augen selbst dann nicht entdeckt hätte, wenn sie nicht durch den Wandbehang verdeckt gewesen wäre.

Seine Kehle wurde trocken vor Aufregung. Er schlug ein Kreuzzeichen und schickte ein kurzes Gebet zum Himmel. Dann schlüpfte er entschlossen durch die Türe.

Eine schmale Treppe führte in die Dunkelheit hinab und endete in einem schmalen Gang, der lediglich von einigen wenigen, im Mauerwerk verankerten Fackeln erleuchtet wurde. Feuchtkalte Luft und ein modriger Geruch schlugen ihm entgegen.

Nach einer Weile teilte sich der Gang. Doch während der linke Gang im Dunkeln lag, war der rechte wiederum durch Fackeln an den Wänden erleuchtet. Bruder Gregor folgte dem Licht der Fackeln, als er plötzlich ein Geräusch vor sich vernahm. Einen Moment lang verharrte er in völliger Regungslosigkeit, danach schlich er vorsichtig weiter.

Der Gang endete vor einer niedrigen Holztür, die massiv gearbeitet war. Eine kleine Klappe war auf Augenhöhe in sie eingelassen. Mit klopfendem Herzen und so behutsam wie nur möglich schob er sie zur Seite und spähte durch sie hindurch.

Ein kleiner fensterloser Raum tat sich vor ihm auf, der durch rings an der Wand befestigte Kienspäne hell erleuchtet war. Der Sakristan sah Marie sofort. Regungslos und mit bleichem Gesicht saß sie auf einem mit Leder bezogenen

Faltstuhl, dem einzigen Möbelstück in dem kahlen Raum. Groß und düster ragte der Bischof vor ihr auf. Offenbar stand er unter großer Anspannung. Gierig hingen seine Augen an ihrer schmalen Gestalt.

»Werdet Ihr mir jetzt endlich Euer Geheimnis verraten?«, zischte er, und seine kalten Augen blitzten fanatisch auf.

Marie zuckte zusammen, als er sich drohend zu ihr hinunterbeugte.

»Seid Ihr gekommen, um mich mit Euren schwarzen Augen in die Verdammnis zu ziehen?«

Marie gab ihm keine Antwort. Verzweifelt starrte sie auf den kahlen Boden. Sie spürte die dunkle Bedrohung, die von dem Bischof ausging, und klammerte sich an die Hoffnung, dass Robert sie hier finden und befreien würde. Seit zwei Tagen hielt der Bischof sie nun schon gefangen und stellte ihr immer wieder die gleichen Fragen. Sie hatte dem Blick in seine stechenden Augen, hinter denen das Böse lauerte, nicht standhalten können.

Als sie es dennoch einmal versucht hatte, waren kalte Schauer über ihren Rücken gelaufen, und ihr war schwindelig geworden. Der Schwindel war so heftig gewesen, dass sich alles um sie herum zu drehen begonnen hatte. Die Sinne waren ihr geschwunden und hatten sie gnädig der Dunkelheit des Vergessens überantwortet.

Seitdem wollte sie nur noch Radulfus' Blick entkommen.

Von einem Moment zum anderen änderte sich Radulfus Miene jedoch und drückte beinahe kindliche Erwartung aus.

»Seid Ihr ein Engel, der vom Himmel herabgestiegen ist, um meine Seele zu retten?«, fragte er jetzt hoffnungsvoll. Seine Stimme klang hell wie die eines Knaben vor dem

Stimmbruch. Er fiel vor Marie auf die Knie und legte seinen Kopf in ihren Schoß. Marie erstarrte. Vor lauter Schreck wagte sie kaum noch zu atmen.

Wie gebannt blickte Bruder Gregor durch das Loch. Was er sah, war nur schwer für ihn zu ertragen, und er wäre am liebsten in den Raum gestürmt, um Radulfus zurückzureißen. Der geistige Zustand des Bischofs war bei Weitem schlimmer, als er befürchtet hatte.

Radulfus hob den Kopf und sah an Marie hoch. Sein Blick blieb an der feinen Wölbung ihrer Brust hängen, die sich bei jedem Atemzug kaum merklich hob und senkte. Er sprang so plötzlich auf, als wäre er von irgendetwas gestochen worden. Augenblicklich wurde seine Miene wieder finster, und seine Geiernase zuckte. Wütend starrte er auf das verängstigte Mädchen.

Dann griff er unbeherrscht in Maries langes Haar und riss ihren Kopf so weit nach hinten, dass er ihr ins Gesicht sehen konnte.

»Ihr seid eine Hure, genau wie all die anderen. Der Teufel hat Euch gesandt, um mich in Versuchung zu führen.« Genauso plötzlich wie er sie gepackt hatte, ließ er Marie wieder los und begann von Neuem, unruhig auf und ab zu wandern.

»Es gibt Möglichkeiten, um die Wahrheit aus Euch herauszupressen«, stieß er zornig hervor. »Euer Stolz und Eure Verbohrtheit werden Euch dann nichts mehr nützen, und Ihr werdet betteln und winseln, um die Wahrheit aus Euch herausschreien zu dürfen.«

Ruckartig wirbelte er herum und beugte sich zu Marie hinunter. »Ich werde so lange wiederkommen«, sagte er drohend, »bis Ihr mir tatsächlich alles gesagt habt, was ich wissen will.«

Bruder Gregor hatte genug gehört und beeilte sich, wieder nach oben zu kommen. Er hatte die Treppe gerade erreicht, als er hörte, wie die schwere Holztüre am Ende des Ganges mit einem Knall zugeworfen und der Riegel vorgeschoben wurde. Rasch rannte er nach oben und zurück in den Schreibraum.

Dort trat er an das Schreibpult des Bischofs und griff nach einer Feder.

Mit wirrem Haar lief Radulfus an ihm vorbei, ohne ihn zu bemerken. Tiefe dunkle Ringe hatten sich unter seinen Augen gebildet und ließen den Blick des Bischofs noch düsterer wirken als sonst.

»Monsignore, wartet!«

Radulfus fuhr herum und starrte Bruder Gregor an, als wäre er ein Geist. »Wie seid Ihr hier hereingekommen? Ich habe extra Anweisung gegeben, von niemandem gestört zu werden«, fuhr er den Mönch an und fixierte ihn mit seinen stechenden Augen.

»Ich habe eine Nachricht von höchster Wichtigkeit für Euch und wollte nicht länger damit warten, sie Euch zu überbringen. Als ich Euch nirgends finden konnte und auch keiner von Euren Dienern zu sehen war, habe ich beschlossen, meine Nachricht für Euch niederzuschreiben.«

Demonstrativ legte er die Feder beiseite.

»Aber das ist jetzt ja nicht mehr nötig.«

Bruder Gregor war bei Weitem nicht so ruhig, wie er sich nach außen gab. Er fühlte sich unbehaglich unter Radulfus' durchdringendem Blick, der ihn mit unverhohlenem Misstrauen musterte.

»Redet endlich. Was ist so wichtig, dass Ihr entgegen meinem Befehl in meine Gemächer eindringt?«

»Ich dachte, es würde Euch interessieren, dass die Tochter des Tuchhändlers verschwunden ist«, bemerkte er gleichmütig.

Etwas wie Unsicherheit flackerte in den Augen des Bischofs auf, was Bruder Gregor nicht entging. Er fühlt sich ertappt, dachte er bei sich und frohlockte innerlich.

Lauernd sah Radulfus ihn an. Seine Nase begann zu zucken, wie immer, wenn er aufgewühlt war. Zu lange schon hatte er diesem hinterhältigen Mönch vertraut, und wenn er Otto nicht gehabt hätte, würde er es heute noch tun. Otto war derjenige gewesen, der den Boten abgefangen hatte, den Bruder Gregor hinter seinem Rücken zum Erzbischof gesandt hatte, um ihn bei diesem anzuschwärzen.

Ich hätte ihn gleich beseitigen lassen sollen, dachte Radulfus und war wütend auf sich selbst. Doch das Mädchen hatte so stark Besitz von seinen Gedanken ergriffen, dass es ihm in den letzten Wochen kaum noch gelungen war, sich auf irgendetwas anderes zu konzentrieren. Instinktiv spürte er, dass Bruder Gregor mehr wusste, als er zugab. Ob er es etwa gewagt hatte, ihm nachzuspionieren? Zuzutrauen wäre es ihm. Er beschloss, kein weiteres Risiko mehr einzugehen. Sobald der Mönch seine Gemächer verlassen hätte, würde er Otto zu sich rufen lassen.

»Ich bin Bischof und habe weitaus wichtigere Aufgaben, als mich um verschwundene Bürgertöchter zu kümmern. Trotzdem danke ich Euch für Eure Mühe. Wenn Ihr mich jetzt bitte entschuldigen wollt, ich muss zurück an meine Arbeit«, beschied er ihm schließlich herablassend.

Mit einem unguten Gefühl verließ Bruder Gregor den Raum und trat auf den Flur, wo ihm der Wachmann mit offenem Mund entgegengähnte. Bruder Gregor beachtete ihn nicht weiter. Nachdenklich begab er sich in die Kathedrale zurück.

21

Der Schlüssel zur Krypta befand sich in der Sakristei. Bruder Gregor nahm ihn an sich und stieg die breite, in Stein gehauene Treppe hinunter. Die hohen bunten Glasfenster, die sich rings um den mit Säulen verzierten Gewölberaum zogen, tauchten die letzten Ruhestätten der Bischöfe in ein sanftes, warmes Licht. Bruder Gregor schlug ein Kreuz und lief an den Gräbern vorbei in den hinteren Teil der Krypta, wo ein fensterloser Gang zu einer weiteren Kammer führte, in der der Leichnam des letzten Erzbischofs in einem gut verschlossenen Bleisarg ruhte. Dort würde er so lange liegen bleiben, bis der Allmächtige den jetzigen Erzbischof zu sich rief. Erst dann würde er in allen Ehren bestattet werden und seinen endgültigen Platz neben seinen Vorgängern erhalten.

Bruder Gregor nahm eine Talglampe von der Wand und betrachtete prüfend das Mauerwerk. Der geheime Gang musste hier irgendwo beginnen.

Links neben dem Bleisarg endete der Gang bereits nach fünfzehn Fuß vor einer Mauer. Bruder Gregor wollte sich schon abwenden, um auf der anderen Seite weiterzusuchen, als sein Blick auf eine unscheinbare, schmale Türe fiel. Sie war ebenso wie die Türe in den Räumen des Bischofs so geschickt in der Mauer angebracht worden und lag zudem so tief im Schatten, dass man sie selbst dann noch übersah, wenn man direkt vor ihr stand. Er versuchte die Türe zu öffnen, doch sie war fest verschlossen.

Für den Moment hatte er genug erreicht. Jetzt musste es ihm nur noch gelingen, an den Schlüssel zu kommen, dann konnten sie das Mädchen aus seinem Verlies befreien. Doch was würde dann sein? Der Sakristan überlegte weiter. Niemand würde Marie glauben, wenn sie den Bischof belastete. Und Radulfus würde Marie kurzerhand für besessen erklären und der Heiligen Inquisition übergeben.

Sie hätte nicht die geringste Chance. Die einzige Möglichkeit, die ihr blieb, wäre, sofort nach ihrer Befreiung die Stadt zu verlassen.

Doch dazu musste er erst einmal den Schlüssel finden und sie aus ihrem Gefängnis herauslassen.

Bruder Gregor lief durch das Gewölbe und hatte die Treppe gerade erreicht, als ihm ein Gedanke kam. Er wandte sich um und ging noch einmal in die Kammer mit dem Bleisarg zurück.

»Bitte, Herr, verzeih mir, was ich jetzt tun werde«, murmelte er und schlug ein Kreuzzeichen, »doch es bleibt einfach keine andere Möglichkeit«, setzte er zu seiner Rechtfertigung hinzu.

Sein Herz pochte ungestüm, und seine Hände zitterten vor Aufregung und schlechtem Gewissen, als er sich an dem Bleisarg des vor einigen Jahren dahingegangenen Erzbischofs zu schaffen machte, vorsichtig das Wachssiegel brach und den schweren Sargdeckel öffnete. Der Schweiß rann ihm in Strömen über sein Gesicht, nachdem es ihm mit großer Anstrengung gelungen war, den Deckel anzuheben und zur Seite zu schieben.

Hastig bekreuzigte er sich und schlug seinen Umhang über Gesicht und Nase, bevor er sich über den Leichnam des verstorbenen Bischofs beugte.

An dem bereits halb verwesten Schädel des Erzbischofs

hingen noch einige Haarbüschel und verliehen ihm etwas unerträglich Groteskes.

Ein kaum zu ertragender, süßlich penetranter Verwesungsgeruch zog durch den Stoff hindurch in Bruder Gregors Nase und löste ein Würgen in seiner Kehle aus, das er nur mit großer Mühe unterdrücken konnte.

Es war üblich, die Erzbischöfe mit all ihren Insignien, ihrem Schmuck und den Schlüsseln für die Kathedrale in den Sarg zu betten, zumindest bis zum eigentlichen Begräbnis.

Er konnte nur hoffen, dass sich an diesem Brauch nichts geändert haben würde, und er hatte Glück. Als er den Umhang des Toten zurückschob, entdeckte er zu seiner großen Freude den Schlüsselbund an dessen Gürtel.

In fliegender Eile nahm er ihn an sich und versetzte dem Sargdeckel einen kräftigen Stoß, durch den dieser krachend in seine ursprüngliche Lage zurückfiel.

Mit letzter Kraft hielt der Mönch die Flamme der Talglampe an das Siegel und drückte das weich gewordene Wachs so weit zusammen, dass man nur noch bei genauem Hinsehen erkennen konnte, dass es bereits einmal gebrochen worden war.

Dann stürzte er zurück in das Gewölbe und erbrach sich neben einer der Säulen. Langsam beruhigte er sich wieder, obwohl seine Hände noch immer zitterten. Bruder Gregor wusste, dass seine Tat schändlich war und dass er einen furchtbaren Frevel begangen hatte, und er konnte nur hoffen, dass ihm Gott diese schwere Sünde verzeihen würde. Er selbst schwor, bis ans Ende seiner Tage dafür Buße zu tun, sobald Marie in Sicherheit sein würde.

Auf dem Rückweg durch die Kathedrale hatte er das Gefühl, dass jeder der Gläubigen ihm ansehen konnte, welch schändliche Tat er gerade begangen hatte, und er war erleichtert, als er endlich am Ausgang angelangt war.

Aufgewühlt lief er so lange durch den weitläufigen Klostergarten, bis er sich einigermaßen wieder beruhigt hatte.

Der widerliche Verwesungsgeruch, der ihm aus dem Sarg entgegengeschlagen war, klebte wie ein giftiges Spinnennetz an ihm und ließ sich auch von dem frischen Wind nicht vertreiben, der ihm wohltuend ins Gesicht blies.

Die Sonne stand schon tief, als er die Kapelle lange vor dem vereinbarten Treffen mit Robert aufsuchte. Dort warf er sich vor dem Altar auf den kalten Steinboden und betete inbrünstig zum Herrn.

Er war so sehr in sein Gebet vertieft, dass er die schleichenden Schritte hinter seinem Rücken gar nicht wahrnahm. Er spürte nur den stechenden Schmerz, als seine Lunge von hinten durchbohrt wurde.

Rote Schleier stiegen vor seinen Augen auf, dann wurde es dunkel um ihn.

Robert hatte sich ebenfalls früher als vereinbart auf den Weg zu der kleinen Kapelle aufgemacht. Die Warterei zehrte an seinen Nerven, und er hatte sich kaum auf die Vorlesung konzentrieren können. Immer wieder waren seine Gedanken zu Marie gewandert, die sich völlig hilflos in den Händen dieser verbrecherischen Ausgeburt der Hölle befand.

Wie am Tage zuvor stand das Portal der Kapelle halb offen. In dem Halbdunkel des Mittelschiffs sah Robert Bruder Gregor auf dem Boden liegen. Die düstere Vorahnung, die ihn beim Nähertreten beschlich, verwandelte sich in blankes Entsetzen, als er den dunklen Fleck entdeckte, der sich auf der linken Seite des Mönches auf dem Boden ausgebreitet hatte.

Er eilte auf Bruder Gregor zu und beugte sich über ihn. Seine schlimmsten Befürchtungen waren wahr geworden.

Bruder Gregors regloser Körper war noch warm, und behutsam drehte Robert ihn auf den Rücken. Der Schwerverletzte stöhnte leise auf.

Robert fasste ihn an der Schulter.

»Sagt mir, wer das getan hat, und ich werde Euch rächen«, stieß er von Verzweiflung gepackt hervor.

Bruder Gregor öffnete die Augen. Sein Blick war bereits glasig. Ein Schwall Blut floss aus seinem Mund und mit ihm der Rest Leben, der noch in ihm war.

»Krypta ... hinter ... Kammer ... habe Schlüssel«, brachte er leise abgehackt und für Robert kaum noch verständlich hervor, dann brachen seine Augen, und sein Kopf fiel zur Seite. Bruder Gregor war tot.

Mutlosigkeit überfiel Robert. Was sollte er jetzt nur tun?

Panik stieg in ihm hoch, als ihm schließlich klar wurde, dass man ihn für den Mörder halten würde, wenn man ihn hier entdeckte.

Er musste die Kapelle so schnell wie möglich verlassen.

Aber Bruder Gregor hatte etwas von einem Schlüssel gesagt. Hastig schob er die Kukulle des Toten zurück und öffnete den Lederbeutel, den er darunter fand. Tatsächlich befand sich darin ein Schlüsselbund. Er nahm ihn an sich und verschloss den Beutel wieder.

Danach wandte er sich ab und verließ die Kapelle. Er musste so schnell wie möglich mit Bernard reden. Er konnte immer noch nicht fassen, dass Bruder Gregor tot war. Mord war eine Todsünde, doch der Mord an einem Mönch in einer Kapelle direkt vor dem Altar war ein Frevel, für den es keine Worte mehr gab. Nur jemand, der weder den Zorn des Herrn noch die ewige Verdammnis fürchtete, war in der Lage, etwas so Schreckliches zu tun.

Mittlerweile war es fast dunkel, und Robert gelangte ungesehen zu seiner Unterkunft zurück. Er hatte Glück, denn als er dort eintraf, trat Bernard gerade aus der Tür des schlichten Steinhauses heraus, das ihnen während ihrer Studienzeit als Unterkunft diente.

Er hatte vorgehabt, eine der Schenken zu besuchen, gab sein Vorhaben jedoch auf, nachdem er im Licht der Fackeln einen kurzen Blick auf Roberts verstörtes Gesicht geworfen hatte.

»Was ist geschehen? Ihr seht aus, als wäret Ihr dem Leibhaftigen persönlich begegnet.« Robert zog ihn von dem Haus fort. Er redete schnell und aufgeregt, denn er befürchtete, verfolgt zu werden.

»Ihr werdet nicht glauben, was geschehen ist. Bruder Gregor ist ermordet worden. Ich habe ihn gefunden. Er lag in der Kapelle direkt vor dem Altar.«

Eine Gruppe Novizen kam vorbei und sah neugierig zu ihnen herüber.

Sofort senkte Robert seine Stimme.

»Er konnte mir gerade noch sagen, wo Marie gefangen gehalten wird und wo sich der Schlüssel zu ihrem Versteck befindet. Ihr müsst mir helfen. Wir müssen sie so schnell wie möglich aus den Händen des Bischofs befreien.«

Und hastig unterrichtete er Bernard über alles, was in den letzten beiden Tagen geschehen war.

Bernard hörte ihm mit großen Augen zu.

»Wenn es uns tatsächlich gelingt, Marie zu befreien, was werdet Ihr dann tun?«

»Darüber habe ich mir noch keine Gedanken gemacht«, gab Robert ehrlich zu.

»Der Bischof wird nicht zulassen, dass jemand etwas von seinen schändlichen Taten erfährt. Er wird Zeugen benennen, und niemand wird Euch glauben.« Beschwörend blickte er den Freund an.

»Ihr müsst sofort die Stadt verlassen. Es ist die einzige Möglichkeit, die Euch bleibt, wenn Ihr das Mädchen und auch Euch nicht in noch größere Gefahr bringen wollt.«

»Ihr habt recht, doch jetzt kommt. Wir müssen in die Kathedrale, bevor sie verschlossen wird.«

Im Schatten der Häuser liefen die beiden Freunde bis zu einem der Seiteneingänge der Kathedrale, in der sich um diese Zeit nur noch wenige Menschen aufhielten. Während die letzten Besucher das Gotteshaus verließen, wurden nacheinander alle Kerzen bis auf das ewige Licht vor dem Altar gelöscht. Robert verbarg sich mit Bernard im Seitenschiff hinter einer der mächtigen Säulen.

Sie lauschten dem schlurfenden Gang des Bruders, der, kaum dass er die letzte Kerze ausgemacht hatte, sorgfältig einen Eingang nach dem anderen verschloss. Bevor er ging, ließ er noch rasch zwei der teuren Wachskerzen unter seinem Umhang verschwinden.

Dann waren Robert und Bernard allein. Die Kathedrale wirkte düster und kalt.

Bernard folgte Robert zur Krypta, die sie unverschlossen vorfanden. Nebeneinander stiegen sie die breite Treppe hinunter und liefen durch das Gewölbe. Es war ein beklemmendes Gefühl, sich in der alles beherrschenden Dunkelheit seinen Weg mit den Füßen ertasten und suchen zu müssen.

Robert griff nach einer Talglampe und entzündete sie. Doch das flackernde Licht warf lange Schatten auf die Gänge und Säulen und verstärkte ihre Beunruhigung eher, als dass es sie minderte, und Bernard spürte, wie ihm ein kalter Schauer den Rücken herunterlief.

Endlich hatten sie die Kammer mit dem Bleisarg des verstorbenen Bischofs erreicht, und Robert sah sich suchend in ihr um. Er war nur noch von dem Gedanken beseelt, Marie zu finden. Nichts anderes war mehr von Bedeutung. Dabei verließ er sich ganz auf seinen Instinkt und bewegte sich mit der untrüglichen Sicherheit eines Jägers, der seine Beute bereits lange bevor er sie sehen konnte erahnte.

»Hier muss es irgendwo sein«, stellte er fest. Mit der Talglampe vor sich schritt er die Mauer ab und entdeckte nach einigem Suchen die schmale Türe. Er zog den Schlüsselbund, den er bei Bruder Gregor gefunden hatte, hervor und probierte einen Schlüssel nach dem anderen aus, bis er den passenden Schlüssel schließlich gefunden hatte.

Als sie die Türe aufstießen, schlug ihnen feuchte Kälte entgegen, und ein dunkler Gang, an dessen Wänden Wasser herabtropfte, erwartete sie. Robert ging voran. Seine Sinne waren aufs Äußerste gespannt.

Nach einer Weile teilte sich der Gang, und Robert blieb stehen und versuchte, sich zu orientieren.

»Ich glaube, wir müssen hier entlang. Der Bischofspalast liegt in dieser Richtung«, flüsterte er Bernard zu, der direkt hinter ihm ging. »Der andere Gang wird wahrscheinlich aus der Stadt hinausführen.«

Bernard klopfte das Herz bis zum Hals, während Robert eine eiserne Ruhe ausstrahlte, die ihm fast schon selbst unheimlich vorkam. Nicht einmal ein ganzes Heer, auch nicht der Leibhaftige persönlich würden ihn jetzt davon abhalten können, Marie zu befreien.

Immer wieder huschten Ratten über ihre Füße hinweg. Sie gingen und gingen, und als sie schon längst jedes Zeitgefühl verloren hatten und nicht mehr wussten, wie lange sie schon unterwegs waren, tauchte plötzlich wie aus dem Nichts eine steile Treppe vor ihnen auf.

»Wenn Bruder Gregor recht hatte, sind wir zu weit gelaufen. Wir müssen irgendwo eine Abzweigung übersehen haben.« Robert wandte sich um, und sie liefen langsam zurück. Irgendwo in der Nähe fiel eine Türe ins Schloss, und sie hörten Schritte, die rasch näher kamen. Geistesgegenwärtig löschte Robert die Lampe. Mit angehaltenem Atem lauschten sie in die Dunkelheit. Die Schritte wurden leiser. Dann war es wieder still.

»Das war knapp.« Robert wischte sich den Schweiß von der Stirn.

»Wir haben den falschen Gang genommen. Wenn mich nicht alles täuscht, kamen die Geräusche von der anderen Seite.«

Vorsichtig tasteten sie sich an der Mauer entlang. Es war so dunkel, dass sie die Hand vor ihren Augen nicht mehr sehen konnten. Nach einer Weile stieß Bernards Hand ins Leere.

»Ich habe die Abzweigung gefunden«, flüsterte er aufgeregt. Sie bogen in den Gang ein, fanden sich kurze Zeit später aber vor einer Mauer wieder. »Der Gang ist hier zu Ende.« Robert klang enttäuscht. Mit beiden Händen tastete er das Mauerwerk vor sich ab. Auf einmal fühlte er Holz unter seinen Fingern und entzündete die Lampe wieder. Direkt vor sich sahen sie eine schmale Türe, die von außen mit einem breiten Eisenriegel verschlossen war.

Entschlossen schob Robert den Riegel beiseite und öffnete die Türe einen Spalt weit. Im Licht der Kienspäne entdeckte er Marie. Zusammengerollt wie eine Katze lag sie auf dem kalten Steinboden und schien zu schlafen. Robert beugte sich zu ihr hinunter und weckte sie behutsam auf.

Sie erstarrte unter seiner Berührung, und ihre Lider flatterten, bevor sie schließlich widerwillig die Augen öffnete.

Als sie Robert erkannte, strömten ihr vor Erleichterung die Tränen über die Wangen. Robert half ihr beim Aufstehen.

»Wir müssen sofort hier raus«, stieß er hervor und zog Marie bereits mit sich nach draußen. Bernard schloss die Türe hinter ihnen und schob den Riegel wieder davor. Dann liefen sie, so schnell es ihnen auf dem unebenen Boden möglich war, zurück. Als sie die Abzweigung erreichten, blieb Bernard kurz stehen und rang völlig außer Atem nach Luft.

»Wenn dieser Gang aus der Stadt herausführt, solltet Ihr ihn nehmen. Bis Radulfus Euer Verschwinden entdeckt, könnt Ihr schon einen guten Vorsprung haben«, keuchte er noch immer ganz außer Atem.

Robert wusste, dass Bernard recht hatte, trotzdem zögerte er.

»Habt Ihr Euch schon überlegt, wohin Ihr gehen werdet?« Robert schüttelte den Kopf. Die sachlichen Fragen seines Freundes ließen seine Aufregung schwächer und ihn ruhiger werden.

Marie schwieg. Sie hatte bisher noch kein einziges Wort gesprochen.

»Habt Ihr Verwandte außerhalb von Frankreich, zu denen Ihr gehen könnt? Denkt nach oder denkt meinetwegen unterwegs darüber nach. Ihr dürft keine Zeit mehr verlieren«, drängte Bernard.

Er reichte Robert seinen Beutel. »Hier sind noch einige Sous drin. Ihr werdet sie brauchen«, sagte er. Dann versetzte er Robert einen leichten Stoß. »Nun geht endlich. Ich wünsche Euch Glück.«

Robert nahm Maries Arm und setzte sich in Bewegung.

Bernard lief in die andere Richtung und seufzte vor Erleichterung, als er das Ende des Ganges endlich erreicht hatte. Eilig verschloss er die Türe und zog den Schlüssel ab. Dann hastete er durch das Gewölbe die Treppe hinauf, wo er schwer atmend stehen blieb, um sich etwas auszuruhen.

Plötzlich fielen ihm die beiden Novizen ein, die ihn mit Robert gesehen hatten, kurz bevor sie zusammen die Kathedrale betreten hatten. Er würde gute Zeugen brauchen, um nicht in den Verdacht zu geraten, etwas mit Roberts plötzlichem Verschwinden zu tun zu haben, oder schlimmer noch, mit dem Mord an Bruder Gregor in Verbindung gebracht zu werden.

Durch die Sakristei gelangte er aus der Kathedrale und ins Freie. Er kletterte über die Mauer der Heiligen Stadt und begab sich auf dem schnellsten Weg in die nächstbeste Schenke.

Auf den Wirt dort konnte er sich verlassen, denn dieser hegte einen tiefen Groll gegen die hohen Kirchenherren, die regelmäßig von der Kanzel herab gegen ihn und seinesgleichen wetterten, um sich im Anschluss daran dann selbst voller Scheinheiligkeit den eben noch verdammten, weltlichen Genüssen hinzugeben.

Marie ließ sich schweigend von Robert durch die dunklen Gänge führen und drängte sich Schutz suchend enger an ihn. Der schmale Gang erschien ihnen endlos, und Robert befürchtete schon, dass sie sich verlaufen haben könnten. Immer wieder kamen sie an Abzweigungen, die abrupt vor einer Mauer endeten.

Robert verlor jedes Zeitgefühl. Als er kaum noch damit rechnete, jemals den richtigen Weg nach draußen zu finden, führte der Gang langsam nach oben, und sie fanden sich unerwartet mitten im Sumpfgebiet wieder. Über ihnen funkelten die Sterne.

Er wandte sich um. Hinter ihnen erhob sich dunkel

die Kathedrale über der Stadt. Die mächtigen Türme verschmolzen mit dem nachtblauen Himmel.

Doch sie waren nicht so weit von der Stadt entfernt, wie er gehofft hatte.

Marie sah zu ihm auf. Im Licht der Sterne konnte er ihre Augen sehen. »Ich danke Euch«, sagte sie leise, und Roberts Herz zog sich zusammen. Für einen Moment lang drohten ihn seine Gefühle für Marie zu überwältigen.

»Wir müssen weiter«, sagte er jedoch nur, und seine Stimme klang rau. Sie liefen durch den Sumpf nach Norden, weiter durch saftige Wiesen und lichte Wälder, bis sich Marie vor Erschöpfung nicht länger auf den Beinen halten konnte und strauchelte. Robert hob sie hoch und trug sie auf seinen Armen, weiter und weiter, fort von diesem teuflischen Bischof, der vor nichts zurückzuschrecken schien, um seine finsteren Pläne in die Tat umsetzen zu können.

22

Die Dunkelheit der Nacht umgab sie wie ein schützender Mantel, und das gleichmäßige Wandern, begleitet von dem monotonen Zirpen der Grillen, bewirkte, dass Robert nach und nach wieder zu sich kam.

Irgendwann legte er Marie behutsam ins Gras und ließ sich erschöpft neben sie sinken. Sie befanden sich weit abseits der Reisewege auf einer wild wachsenden Wiese, durch die sich ein kleiner Bach schlängelte. Robert nahm den ledernen Trinkbecher, den er stets am Gürtel befestigt bei sich trug, und gab Marie zu trinken. Erst dann stillte er selbst seinen Durst und labte sich an dem klaren, kalten Wasser.

Ein heller Streifen tauchte am Horizont auf, und mit ihm begann ein neuer Tag. Glutrot stieg die Sonne vor ihnen auf und ließ die Schrecken der letzten Nacht unwirklich wie einen bizarren Traum erscheinen.

Der trillernde Gesang der Vögel in den Bäumen über ihnen verstärkte diesen Eindruck noch. Die ersten Käfer krabbelten über das hoch aufgeschossene Gras und erfrischten sich an den glitzernden Tautropfen. Robert richtete seinen Blick zum Himmel. Welchen Weg hatte der himmlische Herrscher in Seiner unergründlichen Weisheit für sie erwählt? Er betrachtete das friedlich schlafende Mädchen an seiner Seite, und seine Sorgen über die ungewisse Zukunft wandelten sich in eine nie zuvor gekannte Zärtlichkeit.

»Herr, ich danke Dir für die Gnade, die Du uns in Deiner großen Güte erwiesen hast«, stieß er inbrünstig hervor.

Nachdem Marie aufgewacht war, wanderten sie weiter. Dabei warf Robert Marie von Zeit zu Zeit immer wieder prüfende Blicke zu. Seit der letzten Nacht, nachdem sie ihm für ihre Rettung gedankt hatte, hatte sie kein Wort mehr gesprochen. Blass und gleichgültig folgte sie ihm, als würde ihr Schicksal sie nicht mehr interessieren. Nur das Glühen ihrer dunklen Augen stand im Widerspruch zu ihrer scheinbaren Teilnahmslosigkeit.

Sie braucht Zeit, um die schrecklichen Erlebnisse zu vergessen, dachte Robert. Dennoch brannte er darauf zu erfahren, was Radulfus ihr angetan hatte, aber er riss sich zusammen und zwang sich zu warten. Irgendwann würde Marie ihm sicher erzählen, was geschehen war.

Plötzlich fiel ihm ein, dass sie wahrscheinlich seit Tagen nichts mehr gegessen hatte. Er blieb stehen.

»Habt Ihr Hunger?«, fragte er sie, worauf Marie nur unmerklich den Kopf schüttelte. Wahrscheinlich würde er sie zwingen müssen, etwas zu sich zu nehmen, doch dazu müsste er erst einmal etwas zu essen auftreiben. Sein Magen gab ein unmissverständliches Knurren von sich. Er achtete nicht darauf und beschloss, sich auch weiterhin fernab der Wege zu halten. Ob Radulfus sie wohl verfolgen ließ? Jedenfalls würde er, solange er dies nicht mit hundertprozentiger Sicherheit ausschließen konnte, kein Risiko eingehen.

Die Sonne stand schon hoch, als sie an einem kleinen, mit Stroh gedeckten Holzhaus vorbeikamen.

Die Frau des Jagdaufsehers war gerade damit beschäftigt, die Hühner zu füttern. Sie trug ein schlichtes Gewand aus gebleichtem Leinen, und ihre nackten Füße steckten in Holzschuhen.

Als Robert und Marie näher traten, sah sie auf und starrte den beiden prächtig gekleideten jungen Menschen neugierig entgegen. Es kam nur selten vor, dass Reisende sich zu ihnen verirrten.

»Habt Ihr etwas zu essen für uns? Ich kann es bezahlen.«

In die runden Augen der Frau trat ein gieriger Ausdruck. Sie nickte bejahend und lief ihnen voran ins Haus, das nur aus einem Raum bestand, der Küche, Schlafzimmer und Stube in einem war. Auf dem Feuer stand ein Topf, dessen Inhalt vor sich hin blubberte und dem ein köstlicher Duft entströmte. Robert zog Marie zu einer Bank und setzte sich neben sie. Die Frau reichte den beiden eine Schale mit Suppe, die nach Wild schmeckte, und dazu dunkles Brot. Gleichgültig starrte Marie auf die Suppe.

»Ihr müsst unbedingt etwas essen«, ermahnte sie Robert, »sonst werdet Ihr bald keine Kraft mehr haben, um weiterzugehen.«

Marie warf ihm einen merkwürdigen Blick zu, griff dann aber nach dem Holzlöffel und begann ohne sonderlichen Appetit zu essen. Robert war zufrieden. Hungrig verschlang er seine Suppe und ließ sich die Schale danach noch ein zweites Mal füllen.

Die Frau sah ihnen beim Essen zu.

»Was sucht Ihr hier?«, fragte sie nach einer Weile.

Robert öffnete schon den Mund, um ihr zu antworten, als ihn die unverhohlene Neugier, die in ihren Augen stand, zögern ließ. Ihm wurde klar, dass sie in einer so menschenleeren Gegend wie dieser zwangsläufig Aufsehen erregen mussten. Und falls der Bischof sie verfolgen ließe, wäre es ein Leichtes für ihn herauszufinden, dass sie hier gewesen waren.

»Wir befinden uns auf dem Weg zu unseren Verwandten«, antwortete er der Frau daher knapp.

Er erhob sich und zog Marie wieder von der Bank hoch. Dann öffnete er seinen Beutel und reichte der Frau eine Münze. »Habt Ihr noch etwas Brot und Käse für unterwegs?«

Die Frau nickte, steckte das Geldstück beinahe ehrfürchtig ein und begann sofort, einen Laib Brot und ein großes Stück Käse für sie in ein Tuch einzuwickeln, das sie zuletzt mit einem Knoten zusammenband.

»Es braucht nicht jeder zu erfahren, dass wir hier waren«, sagte Robert langsam und ließ die Frau dabei nicht aus den Augen. Die nickte und sah Marie dabei an. Das Mädchen schien ihr etwas verwirrt zu sein. Ihre dunklen Augen wirkten fast ein wenig unheimlich und ihre Haut wie blutleer. Ob sie vielleicht krank war?

Da drang auf einmal ein lautes Stöhnen durch das offene Fenster zu ihnen hinein. Die Augen der Frau weiteten sich erschrocken, und gefolgt von Robert und Marie stürzte sie aus dem Haus. Ein Mann mittleren Alters schleppte sich stöhnend auf sie zu. Sein lederner Wams war blutüberströmt, und seine grauen Haare klebten ihm nass geschwitzt am Kopf. Er hielt seine beiden Hände fest auf den Unterleib gepresst, doch er konnte das Blut nicht aufhalten, das dort unaufhaltsam aus einer Wunde heraus und über seine Hände lief und den Boden unter ihm rot färbte. Es gelang ihm kaum noch, sich auf den Beinen zu halten.

Robert und die Frau sprangen auf ihn zu, um ihn zu stützen und ihm zu helfen. Gemeinsam gelang es ihnen, den Schwerverletzten ins Haus zu schleppen und auf die Bank zu legen. Die Frau eilte davon und holte Tücher, die sie auf die Wunde presste.

Auch Marie beugte sich nun über den Mann und berührte seine Stirn leicht mit der Hand.

Robert bemerkte voller Sorge, dass Marie noch blasser wurde, als sie eh schon war. Er trat an sie heran, um sie zu fragen, ob sie sich nicht lieber setzen wolle, als sie bewusstlos zusammenbrach und er sie gerade noch auffangen konnte. Krämpfe schüttelten ihren Körper, und ihr schönes Gesicht begann sich zu verzerren.

Die Frau bekreuzigte sich und begann laut zu beten. Es gelang ihr nicht, ihr Entsetzen zu verbergen, und sie starrte angstvoll auf das Mädchen, das sich abwechselnd aufbäumte und wieder in sich zusammensackte.

»Ich habe Durst, bring mir etwas zu trinken, Frau.« Widerwillig löste die Frau ihren Blick von dem Mädchen und sah ihren eben noch schwer verletzten Mann an, als wäre er eine Erscheinung. Sie fuhr fort, sich zu bekreuzigen, und rührte sich nicht von der Stelle.

Währenddessen erhob sich ihr Mann von der Bank. Er wusste nicht, wie ihm geschah, aber es ging ihm schlagartig wieder gut, und er hatte keine Schmerzen mehr. Er warf die rot gefärbten Tücher auf den Boden und schob sein Wams hoch.

Erstaunt sah er an sich hinunter. Die eben noch weit auseinanderklaffende Wunde war wie durch ein Wunder verschwunden. Fassungslos strich er sich mehrmals mit der Hand über die unversehrte Haut.

Endlich kam Bewegung in seine Frau. Sie füllte Wein in einen Tonbecher und reichte ihn mit zitternden Händen ihrem Mann.

Robert hatte von alledem nichts mitbekommen. Er saß neben Marie auf dem Boden und streichelte ihr immer wieder über das glänzende Haar. Einmal mehr fühlte er sich hilflos, weil er nicht wusste, wie er Marie helfen konnte, doch nach einer Weile ließen die Krämpfe nach, und Marie glitt in einen tiefen Schlaf. Robert hob sie hoch und legte sie behutsam auf die Bank.

Betroffen starrte das Ehepaar Marie an, die ihnen in ihrer unschuldigen Schönheit wie ein Engel erschien. Der Jagdaufseher fühlte sich seltsam und verspürte das dringende Bedürfnis, mit dem Fremden über seine Erlebnisse zu reden.

»Ich habe einen Hirsch verfolgt und dabei wohl die Frischlinge im Gebüsch übersehen. Jedenfalls schoss plötzlich ein Keiler aus dem Unterholz auf mich zu, der so kräftig war wie drei Wildschweine zusammen. Ich hatte nicht die geringste Chance.« Der Jagdaufseher schüttelte immer wieder verwundert den Kopf. Er konnte nicht begreifen, was mit ihm geschehen war.

»Das Mädchen hat mich so merkwürdig angesehen, daraufhin haben meine Schmerzen immer mehr nachgelassen. Es ist wie ein Wunder.«

»Ein Wunder«, wiederholte seine Frau und fuhr fort, sich zu bekreuzigen.

Ich hatte recht, dachte Robert frohlockend. Marie ist eine Heilerin, und Radulfus ist irgendwie dahintergekommen. Es war richtig, die Stadt zu verlassen. Der Bischof hätte Marie niemals in Ruhe gelassen.

Entschlossen wandte er sich an den Jagdaufseher.

»Ihr habt ganz recht, Eure Rettung ist ein Wunder. Marie ist eine Heilerin und wird von den Mächtigen der Kirche verfolgt, die sie für ihre Zwecke missbrauchen wollen. Werdet Ihr mir Euer Wort geben und über unser Hiersein Stillschweigen bewahren, sollte jemand nach uns fragen?«

Der Jagdaufseher nickte nachdenklich. Die Worte der letzten Sonntagspredigt kamen ihm in den Sinn. Jedes Jahr, wenn der Schnee geschmolzen war und sich lange Züge von Kaufleuten, Händlern und Pilgern auf die Reise begaben, appellierten die Prediger eindringlich an das Gewissen der Gläubigen.

»Vergesst die Gastfreundschaft nicht, denn dank ihr haben einige von Euch, ohne es zu ahnen, schon Engel beherbergt.«

»Bring uns Wein«, forderte er seine Frau auf, »und ein großes Stück von dem Braten.«

Und während Marie weiterschlief, saß Robert noch lange Zeit mit dem Ehepaar wie mit zwei guten Freunden zusammen.

Nach dem Essen legte Robert sich dann ebenfalls neben Marie auf den Boden, wo er erschöpft, aber glücklich sofort einschlief.

Der Abschied am nächsten Morgen verlief herzlich. Der Jagdaufseher hatte seine Frau angewiesen, ein großes Bündel fertig zu machen, das er Robert vor der Türe überreichte.

»Ich werde sie nie vergessen«, meinte er mit einem Blick auf Marie, die stumm neben Robert stand. Nachdenklich sah er den beiden jungen Leuten nach.

Der Himmel war grau verhangen, doch es kam nicht zum Regnen, und so konnten Marie und Robert den ganzen Tag über weiterziehen. Gegen Abend erreichten sie ein winziges Kloster, in dem ihnen wie allen Reisenden für eine Nacht Gastfreundschaft gewährt wurde.

Die wenigen Mönche, die sich hier in der Einsamkeit verkrochen hatten, sprachen kein Wort. Eisern hielten sie sich an das Schweigegelübde, das sie abgelegt hatten, und Robert war froh, keine neugierigen Fragen gestellt zu bekommen. An diesem Abend waren sie die einzigen Gäste gewesen, und unmittelbar nach dem Essen, das aus einer dünnen fleischlosen Gemüsesuppe und einem Becher Wein bestanden hatte, legten sie sich nebeneinander zum Schlafen ins Stroh.

Nach einer Weile bemerkte er, dass Marie weinte. Er zog sie in seine Arme und strich ihr tröstend übers Haar.

»Weint ruhig, und wenn Ihr reden wollt, dann werde ich Euch zuhören«, beruhigte er sie und hielt sie dabei fest umschlungen.

Irgendwann versiegten Maries Tränen, dennoch sprach sie kein Wort, sondern blieb still in seinen Armen liegen und genoss die Wärme, die sein Körper ausstrahlte.

Am nächsten Tag zogen sie weiter. Die Landschaft wurde langsam hügeliger, und sie wanderten weiterhin abseits der Wege durch Täler und über sanft ansteigende Hügel, die für den Weinbau genutzt wurden, wobei sie unterwegs nur einmal einem halbblinden Schäfer begegneten.

Robert war dankbar für den Proviant, den sie von dem Jagdaufseher erhalten hatten und der sie für die nächsten Tage davor bewahrte, irgendwo einkehren zu müssen und dabei auf andere Menschen zu treffen.

Sie übernachteten unter einer kleinen Eiche und machten sich beim ersten Licht des Tages wieder auf den Weg.

»Werde ich meine Familie jemals wiedersehen?«, fragte ihn da Marie auf einmal unvermittelt.

»Ich weiß es nicht«, antwortete ihr Robert. »Vielleicht irgendwann einmal.«

Maries Frage brachte ihn in die Wirklichkeit zurück. Bis jetzt hatte er sich noch keine Gedanken darüber gemacht, wie es weitergehen sollte. Marie zu beschützen und in ihrer Nähe zu sein, war ihm genug gewesen.

Er dachte an seine Mutter, die er liebte und verehrte. Seine Familie würde sich um ihn sorgen, genauso, wie sich

Maries Familie um ihre verschwundene Tochter sorgen würde.

»Wir werden nach Flandern gehen«, sagte er zu Marie, die ihn so vertrauensvoll ansah, dass ihm ganz warm wurde. »In der Burg meines Onkels, des Grafen von Artois, werden wir vor dem Bischof sicher sein und können unseren Familien von dort aus sofort eine Nachricht zukommen lassen.«

Er war froh, dass Marie den Schock über ihre Entführung langsam zu überwinden schien und sich für die Zukunft zu interessieren begann.

Die Tage waren bereits warm, und auch in den Nächten kühlte es nicht mehr allzu stark ab. Es war die Jahreszeit des Reisens, und so würde es nicht allzu schwer sein, sich irgendwann unter den Strom der Pilger und Kaufleute zu mischen, um unter ihrem Schutz weiterzuziehen und unerkannt das Land zu verlassen.

Robert orientierte sich am Stand und Lauf der Sonne am Himmel und führte Marie ohne übermäßige Eile weiter in Richtung Norden, wo das Land wieder flacher wurde. Ihre Vorräte waren fast aufgezehrt, und Robert wusste, dass sie bald eines der kleinen Dörfer aufsuchen mussten, die nicht mehr als eine Tagesreise voneinander entfernt die Handelsstraße säumten.

23

Radulfus' Handflächen waren feucht vor Erregung, als er die Treppe zum Geheimgang hinunterstieg. In seinen Händen hielt er ein weißes Gewand, das an den Rändern mit einer kostbaren golddurchwirkten Bordüre gesäumt war.

Er konnte es kaum erwarten, Marie in diesem Kleid zu sehen. Ihre jungfräuliche Haut würde, einem Engel gleich, mit dem Weiß des Gewandes verschmelzen. Vor der Türe angekommen, sah er ihre Augen vor sich, diese verfluchten dunklen Augen, in denen, so glaubte er, ihr Geheimnis verborgen lag. Er zog den Riegel zurück und öffnete die Türe.

Doch der Raum war leer. Er weigerte sich zu glauben, was er sah. Aber es gab keinen Zweifel, Marie war verschwunden. Es durfte einfach nicht sein. Vollkommen außer sich schüttelte er immer wieder den Kopf. Dann sprang er blitzschnell zurück und ließ die Türe krachend hinter sich zufallen. Regungslos stand er im Dunkeln.

Nein, es konnte nicht sein. Eine Flucht war einfach unmöglich. Es sei denn, irgendjemand hätte dem Mädchen dabei geholfen. Doch wer konnte das gewesen sein?

Langsam wurde ihm klar, dass er Bruder Gregor unterschätzt hatte. Er hatte Entsetzen geheuchelt, als man ihm von dessen Tod berichtet hatte, und anschließend die Schändlichkeit dieser frevelhaften Tat mit scharfen Worten verurteilt. Warum hatte er ihn nur nicht schon früher aus dem Weg geschafft? In ohnmächtiger Wut ballten sich seine Hände zu Fäusten.

Aufgewühlt verließ er das Verlies und hastete durch den dunklen Gang in Richtung Krypta. Die Türe war verschlossen, und niemand außer ihm besaß einen Schlüssel zu dem geheimen Gang. Bruder Gregor musste sich also irgendwie an der Wache vor seiner Türe vorbeigeschlichen haben. Aber dann fiel ihm ein, dass der Sakristan zum Zeitpunkt von Maries Flucht längst tot gewesen war. Oder etwa doch nicht?

Seine Augen quollen ihm aus den Höhlen, als sich die Angst wie ein eiserner Ring um sein Herz legte. Ob Bruder Gregors Geist etwa zurückgekommen war, um sich an ihm zu rächen?

So schnell er konnte verließ er den geheimen Gang und verschloss mit zitternden Händen die Tür. Wieder in seinen Gemächern angekommen, ließ er sich auf einen Stuhl fallen und starrte blicklos vor sich hin.

Das war das Ende. Seine Seele war unwiderruflich verloren. Die Dämonen der Hölle konnten nun ungehindert nach ihm greifen, und Bilder des Schreckens tauchten vor seinem geistigen Auge auf.

Ein Geräusch drang an seine Ohren, es hörte sich an wie das Knistern von brennenden Holzscheiten. Unaufhaltsam kam es näher. Er wollte aufspringen, um zu fliehen, doch seine Beine versagten ihm den Dienst, und es war ihm unmöglich aufzustehen. Der Blasebalg unter dem riesigen Kessel wurde zusammengedrückt. Auf und nieder, schneller und schneller. Sein Pfeifen und Stöhnen schwoll an. Er spürte die unerträgliche Hitze der züngelnden Flammen, die unbarmherzig nach seinem Leib griffen, um ihn auf ewig in den Kessel der Verdammten zu ziehen.

Ein entsetzlicher Schrei ließ ihm das Blut in den Adern frieren. Erst als der Wachmann, gefolgt von den Dienern, hereinstürzte und ihn verständnislos anstarrte, begriff er, dass er selbst derjenige war, der geschrien hatte.

»Raus hier«, brüllte er den entsetzten Wachmann an, bevor er sich an die vor Angst schlotternden Diener wandte: »Bringt Otto zu mir, und dann verschwindet«, fuhr er sie unbeherrscht an, worauf die erschrockenen Diener wie verängstigte Hühner nach draußen stoben, um seinem Befehl Folge zu leisten.

Otto ließ nicht lange auf sich warten. Wie immer erschien er in gebückter Haltung. Es fiel Radulfus schwer, den unterwürfigen Ausdruck in dem verschlagenen Gesicht zu ertragen, doch Otto war für heikle Aufträge dieser Art einfach der beste Mann. An Einfallsreichtum und Skrupellosigkeit war er von niemandem zu schlagen.

Seine flinken Augen streiften kurz über das Gesicht des Bischofs und erfassten mit einem Blick die namenlose Furcht und das Grauen darin, das Radulfus zu verbergen suchte. Dann senkte er seinen Blick und wartete auf das, was Radulfus ihm zu sagen hatte.

»Ich will das Mädchen zurück.« Radulfus' Stimme zitterte leicht. Er zog einen prall gefüllten Beutel unter seinem Umhang hervor und öffnete ihn. Es war das Silber des Tuchhändlers. Er reichte Otto einige Silberstücke, die dieser mit ausdruckslosem Gesicht entgegennahm.

»Der Kathedralschüler Robert de Forez hat nicht an den Vorlesungen teilgenommen. Wie es scheint, ist er verschwunden, es ist fast so, als hätte er sich in Luft aufgelöst. Niemand will etwas gesehen haben. Ich glaube, ich werde einige Leute bestechen müssen«, begann Otto in bescheidenem Ton.

Wer ihn nicht kannte, musste den Eindruck erhalten, dass er diese unvermeidliche Tatsache zutiefst bedauerte.

Radulfus griff in den Beutel und reichte Otto drei weitere Silberstücke. Er hatte sich wieder etwas gefasst.

»Wie ich sehe, habt Ihr Euch neue Gewänder anfertigen lassen«, stellte er wie nebenbei fest.

Doch seine Feststellung rührte Otto wenig, denn er wusste, dass die Zeit gekommen war, seine Trümpfe auszuspielen. Ungerührt fuhr er in dem gleichen anbiedernden Tonfall fort, der selbst Radulfus zuwider war:

»Er ist der Sohn des Grafen Guido de Forez und der Mathilde von Artois. Ich habe mich über ihn erkundigt. Wenn ich recht habe mit meiner Vermutung, wird er versuchen, zu seinen Verwandten nach Flandern zu fliehen, um sich der Gerechtigkeit zu entziehen.«

Radulfus' Brauen schoben sich erstaunt nach oben.

»Ich verstehe nicht ganz«, erwiderte er.

Otto warf ihm einen schlauen Blick zu.

»Irgendjemand muss dem Mädchen doch geholfen haben, Bruder Gregor ins Reich unseres Herrn zu befördern.« Er schlug ein Kreuzzeichen und ließ Radulfus Zeit, die volle Tragweite seiner Worte zu erfassen.

Radulfus' Nase begann zu zucken. Otto sah es voller Befriedigung.

»Wir brauchen Beweise für diese Anschuldigung«, stieß er schließlich hervor, worauf Otto nur gewartet hatte.

»Zwei ehrenwerte Brüder im Glauben haben gesehen, wie er fluchtartig aus der Kapelle gestürmt ist. Sicher werdet Ihr mir und den Brüdern darin zustimmen, dass ein Mann mit gutem Gewissen nicht den geringsten Grund für eine solche Eile hat.«

Jetzt war sich Radulfus sicher, dass der Mann jedes Silberstück wert war, das er von ihm erhalten hatte und noch erhalten würde. Zwei Zeugen genügten bereits, um selbst den Sohn eines Grafen vor das heilige Gericht der Inquisition zu bringen.

Das Recht war auf seiner Seite.

Er beugte sich vor.

»Bringt mir das Mädchen und sorgt dafür, dass der Mörder unseres armen Bruders Gregor seinen gerechten Lohn erhält.«

Er reichte Otto eine weitere Handvoll Silber.

Hochzufrieden mit sich selbst verließ Otto die Gemächer des Bischofs. Er tauschte sein neues Gewand gegen einen langen verschlissenen Mantel und einen breitkrempigen Hut, befestigte Lederbecher und Messer an seinem Gürtel und ließ sich vom Stallmeister ein Reitpferd satteln. Dann verließ er die Stadt auf dem schnellsten Weg in Richtung Norden.

24

In jedem Ort, selbst wenn er noch so klein war, hielt er an und fragte nach einem Mädchen mit ungewöhnlich weißer Haut, das sich in Begleitung eines jungen Edelmannes befand. Niemand hatte Marie gesehen oder konnte sich an sie erinnern, aber Otto ließ sich nicht beirren.

Er hatte den Auftrag angenommen und würde ihn ausführen, so wie er bis jetzt noch jeden Auftrag zu Ende geführt hatte. Selbst wenn die beiden die großen Wege mieden, waren sie dennoch gezwungen, zwischendurch in einem der Dörfer oder Bauernhäuser etwas zu essen zu besorgen.

Otto war davon überzeugt, ihr Ziel zu kennen und früher oder später auf sie zu stoßen. Er trieb sein Pferd an einigen Ochsenwagen vorbei. Obwohl es noch früh am Morgen war, waren bereits viele Reisende unterwegs. Aufmerksam beobachtete er die Menschen, an denen er vorbeiritt. Unzählige Pilger hatten sich auf den beschwerlichen Weg gemacht, um nach Santiago de Compostela zu reisen und dort das Grab des heiligen Jakobus zu besuchen.

Einzeln oder im Schutz einer für die Dauer der Reise gebildeten Gemeinschaft wanderten sie barfuß und ungewaschen von einer der überfüllten Unterkünfte zur nächsten und nahmen die dortigen Wanzen und Flöhe auf ihre weitere Reise mit.

Nachdem Otto eine kurze Pause gemacht hatte und sein Pferd wieder besteigen wollte, riss ihm der Sattelgurt, und er landete unsanft auf dem Boden. Er fluchte laut, was ihm vorwurfsvolle Blicke seitens der Pilger eintrug. Leiser schimpfend legte er deshalb den Sattel wieder auf den Rücken des Pferdes und führte es am Zügel weiter. Er konnte nur hoffen, dass er gleich im nächsten Ort einen Sattler finden würde.

Gegen Mittag waren seine Füße von dem ungewohnten Laufen in den Reitstiefeln so wund, dass er die Stiefel ausziehen und barfuß weitergehen musste. Seine Stimmung hob sich erst wieder etwas, als er von Weitem die Dächer einiger Häuser vor sich auftauchen sah. Den ganzen Tag über hatte es geregnet, und der Himmel war von gleichbleibendem Grau gewesen. Jetzt schob sich von Osten eine dunkle Wolkenwand näher, die mit jedem Augenblick bedrohlicher aussah. Die Menschen vor ihm warfen ängstliche Blicke nach oben und begannen zu rennen. Sogar die Bauern trieben ihre Ochsen zur Eile an. Alle wollten die schützenden Häuser noch vor Einbruch des zu erwartenden Unwetters erreichen.

Von einem Moment auf den anderen wurde es stockfinster, und ein tiefes Grollen ließ die Luft erbeben. Die Menschen duckten sich ängstlich und begannen noch während des Laufens zu beten.

Das Grollen schwoll immer mehr an, bis es sich schließlich in einem lauten Krachen entlud. Gleißende Blitze zuckten über das Firmament, dann öffnete der Himmel seine Schleusen und entließ seine Wassermassen auf die Erde.

Als Otto endlich das Dorf erreichte, war er bis auf die Haut durchnässt.

Die Pilger drängten sich in die kleine Holzkapelle und baten Gott, sich ihrer Seele zu erbarmen, überzeugt davon, dass das Ende der Welt nahen würde.

Otto betrat hingegen die hoffnungslos überfüllte Schenke und fragte den Wirt nach einem Sattler. Er hatte Glück, denn die Werkstatt des Sattlers lag nur wenige Häuser von der Schenke entfernt.

Sofort machte er sich auf den Weg.

Das grob zusammengezimmerte Holztor der Werkstatt stand halb offen. Er band das Pferd an einen mickrigen Apfelbaum neben dem Tor fest, nahm den Sattel und betrat damit die Werkstatt.

Es roch nach Leder, Fett und Leim.

Meister Raymond sah von seiner Arbeit auf. Seine Hände hatten die Größe von Schaufeln, und graue Haare umwallten sein faltiges Gesicht. Otto murmelte einen knappen Gruß und ließ den schweren Sattel vor ihm auf den Boden fallen.

»Der Gurt ist gerissen, sieh zu, dass du ihn repariert kriegst, denn ich muss morgen gleich in aller Frühe weiter. Und treib den Preis nicht zu hoch.«

»Wenn ich Euch den Gurt repariert habe, geht Euer Pferd eher an Altersschwäche ein, als dass er noch einmal reißt. Das sollte Euch das Geld schon wert sein. Ich verlange zwei Sous im Voraus«, erwiderte der Meister ungerührt.

Otto gab ihm die geforderten Münzen.

Meister Raymond nahm sie und schlurfte zu seinem Nähross.

»Schafft mir den Sattel hierher«, forderte er. »Der Junge ist mal wieder verschwunden, und ich hab's im Kreuz.«

Otto bückte sich danach und schleifte den Sattel zu dem kleinen Nähross, auf dem sich der Meister bereits rittlings niedergelassen hatte.

»Muss wohl ein Stück dransetzen«, murmelte er. Er griff zum Halbmond und begradigte mit zwei kurzen Schnitten den Riss. Dann nahm er ein neues Stück Riemen und schnitt ihn so zu, dass er die durchgebrochene Stelle auf beiden Seiten jeweils um eine Handbreit überlappte. Anschließend dünnte er Sattelgurt und Riemen zu den Enden hin aus, damit die reparierte Stelle später nicht dicker sein würde, als der Gurt es war. Er legte die Gurtstücke auf den Flickriemen und richtete sie aus.

Auf dem Ofen hielt er immer einen Topf Hartleim am Kochen. Mit einem Pinsel trug er den heißen Leim auf und presste alles zusammen, bevor er den Gurt zwischen die Klemmbacken des Nährosses legte und festdrehte.

Otto hatte Mantel und Hut abgelegt und zum Trocknen über den Ofen gehängt. Während er zusah, wie der Meister nach der Rolle mit dem Leinenfaden griff, von dem er eine doppelte Armspanne abschnitt und geschickt zu einer Kordel drehte, überlegte er, wo er am besten übernachten konnte. Die Herbergen würden mittlerweile zum Bersten voll sein. Am besten wäre es hierzubleiben.

Der Meister zog eine Ahle aus seiner Lederschürze und begann mit dem Nähen. Mit einer kräftigen Bewegung durchstieß er mit der Ahle das beinahe fingerdicke Leder. Dann zog er das Eisen mit einer Gegenbewegung wieder heraus und schob gleichzeitig von links die Nadel durch das Loch. Er zog den Faden bis zur Hälfte hindurch, dann setzte er den zweiten Stich. Nadel von links, zweite Nadel von rechts, ein Überhandknoten, der genau im Stich festgezogen wurde. Er arbeitete schnell und sicher. Zum Abschluss klopfte er die Nähte nochmals mit dem Hammer fest. Danach war weder eine Stufe noch ein Übergang mehr zu spüren. Zufrieden sah er Otto an.

»Wie ich Euch sagte, der reißt nicht mehr.«

»Gute Arbeit«, bestätigte Otto und zwang sich zu einem Lächeln.

»Sagt, wäre es möglich, hier bei Euch zu übernachten?« Er beförderte zwei weitere Sous aus seinem Beutel und hielt sie Meister Raymond entgegen. Der Sattler nickte.

»Ich kann Euch Brot, Käse und einen Krug Wein geben, und Ihr könnt es Euch neben dem Ofen gerne bequem machen.«

Er steckte zwei Finger in den Mund und stieß einen lauten Pfiff aus.

Nur wenig später erschien ein rothaariger Junge mit einer breiten Narbe auf der Stirn.

»Stell das Pferd unseres Gastes in den Stall und vergiss nicht, ihm auch etwas Heu zu geben und es zu tränken. Danach bring uns Brot, Wein und ein Stück von dem Käse«, befahl er.

Gehorsam brachte der Junge das Gewünschte und ließ sich neben seinem Meister auf dem Boden nieder.

Otto ließ sich nicht lange bitten und machte sich hungrig über Käse und Brot her.

»Ich bin auf der Suche nach einem Mädchen«, begann er mit vollem Mund. »Sie hat dunkelbraunes Haar, dunkle Augen und eine auffallend helle Haut. Habt Ihr sie vielleicht gesehen?« Meister Raymond schüttelte den Kopf.

»Ich komme selten aus der Werkstatt heraus, da müsst Ihr schon den Jungen fragen, der treibt sich ständig draußen herum.« Ein leiser Vorwurf klang in seiner Stimme.

Otto sah den Jungen an, doch der schüttelte ebenfalls verneinend den Kopf. Ein verklärtes Lächeln hatte sich über sein Gesicht gelegt, das Otto jedoch nicht bemerkte, denn er hatte sich schon längst wieder dem Sattler zugewandt.

Vor den Augen des Jungen tauchte das Bild des Engels auf, der seine Hand im letzten Moment vor dem Schwert des Henkers gerettet und sein Leben verändert hatte.

Seit diesem Tag war er kein Dieb und Beutelschneider mehr. Er hatte sich aufgemacht, um ein ehrliches Leben außerhalb der Stadt zu führen, und war durch eine glückliche Fügung bei Meister Raymond gelandet, der ihn ohne viele Worte aufgenommen hatte und wie ein Vater zu ihm war.

Jede Nacht träumte er von dem Mädchen, das so schön war wie kein anderes, das er jemals gesehen hatte. Im Traum streichelte sie ihm zärtlich übers Haar. Sie duftete nach Rosen und war so rein wie die Heilige Jungfrau. Wenn er dann morgens erwachte, brannten Tränen der Sehnsucht in seinen Augen.

Instinktiv spürte er, dass der strohblonde Kerl mit dem verschlagenen Gesicht eine Bedrohung für sie darstellte. Daher musste er sie vor ihm schützen, so wie sie damals ihn vor dem Büttel beschützt hatte.

Am nächsten Morgen befragte Otto noch einige Händler nach Marie, dann sattelte er sein Pferd und ritt weiter. Währenddessen schürte Meister Raymond das Feuer, damit der Leim kochen konnte, und schimpfte leise vor sich hin.

Der Junge war schon wieder verschwunden. Es war zum Haareausreißen. Doch er hatte nun einmal einen Narren an ihm gefressen. Denn wenn er gerade einmal nicht herumstromerte, war er geschickt und fleißig und erwärmte außerdem sein altes Herz.

Der Fuzz, wie er von den Leuten gerufen wurde, seitdem er denken konnte, war schon lange vor Otto aufgestanden und hielt nun Ausschau, in der Hoffnung, Marie in dem nicht enden wollenden Strom von Pilgern zu entdecken.

Er würde alles darum geben, sie noch einmal sehen zu dürfen.

Als der letzte Pilger das Dorf verlassen hatte, standen ihm jedoch vor lauter Enttäuschung Tränen in den Augen.

Er wischte sie fort und lief zurück zur Werkstatt. Aber auch dort hielt er es nicht lange aus. Die Unruhe trieb ihn zurück zu der kleinen Holzkapelle, in der jeder Fremde den Segen Gottes für seine Weiterreise erflehte.

Er setzte sich auf die Stufen vor der Kapelle und starrte in den grauen Himmel, bis ihn die Müdigkeit übermannte. Sein Kopf sank auf seine Brust, und er schlief ein.

Schließlich weckte ihn sein knurrender Magen. Die Mittagszeit war längst vorbei, und es würde nicht mehr lange dauern, bis die nächste Pilgerschar das Dorf erreichte. Aber noch blieb genügend Zeit, um nach Hause zu laufen und sich ein Stück Brot zu holen.

Er wollte gerade aufstehen, als eine junge Frau, begleitet von einem Edelmann, auf die Kapelle zukam. Der Junge glaubte zu träumen und rieb sich den letzten Schlaf aus den Augen. Mit großen Augen starrte er auf Marie, die ihm freundlich zulächelte.

»Du bist doch der kleine Beutelschneider aus Bourges? Hast du also dein Versprechen, niemanden mehr zu bestehlen, gehalten?«, fragte ihn Robert, der den Jungen ebenfalls sofort erkannt hatte.

Das Gesicht des Jungen glühte vor Stolz.

»Ich stehle nicht mehr, sondern arbeite bei Meister Raymond, dem Sattler.«

Es gelang ihm nicht, seinen Blick von Marie zu wenden.

»Ihr habt mich vor dem Büttel gerettet, seid Ihr ein Engel?«, platzte es aus ihm heraus. Marie schüttelte verneinend den Kopf. Die offensichtliche Bewunderung des Jungen machte sie verlegen. Zögernd strich sie ihm über das zerzauste rote Haar. Er spürte ihre weiche Hand auf seinem Kopf und fühlte sich wie in seinem Traum. Entschlossen stand er auf und reckte sich, um größer zu wirken.

»Gestern war ein Kerl bei meinem Meister und hat sich den Sattel reparieren lassen. Er hat nach Euch gefragt.«

»Wie sah er denn aus?«, wollte Robert wissen. Er hatte geahnt, dass der Bischof keine Ruhe geben würde.

»Er ist klein, dünn und hat gelbe Haare. Ich habe hier auf Euch gewartet, um Euch zu warnen. Ich glaube, er hat nichts Gutes im Sinn.«

»Wir wollten nur etwas Brot und Käse kaufen und dann weiterziehen.«

Der Junge überlegte.

»Ich bringe Euch am besten zu meinem Meister, dort könnt Ihr Euch ausruhen, und ich besorge unterdessen alles, was Ihr braucht.« Sein Blick glitt über Maries und Roberts Kleidung.

»Vielleicht wäre es besser, wenn Ihr außerdem eine etwas weniger auffällige Kleidung tragen würdet«, gab er zu bedenken.

Robert hob erstaunt seine Augenbrauen. Der Gedanke war ihm noch gar nicht gekommen.

»Du hast recht«, sagte er schließlich zu Fuzz und lächelte ihn an, worauf ihnen der Junge voranlief. Er hatte dem Meister von seinem Engel erzählt, doch der hatte nur gelacht.

»Vom Träumen kann man nicht leben, geh zurück an deine Arbeit«, war seine Antwort gewesen. Jetzt konnte er sich selbst davon überzeugen, dass er nicht geträumt hatte, und würde ihm glauben müssen.

Meister Raymond war gerade dabei, Leder zuzuschneiden, als der Junge mit Marie und Robert die Werkstatt betrat.

Prüfend betrachtete er die beiden Fremden. Seine Augen trafen sich mit den dunklen Augen des Mädchens, und ihm wurde warm ums Herz. Ohne dass der Junge etwas sagte, wusste er, wer dieses Mädchen war. Er legte das Leder zur Seite und nahm Maries Hände.

»Der Junge hat mir von Euch erzählt«, sagte er freundlich. »Bitte setzt Euch und seid meine Gäste.«

Während der Junge zum Markt lief, um Vorräte zu besorgen, brachte Meister Raymond ihnen Brot, Wein und Käse an den Tisch und beobachtete Marie und Robert nachdenklich beim Essen.

»Darf man fragen, wohin die Reise geht?«, fragte er und füllte noch einmal die Becher seiner Gäste. Robert betrachtete ihn prüfend.

»Wir sind unterwegs nach Flandern, ich habe dort Verwandte.«

»Vielleicht wäre es besser, Ihr würdet Euch einer Gruppe von Kaufleuten anschließen und in deren Schutz weiterreisen«, gab der Meister gerade zu bedenken, als der Junge mit einem prall gefüllten Bündel auf dem Rücken zurückkehrte. Über dem Arm trug er zwei ungefärbte Mönchskutten.

Schelmisch breitete er sie vor Robert und Marie aus.

»Darin wird Euch niemand erkennen«, bemerkte er. Dann öffnete er das Bündel. Es enthielt Käse, gepökeltes Fleisch und ein hart gebackenes Brot, das sich viele Tage lang halten würde, ohne zu verderben.

»Das hast du gut gemacht«, lobte Robert.

Das Gesicht des Jungen begann vor Freude zu strahlen. Er nestelte an dem Lederriemen um seinen Hals und zog einen kleinen Leinenbeutel hervor, den er unter seinem Wams verborgen hatte.

»Ich habe ihn die ganze Zeit über aufbewahrt«, erklärte er entschlossen und reichte Marie den Beutel.

Marie öffnete ihn. Der kleine Jadevogel glänzte im Schein

des Feuers und ließ sie augenblicklich an ihre Schwester Katharina und an Elsa denken, die immer gut zu ihr gewesen war. Als sie an ihr Zuhause dachte, von dem sie so unvorstellbar weit entfernt war, wurde sie ganz schwermütig. Seit ihrer ersten Begegnung mit Robert war viel geschehen. Doch dann spürte sie, dass er sie beobachtete, und all ihre Trübsal war wie weggeblasen.

Ohne ein Wort zu verlieren, hatte Robert sein Studium und seine Freunde aufgegeben und sich in große Gefahr begeben, nur um sie zu retten.

Wie blind und teilnahmslos war sie nur die ganze Zeit über gewesen.

Der Vogel in ihrer Hand gab ihr wieder Kraft. Sie war kein kleines Mädchen mehr, das die Wirklichkeit länger ignorieren konnte. Sie musste endlich erwachsen werden, so wie ihre Schwestern erwachsen geworden waren. Entschlossen wandte sie sich nun an den Jungen.

Sie sah die Narbe auf seinem noch kindlichen Gesicht, und als sie ihm in die Augen sah, entdeckte sie Verletzungen, die ihm durch seine Einsamkeit und die kalte Gleichgültigkeit der Menschen entstanden waren.

Diesem Jungen war ebenso übel mitgespielt worden wie ihr, doch er hatte es ertragen, ohne dass sein Herz erkaltet war. Sie legte ihm den Jadevogel in die Hand.

»Ich möchte, dass du ihn behältst.«

Der Junge wusste vor lauter Glück nicht mehr ein noch aus.

Meister Raymond war gerührt. Es kam nicht alle Tage vor, dass man ein Mädchen traf wie dieses hier. Allein ihre bloße Anwesenheit ließ den Raum freundlicher erscheinen.

Marie nahm Roberts Hand und drückte sie zärtlich. Sie wusste, dass er sie auch ohne Worte verstehen würde, und tatsächlich merkte Robert, dass Marie auf dem besten Weg war, die schrecklichen Erlebnisse der Vergangenheit hinter sich zu lassen. Und er war froh darüber.

25

Elsa war die Einzige, die Marie vermisste, und das Haus der Machauts war zu einer kalten und leeren Wüste für sie geworden. Die restlichen Familienmitglieder vermieden es, ihren Namen auszusprechen. Es war fast so, als ob sie stillschweigend eine Absprache untereinander getroffen hätten. Elsa war empört. Anstatt jeden Tag gemeinsam für Marie zu beten, hatte sie eher den Eindruck, dass insgeheim alle froh über Maries Verschwinden waren.

Selbst Marthas Hochzeit mit Henry fand wie geplant statt, und Martha blühte auf. Die Ehe bekam ihr gut und sie schien sogar regelrecht verliebt in ihren Mann zu sein, zumindest suchte sie seine Nähe, wann immer sie konnte.

Henry seinerseits war überrascht von Marthas glühender Leidenschaft, die er nicht bei ihr vermutet hatte und die seine eigene immer wieder von Neuem erregte. Bald würde er Söhne haben, und allein der Gedanke daran erfüllte ihn mit unsäglichem Stolz. Er begrüßte es, dass Marie aus ihrer aller Leben verschwunden war und hoffte nur, dass es dabei bleiben würde, denn der merkwürdige Blick, den sie ihm manchmal zugeworfen hatte, hatte an seinem Gewissen gerüttelt und ihn jedes Mal an seine Sünden denken lassen, die er viel lieber vergessen hätte. Jetzt war sie jedenfalls fort und mit ihr zusammen die Dämonen, die er am meisten gefürchtet hatte.

Wenn Elsa dagegen des Nachts in ihrer Kammer lag, malte sie sich stets die schlimmsten Dinge aus, die ihrem kleinen Mädchen zugestoßen sein könnten.

Dann erhob sie sich von ihrem Strohlager und kniete auf dem kalten Boden, bis ihre Knie eisig waren und ihr wehtaten. Sie flehte Gott an, Marie beizustehen, und bat Ihn jeden Tag darum, eine Nachricht von Robert zu erhalten, die ihre quälende Ungewissheit endlich beenden würde. Doch sie war nicht die Einzige, die sehnsüchtig auf eine Nachricht hoffte.

Die Warterei zehrte an Radulfus' Nerven. Während der Abwesenheit des Erzbischofs mussten täglich neue Beschlüsse gefasst und Entscheidungen getroffen werden, ein Umstand, dem Radulfus früher immer gerne nachgekommen war, hatte er doch die Macht seines Amtes deutlich gemacht. Jetzt aber erledigte er seine Amtsgeschäfte nur noch gleichgültig, als würde ihn das alles nichts mehr angehen.

Seine Gedanken drehten sich nur noch um Marie, und seine Ungeduld wuchs mit jedem Tag, der vorüberging, ohne dass er etwas von ihr oder Otto gehört hatte.

Marie und Robert zogen indes mit dem Strom von Pilgern weiter. Seitdem Marie aus ihrer anfänglichen Erstarrung erwacht war, hatte sich ihre Beziehung zueinander unmerklich geändert.

Die unbefangene Vertrautheit, die vorher zwischen ihnen geherrscht hatte, war verschwunden. Wenn Robert sie ansah, begann ihr Herz heftig zu klopfen, und oft hatte sie den unwiderstehlichen Wunsch, von ihm berührt zu werden. Sie war zur Frau geworden und konnte nicht verhindern, dass ihre langsam erwachende Weiblichkeit auf den Mann an ihrer Seite reagierte.

Es war eine neue Erfahrung, verwirrend und schön zugleich, die ihre Erinnerungen an die schrecklichen Erlebnisse verblassen ließ.

Sie liebte alles an Robert; sein Lächeln genauso wie seine Gedanken und seine liebevolle unaufdringliche Art. Manchmal, wenn sie davon träumte, dass er sie in seine Arme zog, war sie am nächsten Morgen ihm gegenüber abweisend und schweigsam. Es war die einzige Möglichkeit für sie, sich zur Ordnung zu rufen. Es durfte einfach nicht sein, da sie beide jemand anders versprochen waren, und Marie wusste, dass allein der Gedanke, in Robert mehr als einen treuen Gefährten zu sehen, nicht recht war.

Robert ahnte, was in Marie vorging, denn auch ihm fiel es jeden Tag schwerer, in Marie noch das kleine Mädchen zu sehen, das sich ihm bedingungslos anvertraut hatte.

Weder Marie noch Robert achteten während des Zuges auf die neugierigen Blicke, die ihnen folgten. Sie waren umgeben von barfüßigen, unrasierten Pilgern, von denen einige ihre Frauen und Kinder dabeihatten, sowie von Bauern auf Eseln oder Ochsengespannen, von Kaufleuten, die sich zu Schutzgemeinschaften zusammengeschlossen hatten, und von Menschen, die, wie sie, auf der Flucht waren oder als Buße für ein Verbrechen, das ihnen keine Ruhe mehr ließ, rastlos umherwanderten.

Marie kümmerte sich um jeden, der krank oder leidend war. Sie heilte einen Wanderprediger von seinem Blasenleiden, der ihr aus lauter Dankbarkeit dafür die Füße küsste und ihr bei dieser Gelegenheit blitzschnell ein Stück Stoff aus ihrem Gewand schnitt, dann einen Bettler, dessen Hände von der Gicht so verkrümmt waren, dass er sie kaum noch gebrauchen konnte. Einen Kaufmann befreite sie von seinem quälenden Magenleiden, sodass dieser daraufhin seine gesamte Ware an das am Weg liegende Kloster verschenkte und sich den Pilgern anschloss, und ein altes Weib erlöste sie von ihren Kopfschmerzen, die so schrecklich gewesen waren, dass sie ihre Stirn wie eine Besessene immer wieder gegen ein Holzscheit geschlagen hatte.

Einmal kamen sie an einem Pranger vorbei, an dem eine Frau hing, die so entsetzlich zugerichtet war und einen solch erbärmlichen Anblick bot, dass Marie vor lauter Mitleid mit ihr in Tränen ausbrach, bevor sie das Bewusstsein verlor.

Robert bemerkte voller Sorge, wie Marie mit jeder Heilung schwächer wurde, bis sie sich schließlich kaum noch auf den Beinen halten konnte.

Er schlug daher vor, Paris zu umgehen und den weniger überfüllten Weg in Richtung Reims zu nehmen. Von dort aus konnten sie, nach Aussage eines Kaufmannes, über Laon in die Grafschaft Flandern gelangen.

»Das ist kürzer, aber auch gefährlicher«, hatte der Kaufmann sie gewarnt. »Ihr dürft auf keinen Fall vom Weg abweichen. Es ist auch nicht ratsam, in den Wäldern dort zu übernachten, es sei denn, Ihr könnt Euch einer größeren Gruppe von Reisenden anschließen.«

Die Worte des Kaufmanns gingen Robert nicht mehr aus dem Kopf, und er überlegte ernsthaft, ob sie das mit der Abkürzung verbundene Risiko eingehen sollten.

Gegen Mittag löste sich eine Frau im Pilgergewand aus der Menge hinter ihnen, stürzte außer sich vor Angst auf Marie zu und sank vor ihr auf die Knie.

»In Gottes Namen, kommt schnell. Mein Kind stirbt.«

Die Gerüchte über Maries Heilkräfte hatten sich rasend schnell verbreitet. Fremde Menschen kamen zu Marie, um ihr Gewand zu berühren oder sie um eine Haarsträhne zu bitten, die sie anschließend wie eine Kostbarkeit aufbewahrten. Sie alle verehrten Marie wie eine Heilige. Angebliche Augenzeugen schmückten die Geschichten von den wundersamen Heilungen immer weiter aus, bis auch noch der letzte Zweifler davon überzeugt war, dass die Heilige Jungfrau persönlich aus dem Himmel herabgestiegen war, um sich der Leidenden anzunehmen.

Marie hatte die Kapuze ihres Umhangs höher geschlagen, um unerkannt zu bleiben, doch es half nur wenig. Die Menschen auf den Straßen redeten von nichts anderem als von Marie und den Wundern, die um sie herum geschahen. Immer wieder kam es zu Tumulten, sobald einer der Pilger sie entdeckt hatte, und dann dauerte es nicht lange, und sie waren von fremden Menschen umringt, die geheilt werden wollten oder einfach nur neugierig waren.

Robert hatte deshalb insgeheim beschlossen, im nächsten Dorf neue Vorräte zu erwerben und dem Vorschlag des Kaufmanns zu folgen, fern der überfüllten Wege weiterzureisen. So konnte es einfach nicht länger weitergehen. Er musste Marie vor all diesen Menschen schützen.

Darüber hinaus war das zunehmende Aufsehen, das Marie erregte, für sie weitaus gefährlicher, als Räuber und Wegelagerer es je sein konnten.

Marie folgte der Frau zu einem Karren, auf dessen hinterem Teil ein kleines Mädchen lag, das in mehrere Decken eingehüllt war. Sein schmerzverzerrtes Gesicht glühte vom Fieber, und es hielt seinen Bauch umfasst, der unnatürlich aufgequollen war.

Das Mädchen atmete schwer und schien kurz davor, die Besinnung zu verlieren, als Marie ihm zärtlich eine dunkle Locke aus der heißen Stirn strich.

Bei Maries Berührung öffnete es mühsam die Augen.

»Verrätst du mir deinen Namen?«, fragte Marie es freundlich und beugte sich etwas weiter zu ihm herunter.

Die Kleine starrte sie zunächst ängstlich an, doch unter Maries Blick entspannten sich ihre Züge auf wundersame Weise, und ihr Atem wurde ruhig und gleichmäßig.

Die fahle Blässe in ihrem Gesicht verschwand, und immer noch starrte sie Marie in die dunkel glänzenden Augen.

Ein Lächeln breitete sich auf ihrem jetzt rosig werdenden Gesicht aus.

Die Frau fiel vor Marie auf die Knie.

»Sie ist eine Heilige«, stammelte sie und schlug ein Kreuzzeichen.

Marie jedoch begann zu wanken, und Robert fing sie auf, als sie bewusstlos zusammensank. Er barg ihr Gesicht an seiner Brust und hielt sie fest an sich gepresst, um die furchtbaren Krämpfe, die ihren zarten Körper schüttelten, zu mildern. Dabei fiel es ihm schwer, die Blicke der Neugierigen zu ertragen, in denen er sowohl Entsetzen als auch unverhohlene Sensationslust lesen konnte. Mehrere Pilger hatten den Vorfall beobachtet, und als die Mutter des Kindes laut zu beten begann und Gott für die Rettung ihres Kindes dankte, fielen sie in ihr Gebet ein.

Die Frau schlug ein Kreuzzeichen und nahm ihr Kind auf den Arm.

»Ihr könnt sie auf den Wagen legen«, sagte sie zu Robert. »Das ist das Mindeste, was wir für sie tun können, nachdem sie das Leben unseres Kindes gerettet hat«, fuhr sie nach einem raschen Seitenblick auf ihren Mann fort, der den Wagen lenkte.

Der Mann nickte zustimmend. Seine Frau wusste immer, was richtig war, und er vertraute ihr, obwohl ihm das, was geschehen war, doch ein wenig unheimlich war.

Robert bettete Marie auf den Wagen und breitete die Decke, die ihm die Frau für Marie gegeben hatte, schützend über ihr aus. Während er neben dem Wagen herlief, fielen ihm plötzlich die Worte von Maries alter Magd, Elsa, wieder ein.

Sie hatte von der alten Sumpfmalfica gesprochen und davon, dass Maries Krämpfe verschwinden würden, sobald sie keine Jungfrau mehr wäre.

Ob das wohl stimmte? Jedenfalls genoss die Alte im Sumpf keinen guten Ruf in der Stadt, obwohl einige der Bürgerfrauen auf ihre Mittel schworen. Wie dem auch sei, er wollte Marie in keinem Fall in Verlegenheit bringen oder falsche Hoffnungen in ihr wecken.

Andererseits hatte sie ein Recht darauf, es zu erfahren. Nachdem er nicht wusste, wie er sich entscheiden sollte, schob er den Gedanken erst einmal wieder beiseite. Das Wichtigste war zunächst, so schnell wie möglich Flandern zu erreichen. Sobald sie dort wären, konnte er seinem Vater eine Nachricht zukommen lassen und ihn bitten, seine Verlobung zu lösen.

Die Sonne schien immer noch heiß vom Himmel, und die darauf folgende Nacht war klar und mild.

Robert übernachtete zusammen mit Marie bei der Pilgerfamilie, die auf einer blühenden Wiese vor dem Dorf ihr Lager aufgeschlagen hatte. Andere taten es ihnen gleich. Überall wurden Feuer entzündet, an denen die Menschen ihr Essen zubereiteten.

Der Zeitpunkt, um allein weiterzuziehen, war nun gekommen, und am nächsten Morgen kaufte er so viele Vorräte ein, wie sie zusammen tragen konnten. Jetzt besaß er nur noch wenige Sous und konnte nur hoffen, dass ihnen diese reichen würden, bis sie nach Flandern kamen.

Kaum waren die anderen Reisenden aufgebrochen, verließen Marie und Robert den Pilgerweg und wanderten in nordöstlicher Richtung weiter. Sie kamen durch einen Laubwald und liefen über Wiesen, Äcker und Sümpfe.

Sie wanderten langsam und streiften einfach nur durch den Wald. Äußerlich waren sie unbefangen wie Kinder, doch Robert musste immer wieder daran denken, wie viel es mittlerweile zwischen ihnen gab, das unausgesprochen blieb. Obwohl er durch sein Studium wortgewandter war als die meisten Menschen, fehlten ihm ausgerechnet gegenüber Marie die richtigen Worte.

Langsam zog die Dämmerung herauf, und Robert sah sich nach einem Platz für die Nacht um. Er fand ihn in einer kleinen Kuhle, die von Brombeersträuchern umgeben war.

Sie hatten genügend Brot und geräuchertes Fleisch bei sich und verzichteten aus diesem Grund darauf, ein Feuer zu entfachen, um nicht die Aufmerksamkeit anderer Waldbewohner auf sich zu ziehen.

»Ich habe mit Elsa gesprochen, bevor wir Bourges verlassen haben«, begann Robert, nachdem sie sich auf dem weichen Waldboden niedergelassen hatten.

»Ich vermisse sie«, antwortete Marie leise. »Sicher macht sie sich schreckliche Sorgen um mich.«

Robert ging nicht näher auf ihre Worte ein.

»Sie hat etwas gesagt, über das ich ständig nachdenken muss.« Endlich war es heraus.

Marie sah ihn an. Sie konnte seine Augen in der Dunkelheit kaum erkennen, aber sie spürte, dass er mit ihr über etwas Wichtiges reden wollte. Den ganzen Tag über hatte sie es schon gespürt.

»Eure Elsa war bei der Alten im Sumpf, um mehr über Eure Krankheit zu erfahren.«

Marie sah ihn noch immer an, ohne zu sprechen.

»Sie hat gesagt, dass es vorbei sein wird, sobald ihr Eure Jungfräulichkeit verloren habt.«

Robert konnte in der Dunkelheit nicht sehen, wie sich ihr Gesicht mit flammender Röte überzog, dennoch gab er ihr die Zeit, die sie brauchte, um mit dieser Neuigkeit fertig zu werden.

Hoffnung stieg in ihr hoch. Es war ihre alte Hoffnung, irgendwann einmal ein normales Leben führen zu können.

Doch war es wirklich das, was sie wollte? Beim ersten Mal war es nur eine leise Ahnung gewesen, und erst die weiteren Vorfälle hatten sie schließlich begreifen lassen, was für eine besondere Gabe ihr Gott verliehen hatte.

»Es ist meine Aufgabe, den Menschen zu helfen«, erklärte sie leise. Es war das erste Mal, dass sie mit Robert offen über ihre Gabe sprach.

»Ich kann ihre Schmerzen fühlen, und Gott hat mir die Kraft geschenkt, sie zu heilen. Warum ausgerechnet mir?« Ihre Stimme klang unsicher.

»Ich kann Euch darauf keine Antwort geben, aber schon Aristoteles hat darüber nachgedacht, ob die Glückseligkeit etwas ist, das man sich durch Lernen, Gewöhnung oder sonst eine Art von Übung aneignen kann, oder ob sie dem Menschen durch göttliche Fügung oder gar durch Zufall zuteilwird.«

Marie dachte eine Weile über seine Worte nach. Robert war so gelehrt, dass sie sich manchmal dumm neben ihm vorkam, trotzdem redete er stets mit ihr, als ob sie ihm ebenbürtig wäre, und das verlieh ihr neuen Mut.

»Ihr habt die Sünde der Eitelkeit begangen.« Dunkel und drohend tauchten die Worte in ihrem Kopf auf.

»Der Bischof hat gesagt, ich würde die Sünde der Eitelkeit begehen. Haltet Ihr mich auch für eitel? Ist das so?«

Robert spürte, wie die Wut in ihm aufstieg, als Marie vom Bischof zu erzählen begann.

»Ich kenne kein Mädchen, das weniger eitel ist als Ihr«, erklärte er ihr mit nur mühsam unterdrücktem Zorn. »Denkt nicht mehr an den Bischof. Er hat keine Macht mehr über uns, und ich werde dafür sorgen, dass Ihr ihm nie wieder begegnet.«

Irgendwann schlief sie ein, und als sie erwachte, lag ihr Kopf an Roberts Schulter. Wie wunderschön er war und wie sicher und geborgen sie sich bei ihm fühlte. Warum konnten sie nicht für immer im Wald bleiben? Fernab von allen Menschen, nur sie beide allein. Sie würde Robert danach fragen, sobald er aufwachte.

Seine gleichmäßigen Gesichtszüge waren im Schlaf entspannt, und Marie unterdrückte den jäh in ihr aufsteigenden Wunsch, einfach liegen zu bleiben und ihm nahe zu sein.

Schließlich stand sie auf und wusch sich das Gesicht und ihre Hände an einem nahe gelegenen Bach. Als sie wieder zurückkam, war Robert wach und lächelte ihr entgegen.

»Habt Ihr gut geschlafen?«, fragte er sie.

Augenblicklich überzog sich Maries Gesicht mit einer leichten Röte. Ob er wohl ahnte, was in ihr vorging? Ein wenig verunsichert blieb sie neben ihm stehen.

Roberts Herz klopfte ungestüm bei ihrem Anblick. Sie war so wunderschön, dass er sie am liebsten in seine Arme gerissen hätte. Vielleicht war es doch keine so gute Idee gewesen, allein mit Marie zu reisen, denn seitdem sie nur noch zu zweit unterwegs waren, musste er ständig daran denken, wie es wohl wäre, sie zu berühren. Aber allein schon der Gedanke war frevelhaft, da Marie sich ihm voller Unschuld anvertraut hatte und er sie folglich keinesfalls beschmutzen durfte, indem er ihr die Ehre nahm. Erregt wandte er sich ab und lief zum Bach, wo er sein erhitztes Gemüt mit kaltem Wasser kühlte.

Marie lief ihm voraus und pflückte am Bachrand einige Beeren, die sie entdeckt hatte. Die Beeren waren klebrig und süß und ihr Saft färbte ihre Lippen rot.

Als Robert sie so sah, war es um seine Beherrschung geschehen. Ungestüm zog er Marie an sich und küsste sie mitten auf den Mund. Ihre Lippen waren warm und weich und schmeckten nach Beeren.

Instinktiv öffnete sie ihre Lippen und ließ zu, dass seine Zungenspitze die Innenseiten der ihren erkundete. Nie gekannte Gefühle durchströmten sie, und Hitze begann sich in ihr auszubreiten.

Sie schloss die Augen und gab sich ganz dem Augenblick hin.

Robert beugte sich etwas vor und begann, mit seinem Mund die empfindlichen Stellen an ihrem Hals zu liebkosen, während seine Hände forschend über ihren Körper glitten. Als er die Wölbung ihrer Brust streichelte, stöhnte sie leise auf, und ihr wurde abwechselnd heiß und kalt.

Ihre Haut begann zu glühen, und sie presste sich enger an ihn, wollte ihn stärker fühlen und wünschte sich, dass er sie nie wieder loslassen würde.

Roberts Atem ging schneller. Er dachte an nichts anderes mehr als an ihren nackten Körper, den er mit seinen Küssen bedecken und von oben bis unten berühren wollte. Kurz bevor sein Verlangen nach ihr jedoch unerträglich wurde, meldete sich sein schlechtes Gewissen. Abrupt ließ er sie los.

»Ihr wisst nicht, auf was für ein gefährliches Spiel Ihr Euch einlasst«, stieß er mühsam hervor. Seine Stimme klang dunkel und jagte kleine, süße Schauer über Maries Körper.

Marie schien wenig beeindruckt von seinen Worten. Sie schwelgte noch im Taumel der Gefühle und bedauerte, den Geliebten nicht mehr fühlen zu können.

»Es war so schön, ganz nah bei Euch zu sein. Können wir nicht für immer hierbleiben?« Ihre Stimme klang flehend.

Robert lächelte sie zärtlich an.

»Der Sommer wird vorübergehen, und ein langer kalter Winter wird ihm folgen. Wovon sollten wir hier leben und überleben? Außerdem haben wir Verpflichtungen unseren Familien gegenüber«, gab er zu bedenken.

Es war gerade ihre süße Unschuld, die ihm seine Verantwortung wieder schmerzhaft ins Gewissen rief.

»Wir dürfen uns nicht hinreißen lassen, es wäre unrecht, obwohl es nichts gibt, was ich lieber tun würde.«

Marie wusste, dass er recht hatte. Dennoch fiel es ihr schwer, ihre Gefühle zu ordnen, und ein Blick oder eine zufällige Berührung von Robert genügten, um den Sturm in ihrem Inneren neu zu entfachen.

Sie wanderten weiter, bis sich nach einigen Tagen ihre Vorräte dem Ende zuneigten. Es konnte nun nicht mehr lange dauern, bis sie Laon erreichen würden. Die Gegend wurde waldiger und schien menschenleer zu sein.

Zum Glück gab es genügend kleine Flüsse, in denen sie Fische fangen konnten, und überall, wo sie hingingen, fanden sie Beeren. Das war ausreichend, zumal sie die nächste Ortschaft oder einen vereinzelten Hof schon bald erreichen würden.

Robert hatte mit seinem Messer einen Ast angespitzt und dessen Spitze so lange im Feuer gehärtet, bis sie schwarz und hart geworden war. Er setzte sie geschickt zum Fangen von Fischen ein, die er abends immer über einem kleinen Feuer briet, das er jedes Mal löschte, sobald es dunkel wurde.

Wenn sie sich dann zum Schlafen niederlegten, schmiegte Marie sich an seine Armbeuge, und er musste seine ganze Willenskraft aufbringen, um seine Beherrschung nicht zu verlieren und sich zu nehmen, was er begehrte, was ihm aber erst nach der Hochzeit zustehen würde.

Die riesigen Wälder schienen kein Ende zu nehmen, und Robert konnte sich in ihnen nur am Stand der Sonne orientieren, die in diesen Tagen so heiß brannte, dass ihre Strahlen selbst noch einen Weg durch das tiefste Dickicht fanden.

26

Sie saßen nebeneinander auf einer kleinen Lichtung und genossen das sanfte Licht der Abendsonne. Robert hatte Marie den gebratenen, noch heißen Fisch auf einem großen Eichenblatt gereicht und ihr dabei zugesehen, wie sie ihn mit großem Appetit verzehrte, bevor er selbst etwas zu sich nahm. Der Wind raschelte leise durch die Bäume und strich ihnen kühlend über die von der Sonne erhitzten Gesichter. Im Geäst über ihnen sang ein Vogel.

Marie, die gerne mit Robert durch die Natur streifte, war einfach nur glücklich und wünschte sich, dass es noch möglichst lange dauern würde, bis sie Laon erreichten.

Plötzlich begann der Boden unter ihren Füßen zu beben. Drei schwer bewaffnete Reiter preschten in vollem Galopp auf sie zu und parierten ihre Pferde erst im letzten Moment vor ihnen durch. Es geschah alles so schnell, dass Robert und Marie im ersten Moment völlig überrumpelt waren.

Ein raubärtiger Kerl im Waffenrock sprang von seinem Ross und stapfte mit schweren Schritten auf sie zu.

»Wen haben wir denn da?«, wandte er sich höhnisch grinsend an seine drei Kameraden. »Dreistes Gesindel, das es wagt, am helllichten Tag die Fische des Herrn von Coucy zu stehlen?«

Robert sprang auf und stellte sich schützend vor Marie.

»Wir werden den Fisch bezahlen«, trat er der Beschuldigung sofort entgegen. »Wir sind keine Diebe.« Der Mann schien zu überlegen, seine Augen glitzerten tückisch auf. Ohne jede Vorwarnung schoss seine rechte Hand vor.

Aber Robert duckte sich und konnte ihm im letzten Moment ausweichen. Der Raubärtige zog sein Schwert. Robert hatte keine Chance.

Auf einen Wink des Mannes sprangen seine zwei Kameraden von ihren Pferden und hielten Robert.

»Fesselt ihm die Hände«, befahl der Anführer seinen Begleitern, die jünger waren als er.

Dann kam er auf Marie zu und musterte sie von oben bis unten, bevor er sie packte und vor sich aufs Pferd setzte.

Marie ließ es widerstandslos geschehen. Sie wollte die Männer auf keinen Fall reizen, um Roberts Leben nicht zu gefährden.

»Wir reiten zurück.« Der Raubärtige ritt voran.

Robert wurde mit gefesselten Händen hinter den Pferden hergezogen wie ein Stück Vieh.

Als sie zwei Stunden später aus dem Wald traten, verschlug es Marie vor Überraschung den Atem.

Direkt vor ihnen, auf der Spitze eines Hügels, erhob sich eine fünfturmige Burg. Größer und achtunggebietender als alles, was sie bisher gesehen hatte. Der steil abfallende, trutzige Hügel, auf dem sie errichtet worden war, ließ sie noch einmal mächtiger und bedrohlicher wirken, als sie eh schon war.

Eine böse Vorahnung beschlich sie. Sie versuchte, sich nach Robert umzudrehen, doch der Raubärtige hielt sie so fest zwischen seinen beiden Armen gefangen, dass es ihr nicht gelang, sich umzudrehen und einen Blick nach hinten zu werfen.

In der Mitte der Burg erhob sich ein mächtiger Rundturm, der doppelt so hoch war wie die ihn umgebenden vier Ecktürme. Der Turm war die zentrale Befestigung der Anlage. Sechzig Ellen im Durchmesser und hundertzwanzig Ellen hoch, konnte er während einer Belagerung sicher an die tausend Menschen beherbergen.

Er beschattete und beschützte die Burg zu seinen Füßen, die zusammengedrängten Dächer der Stadt, den Glockenturm der Kirche und die viel, viel kleineren dreißig Wachtürme der Wehrmauer, die den gesamten Komplex umschloss.

Durch eines der drei Wehrtore gelangten sie durch die äußere Befestigungsmauer, die den gesamten Hügel umgab und ihn von der Außenwelt abriegelte. Sie ritten weiter, vorbei an Stallungen, Wirtschaftsgebäuden, Turnierplätzen und großzügig für die Pferde der Ritter angelegten Weideflächen.

Der gesamte Burgkomplex bedeckte ungefähr eine Fläche von zwei Morgen. Seine vier Ecktürme, jeder von ihnen sechzig Ellen hoch und vierzig Ellen im Durchmesser, waren zusammen mit den drei Außenmauern direkt an den Rand des Burghügels gebaut worden. Dahinter, wo sich der Hügel wie ein Schwalbenschwanz ausbreitete, lag die Stadt. Auf der Südseite fiel der Hügel nach Soissons in einem steilen, leicht zu verteidigenden Abhang ab, auf der Nordseite, wo das Gelände in das Plateau von Laon auslief, versperrte ein breiter Wassergraben den Weg.

Das Wehrtor des zweiten Mauerrings war der einzige Zugang, den es im inneren Bereich der Burg gab. Es lag nahe dem Bergfried und wurde von zwei Wachtürmen von einem Wassergraben und einem Fallgitter geschützt.

Als sie es durchquerten, war Roberts Kehle wie zugeschnürt.

Jetzt waren sie unweigerlich gefangen.

Robert war wütend auf sich selbst und machte sich schwere Vorwürfe, während er hinter den Pferden herlief und Schritt mit ihnen zu halten versuchte. Durch seinen Leichtsinn hatte er Marie und sich in Gefahr gebracht, denn er hätte einfach wissen müssen, dass die Fische irgendjemandem gehörten, auch wenn die Gegend noch so einsam gewesen war.

Im Innenhof vor dem Hauptturm stieg der Raubärtige vom Pferd und übergab seine Zügel an einen eilig herbeilaufenden Knecht.

»Gebt dem Herrn von Coucy Bescheid, dass sein Jagdaufseher zwei Diebe erwischt hat, die sich an seinen Fischen vergriffen haben«, befahl er ihm mit lauter Stimme.

Robert richtete sich entschlossen auf.

»Ich bin Robert de Forez, der Sohn des Grafen Guido de Forez und kein Dieb, richtet das Eurem Herrn aus.«

Der Jagdaufseher warf ihm jedoch nur einen hämischen Blick zu und versetzte ihm dann zur Antwort mit der Faust einen heftigen Hieb in die Magengegend.

»Und wenn Ihr der König persönlich wäret, würde es hier niemanden interessieren. Mein Herr duldet es nicht, dass man ihn bestiehlt.«

Robert glaubte ihm kein Wort. Sein Magen schmerzte, und seine Füße brannten ihm vom langen Laufen. Er war der Sohn eines Grafen, und seine Familie befand sich, soweit ihm bekannt war, in keiner Fehde mit den Coucys.

Allerdings war er schon seit Jahren von zu Hause fort und hatte sich mehr mit seinem Studium beschäftigt als mit den Dingen, die sich um ihn herum zugetragen hatten. Vor allem aber war es schlicht unmöglich, ein vernünftiges Gespräch mit dem grobschlächtigen Jagdtaufseher zu führen, und so setzte Robert seine ganze Hoffnung auf den Burgherrn, dem er früher oder später begegnen würde.

Marie schenkte ihm einen vertrauensvollen Blick, der für Robert allerdings alles nur noch schlimmer machte.

Auf einen Wink des Jagdaufsehers erschienen zwei Bewaffnete und nahmen Robert und Marie in ihre Mitte.

»Wir werden bald hier raus sein«, flüsterte Robert Marie zu.

Doch er wurde enttäuscht. Anstatt in die Empfangshalle gebracht zu werden, führten die Wachen sie zu einem der kleineren Türme.

Im Inneren der zwölf bis achtzehn Ellen dicken Mauern war es dunkel und feucht, und Marie begann zu frösteln.

Einer der Wachen entzündete eine Fackel, in deren Schein sie vier schwere, von außen je durch einen Querbalken verriegelte Türen erkennen konnten. Sie befanden sich in einem Kerker.

Robert schluckte.

»Bitte richtet dem Herrn von Coucy aus, dass Robert de Forez ihn zu sprechen wünscht«, wandte er sich an den Mann zu seiner Rechten, einen jungen Kerl mit streitbarem Gesichtsausdruck.

»Der hält sich wohl für was Besseres«, grinste der Wachmann seinem Freund zu. »Anscheinend hat er noch immer nicht begriffen, wo er gelandet ist.« Er rülpste laut und vernehmlich. »Wir könnten ihn ja aufklären, was meinst du?«

»Warum sollten wir das tun?«

»Vielleicht hat er ja etwas, mit dem er uns für unsere Auskünfte entlohnen kann?« Die beiden Wachleute unterhielten sich, als wäre Robert gar nicht vorhanden, doch er durchschaute sie.

»Ich gebe Euch einen Sous, wenn Ihr Eurem Herrn meine Nachricht überbringt«, bot er ihnen an.

Ein gieriger Glanz trat in die Augen des Älteren, der seinem Aussehen und seiner ganzen Statur nach ein Bruder des Jagdaufsehers sein musste.

»Zehn Sous«, forderte er.

Robert überlegte nur einen Moment lang. Er durfte einfach nicht zulassen, dass Marie wieder in einen Kerker geworfen wurde, nachdem sie dem des Bischofs eben erst entkommen war.

»Ich gebe Euch fünf Sous, mehr habe ich nicht.«

»Fünf Sous und Eure Stiefel«, forderte der Grobschlächtige.

Robert wurde wütend.

»Fünf Sous, oder ich werde Eurem Herrn von Euren unverschämten Forderungen berichten.«

Die beiden Wachmänner sahen sich an.

»Habe ich eben richtig gehört, dass dieses Bürschchen gerade versucht hat, uns zu drohen?« Ein grausamer Zug trat in sein Gesicht.

»Ich glaube, du hast richtig gehört«, grinste der Jüngere bestätigend.

Der Grobschlächtige packte Robert daraufhin von hinten und drückte seine beiden Arme so schmerzhaft zusammen, dass Robert unwillkürlich aufschrie.

Der Jüngere rieb sich voller Vorfreude die Hände. Dann holte er aus und hieb Robert seine Faust mitten ins Gesicht.

»Und jetzt wirst du uns die fünf Sous geben oder du wirst uns kennenlernen.« Drohend baute sich der Grobschlächtige vor Robert auf, dem das Blut aus der Nase spritzte und in dieser Zwangslage nichts anderes mehr übrig blieb, als den Wachmännern zu geben, was sie verlangten.

Der Jüngere hob das schwere Querholz aus der Halterung und stieß die Türe auf. Mit einem unsanften Stoß beförderte er Robert und Marie in die Zelle, schloss die Türe hinter ihnen und schob dann den Riegel wieder davor.

In dem kleinen Raum war es feucht und modrig, und es stank bestialisch nach Kot und anderem Unrat. Robert fühlte sich entsetzlich. Jeder Knochen tat ihm weh, doch das Schlimmste an allem war seine Hilflosigkeit und seine Wut auf sich selbst. Er hatte geschworen, Marie mit seinem Leben zu verteidigen, und doch war es ihm weder gelungen, sie vor dem Bischof zu schützen noch vor diesem grobschlächtigen Jagdaufseher. Wahrscheinlich wäre sie ohne ihn besser dran gewesen.

Erschöpft ließ er sich auf das vermoderte Stroh sinken, das den Boden nur dürftig bedeckte.

Da nahm Marie ihn in die Arme und sah ihm tief in die Augen. Augenblicklich fühlte er, wie seine Schmerzen nachließen und schließlich ganz verschwanden. Es war wie ein Wunder, unbegreiflich und doch real, und obwohl er schon oft dabei gewesen war, wenn Marie andere Menschen geheilt hatte, war es noch einmal etwas ganz anderes, ihre wundersamen Heilkräfte am eigenen Leib zu spüren. Überwältigt erwiderte er ihre Umarmung und hielt sie fest, als ihr Körper sich verkrampfte, bis sie schließlich das Bewusstsein verlor.

Ein Gefühl tiefer Ehrfurcht, gepaart mit unendlicher Zärtlichkeit für Marie, deren Gesicht sich langsam entspannte, überkam ihn. Er wagte kaum, sich zu bewegen, um sie nicht in ihrem Schlaf zu stören, und er rührte sich auch dann nicht, als seine Arme steif zu werden begannen. Lange saß er so, noch immer ganz von dem gerade Erlebten gefangen.

Er wusste nicht, wie viel Zeit vergangen war, als Marie

ihre Augen endlich wieder aufschlug und sich verwirrt und ein wenig ängstlich umsah. Mit einem Schlag kehrten seine Schuldgefühle zurück und mit ihnen die Hilflosigkeit angesichts ihrer Lage. Marie bemerkte, wie sich sein Blick verdüsterte.

»Ihr dürft Euch nicht die Schuld an dem geben, was geschehen ist«, meinte sie tröstend. »Ihr könnt wirklich nichts dafür, außerdem waren sie Euch an Zahl und Waffen weit überlegen.«

»Ich kann nicht ertragen, dass Ihr mich verachtet, obwohl Ihr allen Grund dazu habt«, stieß Robert hervor. Marie war entsetzt.

»Wie könnte ich Euch verachten, nachdem Ihr so viel für mich aufgegeben und alles getan habt, nur um mich zu schützen?«

»Es war aber nicht genug«, erwiderte Robert grimmig. »Jetzt können wir nur noch hoffen, dass diese gierigen Lumpen dem Herrn von Coucy meine Botschaft auch überbringen werden. Ich bin mir sicher, dass er uns gehen lassen wird, sobald ich mit ihm gesprochen habe.« Er klammerte sich an diese Hoffnung und schwor sich, alles wiedergutzumachen, was Marie durch seine Schuld erdulden musste.

Die Zeit verging, und es schien ihnen endlos lange zu dauern, bis sie draußen Schritte vernahmen. Robert sprang auf. Der schwere Riegel wurde zurückgezogen und die Türe aufgestoßen.

»Mitkommen!«, befahl ihnen der Wachmann.

Robert nahm Marie bei der Hand und zog sie vom Stroh hoch. Danach folgten sie der Wache, die sie durch lange Gänge bis in die Haupthalle der Burg brachte. Marie sah sich staunend in dem riesigen Raum um, der voller Menschen war.

Enguerrand IV., der Herr von Coucy, saß am Kopfende der langen Tafel, die vor dem riesigen Kamin aufgebaut worden war. Er trug einen pelzverbrämten Umhang aus grün schimmerndem Samt und eine reich geschmückte Kopfbedeckung in der gleichen Farbe.

Auf dem Boden saßen sechs Jagdhunde um ihn herum, die jede Bewegung ihres Herrn mit blutunterlaufenen Augen verfolgten.

Es befanden sich mehrere Hundert Menschen in der Halle, die jeweils ihrem Rang entsprechend ihre Plätze eingenommen hatten. An der Tafel des Burgherrn saßen die Fürsten und Ritter, denen die höherrangigen Bediensteten des Herrn von Coucy, seine Leibärzte, Priester, Sekretäre und Schreiber folgten sowie der Waffenmeister, der Jagdaufseher und der Falkner.

Ein nicht enden wollender Strom von Dienern versorgte die Gesellschaft mit Speisen und Getränken, und die Gäste unterhielten sich lautstark, während sie aßen.

Robert und Marie wurden dem Herrn von Coucy wie zwei gemeine Verbrecher vorgeführt. Es dauerte eine Weile, bevor sie von ihm bemerkt wurden.

Enguerrand winkte die Wachen näher heran. Sein Gesicht war von dem Wein, den er in unvorstellbaren Mengen in sich hineinschüttete, aufgedunsen und gerötet. Um seinen Mund lag ein grausamer Zug.

Roberts Hoffnung schwand, als er sah, wie Enguerrand Marie und ihn mit einem gleichgültigen Blick bedachte und sich dann anschließend sofort wieder seiner Tischnachbarin, einer Frau von außergewöhnlicher Schönheit, zuwandte. Diese trug ein goldfarbenes Gewand mit tiefem Ausschnitt, das den Ansatz ihrer Brüste gut erkennen ließ.

Als Enguerrand sich zu ihr umdrehte, warf sie ihm einen

aufreizenden Blick zu. Auch sie schien mehr Wein getrunken zu haben, als es einer Dame von Stand zukam. Der Burgherr stellte seinen Weinbecher zur Seite, grabschte mit schwerfälligen Bewegungen nach ihrem Busen und begann ihn ohne jede Scham vor den Augen aller zu kneten. Die Frau kicherte schrill, unternahm aber keinerlei Anstalten, ihm Einhalt zu gebieten.

Marie warf Robert einen entsetzten Blick zu. Sie konnte kaum glauben, was sie da sah. Automatisch wanderte ihr Blick zu den Priestern am unteren Ende der Tafel weiter, doch die waren viel zu sehr mit ihrem Mahl beschäftigt, als dass sie auch nur einmal aufgesehen hätten. Überhaupt schien keiner der Gäste in irgendeiner Weise über das unglaubliche Verhalten ihres Gastgebers empört oder betroffen zu sein.

Allein der Hofmarschall beugte sich zu seinem Fürsten hinunter und flüsterte ihm etwas zu. Doch Enguerrand winkte unwirsch ab.

»Ihr seht doch, dass ich beschäftigt bin«, brüllte er unbeherrscht.

Augenblicklich verstummten die Gespräche neben ihm, und aller Augen richteten sich auf den Herrn von Coucy, dessen Gesicht wutverzerrt war.

»Lasst die Musiker spielen, und wagt es ja nicht, mich noch einmal zu stören.«

Der Hofmarschall wurde blass und trat einen Schritt zurück. Er kannte seinen Herrn zur Genüge und wusste, dass dieser kurz davorstand, seine Beherrschung zu verlieren, und er sollte recht behalten. Wütend fegte Enguerrand mit seinem rechten Arm einige Weinbecher vom Tisch. Danach griff er nach einem halb vollen Krug und warf ihn nach dem Hofmarschall, dem es gerade noch rechtzeitig gelang, dem Geschoss auszuweichen.

Die weichen Klänge einer Laute ertönten, doch Enguerrand nahm sie nicht einmal wahr. Lauernd fixierte er seine beiden Gefangenen, die der eigentliche Grund für seine Wut waren.

»Ihr behauptet also, der Sohn des Grafen de Forez zu sein?«, fragte er grimmig.

Robert nickte und trat einen Schritt vor.

»Wenn Ihr erlaubt, werde ich Euch alles erklären«, begann er höflich.

»Falls Ihr der seid, der Ihr behauptet zu sein, wie kommt es dann, dass mein Jagdaufseher Euch beim Verzehren meiner Fische erwischt hat wie einen gemeinen Dieb?« Enguerrands Stimme triefte vor Hohn.

»Ich werde Euch den Fisch bezahlen«, antwortete ihm Robert ruhig.

»Wie recht Ihr habt.« Enguerrands Stimme klang jetzt gefährlich leise. Beifall heischend blickte er in die Runde. Die Frau neben ihm warf ihm einen bewundernden Blick zu.

»Ihr werdet bezahlen, und zwar mehr, als Euch lieb ist. Ich werde Euch zeigen, was es heißt, mich zu bestehlen.« Seine Stimme schwoll an. »Niemand vergreift sich ungestraft an meinem Eigentum, nicht einmal der König. Ich bin weder Prinz noch Fürst, nicht Herzog und auch nicht Graf, ich bin der Herr von Coucy, und jetzt schafft mir die Gefangenen aus den Augen«, brüllte er erneut, von seinem Zorn übermannt.

Robert und Marie wurden zurück in ihre Zelle gebracht. Noch immer völlig sprachlos lehnte sich Robert mit dem Rücken an die Mauer und ging dann in die Hocke, wo er mit gesenktem Kopf sitzen blieb. Er fühlte sich entsetzlich, und nicht einmal Marie gelang es, ihn zu beruhigen.

Am nächsten Morgen brachte ihnen der Wächter einen Krug Wasser und ein Stück Brot, das er beides wortlos auf den Boden stellte. Marie und Robert blieb nichts anderes übrig, als zu warten. Die Ungewissheit darüber, was weiter mit ihnen geschehen würde, zerrte an Roberts Nerven.

Gegen Mittag wurden sie endlich aus der Zelle geführt, danach aber sofort voneinander getrennt. Während einer der Wachmänner Robert zu den Ställen führte, wo er ihn dem Stallmeister übergab, wurde Marie in die Küche gebracht.

Der Stallmeister betrachtete Robert prüfend. Er war ein besonnener Mann mittleren Alters, dem man so leicht nichts vormachen konnte.

»Ihr werdet in den Ställen arbeiten, und zwar so lange, bis Ihr Eure Schulden abgearbeitet habt.«

Robert sah ihn bittend an.

»Ist es möglich, meinem Vater eine Nachricht zukommen zu lassen? Er wird für meine Schulden aufkommen und auch Euch reich entlohnen.«

Der Stallmeister sah ihn beinahe mitleidig an.

»Ihr verkennt Eure Situation. Ihr habt Glück gehabt, dass der Herr von Coucy Euch nicht am nächsten Ast aufgeknüpft hat. Ihr seid jetzt sein Gefangener, und ich kann Euch nur raten, Eure Arbeit stets gewissenhaft und zu seiner Zufriedenheit auszuführen. Es schert ihn nicht, wer Euer Vater ist, und selbst wenn Ihr dem Schoß der Heiligen Jungfrau entsprungen wäret, würde ihn das immer noch nicht kümmern.«

Er beugte sich näher zu Robert.

»Denkt nicht einmal daran zu fliehen, bisher ist es noch niemandem gelungen, und die Unglücklichen, die es versucht haben, hatten danach nicht mehr viel Zeit, um es zu bereuen.

Fügt Euch lieber in Euer Schicksal und betet, dann werdet Ihr vielleicht eine Chance haben, hier lebend wieder herauszukommen.« Bei diesen Worten schwand Roberts Mut dahin. Niemals zuvor war er jemandem begegnet, der so selbstherrlich und verrucht war wie der Herr von Coucy.

Sein Mund verzog sich bitter, denn nun blieb ihm nichts anderes mehr übrig, als sich zu fügen, wenn er sein eigenes Leben und das von Marie nicht unnötig gefährden wollte.

Marie wurde zu den Küchen im Bergfried geleitet und dort dem Küchenmeister übergeben. Damit begann für sie ein hartes Leben. Von morgens bis abends putzte und zerkleinerte sie gemeinsam mit einem Dutzend anderer Mägde Gemüse, knetete Teig und formte Unmengen von Brotlaiben, bis ihre Hände ganz geschwollen waren.

Jede der drei Burgküchen war für sich allein schon größer als Maries gesamtes Elternhaus.

Die drei Stockwerke waren durch ein spiralenförmig angelegtes Treppenhaus miteinander verbunden, und die Höhe der Stufen, die zu den oberen Stockwerken, aber auch in den Keller hinabführten, war so groß, als ob sie für Riesen gebaut worden wären. Marie hatte große Mühe, die schweren Schalen und Gefäße hinauf- oder hinunterzutragen, wie es von ihr verlangt wurde.

Im Belagerungsfall erlaubten es mehrere Löcher in den Deckengewölben, Waffen und Verpflegung von Stockwerk zu Stockwerk zu hieven, ohne den beschwerlichen Weg über die Treppen nehmen zu müssen. Ein offenes Loch im Dach des Turms spendete spärliche Beleuchtung. Auf dem Dach selbst gab es einen Regenwasserfischteich, und im Keller befand sich eine Quelle.

In jedem der Stockwerke befanden sich Backöfen sowie zum Bersten gefüllte Lagerräume und Feuerstellen mit einem Rauchabzug, auf denen den ganzen Tag über Fleisch, Geflügel und Fisch gesotten und gebraten wurde.

Gilles, der Küchenchef, ein kleiner dunkelhaariger Mann mit einem fetten Bauch und Storchenbeinen, herrschte wortgewaltig über ein Heer von Mägden und Knechten. Seinen flinken Augen entging nichts, und er besaß ein unglaubliches Organisationstalent, das es ihm ermöglichte, täglich mehrere Hundert Menschen mit Essen zu versorgen und gleichzeitig auch noch die ausgefallenen Wünsche seines Herrn zu erfüllen.

Weder der Bäckermeister Fulcher noch der Meister der Vorratskeller und Fruchtlagerung, Kuno, wagten es, sich seinen Befehlen zu widersetzen, denn ihr Schicksal war von dem des Küchenchefs abhängig. Solange der Herr von Coucy mit dessen Arbeit zufrieden war, ging es auch ihnen gut.

Marie tat, was man von ihr verlangt und sprach nur, wenn sie angesprochen wurde. Nach außen hin willig und arbeitsam, zog sie sich innerlich jedoch immer mehr in ihre eigene Gedankenwelt zurück. Sie machte sich große Sorgen um Robert, den sie, seitdem sie zum Küchendienst eingeteilt worden war, nicht mehr gesehen hatte und den sie schrecklich vermisste. Solange er bei ihr gewesen war, war sie so glücklich gewesen wie noch nie zuvor in ihrem Leben.

Ob sie das Schicksal zu sehr herausgefordert hatte, indem sie mehr Glück genossen hatte, als ihr zustand? Und während sie mit flinken Fingern die Brotlaibe formte, bewegten sich ihre Lippen lautlos im Gebet.

27

König Ludwig ahnte indes von alldem nichts. Er fieberte seinem ersten Kreuzzug entgegen und konnte es kaum erwarten, endlich lossegeln zu können. Seine drei Brüder, die Grafen Robert von Artois, Alfons von Poitiers und Karl von Anjou, begleiteten ihn.

Es war ein beeindruckendes Bild, als sich das versammelte Kreuzfahrerheer, das an die fünfzehntausend Mann stark war, mit seinen fünftausend Pferden am 25. August 1248 im Hafen von Aigues-Mortes einschiffte.

Mit offenen Mündern starrten die Menschen den farbenprächtigen Rittern in ihren blitzenden Rüstungen hinterher, die zusammen mit Armbrustschützen und Fußknechten bei strahlendem Sonnenschein nach und nach in den unersättlich aufnahmefähigen Bäuchen der königlichen Schiffe verschwanden, einer Flotte, die insgesamt aus achtunddreißig großen und Hunderten von kleineren Booten bestand. Niemand zweifelte daran, dass dieses mächtige Heer von Kriegern die Ungläubigen mit Leichtigkeit besiegen und die Heilige Stadt Jerusalem im Sturm erobern würde.

Jubelnd und betend standen die Menschen am Hafen und warteten geduldig darauf, dass Wind aufkam. Drei Tage später war es schließlich so weit, und die königliche Flotte konnte endlich den Hafen verlassen und segelte einem ungewissen Schicksal entgegen.

König Ludwig stand neben seiner Frau, Margarete von Provence, und den gemeinsamen Kindern an Deck und sah aufs Meer hinaus. Er trug einen blaugrünen Waffenrock und eine schlichte Kopfbedeckung aus Kaninchenfell. In der rechten Hand hielt er den Pilgerstab, den er zusammen mit der Oriflamme und der Schärpe während einer feierlichen Zeremonie in Saint-Denis aus der Hand des Kardinallegaten Odo empfangen hatte.

Er sehnte sich mit ganzem Herzen nach Jerusalem, der fernen Prinzessin, wo er dem gekreuzigten Christus, dem er ohne jeden Vorbehalt sein Leben geweiht hatte, näher sein würde.

Aus glänzenden Augen sah Ludwig seine Frau Margarete an.

»Mit Hilfe des Kreuzes werden wir die Ungläubigen besiegen und Jerusalem zurückerobern. Mein ganzes Leben lang habe ich auf diesen Tag gewartet«, frohlockte er, und seine Stimme klang hoffnungsvoll.

Margarete war weniger zuversichtlich als der König, doch sie behielt ihre Gedanken für sich. Sie war eine französische Schönheit aus der Provence und zutiefst gläubig. Trotzdem machte sie sich große Sorgen um die Sicherheit ihrer Kinder.

Das Meer war gefährlich, und man konnte nie wissen, ob man sich nicht eines Morgens auf dem Grund des Meeres wiederfinden würde.

Aber sie wusste auch, dass ihr Mann auf Gott vertraute und Sorgen dieser Art weder kannte noch für gut befand.

Über manche Dinge konnte man mit dem König einfach nicht reden. So hatte sie Ludwig zum Beispiel einmal darum gebeten, ein weniger schlichtes Gewand anzulegen, weil der Unterschied zu ihren eigenen prächtigen Gewändern sonst zu sehr ins Auge fallen würde. Worauf Ludwig ihr lakonisch geantwortet hatte:

»Gut, der Mann soll seiner Frau gefallen; doch umgekehrt gilt dasselbe. Ich habe mich Euch zu fügen und Ihr mir. Ich wünsche also, dass Ihr Euch etwas bescheidener kleidet. Ihr geht künftig so wie ich und ich so wie Ihr.«

Seitdem trug sie nur noch Kleider, die sich kaum von denen ihrer Hofdamen unterschieden.

Doch trotz all seiner Eigenarten liebte Margarete ihren Mann und betete unablässig zu Gott, dass er sie alle wohlbehalten wieder nach Hause bringen würde.

Die Überfahrt verlief gut, und am 17. September 1248 traf das christliche Heer der Kreuzfahrer wohlbehalten in Zypern ein. Nach und nach stießen auch die Schiffe der anderen Kreuzfahrer, die von Marseille aus losgesegelt waren, hinzu, und das gesamte Heer bereitete sich darauf vor, dort sein Winterlager zu beziehen.

Anfang März gab der König schließlich den Befehl, die Lebensmittel, die er vor zwei Jahren gekauft und gehortet hatte, an Bord zu bringen.

Berge von Weinfässern stapelten sich neben anderen, die mit Gerste und Weizen gefüllt waren, und es dauerte drei ganze Tage, bis alles verladen war.

Am Samstag vor Pfingsten ließ König Ludwig dann die Segel hissen, und alle Schiffe liefen aus. So weit das Auge reichte, war das Meer mit Segeln bedeckt, denn die gesamte Flotte zählte nun an die achtzehnhundert Schiffe. In der Bucht von Limisso ließ König Ludwig am nächsten Tag die Anker werfen und begab sich mit seiner Familie an Land.

Es war der Tag des Pfingstfestes. Nachdem sie die Messe gehört hatten, zog ein rauer und starker Wind von Ägypten her auf, und der größte Teil der Schiffe wurde von dem Gefolge des Königs getrennt und an fremde Küsten verschlagen. Nur noch siebenhundert Ritter waren übrig geblieben.

Am Donnerstag nach Pfingsten erreichten sie Damiette, wo bereits die gesamte Streitmacht des Sultans an den Stränden auf sie wartete. Unter dem donnernden Getöse der sarazenischen Zimbeln und Hörnern rief der König seine Barone zusammen, um sich mit ihnen zu beraten. Viele rieten ihm zu warten, bis der Rest des Heeres eintreffen würde, doch Ludwig lehnte ab. Vor Damiette gab es keine Bucht, in der sie sicher hätten ankern können, und somit bestand die Gefahr, dass auch seine Schiffe von den tückischen Winden in fremde Länder verschlagen wurden. Außerdem befürchtete er, dass die Sarazenen durch seine abwartende Haltung nur ermutigt werden könnten.

Unter den Augen des sarazenischen Heeres gingen die Ritter an Land. Plötzlich erklang ein lautes Getöse, und wie ein Blitz schoss die von dreihundert Ruderern mit langen Stangen vorangetriebene Galeere des Johann von Ibelin, des Grafen von Jaffa, unter dem lauten Knattern unzähliger goldbestickter Fahnen und begleitet vom Lärm der Pauken, Zimbeln und sarazenischen Hörnern auf das Ufer zu.

Sobald die Galeere auf den Strand gelaufen war, sprangen der Graf und seine Ritter in voller Rüstung von Deck und begannen damit, Zelte und Pavillons aufzuspannen, ohne das Heer der Sarazenen weiter zu beachten. Johann von Ibelin war ein eitler, herrschsüchtiger Mann, der sich durch nichts aus der Ruhe bringen ließ.

Als die Sarazenen das sahen, versammelten sie sich und stürmten auf das christliche Heer zu.

Doch der Graf von Jaffa kümmerte sich nicht darum und ließ seine Männer ungerührt weiter die Zelte aufbauen. Die anderen Ritter folgten dem Beispiel des Grafen, und keiner der Ritter floh oder machte Anstalten zu kämpfen.

Verunsichert durch das merkwürdige Verhalten der Feinde, zogen sich die Sarazenen zurück. Dreimal schickten sie eine Brieftaube an ihren Sultan mit der Botschaft, der fränkische König sei eingetroffen, erhielten jedoch keine Antwort. Im Glauben, der Sultan wäre gestorben, räumten sie schließlich kampflos die Stadt und steckten den Basar in Brand.

König Ludwig sandte wiederum seine Kundschafter nach Damiette, die mit der Nachricht zurückkehrten, dass sich in der Stadt tatsächlich kein einziger Feind mehr befand. Daraufhin schickte der König seinen Bruder Robert von Artois mit seinen Tempelrittern aus, um die Stadt zu erobern.

Sein Herz jubelte.

Der Rückzug der Sarazenen grenzte an ein Wunder, denn Ludwig wusste, dass er die Stadt niemals hätte einnehmen können, ohne die Bewohner vorher über Wochen hinweg auszuhungern.

Im Siegestaumel und ganz im Glauben, dass Gott mit ihnen sei, zog das christliche Heer vor die Stadt, wo der König unverzüglich ein Lager errichten ließ. Ludwig war überzeugt davon, dass Gott ein weiteres Wunder gewirkt hatte, das ihm ein Zeichen für sein gottgefälliges Handeln sein sollte.

Er war erfüllt von heiligem Stolz und konnte es kaum erwarten, endlich die Herrlichkeit Jerusalems zu erblicken. In der Gewissheit, dem Willen Gottes nachzukommen, sandte er Boten zu den Schiffen zurück, um seiner Familie die gute Nachricht zu überbringen.

Doch nur wenige Tage später rückte das Heer der Sarazenen vor das Lager und schloss es von der Landseite her ein. In der Nacht schlichen sich die Sarazenen lautlos in das christliche Lager und schnitten den schlafenden Rittern die Köpfe ab, da der Sultan für jeden Kopf seines Feindes einen Goldbesanten zahlte.

König Ludwig ließ sofort das gesamte Lager mit Gräben umgeben und verstärkte die Wachen. Er wollte die Ankunft seines Bruders, des Grafen von Poitiers, abwarten, der den zweiten Heerbann Frankreichs führte.

Der Graf von Poitiers konnte dem König allerdings nicht zu Hilfe kommen, denn er und seine Truppen wurden von einem furchtbaren Sturm, der drei Wochen lang vor der Küste von Damiette wütete und zweihundert Schiffe in die Tiefe riss, daran gehindert, an Land zu gehen.

König Ludwig hatte die Hoffnung, seinen Bruder lebend wiederzusehen, bereits aufgegeben, als dieser schließlich doch noch wohlbehalten im Lager eintraf.

Sofort wurden die Barone zum Kriegsrat einberufen, um zu entscheiden, ob man nach Alexandrien oder nach Kairo ziehen sollte.

Obwohl die meisten Barone dafür stimmten, Alexandrien zu belagern, weil man dort über einen Hafen verfügen würde, in dem die Schiffe mit dem dringend benötigten Nachschub für das Heer einlaufen konnten, überzeugte der Graf von Artois, berauscht von dem leichten Sieg über Damiette, seinen Bruder davon, nach Kairo zu gehen.

»Kairo ist das Zentrum Ägyptens, und wenn man die Schlange mit einem Hieb töten will, muss man ihr den Kopf zerschmettern«, sagte er voller Überzeugung.

Zu Beginn des Advent brach der König mit seinem Heer daher nach Babylon auf.

Nicht weit von Damiette entfernt erreichten sie den Nebenarm eines breiten Stroms. Sein Wasser glitzerte in der

Sonne, und sein Uferrand war von fetten Wiesen und Palmen gesäumt. Darüber erhob sich ein strahlend blauer Himmel.

Der König parierte seinen Hengst durch. Er trug nur einen einfachen blauen Waffenrock ohne Wappen, und auch das Zaumzeug seines Pferdes war ohne Schmuck.

»Wir sollten einen Damm bauen, um besser über den Fluss zu gelangen«, schlug der Graf von Artois vor, der stets das Wappen der Templer trug.

Die Idee war gut, und es stellte sich heraus, dass es nicht allzu viel Zeit und keinen großen Aufwand brauchte, um den Flussarm so abzudämmen, dass das Wasser in den Hauptstrom zurückfloss.

Als das Heer jedoch kurz davor war, den Fluss zu überqueren, tauchten wie aus dem Nichts fünfhundert schwer bewaffnete Sarazenen auf und griffen die Kreuzfahrer an. Reinald von Viechiers, der Marschall der Templer, bildete die Vorhut des Kreuzfahrerheers. Als er die Sarazenen entdeckte, gab er seinem Ross die Sporen und stürmte, gefolgt von seinen Männern, auf die Angreifer los. Sie jagten einen Teil der feindlichen Krieger in den Fluss, wo sie ertranken. Den Rest metzelten sie nieder.

Ohne selbst nennenswerte Verluste erlitten zu haben, zog das Heer weiter und schlug sein Lager schließlich zwischen dem Strom von Damiette und dem von Rexi auf.

Die gesamte Streitmacht des Sultans hatte sich auf der anderen Seite des Flussarms von Rexi versammelt, um den Kreuzfahrern den Übergang zu verwehren.

Trotzdem hielt König Ludwig an seinem Plan fest, einen Dammweg durch den Fluss zu bauen, und ließ zum Schutz derer, die an dem Weg arbeiteten, zwei Belfriede, hölzerne Schutztürme, errichten sowie zwei Häuser zum Schutz für die Wächter.

Um das Werk des Königs zu vereiteln gruben die Sarazenen ihrerseits Höhlen in die Erde und verbreiterten den Fluss auf ihrer Seite um genau so viel, wie ihn der König auf der anderen abdämmen ließ. Innerhalb von nur einem Tag gelang es ihnen, die Arbeit von drei Wochen zu zerstören.

Dann aber starb der Sultan kurz vor Weihnachten, und die Sarazenen ernannten Skzedin, einen Mann von hohem Rang, zu ihrem Feldhauptmann. Er führte das Wappen des Sultans von Babylon und das des Sultans von Aleppo in seinem Banner und prahlte damit, dass er am Tage des heiligen Sebastian im Zelt des fränkischen Königs speisen würde.

Als König Ludwig diese Aussage überbracht wurde, ließ er das Heer sofort in Stellung gehen und sandte Kundschafter aus, die das feindliche Heer beobachten sollten.

Die Sonne stand schon hoch, als der Graf von Anjou mit seinem Spähtrupp zurückkehrte.

Er war so scharf geritten, dass seinem Pferd der Schaum vor dem Maul stand.

»Sie haben auf die Insel zwischen den Flüssen übergesetzt«, schrie er. »Es sind so viele, dass ihre Schlachtreihen von einem Fluss zum anderen reichen.«

Die ungewohnte Hitze machte den Männern in ihren Rüstungen schwer zu schaffen, die ihre Waffen kaum noch ablegten, um jederzeit kampfbereit zu sein.

König Ludwig konnte die Erregung, die seine Ritter befallen hatte, fast mit den Händen greifen. Sie alle bereiteten sich auf das große Blutvergießen vor. Die Pferde schnaubten und scharrten nervös mit ihren Hufen. Rüstungen klirrten, Befehle wurden gebrüllt, und dazwischen erschallten die Klänge von Zimbeln und Hörnern.

»Jeder bleibt vorerst auf seinem Posten! Der Angriff erfolgt allein auf mein Kommando! Gott will es«, rief der König.

Donnernder Beifall folgte seinen Worten. Wieder erklangen die Hörner, und die Reihen rückten langsam vor.

Doch der Graf von Autreche vermochte seine Erregung nicht länger zu zügeln. Er gab seinem Pferd die Sporen und preschte, vom Heer gefolgt, auf die Feinde los.

Die hin und her fliegenden Geschosse verdunkelten für einen Moment den Himmel. Männer stürzten schreiend zu Boden, und die Reihen lichteten sich. Blut sprudelte aus klaffenden Wunden und färbte den heißen Wüstensand rot.

Der Graf von Anjou bahnte sich einen Weg durch das Gewirr aus Menschen- und Pferdeleibern. Überall um ihn herum schwankten Männer, brachen zusammen und erlagen ihren fürchterlichen Verletzungen.

»Die Reihen lösen sich auf«, brüllte der Graf von Autreche, der wie ein Rasender mit seinem Schwert um sich hieb. Doch seine Worte gingen in einem gewaltigen Gebrüll unter, als nun die Templer nach vorne preschten, um mit an vorderster Front zu kämpfen. Von diesem Moment an wendete sich das Blatt, und die Sarazenen erlitten große Verluste und zogen sich zurück.

Wieder breitete sich Jubel aus und König Ludwig dankte seinem Herrn und Gott aus tiefster Seele.

Doch bereits in den darauf folgenden Tagen verließ das Glück die Kreuzfahrer wieder, und eine schreckliche Seuche brach unter ihnen aus, die sich mehr und mehr ausbreitete. Die Schuld daran gab man den Schlammaalen, von denen sich die Kreuzfahrer während der Fastenzeit ernährt hatten. Denn die Schlammaale fraßen die Toten, deren verweste, aufgedunsene Körper neun Tage nach der Schlacht wieder an der Wasseroberfläche aufgetaucht waren, nachdem ihre Galle verfault war.

Die Kranken verfaulten bei lebendigem Leibe, und die Barbiere mussten ihnen das Zahnfleisch abschaben, damit die Kranken das Essen kauen und hinunterschlingen konnten. Wem die Nase blutete, den hatte der Tod bereits fest im Griff.

Auch König Ludwig wurde krank. Er fiel mehrmals in Ohnmacht, weigerte sich aber stur, das Heer zu verlassen und auf sein Schiff zurückzukehren. Selbst Joinville, der in größter Sorge um seinen König war, gelang es nicht, ihn umzustimmen.

»Wenn es Gottes Wille ist, dass ich sterbe, werde ich bei meinem Heer sterben.« Ludwigs Stimme klang matt. Mit hohlen Wangen lag er auf seinem Lager, umringt von seinen Priestern und Ärzten.

In dieser Situation wurden sarazenische Gesandte gemeldet, die eine Botschaft des Sultans Aijub überbrachten. In dieser bot er den überraschten Christen an, die Hafenstadt Damiette gegen Jerusalem einzutauschen.

Robert von Artois rief daraufhin die Fürsten und Barone zu einer Beratung zusammen, an der auch Joinville teilnahm. Der Graf von Artois ergriff das Wort. Er war ein Draufgänger, der außer der Schlacht nur noch die Frauen liebte. Nun blitzten seine dunklen Augen vor Erregung. Ebenso wie sein Bruder verzichtete er während des Kreuzzuges auf prunkvolle Kleidung und trug stets den Waffenrock der Templer, der ihn kaum von den anderen Rittern unterschied.

»Wie können diese ungläubigen Hunde auf die Idee kommen, dass wir ihr Angebot annehmen? Der Anblick unserer Ritter hat diese hinterhältigen und feigen Bastarde vor Angst erzittern lassen. Wie eine Herde von Hammeln sind sie geflohen, so sehr hat sie unser Anblick erschreckt. Wir werden Ägypten einnehmen und anschließend weiter nach Jerusalem ziehen.« Seine Stimme erhob sich triumphierend.

»Deus le volt, Gott will es«, schrie er in die Runde. Die Fürsten und Ritter stimmten in den Schlachtruf mit ein: »Deus le volt, deus le volt, Gott will es«, schallte es überall im Lager.

Nur Joinville war nachdenklich geworden. Die Nacht hatte sich auf die Zelte herabgesenkt, und mit ihr war die Kälte gekommen. Es war ein merkwürdiges fremdes Land, in dem jeden Abend die Wärme zusammen mit der Sonne verschwand. Der eben noch glühende Sand unter seinen Füßen wurde von einem Moment auf den anderen kalt wie Eis. Trotzdem schien der Himmel diesem Land näher zu sein, denn hier funkelten unzählige Sterne am Firmament, deren Existenz man in der Heimat nicht einmal erahnte.

Robert von Artois und seine Ritter schwelgten noch immer im Siegestaumel. Aber der in Joinvilles Augen zu leicht errungene Sieg über die Sarazenen ließ sie jede Vorsicht vergessen. Man sollte den Feind niemals unterschätzen, dachte Joinville. Er traute den Muslimen nicht. Sie waren dunkel und fremd und hatten merkwürdige Angewohnheiten. Außerdem konnte man niemals erkennen, ob sie die Wahrheit sprachen oder nicht, wenn man in das tiefe Schwarz ihrer Augen blickte.

Von einem Dolmetscher hatte er erfahren, dass der Sultan, sobald er Krieg führte, seine besten Krieger als Allererstes zu Emiren erhob und sie danach das Heer befehligen ließ.

Hatten diese jedoch besonders tapfer gekämpft, um ihre Treue zu beweisen, ließ er sie, aus Angst, sie könnten ihn töten oder seinen Thron für sich beanspruchen, gefangen setzen und im Gefängnis umbringen.

Der Sultan schloss viele Verträge, wenn es zu seinem

Vorteil war, doch er brach sie auch genauso schnell wieder, wenn sie ihren Zweck erfüllt hatten. Sein Wort galt nicht mehr als das Wort eines Betrügers.

Am nächsten Morgen fühlte sich der König besser und rief Joinville und seinen Bruder zu sich. Als er von dem Angebot des Sultans hörte, stimmte er seinem Bruder zu. Ganz Ägypten sollte von den Ungläubigen befreit werden, auf dass die Herrlichkeit Gottes auch hier, in diesem heißen Land am Nil, verkündet werden konnte.

»Sie hängen einer falschen Religion an, weil sie es nicht besser wissen. Es ist unsere Pflicht, sie zu bekehren«, sprach er voller Überzeugung.

Zu diesem Zeitpunkt ahnte er noch nicht, dass es ein schwerwiegender Fehler gewesen war, gegen Kairo zu reiten, anstatt das strategisch wichtigere Alexandria einzunehmen.

Auf ihrem Vormarsch gelangten die Truppen nach Al Mansurah. Dort kam es zur entscheidenden Schlacht. König Ludwig ritt, von seinem heiligen Auftrag erfüllt, dem Heer voran. Er trug für alle sichtbar den goldenen Helm und kämpfte Seite an Seite mit seinen Rittern. Es war eine Schlacht der Morgensterne und Schwerter, bei der die Sarazenen eine schwere Niederlage erlitten.

Doch schon in der darauf folgenden Nacht griff der Feind seinerseits das durch die Seuche und die vorangegangene Schlacht stark geschwächte Heer an. Die Erde erbebte, als sie vom gegenüberliegenden Nilufer aus brennende Geschosse auf die hölzernen Befestigungslager schleuderten.

Wie dicke Weinfässer, mit einem Feuerschweif so lang wie eine riesige Lanze, stürzten diese auf die Christen herab. Verzweifelt versuchten die Kreuzfahrer, das Feuer zu löschen, doch zu ihrem Entsetzen mussten sie feststellen, dass sie sich bei der Berührung mit Wasser nur noch stärker entzündeten. Die Sarazenen standen mit dem Teufel im Bunde, und Angst und Schrecken griffen um sich, als die Befestigungsanlagen vollständig abbrannten.

Robert von Artois fand eine seichte Stelle im Nil und stürmte, gefolgt von den Tempelrittern, in die Stadt, doch die Sarazenen erwarteten sie bereits, um sie in einen tödlichen Hinterhalt zu locken. Es folgte ein grausames Gemetzel, bei dem Graf Robert und der größte Teil der Tempelritter verbrannt wurden. Den Überlebenden wurden die Augen ausgestochen und das Heer König Ludwigs vernichtend geschlagen.

Ludwig ordnete daraufhin den sofortigen Rückzug nach Damiette an und gab den Befehl, alle Kranken und Verletzten einzusammeln. Die Schiffsleute hatten große Feuer angezündet, um die Lage ihrer Schiffe anzuzeigen, doch als sich die Kranken am Ufer versammelt hatten, um überzusetzen und an Bord zu gehen, stürmten die Sarazenen das Lager und metzelten sie nieder.

König Ludwig und sein Freund Jean de Joinville gerieten ebenso wie die anderen Überlebenden in Gefangenschaft.

Ritter und Knappen wurden in Ställen untergebracht, wo man sie wie Vieh einsperrte, und jedem, der sich weigerte, seinem Glauben abzuschwören, wurde der Kopf abgeschlagen. Die Barone und Fürsten schaffte man ebenso wie den König in die Zeltstadt des Sultans, wo sie nicht wesentlich besser behandelt wurden.

Obwohl man auch ihm Folter und Tod androhte, weigerte sich König Ludwig standhaft, dem Sultan Zugeständnisse zu machen.

Dabei dachte er an Marie, das Mädchen mit der weißen Haut und den tiefgründigen Augen, das ihn mit Gottes

Hilfe von seinen Schmerzen befreit und ihm tief in die Seele geblickt hatte. Sie war ihm ein Trost in dieser Zeit, in der sein Herz schwer war und sein Glaube immer wieder auf die Probe gestellt wurde.

Er erzählte seinem Kapellan Wilhelm von Chartres, der ihm nicht von der Seite wich, von dem Wunder, das Gott damals an ihm vollbracht hatte, und die Geschichte seiner Heilung verbreitete sich unter den Gefangenen und gab ihnen Trost und Hoffnung.

28

Das Leben auf der Burg verlief für Marie ungewohnt und hart. Die Anlage war mehr zu Verteidigungszwecken denn als Wohnsitz errichtet worden, und Marie musste sich mit all den anderen Mägden eine der kleinen Gesindekammern teilen.

Doch wenigstens sah sie Robert endlich wieder, dem es wesentlich schwerer fiel als ihr, sich in die Knechtschaft einzufügen. Es fiel ihm nicht leicht, Befehle entgegennehmen zu müssen, und seine Gedanken drehten sich nur noch darum, so schnell wie möglich fliehen zu können.

So oft es seine Zeit erlaubte studierte er deshalb die Befestigungsanlagen. Durch die erste Mauer zu gelangen war nicht schwer. Ungehindert passierten Bauern, Händler und Boten den ganzen Tag über zwischen den beiden Mauerringen. In den inneren Ring zu gelangen, war dagegen schon weitaus schwieriger. Denn hier wurde jeder Einzelne, egal ob Ritter, Händler oder Bauer, von den Wachen kontrolliert.

Es dauerte nicht lange, bis er von den unterirdischen Gewölbegängen erfuhr, die zu jedem Teil der Anlage, zum offenen Hof ebenso wie zu den geheimen Ausgängen außerhalb der Befestigungsanlagen, führten und durch die die Festung im Falle einer längeren Belagerung versorgt werden konnte. Doch die Eingänge wurden Tag und Nacht schwer bewacht, und es war unmöglich, unbemerkt hindurchzugelangen.

Enguerrand überließ nichts dem Zufall. Er hatte sich bereits zu viele Feinde gemacht, als dass er sich auch nur die kleinste Unvorsichtigkeit erlauben konnte.

Wenn Robert außerdem den Erzählungen des Stallmeisters Glauben schenkte, würde Marie und ihm eine Flucht sowieso nichts nutzen. Denn selbst wenn es ihnen gelingen würde, an den Wachen vorbeizukommen, würde Enguerrand sie unbarmherzig verfolgen lassen und früher oder später auch erwischen. Als Robert sich endlich eingestand, dass sie unwiderruflich in der Falle saßen und es rein gar nichts gab, was er tun konnte, war er verzweifelt.

Lediglich die Arbeit mit den Pferden lenkte ihn ein wenig von seinen düsteren Gedanken ab. Er war mit Pferden groß geworden und erwies sich im Umgang mit ihnen so geschickt, dass ihn der Stallmeister schon nach wenigen Tagen von der Stallarbeit abgezogen und zur Ausbildung der jungen Pferde eingeteilt hatte.

Aber obwohl Robert deprimiert war, gab er dennoch die Hoffnung nicht auf, irgendwann eine Nachricht an seinen Vater aus der Burg herauszuschmuggeln zu können oder bei den Turnieren, die den Sommer über abgehalten wurden, auf einen Freund oder Angehörigen der Familie zu stoßen.

Er schlief mit den anderen Knechten zusammen in den Pferdeställen und nahm jede Gelegenheit wahr, um Marie zu sehen. Eine verwitterte Holzbank in dem kleinen Garten hinter der Kapelle war zu ihrem geheimen Treffpunkt geworden. Dort erzählten sie sich von ihren Erlebnissen, hielten sich an den Händen und küssten sich lange und zärtlich, innig und leidenschaftlich. Und wenn Robert gedrückter Stimmung war, tröstete ihn Marie und machte ihm wieder neue Hoffnung.

»Wir werden von hier fortgehen, Gott wird uns helfen,

ich weiß es.« Sie sprach voller Überzeugung, und Robert glaubte ihr.

Ständig waren seine Gedanken bei Marie. Solange man sie nur gut behandelte, war er bereit, alles zu tun, was man von ihm verlangte.

Für den nächsten Tag war eine Jagd angesetzt worden, die wie immer mit großem Gefolge stattfinden sollte. Robert hatte alle Hände voll zu tun, um in dem lauten Getümmel aus Menschen und Tieren einigermaßen den Überblick zu behalten. Unzählige Pferde mussten gesattelt, aufgezäumt und ihren Herren übergeben werden. Hunde sprangen bellend umher, und Knappen und Diener beeilten sich, die Befehle ihrer Herren auszuführen.

In den Küchen herrschte ebenfalls ein heilloses Durcheinander, denn für den Abend war ein großes Fest geplant, zu dem noch zusätzliche Gäste von höchstem Rang erwartet wurden.

Gilles wirkte blass und angespannt, und man konnte ihm förmlich ansehen, dass er unter großen Schmerzen litt. Fulcher bemerkte es voller Sorge, als ihn der Küchenmeister zu sich rief, um ihm mitzuteilen, was er noch alles von den Vorräten für den heutigen Abend benötigen würde.

Die Grausamkeit Enguerrands schwebte wie ein dunkler Schatten über ihnen allen. Der jetzige Herr von Coucy hatte es nie verkraftet, dass sein leiblicher Vater ihn zum Bastard gemacht hatte, indem er sich geweigert hatte, die Vaterschaft offiziell anzuerkennen. Eine List, mit der es ihm gelungen war, sich von seiner Frau, Enguerrands Mutter, scheiden zu lassen und seine Geliebte, Sybill de Marle, zu heiraten, die Frau eines Freiherrn aus Lothringen, der sich zu dieser Zeit im Krieg befunden hatte. Der Hass auf seinen Vater und der

Neid auf seinen Bruder Raoul hatten sich wie ein bösartiges Geschwür in seine Seele gefressen und keinen Platz mehr für andere Gefühle gelassen. Gemeinsam mit seiner Mutter Adele hatte er stets aus dem Verborgenen heraus gegen seinen Vater gekämpft, offenen Widerstand aber vermieden. Nachdem sein Vater dann bei einem Sturz vom Pferd und ins eigene Schwert ums Leben gekommen war und sein älterer Bruder Raoul II. die Burg verlassen hatte, um sich König Ludwigs Kreuzzug anzuschließen, auf dem er gestorben war, hatte er seine Maske endgültig fallen gelassen und sich an jedem gerächt, der ihm einstmals seine Unterstützung im Kampf gegen seinen Vater verweigert hatte.

Auf der Burg herrschte nur noch ein Gesetz: das Wort Enguerrands des IV.

»Ihr solltet den Medicus rufen lassen«, riet Fulcher dem Küchenchef, aber der winkte ab.

»Es ist nur mein Magen, der mir zu schaffen macht, und im Moment haben wir andere Sorgen. Heute Abend gilt es, unzählige Bäuche zu füllen.«

Sein Gesichtsausdruck wurde angestrengt.

»Für das Gesinde gibt es Hirsebrei, Hammelfleisch, Fisch, Gemüse und Käse. Die Höflinge und Ritter bekommen Wild und Geflügel und vor allem viel Wein.« Er lächelte dünn. »Ihr wisst doch, je mehr sie saufen, umso weniger achten sie auf den Geschmack des Essens, und ich kann das Kochen beruhigt meinen Gehilfen überlassen.

Für die edlen Herren bereiten wir zum ersten Gang frische Erdbeeren in kalter Milch mit Zucker bestreut. Diese kredenzen wir auf grünen Blättern und mit Wassertropfen darauf, als sei es Tau. Das macht Eindruck und ist zugleich bekömmlich.

Für den zweiten Gang dachte ich an Eieromelett mit gewürfelten Zwiebeln, Mandeln und Knoblauch.« Er grinste gequält.

»Schließlich müssen wir auch an die betagten Herren denken, deren wenigen Zähnen nicht mehr allzu viel zuzumuten ist. Als Zwischengang nehmen wir dann Garnelen aus der Bretagne und Krebse aus der Normandie, die schön um einen Turm aus frischen Forellen herum garniert werden. Das wird unserem Herrn gefallen. Danach werden wir die Spanferkel auffahren, gefüllt mit Pilzen, Bohnen, Erbsen, Zwiebeln, Mandeln und Knoblauch.«

Er öffnete den Mund, um fortzufahren, doch er brachte keinen Ton mehr heraus. Ein stechender Schmerz durchfuhr ihn, und er taumelte mit fahlem Gesicht gegen den Tisch zurück, an dessen Platte er sich festhielt. Kalter Schweiß trat ihm auf die Stirn.

»Holt den Medicus, wir brauchen sofort den Medicus«, brüllte Fulcher entsetzt, und zwei der Knechte rannten los, als wäre der Teufel hinter ihnen her.

Marie war gerade damit beschäftigt, ganze Berge verschiedener Gemüsesorten zu putzen, als sie den qualvollen Schrei des Küchenchefs durch die vielen lachenden und streitenden Stimmen hindurch vernahm. Sofort sprang sie auf und eilte, gefolgt von einigen anderen Mägden, in die Richtung, aus der der Schrei gekommen war.

Dass ihn das Gesinde in einer solchen Situation zu sehen bekam, war dem Küchenmeister offensichtlich unangenehm.

»Geht zurück an Eure Arbeit, ich brauche keine faulen Gaffer um mich herum«, befahl er ihnen, war aber schon viel zu kraftlos, um seiner Stimme noch den nötigen Nachdruck zu verleihen.

Anstatt zu gehen trat Marie noch näher an ihn heran und sah ihm ruhig in die Augen. Gilles erwiderte ihren Blick und beruhigte sich augenblicklich. Er spürte, wie seine Schmerzen nachließen. Erstaunt richtete er sich auf. Was geschah mit ihm? Von einem Moment zum anderen fühlte er sich so leicht und beschwingt wie schon lange nicht mehr.

Von allen Seiten wurde er angestarrt. Er sah überhaupt nicht mehr krank aus. Das konnte nicht mit rechten Dingen zugehen.

Fulcher und die anderen warfen sich verständnislose Blicke zu. Doch während sie noch überlegten, was sie von der plötzlichen Genesung ihres Küchenmeisters halten sollten, begann Marie zu wanken. Ihr Gesicht verzerrte sich, sie verlor das Bewusstsein und stürzte auf den kalten Küchenboden.

Das Gesinde bekreuzigte sich mit weit aufgerissenen Augen, nur Gilles reagierte und wandte sich an den Meister der Vorratskeller.

»Hilf mir, sie von hier fortzubringen«, sagte er entschlossen, worauf ihm Fulcher nur einen unsicheren Blick zuwarf.

»Jetzt mach schon, der Teufel wird dich nicht gleich holen, wenn du sie berührst.«

Es sollte ein Scherz sein, aber Fulchers Hände begannen vor Angst zu zittern.

Da wurde Gilles langsam ungeduldig. Ihm selbst war die ganze Sache zwar ebenso wenig geheuer wie dem Meister der Vorratskeller, tief in seinem Inneren spürte er jedoch, dass das Mädchen etwas mit dem wundersamen Verschwinden seiner Schmerzen zu tun hatte.

Genau in diesem Moment erschien endlich der Medicus, gefolgt von den beiden Knechten, in der Küche. Sein dickes Gesicht war vom Alkohol aufgedunsen, und er rieb sich noch immer ganz verschlafen über die Augen. Die Knechte hatten ihn in der Halle gefunden, wo er laut schnarchend seinen Rausch ausgeschlafen hatte.

Sein Blick wurde ärgerlich, als er Marie auf dem Boden liegen sah und ihm klar wurde, dass er ihretwegen aus seinen süßen Träumen herausgerissen worden war.

»Was fällt Euch ein, mich wegen einer Magd zu stören?«, schnauzte er den Küchenchef an. »Eure Knechte haben mir berichtet, dass Ihr es wäret, der meiner Hilfe bedarf.«

Gilles blitzte ihn an. »Ich erkläre es Euch später, und jetzt helft endlich diesem Mädchen«, bemerkte er kühl.

»Von Euch brauche ich keine Befehle entgegenzunehmen«, entgegnete der Medicus trotzig. Sein Schädel brummte, als ob sich ein ganzer Schwarm Bienen darin tummeln würde, und seine Kehle war ausgedörrt wie eine vertrocknete Pflaume.

Gilles sah ihn fest an.

»Ich werde unserem Herrn berichten, dass Ihr die Schuld daran habt, dass wir nicht rechtzeitig auftragen konnten. Ich werde nämlich nicht mit dem Kochen beginnen, bis diesem Mädchen geholfen worden ist.«

Er verschränkte die Arme über der Brust und schaute bedeutungsvoll zur Decke, die schwarz vor lauter Fliegen war.

Der Medicus zögerte. Gilles schien es tatsächlich ernst zu meinen, eine Aussicht, die ihm ganz und gar nicht behagte. Endlich kam Bewegung in ihn. Dieser überhebliche Küchenchef ließ ihm keine Wahl.

»Legt sie dort drüben auf die Bank!«, befahl er mürrisch.

Die Knechte gehorchten und beugten sich mit ängstlichen Gesichtern über das zuckende Mädchen.

»Ich kann nicht viel für sie tun«, maulte der Medicus. »Es wäre besser, Ihr würdet in die Kapelle gehen und zum heiligen Veit beten, der ist zuständig für Besessene, nicht ich.«

»Dann lasst Euch etwas anderes einfallen«, beharrte Gilles stur.

»Zuerst brauche ich einmal einen Becher Wein, damit ich wieder klar denken kann«, forderte der Medicus.

Gilles ließ ihm den Wein bringen und sah zu, wie der Medicus ihn in einem Zug hinunterstürzte. Sofort fühlte er sich besser.

»Ich könnte sie zur Ader lassen«, schlug er danach schon etwas freundlicher vor. Schließlich herrschte Gilles genauso unangefochten über den Weinkeller wie Enguerrand über die Burg. Nicht ein einziger Tropfen Wein ging an ihm vorbei, ohne dass er es bemerkte. Da konnte es nicht schaden, sich gut mit ihm zu stellen.

Gilles sah nachdenklich auf das Mädchen, dessen schreckliche Krämpfe endlich aufgehört hatten und das jetzt tief und fest zu schlafen schien.

Ihr schönes Gesicht war blutleer und weißer als das Gefieder der Schwäne, die er gemeinsam mit einigen Pfauen für den zweiten Hauptgang vorgesehen hatte. Ob das Aderlassen wirklich hilfreich sein würde?

»Gibt es nicht etwas anderes, das Ihr für sie tun könnt?«, fragte er daher.

Der Medicus schüttelte verneinend seinen Kopf, wovon ihm sofort wieder übel wurde.

»Ich brauche noch einen Becher Wein«, stöhnte er.

Gilles winkte eine der Mägde zu sich heran und befahl ihr, nochmals Wein zu bringen und nachzuschenken.

Der Medicus stürzte ihn hastig hinunter und spürte, wie die Übelkeit nachließ und der Wein ihn erneut beschwingte.

Beinahe freundschaftlich lächelte er den Küchenchef an. So war es schon viel besser, wenn auch noch nicht gut.

»Gebt ihr viel Hühnerfleisch und guten Wein. Zusätzlich werde ich Euch etwas Bitterwurz und Alraune zusammenmischen. Sollten die Krämpfe schlimmer werden, gebt Ihr es ihr in den Wein, es wird sie beruhigen.«

Nach dieser Auskunft verlangte er nach einem weiteren Becher Wein, der ihm auch gewährt wurde.

Marie schlief für den Rest des Tages. Gilles jedoch, dem sein Magenleiden zu schaffen machte, seitdem er sich auf der Burg befand, war das erste Mal seit langer Zeit wieder schmerzfrei. Voller Eifer machte er sich an die Arbeit. Er ließ alle Herde einheizen und die Spanferkel füllen und aufspießen, damit sie auf den dafür vorgesehenen, riesigen Böcken über dem offenen Feuer ausreichend geröstet werden konnten.

Zwischendurch sah er immer wieder nach Marie. Das Mädchen war ihm bisher nicht weiter aufgefallen, was kein Wunder war bei all den Knechten und Mägden, die ihm unterstanden.

Ob sie vielleicht eine Heilerin war oder sogar eine Heilige? Der Küchenmeister hatte ihr nur in die merkwürdig schimmernden dunklen Augen gesehen, und schon hatten sich seine Schmerzen verzogen wie der Rauch in einer der riesigen Essen über den Kochstellen.

Und doch war es unheimlich gewesen, wie sich ihr Gesicht so plötzlich in eine hässliche Fratze verwandelt hatte. Aber vielleicht wollte Gott ja auch nicht zulassen, dass so viel Schönheit und Unschuld ohne bitteren Beigeschmack auf Erden wandelte. Nachdenklich überwachte er die Zubereitung der Speisen, gab Anweisungen und trieb das Gesinde zur Eile an.

Von diesem Tag an stand Marie unter seinem persönlichen Schutz, und er achtete sorgfältig darauf, dass sie nicht zu schwer zu arbeiten hatte. Obwohl er niemandem von dem wundersamen Verschwinden seines Magenleidens erzählt hatte, wurde Marie von nun an insgeheim von ihm, aber auch von allen Mägden und Knechten beobachtet.

Tunlichst vermied man es jedoch, ihr ins Gesicht zu sehen, da man nicht wissen konnte, welche Dämonen sich in ihrem Körper herumtrieben.

In den folgenden Wochen wurde Marie noch mehrmals von den unheimlichen Krämpfen heimgesucht.

Das erste Mal geschah es, als Adiva, eine der Mägde, die nach einigen Schäferstündchen mit einem der Ritter schwanger geworden war, eine Fehlgeburt erlitt.

Sie blutete so stark, dass niemand der Anwesenden ihr eine Überlebenschance einräumte. Nachdem Marie jedoch an ihr Lager getreten war und sich über sie gebeugt hatte, hörte die Blutung genauso plötzlich auf, wie sie gekommen war.

Einige Tage später hackte sich einer der Köche beim Zerteilen eines Ochsens in die Hand, und einer der Küchenjungen verbrühte sich beim Umfüllen des kochend heißen Gerstenbreis den Arm so heftig, dass seine Haut Blasen warf.

Marie sah ihn nur mitleidig an, danach waren die Blasen auf der Haut des Küchenjungens ebenso verschwunden wie die Wunde auf der Hand des Kochs zuvor.

Adiva wich ihr während der Arbeit nicht mehr von der Seite. Sie war hellhäutig und blond und überragte Marie um Haupteslänge. Und sie war die Einzige, die keine Scheu davor hatte, Marie direkt anzusehen.

»Kannst du auch einen anderen Zauber wirken, einen Liebeszauber vielleicht?«, wollte sie eines Tages wissen und sah Marie dabei bittend an. Worauf Marie lächelnd den Kopf schüttelte und Adiva enttäuscht zurückließ. Trotz allem, was der Ritter ihr angetan hatte, war sie immer noch in ihn verliebt, sogar jetzt noch, nachdem doch offensichtlich geworden war, dass er nichts anderes im Sinn hatte, als seine Bedürfnisse bei ihr zu befriedigen. Schöne, sehnsuchtsvolle Worte, wie die Minnesänger sie der Frau ihres Herzens vorsangen, bekam Adiva jedenfalls nicht von ihm zu hören.

29

Die Gerüchte über Maries wundersame Heilkräfte drangen schon bald aus den Burgküchen hinaus, und das Gesinde begegnete ihr mit einer Mischung aus Ehrfurcht und Scheu. Es dauerte nicht lange, bis auch Enguerrand davon erfuhr. Bislang hatte er eigentlich vorgehabt, ein hohes Lösegeld von Roberts Familie zu erpressen. Nun aber wollte er zunächst herausbekommen, was es mit diesen Gerüchten auf sich hatte.

Aus diesem Grund schickte er eines Tages seine Leibwache in die Küche und ließ Marie zu sich bringen. Gilles war außer sich.

»Das habt ihr nun von eurem nichtsnutzigen Geschwätz«, brüllte er die verdutzten Mägde und Knechte an. Dabei raufte er sich die wenigen Haare, die er noch hatte, und lief aufgeregt in der Küche auf und ab.

Währenddessen brachten die Wachen Marie durch einen in die Mauer eingelassenen Torbogen, der sie direkt auf den wuchtigen Wohnturm zuführte. Vor dem Eingang standen zwei Posten, die den Wachen zunickten und Marie widerstandslos passieren und in den Audienzsaal eintreten ließen. Dessen Boden war vollständig mit Binsenmatten bedeckt und die Wände mit kostbaren Gobelins verziert. Die in die Mauer eingelassenen Fenstersitze waren so hoch, als wären sie für ein Geschlecht von Riesen angelegt worden.

Etwa zwanzig Leute hielten sich in dem Saal auf, ein bunt zusammengewürfelter Haufen aus Rittern, Priestern und Schreibern.

Unter ihnen befand sich auch der Hofastrologe, der gerade eine angeregte Unterhaltung mit dem Sekretär zu führen schien. Ein kräftiges Feuer brannte in dem riesigen Kamin und verbreitete gemeinsam mit den unzähligen Wachskerzen ein helles Licht im Raum.

Enguerrand saß umringt von seinen Jagdhunden in einem großen, mit Fellen bedeckten Lehnstuhl, der mit kostbaren Schnitzereien verziert war. Er trug einen überaus reich verzierten Hermelinmantel, der selbst einem König zur Ehre gereicht hätte, und seine Füße steckten in hohen, ledernen Gamaschen.

Trotz seines aufgedunsenen Gesichtes war Enguerrand noch immer ein gut aussehender Mann von wohlgefälliger Gestalt, dem man allerdings deutlich ansah, dass er den weltlichen Genüssen weit öfter zugetan war, als es seiner Gesundheit guttat. Seine Augen waren intelligent und kalt zugleich, und um seinen Mund lag ein grausamer Zug.

Sein schwelender Hass, der sich je nach Laune gegen alles und jeden richten konnte, verstärkte sich zudem mit jedem Jahr, das verging, ohne dass er Vater geworden war.

Es war ihm nicht vergönnt, Kinder zu zeugen, dabei war es sein größter Wunsch, eigene Söhne zu haben. Die Angst, dass sein Geschlecht aussterben könnte und damit jede Erinnerung an ihn selbst, war unerträglich für ihn.

Anfänglich hatte er die Schuld dafür noch seiner Frau gegeben, doch als weder seine Mägde noch seine adligen Mätressen im Lauf der Jahre schwanger von ihm geworden waren, hatte er sich verbittert eingestehen müssen, dass der Grund für seine Kinderlosigkeit wohl bei ihm lag. Daraufhin hatte er die Kapelle vergrößert und mit kostbaren Glasfenstern ausgestattet, unzählige Messen lesen lassen und Gott angefleht, ihn zu erhören.

Als auch das nichts geholfen hatte, war jede Hoffnung auf Nachwuchs in ihm gestorben und mit ihr alle Gefühle, zu denen er jemals fähig gewesen war. Zurück blieben innere Leere, Einsamkeit und Hass.

Die Wachen verbeugten sich leicht.

»Herr, wir bringen Euch das Mädchen, wie Ihr es verlangt habt.«

Enguerrand beugte sich leicht in seinem Stuhl vor.

»Ihr könnt gehen«, befahl er herrisch und musterte Marie, die mit gesenktem Blick vor ihm stand, mit kalten Blicken von oben bis unten.

Die Gespräche der Umherstehenden verstummten. Neugierig warteten sie darauf, was weiter geschehen würde.

»Wer bist du, bist du etwa eine Heilerin?«, begann er schließlich.

Marie hob den Kopf und sah ihn an. Überrascht bemerkte Enguerrand ihre zarte Schönheit, doch sie stieß ihn ab, denn sie erinnerte ihn allzu sehr an die Madonnenbilder in der Kapelle.

Maries Augen drangen nicht zu ihm durch, sosehr sie sich auch bemühte.

»Antworte mir gefälligst«, herrschte Enguerrand sie voller Ungeduld an. Seine Stimme klang so hart, dass sie unwillkürlich zusammenzuckte.

Doch sie wollte ihn keinesfalls noch mehr erzürnen und nahm ihren ganzen Mut zusammen.

»Ich bin keine Heilerin. Manchmal kann ich die Schmerzen der Menschen fühlen, und dann schenkt Gott mir die Kraft, sie zu heilen«, gab sie leise zur Antwort. Enguerrand warf dem ihm am nächsten stehenden Priester einen auffordernden Blick zu.

»Spricht sie die Wahrheit oder ist sie doch nur eine Betrügerin?«

Der Priester kratzte sich unsicher das Kinn. Auch er hatte längst von den Gerüchten über die Heilkräfte des Mädchens erfahren. Zuerst war er empört gewesen, doch als er Marie gesehen hatte, waren ihm Zweifel gekommen. Sie war weder anmaßend noch selbstgefällig wie so manch eine der anderen Damen hier auf dieser Burg. Ihre stille Zurückhaltung und ihre offensichtliche Unschuld hatten ihn gegen seinen Willen beeindruckt.

»Ich kann Euch darauf keine Antwort geben«, beschied er schließlich.

»Der Wille unseres Herrn ist unergründlich«, setzte er rasch hinzu, als er sah, wie sich Enguerrands Augenbrauen drohend zusammenzogen.

Wenn es darauf ankommt, wissen diese blöden Pfaffen rein gar nichts, dachte Enguerrand wütend.

Als Nächstes wandte er sich an seinen Astrologen, der dies schon befürchtet und sich eilig eine Antwort zurechtgelegt hatte, die Enguerrand zufriedenstellen sollte.

Er war ein gerissener Gauner, der lange Zeit im fernen Arabien verbracht und dort viel gelernt hatte. Er wusste bei Weitem nicht so viel über die Gestirne, wie er vorgab zu wissen, doch was er wusste, reichte aus, um Enguerrand noch immer tief zu beeindrucken. Er war vor vielen Jahren durch Zufall auf der Burg gelandet und hatte es schnell geschafft, in Enguerrands Gunst ganz nach oben zu steigen.

Bisher war es ihm stets ein Leichtes gewesen, seinen Herrn mit seinem Wissen, das er mit Geschichten aus dem

Fernen Osten anreicherte, zu unterhalten und diesem ansonsten nur das zu erzählen, was er hören wollte.

Doch er war schlau genug, um zu wissen, dass ein kleiner Fehler von ihm ausreichen konnte, um sein Leben schneller zu beenden, als es ihm lieb war.

Der Priester warf ihm einen schadenfrohen Blick zu.

Plötzlich wusste der Astrologe, was er zu tun hatte.

Gerade war ihm die rettende Idee gekommen, mit der er einmal mehr die Priester ausstechen konnte, die ihn ständig misstrauisch beäugten und keine Möglichkeit ausließen, um ihm das Leben schwer zu machen. Das Mädchen tat ihm zwar leid, denn es würde seine Idee ausbaden müssen, doch er hatte keine andere Wahl.

Die Augen aller Anwesenden im Saal waren gespannt auf ihn gerichtet.

»Sie soll es beweisen«, schlug er mit kaum verhohlenem Triumph vor.

Enguerrand sah überrascht auf. Die Idee war ebenso gut wie einfach. Warum war er nicht selbst darauf gekommen? Er warf dem Astrologen einen zufriedenen Blick zu.

»Worauf wartet ihr noch?«, schnauzte er seine Diener an, die nicht weit von ihm entfernt standen, bereit, seine Befehle entgegenzunehmen.

»Schafft mir sofort einen Kranken her.«

Eilig verließen zwei der Diener den Raum und kehrten wenig später mit dem Hofnarren zurück, den einer der Ritter am Tage zuvor im Vollrausch die Treppe hinuntergestoßen hatte und der sich bei diesem Sturz einen Arm und mehrere Rippen gebrochen hatte.

Er bot einen jämmerlichen Anblick. Nur mit einem Hemd bekleidet, erinnerte nichts mehr an den fröhlichen jungen Mann, der seinen Herrn und dessen Gäste sonst mit allerlei

Späßen und geschickt vorgetäuschten Missgeschicken zu unterhalten wusste.

Seine blonden Haare hingen ihm wirr ins Gesicht, das von einer ungesunden Farbe und von einem dünnen Schweißfilm überzogen war.

Die Schmerzen, unter denen er litt, waren ihm buchstäblich ins Gesicht geschrieben, und bei jedem Atemzug, den er tat, hatte er das Gefühl, als würde man ihm die Spitze eines Dolches in die Lunge stoßen. Mit äußerster Vorsicht sog er daher gerade einmal so viel Luft durch die Nase, wie er brauchte, um nicht zu ersticken.

Die Knechte, die ihren Herrn nicht verärgern wollten, indem sie ihn zu lange warten ließen, waren zudem nicht eben zimperlich mit ihm umgegangen. Ungerührt hatten sie ihn von seinem Lager gezerrt und in den Saal geschleppt.

Marie schauderte, als sie dem Schwerverletzten gegenüberstand, und sie brachte es nicht über sich, ihn seinem Schicksal zu überlassen, obwohl ihr Verstand ihr riet, genau dies zu tun.

Denn sie wusste genau, dass Enguerrand sie niemals gehen lassen würde, sobald er glaubte, mit ihrer Hilfe seine Macht vergrößern zu können.

Der Hofnarr schlotterte vor lauter Angst. Er wusste noch immer nicht, was hier gespielt wurde, und niemand hatte es bislang für nötig gehalten, ihm mitzuteilen, warum man ihn in die Gemächer seines Herrn geschleppt hatte. Er musste etwas sehr Schlimmes getan haben.

Maries dunkle Augen schimmerten tiefgründig, und ohne ein Wort zu sagen oder irgendetwas zu tun, sah sie dem Narren direkt in die Augen. Wohltuende Wärme stieg in ihm auf und lief durch seinen mageren Körper. Seine

Schmerzen verschwanden, und ihm war, als wären sie nie vorhanden gewesen.

Der Himmel hatte sich einen Moment lang für ihn geöffnet und einen Teil seiner Herrlichkeit preisgegeben. Er wünschte sich, dass dieser Traum nie zu Ende gehen würde. Es war das Schönste, was er jemals in seinem trostlosen Leben erlebt hatte. Oder war er vielleicht schon gestorben? Verwirrt strich er sich mit der Hand über die Stirn. Das wunderschöne Mädchen vor ihm musste ein Engel sein.

Doch während er noch immer ganz benommen in unerhoffter Glückseligkeit schwelgte, verwandelte sich das Engelsgesicht vor ihm in eine abstoßende Grimasse.

Der Hofnarr zuckte erschrocken zusammen und schnappte vorsichtig nach Luft. Aber nichts geschah, und er atmete etwas tiefer ein, verspürte jedoch noch immer keinen Schmerz.

Vor ihm sank das engelsgleiche Mädchen in sich zusammen. Ihr schmaler Körper wurde von heftigen Krämpfen geschüttelt. Der Hofnarr schlug ein Kreuzzeichen, als ihm auffiel, dass er seinen rechten Arm wieder bewegen konnte.

Ungläubig und verwirrt wandte er seinen Blick von Marie und starrte in die weit aufgerissenen Augen Enguerrands, hinter dessen Stirn es fieberhaft zu arbeiten begann.

Einige der Umstehenden bekreuzigten sich ebenfalls. Niemand von ihnen konnte seinen Blick von Marie wenden. Ein Wunder war vor ihren Augen geschehen, ein Wunder, an dem sie leibhaftig teilgenommen hatten.

Enguerrand hatte sich als Erster wieder gefasst. Er ließ den Medicus zu sich bringen. »Du bist ab sofort für die Gesundheit dieses Mädchens verantwortlich. Wenn ihr etwas geschieht, dann gnade dir Gott, und jetzt schafft sie mir aus den Augen!«, befahl er kalt.

Am nächsten Morgen erschien Marie wieder in der Küche, und Gilles wischte sich verstohlen eine Träne aus den Augen. Eigenhändig brachte er ihr eine Suppe mit Hühnerfleisch und einen Becher guten Weines. Marie hatte dunkle Ringe unter den Augen und wirkte erschöpft.

»Iss das, und danach wirst du dich ausruhen, bis du wieder zu Kräften gekommen bist«, bot er ihr freundlich, aber bestimmt an.

Marie hatte gerade aufgegessen, als der Medicus in die Küche gestürmt kam. Als er sah, dass Marie wohlauf war, seufzte er vor Erleichterung.

»Ich bin dem Herrn von Coucy gegenüber für die Gesundheit dieses Mädchens verantwortlich«, jammerte er, an den Küchenchef gewandt, »und Ihr wisst ja, was das bedeutet.«

»Vielleicht solltest du dich besser um deine eigene Gesundheit kümmern und etwas weniger saufen«, beschied ihm Gilles ungerührt. »Das Mädchen steht unter meinem persönlichen Schutz, hier wird ihr nichts geschehen, dafür trage ich schon Sorge.«

Worauf sich der Medicus fühlte, als sei eine schwere Last von seinen Schultern genommen worden, denn er merkte, wie bitterernst es Gilles mit seinen Worten war.

Marie, die die kleine Szene beobachtet hatte, stand nunmehr auf und ging zu einem der Tische hinüber, an dem die anderen Mägde schon fleißig an der Arbeit waren, doch Gilles hielt sie zurück.

»Für heute gebe ich dir frei. Ruh dich aus oder geh in die Kapelle und bete für uns.«

Maries Augen begannen vor Freude zu glänzen.

»Darf ich wirklich in die Kapelle gehen?« Sie konnte ihr Glück kaum fassen.

»Jeder darf die Kapelle aufsuchen, wenn er möchte. Es interessiert unseren Herrn nicht, ihn wirst du dort jedenfalls nicht antreffen, er hat andere Dinge im Kopf, als zum Allmächtigen zu beten.«

Mit klopfendem Herzen begab sich Marie sofort in die Kapelle. Wie alles an und in der Burg von Coucy war auch diese von beeindruckender Größe und reich geschmückt mit Malereien und Schnitzwerk, mit prachtvollen Gewölben und goldenen Verzierungen. Ihr Prunkstück waren aber die Glasmalereien der Fenster, die so märchenhaft schön waren, dass sie jeden Besucher sofort in ihren Bann zogen.

Der vertraute Geruch von Weihrauch und Wachskerzen schlug Marie entgegen, als sie sich staunend ob all der Pracht genauer umsah.

Sie kniete vor der Heiligen Jungfrau nieder und begann zu beten.

Als sie fertig war, ließ sie ihren Gedanken freien Lauf.

So vieles war geschehen, seitdem sie mit Robert aus Bourges geflohen war.

Ob sie ihre Familie und Elsa wohl jemals wiedersehen würde? Sie hatte die Tage nicht gezählt, die seit ihrem überstürzten Aufbruch vergangen waren, doch der Sommer hatte gerade begonnen, als sie aufgebrochen waren, und jetzt kündigte sich bereits der Herbst an.

Immerhin hatte ihre Flucht sie davor bewahrt, Renaud Chandos heiraten zu müssen, obwohl es durchaus sein konnte, dass er noch immer auf ihre Rückkehr und die Einlösung des gegebenen Eheversprechens wartete.

Marie dachte an Robert, und ihr Gesicht wurde weich. Er war so anders als die meisten Männer, so zärtlich und so liebevoll. Er hatte nicht nur sein Studium aufgegeben, um sie zu retten, sondern auch seine Verlobte. Anstatt mit dieser auf der Burg seines Vaters zu leben, arbeitete er nun wie ein gemeiner Knecht in den Stallungen des Herrn von Coucy, ohne dass ihm auch nur einmal ein Wort der Klage über die Lippen gekommen wäre. Plötzlich konnte sie es kaum erwarten, ihn zu sehen.

Sie erhob sich und verließ die Kapelle. Auf dem Weg zu den Stallungen traf sie auf einige Ritter, die ihr anzügliche Bemerkungen hinterherriefen, und Marie beeilte sich, möglichst rasch an ihnen vorbeizukommen.

Robert war gerade damit beschäftigt, ein junges Pferd an den schweren Sattel zu gewöhnen. Leise sprach er auf das Tier ein und tätschelte ihm immer wieder beruhigend den Hals.

Als er Marie entdeckte, ließ er das Pferd einfach stehen und ging ihr dann schnellen Schrittes entgegen.

»Was ist geschehen? Seid Ihr etwa der Küchenarbeit entflohen?«

»Der Küchenmeister hat mir freigegeben. Ich war auch schon in der Kapelle«, erzählte sie stolz, und Robert verschlang sie geradezu mit seinen Blicken, nachdem er sie zwei Tage lang nicht mehr gesehen hatte.

Der Himmel leuchtete in tiefstem Blau, und ein frischer Westwind blies ihnen ins Gesicht. Von hier aus konnten sie über die ganze Stadt hinwegsehen und bis zu den Wäldern von Compiègne.

Sie hätten es schlimmer treffen können, trotzdem waren sie in der Burg gefangen, und der Herr von Coucy war gefährlich und unberechenbar. Wenn ihm außerdem nicht schon bald einfiel, wie sie von hier fliehen könnten, würde der Winter hereinbrechen, und sie müssten bis zum nächsten Frühjahr bleiben.

Aber Marie schien glücklich zu sein und sich nicht die geringsten Sorgen zu machen.

Er ging mit ihr zu dem Pferd zurück, band es fest und legte dann einen Arm um ihre Schulter.

»Ich möchte Euch nicht beunruhigen, doch wir müssen so schnell wie möglich von hier fort, wenn ich auch noch nicht genau weiß, wie wir das anstellen sollen.«

»Macht Euch keine Sorgen, Gott wird uns beschützen«, versprach ihm Marie ein weiteres Mal voller Überzeugung.

Doch Robert war nicht so überzeugt wie sie.

»Jetzt, nachdem Enguerrand von Euren Heilkräften erfahren hat, wird er uns sicher nicht mehr gehen lassen.« Seine Stimme klang bedächtig, als er weitersprach: »Es hat aber auch etwas Gutes. Ich bin mir sicher, dass er nicht zulassen wird, dass Euch etwas geschieht. Im Gegenteil, er wird Euch beschützen, solange er sich einen Vorteil von Eurem Wirken erhofft.«

Die wundersame Genesung des Hofnarren hatte sich längst bis in den letzten Winkel der Burg herumgesprochen.

Marie war bei seinen Worten ernst geworden.

»Verzeiht mir, dass ich bisher nur an mich gedacht habe. Ich bin glücklich, solange Ihr in meiner Nähe seid, und vergesse darüber ganz, dass Ihr durch meine Schuld Befehle entgegennehmen müsst, anstatt sie zu erteilen, wie es Eurer Herkunft entspricht.«

Ein Ausdruck des Bedauerns lag auf ihrem schönen Gesicht, und Robert überlegte sich, womit er sie nur wieder zum Lachen bringen könnte. Er zog sie näher an sich heran. Heißes Verlangen stieg in ihm hoch, als er ihr zärtlich über den Rücken streichelte. Sofort begann Maries Haut unter seinen Händen zu glühen, und ihre Lippen waren heiß und feucht, als sie auf die seinen trafen.

Die Welt um sie herum verschwand, und was blieb, war allein die brennende Sehnsucht, sich miteinander zu vereinigen.

Schwer atmend lösten sie sich schließlich voneinander und blickten sich verwundert in die Augen, jeder noch ganz vom Zauber des anderen gefangen und von der Heftigkeit ihrer Gefühle füreinander überwältigt.

Robert ergriff Maries Hände, während er mühsam seine Fassung wiederzuerlangen versuchte.

»Ich werde uns hier herausbringen, ich schwöre es bei Gott und allen Heiligen.«

Zärtlich hob er ihr Kinn. »Anschließend werde ich meinen Vater bitten, die Verlobung zu lösen, um Euch zu meinem Weib zu nehmen. Würde Euch das gefallen?« Erwartungsvoll sah er Marie an, und als diese mit Tränen in den Augen nickte, stiegen unbändiger Stolz und Freude in ihm hoch.

Stürmisch riss er sie in seine Arme und bedeckte ihr Gesicht mit vielen kleinen Küssen, bis sich ihre Lippen erneut fanden und zu einem innigen Kuss verschmolzen.

Voller Zuversicht blieb Robert zurück, als Marie sich endlich von ihm löste und zurück in die Küche ging.

Ihre Liebe zueinander war stark genug, um alle Hindernisse, die sich ihnen in den Weg stellen würden, zu überwinden.

Noch ahnte er nichts von den drohenden Schatten, die sich über ihnen zusammenzubrauen begannen.

30

Als Otto Paris erreichte, musste er sich endgültig eingestehen, dass ihm Robert und Marie entwischt waren. Die Nächte wurden bereits mit jedem Tag kühler und feuchter, und ihm blieb nicht mehr viel Zeit, wenn er noch vor Einbruch des Winters in Bourges zurück sein wollte.

Er versorgte sich in der Stadt mit neuen Vorräten und ritt dann auf dem gleichen Weg zurück, auf dem er gekommen war. Wieder fragte er jeden Reisenden, auf den er traf, nach dem Mädchen mit der weißen Haut. Und diesmal hatte er Glück.

In einer Herberge traf er auf den Kaufmann, der Robert den Weg nach Laon beschrieben hatte und der sich noch gut an die beiden jungen Leute erinnern konnte.

Sofort ritt Otto nach Laon, doch dort wollte niemand Marie und Robert gesehen haben. Nachdenklich starrte er auf den staubigen Boden des Handelsweges und überlegte, was er selbst an Roberts Stelle getan hätte, wenn er zusammen mit einem Mädchen auf der Flucht gewesen wäre.

Er würde versuchen, den kürzesten Weg zu nehmen.

Der Kaufmann hatte ihm berichtet, dass Robert und Marie, um nach Laon zu gelangen, den weniger befahrenen Weg zwischen Reims und Soissons hatten nehmen wollen. Dort waren sie aber nie angekommen. Daraus schloss Otto, dass irgendetwas geschehen sein musste, das ihre Ankunft verhindert hatte.

In einer Schenke heuerte er drei bewaffnete Männer an, die den Eindruck auf ihn machten, als ob sie kämpfen könnten. Er wollte kein Risiko eingehen, nachdem er erfahren hatte, dass in den riesigen Wäldern Räuberbanden und anderes Gesindel ihr Unwesen trieben, und hoffte nur, dass ihm diese nicht zuvorgekommen waren und Marie ihnen nicht in die Hände gefallen war.

Seine drei Begleiter waren drei wüste Burschen, die den ganzen Tag über Wein tranken und würfelten. Er hatte jedem von ihnen zehn Sous im Voraus gegeben und ihnen nochmals die gleiche Summe versprochen, wenn sie zurück sein würden.

Drei Tage lang durchforsteten sie zu viert die Wälder, ohne auf eine menschliche Seele zu stoßen. Am vierten Tag zügelte Hugo, der offensichtlich der Anführer der drei Bewaffneten war, sein Pferd. Die Nächte waren kalt und feucht, und der Wein, den sie von Ottos Geld gekauft hatten, war längst ausgetrunken.

Hugo war ein bulliger Kerl mit leuchtend roten Haaren, dem man seine schlechte Laune deutlich ansehen konnte.

»Wie lange wollt Ihr denn noch in diesem verfluchten Wald herumirren? Wenn die beiden, die Ihr sucht, tatsächlich den Weg durch die Wälder genommen haben, sind sie längst fort, und wenn sie überfallen worden sind, werdet Ihr ebenfalls nichts mehr von ihnen finden. Oder glaubt Ihr etwa, dass jemand, der sich hier herumtreibt, etwas liegen lässt, das ihn verraten könnte?«

Er warf einen schrägen Blick auf seine Kameraden, die bestätigend nickten und dabei von einem Ohr zum anderen grinsten.

Otto überlegte nur kurz. Er spürte die nackte Gewalt, die von dem ungehobelten Burschen ausging, doch er hatte einen Auftrag auszuführen, und das war das Einzige, was zählte.

Also sah er Hugo scharf an.

»Wir haben eine Vereinbarung getroffen, aber in Anbetracht der Dinge bin ich bereit, jedem von euch fünf Sous mehr zu bezahlen.«

Bruno und Karl schienen erfreut, doch Hugo war noch nicht zufrieden.

»Unter einer Bedingung: Wir reiten ins nächste Dorf und besorgen uns etwas Wein.«

Als Otto zögerte, ergriff er erneut das Wort: »Nicht weit von hier liegt die Stadt und Burg Coucy. Wenn wir uns ranhalten, können wir die Siedlung noch vor Einbruch der Dunkelheit erreichen.«

Nach einem Blick in das finstere Gesicht seines Gegenübers beschloss Otto, dass es klüger wäre, Hugo nachzugeben und sich nicht mit ihm anzulegen.

Dieser Kerl würde nicht den geringsten Skrupel haben, ihm die Kehle durchzuschneiden und ihn anschließend im Wald zu verscharren, wenn ihm der Sinn danach stand.

Zähneknirschend erklärte er sich daher einverstanden, obgleich er innerlich vor Wut kochte.

Am frühen Abend ritten sie in die kleine Stadt unterhalb des mächtigen Bergfrieds ein, der seinen Schatten düster vorauswarf.

Gleich vor der ersten Schenke stiegen sie ab, und Hugo überließ es Otto, sich um die Pferde zu kümmern. Otto nahm es wütend hin, ohne ein Wort zu sagen, und sah ihnen nach, als sie eilig im Inneren des Schankraumes verschwanden, in dem, dem Lärm nach zu schließen, bereits fröhlich gezecht wurde.

Er nahm sich vor, auf der Hut zu sein, denn Hugo hatte

seine Maske endgültig fallen gelassen und ihm deutlich gezeigt, dass Ottos Wort und Befehl in seinen Augen keinerlei Wert besaß. Das Einzige, was Hugo respektierte, war sein Geld.

Fluchend begab er sich in den Hof, wo er einen Knecht fand, dem er einen Penny gab und dem er auftrug, die Tiere mit Wasser und Heu zu versorgen. Danach betrat er ebenfalls die Schenke. Nach der frischen Luft im Wald war ihm der Gestank nach Alkohol, billigen Tranfunzeln und ungewaschenen Körpern nahezu unerträglich, doch außer ihn schien das keinen der sonstigen Anwesenden ernsthaft zu stören.

Seine drei Begleiter hatten bereits an einem Tisch Platz genommen, an dem wie besessen gewürfelt wurde. Otto setzte sich zu ihnen und bestellte etwas zu essen und zu trinken. Die Männer sahen nicht einmal auf.

Hugo schien unglaubliches Glück im Spiel zu haben, denn er gewann dreimal hintereinander. Großzügig bestellte er einige Krüge Wein, um seine Mitspieler bei Laune zu halten.

Doch Ottos flinken Augen war dabei nicht entgangen, dass der bullige Kerl betrogen hatte. In seiner linken Hand verbarg er drei Würfel, die er je nach Bedarf einsetzte, um sie anschließend wieder verschwinden zu lassen.

Sein Blick schweifte über die Gesichter der anderen Mitspieler. Ihren Kleidern nach zu urteilen, handelte es sich um wohlhabende Bürger, die nicht danach aussahen, als würden sie sich ohne Weiteres über den Tisch ziehen lassen, sollten sie Hugo auf die Schliche kommen. Allerdings schienen sie bereits ziemlich betrunken zu sein.

Es war ein Fehler gewesen, sich zu ihnen zu setzen, und es war ein Fehler gewesen, diese anzuheuern.

Früher waren ihm nie Fehler dieser Art unterlaufen. Fehler waren der Anfang vom Ende, sie konnten seine gesamten Pläne für die Zukunft zunichtemachen, und er hatte nicht vor, noch viel länger den Handlanger für den Bischof zu spielen. Das Geld, das er von Radulfus erhalten hatte, würde ausreichen, um sich in den Pfefferhandel einzukaufen, der einen klugen Mann innerhalb weniger Jahre, vorausgesetzt, er stellte sich nicht ungeschickt an, zu unvorstellbarem Reichtum verhelfen konnte.

Der Auftrag an sich war keine besondere Herausforderung für ihn gewesen. Doch wenn er ehrlich war, musste er sich eingestehen, dass er bereits wesentlich länger unterwegs war, als er geplant hatte.

Ob es an dem Mädchen lag? Und hatte der Bischof vielleicht recht damit, dass sie den Teufel im Leib hatte? Er sah ihr sanftes Gesicht vor sich und schüttelte unwillkürlich den Kopf.

Wenn einer den Teufel im Leib hatte, dann war es Radulfus. Er stieß einen leisen Fluch aus und schwor sich, ab sofort keinen weiteren Fehler mehr zu machen.

Otto konzentrierte sich wieder auf seine Umgebung, wie er es immer tat, wenn er sich in einer fremden Umgebung aufhielt. Schließlich konnte es nicht schaden zu wissen, mit wem man es zu tun hatte. Abschätzend glitten seine flinken Augen über jeden der Anwesenden.

Die Schenke war gefüllt mit lärmenden und überwiegend fröhlichen Stadtbewohnern. Nur in der Ecke neben der niedrigen Holztheke saßen vier stattliche Männer im Waffenrock unter sich. Zwei weitere Bewaffnete befanden sich in der Nähe des Kamins. Sie alle schienen zur Burg zu gehören, sich aber äußerst heimisch in der Schenke zu fühlen.

Die vier an der Theke waren vollauf mit einem der Schankmädchen beschäftigt, das die Aufmerksamkeit der Männer sichtlich genoss. Sie war noch jung, und langes, schwarzes Haar kringelte sich bis auf ihre Hüften, die sie aufreizend hin und her schwenkte, sobald sie sich zwischen den Tischen bewegte und servierte.

Otto richtete seine Aufmerksamkeit wieder auf die würfelnden Männer. Mit hochroten Gesichtern verfolgten sie die über den Tisch rollenden Würfel.

»Es ist Zeit, schlafen zu gehen«, ermahnte er sie auffordernd, aber keiner der Männer beachtete ihn, worauf er seine Worte nochmals etwas lauter wiederholte.

»Wenn du schlafen willst, dann geh, und störe uns nicht weiter beim Spiel«, zischte Hugo ihn an, ohne dabei seinen Blick von den Würfeln zu wenden.

Die Mienen der Männer waren angespannt. Otto wusste, dass es nicht mehr lange dauern würde, bis sie ins Streiten kämen. Er trank seinen Becher aus und stand auf.

»Wir sehen uns bei Sonnenaufgang«, verabschiedete er sich, doch niemand hörte ihm zu. Er bezahlte seine Zeche und fragte den Wirt nach einem Zimmer.

»In der Kammer über den Ställen ist noch ein Schlafplatz frei.« Der Wirt musterte Otto prüfend. »Er kostet einen Silberpenny im Voraus.«

Otto reichte ihm das Geld und lief dann über den Hof zu den Ställen, an deren einer Seite eine schmale Stiege nach oben führte. Vor der Kammer hing eine Funzel, die schwaches Licht verbreitete.

Lautes Schnarchen schlug ihm entgegen, als er die Türe zu der kleinen Kammer öffnete. Im Dunkeln suchte er sich einen Platz in dem großen Bett und rollte sich auf die Seite. Der Gast neben ihm stank so erbärmlich aus dem Mund, dass Otto ihm einen Hieb mit dem Ellenbogen versetzte, damit er sich auf die andere Seite drehte. Er musste ihn noch zweimal anstoßen, bis der Mann endlich reagierte.

Beim Umdrehen entwich lautstark die Luft aus seinem Darm, was ihn zu befreien schien, denn sein Schnarchen ließ augenblicklich etwas nach.

Tief in seinem Inneren verfluchte Otto Radulfus, der ihn in diese Lage gebracht hatte. Während er die Nacht eingekeilt zwischen laut schnarchenden und übel riechenden Männern verbringen musste, machte es sich der Bischof wahrscheinlich gerade zwischen weichen, sauberen Laken bequem und ging seinen abartigen Neigungen nach.

Es war nichts weiter als ein Zufall gewesen, der Otto einen Einblick in Radulfus' finstere Seele verschafft hatte. Damals hatte der Bischof ihn damit beauftragt, Bruder Gregor zu beobachten, und ihm dann, nachdem er ihm gemeldet hatte, dass Bruder Gregor einen Boten mit einem Brief an den Erzbischof gesandt hatte, den Befehl erteilt, den Boten abzufangen.

Es war schon spät am Abend gewesen, als er mit Bruder Gregors Brief wieder in die Heilige Stadt zurückgekehrt war.

Den Wachen war er schon lange kein Unbekannter mehr, und so hatten sie ihn trotz der späten Stunde noch in Radulfus' Gemächer eingelassen. Otto erinnerte sich noch gut daran, dass die Tür zu Radulfus' Schlafgemach nur angelehnt gewesen und er lautlos näher getreten war.

Durch den schmalen Türspalt hatte er das Mädchen gesehen. Sie war jung und ein wenig derb gewesen, und über ihren Rücken hatte sich eine Flut langer brauner Locken ergossen. Aber vor allem war sie vollkommen nackt gewesen, wenn man von dem silbernen Kreuz einmal absah, das noch zwischen ihren vollen Brüsten gehangen hatte.

Mit gespreizten Beinen hatte sie zitternd auf einem Stuhl gesessen und nicht gewagt, sich zu bewegen. Radulfus hatte seinen Kopf in ihrem Schoß vergraben und irgendetwas von der Heiligen Jungfrau gemurmelt. Dann war er wie von Sinnen aufgesprungen und hatte sich auf das Mädchen gestürzt. Nachdem er sie mit brutaler Gewalt genommen hatte, hatte er plötzlich sein Messer gezogen und ihr mit einer blitzschnellen Bewegung die Kehle durchgeschnitten – wie einem Opferlamm.

Das war selbst für Ottos kaltes Gemüt zu viel des Guten gewesen, und er hatte auf dem Absatz kehrtgemacht und fluchtartig den Bischofspalast verlassen.

Radulfus ahnte nicht, dass er beobachtet worden war, und Otto hatte sich am nächsten Morgen nichts anmerken lassen, obwohl ihm das alles andere als leicht gefallen war.

Doch solange Radulfus ihn gut bezahlte, scherte er sich nicht weiter um dessen Treiben. Er hatte ganz andere Pläne, die niemand etwas angingen, und schon gar nicht den Bischof. Sobald er diesen Auftrag ausgeführt hätte, würde er sich umgehend an die Umsetzung seines Vorhabens machen.

Am nächsten Morgen wartete Otto vergeblich auf seine Begleiter, deren Pferde jedoch noch friedlich im Stall standen, wie er mit einem Blick erleichtert feststellte.

Er nahm an, dass die drei Trunkenbolde noch dabei waren, ihren Rausch auszuschlafen, doch seine Hoffnung sollte enttäuscht werden, denn in der Schenke war alles dunkel und weit und breit niemand zu sehen.

Auf der Suche nach dem Wirt traf Otto auf den Knecht, den er am Abend zuvor beauftragt hatte, die Pferde zu versorgen. Er wirkte verschlafen.

»Gibt es noch andere Kammern, in denen man übernachten kann?«, fragte ihn Otto, worauf der Knecht den Kopf schüttelte.

»Wir haben nur diese eine Kammer für Gäste, die es nicht mehr bis zur Herberge schaffen.« Er grinste.

Otto beschlich eine böse Vorahnung.

»Meine Begleiter sind verschwunden, und ich habe es eilig«, sagte er scharf.

Das Grinsen im Gesicht des Knechtes erlosch.

»Ich habe gehört, dass die Wache in der letzten Nacht drei Männer verhaftet hat, die beim Würfeln betrogen haben.« Er grinste wieder. »Ausgerechnet den Sohn des Stadtvogts haben sie versucht zu betrügen, wo doch jeder weiß, wie wütend der werden kann.«

Der Knecht schlug sich mit der Hand an die Stirn und schüttelte mehrmals verständnislos den Kopf ob solcher Dummheit.

»Als die Wachen sie verhaften wollten, haben sie zudem auch noch ihre Messer gezogen. Ist ihnen gar nicht gut bekommen. Hätte ich gerne gesehen. Wo doch jeder weiß, dass der Herr von Coucy nur die besten Männer in seinen Dienst nimmt.«

Er schwieg und starrte stracks an Otto vorbei. Man konnte ihm sein Bedauern, nicht dabei gewesen zu sein, geradezu ansehen.

Otto verlor langsam die Geduld.

»Was ist dann passiert? Wo haben sie die drei hingebracht?«, schnauzte er den Knecht an. »Jetzt rede endlich, oder muss ich dir wirklich jedes Wort einzeln aus der Nase ziehen?«

Der Knecht zuckte gleichgültig die Schultern.

»Wahrscheinlich haben sie sie in den Kerker geworfen. Woher soll ich das denn wissen?«

Wütend schnäuzte sich Otto in die Hand. Der Tag fing ja gut an.

»Würdet Ihr dann wenigstens die Freundlichkeit besitzen, mir mitzuteilen, wo sich der Kerker befindet?« Seine

Stimme triefte vor Hohn, und der Knecht sah ihn misstrauisch an. War der Kerl mit den strohgelben Haaren vor ihm etwa dabei, den Verstand zu verlieren? Wieso redete er plötzlich mit ihm wie mit einem hohen Herrn?

Die ganze Geschichte wurde ihm langsam zu kompliziert, und er kam zu dem Schluss, dass es besser für ihn wäre, sich nicht länger damit aufzuhalten.

Er wies die Gasse hinunter.

»Der Kerker befindet sich im Rathaus, in der Nähe der Kirche. Ihr könnt ihn nicht verfehlen.« Mit diesen Worten drehte er sich um, überquerte eilig den Hof und verschwand in den Ställen.

Fluchend machte sich Otto auf den Weg zum Rathaus. Dabei überlegte er sich kurz, ob er die drei Schurken nicht einfach ihrem Schicksal überlassen sollte. Verdient hätten sie es. Aber er hatte ihnen eine Menge Silber für ihre Dienste bezahlt und verspürte außerdem nicht die geringste Lust, den Rückweg durch die Wälder allein zurückzulegen.

Der Himmel über ihm war grau in grau, und plötzlich begann es wie aus Eimern zu schütten. Innerhalb weniger Minuten war Otto bis auf die Haut durchnässt.

Er warf einen wütenden Blick nach oben. Es kam ihm so vor, als ob sich nicht nur der Himmel, sondern die ganze Welt gegen ihn verschworen hätte.

Als er am Marktplatz vorbeikam, lenkte das johlende Geschrei der Menge seinen Blick auf den Pranger.

Dort war ein bulliger Kerl angebunden, den er sofort erkannte. Das rote Haar klebte wirr an seinem Kopf, den er immer wieder verzweifelt hin und her zu wenden versuchte, was ihm allerdings nicht gelang.

Von Hugos gewohnter Überheblichkeit war nichts mehr übrig geblieben. Er bot einen jämmerlichen Anblick. Sein

Gesicht war blutverkrustet und bis zur Unkenntlichkeit geschwollen.

Wehrlos musste er es hinnehmen, dass er von der johlenden Menge mit faulem Obst und Pferdeäpfeln beworfen wurde.

Sobald ihn jemand ins Gesicht traf, klatschten die anderen Beifall und feuerten die Werfer an. Schon wurden die ersten Wetten abgeschlossen. Ein schlauer Obsthändler hatte seinen Knecht sogar mit einem großen Korb fauler Äpfel und dem Auftrag auf den Markt geschickt, diese so teuer wie möglich an die Gaffer zu verkaufen.

Hugos Kameraden waren rechts und links von ihm an die Schandsäule gefesselt worden und konnten sich ebenfalls kaum bewegen. Da sie jedoch nicht so leicht zu treffen waren, begnügte man sich damit, ihnen im Vorbeigehen einige Tritte zu versetzen.

Otto hatte genug gesehen. Er wusste, dass man die drei frühestens am Nachmittag befreien würde, um sie dann anschließend mit Peitschenhieben aus der Stadt zu jagen. Sie würden für immer gebrandmarkt sein.

In seinem Innersten erschüttert, begab er sich in die nächste Schenke, wo er einen großen Krug Wein bestellte. Niemals hätte er es für möglich gehalten, jemals so vom Pech verfolgt zu werden.

Als ihm der Gedanke kam, dass Gott ihn möglicherweise für den Mord an Bruder Gregor bestrafen wollte, sank er verzweifelt in sich zusammen.

Er dachte darüber nach, einen Ablasshändler aufzusuchen, als ihm einfiel, dass es für Mord keinen Ablass gab.

Bisher hatte er sich weder um Gott noch um den Teufel geschoren, doch nun kroch auf einmal eine namenlose Angst in ihm hoch, die bereits seit Jahren in ihm gewachsen sein musste und ihn jetzt mit voller Wucht überfiel und lähmte.

Er brauchte einen Moment, um sich wieder zu fangen, und er bemerkte, dass seine Hände zitterten. Fluchend schüttete er den restlichen Wein in sich hinein. Sofort begann sich eine wohlige Wärme in ihm auszubreiten.

Nicht, dass er seine Taten in irgendeiner Form bereute. Jeder Mensch hatte nun mal seinen Platz und seine Aufgabe, und irgendjemand musste die Drecksarbeit schließlich übernehmen.

Das war nun einmal so und würde sicher auch immer so bleiben.

Es war etwas anderes, das ihn quälte und sich nicht greifen ließ, etwas, das wie ein dunkler Dämon heimtückisch und raffiniert zugleich war. Und jederzeit bereit, ihm einen tödlichen Stoß zu versetzen.

Er bestellte einen neuen Krug Wein und versank in Selbstmitleid. Eine hübsche Hure setzte sich zu ihm und sah ihn so teilnahmsvoll an, dass er sich ein wenig getröstet fühlte. Großzügig teilte er seinen Wein mit ihr.

Auf einmal wurden seine Augen seltsam schwer. Vergeblich kämpfte er gegen die bleierne Müdigkeit an, die seinen Körper lähmte. Ein kurzes Warnsignal in seinem Kopf war das Letzte, was er noch wahrnahm, dann glitt er in eine andere Welt hinüber.

Als er mit brummendem Schädel wieder erwachte, war es bereits später Nachmittag. Die Hure war verschwunden und mit ihr der Beutel, den er unter seinem Umhang verborgen hatte. Wütend sprang er auf. Der Boden unter seinen Füßen wankte, und ihm wurde speiübel.

Nach einem Blick auf den Wirt, der ihn höhnisch beobachtete, wurde ihm klar, dass er sich von ihm keine Hilfe erwarten durfte. Wahrscheinlich steckte er mit der Hure sogar unter einer Decke.

Am Boden zerstört taumelte er aus der Schenke. Dabei fiel sein Blick auf den Pranger. Er war leer. Der Nieselregen, der von dem grau verhangenen Himmel über ihm tropfte, passte zu seiner Stimmung.

Am Rande des Marktplatzes sah er gerade noch die roten Umhänge der Büttel aufleuchten, die, gefolgt von mehreren Schaulustigen, dabei waren, die drei Betrüger mit der Peitsche aus der Stadt hinauszutreiben.

Otto ging zu der Schenke des gestrigen Abends zurück, um die Pferde zu holen. Als er den Stall verschlossen fand, befürchtete er das Schlimmste, und seine Vermutung wurde sogleich bestätigt, nachdem er den Schankraum betreten hatte.

Dort stand der Schankwirt hinter der Theke und sah ihm gleichmütig entgegen.

»Wenn Ihr die Pferde wollt, müsst Ihr zuerst die Zeche Eurer Freunde bezahlen«, tat er Otto beinahe gutmütig kund.

»Das sind nicht meine Freunde«, erwiderte dieser lahm, worauf der gutmütige Ausdruck im Gesicht des Wirtes sofort verschwand.

»Wenn Ihr die Pferde wollt, dann bezahlt«, sagte er scharf.

Otto hatte keine Kraft mehr, um sich zu streiten, und so griff er resigniert nach seinem Beutel, als ihm einfiel, dass man ihm diesen gestohlen hatte.

Der Wirt beobachtete ihn lauernd.

»Wie hoch ist die Zeche?«

»Drei Sous.« Ottos Gesicht verfinsterte sich. Das war der reinste Wucher, da waren ja selbst die Juden noch harmlos gegen diesen verbrecherischen Schankwirt. Er öffnete den

Mund, um Einspruch zu erheben, doch der Wirt kam ihm zuvor.

»Ein Tisch und drei Stühle sind mir bei der gestrigen Auseinandersetzung kaputtgegangen«, fügte er erklärend hinzu.

Otto nahm seinen Dolch und trennte ein Stück seines Umhanges auf.

Zähneknirschend warf er drei Münzen auf den Tresen und verließ, so schnell er konnte, die Schenke. Im Hinausgehen hörte er noch, wie der Wirt nach dem Knecht pfiff, der kurz darauf erschien, die Stalltüre aufschloss und die Pferde hinausführte.

Großzügig reichte er Otto ein Seil, das dieser als Führstrick benutzen konnte, und half ihm sogar noch, die Pferde zusammenzubinden.

Wütend verließ Otto den Hof und schwor sich, nie wieder einen Fuß in diese verfluchte Stadt zu setzen.

Vor dem Stadttor traf er auf Hugo, Karl und Bruno, die ihn mehr als schlecht gelaunt erwarteten. Ihre Umhänge waren von den scharfen Peitschenhieben regelrecht zerfetzt worden. Am schlimmsten zugerichtet sah jedoch Hugo aus, der ihn anklagend anblickte, beinahe so, als ob er ihm die Schuld an seinem Unglück geben wollte. Dabei schien er ganz vergessen zu haben, dass er derjenige gewesen war, der unbedingt nach Coucy hatte reiten wollen und beim Würfeln betrogen hatte. Sein Gesicht war dick angeschwollen und kaum wiederzuerkennen. Überhaupt machte er einen ganz und gar jämmerlichen und veränderten Eindruck.

»Da seid Ihr ja endlich. Wir warten schon seit einer halben Ewigkeit auf Euch«, zischte er. »Habt Ihr wenigstens etwas zu essen mitgebracht? Unsere Mägen knurren schlimmer, als der verlausteste Köter es je könnte.«

Da überkam Otto die Wut. Die Burschen wurden immer unverschämter.

»Wie soll ich mit drei Pferden an der Hand etwas zu essen auftreiben? Ich war genauso froh, aus der Stadt hinauszukommen, wie ihr. Man hat mir meinen Beutel gestohlen, und ich musste eure Zeche bezahlen, weil der Wirt die Pferde sonst nicht mehr herausgegeben hätte«, brüllte er unbeherrscht. Woraufhin sich die drei untereinander Blicke zuwarfen, die er nicht zu deuten wusste.

»Jetzt lasst uns endlich von hier verschwinden. Ich habe genug von diesem gottverdammten Ort.«

Ohne sich weiter um seine Gefährten zu kümmern und sich noch einmal nach ihnen umzudrehen, ritt er in die Dämmerung hinein.

Es würde ihnen schon gar nichts anderes übrig bleiben, als ihm zu folgen.

Seine Niederlage ließ ihn jeden Sinn für Gefahr vergessen. Niemals zuvor war er so gedemütigt worden, ohne eine Möglichkeit gehabt zu haben, sich zu rächen.

Außerdem schmerzte ihm der Kopf, seine Kleider trieften vor Nässe, und er hatte Hunger.

Hinter ihm jammerten Karl und Bruno ununterbrochen über ihre schmerzenden Rücken, weshalb sich Otto noch ein Stück weiter von der Gruppe absetzte, denn er konnte das Gejammer nicht länger ertragen.

Als es dunkel wurde, hielten sie nach einer Übernachtungsmöglichkeit abseits der Wege Ausschau und fanden schließlich unter dem Schutz einiger Bäume einen geeigneten Platz zum Schlafen.

Sie banden die Pferde fest und wickelten sich in ihre Umhänge ein.

Otto schlief sofort ein.

Er erwachte mit einem unguten Gefühl und wollte aufspringen, doch seine Beine versagten ihm den Dienst.

Das Brummen in seinem Schädel war einem hämmernden Schmerz gewichen, und sein Gesicht und sein Körper waren mit Ästen und Laub bedeckt. Als es ihm endlich mühsam gelang, sich zu erheben, musste er sich als Erstes übergeben.

Von seinen Begleitern und den Pferden fehlte jede Spur.

Sein Gehirn weigerte sich einen Moment lang, die Wahrheit zu akzeptieren, dann aber stellte er sich ihr, wenn auch mit Widerwillen.

Diese verfluchten Schweine hatten ihn ausgeraubt, nicht einmal sein Pferd hatten sie ihm gelassen. Das Schlimmste war allerdings, dass sie ihm auch noch seinen Umhang genommen hatten und mit ihm alles Silber, das er noch besessen hatte.

Zudem hatten sie ihm einen harten Schlag auf den Hinterkopf versetzt, der ihm eine schmerzhafte, hühnereigroße Beule hinterlassen hatte. Es war einfach zu viel.

Otto brach endgültig zusammen. Er weinte wie ein kleines Kind. Zwischendurch stieß er immer wieder wilde Flüche aus, die ihn allerdings nicht erleichterten, sondern ihm nur eine noch trockenere Kehle einbrachten, als er eh schon hatte.

Wie zum Hohn brach in diesem Moment auch noch die Sonne durch die Wolken und tauchte alles um ihn herum in ein strahlendes Licht.

Mit letzter Kraft wankte er zu einem nahe gelegenen Bach, wo er seinen Kopf ins Wasser steckte und danach seinen quälenden Durst löschte. Er war wütend auf sich selbst und verfluchte alles und jeden, der ihm in den Sinn kam, bis ihm klar wurde, dass er wahrscheinlich sogar noch

Glück im Unglück gehabt hatte. Sicher hatten die Kerle ihn nach dem Schlag auf den Kopf für tot gehalten, denn sonst hätten sie ihn nicht nur einfach in der Kuhle verscharrt, sondern ihm aller Wahrscheinlichkeit nach zuvor auch noch die Kehle durchgeschnitten.

Er erhob die Hand wie zum Schwur.

»Ich werde euch töten, einen nach dem anderen, und wenn es das Letzte ist, was ich auf dieser beschissenen Welt tun werde.«

Danach fühlte er sich etwas besser. Er setzte sich unter einen Baum und ging die Möglichkeiten durch, die ihm noch blieben. Es waren nicht viele. Zuallererst galt es jedoch, wieder zu Geld und an ein neues Pferd zu kommen. Aber dazu musste er, nachdem er nicht wusste, wie weit der nächste Ort entfernt war, notgedrungen wieder nach Coucy zurückkehren.

Dort könnte er das Kloster aufsuchen und mit dem Abt sprechen. Wenn er diesem von dem schändlichen Mord an Bruder Gregor berichtete, würde der ihn sicher bei der Suche nach dessen Mördern unterstützen.

Otto kehrte um. Den Gedanken, die Stadt nie wieder zu betreten, wie er es sich geschworen hatte, verdrängte er dabei erfolgreich.

31

Das Kloster lag am Rande der Stadt inmitten blühender Gärten und wurde von Benediktinern geführt. Otto ließ sich beim Abt melden, dem er stehenden Fußes erzählte, dass er im Auftrag des Bischofs hier sei, um die Mörder von Bruder Gregor zu stellen, und dass man ihn ebenfalls schon überfallen hätte.

Wie er es sich erhofft hatte, erklärte sich der Abt sogleich bereit, ihm zu helfen. Er ließ ihm einen Umhang bringen und lud ihn zum gemeinsamen Mahl ein, das von allen Ordensmitgliedern gemeinsam und schweigend eingenommen wurde.

Die Mönche verständigten sich untereinander nur mit Handzeichen, um das Gelübde, das sie abgelegt hatten, nicht zu brechen. Wenn jemand Käse wollte, presste er beide Hände zusammen, und wer Essig oder Wein brauchte, führte seine Hand an die Gurgel.

Der Abt, ein kluger und frommer Mann, bestand darauf, dass alle Regeln des heiligen Benedikt strikt eingehalten wurden. Selbst der Wein wurde mit Wasser verdünnt, was schon lange nicht mehr in allen Klöstern an der Tagesordnung war.

Nach dem Mahl wies er Otto entgegenkommend einen Schlafplatz im Gästehaus zu, das normalerweise nur den höheren Gästen vorbehalten war.

Otto war fürs Erste zufrieden. Sein Bauch war gut gefüllt, und der Wein besänftigte die Schmerzen in seinem Kopf, obwohl er stark verdünnt worden war.

Für eine Weile genoss er, angelehnt an den steinernen Brunnen im Innenhof, noch die wärmenden Strahlen der untergehenden Sonne, während er bereits überlegte, wie er weiter vorgehen wollte.

Nicht weit von ihm entfernt standen zwei Brüder, die den Worten eines Dritten andächtig lauschten. Zuerst achtete er nicht auf die Wortfetzen, die leise zu ihm herüberdrangen, doch mit einem Male wurde er hellhörig.

»Wenn ich es Euch doch sage, ihre Haut war weiß, fast durchscheinend, und sie sah wie ein Engel aus. Bruder Michael hat es dem Zellerar erzählt, und der hat wiederum mir davon berichtet. Ein Blick von ihr genügt, und jeder Kranke wird wieder gesund. Der Herr in seiner großen Güte hat sie zu uns gesandt, um uns neue Hoffnung zu geben.« Er bekreuzigte sich ehrfürchtig.

Otto glaubte seinen Ohren nicht zu trauen. Aufgeregt starrte er zu den Brüdern hinüber, die ihre Stimmen jedoch sofort senkten, als sie seinen Blick bemerkten.

Seine Stimmung verbesserte sich augenblicklich, und er war überzeugt davon, dass seine Pechsträhne nun endgültig zu Ende war.

Er erhob sich und trat zu den Mönchen.

»Verzeiht mir, wenn ich Euer Gespräch, ohne es zu wollen, mit angehört habe«, begann er höflich. »Aber Ihr spracht von einem Mädchen mit weißer Haut. Ich befinde mich gerade auf der Suche nach ihr. Könnt Ihr mir daher vielleicht sagen, wo sie sich aufhält?«

Die Mönche sahen sich an. Sie verstanden einander auch ohne Worte.

»Ihr werdet dem Abt nichts davon berichten, dass wir

unser Schweigegelübde für einen Moment unterbrochen haben, um uns durch die Worte unseres Bruders erbauen zu lassen?«, fragte einer von ihnen.

Otto schüttelte mit Nachdruck den Kopf.

»Das Mädchen befindet sich oben auf der Burg. Man munkelt, dass der Herr von Coucy sie dort gefangen hält.«

Ob dieser Nachricht hätte Otto am liebsten einen Luftsprung vor lauter Freude gemacht. Doch er beherrschte sich und bedankte sich stattdessen nur mit einem lapidaren »Gott segne Euch« bei den Mönchen.

Am nächsten Morgen ließ ihm der Abt ein Reitpferd bereitstellen. Darüber hinaus stattete er ihn eigenhändig mit einem mit Silberstücken gefüllten Leinenbeutel aus.

»Richtet dem Bischof meine Grüße aus. Gott segne Euch bei Eurer Reise, möge sie von Erfolg beschieden sein.«

Voll neuen Elans ritt Otto auf die mächtige Burg zu.

Schwer bewaffnete Wachen am inneren Tor versperrten ihm den Weg.

»Was ist Euer Begehr?«

»Ich bin im Auftrag des Bischofs von Bourges unterwegs und habe dem Herrn von Coucy eine Botschaft zu überbringen«, gab er hochmütig zur Antwort.

Die Wachen nickten und ließen ihn passieren. Ein Knecht eilte herbei, um ihm das Pferd abzunehmen. Otto überquerte den Innenhof und ging auf den Wohnturm zu, vor dem weitere Wachen postiert waren. Auf ihre Aufforderung hin wiederholte er sein Begehr und wurde eingelassen. Im Gebäude trat ein grauhaariger Diener auf ihn zu und fragte ihn zum dritten Mal nach dem Grund seines Besuches.

Nachdem ihm Otto die gewünschte Auskunft erteilt hatte, verschwand der Diener hinter einer zweiflügeligen Türe, und es dauerte eine geraume Weile, bis er wieder zurückkehrte.

»Der Herr von Coucy ist jetzt bereit, Euch zu empfangen«, beschied er Otto und musterte ihn dabei abschätzend von Kopf bis Fuss.

»Ich hoffe, Ihr überbringt nur gute Nachrichten, denn der Herr befindet sich nicht gerade in bester Stimmung«, warnte er ihn.

Otto gab ihm darauf keine Antwort. Er folgte dem Diener in den Audienzsaal, den ein hochgewachsener Mann in teuren Gewändern gerade mit zusammengepressten Lippen verließ, der dabei an Otto vorüberging, ohne ihn auch nur eines Blickes zu würdigen.

Enguerrand stand am Kamin und unterhielt sich mit einigen Männern in Waffenröcken. In der Hand hielt er einen Becher Wein, den er in einem Zug hinunterstürzte und danach mit einer heftigen Bewegung in den brennenden Kamin schleuderte, wo er scheppernd zerbrach.

Der Diener trat zu ihm heran und verbeugte sich tief.

»Der Bote des Bischofs von Bourges«, meldete er knapp und entfernte sich dann.

Enguerrand sah Otto direkt ins Gesicht. Seine dunklen Brauen waren drohend zusammengezogen, und seine Miene verhieß nichts Gutes.

»Sagt, was Ihr zu sagen habt, und dann verschwindet«, knurrte er unfreundlich.

Auf einmal fühlte sich Otto gar nicht mehr wohl in seiner Haut. Instinktiv spürte er, dass der Mann vor ihm grausam und unberechenbar war und ihm daher gefährlich werden konnte.

»Hat es Euch etwa die Sprache verschlagen?«, fuhr Enguerrand ihn an. Er wies auf die Männer im Waffenrock. »Ihr seht doch, dass ich wegen Euch mein Gespräch unterbrochen habe.«

Otto verbeugte sich unterwürfig.

»Verzeiht mir, hoher Herr. Der Bischof hat mich ausgesandt, um den jungen Grafen de Forez und die Tochter des Tuchhändlers Jean Machaut nach Bourges zurückzubringen. Sie stehen unter dringendem Verdacht, einen Mönch vor dem Altar unserer Kapelle ermordet zu haben«, trug er sein Anliegen demütig vor.

Enguerrand wirkte einen Moment lang überrascht, dann aber brach er in schallendes Gelächter aus. Die Männer um ihn herum stimmten in sein Gelächter mit ein und lachten so lange, bis Enguerrand auf einmal »Ruhe« brüllte.

Sein Gesicht war mit einem Schlag wieder ernst und sein Blick noch finsterer als vorher geworden. Er starrte auf Otto wie eine Schlange auf ihr Opfer.

»Ihr wollt mir also tatsächlich weismachen, dass dieses Adelsbürschchen einen Mönch umgebracht hat?« Sein Blick wurde lauernd.

»Haltet Ihr mich etwa für völlig verblödet?« Er brüllte so laut, dass Otto unwillkürlich zusammenzuckte.

»Eher würde ich Euch selbst den Mord zutrauen«, setzte er etwas leiser hinzu, ohne Otto dabei aus den Augen zu lassen.

Otto begann innerlich zu zittern, während er verzweifelt überlegte, wie er die Situation noch zu seinen Gunsten wenden konnte. Er beschloss, die Flucht nach vorn anzutreten.

»Dann habt Ihr Euch also auch von ihrem unschuldigen Gesicht täuschen lassen? Ihr könnt froh sein, dass ich rechtzeitig eingetroffen bin, um Euch zu warnen, denn das Mädchen hat den Teufel in sich. Bisher hat sie jedem, der mit ihr zu tun hatte, nichts als Unglück gebracht«, erwiderte er mit gesenktem Blick.

Vorsichtig schielte er nach oben, um Enguerrands Reaktion auf seine Worte beobachten zu können.

Normalerweise reichte der Name des Teufels aus, um jeden ehrbaren Bürger in Angst und Schrecken zu versetzen, doch Enguerrand zuckte nicht einmal mit der Wimper.

»Ihr behauptet also, der Teufel befinde sich in dem Mädchen«, begann er so langsam, als würde er mit einem Schwachsinnigen sprechen. »Und was erwartet Ihr jetzt von mir? Dass ich vor lauter Schreck zu zittern anfange?«

Drohend beugte er sich vor.

»Ich sage Euch, was Euer Bischof wirklich will. Er will das Mädchen wegen seiner wundersamen Heilkräfte zurückhaben, und die Geschichte mit dem Mord und dem Teufel habt Ihr Euch nur ausgedacht, um mir Angst einzujagen.«

Damit war Otto geschlagen. Doch er wollte sich seine Niederlage nicht eingestehen.

»Was ich gesagt habe, ist wahr«, entgegnete er trotzig. »Hinterrücks und voller Heimtücke haben die beiden unserem armen Bruder den Dolch in den Rücken gestoßen. Sie werden der Gerechtigkeit nicht entgehen. Der Bischof wird sie und den jungen Grafen der Heiligen Inquisition übergeben«, fügte er entschlossen hinzu.

»Dazu müsste Euer werter Bischof die beiden aber erst einmal haben, nicht wahr?« Enguerrands Stimme klang nachsichtig.

Otto nickte.

»Nach den geltenden Gesetzen ist es Eure Pflicht, der Kirche bei der Gefangennahme entflohener Mörder behilflich zu sein«, forderte er mit dem Mut der Verzweiflung. Er hatte nichts mehr zu verlieren. Wenn er ohne Marie und Robert zurückkehrte, würde Radulfus seine ganze Wut und Enttäuschung an ihm auslassen, und damit wären seine ganzen hochfahrenden Pläne, in den Gewürzhandel einzusteigen, mit einem Schlag vernichtet.

»Nach den geltenden Gesetzen!« Enguerrand schlug sich vor Lachen mit beiden Händen auf die Schenkel. Seine Männer fielen ebenfalls wieder in sein Lachen mit ein.

Doch erneut fand seine Erheiterung ein abruptes Ende.

»Eure Gesetze kümmern mich einen Dreck, sie sind so bedeutungslos wie ein Fliegenschiss, und jetzt geht mir aus den Augen, und richtet Eurem Bischof aus, dass er sich das Mädchen aus dem Kopf schlagen kann.«

Mit demütig gesenktem Kopf verließ Otto den Saal, bevor Enguerrand es sich vielleicht noch anders überlegte.

Der Diener, der ihn hergebracht hatte, erwartete ihn bereits vor der Tür des Saales.

»Ich habe Euch ja gesagt, dass der Herr schlechte Laune hat«, bemerkte er mit einem Blick in Ottos Gesicht.

»Schert Euch zum Teufel«, sagte Otto.

Ohne auch nur eine Sekunde länger zu zögern, bestieg er sein Pferd und ritt zum Tor, durch das man ihn unbehelligt ziehen ließ. Vor dem Tor zügelte er sein Pferd und sah sich das Gelände innerhalb der äußeren Befestigungsmauer genauer an.

Er dachte nicht daran, kampflos aufzugeben, auch wenn er noch keinen genauen Plan hatte.

Vor ihm lagen die Stallungen, dahinter der Turnierplatz und die Weiden für die Pferde. Hinter ihm befanden sich die Wirtschaftsgebäude und die kleinen Handwerkshütten, aus denen metallisches Hämmern klang. Während er noch überlegte, was er tun sollte, kam ein Wagen mit fahrenden Sängern an ihm vorbei. Zwei Männer gingen vor dem Wagen her, der von einem struppigen kleinen Pferd gezogen wurde.

Im Wagen, um den zwei schwarz-weiß gescheckte Hunde

laut bellend herumsprangen, saß eine Frau und spielte auf einer kleinen beinernen Flöte. Sowohl die Frau als auch die beiden Männer hatten pechschwarze Haare und Augen wie Kohlen, die sich dunkel und fremd von ihren grellbunten Gewändern abhoben.

Am Tor angelangt, begehrten sie Einlass.

Die Wachen hießen sie warten.

Die Burg zog Spielleute und fahrende Sänger an wie Pferdeäpfel die Fliegen. Es war eine regelrechte Plage mit diesem Gesindel. Vor allem nun, da es kälter wurde, versuchten viele von ihnen, auf den Burgen Unterschlupf vor dem drohenden Winter zu finden.

Bei den meisten von ihnen handelte es sich jedoch um überwiegend dreistes und unverschämtes Pack ohne jede Manieren, das nur widerwillig geduldet wurde, weil man während der langen kalten Jahreszeit eben manchmal ein wenig Unterhaltung brauchte, um sich von dem trüben Einerlei des Alltags abzulenken.

Die beiden Männer führten das Pferd zu einem Wiesenstreifen vor der Mauer, wo sie es grasen ließen, während sie sich zu der Frau gesellten und gemeinsam und gleichmütig darauf warteten, bis die Wachen ihnen Bescheid geben und sie ins Innere der Burg hineinlassen würden.

Otto achtete nicht weiter auf sie, sondern brachte sein Pferd auf eine der hinteren Weiden und nahm ihm den Sattel ab.

Danach schlenderte er in aller Ruhe am Turnierplatz vorbei und beobachtete eine Weile die Ritter, die sich dort im Kampf übten.

Die Ritter, Knappen, Knechte und Diener, die geschäftig an ihm vorbeiliefen, beachteten ihn ebenso wenig wie die Wachen, die plaudernd oder dösend überall herumstanden.

Der Wind hatte mittlerweile aufgefrischt und trieb die

großen weißen Wolken am Himmel mit rasender Geschwindigkeit vor sich her. Es war bereits später Nachmittag, und Otto begann sich nach einem Schlafplatz umzusehen.

Auf seiner Suche nach einer geeigneten Stelle kam er dabei auch an den Stallungen vorbei, wo sein Blick auf einen jungen Mann fiel, der zwei Pferde am Halfter führte und auf den gerade der Stallmeister zutrat, um ihm einige Anweisungen zu geben. Otto machte ein paar Schritte in ihre Richtung. Der junge Mann kam ihm merkwürdig bekannt vor, und er wollte ihn noch etwas näher in Augenschein nehmen. Dann hielt er jedoch mitten im Schritt überrascht inne. Vor ihm stand kein anderer als der Robert de Forez, hinter dem er seit Monaten vergebens her gewesen war.

Rasch zog er sich seine Kapuze über den Kopf und wandte sich ab, um zu verhindern, dass der junge Graf ihn ebenfalls bemerkte und erkennen konnte.

Nun hatte er doch noch eine Chance, denn wo Robert war, konnte Marie nicht weit sein. Otto entfernte sich ein Stück und beobachtete aus sicherer Entfernung, wie Robert mit den Pferden in den Ställen verschwand und wenig später wieder mit einem nervös tänzelnden, schwarzen Hengst am Halfter zurückkehrte. Der junge Graf führte das edle Tier zu einem der Übungsplätze, wo er es an einem langen Seil um sich herumlaufen ließ. Otto folgte ihm in einigem Abstand.

Die Dämmerung senkte sich bereits unmerklich herab, als plötzlich eine schmale Gestalt auftauchte, die leichtfüßig an Otto vorbeilief, ohne ihn zu beachten.

Sie hatte nur Augen für Robert, der sofort den Hengst festband und zärtlich seinen Arm um die junge Frau legte. Otto war zu weit entfernt, um zu hören, worüber sie redeten. Es interessierte ihn auch nicht. Er wusste nun, was er zu tun hatte.

Der Plan, der in seinem Kopf entstand, war perfekt.

Allerdings musste er sich beeilen, wenn er ihn noch mit Erfolg durchführen wollte. Zielstrebig lief er daher zu den Spielleuten zurück, die noch immer vor dem Tor auf Einlass warteten. Wenn er überhaupt jemandem auf der Burg trauen konnte, dann ihnen, denn sie waren hier ebenso fremd und unerwünscht wie er.

Die beiden Männer mussten entweder Brüder oder sonst irgendwie miteinander verwandt sein, da die Ähnlichkeit ihrer Gesichtszüge sonst kaum zu erklären war. Otto nahm einige Silberstücke aus seinem Beutel und hielt sie dem Älteren der beiden direkt unter die Nase. Misstrauisch starrten die Männer ihn an.

»Wenn ihr mir helft, meine Tochter unbemerkt aus der Burg zu bringen, gehört das Silber euch«, begann Otto.

Die beiden Brüder sahen sich an, sagten aber nichts.

Worauf Ottos Stimme drängend wurde. Ihm blieb nicht mehr viel Zeit, wenn er die Gunst der Stunde nutzen wollte.

»Einer der Ritter hier hat sie entführt und geschändet. Er weigert sich, sie gehen zu lassen, und ich besitze kein Schwert, um gegen ihn zu kämpfen. Mein Eheweib ist vor Kummer schon ganz krank ihretwegen«, log er weiter.

Da kam Otto unverhofft die Frau zu Hilfe, indem sie den Männern unmerklich zunickte. Sie war eine Schönheit mit ihren schwarz glänzenden Locken und wusste aus eigener Erfahrung, wovon Otto sprach. Schon des Öfteren hatte sie sich zu später Stunde gegen zudringliche Ritter wehren müssen, in deren Augen sie nichts anderes als eine Hure war.

»Einverstanden«, brummte daraufhin der Ältere und ließ die Münzen blitzschnell unter seinem bunten Umhang verschwinden.

»Macht euch zum Aufbruch bereit, und wenn ich euch

meine Tochter bringe, fahrt ihr sofort mit ihr los. Ich selbst werde danach nur noch mein Pferd holen und euch nachfolgen. Wir treffen uns dann im Wald vor der Stadt.«

In den Augen des Älteren flackerte Misstrauen auf, das Otto sich umgehend zu zerstreuen bemühte.

»Es ist besser, wenn man uns nicht zusammen sieht. Niemand wird meine Tochter bei euch vermuten, und bis der Ritter ihr Verschwinden bemerkt, werden wir längst über alle Berge sein.«

Mit diesen Worten entnahm er seinem Beutel zwei weitere Münzen und reichte sie dem Spielmann. Mit dieser Summe in der Tasche konnten die drei unbesorgt dem Winter entgegensehen, das Geld würde ihnen bis weit ins nächste Frühjahr reichen. Der Ältere hielt Otto nun die ausgestreckte Hand hin, und Otto schlug ein. Damit war die Vereinbarung besiegelt.

Rasch lief er zurück und strebte zielgerichtet auf die Schweineställe zu, die ein Stück hinter denen der Pferde lagen, aber weit weniger gut bewacht waren als diese. Als er sie erreicht hatte, öffnete er das Tor, schlüpfte hinein und steckte seinen Kopf dann aber noch einmal vorsichtig zur Türe hinaus, um sich zu vergewissern, dass ihn auch wirklich niemand bemerkt hatte.

Aber kein Mensch hatte ihn gesehen. Die meisten der Burgbewohner hatten sich längst in den inneren Teil der Burg begeben, denn jetzt würde es nicht mehr lange dauern, bis sie sich alle zum Essen im großen Saal versammeln würden.

Otto warf einen Blick auf den immer dunkler werdenden Himmel. Die Zeit, die ihm noch blieb, um sein Vorhaben auszuführen, war äußerst knapp. Entschlossen bückte er sich, nahm seinen Feuerstahl und schlug ihn an einem Feuerstein entlang. Die Funken fing er mit einem Stück Zunder auf und blies sie behutsam an, um die Glut zu entfachen. Dann zerriss er den glimmenden Zunder in drei Teile und verteilte ihn in dem trockenen Stroh.

Eine fette Sau hob witternd ihren Kopf und starrte ihn aus ihren kleinen Augen böse an. Otto kümmerte sich nicht um sie.

Vorsichtig schlich er sich wieder aus dem Stall und lief zum Übungsplatz zurück, wo sich Marie zu seiner Erleichterung noch immer befand, wenn auch in Gesellschaft des jungen de Forez.

Otto ging in die Hocke und schlug seinen Mantel enger um sich herum. Jetzt brauchte er nur noch zu warten.

Tatsächlich fingen die Schweine schon nach wenigen Sekunden ängstlich zu quieken an, doch niemand schien es zu bemerken. Erst als bereits dichter Rauch von den Ställen in den Himmel stieg, wandte Robert beunruhigt seinen Kopf. Otto beobachtete, wie er irgendetwas zu Marie sagte und danach zu den Ställen hinüberrannte, um zu sehen, was dort vor sich ging.

Marie blieb währenddessen bei dem Hengst zurück, der ob des Rauches nervös hin und her zu tänzeln begann, und streichelte ihm sanft über den schönen Kopf, um ihn zu beruhigen. Jetzt konnte man auch bereits die ersten Flammen aus dem Dach des Stalles schlagen sehen, die sich rasend schnell weiter ausbreiteten. Gleichzeitig wurden die ersten Rufe, vermischt mit dem angstvollen Quieken der Schweine, laut. Von seinem Platz aus verfolgte Otto, wie immer mehr Menschen zu den Ställen liefen. Es war so weit.

Lautlos näherte er sich der jungen Frau, die ihn nicht bemerkte, weil sie noch immer dabei war, dem unruhig schnaubenden Hengst mit sanfter Stimme gut zuzureden. Als sie Otto schließlich bemerkte, war es zu spät. Blitzschnell legte er ihr die Hände um den Hals und drückte ihr die Kehle so lange zu, bis sie bewusstlos zusammensackte. Eilig wickelte Otto das Mädchen in ihren Umhang und warf es sich danach über die rechte Schulter.

Sollte ihn jemand fragen, wohin er mit seiner Last wollte, könnte er immer noch behaupten, dass sie aufgrund des Feuers das Bewusstsein verloren hätte und er sie nur in Sicherheit bringen wollte.

Vor den Ställen herrschte indessen ein heilloses Durcheinander. Einige Leute befreiten die Schweine aus ihren Boxen, andere liefen zum Brunnen und schöpften Löschwasser. Der Stallmeister forderte die Menschen lautstark auf, eine Kette zu bilden, um das Feuer schneller zum Brandherd befördern zu können.

Es gelang ihm, ein wenig Ordnung in das Durcheinander zu bringen, jedoch nicht allzu lange. Denn nun jagten die von Panik ergriffenen Tiere aus dem Stall und rannten alles über den Haufen, was sich ihnen in den Weg stellte.

Das kam Otto gerade recht, der in dem allgemein herrschenden Chaos unbemerkt zum Wagen der Spielleute gelangte. Dort legte er Marie auf dem Wagen ab, wo die Frau sie in Empfang nahm, eine Decke über ihr ausbreitete und sie damit für die Augen aller unsichtbar machte. Leise rumpelnd setzte sich der Wagen in Bewegung. Nachdem Otto sich davon überzeugt hatte, dass niemand auf die Spielleute achtete, lief er zurück auf die Weide und holte dort sein Pferd. Dann folgte er dem Wagen in einigem Abstand. Als er unbehelligt das Stadttor passiert hatte, atmete er erleichtert auf.

Wilder Triumph erfüllte sein Herz. Sein Plan war aufgegangen, und damit hatte er es allen Widrigkeiten zum Trotz doch noch geschafft, seinen Auftrag zu erfüllen.

32

Sobald die Stadt außer Sichtweite war, stieß Otto seinem Pferd die Fersen in die Flanken und hatte die Spielleute schon nach kurzer Zeit eingeholt.

Es war jetzt fast dunkel. Marie stöhnte leise, ein sicheres Zeichen dafür, dass es nun nicht mehr lange dauern würde, bis sie wieder zu sich käme. Otto stieg vom Pferd und reichte den beiden Männern die Hand.

»Ich danke euch für eure Hilfe«, verabschiedete er sich von ihnen, als Marie sich noch immer etwas benommen aufsetzte und verwundert die Augen rieb.

Sie begriff nicht, was mit ihr geschehen war. »Wo bin ich?«, fragte sie leise und sah die Frau auf dem Wagen Hilfe suchend an. Die Frau nickte ihr jedoch nur freundlich zu, gab ihr aber keine Antwort.

Nach Orientierung suchend drehte sich Marie daher nach allen Seiten um. Als ihr Blick dabei auf Otto fiel, zuckte sie unwillkürlich zusammen. Obwohl sie ihn noch nie zuvor gesehen hatte, wusste sie intuitiv, dass er derjenige war, der für ihre jetzige Situation verantwortlich war, und dass sie ihm nicht trauen durfte.

»Wir müssen jetzt weiter«, wandte sich Otto ungerührt an sie. »Deine Mutter erwartet dich schon sehnsüchtig.« Marie war sich sicher, dass er log.

»Wo ist Robert?«, wollte sie wissen. »Ohne ihn gehe ich nirgendwohin«, fügte sie entschlossen hinzu.

»Ich habe den Auftrag, dich nach Bourges zurückzubringen und genau das werde ich tun«, beschied ihr Otto kalt. Danach packte er sie brutal an beiden Händen und zog sie hinter sich her zu seinem Pferd.

Marie wehrte sich, so gut sie konnte, worauf Otto nicht lange fackelte. Erbarmungslos holte er aus und schlug ihr mitten ins Gesicht. Danach nahm er einen Strick und band ihr grob beide Hände zusammen. Maries Augen füllten sich mit Tränen.

»Bitte helft mir doch«, wandte sie sich Hilfe suchend an die Spielleute, doch Otto schnitt ihr sofort das Wort ab.

»Ihr könnt jetzt fahren«, richtete er sich seinerseits an die Truppe. »Euer Auftrag ist erfüllt.«

Der Wagen der Spielleute setzte sich in Bewegung.

»Irgendetwas stimmt da nicht«, meinte die Frau zu ihrem Mann. »Der Kerl hat uns angelogen. Wir müssen dem Mädchen helfen.« Ihr Mann warf ihr einen kurzen Blick zu.

»Er hat uns gut bezahlt. Alles Weitere geht uns nichts an. Außerdem wissen wir nicht, was wirklich hinter dem Ganzen steckt. Zudem sagt mir mein Gefühl, dass wir uns nur Ärger einhandeln werden, wenn wir uns weiter einmischen.« Damit war die Angelegenheit für ihn schon erledigt.

Seine Frau fügte sich seiner Entscheidung, seufzte aber schwer. Etwas war an dem Mädchen gewesen, das ihr Herz auf eigenartige Weise berührt hatte.

Otto hob Marie aufs Pferd, stieg dann selbst hinter ihr auf und lenkte das Tier sofort tiefer in den Wald hinein, der nur schwach vom Mond erleuchtet wurde. Sie ritten bis weit nach Mitternacht, erst danach verließ Otto den Weg und suchte nach einem Schlafplatz für die Nacht, der ihnen Schutz gewähren würde. Als er ihn gefunden hatte, hieß er

Marie absteigen und fesselte sie an Händen und Füßen, ehe er sich selbst zum Schlafen hinlegte.

Noch bevor es hell wurde, brachen sie bereits wieder auf.

Otto legte nur kurze Pausen ein, in denen er jeweils das Pferd tränkte, ihnen beiden darüber hinaus aber keine Ruhe gönnte. Er wusste, dass der Herr von Coucy ihn verfolgen lassen würde, und wollte daher so schnell wie möglich aus den Wäldern heraus, die zu dessen Besitz gehörten. Um ihm die Verfolgung zu erschweren, mied er alle gängigen Wege und Straßen, die direkt nach Bourges führten, denn schließlich gingen seine Verfolger davon aus, dass Otto als Bote des Bischofs zwangsläufig an seinen Ausgangspunkt zurückkehren musste. Aus diesem Grund beschloss Otto, zunächst in Richtung Amiens zu reiten und dort einige Tage zu bleiben. Irgendwann würde Enguerrand die Verfolgung dann aufgeben müssen, und sie könnten abseits der Handelsstraßen unbehelligt zurück nach Hause reiten.

Als der Brand auf der Burg endlich gelöscht und alle Tiere wieder versorgt waren, erschien bereits ein heller Streifen am Horizont, und die Nacht begann dem Tag zu weichen. Erst nach einem langen Kampf gegen das Feuer hatten die Männer es verhindern können, dass der Brand auf die Pferdeställe übergegangen war.

Roberts Gesicht war von Müdigkeit und Erschöpfung gezeichnet. Ohne lange darüber nachzudenken, hatte er gemeinsam mit den anderen Leuten von der Burg unzählige Eimer Wasser vom Brunnen bis zum Brandherd geschleppt, wo die Menschen sich in einer Reihe aufgestellt hatten und die Eimer zum Löschen dann von einer Hand zur anderen weitergereicht worden waren.

Der Stallmeister trat an ihn heran und legte ihm eine

Hand auf die Schulter. »Das war gute Arbeit«, nickte er anerkennend. »Ich werde dafür sorgen, dass der Herr davon erfährt.«

Doch Robert hatte ihm gar nicht richtig zugehört, sondern war mit seinen Gedanken ganz woanders. Eine merkwürdige Unruhe hatte sich seiner bemächtigt.

Als Nächstes musste er jetzt nach dem Hengst sehen und vor allem nach Marie. Und so ließ er den völlig verdutzten Stallmeister einfach stehen und lief hinüber zum Übungsplatz. Dort fand er den Hengst zu seiner eigenen Überraschung noch immer friedlich mitten auf dem Rasen stehen und in aller Ruhe grasen.

Marie war jedoch nirgendwo zu sehen. Aber wieso hätte sie auch die ganze Zeit über hier stehen und auf ihn warten sollen? Sicher war sie müde geworden und hatte sich schlafen gelegt.

Im selben Moment, in dem ihm dieser Gedanke durch den Kopf ging, wusste er jedoch, dass das nicht wahr war. Marie hätte den Hengst niemals sich selbst überlassen, ohne sich zuvor zu vergewissern, dass alles mit ihm in Ordnung war. Und sie wäre niemals gegangen, ohne ihn an einer sicheren Stelle angebunden zu haben. Seine innere Unruhe verstärkte sich.

Robert rannte zurück und fragte jeden, den er auf seinem Weg traf, nach Marie, doch kein Mensch hatte sie gesehen.

Da das Tor zum Innenbereich der Burg erst kurz nach Sonnenaufgang wieder geöffnet werden würde, blieb ihm nichts anderes übrig, als zu warten.

Aber er musste sich nicht lange gedulden, bis er endlich das Rasseln der schweren Ketten hörte, an denen das Fallgitter herauf- und herabgelassen wurde. Nachdem ihn die Wachen mittlerweile kannten, ließen sie ihn unbehelligt passieren.

In den Gebäuden der Burg herrschte bereits ein reges Treiben, denn der größte Teil des Gesindes hatte sich bereits erhoben. Robert lief suchend durch den großen Saal. Dabei klammerte er sich an die Hoffnung, dass Marie in der letzten Nacht sicher zurückgekehrt und gewiss schon längst in der Burgküche an der Arbeit war.

»Hat jemand Marie gesehen?« Es gelang ihm kaum noch, seine Angst zu verbergen.

Gilles, der Küchenchef, kam mit einem blutverschmierten Messer auf ihn zu.

»Habt Ihr Marie gesehen?«, wiederholte Robert seine Frage.

Gilles schüttelte langsam den Kopf, wollte von Robert dann aber seinerseits wissen, was denn geschehen wäre, nachdem er dessen Aufregung wahrgenommen hatte.

»Ich weiß es nicht. Bevor das Feuer ausbrach, war Marie noch bei mir am Übungsplatz. Ich habe sie dort zurückgelassen und sie darum gebeten, auf den Hengst zu achten. Danach habe ich mich an den Löscharbeiten beteiligt. Als ich wieder zu dem Platz zurückkam, war Marie verschwunden. Seitdem bin ich auf der Suche nach ihr.«

Ohne eine Sekunde zu zögern, hielt Gilles daraufhin einen der Knechte an, der gerade mit einem Krug an ihm vorbeigelaufen kam. »Holt sofort den Medicus her«, befahl er ihm und nahm ihm den Krug aus der Hand.

Dann legte er die Hände wie einen Trichter um seinen Mund.

»Hat irgendjemand von euch heute Morgen schon Marie gesehen?«, schrie er aus vollem Halse.

Das Gesinde unterbrach seine Arbeit und starrte ihn an. Aber niemand konnte ihm die gewünschte Antwort erteilen.

»Was ist mit dir?«, wandte sich Gilles an Adiva.

»Du bist doch sonst ständig in ihrer Nähe. Hast du vielleicht irgendetwas bemerkt?«

Adiva schüttelte den Kopf.

»Wir müssen sie suchen gehen.« Unruhig lief Robert vor dem Küchenmeister auf und ab und überlegte dabei, wie er nur aus der Burg herausgelangen konnte. Ob er es wohl wagen sollte, mit dem Herrn von Coucy zu sprechen?

Er hatte den Gedanken noch nicht zu Ende gedacht, als er sich auch schon in Bewegung setzte. Doch Gilles hielt ihn zurück. Das entschlossene Aufblitzen in Roberts Augen war ihm nicht entgangen.

»Was habt Ihr vor?«, wollte er wissen.

»Ich muss sofort mit dem Herrn von Coucy sprechen. Ich will ihn bitten, mir die Erlaubnis zu geben, nach Marie zu suchen.«

Gilles legte ihm beruhigend eine Hand auf die Schulter.

»Er wird sie Euch aber nicht geben«, antwortete er ihm bestimmt.

So schnell ließ sich Robert jedoch nicht entmutigen.

»Habt Ihr etwa eine bessere Idee? Ich kann doch nicht tatenlos hier herumsitzen, während Marie in Gefahr ist.«

»Ihr wisst doch gar nicht, ob sie in Gefahr ist«, versuchte der Küchenmeister Robert zu beruhigen.

»Vielleicht gibt es ja eine ganz einfache Erklärung für ihr Verschwinden.«

In diesem Moment betrat der Medicus die Küche.

»Marie ist heute nicht zur Arbeit gekommen und bislang auch noch von niemandem gesehen worden«, erklärte ihm Gilles ruhig und ließ ihm Zeit, die Neuigkeit zu verarbeiten.

Der Medicus wurde blass. Er ließ sich auf einen Hocker fallen und starrte trübsinnig vor sich hin. Was würde jetzt mit ihm geschehen? Schließlich hatte ihn Enguerrand für die Gesundheit des Mädchens verantwortlich gemacht. Angst stieg in ihm hoch.

»Ich brauche erst einmal ein wenig Wein«, bat er, worauf Gilles einer der Mägde winkte und ihm einen Becher bringen ließ.

»Ihr habt versprochen, auf sie zu achten«, jammerte der Medicus und stürzte den Becher in einem Zug hinunter.

Gilles sah ihn streng an.

»Jammern hilft uns jetzt auch nicht weiter. Wir müssen gemeinsam nach ihr suchen.« Er wandte sich an Robert: »Ich habe mich um das Essen zu kümmern, aber Ihr könnt einige von meinen Leuten mitnehmen und sie für die Suche einteilen. Vielleicht finden wir Marie ja noch, bevor der Herr von ihrem Verschwinden erfährt.«

Robert war froh, endlich etwas tun zu können. Rasch teilte er die ihm zugewiesenen Leute ein und begab sich dann selbst zu den Wachen am Tor.

»Sind in den letzten Tagen Fremde auf die Burg gekommen?«, begann er den Wachmann, einen mürrischen jungen Mann, zu befragen.

»Ich wüsste nicht, was dich das angeht«, erwiderte ihm dieser unfreundlich.

Robert wurde wütend.

»Du kennst die junge Heilerin, die dem Herrn von Coucy sehr wichtig ist und die er deshalb der Obhut des Medicus übergeben hat. Sie ist verschwunden. Und ich werde dem Herrn nun berichten, dass du dich geweigert hast, uns bei der Suche nach ihr behilflich zu sein«, stieß er zornig hervor.

»Jetzt beruhige dich wieder«, lenkte der Wachmann sofort ein, der nicht die geringste Lust verspürte, sich den Zorn seines Herrn zuzuziehen.

»Gestern waren Spielleute hier am Tor, aber ich habe sie nicht durchgelassen. Ich musste erst die Erlaubnis des Herrn dafür einholen, doch der war beschäftigt, und dann ist schon das Feuer ausgebrochen.«

Er überlegte. »Da war noch der Abt, ein Jude und die üblichen Gesandten und Lieferanten.«

»Denk weiter nach!«, befahl ihm Robert.

»Ach so, ja dann war da noch ein Bote des Bischofs von Bourges. An mehr kann ich mich nicht erinnern.«

Der Schrecken fuhr Robert durch alle Glieder, und Angst stieg in ihm hoch. Wie hatte der Bischof nur in Erfahrung bringen können, dass sie hier waren?

»Weißt du noch, wie der Bote ausgesehen hat?«

»Er hatte gelbe Haare und war ziemlich überheblich.«

Robert drehte sich ohne ein weiteres Wort um und lief zurück in die Burgküche. Jetzt war ihm alles klar, und jetzt passte auch alles zusammen.

»Otto, der Spion des Bischofs von Bourges, hat Marie entführt«, berichtete er Gilles.

»Ihr könnt Eure Leute zurückrufen, denn er hat die Burg längst verlassen. Otto war auch derjenige, der das Feuer gelegt hat, um in Ruhe mit Marie verschwinden zu können. Er hat eine ganze Nacht Vorsprung. Wir müssen sofort aufbrechen, wenn wir ihn noch einholen wollen«, stieß er aufgeregt hervor.

»Niemand hat es bisher geschafft, dem Herrn von Coucy zu entfliehen«, beruhigte ihn Gilles.

Er blickte kurz zu dem Medicus hinüber, der sich einen Becher Wein nach dem anderen einschenken ließ.

»Worauf wartest du noch?«, wandte er sich schließlich ungeduldig an diesen. »Geh zu unserem Herrn und berichte ihm, was geschehen ist.«

Worauf sich der Medicus widerwillig erhob.

»Ich werde dich begleiten«, sagte Robert fest.

Gemeinsam betraten sie den Wohnturm, wo ihnen sofort vier Wachen den Weg versperrten.

»Wir müssen sofort den Herrn sprechen, es ist wichtig«, begehrte Robert auf. Seine Stimme vibrierte vor unterdrückter Erregung.

»Ich würde euch raten, etwas leiser zu sein, der Herr schläft noch und kann es nicht leiden, von Gesindel wie euch geweckt zu werden.«

Der Medicus beugte sich zu dem Wachmann.

»Du hast doch gehört, dass mein Freund hier gesagt hat, dass es wichtig ist. Sag seinem Kammerdiener Bescheid, damit er ihn weckt, oder ich werde das nächste Mal nicht so zimperlich mit dir umgehen, wenn dein Darm dich wieder einmal quält, weil du dich überfressen hast.«

»Ist ja schon gut.« Der Wachmann setzte sich in Bewegung. Es dauerte eine Weile, bis er zurückkam.

»Ihr könnt jetzt durch«, erklärte er ihnen. »Aber gebt mir nicht die Schuld an seiner schlechten Laune.«

Ein Diener führte sie ins Schlafgemach des Herrn von Coucy.

Kostbare Teppiche bedeckten den Boden und die Wände und verschluckten jeden ihrer Schritte. Die seidigen Vorhänge zwischen den kunstvoll geschnitzten Pfosten des Bettes waren bis auf einen einzigen zugezogen.

Als sie näher traten, stellten sie fest, dass Enguerrand nicht allein war. Ein junges Mädchen lag neben ihm in den Kissen, nackt, wie Gott sie geschaffen hatte.

»Verschwinde«, knurrte Enguerrand sie grob an, ohne sie auch nur noch eines einzigen Blickes zu würdigen. Das Mädchen erhob sich gehorsam und zog sich ein Leinenhemd über. Mit ihrem Gewand über dem Arm verließ sie das Zimmer, wobei sie Robert im Hinausgehen ein scheues Lächeln zuwarf.

»Ich kann nur für uns alle hoffen, dass eure Botschaft tatsächlich wichtig ist«, flüsterte der Kammerdiener dem Medicus zu.

Enguerrand hatte sich währenddessen aufgesetzt. Er trug ein Untergewand aus feinstem Linnen. Seine dunklen Haare hingen ihm wirr ins Gesicht und verliehen ihm einen noch wilderen Ausdruck als sonst.

Finster starrte er Robert und dem Medicus entgegen.

»Was gibt es denn so Dringendes, dass Ihr es wagt, meinen Schlaf zu stören?«

Entschlossen trat Robert vor.

»Ich habe gehört, dass der Spion des Bischofs von Bourges gestern auf der Burg aufgetaucht ist. Kurz danach ist ein Feuer in den Schweineställen ausgebrochen, und Marie ist während der Löscharbeiten spurlos verschwunden. Ich bin mir sicher, dass Otto dahintersteckt. Schon in Bourges hat er die Drecksarbeit für den Bischof erledigt, und er ist nicht zimperlich in der Wahl der Mittel, wenn er ein Ziel vor Augen hat.«

Enguerrands Gesicht wurde rot vor Wut.

»Ich hätte diesen schmierigen Kerl gleich gestern ersäufen sollen«, brüllte er unbeherrscht. »Niemand stiehlt mir etwas ungestraft. Ruft augenblicklich die Männer zusammen. Wir brechen sofort auf.«

»Bitte gebt mir die Erlaubnis, Euch zu begleiten. Ich gebe Euch mein Ehrenwort, dass ich nicht fliehen werde«, bat Robert Enguerrand inständig.

Enguerrand beachtete ihn nicht weiter.

»Bringt mir sofort meinen Waffenrock«, schrie er den

Dienern zu, die mit ängstlichen Gesichtern an der Türe standen und das Gespräch aufmerksam verfolgt hatten.

»Bitte, Herr.« Robert trat einen weiteren Schritt vor.

»Meinetwegen«, knurrte Enguerrand, während er die Beinlinge überzog, die sein Leibdiener ihm gereicht hatte. »Aber jetzt verschwindet endlich.«

Robert war Enguerrand dankbar. Immerhin hatte dieser entgegen seiner sonstigen Art ihm gegenüber gerade einen menschlichen Zug gezeigt. Leise Hoffnung stieg in ihm auf. Vielleicht würde er ihn eines Tages ja auch noch dazu überreden können, Marie und ihn gehen zu lassen.

Doch das musste vorläufig noch warten. Zunächst galt es einmal, Marie aus den Händen von Radulfus' hinterhältigem Schergen zu befreien.

Robert lief zu den Ställen, wo sich bereits die ersten Ritter versammelt hatten und lautstark durcheinanderbrüllten. Niemand wollte sich die Jagd entgehen lassen.

Und so stürmten nur wenig später knapp an die vierzig Ritter, bis an die Zähne bewaffnet und gefolgt von ihren Knappen, durch das Wachtor. Enguerrands Bluthunde sprangen aufgeregt bellend um sie herum.

Der Stallmeister hatte Robert ein besonders kräftiges und schnelles Reitpferd überlassen und Robert damit einen unschätzbaren Dienst erwiesen, denn jetzt konnte er gut mit den Rittern mithalten.

Als sie die Stadt hinter sich gelassen hatten, zügelte Enguerrand sein Pferd. »Wir werden uns aufteilen. Jeweils vier von euch nehmen einen anderen Weg. Der Kerl weiß, dass wir ihn verfolgen, und wird sicher nicht den direkten Weg nach Bourges nehmen.« Er erhob seine Stimme. »Wer ihn zurückbringt, erhält ein Goldstück.«

Robert blieb bei Enguerrand, der es vorzog, mitten durch

den Wald zu reiten. Furchtlos trieb er sein Pferd in vollem Galopp durch das Unterholz, und Robert konnte nicht umhin, ihn widerwillig zu bewundern. Er schien nicht die geringste Angst zu verspüren.

Es dauerte nicht lange, bis die Hunde eine erste Spur gefunden hatten.

Abseits des Weges stießen sie auf Pferdeäpfel. Den Hufspuren nach zu urteilen, die sich tief in den weichen Waldboden eingegraben hatten, handelte es sich dabei um ein einzelnes Pferd. Die Hunde nahmen seine Spur auf.

Enguerrand behielt das scharfe Tempo bei, bis die Pferde ans Ende ihrer Kräfte gekommen waren. Erst dann ordnete er eine kurze Pause an und ließ die Pferde an einem der Bäche trinken. Doch gleich danach ging es wieder weiter.

Robert genoss den scharfen Ritt, der ihn unwillkürlich an seine Kindheit denken ließ. Damals waren er und seine Freunde oft in endlosen, gespielten Verfolgungsjagden auf ihren Ponys durch den Wald gejagt. Seine Mutter war jedes Mal in großer Sorge um ihn gewesen, aber er war immer heil zurückgekommen und hatte die Jagd gewonnen.

33

Otto kam nicht so schnell voran, wie er gehofft hatte, obwohl auch er nur die nötigsten Pausen einlegte. Aber sein Pferd musste immerhin zwei Personen tragen, und der Weg durch den Wald war zudem anstrengend. Mittlerweile schnaubte das Tier so erbärmlich, dass er gezwungen war anzuhalten, wenn er nicht riskieren wollte, dass es endgültig unter ihnen zusammenbrach. Also sah er sich nach einem Schlafplatz um und entdeckte nur wenig abseits des Weges eine Grasmulde, die von dichten Sträuchern umgeben war. Nachdem sie an einem kleinen Bach getrunken hatten, fesselte er Marie wie schon am Tag zuvor an Händen und Füßen und reichte ihr großzügig ein Stück trockenes Brot. Marie nahm es jedoch nicht an, sie war viel zu müde, um noch etwas zu sich zu nehmen, und rollte sich stattdessen, wie es ihre Gewohnheit war, sofort wie eine Katze auf dem Boden zusammen. Beinahe im gleichen Moment fielen ihr die Augen zu.

Otto kaute zufrieden an seinem Brot. Auch wenn sie es noch nicht endgültig geschafft hatten, fühlte er sich sicher. Den ganzen Tag über hatten sie niemanden getroffen, und der Wald schien menschenleer. Abgesehen von einigen Tiergeräuschen war es still. Nur der Wind strich leise durch die Blätter.

Feuchte Kälte zog von dem Waldboden hoch und ließ ihn seinen Umhang enger um sich herumziehen. Den Stall in Brand zu setzen, war eine gute Idee von ihm gewesen, die ihm außerdem einen ordentlichen Vorsprung verschafft hatte. Dieser überhebliche Herr von Coucy hatte ihn unterschätzt. Sicher würde er jetzt vor Wut toben.

Plötzlich hatte er die warnenden Worte seines Onkels im Ohr: »Unterschätze niemals einen Feind, und lasse dich nach Möglichkeit nie aus Erregung zu etwas Unüberlegtem hinreißen«, hatte ihm dieser eingeprägt. »Dann kann dir auch nichts geschehen.«

Der Bruder seines Vaters hatte ihn nach dem Tod seiner Eltern bei sich aufgenommen und ihn wie seinen eigenen Sohn großgezogen. Er hatte als Steinmetz zusammen mit ihm an der Kathedrale gearbeitet, bis zu dem Tag, an dem ihn ein Sturm vom Gerüst hinabgefegt hatte.

Die Mönche hatten Otto zwar weiter zu essen gegeben und ihn auch weiter in einer der kleinen Handwerkshütten wohnen lassen. Nach einer gewissen Zeit hatte er es jedoch vorgezogen, seinen Onkel und die Mönche zu verlassen.

Lange Zeit hatte er nicht mehr an die Vergangenheit gedacht, denn sie war vorbei und damit ohne jede Bedeutung für ihn.

Ottos Augenlider wurden schwer, und es dauerte nicht lange, da war auch er eingeschlafen.

Ein Geräusch ließ ihn hochschrecken. Verschlafen blickte er sich um und sah einen dunklen Schatten unter den Bäumen hindurchhuschen.

Er kniff die Augen zusammen und versuchte vergeblich, die Dunkelheit zu durchdringen.

Plötzlich tauchten zwischen den dichten Sträuchern zwei schwach glimmende gelbe Punkte auf, die langsam näher kamen.

Vor Schreck hielt er den Atem an. Bisher hatte er sich vor nichts und niemandem gefürchtet, nicht einmal vor dem Teufel selbst, aber das hier war etwas anderes. Irgendetwas hob sich kaum wahrnehmbar von dem dunklen Unterholz ab.

Es beobachtete ihn.

Unwillkürlich wollte er nach seinem Messer greifen, als ihm auf einmal einfiel, dass ihm dieses von den drei Gaunern beim Überfall auf ihn ja gestohlen worden war.

Seine Nackenhaare stellten sich auf. Er wagte nicht, sich zu bewegen, und klammerte sich verzweifelt an den Gedanken, dass dieses dunkle Etwas, was immer es auch war, sicher bald wieder dahin verschwinden würde, woher es gekommen war.

Vielleicht bildete er sich das Ganze aber auch nur ein, und es beobachtete ihn überhaupt nicht.

Atemlos vor Spannung wartete er ab.

Sein Pferd scharrte unruhig mit den Hufen.

Dann, auf einmal, waren die gelben Punkte wieder so schnell verschwunden, wie sie zuvor erschienen waren. Erleichtert atmete Otto auf. Er erhob sich, um Marie zu wecken, als er hinter sich plötzlich ein drohendes Knurren vernahm.

Das Pferd schnaubte ängstlich. Wölfe, schoss es Otto durch den Kopf. Mit zitternden Händen band er Marie los und vermied dabei jede schnelle Bewegung. Vorsichtig hob er den schweren Sattel aufs Pferd und zog den Sattelgurt fest.

Das Knurren wurde lauter. Er zwang sich, nicht nach hinten zu sehen, und half Marie auf den Rücken des Pferdes, bevor er sich selbst nach oben schwang. Mit aller Kraft drückte er dem Tier die Fersen in die Seite, sodass es in vollem Galopp durch die Sträucher schoss.

Er bückte sich unter einem niedrig hängenden Ast hindurch und glaubte schon, den Wölfen entkommen zu sein, als zwei dunkle Schatten vor ihm auf dem Weg erschienen. Das Pferd scheute, stoppte in vollem Galopp, und es fehlte nicht viel, und Otto wäre zusammen mit Marie über den gesenkten Kopf des Tieres geflogen. Doch es gelang ihm im letzten Moment, sich an der dichten Mähne des Pferdes festzukrallen.

Neben ihm tauchten vier weitere Schatten auf und beobachteten leise knurrend jede seiner Bewegungen.

»Damit hast du wohl nicht gerechnet?«, ertönte da eine höhnische Stimme hinter ihm.

Der Schreck fuhr Otto in die Glieder. Er wusste sofort, wem die Stimme gehörte, und ihm war augenblicklich klar, dass er nicht von Wölfen, sondern von Jagdhunden umzingelt worden war.

»Packt ihn und hängt ihn an den nächsten Baum«, befahl Enguerrand.

»Niemand stiehlt dem Herrn von Coucy ungestraft etwas«, brüllte er triumphierend.

Bevor Otto überhaupt reagieren konnte, hatten ihn schon zwei Ritter gepackt und ihm einen Strick um den Hals gelegt, dessen anderes Ende sie um den dicken Ast einer Eiche schlangen. Danach hoben sie ihn aufs Pferd und versetzten dem Tier einen so heftigen Schlag, dass es erschrocken und laut wiehernd davonsprang.

Otto fiel ins Bodenlose.

Seine Augen quollen ihm aus den Höhlen, als das Seil sich enger zog und ihm unbarmherzig die Luft abschnürte. Es war ein gespenstisches Bild.

Marie wandte ihren Blick ab, und und ihre Lippen formten sich zu einem lautlosen Gebet.

Eine Weile suchten Ottos Beine noch verzweifelt und zappelnd nach einem Halt, dann lief ein letztes Zucken durch seinen Körper. Er war tot.

Robert interessierte sich indessen nicht weiter für Ottos Schicksal. Überglücklich sprang er vom Pferd, lief zu Marie und drückte sie so fest an sich, als ob er sie nie wieder loslassen wollte. Marie barg ihren Kopf an seiner Brust, während sie still vor sich hin weinte.

Enguerrand öffnete seine Trinkflasche und nahm einen großen Schluck daraus, bevor er sie großzügig an seine Gefährten weiterreichte. Er war mit sich und der Welt vollkommen zufrieden.

»Wir reiten zurück«, befahl er. Robert setzte Marie hinter sich aufs Pferd und machte sich gemeinsam mit den anderen wieder auf den Rückweg. Gegen Mittag erreichten sie die Burg, wo die Nachricht über ihre Ankunft rasend schnell die Runde machte.

Als Robert Marie schließlich in die Küche begleitete, unterbrachen dort alle Mägde und Knechte ihre Arbeit.

Erwartungsvolle Stille breitete sich in dem großen Raum aus, die nur vom Knistern des Feuers unterbrochen wurde. Aller Augen waren auf Robert gerichtet, in der Hoffnung auf eine spannende Geschichte.

Adiva lief auf Marie zu und fasste sie bei der Hand. Sie war erleichtert, dass die junge Frau zurück war, denn Marie war der einzige Mensch, dem sie bedingungslos vertraute.

Robert verspürte keine große Lust zum Reden, doch der Medicus und der Küchenmeister ließen ihm keine andere Wahl. Gilles zog ihn neugierig zu einem der Tische und ließ ihm Wein bringen. Dann wollte er alles ganz genau wissen und stellte ihm immer wieder neue Fragen.

»Und den Kerl habt Ihr einfach am Baum hängen lassen?« Gilles starrte nachdenklich auf den groben Holztisch. »Das ist nicht sehr christlich, aber das ist unser Herr auch nicht. Das Hängenlassen soll sicher der Abschreckung dienen und die Furcht der Menschen vor ihm verstärken. Denn es gibt nichts, was Enguerrand mehr fürchtet, als dass er seine Macht über die Menschen verlieren könnte, aber der Tag wird kommen, an dem auch er vor dem Angesicht unseres Herrn erscheinen und sich für seine Taten verantworten muss.«

Der Medicus versetzte ihm einen Hieb in die Rippen.

»Ihr redet wie ein Pfarrer. Bringt uns lieber noch etwas Wein«, forderte er ihn lautstark auf.

Da betrat der Hofmarschall mit wichtiger Miene die Küche.

»Der Herr will heute Abend ein großes Fest geben. Lasst Euch also schleunigst etwas einfallen. Er wünscht sich etwas, das dem Anlass angemessen ist.«

»Und was ist das für ein Anlass?« Gilles machte sich keine Mühe, seine Abneigung gegenüber dem Hofmarschall zu verbergen.

»Sein großartiger Sieg über das Diebespack natürlich«, erwiderte dieser herablassend.

»Das war wirklich sehr mutig von ihm«, bestätigte Gilles, und seine Stimme troff vor Ironie, als er fortfuhr.

»Vierzig Ritter gegen einen einzelnen Mann. Das verdient unser aller Hochachtung und Respekt.«

»Wenn Ihr nicht schleunigst Euer Schandmaul haltet und Euch an Eure Arbeit begebt, werde ich dafür sorgen, dass es Euch gestopft wird«, schrie ihn der Hofmarschall wütend an, worauf ihn Gilles keiner Antwort mehr würdigte.

Der Hofmarschall wandte sich nunmehr an Robert.

»Seid Ihr der junge de Forez?«

Robert nickte, sagte aber weiter nichts.

»Der Herr erwartet auch Euch auf dem Fest heute Abend. Ihr sollt das Mädchen mitbringen, und wascht Euch gefälligst vorher! Ihr werdet direkt neben dem Herrn sitzen.«

Mit diesen Worten rauschte er aus der Küche.

Marie sah Robert ängstlich an.

»Ich möchte nicht an dem Fest teilnehmen«, sagte sie leise.

»Ich habe ebenso wenig Lust dazu wie Ihr, aber ich glaube nicht, dass die Entscheidung in diesem Fall bei uns liegt.«

Gilles nickte zustimmend.

»Das tut sie gewiss nicht, und wenn Ihr Euch nicht Enguerrands Zorn zuziehen wollt, werdet Ihr gehen müssen. Der Herr wird sich heute wie ein Held feiern lassen, und wehe dem, der ihn nicht genügend bewundert.«

Robert wandte sich wieder an Marie. Sein Blick war eine einzige Umarmung.

»Ich muss zurück in die Ställe, mein Liebes. Habt keine Angst, der Abend wird rasch vorbeigehen, und danach werden wir wieder unsere Ruhe haben und ungestört über alles miteinander reden können.«

Marie sah ihm nach, bis er verschwunden war. Solange Robert nur in ihrer Nähe war, war sie bereit, alles zu tun, was man von ihr verlangte.

Gilles trieb derweil das Gesinde zur Eile an.

Auch Adiva erhob sich nun, um an ihren Platz zurückzugehen.

»Ich bin so froh, dass du wieder da bist«, flüsterte sie Marie dabei zu.

Lächelnd begab sich Marie an ihre Arbeit und arbeitete ohne Unterbrechung, bis Gilles ihr schließlich befahl, sich zurückzuziehen, um sich auf das Festmahl vorzubereiten.

»Wasch dir dein Gesicht und kämm dir die Haare. Du wirst zwischen all den feinen Damen sitzen.«

In diesem Moment betrat der Kammerdiener, begleitet von einer Zofe, die Küche.

»Ich soll das Mädchen abholen«, teilte er Gilles mit.

Nachdenklich sah Gilles den beiden nach, als sie mit Marie verschwanden. Die ganze Sache gefiel ihm nicht. Was hatte der Herr wohl mit Marie vor? Leise fluchend begab er sich an seine Arbeit zurück.

Marie wurde an den Wachen vorbei in den Wohnturm geführt. Weiter ging es die Treppe hinauf zu einer Kammer, in der ein Badezuber mit warmem Wasser gefüllt auf sie wartete. Die Zofe half ihr dabei, sich auszuziehen.

Anschließend befahl sie Marie, in den Zuber zu steigen, dessen Wasser mit öligen Essenzen angereichert war und nach Lavendel und Rosen duftete. Die Zofe wusch Marie das lange Haar, das sie, kaum dass Marie wieder aus dem Bad gestiegen war, sorgfältig trocken rieb.

Dann verließ sie die Kammer, kehrte aber wenig später mit einem schimmernden grünen Gewand aus Samt zurück, das einer Königin würdig gewesen wäre. Sie half Marie, es anzulegen. Das Gewand hatte lange, an den Händen weiter werdende Ärmel und einen tiefen Ausschnitt, der einen Teil des Brustansatzes freiließ.

Marie ließ alles schweigend über sich ergehen, und während ihr die Zofe das Haar so lange mit einem beinernen Kamm kämmte, bis es glänzte, wanderten ihre Gedanken zu Robert. Sie liebte ihn mehr als alles andere auf der Welt, mehr als sie sagen konnte und mehr als sie jemals gedacht hatte, einen Menschen lieben zu können.

Furchtlos hatte er den Herrn von Coucy begleitet, um sie aus Ottos Fängen zu befreien und zu retten. Er war gekommen.

Sie sah sein Gesicht vor sich, und Zärtlichkeit erfüllte sie. Gab es ein größeres Glück, als so bedingungslos von einem Menschen geliebt zu werden? Keine Frau konnte sich einen besseren Mann wünschen als ihn.

Er hatte alles aufgegeben, nur um sie zu beschützen, und wollte sie, eine Bürgerliche, sogar heiraten.

Bei dem Gedanken daran begannen ihre Wangen zu glühen, und sie sah schöner aus denn je.

Die Zofe schenkte ihr immer wieder bewundernde Blicke, während sie ihr mit geübten Händen eine prächtig bestickte Haube am Haar feststeckte, doch Marie bemerkte es nicht.

»Ich bin fertig«, beschied sie Marie zuletzt und war zufrieden mit ihrer Arbeit. »Wir können jetzt gehen.«

Mit klopfendem Herzen folgte Marie ihr in den Saal.

Dort erwartete sie Robert an der Tür. Als er sie auf sich zukommen sah, verschlug es ihm beinahe den Atem. Er glaubte sie noch nie so schön gesehen zu haben wie an diesem Abend, und wie die Zofe vor ihm musste er sie immer wieder ansehen.

Die meisten der Gäste hatten bereits ihren Platz eingenommen, und der Hofmarschall wies ihnen einen Platz direkt neben Enguerrand zu. Bewundernde Blicke folgten Marie, die in ihrem Kleid tatsächlich wie eine Königin aussah. Ihre graziösen Bewegungen und ihre helle Haut zogen sowohl die Männer wie auch die Frauen an der Festtafel des Herrn von Coucy in ihren Bann, was Robert nicht entging.

Aufgeregtes Getuschel war überall zu vernehmen. Einige der adligen Damen warfen Marie neidische Blicke zu, während die Männer ihr voller Wohlwollen nachsahen.

Die beiden Ritter, die gemeinsam mit Robert an der Verfolgungsjagd teilgenommen hatten, saßen ihnen direkt gegenüber.

»Ruhe«, brüllte Enguerrand. Die Gespräche verstummten.

»Gestern Abend hat einer der Bastarde des Bischofs von

Bourges meine Ställe angezündet und mir die Jungfrau zu meiner Rechten gestohlen.«

Alle Blicke wanderten zu Marie.

Er legte eine Pause ein, um seinen Worten mehr Nachdruck zu verleihen. Erwartungsvolles Gemurmel erfüllte den Raum, das er mit einer herrischen Bewegung zum Schweigen brachte.

»Doch schon heute hat er seine gerechte Strafe erhalten, und die Krähen hacken ihm bereits die Augen aus.« Seine Stimme wurde lauter.

»Und so wie ihm wird es jedem Dieb ergehen, der es wagt, den Herrn von Coucy zu bestehlen«, brüllte er abschließend, worauf die Ritter, Fürsten und Barone lautstark Beifall klatschten. Sie erhoben ihre Trinkbecher und tranken Enguerrand zu.

Die Frau, die neben Marie saß, beugte sich ein wenig zu ihr hinüber. Ihr blondes Haar war zu einem kunstvollen Knoten hochgesteckt und mit Perlen verziert, und ihr blaues Gewand unterstrich das Blau ihrer Augen auf wunderbare Weise. Auch wenn sie nicht mehr ganz jung war, sah sie in Maries Augen immer noch wunderschön aus.

»Ihr solltet Euch vor Enguerrand in Acht nehmen«, flüsterte ihr die Dame nunmehr zu. »Seht mich an und nehmt mich als warnendes Beispiel. Ein halbes Jahr lang war ich seine Konkubine, und er hat mich mit Geschenken überschüttet. Jetzt kann ich schon froh sein, wenn er mich überhaupt noch in seiner Nähe duldet, aber obwohl dem so ist, wird er mich dennoch niemals gehen lassen. Wahrscheinlich wird es nicht mehr lange dauern, bis er mich an einen seiner sabbernden zahnlosen Freunde weiterreicht. Dann werde ich ihm auch noch dankbar dafür sein müssen, nicht als Dienstmagd geendet zu sein.« Sie trank ihren Becher in einem Zug leer.

»Ich habe zu spät erkannt, dass er niemanden gehen lässt. Er hat eine krankhafte Angst davor, verlassen zu werden und seine Macht über jemanden zu verlieren. Habt Ihr jemals seine Frau, die Gräfin Catherine, zu Gesicht bekommen? Nun, wahrscheinlich nicht. Er hat sie nämlich in die Frauengemächer verbannt, weil sie ihm keinen Sohn gebären konnte. Nicht einmal an der öffentlichen Tafel darf sie ihren Platz noch einnehmen. Ihr solltet die Zeit nutzen, da Eure Haut noch frisch und Eure Brüste prall sind, um jemanden zu finden, der Euch dabei hilft, von hier fortzukommen.«

Marie sah sie erschrocken an. Über solche Dinge hatte sie sich bisher noch keine Gedanken gemacht.

»Aber Ihr seid wunderschön«, meinte sie schließlich, und es klang so ehrlich, dass ihr die Frau einen dankbaren Blick zuwarf.

»Erzählt mir, wie Ihr in Enguerrands unersättliche Klauen geraten seid«, forderte sie Marie auf.

»Sein Jagdaufseher hat uns gefangen genommen, weil wir Fische aus seinem Fluss verzehrt haben. Wir waren auf dem Weg nach Flandern, wo wir zu Verwandten von Robert wollten.«

Die Frau sah sie mitleidig an.

»In diesem Fall werdet Ihr wohl überhaupt nie mehr von hier fortkommen. Es sei denn, jemand zahlt ein hohes Lösegeld für Euch, doch selbst dann kann es passieren, dass er Euch nicht gehen lässt. Versucht, das Beste daraus zu machen, und vergesst nie, dass Eure Schönheit Euer größter Trumpf ist. Ihr solltet sie nicht an jemanden verschwenden, der Eurer nicht wert ist.«

Sie trank ihren Becher leer und wandte sich dann mit einem aufreizenden Lächeln an den auf ihrer anderen Seite sitzenden Edelmann, einen noch jugendlichen Mann, der sie immer wieder bewundernd ansah.

Währenddessen gingen die Diener umher, füllten ständig Wein in die Becher nach und brachten eine Silberplatte nach der anderen, bis sich die langen Tischplatten unter all den Köstlichkeiten im wahrsten Sinne des Wortes zu biegen begannen. Die Gäste am Tisch unterhielten sich fröhlich und lautstark miteinander und aßen und tranken dabei, als würde es nichts Wichtigeres auf der Welt geben.

Marie war froh darüber, dass Enguerrand sie kaum beachtete. Nur einmal trafen sich ihre Blicke, aber Enguerrand sah sofort wieder weg. Sein Gesicht war vom Wein gerötet, den er gemeinsam mit seinen Rittern wie ein Verdurstender in sich hineinkippte.

Er trinkt, um sich zu betäuben, dachte Marie und wusste, dass sie recht mit ihrer Vermutung hatte. Er will irgendetwas vergessen, etwas, das ihn schon seit Langem quält. Ob er vielleicht aus diesem Grund so grausam ist?

Sie dachte daran, wie er, ohne zu zögern, den Spion des Bischofs am nächsten Baum hatte aufhängen lassen, und ihre Lippen pressten sich zornig zusammen.

Der Herr von Coucy besaß alle Macht der Welt und betrank sich wie ein Mann, der alles verloren hatte. Von einem Moment auf den anderen war ihre Angst vor ihm wie fortgeblasen.

Unter dem Tisch nahm sie Roberts Hand und drückte sie zärtlich.

Robert hatte die ganze Zeit über ohne großes Interesse dem wechselseitigen Geprahle Enguerrands und seiner Ritter zugehört. Ihre Geschichten interessierten ihn nicht sonderlich, aber er hatte sie verfolgt, weil er darauf hoffte, eine passende Gelegenheit zu finden, um Enguerrand danach zu fragen, wie lange er noch vorhatte, sie auf seiner Burg gefangen zu halten. Doch der Herr von Coucy beachtete ihn nicht, sondern hatte nur Augen für die beiden Ritter.

Als Marie nun seine Hand nahm, sah er sie verliebt an.

»Ich glaube, ich werde von nun an noch besser auf Euch achten müssen. Die Kerle hier am Tisch verschlingen Euch ja geradezu allesamt mit ihren Augen. Ihr solltet darauf achten, ihnen nicht allein zu begegnen«, sagte er nach einem prüfenden Blick in die Runde.

Robert unterdrückte ein Gähnen. Seit zwei Tagen hatte er kaum geschlafen, jetzt forderte sein Körper den Tribut dafür, und eine bleierne Müdigkeit machte sich in seinen Gliedern breit und lähmte sie zunehmend.

Er hob seinen Becher und ließ ihn von einem herbeieilenden Diener füllen. Vielleicht würde ihm der Wein helfen, wach zu bleiben.

Mit der Zeit wurden die Gespräche lauter und die Witze derber. Darüber hinaus schien es im Haus des Herrn von Coucy nicht üblich zu sein, seine Zunge mit Rücksicht auf die anwesenden Damen zu zügeln.

Der Wein war stark und berauschend, und Robert musste einsehen, dass er an diesem Abend nichts mehr erreichen würde. Enguerrand war mittlerweile viel zu betrunken, um noch vernünftig mit ihm reden zu können, trotzdem glaubte er, beschwingt vom Wein, früher oder später sein Ziel zu erreichen. Der Anfang war jedenfalls gemacht: Enguerrand hatte ihn mit sich reiten lassen, um Marie zu befreien. Und das bewies, dass Enguerrand doch nicht so grausam war, wie alle glaubten, und Robert nahm sich deshalb fest vor, so bald wie möglich mit ihm zu sprechen.

Neben ihm saß das Mädchen, das er liebte, und er konnte es kaum noch erwarten, sie als seine Braut heimzuführen.

Enguerrands Kopf sackte nach vorne auf die Tischplatte. Er war eingeschlafen, was allerdings niemanden seiner Gäste zu stören schien.

Robert sah Marie an.

»Lasst uns gehen«, flüsterte er ihr zu und stand auf.

Niemand machte Anstalten, sie aufzuhalten, und so verließen sie rasch den Saal. Die Luft vor dem Wohnturm war kalt und roch nach Winter.

Marie fröstelte, und Robert legte seinen Arm um sie und schlug seinen Umhang um sie herum.

»Kommt heute Nacht mit mir zu den Ställen«, bat er sie, denn er wollte sich jetzt noch nicht von Marie trennen. Außerdem waren sie schon eine ganze Weile nicht mehr allein und unbeobachtet gewesen. Und so liefen sie Arm in Arm hinüber zu den Ställen und legten sich ins Stroh.

Robert zog Marie enger an sich und küsste sie. Glücklich ließ Marie sich von dem Sturm der Gefühle, der über sie hereinbrach, mitreißen.

Roberts Küsse wurden leidenschaftlicher, und Marie spürte, wie ihr Körper auf den seinen reagierte. Sie drängte sich noch enger an ihn heran und erwiderte seine Küsse immer feuriger. Sie wünschte sich, dass dieser Moment nie vorübergehen würde. Es war, als ob sie ein Stück vom Himmel erblicken würde, und es schien ihr nur natürlich, seine zunehmend forscher werdenden Berührungen zu erwidern.

Plötzlich hielt Robert inne und umfasste ihr Gesicht so zärtlich, dass Marie das Gefühl hatte, in seinen Händen zu schmelzen. Sie bot ihm erneut ihre Lippen, doch er erwiderte ihren Kuss nicht mehr.

»Es tut mir leid, aber ich kann das nicht tun. Ich bringe es einfach nicht fertig, mir das zu nehmen, was mir erst nach der Hochzeit zusteht, auch wenn ich mir nichts sehnlicher wünsche, als Euch zu meiner Frau zu machen«, seine Stimme klang atemlos.

»Aber es ist nichts Böses, was wir tun«, widersprach ihm Marie, »es ist so schön, dass ich mir wünsche, Ihr würdet niemals damit aufhören, mich zu küssen und in Euren Armen zu halten.« Sie barg ihren Kopf an seiner Schulter. »Bitte haltet mich fest und versprecht mir, mich nie wieder loszulassen.«

Robert wiegte sie in seinen Armen wie ein kleines Kind. Er spürte, dass die Schrecken anlässlich Ottos Tod noch in ihr nachwirkten, obwohl dieser ohne jedes Mitleid mit ihr vorgehabt hatte, sie gleich einem Opferlamm in die Höhle des Bischofs zu schleppen.

Robert war froh, die Situation vor wenigen Minuten nicht ausgenutzt zu haben.

Es wäre falsch gewesen, das Vertrauen, das Marie in ihn setzte, auf diese Weise zu missbrauchen.

Zudem musste er an die Worte ihrer alten Magd denken, während er ihr immer wieder zärtlich über das seidige Haar streichelte.

Vorausgesetzt Elsa hatte recht, dann würden die schrecklichen Krämpfe zusammen mit den geheimnisvollen Heilkräften sofort verschwinden, sobald Marie keine Jungfrau mehr wäre. Danach wäre sie für den Herrn von Coucy nicht mehr von Nutzen, und vielleicht würde er sie dann ziehen lassen.

Oder aber, er würde wütend werden und sich in seinem Zorn zu etwas Unüberlegtem hinreißen lassen. Konnte Robert dieses Risiko eingehen?

Wenn überhaupt, musste er ruhig und überlegt handeln, wollte er ihr Leben nicht in Gefahr bringen.

Maries Körper war weich an den seinen geschmiegt. Sie

war eingeschlafen. Er umschlang sie so fest und so eng, wie es nur möglich war. Kurze Zeit später fielen auch ihm, begleitet von dem Rascheln der Mäuse und dem leisen Stampfen der Pferde, die Augen zu.

34

Robert erwachte von dem unruhigen Schnauben der Pferde, die auf ihr Futter warteten. Der Stallmeister kam herein und sah sich suchend nach ihm um, denn normalerweise gehörte Robert stets zu den Ersten, die sich frühmorgens an die Arbeit begaben.

Als er die beiden jungen Leute nun eng umschlungen im Stroh entdeckte, zwinkerte er Robert freundlich zu. Er mochte den jungen Grafen, der überhaupt nicht hochnäsig war, und schätzte dessen Arbeit. Es gab niemanden auf der Burg, der mehr von Pferden verstand als er.

Selbst der wildeste Hengst fraß ihm nach wenigen Tagen aus der Hand und führte willig jeden seiner Befehle aus.

»Jetzt aber rasch an die Arbeit«, meinte er mit gespielter Strenge.

Robert überlegte kurz und schätzte die Situation ab.

»Es ist nicht so, wie Ihr vielleicht denkt«, sagte er schließlich mit einem Blick auf Marie, die sich seufzend im Schlaf bewegte.

»Es geht mich nichts an, was Ihr in der Nacht treibt, solange Ihr Eure Arbeit tut«, entgegnete der Stallmeister gutmütig und drehte sich um.

Robert sah ihm dankbar nach, als er den Stall wieder verließ.

Er weckte Marie mit einem Kuss. Verschlafen öffnete sie

die Augen und sah ihn dann so sehnsuchtsvoll an, dass ihm ganz heiß wurde unter ihrem Blick.

Er musste all seine Willenskraft aufbringen, um sich vom Zauber ihrer schimmernden Augen zu befreien und sich nicht nochmals neben ihr ins Stroh zu legen.

»Irgendwann werden wir auf der Burg meines Vaters sein, und dort können wir so lange liegen bleiben, wie wir wollen«, ermunterte er sie lächelnd.

»Doch bis dahin müssen wir tun, was von uns verlangt wird, und der Stallmeister erwartet mich bereits.« Er drückte Marie einen letzten Kuss auf die warmen Lippen und erhob sich widerstrebend.

»Wir sehen uns heute Abend an der Kapelle«, versprach er.

Er half Marie noch auf die Beine und streifte ihr das Stroh vom Kleid. Für einen kurzen Moment sah er ihr noch nach, wie sie leichtfüßig über den Hof lief, danach begab er sich an seine Arbeit.

Glücklich machte Marie sich auf den Weg in die Küche und achtete dabei nicht auf die neugierigen Blicke, die ihr folgten.

Adiva kam ihr entgegen. Sie war bereits dabei, den schweren Teig zu kneten, und ihre Hände waren mit Mehl ganz weiß überzogen.

Bewundernd starrte sie Maries Gewand an. Sie wischte ihre Finger an ihrem Baumwollkittel ab und befühlte hernach andächtig den weichen Stoff.

»Hat der Herr dir das geschenkt oder musst du es zurückgeben?«, fragte sie mit einem Anflug von Neid.

Marie sah an sich herunter. Sie hatte das kostbare Kleid schon ganz vergessen gehabt.

»Ich weiß es nicht«, antwortete sie gleichgültig.

»Jedenfalls kannst du nicht darin arbeiten, du wirst es ruinieren.«

»Mein Gewand befindet sich noch in der Kammer neben den Frauengemächern, ich gehe rasch nach oben und ziehe mich um«, sagte Marie.

»Lass nur, ich werde es für dich holen«, bot Adiva an, und Marie lächelte ihr dankbar zu. Viel lieber wollte sie ihr altes Gewand zurückhaben, in dem sie weniger Aufsehen erregte.

Und so zog sie sich eilig um, als Adiva damit zurückkam. Adiva nahm ihr das grüne Samtkleid ab und wiegte es in ihrem Arm wie eine seltene Kostbarkeit.

»Ich werde es dir nach der Arbeit zurückbringen«, versprach sie.

Das Leben auf der Burg nahm wieder seinen gewohnten Gang.

Schwere Herbststürme fegten auch noch die letzten Blätter von den Bäumen, und Enguerrand begab sich noch einige Male mit seinen Rittern auf die Jagd. Danach begannen sich die Burgbewohner jedoch endgültig auf den Einbruch des Winters vorzubereiten.

In den Wohnräumen wurden überall riesige Kohlebecken aufgestellt und die Fensteröffnungen mit Holzbrettern verschlossen, die anschließend mit Fellen bespannt wurden, damit nochmals weniger Luft von draußen nach drinnen ziehen konnte.

Im Inneren der Burg war es jetzt noch dunkler als sonst. Die Tage wurden kürzer und die Nächte länger. Dann fiel der erste Schnee und verwandelte die Burg in einen weißen Traum aus Zinnen und Türmen.

Enguerrand blieb bis mittags im Bett und vertrieb sich anschließend zusammen mit seinen Rittern die Zeit, indem er würfelte, Schach spielte und trank. Am Abend wiederum ließ sich die Hofgesellschaft jeweils von den anwesenden Spielleuten, Minnesängern und Vorlesern unterhalten.

In der Küche war man dagegen in diesen Tagen damit beschäftigt, das erlegte Wild zu räuchern und in Essigbeize einzulegen, um es auf diese Weise haltbar zu machen. Als endlich alle Vorratsräume zum Bersten gefüllt waren, konnte man dem Winter ohne Sorge entgegensehen.

Marie und Robert trafen sich jeden Tag nach der Arbeit an der Kapelle.

»Sobald der Schnee geschmolzen ist, werde ich eine Möglichkeit finden, uns von hier fortzubringen«, versprach Robert kurz vor Weihnachten. »Enguerrand kann uns ja nicht ewig hier festhalten, und wir haben unsere Schulden bei ihm mehr als beglichen.«

In den letzten Tagen war er immer wieder ins Grübeln versunken und hatte eine Möglichkeit nach der anderen durchgespielt, wie sie die Burg wohl am ehesten verlassen könnten.

Er fühlte sich wie ein Gefangener auf der Burg, und es quälte ihn, dass er nichts unternehmen konnte, ohne Marie in Gefahr zu bringen.

Marie spürte, dass er unglücklich war, und konnte ihn gut verstehen. Ihr machte die Arbeit hier nichts aus, doch Robert war anderes gewohnt.

Sie wusste, dass ihm sowohl sein Studium als auch seine Freunde fehlten, mit denen er stets seine von ihm so heiß geliebten Dispute geführt hatte.

Es machte sie traurig, ihn so niedergeschlagen zu sehen, und so fasste sie schließlich einen Entschluss, auch wenn sie den Gedanken, ihn zu verlieren, kaum ertragen konnte.

Mutig trug sie ihm ihre Entscheidung vor.

»Ich werde mit Enguerrand sprechen, dann wird er Euch gehen lassen. Er will nur mich, Ihr seid nicht wichtig für ihn.«

Als Robert die volle Bedeutung ihrer Worte begriff, war ihm, als ob ihm das Herz bei lebendigem Leib aus der Brust herausgerissen werden würde.

Erschrocken sah er Marie an.

»Ich werde Euch niemals alleinlassen, es sei denn, Ihr wünscht, dass ich gehe«, protestierte er.

»Vielleicht wird es das Beste sein. Ihr habt genug für mich geopfert, mehr kann ich nicht von Euch verlangen«, erwiderte Marie und ließ sich dabei nicht im Geringsten anmerken, wie elend sie sich fühlte.

Robert packte sie darauf an den Schultern und begann sie zu schütteln.

»Ich liebe Euch mehr als mein Leben, und es ist mein größter Wunsch, Euch zu meinem Weib zu nehmen.«

Marie schwieg.

»Es geht mir gut, und die Arbeit mit den Pferden macht mir Spaß. Ich kann es nur nicht ertragen, dass Ihr in der Küche schuften müsst wie eine gewöhnliche Magd.«

Aber es gelang ihm nicht, Marie zu überzeugen. Er war allein wegen ihr aus Bourges geflohen und würde, wären sie nicht verfolgt und entführt worden, schon lange verheiratet und auf der Burg seines Vaters sein. Nur aus Liebe zu ihr ertrug er seit Monaten ein Leben, das nicht für ihn bestimmt war.

Außerdem war es an der Zeit, den Tatsachen ins Auge zu sehen. Und die waren, dass Roberts Vater, der Graf, niemals dulden würde, dass sein Sohn eine bereits bestehende Verlobung wegen der Tochter eines Tuchhändlers auflösen würde, einer Bürgerlichen, die zudem noch unter einer merkwürdigen Krankheit litt. Dabei traute sie Robert durchaus zu, sich deswegen auch noch mit seiner Familie zu entzweien, und genau das konnte sie nicht zulassen.

Irgendwann würde er ihr dankbar dafür sein, dass sie ihn hatte gehen lassen, um das Leben zu führen, das ihm bestimmt war.

An diesem Abend blieb die Stimmung zwischen ihnen aus diesem Grund gedrückt. Die Vorstellung, zueinander zu gehören, war ein wunderschöner Traum gewesen, aber eben doch nur ein Traum.

Maries Herz war schwer, als sie sich an diesem Abend in dem großen Bett zwischen den anderen Mägden zur Ruhe begab. Der eisige Wind kroch durch alle Ritzen, und Marie rutschte näher an Adiva heran, um etwas Wärme von deren Körper abzubekommen.

Sie schlief unruhig und wurde immer wieder von düsteren Träumen gequält. Am nächsten Tag hatte sie Kopfschmerzen, und tiefe Ringe lagen unter ihren Augen.

Doch auch wenn sie wusste, dass sie wohl niemals über Roberts Verlust hinwegkommen würde, stand ihr Entschluss, mit dem Herrn von Coucy über Roberts Freilassung zu sprechen, fest.

Als sie Robert an diesem Abend traf, spürte er schmerzhaft die Kluft, die sich bereits zwischen ihnen aufgetan hatte. Marie hatte sich innerlich schon von ihm zurückgezogen, ohne dass es ihr bewusst geworden war. Robert konnte nicht wissen, dass dies ihr einziger Schutz gegen den Schmerz war, den die Trennung von ihm unweigerlich nach sich ziehen würde. Das Einzige, was ihr bleiben würde, waren ihre Erinnerungen an ihn, und sie würde jeden Moment mit dem Geliebten wie einen kostbaren Schatz in ihrem Herzen bewahren.

Robert hatte große Mühe, sich unter diesen Umständen auf seine Arbeit zu konzentrieren, die ihn gerade jetzt besonders forderte, denn der Stallmeister hatte ihm vor zwei Tagen einen Hengst übergeben, dessen Charakter ebenso schlecht war wie der seines Herrn. Das Tier war bösartig und trat und biss nach allen Seiten, wann immer sich ihm die Gelegenheit bot. Dabei machte es keinen Unterschied zwischen Mensch und Tier.

Enguerrand hatte dennoch darauf bestanden, es zu behalten und für die Schlacht abzurichten. Das Pferd war das Geschenk eines befreundeten Fürsten und hatte bestes Blut in seinen Adern. Es würde das ideale Kriegspferd abgeben: stark, furchtlos und unbeugsam.

»Er lässt mich nicht näher als einen Meter an sich heran, und sein Blick ist tückisch und voller Hinterlist«, erzählte Robert. Es war das erste Mal seit Langem, dass er für irgendetwas Begeisterung zeigte.

Tatsächlich stellte das Pferd eine echte Herausforderung für ihn dar und lenkte ihn von seinen trüben Gedanken ab.

Er nahm Marie bei der Hand und zog sie mit sich.

»Kommt mit, ich zeige ihn Euch.«

Der Hengst war weit abseits der anderen Pferde untergebracht und festgebunden worden. Robert entzündete eine Fackel. Sofort legte der Hengst seine Ohren an und begann in seiner Box zu toben. Er zerrte an dem Strick und keilte nach allen Seiten aus. Es war ein herrliches, vor Kraft strotzendes Tier, dessen schwarzes Fell im Licht der Fackel wie Samt schimmerte.

Furchtlos trat Marie näher an ihn heran. Der Hengst bleckte seine Zähne und schnappte nach ihr, doch der Strick war zu kurz, um sie zu erreichen. Marie sah ihm in die rollenden Augen, in denen das Weiße zu sehen war.

»Geht nicht zu nah an ihn heran«, warnte sie Robert besorgt.

Doch unter Maries Blick wurde der Hengst ruhiger, sodass Marie schließlich vorsichtig die Hand nach ihm ausstreckte und ihm über die weichen Nüstern strich, ohne ihn dabei jedoch aus den Augen zu lassen.

Friedlich wie ein Lamm stand der Hengst da und ließ sich streicheln. Es sah beinahe so aus, als würde er es genießen.

Robert kam aus dem Staunen nicht mehr heraus, denn sobald er sich dem Pferd nur ein paar Schritte näherte, legte es nach wie vor die Ohren an und starrte ihn böse an. Es war eine deutliche Warnung, nicht näher zu kommen.

»Ich glaube, er ist geschlagen worden. Er ist nicht bösartig, er hat nur Angst und vertraut niemandem mehr.«

»Bei Euch scheint er aber eine Ausnahme zu machen«, nickte Robert anerkennend und lächelte. Es faszinierte ihn, wie Marie das Tier allein mit einem Blick ihrer Augen gezähmt hatte.

»Enguerrand darf auf keinen Fall etwas davon erfahren«, sagte Robert leise, und Marie nickte zustimmend. Dann tätschelte sie dem Hengst noch einmal den Hals, bevor sie, gefolgt von Robert, den Stall verließ.

Robert begleitete Marie noch bis zum Wohnturm zurück, wo er sie wie immer zum Abschied in seine Arme zog. Doch dieses Mal kam ihm Marie dabei nicht wie sonst entgegen, und Robert stellte wieder das beunruhigende Gefühl der Entfremdung zwischen ihnen fest. Verstört begab er sich zurück zu den Ställen und beruhigte sich mit dem Gedanken, dass Marie wahrscheinlich nur von der harten Arbeit in der Küche erschöpft gewesen war.

35

Die nächsten Tage über bekam Robert Marie kaum zu Gesicht, denn wegen des feuchten, kalten Wetters waren viele Menschen krank geworden, und der Medicus rief jedes Mal, wenn er mit seinem ärztlichen Wissen nicht mehr weiterkam, nach Marie.

Gilles beobachtete voller Sorge, wie sie von Tag zu Tag erschöpfter aussah, und als der Medicus sie an diesem Tag wieder abholen wollte, versperrte er ihm den Weg.

»Siehst du nicht, dass sie sich kaum noch auf den Beinen halten kann? Du wirst sie heute nicht mitnehmen«, wies er den Medicus zurecht.

»Aber der Fürst ist ein Freund unseres Herrn. Ich kann das Fieber nicht herunterbekommen, und er hustet sich die Lunge aus dem Hals. Und sollte er sterben, wird Enguerrand mir die Schuld daran geben«, jammerte dieser.

»Bevor sie hier war, musstest du auch allein zurechtkommen. Lass dir also gefälligst etwas anderes einfallen. Marie bleibt jedenfalls hier.«

Aber Marie hatte den Medicus längst entdeckt. Dunkle Ringe lagen unter ihren Augen, als sie sich müde erhob.

Beschwichtigend legte sie ihre Hand auf Gilles' Arm.

»Ihr braucht Euch nicht um mich zu sorgen«, versicherte sie und versuchte dabei ein Lächeln, das mehr als kläglich ausfiel.

Gilles sah ihr besorgt nach, als sie mit dem Medicus die Küche schnellen Schrittes verließ und um die Ecke bog.

Das Mädchen war ein Engel, und er wollte sie nicht verlieren. Seitdem sie hier war, war die Stimmung unter den Küchenmägden und Knechten besser geworden, und die tägliche Arbeit ging ihnen oftmals leichter und mit einem kleinen Scherz auf den Lippen von der Hand.

Währenddessen lag der Fürst erschöpft auf seinem Lager. Seine Augen glänzten fiebrig, und seiner Brust entrang sich immer wieder ein pfeifendes Geräusch. Zwei Priester standen ihm zur Seite und murmelten halblaut ein Gebet.

Kaum war Marie jedoch an sein Bett getreten und hatte sich seiner angenommen, als er auch schon erstaunt spürte, wie der Druck in seiner Brust langsam nachließ und er sich von einem Moment zum anderen wieder kräftig fühlte. Verwundert richtete er sich auf. Marie allerdings brach, ohne einen Laut von sich zu geben, in sich zusammen, und ihr Körper begann sich auf dem Boden zu winden.

Die beiden Priester bekreuzigten sich erschrocken und herrschten den Diener an der Türe an, geweihtes Wasser aus der Kapelle zu holen.

»Ich brauche sofort heißen Wein«, schrie der Medicus seinerseits. Angstvoll hatte er sich zu Marie hinuntergebeugt, deren Puls er kaum noch spüren konnte. Wenn sie starb, wäre er verloren. Es war tatsächlich eine bedenkliche Situation, in der er sich befand: Einerseits hatte Enguerrand ihm die Verantwortung für das Mädchen übertragen, andererseits befahl er ihm, die Mächtigsten seiner Freunde zu heilen.

Der Diener kehrte mit einer Schale geweihten Wassers zurück. Einer der Priester sprengte ein paar Tropfen davon auf Maries Gesicht und Körper, wobei er streng darauf achtete, sie nicht zu berühren. Zufrieden bemerkte er, dass die Krämpfe ein wenig nachließen und ihr Körper sich etwas etwas entspannte.

»Sie ist eindeutig besessen«, konstatierte er und schlug ein Kreuzzeichen.

»Die Krämpfe hätten auch ohne das geweihte Wasser nachgelassen«, knurrte der Medicus ihn an.

»Helft mir lieber dabei, ihr den Wein einzuflößen, damit sie aus ihrer Bewusstlosigkeit erwacht.« Er kippte einige Kräuter in den Wein, den er danach mit dem Finger umrührte und anschließend genüsslich ableckte.

»Wollt Ihr etwa Gott lästern?«, schnauzte ihn der Priester an.

»Ich will nur dem Mädchen helfen«, erwiderte der Medicus ungerührt. »Jetzt helft mir endlich ihren Oberkörper anzuheben.«

Die Priester sahen einander an.

»Das können die Diener übernehmen, wir werden derweil lieber für sie beten und Gott bitten, die Dämonen aus ihrem Körper zu vertreiben.«

»Elende Feiglinge.« Der Medicus stieß einen leisen Fluch aus, der ihm wiederum einen giftigen Blick seitens der Priester einbrachte, und vergaß ganz, dass er anfangs ebenfalls Angst davor gehabt hatte, Marie zu berühren.

Noch bevor sich die Priester jedoch an die Diener wenden konnten, erhob sich der Fürst von seinem Lager. Er war mittleren Alters und hatte rötlich gekräuseltes Haar und einen fetten Bauch. Seine vorhin noch gräuliche Gesichtsfarbe war einer gesunden, rosigen Frische gewichen, und sein Atem rasselte nicht mehr in seine Brust. Überhaupt erinnerte nichts mehr daran, dass er noch vor kurzer Zeit sterbenskrank gewesen war.

»Schafft sofort das Mädchen hier heraus, ich will mich ausruhen«, ordnete er mit näselnder Stimme und leidender Miene an. Angewidert starrte er dabei auf Marie, der heller Schaum in beiden Mundwinkeln stand und seitlich am Kinn hinabrann.

Der Medicus war angesichts dieser offenkundigen Undankbarkeit so verblüfft, dass ihm die Worte fehlten. Die Diener dagegen, die ihren Herrn nicht erzürnen wollten, hoben Marie rasch hoch und blickten den Medicus fragend an.

»Wohin sollen wir sie bringen?«, fragten sie.

Der Medicus deutete nach draußen und ging ihnen in die Küche voran. Dort war es wenigstens warm, und Gilles würde zwischendurch nach ihr sehen können.

Die Diener legten ihre Last auf eine frische Binsenmatte in die Nähe des Kamins ab, wo Gilles sofort zur Stelle war und Maries Oberkörper so weit anhob, dass ihr der Medicus vorsichtig den warmen Wein einflößen konnte.

Voller Empörung berichtete er dem Küchenchef von der Undankbarkeit des Fürsten, während er zwischendurch immer wieder Maries Puls fühlte.

»Ich muss ihr etwas zur Stärkung geben, damit sie wieder zu Kräften kommt«, murmelte der Medicus.

Maries Atem ging jetzt zwar wieder ruhig und gleichmäßig, wie er voller Erleichterung feststellte, doch er wusste, dass die junge Frau nichtsdestoweniger am Ende ihrer Kräfte war.

Tatsächlich schlief Marie fast zwei Tage lang, und Gilles hatte große Mühe, Robert zu beruhigen, der ihm schwere Vorwürfe machte.

Doch kaum hatte sie sich wieder etwas erholt, als auch schon ein aufgelöster Knappe in die Küche gestürmt kam und Marie darum bat, seinem Herrn zu helfen, der sich bei einem Übungsturnier schwer verletzt hatte.

Gilles versuchte sie zurückzuhalten. »Der Medicus soll sich um ihn kümmern, du bist noch viel zu schwach«, riet er ihr besorgt.

»Gott hat mir die Gabe verliehen, den Menschen zu helfen, daher wird Er mir auch die Kraft dazu geben, wenn es Sein Wille ist«, erwiderte Marie entschlossen.

Daraufhin blieb Gilles nichts anderes übrig, als sie gehen zu lassen. Letztendlich hatte Marie recht. Wenn es wirklich Gottes Wille war, den sie erfüllte, dann lag es sicher nicht in seiner, eines Sterblichen Macht, dies zu ändern.

Robert ließ sich von diesem Argument dagegen weit weniger leicht überzeugen und wurde mit jedem Tag, der verging, unruhiger und gereizter. Es erfüllte ihn mit heillosem Zorn, mit ansehen zu müssen, wie Marie körperlich immer hinfälliger wurde, ohne dass er ihr helfen konnte.

Sogar Marie gelang es kaum noch, ihn zu beruhigen, was sie jedoch in ihrem schon zuvor gefassten Entschluss nochmals bestärkte. So konnte es nicht mehr weitergehen. Und so nahm Marie am nächsten Tag all ihren Mut zusammen und ließ sich bei Enguerrand melden.

Es war später Vormittag und der Zeitpunkt günstig gewählt, denn der Herr von Coucy hatte sich bereits von seinem Lager erhoben und war noch nicht betrunken. Einige andere Bittsteller waren bereits vor ihr da und standen wartend in dem langen Flur vor dem Audienzraum. Es handelte sich um mehrere Hoflieferanten, die ihr Geld wollten, sowie einen Abt, der von zwei Mönchen begleitet war, und einen verarmten Ritter mit seinem Knappen, einem halb verhungerten dünnen Bürschchen mit glanzlosen Augen.

Enguerrand schien keine gute Laune zu haben, lediglich

der Ritter hatte mit seinem Anliegen Erfolg, denn Enguerrand hatte ihm erlaubt, in seine Dienste zu treten, und damit war die Zeit des Hungers und der Not für ihn vorüber. Glücklich verließ er den Saal und warf Marie dabei im Vorbeigehen einen bewundernden Blick zu.

Die Lieferanten wurden hingegen auf einen Wink des Herrn von Coucy von seinen Wachen hinausgeworfen, und dem mürrischen Gesichtsausdruck des Abtes konnte man deutlich entnehmen, dass auch sein Anliegen nicht günstig beschieden worden war. Endlich trat der Diener zu Marie.

»Der Herr empfängt heute niemanden mehr, er hat wichtigere Dinge zu erledigen.«

»Dann richtet dem Herrn aus, dass ich morgen wiederkomme«, antwortete Marie gleichmütig.

Am nächsten Morgen begab sie sich in aller Frühe wieder zum Audienzsaal. Enguerrand hatte sich an diesem Tag ausnahmsweise etwas früher von seinem Lager erhoben als sonst. Düstere Träume hatten ihn während der Nacht gequält und ihn nicht zur Ruhe kommen lassen.

Marie war daher die Erste vor dem Audienzsaal, und der Diener führte sie an den Wachen vorbei. Obwohl das Feuer hoch brannte und mehrere große Kohlebecken zusätzlich aufgestellt worden waren, herrschte in dem hohen Saal bittere Kälte.

Enguerrand gab sich nicht die geringste Mühe, seine schlechte Laune zu verbergen, doch Marie ließ sich dadurch nicht beirren. Sie erwiderte seinen finsteren Blick mit einem Lächeln.

Er saß in seinem mit Fellen bedeckten Stuhl und spielte mit seinem Jagdmesser. Abgesehen von seinen beiden Schreibern, den Wachen und den Dienern befand sich ansonsten niemand mehr in dem großen Saal.

»Ich wüsste nicht, was ich mit dir zu reden hätte«, sprach er sie überheblich an und musterte Marie dabei aus zusammengekniffenen Augen.

Furchtlos hielt Marie seinem Blick stand.

»Robert und ich haben nunmehr ein halbes Jahr für Euch gearbeitet und unsere Schulden mehr als beglichen.« Offen sah sie Enguerrand an, ohne auch nur einmal ihre Augen zu Boden zu senken.

»Ich bitte Euch, Herr, lasst Robert gehen, er ist allein durch meine Schuld in diese Situation geraten. Ich werde dagegen so lange hierbleiben, wie Ihr es wünscht, und alles tun, was Ihr von mir verlangt.«

Enguerrand sah an ihr vorbei.

»Ich allein entscheide, wer hierbleibt und wer geht, und jetzt verschwinde und wage es nie wieder, mich zu belästigen«, schrie er.

»Dann werde ich zukünftig keine Kranken mehr heilen«, entgegnete Marie ruhig.

Enguerrand glaubte seinen Ohren nicht zu trauen. Da wagte es dieses Mädchen doch tatsächlich, ihm zu drohen.

Enguerrands Brauen schoben sich zornig zusammen, er sagte aber nichts. Eine Weile war kein Laut bis auf das Knistern des Feuers in dem großen Raum zu vernehmen.

»Niemand droht mir«, brüllte er auf einmal los, aber Marie hörte einen Anflug von Unsicherheit aus seiner Stimme heraus.

Hoch aufgerichtet stand sie vor ihm, und ihre dunklen Augen ließen sein Gesicht nicht los.

Plötzlich konnte Enguerrand ihren Anblick nicht länger ertragen, irgendetwas an dem Mädchen war ihm unheimlich. Gleichzeitig nötigte sie ihm im Vergleich zu seinen kriecherischen Höflingen jedoch so etwas wie Respekt ab.

»Ich werde ihn gehen lassen, sobald seine Familie das Lösegeld bezahlt hat«, antwortete er langsam. »Aber es ist ein großer Verlust für mich. Immerhin kann er lesen und schreiben und hat eine gute Hand für Pferde. Als Ausgleich dafür wirst du hierbleiben und tun, was ich dir befehle«, sagte er hart, »genau, wie du es selbst angeboten hast.«

Marie schluckte. Die Entscheidung war gefallen, und sie tat weh, doch sie hatte es nicht anders gewollt.

»Ich danke Euch, Herr«, bekundete sie leise, deutete eine Verbeugung an und verließ erleichtert den Saal.

Enguerrand starrte ihr nach, bis sie verschwunden war.

Das Mädchen hatte es tatsächlich geschafft, ihm ein Versprechen abzuringen, doch niemand würde ihn dazu zwingen können, es auch zu halten. Und dennoch würde er es tun, wie er sich selbst wütend eingestehen musste.

»Bringt mir Wein«, herrschte er die Diener an, die sich beeilten, seinem Befehl nachzukommen.

»Der Herr von Coucy lässt Euch gehen, sobald Eure Familie das geforderte Lösegeld bezahlt hat«, berichtete Marie Robert noch am gleichen Abend, wobei sie sich bemühte, ihrer Stimme einen festen Klang zu geben.

Sie saßen nebeneinander im Stroh, und trotz der Wärme, die von den Pferden ausging, war es lausig kalt. Der Wind pfiff durch die Ritzen des Holzstalles, und Marie zog ihren Umhang noch enger um ihren Körper.

Robert sah überrascht auf. Er war gerade damit beschäftigt gewesen, seinen Gürtel zu reparieren.

Sie hatte es tatsächlich getan! Im Schein der Tranfunzel betrachtete er ihr schmales Gesicht. Ihre Lippen waren entschlossen zusammengepresst, und in ihren Augen stand tiefe Traurigkeit.

Als er sie zwang, ihn anzusehen, wandte sie ihr Gesicht ab.

»Ihr habt doch nicht etwa geglaubt, dass ich die Burg ohne Euch verlasse? Ihr solltet mich besser kennen.«

Marie legte sanft eine Hand auf seinen Arm.

»Wenn Ihr in Ruhe darüber nachdenkt, werdet Ihr mir recht geben. Es ist nicht Eure Bestimmung, ein Leben als Stallknecht zu verbringen. Ihr werdet Euch immer wie ein Gefangener auf der Burg fühlen und irgendwann beginnen, mich zu hassen, und das könnte ich nicht ertragen.«

»Ich werde Euch niemals hassen«, widersprach Robert. »Wie könnte ich Euch hassen, wo Ihr doch das Wichtigste in meinem Leben seid?«

Er schwieg. Marie sah, wie es hinter seiner Stirn arbeitete.

»Ich werde Enguerrand um Erlaubnis bitten, Euch zu heiraten, und ihm als Gegenleistung anbieten, in seinen Diensten zu bleiben«, meinte er nach einer Weile entschlossen.

Marie dachte eine Weile über seine Worte nach, bevor sie ihm antwortete: »Dann würdet Ihr Euren Grafentitel verlieren, und unsere Kinder und deren Kinder würden als Leibeigene aufwachsen und dem Herrn von Coucy für immer auf Gedeih und Verderb ausgeliefert sein.« Unwillkürlich schüttelte sie ihren Kopf.

»Nein, wir können unsere Augen nicht länger verschließen, es wäre nicht recht. Eure Familie wird sich große Sorgen machen, genau wie Eure Braut, die Euer Vater für Euch ausgewählt hat. Ihr habt schon mehr als genug für mich getan, indem Ihr mich vor dem Bischof gerettet habt, allein dafür werde ich Euch immer dankbar sein.«

Lächelnd sah sie Robert an.

»Es geht mir gut hier. Ich habe Gilles und Adiva, und selbst der brummige Medicus sorgt sich um mich, auch wenn er es niemals zugeben würde.«

Eine Weile schwiegen sie beide.

Tief in seinem Inneren spürte Robert, dass Marie zumindest teilweise recht hatte und sie sich der Realität stellen mussten. Andererseits war es genauso richtig, um Marie und für ihre gemeinsame Zukunft zu kämpfen.

»Wenn ich meinen Vater dazu bewegen kann, die Verlobung zu lösen, und eine Möglichkeit finde, Euch hier herauszuholen, werdet Ihr mich dann heiraten?« Er konnte sich einfach nicht damit abfinden, Marie zu verlieren. Seine Stimme klang so flehend, dass Marie nicht anders konnte.

»Ich gebe Euch mein Wort«, sagte sie fest, und Robert schwor sich einmal mehr, alles zu tun, um Marie aus der Gefangenschaft zu befreien.

36

Radulfus hatte mittlerweile jede Hoffnung aufgegeben, Otto jemals lebend wiederzusehen, und sein Hass auf den jungen Grafen war übermächtig geworden. Der Gedanke, dass er Marie berühren und sie damit für seine Zwecke unbrauchbar machen könnte, war schlimmer für ihn, als das heißeste Höllenfeuer es sein konnte.

Und so rief er den Dominikanermönch Albertus zu sich, einen Mann, der überall wegen seiner fanatischen Frömmigkeit bekannt war. Schon von Jugend an war er von dem Gedanken besessen gewesen, gegen die Macht Satans ankämpfen zu müssen, und zog seitdem ruhelos von einem Ort zum anderen, um gegen Häretiker, Waldenser und andere Ungläubige vorzugehen.

Albertus zählte bereits dreißig Jahre, wirkte aber wesentlich jünger. Sein glattes, bartloses Gesicht mit den glänzenden blauen Augen strahlte harmlose Gutmütigkeit aus. Er trug die Ordenstracht der Dominikaner: eine weiß gegürtete, wollene Tunika mit weißem Skapulier und darüber einen schwarzen Mantel mit Kapuzenkragen.

»Es wird Zeit, die Mörder unseres armen Bruders Gregor der Gerechtigkeit Gottes zu überantworten, und Ihr scheint mir der richtige Mann dafür zu sein«, begann Radulfus.

»Eure tiefe Frömmigkeit und Euer unbeirrbarer Glaube an unseren Herrn sind über jeden Zweifel erhaben, wie man mir berichtet hat«, fügte er hinzu.

Albertus nickte bescheiden und senkte den Kopf zu Boden.

»Wer den Frevel begeht, einen Mönch zu ermorden, muss einen Pakt mit dem Teufel geschlossen haben. Euer Glaube wird demnach auf eine harte Probe gestellt werden, denn das Mädchen wirkt äußerlich so jungfräulich und rein wie die Heilige Madonna.« Seine Geiernase begann vor Aufregung zu zucken, als er über Marie sprach. Allein der Gedanke an sie weckte die Gier in ihm.

»Lasst Euch daher auf keinen Fall von ihr täuschen. Sie ist von Dämonen besessen, ich habe mich selbst davon überzeugen können.«

»Gott wird mich vor dem Bösen schützen«, versicherte Bruder Albertus und bekreuzigte sich.

»Ich werde Euch alles geben, was Ihr für die Reise braucht. Am besten, Ihr brecht so schnell wie möglich auf, bevor sich das Böse unter dem Mantel der Unschuld noch weiter ausbreiten kann. Die beiden sind meines Wissens nach Flandern geflohen, zu Verwandten des jungen de Forez, aber vielleicht solltet Ihr zunächst der Grafschaft Forez einen Besuch abstatten, um dort Neues zu erfahren. Guido de Forez hat sicher längst Nachricht von seinem Sohn erhalten und wird wissen, wo sich dieser zurzeit aufhält. Habt Ihr ihn erst einmal ausgemacht, habt Ihr auch das Mädchen gefunden.«

»Gebt mir Euren Segen, und ich werde schon morgen vor Sonnenaufgang aufbrechen.«

Radulfus erteilte ihm den gewünschten Segen, als ihm auf einmal eine Idee kam, wie er Albertus noch eine weitere, für ihn wichtige Anweisung mit auf den Weg geben konnte, ohne dass dieser Verdacht schöpfte.

»Es ist das Mädchen, das den Teufel in sich trägt. Der

junge Graf ist nur ihr Handlanger. Ich will sie beide, doch achtet darauf, dass das Mädchen unversehrt bleibt. Denn der Herr hat mir in Seiner großen Güte einen Traum gesandt und mir den Auftrag erteilt, mich selbst um diese Angelegenheit zu kümmern«, schloss er theatralisch.

Als Albertus den Audienzsaal verlassen hatte, ließ er sich in seinen Stuhl fallen und schlug sich die Hände vors Gesicht. Wieder war er zum Warten verdammt.

Maries Bild tauchte vor seinen Augen auf, und er konnte sich nicht mehr länger beherrschen. Aufgewühlt sprang er auf und lief in die Kathedrale. Doch auch dort fand er keine Ruhe.

Und so tauschte er sein Gewand gegen eine einfache Kutte und begab sich in eine der übelsten Schenken der Stadt.

Die Hure, die man am nächsten Tag tot in ihrem Bett fand, war so grausam zugerichtet, dass selbst der eilig herbeigerufene Büttel sich bei ihrem Anblick vor Entsetzen abwandte. Über den gesamten Leib der noch jungen Hure zog sich ein blutiges Kreuz, das der Mörder mit seinem Messer tief in das weiche Fleisch geritzt hatte.

»Es war ein Mönch, der zuletzt bei dem Mädchen war, ich schwöre es bei Gott«, versicherte der Wirt dem Schöffen, der im Auftrag des Stadtrats vorbeigekommen war.

Damit war die vierte Hure innerhalb weniger Monate ermordet worden, und die Kunde vom teuflischen Mönch verbreitete sich rasend schnell in der Stadt. Einige Leute behaupteten sogar, sie hätten den Leibhaftigen persönlich gesehen: in wallender Kutte mit höllisch glänzenden Augen und umgeben von beißendem Schwefelgeruch.

Die Huren bekamen es mit der Angst zu tun, und am nächsten Tag fand man zwei Mönche, die das Pech gehabt hatten, zur falschen Zeit am falschen Ort gewesen zu sein, erschlagen auf dem Marktplatz vor.

In der Seele des niederen Volkes schwelte die Wut auf den wohlgenährten Klerus, der zu essen hatte, während es selbst Hunger leiden musste.

Der Winter näherte sich seinem Ende, als die Kunde von den »Hirten Gottes« nach Bourges drang. Diese kamen ursprünglich aus Flandern und waren dann weiter durch die Picardie gezogen. Ihre Anführer behaupteten, Gesichte von Engeln und Erscheinungen der Seligen Jungfrau Maria gehabt zu haben, die ihnen befohlen habe, das Kreuz zu nehmen und mit den Auserwählten Gottes, den Hirten und dem einfachen Volk ein Heer zu bilden, um das Heilige Land zu retten und dem König von Frankreich zu Hilfe zu eilen. Um diese Behauptungen zu bekräftigen, stellten sie den Inhalt ihrer Visionen auf leuchtenden Bannern dar, die sie vor sich hertrugen, und lösten damit wahre Begeisterungsstürme beim Volk aus.

Überall wo sie hinkamen, schlossen sich den »Auserwählten«, wie sie sich selbst nannten, immer mehr Menschen an und zogen gemeinsam mit ihnen weiter. Als sie schließlich Frankreich erreichten, waren sie bereits so viele, dass sie in geschlossenen Hunderter- und Tausenderhaufen wie ein Heer marschierten. Und auch hier schlossen sich ihnen auf ihrem Marsch durch das Land die Schäfer an und ließen, von heiligem Eifer erfüllt, ihre Herden im Stich.

Und so zogen die »Hirten Gottes«, angeführt vom Meister aus Ungarn, einem Greis mit charismatischer Ausstrahlung, mit Dolchen und Hacken bewaffnet durch Dörfer und Städte und verbreiteten unter den Einwohnern einen solchen Schrecken, dass keine Gerichtsbarkeit im Land es mehr wagte, sich ihnen entgegenzusetzen.

Zum Entsetzen des Klerus ließ auch die Königinmutter Blanca sie gewähren, denn sie hoffte darauf, dass diese Leute ihrem Sohn Ludwig zu Hilfe eilen und ihm dabei helfen würden, das Gelobte Land zu erobern.

Allein der Klerus erhob seine Stimme gegen die Hirten und erregte damit solchen Hass bei ihnen, dass allerortens viele Geistliche getötet wurden.

Nachdem die Hirten unbehelligt durch Paris gezogen waren, waren sie so sehr von sich und ihrem Auftrag überzeugt, dass sie ohne jedes schlechte Gewissen zu stehlen und zu plündern begannen, wo auch immer sich ihnen die Gelegenheit dazu bot.

Die Kunde von dem Überfall auf Orleans, bei dem die Hirten die Stadt verwüstet und viele Kleriker der Universität getötet hatten, löste Angst und Abscheu bei den Bürgern von Bourges aus.

Begleitet von den einflussreichsten Bürgern, darunter auch Jean Machaut, marschierte der Stadtrat in großer Sorge vor dem Bischofspalast auf und verlangte eine sofortige Audienz.

Radulfus blieb nichts anderes übrig, als sie zu empfangen. Seine Abneigung gegenüber dem Stadtrat beruhte auf Gegenseitigkeit, doch jetzt galt es, gegen einen gemeinsamen und gefährlichen Feind vorzugehen.

Als alle an der Tafel saßen, ergriff der Bürgermeister das Wort: »Wenn uns nicht bald etwas einfällt, wird es uns nicht besser ergehen als den Bürgern von Orleans, zumal wir nicht genügend Bewaffnete haben, um die Stadt zu verteidigen. Und auf die Hilfe des Volkes können wir nicht zählen. Das wird sich genauso von dieser Irrlehre blenden lassen wie das Volk in den anderen Städten auch.«

Radulfus beteiligte sich nicht an der Debatte. Er war mit

seinen Gedanken bereits wieder bei Marie. Seine Gier nach ihr, die sowohl körperlicher wie auch geistiger Natur war und jeweils auf Erlösung hoffte, wuchs von Tag zu Tag und ließ sich immer weniger unter Kontrolle bringen.

Verschiedene Vorschläge wurden gemacht und wieder verworfen. Die Diskussionen wurden immer hitziger und die Angst vor den bevorstehenden Übergriffen greifbarer.

»Was ist los mit Euch? Hat die Angst Eure Zunge so weit gelähmt, dass Ihr nicht einmal meine Frage beantworten könnt?«, fragte der Bürgermeister den Bischof respektlos.

Endlich erwachte Radulfus aus seiner Erstarrung und bemerkte, dass aller Augen auf ihn gerichtet waren.

»Ich möchte von Euch wissen, was die Kirche zu unternehmen gedenkt. Immerhin sind viele Eurer Schafe in Gefahr«, der Tonfall des Bürgermeisers klang ironisch.

»Gott wird sie von ihrem Irrglauben befreien und zu uns zurückführen«, erwiderte der Bischof ohne große Überzeugung.

»Und unsere Stadt genauso wie der Bischofspalast wird in Schutt und Asche liegen.«

Radulfus wurde wütend.

»Wollt Ihr etwa der Kirche die Schuld an diesem Unheil geben? Seht Euch doch an in Euren prächtigen Gewändern und vollgefressenen Wänsten. Kein Wunder, dass das Volk die Nase von Euch voll hat«, schlug er zurück.

Der Bürgermeister lief rot an.

»Eure Gewänder sind nicht weniger prächtig«, stieß er ärgerlich hervor.

»So kommen wir nicht weiter«, vermittelte einer der Ratsherren, ein besonnener Mann mittleren Alters.

»Wir müssen jeden, der das Bürgerrecht besitzt, an seine Pflicht erinnern, die Stadt zu schützen.«

Er wandte sich an Radulfus.

»Und Ihr solltet dafür Sorge tragen, dass alle Kirchenglocken durchgehend geläutet werden, während sich diese Irren in der Stadt befinden. Das Glockengeläut wird an das Gewissen der Gläubigen appellieren und uns dadurch vielleicht vor dem Schlimmsten bewahren.« Seine Stimme klang ernst. »Ansonsten können wir nur beten und Gott darum bitten, uns beizustehen.«

Nach seinen Worten breitete sich eine bedrückende Stille im Saal aus.

Doch nachdem nun alles, was es zu sagen gab, gesagt war, erhoben sich die Männer geschlossen und verließen den Bischofspalast auf demselben Weg, auf dem sie gekommen waren.

Zwei Tage später erreichten die Hirten Bourges, wo sie die Synagogen der Juden stürmten, deren Bücher verbrannten und die sie all ihrer Güter beraubten. Anschließend vergewaltigten sie alle Mädchen und Frauen, die sie fanden, und erschlugen jeden, der sich ihnen in den Weg stellte.

Die Bürger von Bourges hatten sämtliche Türen und Fenster verrammelt und Frauen und Kinder – so gut es ging – in den Kellerräumen versteckt.

Radulfus war schon früh am Morgen auf den Westturm der Kathedrale gestiegen und beobachtete von dort aus die schreienden und flüchtenden Menschen zu seinen Füßen, die von oben aus gesehen die Größe von Küchenschaben besaßen.

Das endlose Läuten der Glocken dröhnte in seinen Ohren und übertönte jedes andere Geräusch. Der Himmel über ihm war grau verhangen, und es schien ihm, als ob der Allmächtige einen Vorhang zwischen sich und das grausige Geschehen auf Erden gezogen hätte. Er hatte ihn verlassen.

Das Gefühl, dass Gott sich ihm endgültig verschlossen hatte, war mehr, als er ertragen konnte. Unruhig lief er auf und ab, bis er es irgendwann nicht mehr aushielt und die Treppen hinunterstürmte. Im Bischofspalast angekommen, riss er das große Kreuz von der Wand und stürmte damit durch das Goldene Tor hinaus.

Seine Augen glühten vor wilder Entschlossenheit, als er bewaffnet mit dem Kreuz und wehendem Gewand in Richtung Marktplatz eilte. Einige Mönche schlossen sich ihm an, wobei sie unablässig Gebete vor sich hin murmelten.

Der größte Teil der Hirten hatte die Stadt jedoch schon wieder verlassen und sich auf den Weg nach Nevers begeben, denn sie hatten, wie von den Bürgern der Stadt gehofft, das anhaltende Glockenläuten nicht länger ertragen, das lautstark an ihrem Gewissen gerüttelt hatte.

Diejenigen, die sich aber noch in den Gassen aufhielten, wurden von Radulfus mit dem Kreuz erschlagen, und niemand konnte ihn in seiner Raserei stoppen. Ganz im Gegenteil schlossen sich immer mehr wütende Bürger Radulfus und seinen Mönchen an und machten sich zu guter Letzt sogar zur Verfolgung der »Hirten Gottes« auf.

Sie töteten jeden, der ihren Weg kreuzte.

Der Meister von Ungarn fühlte sich sicher. Beinahe ohne jede Gegenwehr hatten die Bürger es zugelassen, dass sie sich an den Gütern der Juden vergriffen hatten. Es war ein geschickter Schachzug von ihm gewesen, den Hass seiner Truppen auf die Juden zu lenken, obwohl er dadurch nicht hatte verhindern können, dass diejenigen seiner Anhänger, die zu spät eingetroffen waren, um vom Silber der Juden noch etwas abzubekommen, sich ihren Anteil von den Bürgern der Stadt geholt hatten.

Niemand seiner Anhänger ahnte, dass er bereits vor

Jahren zum Islam übergetreten war und der Sultan von Babylon ihm den heiligen Auftrag erteilt hatte, das verwaiste, seiner Kreuzritter und seines Königs beraubte Frankreich an die Muslime auszuliefern.

Als er seine Verfolger nun hinter sich bemerkte, war es bereits zu spät. Er wurde von seinem Pferd gerissen und genauso erschlagen wie viele seiner Anhänger vor ihm. Der Rest seines Glaubensheeres floh in alle Richtungen und zersplitterte in kleinere Gruppen, die aber für niemanden mehr eine Gefahr darstellten.

Mit Hilfe ihres Bischofs war es den stolzen Bürgern von Bourges gelungen, die Hirten zu vernichten. Der Ruhm ihrer Tapferkeit verbreitete sich im ganzen Land, und von überall strömten die Menschen in die Kirchen und Kapellen und dankten Gott für ihre Rettung.

37

Die Burgbewohner von Coucy atmeten auf, als sich der kalte und trübe Winter endlich dem Ende näherte und die ersten grünen Knospen, begleitet vom lauten Gezwitscher der Vögel, den Frühling ankündigten.

Das Leben verlagerte sich wieder mehr ins Freie, und die erneut erwachende Natur verströmte verschwenderisch ihre Düfte, die bei Mensch und Tier neue Lebensgeister weckten.

Marie blieb jedoch nur wenig Zeit, um die laue Luft und das zart sprießende Grün zu genießen, da sie rund um die Uhr beschäftigt war. Immer mehr Menschen kamen, um von ihr geheilt zu werden oder sich Rat und Trost bei ihr zu holen.

Sie alle waren von Maries stiller Bescheidenheit und der unerwarteten warmen Anteilnahme überrascht, die sie jedem entgegenbrachte, der sich an sie wandte.

Gilles kümmerte sich rührend um ihr Wohlergehen, und wo immer sie sich befand, folgten ihr bewundernde und ehrfurchtsvolle Blicke. Marie nahm sie jedoch ebenso wenig zur Kenntnis wie die Tatsache, dass die Menschen auf der Burg damit begonnen hatten, sie fast wie eine Heilige zu verehren.

Sie fieberte stattdessen den wenigen Momenten entgegen, die sie mit Robert allein verbringen konnte, die aber immer weniger wurden, denn mit jedem Tag, der verging, rückte ihre Trennung unweigerlich näher.

Robert seinerseits war hin- und hergerissen. Einerseits wollte er Marie unter keinen Umständen verlassen, andererseits barg sein bevorstehender Aufbruch aber auch eine große Chance. Wenn es ihm gelang, seinen Vater dazu zu bringen, die Verlobung mit seiner Braut Philippa zu lösen, würde er einen Weg finden, um Maries Freiheit zu erwirken und sie zu heiraten.

Enguerrand hatte tatsächlich Wort gehalten und nur wenige Tage nach dem Gespräch mit Marie eine Nachricht mit der Lösegeldforderung an Roberts Vater gesandt. Allerdings hatte er Hundert Pfund Silber verlangt, eine Summe, die auch von einem Grafen nicht so ohne Weiteres aufzubringen war.

Doch dann war es so weit, und Albrecht, der Notar des Grafen Guido de Forez, traf mit dem vereinbarten Lösegeld und einem Pferd für Robert auf der Burg von Coucy ein. In seiner Begleitung befanden sich vier bis an die Zähne bewaffnete Ritter, die der Graf ihm zum Schutz seines Sohnes mitgegeben hatte.

Als Robert voller Aufregung und in stolzer, selbstbewusster Haltung die Burgküche betrat, wusste Marie, dass der Zeitpunkt des Abschieds gekommen war.

Gilles nickte ihr zu, und Marie folgte Robert nach draußen, wo er sie ein letztes Mal in seine Arme zog und ihr Gesicht immer wieder mit Küssen bedeckte, während Marie ganz stillhielt, sich ganz seinen Berührungen hingab und den natürlichen Duft seines Körpers tief in sich aufnahm.

Nach einer Weile ließ Robert sie schließlich widerstrebend los und sah ihr tief in die glänzenden Augen.

»Ich werde zurückkommen und Euch holen«, schwor er ihr. Dann schwang er sich auf sein Pferd und hob, bevor er durch das Tor ritt, noch ein letztes Mal grüßend seine Hand.

Marie ging schweren Herzens in die Küche zurück. Noch nie in ihrem Leben hatte sie sich so elend und so zerrissen gefühlt. Es war, als ob Robert für immer einen Teil von ihr mit sich fortgenommen hätte. Dennoch war sie sich sicher, die richtige Entscheidung getroffen zu haben. Außerdem hatte Robert einen winzigen Hoffnungsschimmer in ihr Herz gepflanzt. Er hatte ihr versprochen zurückzukommen, und allein diese Möglichkeit, an der sie sich festhielt, ließ sie den nächsten, den übernächsten und auch alle darauf folgenden Tage überstehen.

Robert und seine Begleiter ritten auf dem schnellsten Wege in die Grafschaft Forez. Plötzlich konnte er es kaum noch erwarten, seinen Vater und seine Mutter nach so langer Zeit wiederzusehen.

Als sie Vezelay erreichten, überlegte er kurz, ob er den Umweg über Bourges nehmen sollte, um dort seinen Freund Bernard zu besuchen, entschied sich dann aber dagegen. Zuallererst musste er mit seinem Vater sprechen und ihn bitten, die Verlobung zu lösen, danach wäre immer noch genug Zeit, um Bernard zu besuchen.

Es war schon später Nachmittag, als die elterliche Burg schließlich vor ihnen auftauchte.

Sie war kleiner, als er sie in Erinnerung hatte. Ob ihm das so vorkam, weil er sich mittlerweile an die gewaltigen Dimensionen der Burg von Coucy gewöhnt hatte? Oder lag es daran, dass er erst acht Jahre alt gewesen war, als sein Vater ihn nach Bourges in die Kathedralschule gebracht hatte?

Ein wenig wehmütig betrachtete er die Burg, während er ohne große Eile näherritt. Die kleine, kompakte Wehranlage war auf einem Hügel errichtet worden, dessen nach hinten steil abfallende Steinwände einen natürlichen Schutz vor feindlichen Angriffen boten. Zwei Wachtürme und ein breiter Graben sicherten die Burg nach vorne hin ab.

Mit klopfendem Herzen lenkte Robert sein Pferd über die hölzerne Zugbrücke in den geräumigen Innenhof und stellte erleichtert fest, dass hier noch alles genauso aussah, wie er es in Erinnerung hatte.

Er verabschiedete sich kurz von seinen Begleitern, übergab das Pferd einem Knecht und durchschritt dann einen in die Mauer eingelassenen niedrigen Torbogen, der direkt auf den Wohnturm zuführte.

Das eindrucksvolle Bauwerk beherrschte mit seinem quadratischen Grundriss den gesamten oberen Teil der Burganlage. Im Erdgeschoss des Turms war das Vorratslager untergebracht, und den Haupteingang zu den Wohnräumen konnte man nur über eine Außentreppe erreichen. An deren Fuß standen wie immer zwei Posten, die sich gerade miteinander unterhielten und die er sofort wiedererkannte. Er nickte ihnen zu, lief die Treppe hinauf und betrat die Eingangshalle.

Dort sah er seinen Vater an einem der Fenster stehen, wo er sich gerade mit dem Forstaufseher unterhielt. Neben ihm standen zwei weitere Männer im Waffenrock.

Das dunkle Haar des Grafen war, seitdem ihn Robert beim Begräbnis seiner kleinen Schwester vor vier Jahren das letzte Mal gesehen hatte, noch grauer geworden. Er war ein stattlicher Mann mit tiefer, wohlklingender Stimme und einem starken Sinn für Gerechtigkeit, der ihn bei den Unfreien in der Grafschaft beliebt gemacht hatte.

Als der Graf Robert entdeckte, unterbrach er das Gespräch.

»Der verlorene Sohn kehrt zurück«, sagte er lächelnd und musterte Robert prüfend. »Wie ich sehe, ist ein Mann aus dir geworden.«

Robert trat auf seinen Vater zu und kam sofort und ohne Umschweife zur Sache:

»Ich muss mit Euch reden, Vater.«

»Das will ich meinen. Ich bin davon überzeugt, dass du mir eine ganze Menge zu berichten hast. Bringt uns Wein und etwas Braten«, rief er dem an der Tür stehenden Diener zu, der die Begrüßung von Vater und Sohn neugierig beobachtet hatte.

Dann zog der Graf de Forez Robert zu mehreren Sesseln, die direkt vor dem Kamin standen, und forderte die beiden Männer am Fenster auf, sich zu ihnen zu setzen. Der Forstaufseher verließ den Saal, der im Gegensatz zu dem von Coucy eher klein und fast schon gemütlich wirkte, obwohl er sehr sparsam eingerichtet war. Abgesehen von einem Schreibpult und der Sitzgruppe am Kamin gab es nur noch eine große Tafel, die zu den Mahlzeiten genutzt wurde und wenn Gäste da waren.

Die Wände waren mit einigen kleineren Wandteppichen geschmückt, zwischen denen wiederum große eiserne Kerzenleuchter angebracht worden waren.

»Das hier sind Hugo und Raimund, die Söhne des Herzogs von Burgund, zwei frischgebackene Ritter, die soeben ihre Schwertleite erhalten haben und die ich ebenso sehr schätze wie ihren Vater«, stellte er die beiden Ritter vor.

Er wandte sich an Robert und legte ihm die Hand auf die Schulter.

»Das ist mein Sohn Robert, der auf der Flucht vor dem Bischof von Bourges ausgerechnet diesem größenwahnsinnigen Enguerrand von Coucy in die Hände gefallen ist.«

Sein Gesicht wurde ernst.

»Warum hast du dich nicht an mich gewandt, deine Mutter und ich waren sehr besorgt, als wir die Nachricht von deiner Flucht erhielten. Wir haben es von deinem Freund Bernard erfahren, der uns eine Nachricht zukommen ließ, in der er uns mitgeteilt hat, dass du dich in Schwierigkeiten befindest. Ich bin sofort nach Bourges geritten und habe dort mit ihm gesprochen. Er war es auch, der uns von dem Mord an dem Mönch berichtet hat.

Danach habe ich noch den Bischof aufgesucht, einen undurchsichtigen Mann, den ich für sehr gefährlich halte. Obwohl er sehr beschäftigt tat, hatte ich die ganze Zeit über das Gefühl, dass er etwas vor mir verbergen wollte. Zwar hat er euch nicht direkt verdächtigt, etwas mit dem Mord an dem Mönch zu tun zu haben, aber erst vor zwei Tagen war ein Dominikanermönch im Auftrag der Heiligen Inquisition hier auf der Burg und hat nach dir gefragt. Er hat mir nicht gesagt, worum es geht, doch ich bin mir sicher, dass er nichts Gutes im Schilde führt.«

»Ihr habt recht, Vater. Radulfus ist nicht nur gefährlich, sondern auch noch ein Mörder. Er war es, der Bruder Gregor und auch die arme Constance ermordet hat. Doch das ist es nicht, worüber ich mit Euch sprechen wollte.« Abrupt wechselte Robert das Thema:

»Ich möchte Euch bitten, meine Verlobung zu lösen, ich kann Philippa nicht heiraten.«

Guido de Forez runzelte unwillig die Stirn.

»Wie stellst du dir das vor? Der Graf von Ponthieu war außer sich, als er von deinem Verschwinden erfuhr. Und es war weder einfach, ihn wieder zu beruhigen, noch ist es mir leichtgefallen, das Lösegeld für dich aufzubringen, nachdem diese Horde von Verrückten durch unser Land gezogen ist und dabei alles und jeden, der ihnen in die Hände gefallen ist, restlos ausgeplündert hat. Ich kann deinem Wunsch nicht entsprechen.

Ohne den Grafen hätte ich es nur schwerlich geschafft, dich auszulösen. Er war derjenige, der den größten Teil des Lösegelds für dich entrichtet hat. Wir stehen tief in seiner Schuld und sind ihm zu großem Dank verpflichtet.«

Robert war bei den Worten seines Vaters blass geworden.

Unter diesen Umständen war es unmöglich, die Verlobung zu lösen.

Guido de Forez sah seinem Sohn fest in die Augen.

»Ich habe ihm mein Wort gegeben, dass die Hochzeit stattfindet, sobald wir dich gefunden haben. Die Verbindung zwischen unseren Familien dient dazu, die Grafschaft Forez und damit auch dein Erbe zu sichern. Wir brauchen den Grafen von Ponthieu als Verbündeten und können es uns nicht leisten, ihn als Feind zu haben.«

Die ganze Zeit über hatte er Robert nicht aus den Augen gelassen.

»Ich würde gerne wissen, aus welchem Grund du die Verlobung lösen willst. Philippa ist eine schöne junge Frau und bringt zudem eine überaus große Mitgift mit in die Ehe.« Doch Philippas Erwähnung machte es für Robert nicht besser, der dabei unwillkürlich an Marie denken musste, wobei ein verträumter Ausdruck in seine Augen trat, der dem Grafen nicht entging.

Er ist also verliebt, dachte er bei sich, und sein Verdacht wurde gleich darauf von Robert bestätigt: »Ich habe in Bourges ein Mädchen kennengelernt. Sie ist die Tochter eines wohlhabenden Tuchhändlers und vermag mit einem Blick ihrer Augen Kranke zu heilen. Radulfus hat sie in einem geheimen Verlies unter der Kathedrale gefangen gehalten, weil er ihre Heilkräfte für seine finsteren Machenschaften nutzen wollte. Mit Bruder Gregors und Bernards Hilfe konnte ich sie zwar befreien, doch Bruder Gregor musste deswegen sein Leben lassen und wir sofort die Stadt verlassen. Wir sind durch einen unterirdischen Gang geflohen. Ich wollte zu Mutters Bruder nach Flandern und Euch von dort eine Nachricht zukommen lassen, weil ich befürchtet habe, dass der Bischof uns hier zuerst vermuten würde.

Doch dann hat uns der Jagdaufseher des Herrn von Coucy beim Verzehren einiger Fische aus dessen Bach erwischt und uns auf Enguerrands Burg verschleppt. Wir sollten unsere Schulden abarbeiten, aber Enguerrand, der ebenfalls von Maries Heilkräften erfahren hat, ist nicht bereit, sie gehen zu lassen.«

Seine Stimme klang entschlossen, als er fortfuhr:

»Ich habe es allein ihr zu verdanken, dass ich hier bin, und werde nicht zulassen, dass sie ihr Leben auf der Burg dieses machtbesessenen und grausamen Fürsten verbringen muss.«

Erregt sprang er auf.

»Ich habe ihr mein Wort gegeben, sie mit meinem Leben zu schützen.«

Der Graf war dem Ausbruch seines Sohnes mit Gleichmut gefolgt und sah ihn nun ruhig an.

»Setz dich wieder, und lass uns in Ruhe weiterreden.«

Wortlos befolgte Robert die Aufforderung seines Vaters.

»Ich liebe sie, Vater, und ich möchte, dass sie meine Frau wird«, sagte er leidenschaftlich.

Der Graf wurde ernst.

»Die einzige Liebe, die dich jemals beherrschen darf, ist die Liebe zu Gott. Ein Mann heiratet nur selten die Frau, zu der es ihn hinzieht. Und umgekehrt. Eine solche Ehe kommt höchstens beim einfachen Volk vor, und deine Abstammung bringt nun einmal gewisse Verpflichtungen mit sich, denen du dich nicht ohne Weiteres entziehen kannst.

Das heißt aber noch lange nicht, dass du auf deine Marie verzichten musst. Du kannst das Mädchen nach der Hochzeit immer noch auf die Burg holen, als Gesellschafterin für Philippa«, schlug er seinem Sohn augenzwinkernd vor.

Hugo und Raimund grinsten anzüglich.

Ihr Grinsen erstarb allerdings sofort, als sie Roberts abweisendes und gleichzeitig fassungsloses Gesicht sahen.

Marie hatte es gewusst. Und sie hatte recht behalten, während er sich geweigert hatte, den Tatsachen ins Auge zu sehen.

Plötzlich fühlte er sich wie ein dummer Junge, und die Scham darüber ließ ihm die Röte ins Gesicht steigen. Das erste Mal, seitdem er Marie kannte, stiegen Zweifel in ihm auf. Für ihn hatte stets festgestanden, dass sie zusammenbleiben würden, weil er sich ein Leben ohne Marie einfach nicht vorstellen konnte. Doch woher wusste er, dass es ihr genauso erging? War es möglich, dass sie ihm ihr Versprechen, ihn zu heiraten, nur gegeben hatte, um ihn zu beruhigen?

Er sah wieder ihr Gesicht vor sich, nachdem sie die Nacht gemeinsam im Stall verbracht hatten.

»Es ist so schön, dass ich mir wünsche, Ihr würdet niemals damit aufhören, mich zu küssen«, hatte sie mit glänzenden Augen und voller Unschuld gesagt und dann über den Tod Ottos getrauert, obwohl diese Ratte es mehr als verdient hatte, gehängt zu werden.

Marie war so sanft und zart, trotzdem besaß sie eine erstaunliche Stärke. Nicht einmal Enguerrand war es gelungen, sie zu bezwingen.

Nein, das Schicksal konnte es nicht so grausam mit ihm meinen und ihm das nehmen, was er im Leben am meisten liebte.

Robert erhob sich und entschuldigte sich damit, seine Mutter begrüßen zu müssen. Doch das war nur die halbe Wahrheit. Tatsächlich brauchte er jetzt jemanden, mit dem er über Marie reden konnte, und dazu war niemand besser geeignet als seine Mutter, zu der er schon immer mit all seinen Sorgen und Nöten gekommen war. Ob sie ihn auch dieses Mal verstehen würde? Ein Duft nach Blumen und feinem Kerzenwachs schlug Robert entgegen, als er die Kemenate seiner Mutter betrat, und erinnerte ihn an seine Kindheit. Die Gräfin saß in ihrem Lehnstuhl und stickte gerade an einem neuen Altartuch für die kleine Burgkapelle.

Als sie Robert in der Tür stehen sah, legte sie ihre Näharbeit sofort beiseite und streckte ihm auffordernd die Arme entgegen.

Robert stürzte auf sie zu und umarmte sie heftig. Wie lange war es her, dass ihre weichen Arme ihn zuletzt umfangen und ihre liebevolle Zärtlichkeit ihn getröstet hatte?

Verstohlen wischte er sich die Tränen fort, die ihm vor lauter Rührung in die Augen gestiegen waren.

Seine Mutter war noch immer eine schöne und stolze Frau. Die silbernen Strähnen in ihrem dunkelblonden Haar taten ihrer Schönheit ebenso wenig Abbruch wie die vielen kleinen Fältchen, die sich in einem feinen Geflecht um ihre Augen zogen.

Beglückt strahlte sie ihren Sohn an und drückte ihn mehrmals innig an ihre Brust.

»Es ist schön, dich gesund wiederzusehen, Robert«, meinte sie schließlich. »Ich konnte den Gedanken, dich auch noch zu verlieren, einfach nicht ertragen und habe Gott jeden Tag angefleht, dich zu beschützen.«

Ihre hohe Stirn umwölkte sich, und Robert wusste, dass sie an seine jüngste Schwester Sophie dachte, die das Fieber vor vier Jahren unverhofft aus ihrer Mitte gerissen hatte. Sie alle hatten das temperamentvolle kleine Mädchen geliebt, das wie ein Wirbelwind durchs Leben gefegt und jeden mit ihrer überschäumenden Lebensfreude und Neugier angesteckt hatte.

Wäre Marie damals hier gewesen, würde sie heute noch leben, dachte Robert wehmütig.

Als würde sie genau wissen, was in diesem Moment in ihm vorging, nahm Mathilde nunmehr Roberts Hände in die ihren und drückte sie fest. Tatsächlich spürte sie jedoch, dass neben dem Tod seiner Schwester auch noch etwas anderes auf Roberts Seele lastete.

»Erzähle mir, was geschehen ist«, forderte sie ihn sanft auf.

Und Robert erzählte ihr von Marie, wie er sie in der Kathedrale kennengelernt hatte, von der Begegnung mit König Ludwig und auch von Radulfus.

Er ließ nichts aus und wartete, nachdem er geendet hatte, stumm auf das Urteil seiner Mutter. Als diese jedoch schwieg, brach sein ganzes Elend in einem einzigen, bittenden Satz aus ihm heraus:

»Ich liebe Marie mehr als mein Leben und würde alles dafür geben, Philippa nicht heiraten zu müssen.«

Mathilda wurde ernst.

»Das Leben ist manchmal grausam, und es ist oftmals nicht möglich, seinem vorgesehenen Schicksal zu entgehen. Ich weiß, dass du lieber etwas anderes von mir hören möchtest, aber so gern ich dich auch glücklich sehen würde, sehe ich doch keine Möglichkeit, dir zu helfen.«

Sie zog ihn näher zu sich heran und streichelte ihm zärtlich über die Haare.

»Aber wenn ich dir schon nicht helfen kann, möchte ich

dir wenigstens einen Rat geben. Geh in die Kapelle und bete zu Gott. Er ist der Einzige, der etwas für dich tun kann, und ich bin sicher, dass Er deine Gebete erhören wird.«

Sie schenkte ihm ein aufmunterndes Lächeln.

»Das Schicksal ist kein Feind, gegen den man ankämpfen kann. Hadere also nicht mit ihm, sonst wirst du nur unglücklich und verzweifelt werden. Stattdessen darfst du die Hoffnung niemals aufgeben, denn sie ist es, die uns alle Missstände in diesem Leben ertragen lässt.«

Drei Monate später fand die Hochzeit wie geplant statt.

Verwandte Fürsten und Grafen trafen mitsamt ihrem Gefolge schon mehrere Tage vorher auf der Burg ein, darunter die Grafen von Nevers, Auxerre und Tonnerre. Ihnen folgten die befreundeten Adelsfamilien, und auch Bernard ließ es sich nicht nehmen, an diesem Tag mit dabei zu sein.

Er hatte soeben sein Trivium beendet und konnte es kaum noch erwarten, seine Schwertleite zu erhalten, um endlich an den überall im Land stattfindenden Turnieren teilnehmen zu können. Seine jungenhaften Züge waren männlicher geworden, und er sah noch besser aus, als Robert ihn in Erinnerung hatte.

Die Blicke der Frauen folgten ihm, als er vom Pferd sprang und auf Robert zulief, um ihn zu begrüßen. Lachend fiel er dem Freund um den Hals und zog ihn dann sogleich energisch zu einem Mauervorsprung im hinteren Teil des Innenhofes.

»Ich konnte es kaum erwarten, Euch wiederzusehen«, sprudelte es aus ihm heraus. »Jetzt erzählt schon. Wie ist es Euch ergangen, und wo ist Marie? Radulfus hat getobt, als er Eure Flucht entdeckt hat, und natürlich auch mich verdächtigt, etwas damit zu tun gehabt zu haben.«

Die Erinnerung daran ließ ihn zufrieden und voller Stolz grinsen.

»Zum Glück ist mir damals in der Kathedrale jedoch noch rechtzeitig eingefallen, dass uns die Novizen zuvor zusammen gesehen hatten. Deshalb bin ich gleich nach unserem Abenteuer über die Mauer geklettert und in meine Schenke gegangen. Und so haben der Wirt und einige andere Gäste am nächsten Tag bezeugt, dass ich den ganzen Abend im Wirtshaus verbracht habe, und Radulfus konnte mir nichts anhaben.« Er versetzte Robert einen leichten Stoß.

»Jetzt macht es nicht so spannend. Ich will alles wissen und werde erst Ruhe geben, wenn Ihr mir alles erzählt habt.«

Robert musste lachen, obwohl ihm wirklich nicht danach zumute war. Aber es tat gut, den Freund aus seiner Studienzeit wiederzusehen. War es tatsächlich erst ein Jahr her, seitdem sie Marie aus dem Kerker des Bischofs befreit und aus Bourges geflohen waren?

Vielleicht würde ihm Bernard ja ein zweites Mal helfen und hätte eine Idee, wie sie Marie aus den Händen des Herrn von Coucy befreien konnten.

Er räusperte sich und erzählte Bernard alles, was seit ihrer Trennung geschehen war.

»Marie befindet sich immer noch auf der Burg von Coucy, und ich werde in zwei Tagen Philippa heiraten müssen, weil der Vater meiner Braut das Lösegeld für meine Freilassung gezahlt hat.« Seine Stirn legte sich dabei in tiefe Falten.

»Ich würde alles tun, um Marie zu befreien, ich liebe sie und habe das Gefühl, dass ein Teil von mir bei ihr geblieben ist. Ich fühle mich, als wäre ich nur noch ein halber Mensch. Ach, es ist alles so hoffnungslos«, winkte er zuletzt mit einer Geste seiner Hand ab und begann auf und ab zu gehen.

»Oder wisst Ihr etwas, das ich tun könnte und bislang noch nicht versucht habe?«

Bernard hatte voller Spannung Roberts Worten gelauscht und ihn, entgegen seiner sonstigen Art, kein einziges Mal unterbrochen.

»Ich werde darüber nachdenken«, versprach er voller Ernst. »Doch ihr müsst mir ein wenig Zeit lassen, die ganze Geschichte scheint mir tatsächlich ziemlich kompliziert zu sein.«

Tröstend legte er seinen Arm um Roberts Schulter.

»Uns wird schon etwas einfallen. In jedem Fall wäre es aber wichtig, eine Vertrauensperson auf der Burg zu haben, die Euch auf dem Laufenden hält. Denn aufgrund Eurer Schilderung sehe ich nur eine Chance, um Marie zu befreien: Es muss zu einer Zeit geschehen, in der sich Enguerrand gerade nicht auf der Burg befindet. Nur dann hätte man genügend Zeit, um Marie in Sicherheit zu bringen. Aber wenn dieser Enguerrand so streitlustig ist, wie Ihr behauptet, wird die nächste Fehde mit einem seiner Nachbarn wohl nicht lange auf sich warten lassen.

Doch wie wollt Ihr die Reise Eurem Vater erklären? Immerhin werdet Ihr dann schon verheiratet sein, und Euer Vater, Eure Frau und Euer zukünftiger Schwiegervater, denen gegenüber Ihr Verpflichtungen habt, werden nicht sehr begeistert sein, wenn Ihr Euch aus diesem Grund auf und davon macht.«

Roberts Miene hatte sich bei Bernards letzten Worten zusehends verdüstert, und Bernard beeilte sich nun, ihn zu beruhigen, indem er schnell wieder auf Enguerrand zu sprechen kam.

»Seht es doch einmal so, dass die hohen Sicherheitsvorkehrungen dieses Tyrannen auch etwas Gutes haben. Denn genauso wenig, wie es jemandem gelingt, von der Burg zu fliehen, gelingt es ihm auch, dort hineinzukommen. Jedenfalls ist Marie so lange vor Radulfus sicher, wie sie sich auf der Festung befindet. Denn der wird, sobald er merkt, dass Otto nicht mehr zurückkehren wird, neue Wege suchen, um an sie heranzukommen. Ich glaube jedenfalls nicht, dass er so schnell aufgeben wird.«

Bernard erhob sich.

»Lasst uns einen Becher Wein trinken, das hebt die Stimmung. Außerdem ist meine Kehle schon ganz trocken, und mit trockener Kehle kann ich nicht denken.«

Die Unbekümmertheit seines Freundes machte Robert neuen Mut. Und während er Bernard in den Saal folgte, der mit lauter lachenden und trinkenden Menschen gefüllt war, grübelte er bereits darüber nach, wer von den Burgbewohnern als Informant für sie in Frage kommen würde.

Gilles konnte genauso wenig lesen und schreiben wie der Stallmeister, und wem sonst konnte er auf der Burg noch trauen? Bernard unterbrach seine Überlegungen.

»Jetzt hört auf, so griesgrämig in Euren Becher zu starren, und lasst uns lieber unser Wiedersehen feiern.« Er beugte sich zu Robert hinüber und legte ihm vertraulich den Arm um die Schulter.

»Ich habe gehört, dass Eure Braut wunderschön sein soll, und bin schon ganz gespannt darauf, sie morgen zu sehen.«

Philippa war ohne jeden Zweifel eine außergewöhnlich schöne Braut.

Sie trug ein rotes, golddurchwirktes Gewand, das an den Ärmeln und am Mieder überreich mit den gleichen Perlen besetzt war, die auch die Brautkrone verzierten. Goldene Locken fielen ihr aus der kunstvoll hochgesteckten Frisur bis auf die Schultern herab und umrahmten ihr schmales Gesicht. Sie war klein und zierlich, und Robert überragte sie um Haupteslänge.

Als Robert ihr in die tiefblauen, leicht schräg stehenden Augen sah, versetzte ihm ihr Anblick jedoch unwillkürlich einen Stich. Eigentlich sollte Marie und nicht Philippa in diesem Moment neben ihm stehen, dachte er traurig, während er seine Braut höflich begrüßte.

Philippa lächelte ihn ein wenig verlegen an. Sie war erst fünfzehn Jahre alt, und man hatte sie ebenso wenig wie Robert gefragt, ob sie mit der Heirat einverstanden war.

Als sie ihren Bräutigam jetzt allerdings zum ersten Mal sah, war sie erleichtert. Sein gut geschnittenes Gesicht strahlte Vertrauen aus, und auch seine ernsthafte Nachdenklichkeit gefiel ihr. Die Heilige Jungfrau hatte ihre flehenden Gebete erhört, und sie war überzeugt davon, einen guten Ehemann zu bekommen.

Nach der Trauung in der Burgkapelle wurde ein großes Festmahl gegeben, das für die Dauer von drei Tagen und Nächten angesetzt worden war.

Schweigend saß Robert neben Philippa und trank aus Verzweiflung einen Becher Wein nach dem anderen. Immer wieder sah er Marie vor sich, und die bevorstehende Hochzeitsnacht kam ihm wie ein Verrat an ihr vor.

Gegen Mitternacht blieb ihm jedoch nichts anderes übrig, als sich mit Philippa ins Brautgemach zu begeben. Schwankend erhob er sich und stützte sich unter dem lauten Beifall der Gäste auf einen Diener, der ihn und Philippa die Treppe des Wohnturmes hoch und bis in ihr Gemach begleitete.

Der Diener half ihm auch noch beim Auskleiden und zog sich dann zurück.

Schließlich war er mit Philippa allein.

Verlegen starrte sie auf das breite, mit einem roten Baldachin umspannte Bett, das von nun an ihre gemeinsame Schlafstätte sein würde.

»Ich gefalle Euch nicht«, bemerkte sie mit gesenktem Blick. Ihre Stimme klang so verzagt, dass Robert nicht anders konnte, als sie zu trösten: »Es hat nichts mit Euch zu tun. Ihr seid wunderschön, und ich verspreche Euch, dass ich mich bemühen werde, Euch ein guter Ehemann zu sein«, versprach er ihr.

»Auch ich werde mich bemühen, Euch eine gute Ehefrau zu sein«, erwiderte Philippa voller Ernst und bot ihm darauf ihren Mund zum Kuss.

Robert hielt sein Wort. In den nächsten Tagen verhielt er sich Philippa gegenüber höflich und respektvoll, ging ihr ansonsten aber aus dem Weg, wann immer er konnte.

Nach der Hochzeitsnacht hatte er sie nie wieder berührt. Er tat alles, was man von ihm verlangte, darüber hinaus vergrub er sich jedoch jede freie Minute in seine Studien.

Die Scham darüber, sein Marie gegebenes Wort gebrochen zu haben, belastete ihn schwer, und so suchte er jeden Morgen die Kapelle auf und flehte Gott an, ihm zu helfen.

Er konnte es kaum erwarten, mit Bernard endlich nach Coucy reiten zu können, doch sein Vater hielt ihn immer wieder zurück und betraute ihn mit einer neuen Aufgabe nach der anderen. Seit dem Überfall der »Hirten Gottes« gab es in den Ländereien Unruhen unter den leibeigenen Bauern und Knechten, die von den Bettelmönchen nachträglich noch geschürt wurden. Kalte Wut packte Guido de Forez jedes Mal von Neuem, wenn er auf verstopfte Gräben und geborstene Zäune stieß, und die leeren, halb verfallenen Kuhställe erregten seinen Zorn ebenso wie die verwahrlosten Weiden und leer stehenden Dörfer. Normalerweise konnte die Grafschaft ihre Einwohner problemlos ernähren und war darüber hinaus sogar noch in der Lage, einen satten Überschuss zu erwirtschaften. Dass sich seine Ländereien derzeit in weiten Teilen in einem solch schlechten Zustand befanden, hatte er allein den Hirten zu verdanken, die mit ihrer verfluchten Irrlehre die Leute angezogen hatten wie Dreck die Fliegen. Er konnte es einfach nicht begreifen.

Da besaßen sie Arbeit und genügend Essen, um satt zu werden, und hatten dennoch – ohne weiter darüber nachzudenken – all ihr Hab und Gut zurückgelassen, manche sogar ihre Frauen und Kinder.

Jedenfalls hatte Guido de Forez alle Hände voll damit zu tun, wieder Ruhe und Ordnung in die Grafschaft einziehen zu lassen, und war daher nicht bereit, auf Roberts Unterstützung zu verzichten.

Robert war sein einziger Sohn und seine ganze Hoffnung, und insgeheim hatte er beschlossen, ihn erst dann gehen zu lassen, wenn Philippa ihm einen Enkel geboren hatte.

Mit eiserner Hand unterdrückte er die immer wieder aufflackernden Aufstände, bestrafte die Aufrührer mit voller Härte und linderte die gröbste Not unter den Hungernden.

Doch bald schon drohte ihnen eine neue Gefahr, die von einer Horde von Raubrittern ausging, die sich zusammengetan hatten, um reisende Kaufleute zu plündern und abgelegene Burgen zu überfallen.

Guido de Forez ließ auf diese Nachricht hin zur Vorsicht die Wachen verstärken, obwohl er sich nicht vorstellen konnte, dass die Ritter es tatsächlich wagen würden, die gut befestigte Burg anzugreifen.

Auch Robert wurde zum Wachdienst auf einem der Türme der Burg eingeteilt. Dort setzte er sich genau wie die beiden anderen Wachen mit dem Rücken zur Wand auf den Boden und hing seinen Gedanken nach.

Durch die Zinnen des Wachturms sah er zwei Bauern mit ihren vollbepackten Wagen auf die Burg zufahren, ansonsten war alles ruhig. Die beiden Wachen hatten sich zum Schutz gegen den scharfen Wind fest in ihre wollenen Umhänge gehüllt und unterhielten sich leise.

Robert hatte seinerseits die Arme vor der Brust verschränkt und dachte an Marie, bis er Schritte auf den Stufen vernahm und gleich darauf hörte, wie sein Name gerufen wurde. Er blickte auf und sah Philippa, die mit freundlichem Lächeln und einer dampfenden Schüssel in den Händen auf ihn zukam.

Sie trug ein scharlachfarbenes Gewand, das sich leuchtend von der grauen Farbe des Himmels über ihnen abhob. Kurz bevor ihr der Gedanke gekommen war, ihrem Mann das Essen auf den Turm zu bringen, hatte sie noch mit Roberts Mutter gesprochen und sich ihren ganzen Kummer von der Seele geredet.

Mathilda hatte sie zu trösten versucht.

»Ihr müsst ihm Zeit lassen. Robert ist ein guter Mann. Irgendwann wird seine Trauer nachlassen, und er wird sich Euch zuwenden.«

»Bitte sagt mir, was es ist, das ihn so bedrückt, oder liegt es etwa an mir?« Dabei hatte sie Mathilda direkt in die Augen gesehen, doch die war ihrem Blick ausgewichen.

»Es liegt nicht an Euch«, beruhigte sie ihre Schwiegertochter.

»Ich bin sicher, dass er Euch eines Tages alles erzählen wird, doch bis dahin müsst Ihr Euch in Geduld üben. Ihr seid noch jung und habt noch viele gemeinsame Jahre vor Euch.«

Sie war Philippa zugetan und bedauerte zutiefst, dass sich Robert ihr gegenüber so abweisend verhielt. Doch auch ihr und seinem Vater gegenüber hatte er sich verschlossen. Und obwohl kein Wort der Klage über seine Lippen kam, sprachen sein Verhalten und sein Tun eine deutliche Sprache und verrieten Mathilda, dass ihr Sohn auf der elterlichen Burg nicht glücklich war.

Philippa sah sie an und hoffte, noch einen weiteren Rat von ihr zu erhalten, doch die Gräfin beugte sich schweigend wieder über ihre Stickarbeit.

Und so verließ Philippa die Gemächer der Gräfin wieder und begab sich in die Küche, wo sie etwas Suppe holte, die sie anschließend zu Robert auf den Turm bringen wollte. Trotz der Enttäuschung, die in ihr wohnte, seitdem sie verheiratet war, hatten ihr Mathildas Worte neuen Mut gemacht, denn sie liebte ihren Mann und war bereit, alles dafür zu tun, um ihn doch noch für sich zu gewinnen.

Als sie die Plattform des Turmes betrat und Robert ihr mit einem kleinen, wenn auch erstaunten Lächeln entgegensah, war sie so glücklich, dass sie dem seltsamen schwirrenden Geräusch in der Luft gar keine Beachtung schenkte. Sie eilte auf ihn zu, und noch ehe Robert sie warnen konnte, traf sie bereits ein langer, gefiederter Pfeil mitten in die Brust.

Sie blieb wie angewurzelt stehen, und ihre Augen weiteten sich eine Sekunde lang erstaunt, dann entglitt die Schüssel ihren Händen, und sie sank lautlos zu Boden. Die beiden Wachen sprangen auf und griffen sofort nach ihren Bogen, während Robert noch immer entsetzt auf Philippa starrte, aus deren Mundwinkel ein kleiner Blutstrom zu rinnen begann. Ihr Gesicht hatte alle Farbe verloren. Sie sah ihn an, und ihr Mund öffnete sich leicht.

»Ich liebe Euch.« Sie sprach so leise, dass Robert sein Ohr ganz dicht an ihren Mund halten musste, um ihre Worte verstehen zu können.

»Ich werde Euch immer lieben.« Sie hielt inne und hustete. Ein Blutschwall kam aus ihrem Mund, und sie begann zu röcheln. Nur wenig später sank ihr Kopf zur Seite, und sie reagierte nicht mehr, als Robert sie beim Namen rief. Verzweifelt tastete Robert nach ihrem Puls und hörte nach ihrem Atem und dem Schlag ihres Herzens, konnte aber kein Lebenszeichen mehr feststellen. Philippa war tot.

Da erklangen unter ihnen laute Schreie, begleitet vom metallenen Klang aufeinanderprallender Schwerter. Die Kampfgeräusche wurden lauter.

»Zu den Waffen, sofort, die Burg wird angegriffen«, brüllte jemand.

Und schon hagelte eine Wolke aus Pfeilen auf sie nieder und verletzte eine der Wachen. Schritte wurden laut, als weitere Wachen auf den Turm gestürmt kamen, um den Feind mit einem Pfeilhagel von oben einzudecken und damit in die Defensive zu treiben. Robert rannte die Treppe hinunter. Er war so sehr geschockt, dass er nur langsam erfasste, was um ihn herum vorging und dass die Burg tatsächlich angegriffen worden war.

Hugo stand vor ihm, die Haare klebten ihm wirr am Kopf, und in seiner Hand hielt er ein blutiges Schwert.

»Diese feigen Hunde haben sich als Bauern getarnt, um in die Burg zu gelangen, während sich die anderen Ritter unter dem Stroh auf ihrem Wagen verborgen haben. Sie haben die Wächter im Torhaus überwältigt und Euren Vater vor den Ställen getötet.«

Das war zu viel für Robert. Philippa und sein Vater tot! Er wusste später nicht mehr, wie alles gekommen und was in diesem Moment wirklich mit ihm geschehen war. Aber er riss Hugo das Schwert aus der Hand und stürmte in den Innenhof, wo immer noch verbissen gekämpft wurde. Mit kalter Wut und gezielten Schwerthieben schlug er zwei der Raubritter nieder. Dann rannte er zum Torhaus, wo er beinahe über eine der toten Wachen gestolpert wäre, und zog entschlossen die Zugbrücke nach oben. Keiner dieser hinterhältigen Raubritter sollte entfliehen und die Burg lebend verlassen können.

Anschließend lief er wieder zurück und kämpfte Seite an Seite mit Hugo und Raimund. Ein kräftiger Ritter mit schwarzen Haaren hieb mit seinem Schwert auf ihn ein. Doch Robert wehrte seinen Angriff geschickt ab und stieß gleichzeitig mit seiner Schwerthand zu. Der Ritter bot all seine Geschicklichkeit auf, um ihm auszuweichen, war jedoch nicht schnell genug, und so traf ihn Roberts Schwert mit aller Wucht an der Schulter und brachte ihn zu Fall. Als er am Boden lag, versetzte ihm Raimund einen tödlichen Hieb ins Herz, bevor er sich dem nächsten Angreifer zuwandte. Verbissen schlugen sie einen Feind nach dem anderen nieder.

Als die Hitze des Kampfes sich allmählich legte, kam Robert langsam wieder zu sich. Dennoch fühlte er sich noch immer benommen, vollkommen erschöpft und wie ausgelaugt. Er zählte die in ihrem Blut auf dem Steinboden liegenden Toten nicht, sondern lief sofort zu den Ställen, wo er seine Mutter, umringt von ihren Zofen, weinend über seinen Vater gebeugt fand. Er nahm sie tröstend in den Arm, obwohl ihm selbst nach Weinen zumute war.

»Philippa ist ebenfalls tot«, sagte er leise. »Sie wurde von einem Pfeil getroffen, als sie mir das Essen bringen wollte.«

Die Gräfin sah ihn tränenüberströmt an.

»Sie hat Euch geliebt, und ich hatte ihr so sehr gewünscht, dass sie glücklich mit Euch werden möge.«

Ein stummer Vorwurf lag in ihrem Blick.

Robert wandte sich ab und stieg die Treppe zum Turm hinauf. Der Feind war geschlagen, und der Rest der Raubritter, der nicht in die Burg eingedrungen war, sondern draußen auf freiem Feld auf seinen Einsatz gewartet hatte, hatte sich zur Flucht gewendet, als offensichtlich geworden war, dass die Einnahme der Burg fehlgeschlagen war. Von oben sah er, dass sich Hugo und Raimund, begleitet von ihren Knappen und den Wachen, bereit machten, die Verfolgung aufzunehmen.

Warum nur, fragte er sich, als er Philippa hochhob und sie auf seinen Armen die Treppe hinuntertrug. Selbst im Tod war sie noch schön, und seine Mutter hatte recht gehabt. Philippa hatte es nicht verdient, dass er sie kaum beachtet und sich so wenig um sie gekümmert hatte. Er allein war an ihrem Unglück schuld, die Ehe mit ihm hatte ihr wahrlich nur Verdruss und zuletzt sogar den Tod gebracht. Und so drückte er ihr einen letzten Kuss auf die Lippen.

»Bitte verzeiht mir, wenn Ihr könnt. Das, was geschehen ist, habe ich nicht gewollt.«

Philippa wurde neben Guido de Forez in der Kapelle aufgebahrt.

Seit dem Tod des Grafen herrschte eine drückende Atmosphäre auf der Burg, und Robert spürte zunehmend die Erwartungen, die in ihn als den einzigen ehelichen Sohn und Nachfolger des Grafen gesetzt wurden. Sein Vater war bei seinen Untergegebenen äußerst beliebt gewesen und hatte mit strenger, aber gerechter Hand geherrscht. Nun hofften alle, dass Robert das Geschick der Grafschaft und damit auch das seiner Bewohner mit ebenso glücklicher Hand lenken würde.

Unmittelbar nach dem Begräbnis kamen Hugo und Raimund zu Robert, um sich von ihm zu verabschieden, doch er bat sie darum, noch eine Weile auf der Burg zu bleiben. Sein Vater hatte sich in seinem Urteil über die beiden Ritter nicht geirrt. Beide hatten sich tapfer geschlagen und überaus ehrenvoll gekämpft, und Robert wusste sehr wohl, dass der Überfall einen anderen Ausgang genommen hätte, wären sie nicht an seiner Seite gewesen.

Vor allem der dunkelhaarige Hugo erinnerte ihn in seiner Unbekümmertheit an seinen Freund Bernard.

»Im Namen meines Vaters möchte ich Euch bitten hierzubleiben, bis ich mich in meine neuen Aufgaben eingefunden habe und ihnen gerecht werden kann.«

Die Brüder erklärten sich sofort einverstanden, zumal die Turniersaison schon fast vorbei war und es auf einige Monate mehr nun auch nicht mehr ankam.

Und so ritt Robert in den darauf folgenden Tagen, begleitet von Hugo und Raimund, die Grafschaft ab, um sich ein genaueres Bild von den Leibeigenen sowie seinen Ländereien machen zu können. Guido de Forez hatte seinen Leuten stets genügend zum Leben gelassen und sie nicht bis aufs Blut ausgepresst, wie es im Gegensatz zu ihm viele andere Adlige im Land taten. Wenn einer der Bauern unverschuldet in eine Notlage gekommen war, hatte er ihm geholfen, doch sobald jemand versucht hatte, seine Gutmütigkeit auszunutzen, hatte er ihn mit harter Hand bestraft.

Der Herbst ging ins Land, und im darauf folgenden Winter erkrankte die Gräfin so schwer, dass alle mit dem Schlimmsten rechneten. Doch Mathilda erholte sich wieder, wenn auch nur langsam. Robert besuchte sie während ihres

Krankenlagers, so oft es seine Zeit erlaubte, und fast jedes Mal erzählte er ihr dabei von Marie und ihren wundersamen Heilkräften.

»Ich würde sie gerne kennenlernen«, meinte Mathilda und machte Robert damit eine riesige Freude.

»Das werdet Ihr«, versprach er voller Überzeugung. »Gleich nächstes Frühjahr werde ich mit Bernard nach Coucy reiten, und mit Gottes Hilfe wird es mir gelingen, sie von dort wegzuholen.«

38

Marie schenkte der Zeit, die vorüberging, keine Beachtung. Die Jahreszeiten, die genauso rasch wechselten wie die Frauen an Enguerrands Seite, waren für sie nicht von Bedeutung.

Was für sie zählte, waren allein die Kranken, um die sie sich unentwegt kümmerte, und die wenigen Minuten, die sie im stummen Gebet in der Kapelle verbringen konnte. Und Robert. Jeden Abend, wenn sie sich zum Schlafen hinlegte, schickte sie ihre Gedanken zu ihm auf die Reise, und jedes Mal wurde sie von brennender Sehnsucht nach ihm erfüllt. Aber stets war sie sich sicher, dass er eines Tages zurückkommen würde, um sie zu holen, und allein dieser Gedanke bewirkte, dass ihr nichts und niemand etwas anhaben konnte.

Adiva war von ihrem Ritter verlassen worden und hatte sich in Berthold verliebt, einen verarmten Ritter, der ihr versprochen hatte, gleich nach der Turniersaison Enguerrands Erlaubnis einzuholen, sie zu heiraten. Als Drittgeborener hatte er zwar keinen Anspruch auf die Burg und die Ländereien seines Vaters, aber sein Auskommen war gesichert, nachdem ihn Enguerrand in seine Dienste aufgenommen hatte und er sich als einer seiner besten Ritter und Schwertkämpfer einen Namen gemacht hatte.

Die Narbe, die sich quer über sein sommersprossiges, rundes Gesicht zog, störte Adiva nicht. Für sie war nicht wichtig, wie er aussah, sondern, dass er stets freundlich zu ihr war und sie zum Lachen brachte. Dafür liebte sie ihn und war ihrerseits dazu bereit, alles zu tun, um ihn glücklich zu machen. Sie selbst war so selig, dass sie ihr Glück unbedingt mit Marie teilen wollte.

»Glaubst du wirklich, dass dein Robert noch kommen wird, um dich zu holen?«, fragte sie Marie eines Tages beim Gemüseschneiden.

Marie nickte voller Überzeugung.

»Wenn es Gottes Wille ist, dass wir uns wiedersehen, wird er kommen.«

Als sie weitersprach, glitt jedoch ein Schatten über ihr Gesicht.

»Er wollte seinen Vater bitten, die Verlobung mit Philippa zu lösen, aber ich bin mir nicht sicher, ob es ihm gelungen ist.« Es war das erste Mal seit langer Zeit, dass sie ihn jemandem gegenüber erwähnte.

Adiva wollte Marie nicht wehtun, aber sie war der Überzeugung, dass ihr endlich jemand die Augen öffnen musste, damit sie aufhörte, auf etwas zu warten, was doch nie eintreten würde. Adiva wusste, dass Marie die Monate, die seit Roberts Abreise vergangen waren, nicht gezählt hatte und dass sie auf ihn wartete, obwohl sie nie wieder etwas von ihm gehört hatte. Doch allmählich wurde es Zeit für sie, zu heiraten, anstatt so lange zu warten, bis sich kein Mann mehr für sie interessieren würde, und damit zu riskieren, den Rest ihres Lebens allein verbringen zu müssen.

»Es könnte ja sein, dass ihm etwas zugestoßen ist«, gab sie vorsichtig zu bedenken.

»Ich bete jeden Tag zu Gott, damit Er ihn beschützt«, erwiderte Marie bestimmt.

»Aber er hätte doch wenigstens eine Nachricht für dich senden können«, entgegnete Adiva, die nicht so schnell bereit war aufzugeben.

»Er wird seine Gründe dafür haben, es nicht getan zu haben. Robert ist anders als die anderen Männer, und wenn er etwas verspricht, hält er es auch.«

Das sah Adiva jedoch ganz anders, und sie verlor langsam die Geduld.

»Nicht doch, Männer sind alle gleich. Aus den Augen, aus dem Sinn. Wenn dein Robert geheiratet hat, wird er dich, falls er überhaupt noch kommt und dich nicht schon längst vergessen hat, höchstens als seine Mätresse auf die Burg holen. Und vorher muss er zudem unseren Herrn davon überzeugen, dich gehen zu lassen, und das wird Enguerrand niemals tun«, stieß sie heftiger hervor, als sie es vorgehabt hatte.

»Hör auf zu träumen und nimm einen von Enguerrands Rittern zu deinem Gemahl. Von Berthold weiß ich, dass der dunkelhaarige Raimund nicht abgeneigt wäre, dich heimzuführen. Er ist von ansehnlicher Gestalt, und wenn er manchmal auch etwas aufbrausend ist, sagt Berthold dennoch, dass man sich auf ihn verlassen kann. Er hat schon einige Turniere gewonnen und besitzt in der Grafschaft Burgund eine kleine Burg, in der er den Winter verbringt. Wenn du erst einmal verheiratet bist, brauchst du auch nicht länger in der Küche zu schuften.«

»Die Arbeit hier macht mir nichts aus«, erwiderte Marie daraufhin nur.

Adiva gab auf. Wenn sich Marie partout nicht helfen lassen wollte, musste sie eben allein sehen, wie sie später zurechtkommen würde. Wütend hackte sie auf den Kohl ein. Sobald sie selbst erst einmal verheiratet wäre, würde sie Marie kaum noch sehen, und der Gedanke daran gefiel ihr ganz und gar nicht. Zwar konnte sie nicht wirklich benennen, was genau sie so zu ihrer Freundin hinzog, aber Marie strahlte eine Wärme aus, die sie vorher nicht gekannt hatte, und wann immer sie bei ihr war, fühlte sie sich auf eine wunderbare Weise geborgen.

Robert war damit beschäftigt, eine Übersicht des Viehbestandes anzulegen und die Bauern jeweils nach der Größe des ihnen zugeteilten Pachtlandes aufzuschreiben. Die Liste sollte ihm dabei helfen, einen genauen Überblick über die Abgaben, die er zu erwarten hatte, zu gewinnen.

Bruno, der schon seinem Vater lange Jahre als Verwalter gedient hatte, half ihm dabei, so gut es seine alten Augen noch zuließen. Er war hager und grau, und immer öfter verschwammen ihm die Buchstaben vor den Augen, weshalb es ihm nur noch bei hellem Tageslicht gelang, sie einigermaßen zu erkennen. Trotzdem war er Robert eine wertvolle Hilfe, da er viele Zahlen aus den vorangegangenen Jahren im Kopf hatte und zudem die meisten Namen der Leibeigenen und Pächter kannte.

Die Liste wuchs und wuchs, und sie kamen gut voran, als plötzlich ein Diener hereinkam und ihnen völlig unerwartet den Dominikanermönch Albertus meldete, der den Herrn de Forez dringend zu sprechen wünschte.

Robert sah überrascht von seiner Pergamentrolle auf.

»Führt ihn in den Saal, und bringt ihm Wein«, befahl er dem Diener.

Dann legte er seine Feder zur Seite und warf Bruno einen kurzen Blick zu.

»Wir machen später weiter«, kündigte er dem Verwalter an und verließ nachdenklich den kleinen Schreibraum, der auch als Empfangsraum für die Bauern und Lieferanten diente. Was konnte der Dominikanermönch nur von ihm wollen, fragte er sich, während er langsam die Stufen zum Wohnturm hinaufstieg.

Als er in den Empfangsraum trat, grüßte ihn Albertus höflich, und seine blauen Augen strahlten Robert beinahe freundschaftlich an. Er trug eine schwarz gefärbte Kutte und ein schlichtes Silberkreuz.

»Ich hatte eigentlich erwartet, Euren Vater zu sehen«, begann er.

»Mein Vater ist tot«, gab Robert knapp zur Antwort.

»Dann seid Ihr Robert de Forez, sein Sohn?«, vergewisserte sich Albertus. Robert nickte.

»Das trifft sich gut, denn ich habe den Auftrag, den Mord an Bruder Gregor zu untersuchen.«

Robert erstarrte. Sein Gefühl sagte ihm, dass dieser Dominikanermönch nicht so harmlos war, wie er sich gab. Als sich ihrer beider Blicke kreuzten, sah Albertus jedoch rasch zur Seite, aber Robert war nicht entgangen, dass ihn der Mönch zuvor mit glühenden Augen beobachtet hatte.

Er belauert mich wie ein Jäger sein Opfer, schoss es ihm durch den Kopf, und der Gedanke beunruhigte ihn so sehr, dass er viel zu schnell und ohne zu überlegen antwortete:

»Ich habe Bruder Gregor in der Kapelle gefunden, wo er sterbend auf dem Boden vor dem Altar lag. In seinem Rücken steckte ein Dolch.« Albertus ließ ihm keine Zeit zum Nachdenken und schoss seine nächsten Fragen wie Pfeile ab.

»Was habt Ihr eigentlich in der Kapelle zu suchen gehabt? Es hieß, dass sie nur noch selten benutzt wird.«

»Bruder Gregor wollte mich sprechen und hatte mich in die Kapelle bestellt. Leider habe ich nicht mehr erfahren, was er mir zu sagen hatte«, erwiderte Robert. »Er liebte die Stille, die in der alten Kapelle vorherrschte, um ungestört beten zu können.«

Dieser Mönch ist wie ein Aal im Fluss, dachte er und

wusste plötzlich, was es war, das ihn an dem Dominikanermönch störte. Albertus strahlte die gleiche Kühle aus, wie sie von der Haut von Fischen ausging, nachdem man sie aus dem Wasser gezogen hatte, und er war gefährlich.

Robert war nunmehr klar, dass Albertus im Auftrag von Radulfus auf die Burg gekommen war und er von nun an äußerst vorsichtig sein musste.

»Zwei Brüder haben gesehen, dass Ihr aus der Kapelle gerannt seid, als ob der Leibhaftige hinter Euch her wäre. Warum diese Eile, wenn Ihr nichts zu verbergen hattet?« Seine Stimme klang sanft wie die einer Mutter, die ihr Kind in den Schlaf wiegt.

»Was hättet Ihr denn an meiner Stelle getan, wenn Ihr Bruder Gregor ermordet und in seinem Blut liegend vor dem Altar gefunden hättet? Außerdem konnte ich nicht wissen, ob sich der Mörder vielleicht noch in der Nähe aufhält. Vor einem Menschen, der einen solchen Frevel begeht, muss man sich in Acht nehmen.« Plötzlich wurde Robert bewusst, dass er sich verteidigt hatte, obwohl er unschuldig war und mit dem Mord nicht das Geringste zu tun hatte. Doch es war zu spät, und die Worte waren bereits aus ihm herausgeströmt wie Wasser aus einer Quelle.

Albertus hielt es demzufolge auch nicht für nötig, näher auf Roberts Antwort einzugehen.

Etwas unerträglich Vorwurfsvolles lag in seinem Blick, als er fortfuhr:

»Anstatt den Mord zu melden, wie es Eure Pflicht gewesen wäre, seid Ihr mit dem Mädchen geflohen.« Es klang so endgültig, so fest, als ob er sein Urteil schon längst gefällt hätte.

»Befindet sich Marie Machaut hier auf der Burg? Wenn ja, würde ich gerne mit ihr sprechen, um zu hören, was sie zu dieser Angelegenheit zu sagen hat.« Ein lauernder Ausdruck war in seine Augen getreten und ließ Robert seine nächsten Worte sorgfältig wählen.

Es lag allein an ihm, den Dominikaner zu überzeugen. Der Gedanke an Marie, die ihr ganzes Vertrauen in ihn setzte, gab ihm die Kraft.

»Da muss ich Euch leider enttäuschen, Marie ist nicht hier, und ich kann Euch auch nicht sagen, wo sie sich zurzeit aufhält«, beschied er dem Dominikaner, und es gelang ihm tatsächlich, seiner Stimme einen festen Klang zu geben.

»Das heißt, Ihr wisst nicht, wo sich das Mädchen jetzt befindet?«

»So ist es«, bekräftigte Robert bestimmt.

»Ihr befindet Euch in einer gefährlichen Situation«, sagte Albertus leise und beinahe mitleidig, doch Robert war die gefährliche Drohung, die in seiner Stimme mitschwang, nicht entgangen.

»Ich bin im Auftrage der Heiligen Inquisition hier, und wenn Ihr Euch weigert, mir zu helfen, macht Euch das nur noch verdächtiger. Hiermit frage ich Euch noch einmal: Wo befindet sich Marie Machaut?«

Endlich ließ der Mönch seine Maske fallen, und seine blauen Augen waren kalt wie Eis.

»Ich weiß es nicht«, wiederholte Robert. »Aber Ihr könnt gewiss sein, dass sie mit dem Mord nicht das Geringste zu tun hat.« Einen Moment lang überlegte er, ob er dem Dominikanermönch von der Entführung Maries durch den Bischof berichten sollte, doch dann verwarf er den Gedanken wieder. Er konnte den Bischof unmöglich anklagen, ohne Beweise für seine Anschuldigung zu haben. Albertus' Stimme riss ihn aus seinen Überlegungen.

»Und warum seid Ihr dann aus der Stadt geflohen?«

»Wer sagt denn, dass wir geflohen sind? Wir haben uns lediglich auf eine Pilgerfahrt zu Ehren unseres Herrn begeben, und unterwegs haben sich unsere Wege dann getrennt«, log Robert. »Seitdem habe ich nichts mehr von dem Mädchen gehört. Warum fragt Ihr nicht ihre Familie, wo sie sich befindet? Sie kann Euch sicher mehr darüber sagen als ich.«

Albertus starrte Robert an. In seinen hellen Augen stand Misstrauen, doch Robert hielt seinem Blick stand. Schließlich erhob sich Albertus.

»Ihr werdet von mir hören«, verabschiedete er sich kalt, und dieses Mal war seine Drohung unverhüllt: »Ich pflege einen Auftrag grundsätzlich zu Ende zu führen, so wahr mir Gott helfe!«

Nachdem Albertus die Burg wieder verlassen hatte, begab sich Robert unverzüglich an sein Schreibpult und schrieb eine Nachricht an Bernard. Er versiegelte sie und übergab sie einem Boten mit dem Auftrag, sie so schnell wie möglich zu überbringen.

Er hätte wissen müssen, dass Radulfus keine Ruhe geben würde. Nun drängte die Zeit, und es war seine Aufgabe, Marie vor dem Bischof und seinem Helfer, dem Mönch, zu warnen und zu beschützen. Er musste so schnell wie möglich eine Möglichkeit finden, sie aus der Burg von Coucy herauszubringen.

Wie immer, wenn Robert an sie dachte, fing er an, sich wie ein verliebter Jüngling nach ihr zu sehnen. Wie hatte er es nur so lange ohne sie aushalten können? Er konnte es sich selbst nicht erklären und dachte voller Wehmut an seinen Vater. Würde dieser noch leben, wäre er schon längst wie geplant nach Coucy geritten, doch seitdem er die Verantwortung für die Burg und die Menschen, die in der Grafschaft lebten, übernommen hatte, war es ihm einfach nicht möglich gewesen, sich auf und davon zu machen, bevor er nicht die wichtigsten Dinge wieder gerichtet hatte.

Doch nun hatte er keine andere Wahl, und er beschloss, Hugo und Raimund zu bitten, ihn während seiner Abwesenheit zu vertreten.

Er fand die beiden auf dem kleinen Übungsplatz vor den Ställen, wo sie sich im Schwertkampf übten. Die Wachleute sahen dem Kampf von ihrem Posten aus zu, genauso wie einer der Stallknechte, der bei Roberts Erscheinen allerdings sofort in einem der Ställe verschwand. Raimund ließ sein Schwert sinken.

»Wollt Ihr ebenfalls einen kleinen Kampf wagen?«, rief er hoffnungsvoll.

Er konnte nicht verstehen, dass Robert so wenig Wert auf Gefechte und Turniere legte, wo diese doch für jeden Ritter sonst das Höchste darstellten.

Robert winkte ab und berichtete den Brüdern dann vom Besuch des Dominikaners.

»Wir werden Euch begleiten, wenn wir zu viert reiten, ist es sicherer«, bot Hugo ihm sofort und erfreut über das unerwartete Abenteuer an.

Robert bedankte sich, schüttelte aber seinen Kopf. » So gern ich Euer Angebot auch annehmen würde, ist es für mich jedoch vordringlich, dass jemand zum Schutz der Burg hierbleiben muss. Ich bitte Euch nur noch um diesen einen Gefallen.«

Schließlich erklärten sich die beiden Ritter einverstanden. Es war durchaus üblich unter den Landadligen, die eigenen Söhne bereits im Alter von sieben oder acht Jahren als Knappen zu Verwandten oder guten Freunden zu bringen, die sich dann jahrelang um deren weitere Erziehung und Ausbildung kümmerten, ohne sie übermäßig zu verhätscheln.

Guido de Forez war in den letzten Jahren wie ein Vater zu Hugo und Raimund gewesen, und wenn sie nun Roberts Bitte erfüllen würden, wäre ihre Schuld gegenüber dem Grafen damit getilgt.

Außerdem langweilte sie das Leben auf der abgelegenen Burg, und sie brannten schon seit längerer Zeit darauf, endlich das Turnierleben kennenzulernen.

Während der nächsten Tage führte Robert indes seine begonnenen Arbeiten zusammen mit dem Verwalter gewissenhaft zu Ende, doch es fiel ihm schwer, sich dabei zu konzentrieren. Mehrmals am Tag stieg er auf den Wachturm, um zu sehen, ob Bernard endlich zurückkehren würde. Doch der ließ länger als vermutet auf sich warten.

Eine Woche später war es endlich so weit, und Bernard ritt, begleitet von seinem Knappen, auf einem prächtigen Schlachtross in den Burghof ein. Stolz trug er seinen neuen Waffenrock, der mit dem Wappen seines Vaters versehen war: einem goldenen Kreuz auf blauem Grund, belegt mit einem roten Kreuz und in den vier Ecken jeweils eine goldene Lilie. Als er Robert entdeckte, strahlte er übers ganze Gesicht.

»Es ist schön, Euch zu sehen, mein Freund«, begrüßte er Robert fröhlich. »Von mir aus kann das Abenteuer jederzeit beginnen, meinetwegen können wir sogar sofort losreiten.«

Es wurde ein fröhlicher Abend, und nach dem Essen klärte Robert Hugo und Raimund darüber auf, was sich damals ereignet hatte. Er ließ dabei nicht das kleinste Detail aus, sodass die beiden Ritter am Ende auch über Otto und den Mord an Bruder Gregor Bescheid wussten.

Raimund lauschte fasziniert Roberts Worten, und man merkte ihm an, dass er sich das anstehende Abenteuer nur ungern entgehen ließ. Nochmals bot er an, sie zu begleiten, doch Bernard schob jeden seiner Einwände beiseite.

»Uns wird schon nichts geschehen. In wenigen Wochen werden wir schon wieder zurück sein und Euch von unseren Erlebnissen berichten.«

Sie ließen sich genügend Proviant einpacken, dann verabschiedete sich Robert von seiner Mutter, die sich von ihrer Krankheit noch immer nicht ganz erholt hatte. Ihre Augen blickten müde, als Robert ihre Gemächer betrat.

»Gott beschütze dich, mein Sohn«, sagte sie leise, und ein sorgenvoller Zug legte sich auf ihr Gesicht.

Robert beruhigte sie und drückte ihr einen Kuss auf die Stirn. »Mit Gottes Hilfe werdet Ihr Marie bald kennenlernen und rasch wieder gesund werden«, versprach er.

Es war ein sonniger Herbsttag, an dem Robert zusammen mit Bernard und dessen Knappen die elterliche Burg verließ.

Weder Robert noch Bernard bemerkten den Mann, der ihnen in vorsichtigem Abstand folgte und sie keine Sekunde aus den Augen ließ.

39

Nach der Zahlung von vierhunderttausend Goldbesanten durch die Königin Margareta wurde der König nach nur einem Monat Gefangenschaft wieder auf freien Fuß gesetzt.

Sofort nach seiner Freilassung schloss er einen auf zehn Jahre angesetzten Waffenstillstand mit dem Sultan und trug sich bereits mit dem Gedanken, wieder nach Frankreich zurückzukehren, als ihm von seinen Spionen berichtet wurde, dass die Muslime den Vertrag schon wieder gebrochen hatten, indem sie sich nicht an den vereinbarten Waffenstillstand hielten.

Nachdem er sich lange mit den Baronen Frankreichs und des Königreichs Jerusalem beraten und auch den Rat der Ritterorden eingeholt hatte, entschied er sich nunmehr, entgegen seiner ursprünglichen Absicht und unterstützt von Joinville, seinen Aufenthalt im Heiligen Land zu verlängern, in der Hoffnung, dass die Zeit noch alles zum Guten wenden würde, aber auch, um die Freilassung der christlichen Gefangenen sowie die Bewahrung der Burgen und Festungen des Königreichs Jerusalem gewährleisten zu können.

Als er zudem hörte, dass zwischen den beiden Sultanen von Aleppo und Kairo Streit ausgebrochen war, fühlte er sich nochmals mehr in seinem Vorhaben bestärkt. Insgeheim hegte König Ludwig die Hoffnung auf ein weiteres Wunder Gottes, um die Heilige Stadt doch noch für die Christenheit retten zu können.

Im Frühjahr 1253 erfuhr er in Sideon vom Tod seiner Mutter und den Unruhen in Frankreich, die durch ihren Tod ausgelöst worden waren.

Er verfiel in tiefe Trauer und beschloss seine sofortige Rückkehr nach Frankreich. Nachdem er einige letzte Anweisungen zur Befestigung der christlichen Verteidigungsanlagen im Heiligen Land erteilt hatte, schiffte er sich zur Rückfahrt ein.

Dort angekommen, zog er, immer begleitet von Joinville, nach Aix-en-Provence, um von dort aus zur heiligen Magdalena am Hang der Montagne de la Sainte-Baume zu pilgern.

An einem regnerischen Tag erreichten sie das hohe Felsengewölbe. Eine eigentümliche Atmosphäre herrschte in der düsteren Grotte, in der Maria Magdalena siebzehn Jahre lang als Einsiedlerin gelebt haben sollte.

Ludwigs Herz war noch immer schwer von der Trauer um seine Mutter, und so betete er einen ganzen Tag lang in der Grotte und nahm weder Speise noch Trank zu sich. Als Joinville vergeblich versuchte, ihn zu trösten, sah ihn Ludwig mit Tränen in den Augen an.

»Ihr seid mir ein guter Freund und Waffenbruder gewesen, doch müsste ich allein die Schande und das Ungemach erdulden, fielen meine Sünden nicht auf die Kirche zurück. Und ich würde sie mit heiterer Gelassenheit ertragen. Doch weh mir! Ich habe die ganze Christenheit in Verwirrung gestürzt«, bemerkte er traurig.

In der folgenden Nacht hatte er einen seltsamen Traum. Das Mädchen mit der weißen Haut, das ihm in der Kathedrale von Bourges begegnet war, stand vor einem brennenden Kreuz und sah ihn lächelnd an. Lange dachte er darüber nach, was dieser Traum wohl zu bedeuten hatte. War er eine Aufforderung, erneut das Kreuz zu ergreifen?

Er sprach mit seinen Priestern darüber.

»Der Herr wird Euch den richtigen Weg weisen, und wenn Ihr dazu berufen seid, das Kreuz noch einmal zu nehmen, so wird es geschehen.«

Und so legte Ludwig in Saint-Denis die Oriflamme und das Kreuz nieder und hielt am 7. September 1254 seinen Einzug in Paris.

Robert und Bernard waren scharf geritten und hatten unterwegs nur die Pausen eingelegt, die sie machen mussten, um die Pferde nicht zuschanden zu reiten. Die Nächte verbrachten sie in am Weg gelegenen Gasthäusern, in Klöstern oder auch unter freiem Himmel.

Robert war froh darüber, dass Bernard ihn begleitete. So fühlte er sich wenigstens nicht ganz so allein, außerdem wirkte sich die ungebrochene, fröhliche Unbekümmertheit seines Freundes angenehm auf sein bedrücktes Gemüt aus.

»Wir werden schon einen Weg finden, Eure Marie aus den Händen dieses Unholds zu befreien«, sagte er jedes Mal, wenn er Robert beim Grübeln erwischte.

Es war ein schöner Spätsommertag. Das Laub der Bäume leuchtete in allen Farben, und der Wind blies ihnen frisch ins Gesicht. Doch es war trocken und warm, denn es hatte seit Tagen nicht mehr geregnet, und die Wege in den Wäldern waren gut passierbar.

»Wenn wir uns beeilen, erreichen wir Laon noch vor der Dunkelheit«, rief Bernard mit blitzenden Augen. »Wer als Letzter ankommt, bezahlt den Wein in der Herberge.« Mit diesen Worten stieß er seinem Pferd die Fersen in den Bauch und galoppierte los.

Robert überlegte nicht lange und folgte ihm. Er konnte nur hoffen, dass Bernard bei aller Lebenslust irgendwann doch noch erwachsen werden würde. Doch bislang suchte er immer wieder den Wettkampf, um sich zu beweisen. Eines Tages würde ihn seine Kühnheit noch ins Grab bringen.

Roberts Pferd war schneller als der Hengst von Bernard, und so gelang es ihm schon nach kurzer Zeit, ihn einzuholen. Eine Weile jagten sie Seite an Seite dahin, dann fiel Roberts Pferd etwas zurück. Denn mochte dieses auch schneller sein, so war Bernards Ross doch kräftiger und dadurch ausdauernder.

Robert befand sich fast zwei Pferdelängen hinter Bernard, als dessen Pferd mit einem Huf in ein Hasenloch geriet und stürzte. Bernard wurde in hohem Bogen von seinem Hengst geschleudert und prallte gegen einen Baum, an dessen Fuß er leblos liegen blieb.

Erschrocken parierte Robert sein Pferd durch und sprang mit einem Satz ab. Voller Sorge beugte er sich über seinen Freund. Er war erleichtert, als er feststellte, dass Bernard noch lebte, als dieser aber nach einer Viertelstunde noch immer nicht aus seiner Bewusstlosigkeit erwacht war, überlegte er beunruhigt, was er nur tun konnte, um ihm so gut und so schnell wie möglich zu helfen.

Die letzten zwei Stunden über hatten sie keine Menschenseele mehr getroffen und auch keine Hütte oder einen einzelnen Hof gesehen, in dem er nun um Hilfe hätte anfragen können.

Sie befanden sich in den Wäldern vor Laon, und bis in die Stadt war es noch eine halbe Tagesreise. Nachdem Robert zudem nicht wusste, wie schwer Bernard verletzt war, wollte er keinesfalls das Risiko eingehen, ihn allzu weit zu transportieren.

»Worauf wartest du, reite los und hole Hilfe«, herrschte

er den Knappen an, der ängstlich auf seinen Herrn hinunterstarrte.

Jack war ein junger, hochgeschossener und dünner Bursche, auf dessen Kinn sich die ersten Bartstoppeln zeigten. Er bewunderte Bernard aus vollem Herzen und wünschte sich nichts sehnlicher, als diesem einmal ähnlich zu werden.

»Glaubt Ihr, dass er wieder gesund wird?«, fragte er mit zitternden Lippen. »Wenn du noch länger wartest, ganz sicher nicht«, gab Robert ungeduldig zur Antwort. Er war in großer Sorge um seinen Freund, der völlig reglos und mit bleichem Gesicht vor ihm lag. Da erwachte Jack endlich aus seiner Erstarrung, sprang auf sein Pferd und jagte davon, als ob der Teufel selbst hinter ihm her wäre.

Robert band unterdessen die Pferde fest und holte an einem nahe gelegenen Bach Wasser, um Bernard damit die Stirn zu kühlen.

Die Dämmerung brach bereits herein, als der Knappe, begleitet von zwei Mönchen auf einem Eselskarren, wieder zurückkehrte.

Jack wies mit dem Finger auf die beiden Mönche.

»Das hier sind Bruder Roger und Bruder Paul, sie haben sich bereit erklärt, uns zu helfen. Nicht weit von hier befindet sich die Abtei Saint-Nicolas«, erklärte er und war stolz, dass es ihm so rasch gelungen war, Hilfe zu holen. Bernard war immer noch bewusstlos, und Robert fühlte sich vollkommen hilflos. Vorsichtig betteten sie Bernard zu viert auf den Karren, der sich sogleich rumpelnd in Bewegung setzte.

Noch vor Einbruch der Nacht hatten sie die Abtei, die abseits aller größeren Wege lag, erreicht. Die Befestigungsanlagen, die sich rund um die Gebäude herum zogen, erinnerten dabei mehr an eine Burg als an ein Kloster, das im

Zwielicht der Dämmerung nochmals düsterer und abweisender als sonst wirkte.

Der zum Haupttor führende Pfad war mit Kieseln aus einem der umliegenden Bäche bestreut, die unter den Hufen der Pferde knirschten.

Sobald sie das Haupttor durchquert hatten, beschlich Robert ein seltsames Gefühl, das er sich nicht zu erklären vermochte. Doch er konnte förmlich spüren, dass die Abtei von einem Geheimnis umgeben war, und obwohl er diesen Gedanken rasch wieder beiseiteschob, konnte er nicht verhindern, dass ein beklemmendes Gefühl in ihm zurückblieb. Das Vordringlichste war zunächst jedoch, dass Bernard wieder gesund wurde. Er betrachtete den Freund, der wie tot auf dem Karren lag, und seine Angst um ihn wuchs.

Ein großer dunkler Schatten flog dicht über ihnen hinweg, und gleichzeitig begann eine Glocke zu läuten, deren Ton Robert ehrfürchtige Schauer über den Rücken laufen ließ. Sein Unbehagen verstärkte sich.

Einige Mönche huschten an ihnen vorbei, da die Glocke die Vesper eingeläutet hatte. Sie warfen neugierige Blicke auf die Neuankömmlinge, ohne sie aber weiter zu beachten.

Schließlich trat ein korpulenter kleiner Mann schnaufend und mit hochrotem Gesicht auf sie zu.

»Das ist Bruder Johannes, unser Gästemeister«, stellte ihn Bruder Roger vor und wandte sich dann an den Besagten: »Wir haben einen Verletzten, den wir so schnell wie möglich in die Krankenstube bringen sollten.«

»Der Abt ist in der Kirche«, erwiderte daraufhin Bruder Johannes. »Kümmert ihr euch um den Verletzten, während ich die Pferde versorge.«

Robert und Jack folgten dem Wagen über das weitläufige

Klostergelände, dessen Gebäude ein Rechteck formten, in dessen Mittelpunkt eine kreuzförmige Kapelle stand. An diese schlossen wiederum zahlreiche Nebengebäude an, wie die Schreibstube mit der Bibliothek, die Sakristei mit dem Aufbewahrungsort für die priesterlichen Gewänder und das Gasthaus für durchreisende Mönche. Dahinter befand sich schließlich das Gasthaus für arme Reisende und Pilger mit einer eigenen Küche und Brauerei, weiterhin Backstube, Mühle, Küferei, Tenne und schließlich die Ställe für die Reitpferde.

Die Krankenstube stand vom Gasthaus getrennt, nicht weit entfernt von Latrinen, Senkgruben und den Stallungen für das Vieh.

Das Stöhnen und Keuchen der Kranken schlug ihnen bereits entgegen, bevor sie das niedrige Ziegelgebäude betraten, in dem sich Bett an Bett reihte. Vorsichtig legten sie Bernard auf eines der wenigen freien, nur mit dünnen Strohmatratzen bedeckten Lager. Es roch nach Eiter, Schweiß und Urin. Ein Bruder in grauer Kutte kam mit energischen Bewegungen auf sie zu.

Im Schein der Öllampen sah Robert in ein Paar wache, intelligente Augen, die ihn fragend ansahen. Er deutete auf Bernard, der sich stöhnend bewegte.

»Was ist mit ihm?«, fragte der Mönch knapp.

»Sein Pferd ist gestürzt, und er wurde dabei gegen einen Baum geschleudert.«

Der Mönch beugte sich über Bernard und untersuchte ihn gründlich. Während der gesamten Untersuchung sprach er kein Wort. Auch danach sagte er nichts, sondern drehte sich um und verschwand in einer kleinen Kammer hinter ihrem Rücken, die nur schwach erleuchtet war.

Der alte Mann auf dem Lager neben Bernard hustete

erbärmlich. Zwischendurch ging sein Husten immer wieder in ein leises Röcheln über, das so lange dauerte, bis ihn der nächste Hustenanfall überkam und seinen Körper durchschüttelte.

»Bruder Blasius hat eine gute Hand für Kranke«, beruhigte Bruder Paul Robert, der unruhig auf und ab wanderte.

In diesem Moment kehrte Bruder Blasius mit einem Becher und einer kleinen Tonschale in der Hand zurück, die er dem Verletzten unter die Nase hielt. Innerhalb kürzester Zeit breitete sich ein beißender Geruch nach ätherischen Ölen in der Krankenstube aus, der alle anderen überdeckte.

»Helft mir, ihn aufzusetzen«, forderte er Robert auf.

Dann flößte er dem Verletzten Tropfen für Tropfen von der nach Kräutern riechenden Flüssigkeit ein. Bernards Lieder begannen zu flattern, und seine Hände bewegten sich. Nach einer Weile schlug er die Augen auf und sah sich verwundert um. Erleichtert darüber, dass Bernard wieder das Bewusstsein erlangt hatte, schickte Robert ein stilles Dankgebet nach oben.

»Was ist geschehen, wo bin ich hier?«, wollte Bernard mit rauer Stimme wissen und blickte einen nach dem anderen fragend an. »Bitte besorgt mir etwas zu trinken, ich habe fürchterlichen Durst.« Einer der Mönche brachte ihm mit Wasser verdünnten Wein.

»Euer Pferd muss in ein Hasenloch oder etwas Ähnliches getreten sein. Jedenfalls seid Ihr mit ihm gestürzt, und danach wart Ihr über lange Zeit hinweg bewusstlos«, antwortete ihm Robert.

Gemeinsam halfen sie Bernard dabei, sich aufzusetzen, und sahen zu, wie er gierig trank.

Danach wischte er sich mit dem Handrücken über den Mund und machte Anstalten, sich zu erheben.

»Es wäre besser für Euch und Eure Gesundheit, wenn Ihr noch eine Weile liegen bleiben würdet«, mahnte Bruder Blasius streng.

»Ich finde, Bruder Blasius hat recht. Es ist schon spät, und heute können wir eh nicht mehr weiterreiten.« Robert klopfte Bernard freundschaftlich auf den Rücken.

»Ruht Euch ein wenig aus, morgen werden wir dann weitersehen.«

Bernard gab nach. Insgeheim war er froh darüber, sich wieder hinlegen zu können, denn sein Kopf summte wie ein ganzer Bienenschwarm, dazu kam ein Schwindel, der ihn immer wieder an den Rand der Bewusstlosigkeit trieb.

Bruder Blasius löschte die Lampen bis auf eine einzige direkt neben der Türe, und gemeinsam verließen sie die Krankenstube. Die beiden Mönche führten Robert und den Knappen in die Speisekammer und reichten ihnen in flüssigen Käse getunktes Brot und einen Krug Wein. Nachdem sie sich gestärkt hatten, wies einer der Mönche Robert eine kleine Kammer im Gästehaus zu, während Bernards Knappe ein Platz im Stall zugeteilt wurde.

»Hinter dem Gästehaus befindet sich das Waschhaus, dort könnt Ihr Euch vom Reisestaub befreien. Abt Simon wird Euch morgen empfangen.«

Robert tat, wie ihm geheißen, und dachte angesichts der Gastfreundschaft und Hilfe der Mönche, dass sie Glück im Unglück gehabt hatten.

Nachdem er sich gewaschen hatte, kehrte er anschließend in die kleine Kammer zurück, wo er sich auf seinem harten, schmalen Lager niederließ, auf dem nur eine dünne Strohmatratze lag, und sofort einschlief.

Als er am nächsten Morgen erwachte, lief Robert als Erstes in die Krankenstube. Bernard war wach, sah ihm aber mit bleichem Gesicht entgegen. Durch die schmalen Öffnungen entlang der Mauer fiel Tageslicht in den niedrigen Raum, und Robert nahm erschrocken die dunklen Ränder unter den Augen seines Freundes wahr, die er am Abend zuvor im Licht der Fackeln anscheinend nicht gesehen hatte.

Der Alte mit dem Husten lag leise röchelnd auf seinem Lager und schien zu schlafen.

Mühsam setzte Bernard sich auf, doch sofort wurde ihm wieder schwindelig, und er ließ sich vorsichtig zurück auf sein Lager sinken. Er versuchte ein Lächeln, das ziemlich kläglich ausfiel.

»Es hat mich schlimmer erwischt, als ich dachte«, gab er schließlich zu. »Mein Kopf dröhnt, als würde die gesamte Zunft der Steinmetze darin herumhämmern.«

Bruder Blasius trat zu ihnen, in seiner rechten Hand hielt er einen Becher mit einer dunklen Flüssigkeit. Er hatte an diesem Morgen bereits einige der Kranken zur Ader gelassen, seine selbst hergestellten Kräutermischungen ausgeteilt und mehrere Geschwüre behandelt.

Nach einem kurzen Blick in Bernards Gesicht reichte er ihm die Medizin. »Trinkt das, es wird Euch helfen.« Bernard tat, wie ihm geheißen.

Danach versuchte er ein zweites Mal aufzustehen, aber der Schwindel war so stark, dass er stöhnend wieder in sich zusammensackte.

»Wie lange wird es dauern, bis er wieder reiten kann?«, fragte Robert, worauf Bruder Blasius nur mit den Schultern zuckte.

»Ich weiß es nicht, denn ich kann nicht in seinen Kopf hineinsehen, aber er wird wohl noch einige Tage ruhig liegen müssen. Die Kräuter, die ich ihm verabreiche, werden jedenfalls dafür sorgen, dass er schläft und sein Kopf sich erholen kann. Bitte entschuldigt mich jetzt, ich habe noch mehr Kranke, um die ich mich kümmern muss.«

»Ich danke Euch.« Robert nickte ihm zu und wandte sich dann wieder an Bernard. Als er jedoch sah, dass dieser die Augen wieder geschlossen hatte, beschloss er, ihn ruhen zu lassen, und verließ die Krankenstube.

Schwere, dunkle Wolken bedeckten den Himmel, und es konnte nicht mehr lange dauern, bis es zu regnen beginnen würde.

Als er über den Innenhof ging, läutete eine Glocke über ihm. Von allen Seiten kamen die Mönche und folgten ihrem Ruf. Durch eine kleine Seitentür betraten sie die Kapelle, um ihre Gebete zu verrichten.

Robert gesellte sich zu den Brüdern, die sich bis zum Eintreten des Abtes unterhielten oder vor sich hin dösten.

Der Abt war klein und schmächtig. Ein weißer Haarkranz umgab seinen gewölbten Schädel mit der hohen Stirn. Sein ernst blickendes Gesicht war von Falten durchzogen, und man sah ihm sein Alter an, aber seine braunen Augen sprühten vor Energie, und seine Stimme klang überraschend kräftig.

Bei seinem Eintreten verstummten die Mönche und nahmen eine demütige Haltung ein. Robert lauschte dem gemeinsamen Gebet der Mönche und dachte dabei an Marie. Die Prim dauerte nur eine halbe Stunde, und als sie vorüber war, begaben sich die Mönche zurück an ihre Arbeit.

Robert wollte gerade die Kapelle verlassen, als Bruder Roger auf ihn zueilte und ihm mitteilte, dass Abt Simon ihn jetzt empfangen würde.

Die Türe, durch die Robert in das Arbeitszimmer des Abtes geführt wurde, war aufwändig geschnitzt. Der Raum selbst wirkte durch die weiß gekalkten Wände und die dunklen Holzbalken an der Decke schlicht und gemütlich zugleich, und Robert genoss den vertrauten Geruch nach Tinte, Wachs und Pergament, der ihm entgegenschlug.

Der Abt saß auf einem breiten Stuhl hinter einem großen Holztisch, von dem unter all den Pergamentrollen und verschiedenen Abschriften der Heiligen Schrift, die auf ihm lagen, nichts mehr zu sehen war. Im Kamin neben ihm brannte ein kleines Feuer.

Als Robert eintrat, sah er auf. Seine braunen Augen musterten Robert prüfend, dann bedeutete er ihm, Platz zu nehmen.

Im Sitzen wirkte der Abt größer, als er tatsächlich war. Sein ganzes Wesen strahlte Weisheit und einen tiefen inneren Frieden aus.

»Mein Name ist Robert de Forez, und ich möchte Euch für Eure Hilfe und Eure Gastfreundschaft danken.«

»Dankt Gott, unserem Herrn, dem wir dienen, indem wir den Menschen dienen«, erwiderte der Abt bescheiden. »Wie ich hörte, ist Euer Begleiter verletzt worden und wird noch einige Tage bei uns bleiben müssen.«

Robert nickte. »Euer Einverständnis vorausgesetzt, werde ich ebenfalls bleiben, bis Bernard weiterreiten kann. Wir waren auf dem Weg zur Burg von Coucy.«

Abt Simon runzelte unwillig die Stirn.

»Der Herr von Coucy ist wie ein Stachel im Fleisch der Menschheit. Ich bete jeden Tag zu Gott, dass er sein hartes Herz erweichen möge, aber ich bete auch für die Menschen, über die er rücksichtslos und mit grausamer Härte herrscht. Darf man den Grund für Euren Besuch bei ihm erfahren?«

Robert beschlich das unbestimmte Gefühl, dass sich

hinter dieser Frage mehr als bloße Neugier verbarg, und zögerte deshalb mit seiner Antwort, was dem Abt nicht entging.

»Das ist eine lange Geschichte«, begann er vorsichtig.

»Ich habe Zeit«, antwortete der Abt und nickte Robert auffordernd zu.

»Die Wege des Herrn sind unergründlich, und es ist nicht schwer zu erkennen, dass es etwas gibt, das Euch schwer auf der Seele liegt. Vor mir könnt Ihr beruhigt reden. Gott ist mein Zeuge, dass nichts von dem, was Ihr mir erzählt, aus diesem Raum dringen wird.«

Robert atmete noch einmal tief durch. Dann erzählte er dem Abt die ganze Geschichte.

Als er endete, war es bereits später Vormittag, und dicke Regentropfen prasselten gegen die Fenster.

Während des Erzählens war es ihm gewesen, als ob er alles noch einmal erleben würde. Jetzt trafen sich die Augen des Abtes mit den seinen.

»Ich habe gewusst, dass es kein Zufall war, der Euch in diese abgelegene Abtei geführt hat, denn in den letzten Nächten hatte ich wieder diese seltsamen Träume«, erklärte er Robert und fuhr sich dabei mit der Hand über die Stirn, als könne er mit dieser Bewegung auch die Erinnerung an Letztere beiseiteschieben.

Robert sah ihn erstaunt an. Er verstand nicht, was ihm der Abt mit seinen Worten sagen wollte.

»Ich werde es Euch erklären, doch dazu muss ich Euch bitten, mir in die Kapelle zu folgen. Zuvor jedoch werdet Ihr mir Euer Wort geben, dass Ihr mit niemandem über das reden werdet, was Ihr gleich zu sehen bekommt, denn dies ist nur wenigen Auserwählten vorbehalten.«

Die Augen des Abtes bohrten sich in die seinen, als wollten sie ihm bis auf den Grund der Seele schauen. Robert tat wie ihm geheißen und hob bereitwillig die rechte Hand.

»Ich schwöre es bei Gott, unserem Herrn.« Abt Simon nickte zufrieden.

»Ich hatte schon vor Eurem Bericht von dem Mädchen, von dem Ihr mir gerade erzählt habt, gehört. Die Gerüchte über ihre wundersamen Heilkräfte haben sich bis hierher und noch viel weiter verbreitet, als Ihr ahnen könnt«, bemerkte er, als sie nebeneinander über den Hof gingen.

Neugierige Blicke folgten ihnen. Das eintönige Klosterleben führte dazu, dass allem, was nicht Gewohnheit war, eine besondere Bedeutung zukam, und die meisten der Mönche waren begierig darauf, nur ja nichts von dem zu verpassen, was um sie herum vorging.

Die Kapelle war leer, denn die Mönche gingen um diese Zeit ihrer jeweiligen Arbeit nach, und so folgte Robert Abt Simon bis zum steinernen Altar, der auf einer runden, mit Rosetten verzierten Säule stand.

Ihre Schritte verhallten in dem hohen einschiffigen Raum. Dann war es still.

In einer Nische links hinter dem Altar stand eine goldbemalte Madonna, die von einigen Aposteln umringt war. Ihr zur Seite stand eine weitere Frauengestalt, deren Gesicht im Gegensatz zu dem der anderen Figuren nahezu weiß war und die Robert vorher bei der Prim gar nicht aufgefallen war. Die Frau hielt ein Mädchen an der Hand, dessen Haare sich bis zur Taille hinab kringelten.

Etwas an ihr erinnerte ihn an Marie. Sofort stieg die Sehnsucht in ihm hoch. Er vergaß den Abt und begann mit offenen Augen zu träumen. In wenigen Tagen würde er endlich bei ihr sein, und dann konnte nichts und niemand sie mehr trennen.

Ein seltsames Knirschen riss ihn unsanft aus seinen Gedanken. Mit einem kräftigen Ruck hatte der Abt eine der steinernen Rosetten auf der Säule bewegt. Ungläubig sah Robert, wie sich der Altar zu drehen begann und den Blick auf eine schmale Öffnung freigab, die gerade breit und lang genug war, um einen erwachsenen Mann einzulassen.

Robert beugte sich neugierig über die Öffnung und konnte den Absatz einer Treppe erkennen, die steil nach unten in die Finsternis hinabführte.

Der Abt entzündete eine Fackel und ließ Robert an sich vorübergehen. Dann tastete er die Wand ab, worauf sich die Öffnung wie von Zauberhand wieder über ihnen schloss. Es war wie ein Wunder. Die Wände auf beiden Seiten des Ganges bestanden aus dicken Steinquadern und schienen bereits vor dem Bau des Klosters angelegt worden zu sein.

Ein Schauer lief Robert über den Rücken, und er fragte sich, was ihm der Abt wohl zu zeigen hatte. Vorsichtig tasteten sich seine Füße die Stufen hinab. Als sie das Ende der Treppe erreicht hatten, sah Robert im Schein der Fackel einen schmalen Gang, der sie weiter in die Dunkelheit hineinführte.

Mit klopfendem Herzen folgte er dem Abt bis zu einer Stelle, an der sich der Gang öffnete und in eine Kammer mündete, in der sich, abgesehen von einem Holzkreuz, einem Becken mit Weihwasser und einem schlichten Sarkophag, nichts weiter Aufsehenerregendes befand.

Im Schein der Fackel konnte Robert gerade noch erkennen, dass ihre Wände bemalt waren, doch der Abt ließ ihm keine Zeit, die Malereien zu betrachten.

»Wir müssen schnell machen, damit den Brüdern unsere Abwesenheit nicht auffällt«, bemerkte er und trat zu der ihnen gegenüberliegenden Wand, wo er auf einen etwas vorstehenden Stein drückte. Ein knirschendes Geräusch erklang, und die Wand vor ihnen teilte sich in der Mitte, indem sich ihre beiden Flügel lautlos nach innen schoben.

Robert, der einen solchen Mechanismus noch nie zuvor gesehen hatte, verschlug es vor Überraschung den Atem. Doch dies war bei Weitem noch nicht alles, was er zu sehen bekommen sollte.

Als er dem Abt durch die Maueröffnung folgte, blieb er erstaunt stehen. Vor ihnen tat sich ein gewölbeähnlicher Saal in Form einer Kapelle auf, an dessen Wänden sich ringsum Fackeln befanden, die der Abt nun eine nach der anderen entzündete.

In der Mitte des Raumes erhob sich auf einem Podest ein Sarkophag aus weißem Marmor, hinter dem sich auf einem ebenfalls weißen Marmorsockel die Statue einer Frauengestalt mit einem Mädchen an der Hand erhob.

Der Künstler, der dieses Werk geschaffen hatte, hatte sich damit selbst übertroffen, denn die Figurengruppe wirkte so echt, dass Robert für einen kurzen Augenblick lang tatsächlich geglaubt hatte, zwei lebenden weiblichen Personen gegenüberzustehen.

Liebevoll hatte der Bildhauer auch noch die kleinsten Details an ihnen herausgearbeitet, die Falten des bis auf die Knöchel reichenden Gewandes ebenso wie die fein modellierten Gesichter und die zartgliedrigen Hände.

Sprachlos stand Robert vor dem Sarkophag und starrte auf die Figur. Sein Herz klopfte wie wild in seiner Brust, und eine leise Ahnung stieg in ihm hoch. Das Ganze hier musste irgendwie mit Marie zu tun haben, obwohl er sich noch immer nicht vorstellen konnte, wie dies alles mit ihr zusammenhängen sollte.

Abt Simon ließ ihm einen Moment lang Zeit. Erst als sich

Robert zu ihm umdrehte und ihn fragend ansah, ergriff er das Wort:

»In diesem Sarkophag liegen die sterblichen Überreste von Maria Magdalena«, erklärte er mit ehrfürchtiger Stimme, und seine Worte hallten in dem hohen Raum und wirkten dadurch besonders eindringlich.

»Nach der Auferstehung Jesu ist sie mit ihrem Bruder Lazarus, ihrer Schwester Martha, deren Dienerin Martilla und Cedonius, der als Blindgeborener vom Herrn geheilt worden war, sowie einigen Christen und dem heiligen Maximinus gemeinsam auf einem Schiff nach Frankreich geflohen, wo sie in aller Zurückgezogenheit ein stilles und gottgefälliges Leben geführt hat.

Nur wenige Eingeweihte wussten Bescheid und haben nach ihrem Tode ihren Leichnam an einem geheimen Ort bestattet.«

Er senkte seine Stimme und fuhr flüsternd fort, als hätte er Angst, dass seine Worte durch die dicken Mauern hindurch an das Ohr unbefugter Personen dringen könnten.

»Es gab allerdings noch eine Person, die sich an Bord des Schiffes befand und deren wahre Herkunft nur wenigen Menschen bekannt war.

Maria, die Tochter Magdalenas, die aus Gründen, die ihr sicher verstehen werdet, der Öffentlichkeit gegenüber als das Kind einer Dienerin ausgegeben wurde.

Nach deren beider Tod waren es Mönche, die durch die Jahrhunderte hindurch über die Nachkommen von Maria Magdalenas Tochter gewacht haben und auf gut gehüteten Pergamenten über deren Leben schrieben, aber auch über die Wunder, die Gott immer wieder um sie herum geschehen ließ.

Dieses unterirdische Gewölbe ist der geheime Ort, an

den man die sterblichen Überreste Maria Magdalenas verborgen hat. Er war bereits zur Zeit der Römer für Maria Magdalena errichtet, dann aber in den Wirren der Zeit verschüttet und vergessen worden, bis vor dreihundert Jahren ein Mönch namens Hieronymus in einem Traum vom Herrn den Auftrag erhielt, an dieser Stelle ein Kloster zu errichten, dessen Abt er später wurde.

Er entdeckte das Gewölbe und auch in Leder gebundene Papyrusblätter, Kodizis, die in einem Geheimfach des Sarkophages verborgen lagen.

Und zwar im Sarkophag des ersten Abtes dieses Klosters, der noch zu Maria Magdalenas Zeiten lebte und den ihr im Vorraum gesehen habt.«

Robert lauschte Abt Simon mit großen, vor Erstaunen weit geöffneten Augen. Er war verwirrt und verstand immer noch nicht, was dies alles mit ihm und Marie zu tun haben sollte.

Der Abt lächelte milde, als er fortfuhr:

»Maria Magdalenas Tochter konnte – den geheimen Schriften auf den Pergamentrollen zufolge – jeden Menschen mit einem einzigen Blick aus ihren dunklen Augen heilen, und sie besaß eine auffallend helle Haut, die sie an ihre Tochter weitervererbt hat. Gott hat uns in seiner großen Gnade ein Licht im Dunkeln hinterlassen, um unseren Glauben zu stärken und uns Hoffnung zu geben.«

Er hielt inne und betrachtete Robert prüfend, um zu sehen, welchen Eindruck seine Worte bei ihm hinterlassen hatten und ob er wohl auf das vorbereitet war, was er ihm nun im Folgenden noch zu sagen hatte:

»Eure Marie stammt aus dem Geschlecht Maria Magdalenas, es kann gar nicht anders sein. Die Pergamente konnten bis heute noch nicht alle entschlüsselt werden, da sie in einer Geheimschrift verfasst worden sind, die aus hebräischen, aramäischen und griechischen Buchstaben besteht, und weil jeweils immer nur ein auserwählter Mönch Zugang zu ihnen erhalten hat. Diese Auserwählten haben ihr gesamtes Leben ausschließlich dem Studieren dieser Schriftstücke gewidmet und bis zu ihrem Tode in völliger Zurückgezogenheit gelebt. Nur so ist es uns gelungen, unser Geheimnis bis zum heutigen Tage zu bewahren. Und durch die unfreiwillige Unterstützung unserer Brüder im Kloster Vezeley, die davon überzeugt sind, im Besitz der echten Gebeine Maria Magdalenas zu sein und die Nachricht davon überall lauthals verkünden.

Der Überlieferung nach soll der Herzog von Burgund, nachdem er das Kloster von Vezeley hatte erbauen lassen, einen Mönch nach Aix gesandt haben, der den Auftrag hatte, die Reliquien Maria Magdalenas nach Vezeley zu überführen. Als er dort ankam, war die Stadt jedoch von den Heiden geplündert und in Schutt und Asche gelegt worden. Nur zufällig fand er das vermeintliche Grab Maria Magdalenas und barg die sterblichen Überreste, die darin lagen. Seit dieser Zeit pilgern die Menschen nach Vezeley, und wir haben unsere Ruhe.

Doch trotz aller Vorsichtsmaßnahmen haben die Templer vor einigen Jahren von unserem Geheimnis erfahren und das Kloster überfallen. Wir wissen nicht, wie sie hinter unser Geheimnis gekommen sind, weil es eigentlich unmöglich war, aber es hat ihnen auch nichts genutzt. Nachdem sie rücksichtslos alles durchsucht und geplündert hatten, entführten sie den damaligen Abt und folterten ihn, ohne ihm jedoch ein einziges Wort entlocken zu können. Der Herr hat ihm die Kraft gegeben, stark zu bleiben und nichts zu verraten. Auf dem Sterbebett hat er sein Geheimnis dann an mich weitergegeben.« Er hatte schnell und hastig geredet und hielt nun einen Moment inne, um Luft zu holen.

»Der Text, den wir im Laufe der Zeit entschlüsseln konnten, klingt äußerst verheißungsvoll: »Dies sind die geheimen Worte des lebendigen Gottes: Erkennt, was vor eurem Angesicht ist, und das Verborgene wird sich euch offenbaren. Denn es gibt nichts Verborgenes, was nicht offenbar werden wird.«

Wie gebannt hatte Robert den letzten Worten des Abtes gelauscht, danach war es so still in dem Gewölbe, dass er seinen eigenen Atem hören konnte. Eine feuchte Kühle stieg vom Boden hoch und ließ Robert frösteln, doch er bemerkte es nicht einmal.

Im Schein der Fackeln trafen sich ihrer beider Augen.

»Das größte Geheimnis aber konnten wir bis heute nicht lösen, obwohl wir glauben, dass es in den noch nicht entschlüsselten Texten enthalten ist.«

Die Stimme des Abtes war nur noch ein raues Flüstern, und in seine Augen trat ein merkwürdiger Glanz.

»Wer war der Vater von Maria Magdalenas Tochter?« Er wagte es nicht, seine Vermutungen laut zu äußern, und doch war er voller Hoffnung, denn seine seltsamen Träume waren in den letzten Nächten immer intensiver geworden, und stets war vor seinen Augen das brennende Kreuz mit dem Mädchen davor erschienen.

»Ich fühle, dass wir nah dran sind«, wisperte er und schwieg dann.

Die plötzliche Stille in dem kühlen Raum wirkte erdrückend, und Robert merkte auf einmal, dass ihn fror. Er hatte zwar das Gefühl, dass ihm der Abt noch etwas sagen wollte, und wartete deshalb schweigend ab, ob noch etwas folgen würde. Doch die Stille drückte mit jedem Moment, der verrann, stärker auf sein Gemüt, während die in seinem

Kopf wirbelnden Gedanken die unterschiedlichsten Gefühle in ihm auslösten.

Endlich ergriff der Abt wieder das Wort, und seine Worte hallten nach der fast schon schmerzhaften Stille wie Hammerschläge durch das Gewölbe. Er sprach so leidenschaftlich, dass Robert unwillkürlich zusammenzuckte.

»Es ist mein sehnlichster Wunsch, Eurer Marie ein einziges Mal begegnen zu dürfen. Einmal nur möchte ich den lebendigen Beweis Gottes mit meinen eigenen Augen sehen, und ich bete jeden Tag, dass der Herr mir diesen Wunsch erfüllt.«

Beinahe verschämt blickte ihn der Abt nun an. Er hatte nicht vorgehabt, dem jungen Grafen seine geheimsten Gedanken anzuvertrauen, aber sein Herz hatte seinen Verstand überrannt, ohne dass er etwas dagegen hatte tun können.

Robert konnte ihn gut verstehen, auch in ihm brannte die Sehnsucht nach Marie.

»Wenn es mir gelingt, Marie aus der Burg Coucy zu befreien, werde ich sie zu Euch bringen«, versprach er feierlich und reichte dem Abt beide Hände.

»Bitte gebt mir Euren Segen und schließt uns in Eure Gebete ein«, bat er.

Abt Simon erfüllte seine Bitte und segnete ihn.

»Wenn Ihr Hilfe braucht, dann gebt mir Bescheid.« Plötzlich wurde er unruhig.

»Rasch«, meinte er, »wir müssen wieder zurück sein, bevor es Zeit für das Hochamt ist«, und Robert half ihm eilig, die Fackeln wieder zu löschen. Wie benommen folgte er dem Abt über die steile Treppe wieder nach oben, wo sie es gerade noch rechtzeitig schafften, den Altar knirschend in seine ursprüngliche Stellung zu drehen, als auch schon der Sakristan erschien, um alles für das Hochamt vorzubereiten. Neugierig sah er zum Abt und dem Fremden hinüber, doch ein strenger Blick von Abt Simon genügte, um ihn an seine Pflichten zu erinnern.

Der Abt warf Robert noch einmal einen verschwörerischen Blick zu.

»Wir sehen uns beim Abendessen in meinen Gemächern«, sagte er leise. Dann verschwand er in Richtung Sakristei, um sich für das Hochamt umzuziehen.

Robert verließ die Kapelle durch die Seitentür. Von den Gästen des Klosters wurde erwartet, dass sie am Hochamt teilnahmen, aber bis dahin blieb noch etwas Zeit, und er beschloss, nach Bernard zu sehen.

Er brannte darauf, mit Bernard zu sprechen, bis ihm wieder einfiel, dass er gelobt hatte, das Geheimnis des Klosters, das gleichzeitig auch Maries Geheimnis war, vor jedem zu bewahren. Von dem gerade Erlebten noch immer völlig durcheinander, setzte er sich daher auf eine der Steinbänke im Garten, um wieder ruhiger zu werden. Lange Zeit saß er so da und lauschte in sich hinein. Konnte es wirklich wahr sein? Seine Marie, eine Bluterbin Maria Magdalenas?

Sie hat heiliges Blut in ihren Adern. Heiliges Blut, hämmerte es in seinem Kopf. Nicht einmal ihre Familie schien zu ahnen, dass das Blut Maria Magdalenas durch Maries Körper floss. Hätten sie es gewusst, hätten sie Marie sicher wie einen Schatz behütet und geschützt, anstatt sie nur widerwillig in ihrer Mitte zu dulden.

Es war unfassbar, und doch war es die einzige Erklärung für die Wunder, die sich rund um seine geliebte Marie herum ereigneten. Gott hatte ihn mit Marie zusammengeführt. Es war kein Zufall gewesen, dass sie damals vor der Kathedrale direkt in seine Arme gestolpert war, ebenso wenig wie es ein Zufall war, dass er sich in diesem Kloster befand. Marie hatte immer auf Gott vertraut und sich von Ihm führen lassen, während er ständig an Ihm gezweifelt hatte. Ihr unerschütterlicher Glaube hatte ihr die Kraft gegeben, stark zu sein und nichts zu fürchten, nicht einmal Enguerrand.

Nachdem Robert dies erkannt hatte, wurde er ruhiger. Wie einfach doch alles war. Seine Mutter hatte recht gehabt, als sie versucht hatte, ihm klarzumachen, dass es sinnlos war, gegen das Schicksal zu kämpfen, anstatt auf Gott zu vertrauen und sich von Ihm führen zu lassen. Robert faltete seine Hände zum Gebet und betete zu Gott, ihm den richtigen Weg zu weisen.

Das Hochamt war längst vorüber, als er sich endlich wieder erhob und die Krankenstube betrat. Zu seiner Enttäuschung fand er Bernard jedoch tief und fest schlafend vor.

Bruder Blasius trat zu ihm.

»Ich habe Eurem ungeduldigen Freund starke Kräuter in den Wein getan. Es dient seiner Gesundheit. Im Schlaf wird er sich am besten erholen.«

Robert war viel zu aufgewühlt, um es noch länger in der Krankenstube auszuhalten, und so lief er an den Häusern der Handwerker vorbei und in Richtung der Ställe.

Dort fand er Jack, der niedergedrückt vor sich hin brütete.

»Es geht deinem Herrn schon besser«, munterte ihn Robert auf. »In ein paar Tagen werden wir sicher weiterreiten können.«

»Darf ich zu ihm?«, fragte der Knappe hoffnungsvoll.

Robert nickte und beobachtete, wie Jack mit schnellen Schritten zur Krankenstube hinüberlief und durch die Tür trat.

Als er die Stallungen wieder verließ, begegnete er dem Prior, der ihn mit unverhohlenem Interesse betrachtete.

»Ihr habt das Hochamt versäumt«, sagte er vorwurfsvoll, und Robert fasste augenblicklich eine tiefe Abneigung gegen den hageren Mann mit den schmalen Augen und der langen Nase.

»Es tut mir leid«, entschuldigte er sich deshalb knapp und ging dann weiter.

Der Prior starrte ihm finster nach. Der junge Graf schien dem Abt aus irgendeinem Grund äußerst wichtig zu sein, und er hätte nur zu gerne gewusst, warum.

Robert hatte den gesamten Nachmittag mit Nachdenken verbracht. Ohne seine Umgebung wahrzunehmen, war er ziellos durch das Klostergelände gewandert und hatte dabei weder auf die Blicke, die ihm gefolgt waren, noch auf den andauernden Nieselregen geachtet. Seine Gedanken drehten sich nur noch um Marie. Wenn die Vermutungen des Abtes richtig waren, befand sich Marie in höchster Gefahr, und das, obwohl niemand außer dem Abt und ihm ihr Geheimnis kannte.

Der Wunsch, sie zu sehen, wurde übermächtig, und er musste noch heute versuchen, mit Bernard zu reden. Es war ihm unmöglich, noch länger zu warten, und so beschloss er, schon am nächsten Morgen allein weiterzureiten. Bernard könnte nachkommen, sobald es ihm wieder besser ginge.

Es dauerte eine Weile, bis das anhaltende Läuten der Glocke zu ihm durchdrang, und er beeilte sich, rechtzeitig in die Kapelle zu kommen.

Nach der Vesper begleitete ihn ein Diener des Abtes in dessen Gemächer, wo ihn Abt Simon bereits erwartete.

Neben ihm saßen der Prior, der Robert mürrisch entgegenschaute, und Bruder Viktor, der Provinzenmeister, dem die Aufsicht über die neu eintretenden Klosterbrüder oblag.

Abt Simon machte die drei Männer miteinander bekannt.

»Der Graf de Forez wird einige Tage unser Gast sein und so lange bleiben, bis sich sein Freund erholt hat«, erklärte er.

»Gäste, die länger als einen Tag bleiben, bringen nur Unruhe in das Kloster und untergraben die Disziplin unserer Brüder«, knurrte der Prior unfreundlich. »Euer Gast hat nicht einmal am Hochamt teilgenommen, was unseren Novizen nicht entgangen sein dürfte.«

»Robert de Forez ist mein Gast«, rügte der Abt scharf und musterte den Prior dabei finster.

Es war unübersehbar, dass zwischen den beiden Männern kein Einvernehmen herrschte.

»Ich habe noch etwas mit dem Grafen zu besprechen und wäre Euch daher dankbar, wenn Ihr uns nun allein lassen würdet.«

Der Prior, den die Abfuhr sichtlich verdross, verneigte sich missmutig, bevor er den Raum verließ und die Türe mit lautem Knall hinter sich zuzog.

»Gott möge mir vergeben, aber dieser Mann ist eine wahre Prüfung für mich. Wie oft habe ich wegen meiner unfreundlichen Gedanken über ihn schon gebetet und gefastet, auch wünsche ich ihm nichts Böses, aber es ist tatsächlich nicht immer einfach mit ihm.« Er winkte seinem Diener, das Essen aufzutragen, bevor er fortfuhr:

»Und der Gedanke, dass dieser von Ehrgeiz und Neid zerfressene Prior eines Tages mein Nachfolger werden soll, ist nur schwer für mich zu ertragen. Im Interesse des Klosters kann ich nur jeden Tag darum beten, dass der Herr dies nicht zulassen wird.«

Im Stillen konnte Robert dem Abt nur recht geben, doch er sagte nichts.

Als das Essen aufgetragen wurde, merkte er erst, wie hungrig er war. Er hatte den ganzen Tag über noch nichts gegessen und aß nun mit großem Appetit.

»Ich habe mich entschieden, Eure Gastfreundschaft nicht länger in Anspruch zu nehmen«, teilte er dem Abt anschließend mit.

Der Abt sah ihn daraufhin etwas irritiert an.

»Euer Entschluss wird hoffentlich nichts mit unserem Prior zu tun haben?«, wollte er wissen. »Ihr dürft nichts auf seine Unfreundlichkeiten geben, er ist nicht nur Euch gegenüber so abweisend.«

Worauf Robert verneinend seinen Kopf schüttelte.

»Nein, das ist es nicht. Doch nach dem, was ich heute erfahren habe, finde ich einfach keine Ruhe mehr. Ich muss sofort zu Marie und habe das Gefühl, schon viel zu lange gewartet zu haben.«

Abt Simon nickte verständnisvoll.

»Ich kann Euren Entschluss verstehen und bin sicher, dass Ihr Euer Versprechen mir gegenüber halten werdet.«

Robert nickte dem Abt beruhigend zu.

»Ich werde es nicht vergessen, und mit Gottes Hilfe werden wir uns schon bald wiedersehen.«

Der Abt betrachtete ihn jedoch weiterhin nachdenklich, er schien noch nicht ganz zufrieden zu sein.

»Gott hat uns unseren Verstand gegeben, damit wir ihn benutzen«, meinte er schließlich langsam.

Genau die gleichen Worte hatte Robert vor noch nicht allzu langer Zeit schon einmal von jemandem gehört. Es war Bruder Gregor gewesen, der ihm diesen Rat gegeben hatte und an den er nun unwillkürlich denken musste.

»Vielleicht wäre es besser, Ihr würdet zu einer List greifen, um unerkannt in die Burg hineinzugelangen?«

Robert musste sich beschämt eingestehen, dass der Abt recht hatte. Wie blauäugig er doch nur gewesen war. Er hatte bislang immer nur Marie und das Wiedersehen mit ihr vor Augen gehabt, ohne auch nur den geringsten Gedanken daran zu verschwenden, wie und mit welcher Begründung er überhaupt in die Burg hineinkommen wollte. Dabei würde Enguerrand über sein Erscheinen ganz sicher nicht erfreut sein. Vielleicht würde er ihn sogar gefangen nehmen und in den nächsten Kerker werfen lassen. Seine krankhafte Angst, etwas zu verlieren oder gar aufgeben zu müssen, war Robert nur noch allzu gut in Erinnerung.

Dankbar sah er Abt Simon an.

»Was schlagt Ihr vor?«

»Soweit ich weiß, findet in den nächsten Tagen das letzte Turnier dieses Jahres statt, und genau aus diesem Grund strömen noch mehr Leute auf die Burg als sonst. Ihr könntet Euch unauffällig unter das Volk mischen.«

Robert überlegte einen Moment.

»Das gemeine Volk hat lediglich am Tage des Turniers Zutritt zum inneren Bereich der Burg«, gab er zu bedenken, als ihm auch schon eine Idee durch den Kopf schoss.

»Ich könnte natürlich Bernards Namen annehmen und vorgeben, an dem Turnier teilnehmen zu wollen«, begann er diese dem Abt zu verdeutlichen. »Wenn ich erst einmal dort bin, werde ich eine Möglichkeit finden, um Marie zu sehen.«

Abt Simon nickte zustimmend.

»Die Idee ist gut, doch zögert nicht, mir einen Boten zu senden, wenn Ihr meine Hilfe benötigt«, erinnerte er ihn. Insgeheim war er froh über Roberts Entscheidung. Je früher der Graf de Forez losritt, umso eher würde sich sein sehnlichster Wunsch erfüllen.

Am nächsten Tag begab sich Robert bereits im frühen Morgengrauen zur Krankenstation. Bernard schlief noch, und Robert weckte ihn sanft.

»Ich wollte mich nur von Euch verabschieden. Ich kann nicht länger damit warten, nach Coucy zu reiten.«

Bernard sah bereits etwas besser aus als bei seinem letzten Besuch. Die Ringe um seine Augen waren nicht mehr ganz so dunkel, doch er war noch immer blass. Entschlossen setzte er sich auf.

»Ich werde mit Euch kommen«, antwortete er und wollte aufstehen.

Aber Robert schüttelte energisch den Kopf.

»Das werdet Ihr nicht. Ihr werdet Euch noch einige Tage erholen und dann mit Eurem Knappen nachkommen.«

Bernard starrte finster auf seine Wolldecke. Der Gedanke, Robert allein reiten lassen zu müssen, gefiel ihm nicht, obwohl er wusste, dass Robert recht hatte. Der Schmerz in seinem Kopf hatte sich nur unwesentlich gebessert, genau wie der Schwindel, der ihn bei jeder noch so kleinen Bewegung von Neuem erfasste.

Robert setzte Bernard seinen Plan auseinander.

»Ihr müsstet mir allerdings Euren Waffenrock und Euer Wappen zur Verfügung stellen.«

Bernard war einverstanden.

»In diesem Fall könnt Ihr jedoch nicht anders, als auch Jack mitzunehmen. Ihr braucht einen Knappen an Eurer Seite, um glaubwürdig zu sein, und sollte irgendetwas Unerwartetes geschehen, habt Ihr wenigstens gleich einen Boten bei Euch, den Ihr zu mir schicken könnt.«

Die beiden Freunde umarmten sich zum Abschied.

Bernard sah Robert nach, als er die Krankenstube verließ, dann ließ er sich leise fluchend wieder auf sein Lager zurücksinken. Er machte sich Sorgen um Robert, dem der Schreibgriffel wesentlich besser anstand als der Waffenrock, und er schwor sich, ihm so schnell wie möglich nachzureiten, um ihm beizustehen zu können, falls es Ärger geben würde.

Kurze Zeit später brach Robert mit Jack auf.

Der Himmel über ihnen war von einem strahlenden Blau. Nur einige wenige weiße Wolken waren zu sehen, und ein frischer Wind wehte ihnen ins Gesicht. Die Pferde schnaubten freudig. Nach dem tagelangen Aufenthalt im Kloster schienen sie den scharfen Ritt zu genießen.

Robert legte nur wenige Pausen ein. Der Abt hatte ihnen mehr Vorräte als nötig einpacken lassen, und Jack stopfte so viel von dem Braten und dem wohlschmeckenden Käse in sich hinein, bis nicht einmal mehr der kleinste Bissen Platz in seinem Bauch fand.

Am nächsten Tag tauchte die mächtige Burg von Coucy vor ihnen auf. Mit offenem Mund starrte Jack auf die Anlage, deren Größe seine Vorstellungskraft sprengte. Noch nie zuvor hatte er ein solch gewaltiges Bauwerk gesehen. Plötzlich war er voller Vorfreude, schon bald dort einreiten und die komplette Anlage ganz genau in Augenschein nehmen zu können. Robert dagegen näherte sich der Burg voller Anspannung und mit klopfendem Herzen. Er hasste die große Löwenplattform vor dem Tor, die immer deutlicher zu sehen war und die jedem Besucher die ganze Machtfülle des Herrn von Coucy vor Augen führte.

Die gesamte Plattform ruhte auf drei riesigen Löwen, die nebeneinanderlagen und von denen der eine ein Kind fraß, der andere einen Hund, während ein dritter zwischen ihnen abwartend und lauernd auf die Besucher blickte.

Auf der Plattform saß majestätisch ein vierter Löwe,

und genau an dieser Stelle erschienen die Vasallen, um dem Herrn von Coucy ihre Ehrerbietung zu bekunden und ihre Pacht zu entrichten.

An jedem Oster-, Pfingst- und Weihnachtsfest kam außerdem der Abt von Nogent als Gesandter des Bischofs nach Coucy, um Enguerrand für das Land zu huldigen, das den Mönchen einst von Aubry de Coucy geschenkt worden war.

Während seines unfreiwilligen Aufenthalts auf der Burg hatte Robert dieses Ritual einmal beobachten können, das ebenso feudal wie barbarisch war und den Größenwahnsinn derer von Coucy in aller Deutlichkeit aufzeigte:

Der Gesandte des Bischofs ritt während dieser Zeremonie ein braunes Pferd mit gestutzten Ohren und Schweif, das ein Pfluggeschirr trug.

Der Abt führte zudem eine Peitsche bei sich, eine Säschale mit Weizen und einen Korb mit hundertzwanzig sichelförmigen Pasteten aus Weizenmehl, die mit geminztem Kalbfleisch gefüllt und in siedendem Öl ausgebacken worden waren. Dem Reiter folgte ein Hund mit ebenfalls gestutzten Ohren und Schwanz sowie einer Pastete um den Hals.

Nachdem der Gesandte dreimal das steinerne Kreuz vor dem Burgtor umritten und dabei seine Peitsche hatte knallen lassen, stieg er ab und kniete vor der Löwenplattform nieder. Anschließend bestieg er die Plattform, küsste den majestätisch sitzenden Löwen und hinterließ dann die Pasteten und zwölf zusätzliche Brotlaibe mit drei Krügen Wein als Zeichen seiner Huldigung.

Der Herr von Coucy nahm hierauf ein Drittel der Gaben an sich und verteilte den Rest anschließend unter den versammelten Beamten und Stadtherren. Danach drückte er dem Huldigungsschreiben des Bischofs ein Siegel auf, das einen ziegenfüßigen Abt mit einer Mitra zeigte.

Die unterschiedlichsten Erinnerungen stürmten auf Robert ein, als sie nun durch die äußere Befestigungsmauer ritten. Die Wachen am Wehrtor ließen sie anstandslos passieren, da die Ritter schon seit Tagen mit ihren Knappen in Coucy ein und aus gingen und es unmöglich für sie war, sich all die hochtrabenden Namen zu merken. Außerdem waren dafür die Schreiber der Turniervögte zuständig, die seit Tagen damit beschäftigt waren, die endlos langen Adelslisten mitsamt den dazugehörigen Wappen anzulegen und aufzuzeichnen.

Jack kam aus dem Staunen gar nicht mehr heraus. Mit großen Augen starrte er auf den mächtigen Wohnturm, der sich drohend vor ihnen erhob und bis in den Himmel zu reichen schien. Robert stieg von seinem Pferd und übergab Jack die Zügel.

»Da vorne befinden sich die Stallungen«, sagte er und wies auf die niedrigen Gebäude, die seitlich rechts von ihnen lagen. »Und vergiss nicht, dass ich von jetzt an dein Herr bin. Mein Name ist Bernard von Auvergne.«

Er schlug seinen Umhang höher und lief mit großen Schritten auf die Burgküche zu, während er überlegte, wem er hier wohl vertrauen konnte. Der Stallmeister würde ihn sicher nicht verraten, ebenso wenig Gilles, der Küchenmeister. Doch selbst wenn ihn diese beiden unterstützten, konnte sein Unternehmen immer noch scheitern, und das durfte keinesfalls geschehen, denn Enguerrand würde kein Erbarmen kennen.

Vor der Burgküche blieb er stehen.

Vertraute Gerüche schlugen ihm aus der weit geöffneten Türe entgegen und vermischten sich mit dem Stimmengewirr der Knechte und Mägde, das ab und an von den lautstarken Befehlen des Küchenmeisters übertönt wurde.

Ein Knecht mit einem Sack über der Schulter eilte mit abgewandtem Gesicht an ihm vorbei und machte einen kleinen Bogen um ihn herum. Es war nur klug, den Rittern aus dem Weg zu gehen, die mit jedem, der ihnen zu nahe kam, ihre rüden Scherze zu treiben pflegten. Den ganzen Tag über saßen sie herum, würfelten und tranken Wein und schnappten sich dann die Mägde, die dumm genug waren, auf ihre schmeichelnden Worte zu hören.

»Warte«, befahl Robert ihm.

Der Knecht blieb widerwillig stehen und starrte Robert argwöhnisch an. »Sag dem Küchenmeister, dass ich ihn zu sprechen wünsche.«

Der Knecht nickte erleichtert ob dieses bescheidenen Auftrags und verschwand wieder in der Küche.

Wenig später erschien Gilles vor der Türe. Er war wütend geworden, als ihm der Knecht Roberts Nachricht überbracht hatte, stellten die Ritter allesamt doch eine regelrechte Plage für ihn dar. Unbekümmert fielen sie über seine Weinvorräte her, obwohl das Turnier noch nicht einmal begonnen hatte. Bereits vor zwei Tagen hatte er deswegen Order geben müssen, den Wein zu verdünnen, um länger damit auszukommen.

»Was gibt es denn so Dringendes?«, knurrte er unfreundlich. »Ich habe zu …«

Dann erkannte er Robert, und es verschlug ihm die Sprache. Mit weit aufgerissenen Augen starrte er ihn an, als wäre er eine Erscheinung, bis er schließlich sichtbar erfreut zu lächeln begann. Er trat näher an ihn heran und klopfte ihm begeistert auf die Schulter. Der Graf hatte also sein Versprechen wahr gemacht und war zurückgekommen. Gilles freute sich für Marie, die er in sein Herz geschlossen hatte, als wäre sie seine Tochter.

Roberts Blick schweifte indessen suchend über ihn hinweg und in die Küche hinein, doch er konnte Marie nirgends entdecken.

Gilles war der ungeduldige Blick des Grafen nicht entgangen.

»Marie befindet sich bei Adiva, um ihr in ihrer schweren Stunde beizustehen«, klärte er ihn auf.

Robert atmete bei den Worten des Küchenchefs erleichtert auf. Demzufolge war Marie nichts geschehen, und das war das Allerwichtigste.

»Wann erwartet Ihr sie denn zurück?«, fragte er ungeduldig.

»Ich weiß es nicht«, antwortete Gilles. »Sie ist schon eine ganze Weile fort. Gehe ich recht in der Annahme, dass Ihr nicht erkannt werden wollt?«, fügte er mit gesenkter Stimme hinzu.

Als Robert nickte, zog er ihn ein Stück von der Küchentüre fort.

»Es ist besser, wenn Euch niemand hier sieht. Das Gesinde verehrt Marie zwar, als wäre sie eine Heilige, aber es ist auch geschwätzig, und man weiß nie, wem man trauen kann und wem nicht.«

Er überlegte kurz. »Ich schlage vor, Ihr begebt Euch in die kleine Kammer vor dem Lagerraum, in dem die Fässer mit dem eingelegten Fisch stehen. Fulcher kommt nur selten dorthin, er kann den Geruch nicht ausstehen, und ich werde dafür sorgen, dass Euch ansonsten niemand dort stört. Sobald Marie zurück ist, werde ich sie zu Euch schicken. Aber das kann dauern. Ihr solltet jetzt besser gehen, bevor sich das Gesinde zu sehr für Euch zu interessieren beginnt. Wir sehen uns dann später, und dann müsst Ihr mir erzählen, was alles geschehen ist.«

Robert, der Gilles für seine Hilfe unendlich dankbar war, folgte dem Rat des Küchenmeisters umgehend und lief die Treppe zu den Vorratsräumen hinunter. Die Kammer war bis auf einen kleinen Tisch und einen Stuhl vollkommen leer. Er schloss die Türe hinter sich und setzte sich auf den Stuhl. Jetzt konnte er nur noch warten, doch er war so erregt, dass es ihn nicht lange auf seinem Platz hielt, und so sprang er auf und begann, unruhig in der kleinen Kammer hin- und herzulaufen.

40

Die drei Jungen warfen sich gegenseitig verschwörerische Blicke zu, während sie die langweiligen Litaneien der Prim über sich ergehen ließen. Besonders Philipp, ein hübscher Junge mit hellblonden Haaren und ausdrucksstarken braunen Augen, machte keinen Hehl aus seiner Langeweile, was ihm einen giftigen Blick des Priors eintrug.

Ihr Lehrer, Bruder Clemens, litt seit dem gestrigen Abend unter einer schrecklichen Darmverstimmung, weshalb sich die drei Knaben nun auf einen unterrichtsfreien Tag freuten, den sie nutzen wollten, um auf die Jagd zu gehen.

Vor einem Jahr waren sie auf Anordnung ihres Onkels Gilles le Brun in die Abtei gekommen, in der sie die französische Sprache erlernen sollten. Erst im nächsten Frühjahr würden sie wieder nach Flandern zurückkehren, und alle drei wünschten sich nichts sehnlicher, als dem strengen Klosterleben endlich wieder den Rücken kehren zu können.

Sofort nachdem die Prim beendet war, liefen sie in ihre Kammer, wo sie ihre Jagdmesser und Bogen holten.

»Wer die meisten Hasen erlegt, ist Sieger, und die anderen müssen für ihn die Kammer fegen«, rief Ludolf übermütig, der mit seinen vierzehn Jahren etwas größer und kräftiger als seine beiden Kameraden war.

Mit abgebrochenen Ästen in der Hand liefen sie durch den an die Abtei angrenzenden Wald und stocherten lautstark im Unterholz herum, um möglichst viele Tiere aufzuscheuchen. Man musste schon sehr geschickt und treffsicher sein, wollte man einen der aufgeschreckten Hasen treffen, die, sobald sie in Panik gerieten, immer wieder Haken schlugen und die bereits eingeschlagene Richtung änderten, doch die Jungen gaben nicht auf. Während jeweils einer von ihnen versuchte, die Tiere aus ihrem Unterschlupf zu treiben, bewegten sich die beiden anderen mit gespannten Bogen in der Hand vorwärts.

Ludolf erzielte als Erster einen Treffer. Stolz rannte er zu dem erlegten Hasen, zog seinen Pfeil aus dem Kadaver heraus und befestigte seine Beute am Gürtel. Nur wenig später gelang es auch Kuno, einen Hasen abzuschießen. Lediglich der blonde Philipp hatte noch kein Jagdglück gehabt. Vom Ehrgeiz gepackt, lief er voran, den gespannten Bogen dabei fest umklammert.

Nicht weit von ihm entfernt duckte sich ein Hase eng in eine Kuhle des Waldbodens, der sich farblich kaum von seinem Fell unterschied. Triumphierend schlich sich Philipp näher an ihn heran. Der verzweifelte Satz, mit dem das Tier plötzlich vor ihm aufsprang, kam jedoch so unerwartet, dass er im ersten Moment nicht reagierte. Ludolf war schneller als er, verfehlte den Hasen aber um Haaresbreite. Philipp, der sich wieder gefasst hatte, nutzte seine Chance und zielte nunmehr sicher und überlegt auf das fliehende Tier.

Um keinen Preis wollte er sich den Freunden gegenüber eine Blöße geben. Mit ruhiger Hand schoss er seinen Pfeil ab. Der Hase überschlug sich durch die Wucht des Pfeils, rappelte sich aber wieder auf und rannte weiter. Ungläubig starrte Philipp dem Tier nach. Er war sich vollkommen sicher gewesen, einen tödlichen Schuss abgegeben zu haben.

Laut fluchend setzte er dem Hasen nach, nicht bereit, ihn entkommen zu lassen.

»Ich krieg dich schon noch, du blödes Vieh«, murmelte er und war dabei auf sich selbst wütend, weil er nicht besser getroffen hatte.

Vom Jagdfieber gepackt, folgten die Jungen dem verletzten Tier und ahnten dabei nicht, in welche Gefahr sie sich begaben.

Ein mächtiger Hirsch brach voller Panik durch das Unterholz und stürmte direkt auf die Jungen zu. Erst im letzten Moment änderte er seine Richtung. Eine laut kläffende Hundemeute folgte ihm auf dem Fuß. Erschrocken blieben die Jungen stehen.

Der Waldboden erbebte plötzlich unter den trommelnden Hufen von Pferden, die wie aus dem Nichts auftauchten und an ihnen vorbei den Hunden hinterherjagten. Der verletzte Hase war vergessen.

»Ich habe mich fast zu Tode erschrocken, die sind ja gemeingefährlich«, stieß Kuno hervor. Er hatte sich als Erster wieder gefasst, obwohl sein Gesicht noch immer ganz bleich vor Schreck war.

»Die hätten uns beinahe über den Haufen geritten.«

Die Jungen sahen sich an. Trotz des Schreckens, der allen dreien noch in den Gliedern saß, war das soeben Erlebte aufregend für sie gewesen.

»Sobald wir wieder zu Hause sind, werde ich meinen Vater bitten, mich an der Jagd teilnehmen zu lassen«, meinte Philipp mit funkelnden Augen. »Einen Hirsch zu jagen ist doch etwas ganz anderes als hinter ein paar blöden Hasen herzulaufen.«

»Wir sollten dem Abt davon berichten, dass sich Jäger in seinem Wald herumtreiben und Rotwild schießen«, bemerkte Ludolf wütend darüber, dass die Jäger ihn so erschreckt hatten.

»In seinem Wald?« Die Stimme, die hinter ihnen ertönte, troff vor Ironie.

Die Jungen fuhren herum und starrten in die kalten Augen Enguerrands von Coucy. Sie hatten ihn nicht kommen hören.

Auf den ersten Blick erkannten sie, dass es sich bei dem grobschlächtigen, finsteren Mann vor ihnen um einen reichen Edelmann handeln musste. Allein schon das prächtige Pferd war ebenso wie das Zaumzeug und die Steigbügel, die mit silbernen Beschlägen verziert waren, ein Vermögen wert.

»Es ist mein Wald, in dem ihr euch befindet, und es sind meine Hasen, die ihr am Gürtel tragt«, setzte er mit düsterer Miene hinzu.

Enguerrand war noch immer wütend darüber, den Hirsch nicht getroffen zu haben, doch sein Pferd war genau in dem Moment über eine Wurzel gestolpert, als die Sehne seines Bogens zurückgeschnellt war.

Hinter ihm erschienen weitere Jäger.

»Niemand bestiehlt ungestraft den Herrn von Coucy«, schrie er, von plötzlicher Wut übermannt. »Packt sie, und knüpft sie am nächsten Baum auf.«

Philipp machte sich vor Angst in die Hosen. Ein warmer Strahl lief seine Beine entlang und in die weichen Stiefel hinein, die sein Vater ihm zum Abschied geschenkt hatte. Ludolf und Kuno sahen sich entsetzt an.

Sie konnten kaum glauben, was sie gerade gehört hatten, aber der wütende Edelmann vor ihnen sah nicht so aus, als würde er spaßen.

»Wir haben doch nur ein paar Hasen geschossen«, stammelte Ludolf kleinlaut. »Abt Simon hat es uns erlaubt.«

Enguerrand grinste höhnisch auf ihn herunter. »Dann wärt ihr mal besser in den klösterlichen Wäldern geblieben. Denn das hier ist mein Wald, und niemand raubt mir mein Wild.« Er wandte sich an seine Ritter.

»Habt Ihr nicht verstanden, Ihr sollt sie aufhängen!«, brüllte er.

»Aber es sind doch noch Kinder«, gab einer der Ritter zu bedenken. Irgendetwas an dem blonden Philipp erinnerte ihn an seinen eigenen Sohn. Enguerrands Gesicht lief vor Wut dunkelrot an.

»Was Kinder sind und was nicht, bestimme allein ich«, wütete er unbeherrscht. »Und diese drei hier sind nichts anderes als elende Wilddiebe, die ihre gerechte Strafe erhalten werden.«

Niemand aus Enguerrands Gefolgschaft wagte es mehr, ihm zu widersprechen, und noch ehe die drei Jungen überhaupt reagieren konnten, wurden sie auch schon von kräftigen Händen gepackt und auf ein Pferd gesetzt. Ein Seil, dessen anderes Ende über einen kräftigen Ast geschlungen war, wurde ihnen um den Hals gelegt. Es war wie in einem bösen Traum.

»Unser Onkel ist Gilles le Brun, der Konnetabel von Frankreich«, rief Ludolf mit dem Mut der Verzweiflung. Er klammerte sich noch immer an die Hoffnung, dass der wütende Fürst ihnen lediglich eine Lehre erteilen wollte. Doch Enguerrand war es bitterernst.

Kalt lächelnd gab er seinen Rittern das verabredete Zeichen, woraufhin diese den Pferden einen Hieb versetzten, der sie erschrocken losjagen ließ.

Ungerührt beobachtete Enguerrand, wie die Körper der Jungen im Todeskampf zuckten. In ihren aus den Höhlen tretenden, weit aufgerissenen Augen stand hilflose Ungläubigkeit geschrieben. Wenige Augenblicke später waren sie tot.

»Wir reiten zurück.« Und ohne sich noch einmal umzudrehen, hieb er seinem Pferd die Fersen in die Seite und galoppierte los.

Gilles war in Gedanken noch bei seiner unerwarteten Begegnung mit Robert, als ein Knecht mit hochrotem Gesicht in die Küche stürmte.

Die dort anwesenden Mägde und Knechte unterbrachen ihre Arbeit und starrten ihm interessiert entgegen. Jede Neuigkeit, die sie aus ihrem tristen Alltag riss, wurde begierig von ihnen aufgesogen.

»Ihr glaubt nicht, was geschehen ist«, berichtete er noch immer ganz außer Atem. Er holte mehrmals tief Luft und genoss dabei die Aufmerksamkeit, die ihm von allen gezollt wurde, ganz offensichtlich.

»Der Herr hat in seinem Wald drei junge Edelleute beim Jagen erwischt und sie ohne großes Federlesen am nächsten Baum aufknüpfen lassen.«

Die Augen des Gesindes hingen ganz gebannt an seinen Lippen.

»Der Knappe, der es mir erzählt hat, sagt, sie wären noch nicht einmal erwachsen gewesen und hätten außerdem nur ein paar Hasen gejagt.«

Auf diese Nachricht hin war bis auf das Knistern des Feuers kein Laut mehr in der großen Küche zu vernehmen. Alle waren fassungslos, und Gilles schüttelte mehrmals seinen Kopf.

In diesem Moment betrat Marie die Küche. Sie hatte Adiva beigestanden, die vor Kurzem einen kräftigen Jungen zur Welt gebracht hatte. Die Geburt war schwer gewesen, und Adiva hatte sich die ganze Zeit über wie eine Ertrinkende an sie geklammert. Marie war erschöpft, aber glücklich. Es war die erste Geburt, die sie miterlebt hatte, und der kleine Mensch, der aus Adivas Körper geschlüpft war, erschien ihr wie ein Wunder. Obwohl alles an ihm so winzig war, war er dennoch vollkommen, und sie hatte sich nur schwer von dem süßen kleinen Bündel losreißen können.

Die Unruhe, die sie schon den ganzen Tag über verspürte, hatte sich auf dem Weg in die Burgküche allerdings noch einmal verstärkt. Als sie nun die Küche betrat, merkte sie sofort, dass etwas geschehen sein musste. Das Gesinde starrte auf einen Knecht links von ihr und war noch immer dabei, die soeben gehörte ungeheuerliche Neuigkeit zu verarbeiten.

»Was ist geschehen?«, fragte sie Gilles, der ihr bereitwillig Auskunft gab.

Marie war ebenso erschrocken über die Grausamkeit Enguerrands wie alle anderen. Unwillkürlich tauchte Ottos Bild wieder vor ihr auf, und sie schickte ein stilles Gebet nach oben.

Während um sie herum nun die ersten aufgeregten Kommentare zu hören waren, zupfte Gilles Marie unauffällig am Ärmel ihres Kleides. Die Gelegenheit war günstig, denn in all der Aufregung, die jetzt herrschte, achtete niemand mehr auf ihn und Marie.

»Kannst du noch eine Neuigkeit vertragen?«, wollte er lächelnd wissen. Marie sah ihn zunächst verwundert an, nickte dann aber unmerklich mit dem Kopf.

»Der junge Graf ist zurück«, flüsterte Gilles. »Er erwartet dich in der Kammer vor dem Lagerraum mit den Fischfässern, Marie.«

Einen Moment lang sagte Marie gar nichts, sondern stand nur da und schaute Gilles an, als ob sie ihn nicht verstanden hätte. Dann aber trat auf einmal ein Leuchten in ihre Augen, das Gilles noch nie zuvor an ihr gesehen hatte.

»Ist das wahr?«, vergewisserte sie sich. »Robert ist wirklich hier?« Worauf Gilles ihr gerührt über die Wange strich und ihre Frage mit einem leisen Ja beantwortete.

»Du solltest dich beeilen, bevor die anderen etwas davon mitbekommen«, fuhr er mit belegter Stimme fort und sah ihr nach, als sie sich daraufhin umdrehte und aus der Küche rannte.

Marie lief die hohen Stufen zu den Vorratsräumen hinab, und das Herz klopfte ihr dabei bis zum Hals. Robert hatte sein Versprechen also wahr gemacht und war zurückgekommen, um sie zu holen.

Vor der Kammer blieb sie stehen. In wenigen Augenblicken würde sie ihn sehen. Wie lange hatte sie nur auf diesen Augenblick gewartet? Und wie merkwürdig kam ihr dieser Moment nun vor, obwohl sie ihn doch die ganze Zeit über herbeigesehnt hatte.

Sie holte noch einmal tief Luft, dann zog sie entschlossen die Türe auf.

Robert blickte auf und war seinerseits unfähig, sich zu bewegen. Tausend Gedanken gingen ihm durch den Kopf, während er gleichzeitig jedes Detail an Marie wahrnahm. War es möglich, dass sie, seitdem er sie zuletzt gesehen hatte, nochmals schöner geworden war, oder kam ihm das nur so vor? Ganz sicher war jedoch aus dem schüchternen jungen Mädchen mittlerweile eine Frau geworden. Ihre Haut, ihre Haare, die Augen, der Mund. Das alles war ihm so vertraut und wirkte doch verändert und neu.

Von ihrer Erscheinung noch immer völlig gebannt, sah er ihr entgegen, als sie, wie es ihm schien, unendlich langsam auf ihn zukam.

Da kam plötzlich Bewegung in ihn. Er sprang auf und zog sie ungestüm in seine Arme. Wie wild begannen sie sich unter Tränen und Lachen zu küssen, sanken auf den Boden hinab und konnten nicht aufhören, sich immer und immer wieder einander versichernd zu berühren, bis sie schließlich völlig erschöpft waren und eng umschlungen, still und ohne sich zu bewegen, nebeneinander liegen blieben.

Nach einer Weile sahen sie sich an, vorsichtig und forschend, begleitet von der heimlichen Angst, dass die lange Trennung etwas zwischen ihnen verändert haben könnte.

Marie stellte fest, dass Roberts Gesicht kantiger geworden war und seine Rundungen verloren hatte. Zu all dem, was ihr an ihm vertraut war, hatte sich etwas Unbekanntes, etwas Fremdes gesellt, und seine hellen Augen, in denen sie früher seine Gefühle so gut hatte lesen können, wirkten seltsam verschlossen.

Zwischen all diese verwirrenden Eindrücke und Gedanken drängten sich die Bilder von der Geburt. Sie versuchte, sie fortzuschieben, doch es gelang ihr nur teilweise, bis Robert ihr Gesicht sanft mit seinen Händen umfasste und sie näher zu sich heranzog.

Lange sahen sie sich in die Augen, dann beugte Robert sich vor, und ihre Lippen fanden sich erneut zu einem innigen Kuss.

Die Welt um sie herum löste sich in luftige Schleier auf.

Alles war unwirklich und real zugleich. Robert setzte einige Male zum Sprechen an, doch jedes Mal versagte ihm die Stimme. Es gab keine Worte, die den brennenden Sturm der Gefühle ausdrücken konnten, die in seinem Inneren tobten.

Die Dämmerung brach bereits herein, als Robert zärtlich Maries Hand nahm. »Ich liebe Euch und möchte lieber sterben, als noch einmal von Euch getrennt zu sein.«

Seine Worte zerstörten den luftigen Traum.

Marie drehte ihren Kopf zur Seite. Die Wirklichkeit hatte sie eingeholt, und die Wirklichkeit war, dass sie sich wieder voneinander trennen mussten, denn sie war die Gefangene des Herrn von Coucy und würde es immer bleiben. Daran ließ sich auch durch Roberts Rückkehr nichts ändern, es sei denn, Robert hätte tatsächlich eine Möglichkeit gefunden, um sie unbemerkt aus der Burg zu bringen. Der Gedanke machte sie atemlos, und voller Spannung wandte sie dem Geliebten wieder ihr Gesicht zu.

Die Vesper war bereits lange vorbei, als sich der Provinzenmeister bei Abt Simon melden ließ. Er war in großer Sorge um die jungen Grafen, die dem Kloster anvertraut worden waren und unter seiner Obhut standen.

Im Vorraum begegnete er dem Prior, der noch verkniffener als sonst wirkte. Irgendwann wird ihm der Neid noch seine Gedärme zerfressen, dachte er respektlos, während er höflich einen Schritt zur Seite ging, um den Prior vorbeizulassen.

Abt Simon saß an seinem Schreibtisch und dachte über das wenig erfreuliche Gespräch nach, das er gerade mit seinem Prior geführt hatte, der sich wieder einmal über die jungen Grafen beschwert hatte.

»Sie untergraben unsere Autorität und scheren sich einen Dreck um unsere Regeln. Sie sind einfach unverschämt und unverfroren. Schon allein wegen unserer Novizen können wir ihr Verhalten nicht länger dulden und sollten dafür sorgen, dass sie die Abtei so schnell wie möglich und für immer verlassen.«

Im Stillen hatte der Abt seinem Prior sogar recht gegeben, doch Gilles le Brun war der Oberfeldherr von Frankreich und zudem ein enger Vertrauter des Königs.

»Betrachtet es als eine Prüfung des Herrn«, hatte er schließlich gemeint und noch hinzugefügt: »Die Jungen sind nicht hier, um Novizen zu werden, sondern um unsere Sprache und Gebräuche kennenzulernen.«

»Das können sie auch woanders tun, in Paris und Reims gibt es genügend Schulen für respektlose Bengel wie diese«, hatte der Prior zähneknirschend geantwortet, worauf ihn Abt Simon mit einem strengen Blick bedacht hatte.

»In wenigen Monaten werden sie die Abtei verlassen, und bis dahin ist es unsere Aufgabe, ihnen so viel wie möglich für ihr weiteres Leben mitzugeben. Auch haben wir unsere Verpflichtungen dem König gegenüber, ob uns dies nun gefällt oder nicht. Ihr solltet lieber für sie beten, damit ihre Seelen nicht verloren gehen.« Damit war das Gespräch für ihn beendet gewesen.

»Gibt es sonst noch etwas?« Demonstrativ hatte er nach der Heiligen Schrift gegriffen.

Kaum hatte der Prior den Raum verlassen, als er sich auch schon erleichtert zurückgelehnt hatte.

»Bitte, Herr, gib mir die Kraft, diesen Mann zu ertragen«, murmelte er.

Sein Blick fiel auf das schlichte Holzkreuz über der Tür. Sofort musste er wieder an seinen Traum und an das Mädchen denken. Ob Gott ihm seinen Wunsch, sie zu sehen, wohl erfüllen würde?

In diesem Moment hatte ihm sein Diener den Besuch des Provinzenmeisters gemeldet. Bruder Viktor wirkte aufgeregt.

»Bitte entschuldigt die späte Störung, aber die jungen Grafen sind noch nicht zurück. Deshalb wollte ich Euch um Erlaubnis bitten, einige Brüder auszusenden, die nach ihnen suchen.«

»Hast du eine Vermutung, wo sie sein könnten?«, fragte der Abt.

»Sie wollten Hasen jagen, eine ihrer Lieblingsbeschäftigungen«, erwiderte Bruder Viktor. »Vielleicht haben sie sich dabei ja in den Wäldern verirrt? So lange wie heute sind sie jedenfalls noch nie fortgeblieben.«

»Wie sollen sie unsere Brüder in der Dunkelheit finden? Ich schlage vor, wir warten bis zur Morgendämmerung und begeben uns dann auf die Suche nach ihnen. Gib dem Dienstmann Bescheid, er soll mit seinen Männern in aller Frühe aufbrechen, falls sie bis dahin nicht längst zurück sind.«

Aber Bruder Viktor war noch immer nicht beruhigt. Im Gegensatz zum Prior mochte er die Jungen, die ihn in all ihrer Sorglosigkeit an seine eigene Jugend erinnerten.

»Sie werden sicher große Angst haben, denkt doch nur an die Wölfe«, gab er zu bedenken.

»Die Wölfe werden ihnen nichts tun. Außerdem haben sich die Jungen selbst in diese Lage gebracht und müssen nun auch sehen, wie sie damit zurechtkommen. Das wird ihnen eine Lehre sein, die sie mehr als verdient haben«, erwiderte Abt Simon streng. »Sie denken nur an ihr eigenes Vergnügen, und ein wenig Furcht wird ihnen nicht schaden. Ich wünsche dir eine gute Nacht.«

Bruder Viktor erhob sich.

Der Diener begleitete ihn hinaus und schloss die Türe hinter ihm.

»Habt Ihr noch einen Wunsch?«, wandte er sich danach an den Abt, doch der sah ihn nur eine Weile gedankenverloren an und winkte ab.

»Ich brauche dich nicht mehr, du kannst schlafen gehen.«

Kaum war er wieder allein, als seine Gedanken auch

schon zu Robert wanderten. Er fieberte der Rückkehr des Grafen entgegen und beschloss, sofort nach der Frühmesse Bernard von Auvergne aufzusuchen, der noch immer in der Krankenstube des Klosters lag.

Die Nachricht, die ihn dann jedoch am nächsten Mittag erreichte, war äußerst besorgniserregend und ließ alle seine anderen Pläne vorerst in den Hintergrund treten.

Der Dienstmann, dem der kriegerische Dienst und Schutz des Klosters oblag, war noch im Morgengrauen aufgebrochen und hatte die Jungen mit Hilfe seiner Hunde gefunden und in die Abtei zurückgebracht.

Der Anblick ihrer bleichen Gesichter war eine einzige stumme Anklage. Gequält von seinem schlechten Gewissen, gab der Prior den Befehl, die drei Leichen in der Kapelle aufzubahren, und ließ den Abt rufen.

Mit gerunzelter Stirn starrte Abt Simon auf die Jungen hinunter.

»Wer hat das getan?«, befragte er den Dienstmann, einen rauen Burschen, den so leicht nichts aus der Fassung brachte. Doch der Anblick der an den Ästen baumelnden Kinderleichen hatte selbst ihn erschüttert.

»Ich vermute, dass der Herr von Coucy dahintersteckt, wer sonst könnte so grausam sein? Wir haben die Jungen unweit der Grenze in seinen Wäldern gefunden, sie hatten drei Hasen an ihren Gürteln befestigt.«

Abt Simon sandte sofort einen Boten zu Gilles le Brun und zog sich dann nachdenklich in seine Gemächer zurück. Der Tod der Jungen würde die Aufmerksamkeit der Mächtigen auf die Abtei lenken und vielleicht sogar einen Krieg mit dem Herrn von Coucy auslösen, in den die Abtei unweigerlich mit hineingezogen werden würde.

Verzweifelt sank er auf die Knie und begann zu beten.

41

Der Franziskaner Guillaume de Saint-Pathus, der zur Rechten König Ludwigs im Thronsaal Platz genommen hatte, hatte sich gerade in ein heftiges Streitgespräch mit den weltlichen Ratgebern des Königs verstrickt, als ein Diener die Versammlung unterbrach und das Eintreffen des königlichen Oberfeldherren Gilles le Brun meldete.

König Ludwig war insgeheim froh über die Unterbrechung.

Die in den Augen seiner Ratgeber und Finanzminister unverhältnismäßig hohen Ausgaben für den Bau der Franziskaner- und Dominikanerkonvente in Paris hatten den vorangehenden Streit entfacht, der für seinen Geschmack immer unangenehmer verlaufen war, weil nicht mehr viel gefehlt hatte, um seine großzügigen Stiftungen für die Häuser der Ordensgeistlichen ebenfalls noch unter Beschuss geraten zu lassen. Und so kam Ludwig die Meldung des Dieners gerade recht, um die unliebsame Diskussion abzubrechen.

Mit einer herrischen Handbewegung brachte er die Männer zum Schweigen.

»Kein Wort mehr! Alles was ich habe, hat Gott mir gegeben. Und all dieses Geld ist, so glaube ich, gut für all die vortrefflichen Brüder verwendet, die aus der ganzen Welt in die Pariser Konvente strömen, um die heilige Lehre zu studieren, und die diese Lehre, um der Liebe Gottes willen und zum Heil der Seelen, danach wieder in die ganze Welt zurücktragen und dort verkünden.«

Niemand der Männer wagte daraufhin noch etwas zu erwidern.

Der Streit war beendet.

König Ludwig achtete nicht mehr auf die hasserfüllten Blicke, die sich die Kontrahenten hinter seinem Rücken zuwarfen, sondern ging mit ausgebreiteten Armen seinem Freund und Vertrauten Gilles le Brun entgegen und umarmte ihn zum Zeichen seiner Freundschaft.

»Es ist schön, Euch zu sehen, mein Lieber, und ich hoffe sehr, dass es keine unangenehmen Dinge sind, die Euch zu mir führen«, bemerkte er nach einem besorgten Blick in das veränderte Gesicht des Freundes.

Er hielt große Stücke auf den hageren, blonden Mann, der kein Franzose war, sondern aus dem Hennegau stammte, und dessen tiefe Frömmigkeit und beispielhafter Mut ihn während des Kreuzzugs tief beeindruckt hatten.

Er führte Gilles le Brun in seinen privaten Schreibraum, um ihm so die Möglichkeit zu geben, unter vier Augen mit ihm zu sprechen.

»Es ist nicht zu übersehen, dass etwas geschehen sein muss, das Euch tief bedrückt, mein Freund«, begann der König, nachdem sie auf den kostbar geschnitzten Stühlen neben dem Kamin Platz genommen hatten.

»Ich möchte Euch dafür danken, dass Ihr mich sofort empfangen habt. Es ist in der Tat etwas geschehen, das mein Herz und das meiner Verwandten tief betrübt.«

Und Gilles le Brun berichtete dem König, was geschehen war.

»Philipp war wie ein Sohn für mich und auch Kuno und Ludolf standen mir sehr nahe. Ich bin gekommen, um Euch darum zu bitten, uns Gerechtigkeit zu verschaffen«, schloss er traurig.

König Ludwig reichte ihm beide Hände.

»Es ist gut, dass Ihr sofort zu mir gekommen seid, und Enguerrand von Coucy wird, wenn er sich als schuldig erweisen sollte, seiner gerechten Strafe nicht entgehen«, versprach er und ließ umgehend ein Schreiben aufsetzen, in dem er Enguerrand von Coucy aufforderte, sich unverzüglich nach Paris zu begeben.

Noch am gleichen Tag verließ ein königlicher Bote das Schloss, um dem Herrn von Coucy die Nachricht zu überbringen.

Die Nachricht von der Ankunft des königlichen Boten drang über die Dienerschaft Enguerrands nach draußen, wo sie sich in Windeseile verbreitete und schließlich auch in die Burgküche und damit zu Gilles gelangte, der sich alles ganz genau berichten ließ.

»Der Herr hat getobt, als er die Nachricht des Königs gelesen hat. König Ludwig hat ihm befohlen, sofort nach Paris zu kommen, dabei sollte morgen doch das Turnier stattfinden. Es hat etwas mit den Jungen zu tun, die in seinen Wäldern gewildert haben, und obwohl der Herr noch immer wütend ist, wagt er es nicht, sich dem Befehl des Königs zu widersetzen. Er hat bereits alles für seine Abreise vorbereiten lassen und will noch heute aufbrechen.«

Gilles wurde traurig, als ihm klar wurde, dass die Abreise Enguerrands die Gelegenheit für Robert war, mit Marie zu fliehen. Damit war der Abschied von Marie nicht mehr fern, und obwohl ihm der Gedanke, sie zu verlieren, überhaupt nicht behagte, beschloss er doch, den beiden zu helfen. Marie hatte es verdient, endlich glücklich zu werden.

Er rief Marie zu sich, die nur wenig später bei ihm war.

»Geh zu Robert und sag ihm, dass Enguerrand noch heute die Burg verlassen und so schnell nicht wieder zurückkehren wird. Das ist eure Chance zu fliehen.«

Er hatte leise und schnell gesprochen, und Marie sah ihn mit einem merkwürdigen Blick aus ihren dunklen Augen an.

»Ich danke Euch, Gilles. Ihr wart mir ein guter Freund in all der Zeit, die ich auf der Burg war, und ich werde Euch nie vergessen, was Ihr für Robert und mich getan habt. Doch ich habe dem Herrn von Coucy mein Wort gegeben hierzubleiben, wenn er Robert dafür gehen lässt. Wenn ich jetzt mit ihm fliehe, breche ich mein Versprechen.«

Gilles war sprachlos. Das konnte doch nicht wahr sein! Er spürte, wie der Zorn in ihm hochstieg.

»Enguerrand hat dich gefangen genommen und auf seine Burg verschleppt. Du schuldest ihm nichts mehr. Wenn einer von euch jemandem etwas schuldet, dann ist es Enguerrand, für den du jeden Tag geschuftet hast, ohne dass der sich auch nur einen Deut um dich gekümmert hat, und jetzt geh zu Robert und erzähle ihm von Enguerrands Abreise.«

Der Küchenmeister hatte sich in Rage geredet, und einige der Mägde sahen bereits aufmerksam zu ihm hinüber.

Marie verließ die Küche, um nach Robert zu suchen. In seiner Kammer war er nicht, und sie vermutete ihn draußen bei den Pferden.

Im Burghof ging es zu wie auf einem Marktplatz. Immer mehr Besucher trafen zum Turnier ein, und ihnen folgten fahrende Händler, Gaukler und Huren. Sie alle hofften darauf, während des Spektakels noch etwas Geld verdienen zu können, bevor der Winter kam. Wohin Marie auch blickte, überall wimmelte es von Menschen und Pferden, schreienden Kindern und kläffenden Hunden.

Schließlich entdeckte sie Robert bei den Weiden und ging zu ihm hinüber. Jack war bei ihm.

»Hat unser guter Gilles Euch freigegeben?«, lächelte ihr Robert entgegen. Doch Marie ging nicht weiter auf seine scherzhafte Frage ein.

»Ich soll Euch von ihm ausrichten, dass Enguerrand noch heute die Burg verlässt. König Ludwig hat ihm befohlen, nach Paris zu kommen.« Sowohl ihre Wortwahl als auch ihr ganzes Verhalten kamen Robert merkwürdig vor.

Er musterte Marie genauer. Sie schien ihm nicht sehr glücklich über diese Nachricht zu sein. Irgendetwas stimmte nicht.

»Was ist mit Euch, Ihr seht nicht sehr erfreut aus?«

»Ich habe dem Herrn von Coucy mein Wort gegeben hierzubleiben, wenn er Euch dafür gehen lässt.« Nicht der kleinste Vorwurf lag in ihrer Stimme.

Wie schon Gilles vor ihm war auch Robert ob dieser Aussage fassungslos.

»Er hat dieses Versprechen von Euch erpresst. Niemand wird Euch also einen Vorwurf machen, wenn Ihr es nicht haltet.«

Marie sah ihn nur an, sagte aber nichts.

»Ihr habt gesagt, dass Gott uns helfen wird, und jetzt, wo Er es getan hat, weigert Ihr Euch, Seine Hilfe anzunehmen«, versuchte er es erneut.

Marie schwieg noch immer. Robert konnte sie nicht verstehen. Ein Mann wie Enguerrand hatte es nicht verdient, dass sich jemand freiwillig für ihn aufopferte.

»Was genau hat er denn damals von Euch verlangt?«

Marie überlegte einen Moment.

»Er hat gesagt, dass ich hierbleiben muss, wenn er Euch gehen lässt.«

Ein triumphierendes Lächeln machte sich in Roberts Gesicht breit.

»Hat er auch gesagt, wie lange Ihr hierbleiben müsst?«

Marie dachte eine Weile nach, dann schüttelte sie den Kopf.

»Da seht Ihr es. Ihr habt ihm versprochen, auf der Burg zu bleiben, und das habt Ihr auch getan.« Marie war zunächst etwas verblüfft, bis sie schließlich begriff, was Robert ihr damit sagen wollte.

»Ich habe gar nicht gewusst, dass Ihr so spitzfindig sein könnt«, meinte sie neckend und war unendlich erleichtert, ihren Schwur nun doch nicht brechen zu müssen. Sie war so schön, dass Robert sie am liebsten vor aller Augen geküsst hätte, doch dafür war keine Zeit. Sie mussten so schnell wie möglich von hier fort. Seine Gedanken überschlugen sich.

»In dem Gewimmel da draußen fallen wir nicht weiter auf, ich glaube nicht, dass wir Probleme haben werden, unerkannt an den Wachen vorbeizukommen.«

Er sah Jack an.

»Hol die Pferde, aber sage zu niemandem, wozu du sie brauchst, und verrate dich nicht durch übermäßige Eile, hast du mich verstanden?« Jack nickte und verschwand.

»Wir müssen uns noch von Gilles verabschieden«, fiel Marie plötzlich ein.

Robert wurde ernst. »Das ist zu gefährlich. Bis jetzt hat mich noch niemand erkannt, und so soll es auch bleiben. Wir dürfen kein Risiko eingehen. Gilles wird es verstehen. Und jetzt mischt Euch unters Volk und versucht, durch das

Tor zu kommen, ohne dass Euch jemand erkennt. Ich warte vor der Burg auf Euch.«

Marie sah ein, dass er recht hatte, und als ihr die Gelegenheit günstig erschien, lief sie mit zitternden Knien auf das Tor zu und schaffte es tatsächlich, unbemerkt an den Wachen vorbeizukommen. Sie hatte ihren Umhang höher geschlagen und ging neben dem Wagen eines Händlers her, wobei sie so tat, als ob sie zu ihm gehören würde.

Vor der äußeren Befestigungsmauer traf sie auf Robert, der sie zusammen mit Jack schon ungeduldig erwartete. Stolz und zufrieden, dass sie die erste Hürde auf ihrer Flucht erfolgreich genommen hatten, hob er sie vor sich aufs Pferd.

»Endlich sind wir frei«, stieß er jubelnd hervor, »und ich kann mein Versprechen wahr machen, Euch für immer zu beschützen. Meine Mutter freut sich schon sehr darauf, Euch kennenzulernen«, flüsterte er ihr zärtlich ins Ohr.

Marie konnte ihr Glück noch gar nicht richtig fassen. Es war alles so schnell gegangen, dass sie kaum wusste, wie ihr geschehen war. Doch als ihr der Wind nun ins Gesicht fuhr, weil Robert sein Pferd zu einem schnellen Galopp antrieb, begriff sie auf einmal, dass sie hier und jetzt einem neuen Leben entgegenritt.

Sie ritten die ganze Nacht über und legten jeweils nur kurze Pausen ein, bis sie schließlich am nächsten Tag unbehelligt die Abtei erreichten. Robert überließ Jack die schweißnassen Pferde und ließ sich sofort bei Abt Simon melden. Dann eilte er, gefolgt von Marie, zur Krankenstube. Noch bevor er den Abt traf, musste er wissen, welche Fortschritte Bernards Rekonvaleszenz in der Zwischenzeit gemacht hatte.

Bernard saß mit einer Schale in der Hand im Bett und

löffelte seinen Eintopf. Bei Roberts Eintreten sah er überrascht auf. Er war noch immer blass im Gesicht, aber die dunklen Schatten unter seinen Augen waren schon erheblich zurückgegangen.

»Ihr seid schon zurück? Was ist geschehen?« Dann fiel sein Blick auf Marie, die hinter Robert getreten war, und ein bewundernder Ausdruck trat in seine Augen. Das schüchterne blasse Mädchen von damals war zu einer Frau herangewachsen, die ohne Zweifel eine Schönheit war und eine faszinierende Ausstrahlung besaß.

»Es scheint, als hättet Ihr mich um mein wohlverdientes Abenteuer gebracht, auf das ich lange genug warten musste«, bemerkte er grinsend.

Er schob sich den Rest des Eintopfes mit dem Holzlöffel in den Mund und sah Robert erwartungsvoll an.

»Hat mein Anblick Euch die Sprache verschlagen? Ich möchte wissen, wie es Euch ergangen ist. Ist es möglich, dass der grausame Herr von Coucy ein Einsehen gehabt und Euch Marie kampflos überlassen hat, oder jagt er wutschnaubend hinter Euch her und taucht jeden Moment hier auf, um sie Euch wieder zu entreißen?«

Bernard schien tatsächlich auf dem Weg der Besserung zu sein.

»Enguerrand musste auf Befehl des Königs nach Paris, und wir haben die Gelegenheit genutzt, um von der Burg zu fliehen. Es freut mich, dass es Euch wieder besser geht. Wir brechen gleich morgen früh auf, seid Ihr in der Lage, mit uns zu reiten?«

Statt einer Antwort erhob sich Bernard und griff nach seinen Stiefeln.

Das Brummen in seinem Schädel hatte Tag für Tag nachgelassen, bis es schließlich ganz verschwunden war, und er fühlte sich erholt und frisch, wenn auch noch etwas kraftlos. Auf keinen Fall würde er hierbleiben.

Abt Simon hatte die Nachricht von der Rückkehr des Grafen de Forez längst erhalten und erwartete ihn seitdem voller Ungeduld in seinen Gemächern.

Immer wieder spielte er mit dem Gedanken, ihm entgegenzugehen, ermahnte sich dann aber selbst mit den Worten, dass Geduld eine Tugend wäre, und blieb, wo er war.

Endlich vernahm er Schritte.

Aufgeregt sprang er auf und starrte erwartungsvoll auf die Türe.

Robert betrat, gefolgt von Bernard und Marie, sein Gemach. Abt Simon begrüßte die beiden Männer höflich, doch seine Augen suchten sofort nach Marie, die etwas seitlich von Robert stand und von dessen Rücken halb verdeckt wurde.

Als ob sie seine Ungeduld spüren würde, trat Marie vor und machte einen Schritt auf den Abt zu. Ihre Augen trafen sich. Sein ganzes Leben lang hatte er auf diesen Tag gewartet, und nun, nachdem er gekommen war und er Marie gesehen hatte, begann die Welt um ihn herum zu schwinden, und es wurde still in ihm. Der Gesang, der in seinen Ohren erklang, war reiner und lieblicher als alles, was er jemals gehört hatte. Ein tiefes Glücksgefühl durchströmte ihn und erfüllte ihn mit einer Wärme, die er vorher nicht gekannt hatte. Jetzt wusste er, dass er tatsächlich nicht allein war, denn er hatte einen Moment lang die Herrlichkeit Gottes erblickt.

Robert und Bernard sahen einander verwirrt an. Beide konnten spüren, dass gerade etwas geschah, das sich nicht in Worte fassen ließ, auch wenn sie nicht wussten, was es war. Und so wagten sie kaum zu atmen, um diesen kostbaren Augenblick nicht zu zerstören.

Es dauerte lange, bis sich Abt Simon wieder aus seiner Erstarrung löste. Dann aber ergriff er voller Dankbarkeit Maries Hände und drückte sie inniglich. Es war ihm deutlich anzusehen, wie bewegt er war.

Sein Blick ging zu dem kunstvoll geschnitzten Holzkreuz neben der Türe.

»Ich danke Dir, Herr, für Deine große Güte«, stammelte er, noch immer überwältigt von seinen Gefühlen.

Marie löste ihre Hände sanft aus den seinen und trat zu Robert. Sie fühlte sich seltsam geborgen in dieser Abtei und bei dem Abt, dessen Augen frei von Lüge waren. Die vier Menschen schwiegen, während jeder auf seine Art versuchte, das gerade Erlebte zu bewältigen.

»Ich hatte recht«, sprach der Abt schließlich als Erster und wie zu sich selbst, erklärte seine Worte aber nicht näher. Er hatte sich dafür entschieden, zu schweigen und das letzte Wissen mit in sein Grab zu nehmen.

Der Abschied am nächsten Morgen verlief herzlich. Abt Simon begleitete seine Gäste noch bis zum Tor. Dann wandte er sich um und begab sich auf dem schnellsten Weg in die verborgene Kammer hinter der kleinen Bibliothek, zu der niemand sonst Zutritt hatte und wo ihn Bruder Jacob bereits erwartete.

»Es ist mir gelungen, hinter einen Teil der Verschlüsselung zu kommen«, raunte er ihm aufgeregt zu.

Einträchtig beugten sich die beiden Männer über die bräunlichen Papyrusblätter, die bei jeder noch so leichten Berührung zu knistern anfingen. Wie hypnotisiert starrten sie auf die hebräischen und aramäischen Schriftzeichen, die von Ereignissen berichteten, die sich vor mehr als über tausend Jahren ereignet hatten und die vielleicht eines der größten Geheimnisse des Christentums enthielten.

Tiefe Nacht umgab die Abtei Saint-Nicolas, deren Bewohner längst schlafen gegangen waren. Nur in der verborgenen Kammer hinter der Bibliothek brannte noch immer Licht, das jedoch nicht nach draußen drang.

Im Schein der Wachskerzen warfen sich Abt Simon und Bruder Jacob einen fassungslosen Blick zu, bevor sie sich erneut über das brüchige Papyrusblatt beugten, das vor ihnen auf dem Schreibpult lag. Immer wieder lasen sie die gerade erst entschlüsselten Schriftzeichen, die von geheimnisvollen Symbolen durchbrochen waren.

Das brennende Kreuz war das größte von ihnen und erinnerte Abt Simon an seine Träume. Welches Geheimnis verbarg sich hinter dem brennenden Kreuz?

Das Kreuz war seit jeher ein uraltes Symbol für den Baum der Erkenntnis, und Feuer stand ebenso für Läuterung wie für Reinigung. Und aus der Asche ging neues Leben hervor.

Aber was bedeuteten die sieben kaum erkennbaren Punkte über dem Kreuz? Symbolisierten sie die Gestirne des Himmels oder das Licht, das tropfenweise aus der göttlichen Sphäre auf die sichtbare Welt herniederfiel? Abt Simons nächster Gedanke war so ungeheuerlich, dass er vor Aufregung den Atem anhielt.

Deuteten die Punkte vielleicht auf Maria Magdalena hin?

Jesus hatte Maria Magdalena von sieben bösen Geistern befreit.

Plötzlich kam ihm die Prophezeiung des hebräischen Propheten Micha in den Sinn, die von der Wiederkehr der Herrschaft Jerusalems kündete, vom Heraufkommen einer Zeit, in der alle Völker ihre Schwerter zu Pflugscharen umschmiedeten und sich im Namen Gottes miteinander versöhnten.

»Und du, oh, Magdaleder, Turm der Herde,
du Feste der Tochter Zion,
zu dir wird kommen und wiederkehren die frühere
Herrschaft,
das Königtum der Tochter Jerusalem.
Warum schreist du denn jetzt so laut?
Ist kein König bei dir?
Und sind deine Ratgeber alle hinweg,
dass dich die Wehen erfassen wie eine in Kindsnöten;
denn du musst zwar zur Stadt hinaus
und auf dem Felde wohnen
und nach Babel kommen.
Aber von dort wirst du wieder errettet werden ...«

Er fühlte, dass sie dem Geheimnis der Papyrusblätter näher waren als jemals zuvor. Seine Hände zitterten vor Aufregung, als er gemeinsam mit Bruder Jacob die nächsten Zeilen Wort für Wort zu übersetzen begann:

»Liebe kann niemand singen, wenn die Weihe der Gnade ihn nicht belehrt hat. Es ist kein Erzittern des Mundes, sondern ein Hymnus des Herzens –

Wer die Erklärung dieser Worte findet, wird den Tod niemals schmecken!«

42

König Ludwig saß auf seinem Thron, der auf einem Podest stand und ihn über seine Untertanen erhob. Bekleidet war er mit einem schlichten blauen Umhang mit Revers, dessen einzige Verzierung aus einer mit reichlichen Einlegearbeiten versehenen, zweiteiligen Mantelschließe bestand.

Gilles le Brun saß zu seiner rechten Seite. Des Königs Berater, darunter auch Jean de Joinville, befanden sich links von ihm. Seitlich vor ihnen hatten drei Schreiber an einem Tisch mit Feder, Tinte und Pergament Platz genommen und waren bereit, die königlichen Diktate niederzuschreiben.

Enguerrand gab sich keine Mühe, seine schlechte Laune zu verbergen. Der König hatte ihn stundenlang zwischen Bittstellern und Höflingen in einem ungeheizten Vorraum des Thronsaals warten lassen, bevor er endlich aufgerufen worden war.

Die schlichte Kleidung des Königs stach sowohl von der seiner Berater als von seiner eigenen ab. Um seinen Reichtum zu demonstrieren, hatte Enguerrand seinen prunkvollsten, mit Pelz verbrämten Umhang angelegt, der zudem noch über und über mit Seide bestickt war. Auf dem Kopf trug er einen auffallenden Hut, der mit vielen Pfauenfedern und Stickereien versetzt war, und seine Füße steckten in weichen, gefütterten, mit Perlen und Rauten geschmückten Stiefeln.

König Ludwig hingegen wirkte wie ein echter Bettlerkönig. Der Gedanke erheiterte den Herrn von Coucy wider Willen. Jeder im Reich wusste, dass der König sein Geld an die Armen und an die Klöster verschwendete, ohne dabei zu bemerken, dass man sich hinter seinem Rücken über so viel Dummheit lustig machte.

Er trat näher und deutete eine knappe Verbeugung an.

König Ludwig betrachtete den kräftigen Mann mit den harten Augen, von dem erzählt wurde, dass er weder Gott noch Teufel fürchtete.

»Ich habe Euch rufen lassen, um Euch Gelegenheit zu geben, Stellung zu der Hinrichtung dreier junger Edelmänner zu nehmen«, begann er kühl.

Enguerrand musterte den König und konnte die eisige Ablehnung, die ihm dieser entgegenbrachte, beinahe körperlich spüren. Der hochgewachsene blonde Mann neben ihm musste hingegen der Oberfeldherr und Onkel der Jungen sein, wie er aus der finsteren Miene und dem nur mühsam unterdrückten Zorn des Mannes schloss.

»Sie haben in meinen Wäldern gewildert, und darauf steht nach dem Gesetz der Tod«, erwiderte er überheblich. Er war sich keiner Schuld bewusst, außerdem ärgerte es ihn über alle Maßen, dass er nun das Turnier wegen solch einer lächerlichen Lappalie verpasste. Einen Moment lang hatte er sogar überlegt, dem Befehl des Königs einfach nicht nachzukommen, doch dann waren ihm Zweifel gekommen. Denn selbst wenn der König durch den Kreuzzug und die Lösegeldzahlungen eine Menge Geld verloren hatte und geschwächt war, war er doch immer noch der König von Frankreich.

Und Enguerrand hatte sich schon zu viele Feinde unter den Mächtigen des Landes gemacht, die König Ludwig mit Freuden im Kampf gegen ihn unterstützen würden, um im

Falle seiner Niederlage über seine Besitztümer herfallen zu können.

Er war deshalb zu dem Schluss gekommen, dass das Risiko, nicht zu erscheinen, zu hoch war, obwohl es ihn gereizt hatte, seine Kräfte mit denen des Königs zu messen.

»Jedem Mann, jeder Frau und jedem Kind, egal ob arm oder reich, steht jedoch eine ordentliche Gerichtsverhandlung zu«, entgegnete ihm König Ludwig scharf. »Indem Ihr gegen dieses Gesetz verstoßen habt, habt Ihr Euch schuldig gemacht.«

Irgendjemand aus seiner Jagdgesellschaft musste ihn also verraten haben, wehe ihm, wenn er ihn zwischen seine Finger bekommen würde. Wütend ballte er die Hände zusammen, bis seine Knöchel weiß hervortraten. Seit dem Tode seines Vaters hatte es niemand mehr gewagt, ihm Vorhaltungen zu machen. Davon abgesehen, hätte eine Gerichtsverhandlung in seinen Augen nichts an dem Urteil, das vollstreckt worden war, geändert. Und darum hatte er sie auch für vollkommen überflüssig erachtet.

Ein Blick in König Ludwigs Gesicht genügte jedoch, um zu sehen, dass es diesem ernst war. Der König würde als Buße für seine Tat sicher eine Geldstrafe ansetzen, und Enguerrand war gespannt, auf welche Höhe sich die Summe belaufen würde. Es bliebe ihm sowieso nichts anderes übrig, als sie zähneknirschend zu bezahlen.

»Niemand kann mich zwingen, ohne meine Ratgeber auszusagen. Ich verlange, von den Adligen des Landes gerichtet zu werden, was mir nach dem Recht der Baronien zusteht«, stieß er trotzig hervor.

König Ludwigs Gesicht verfinsterte sich, doch einer seiner Ratgeber beugte sich auf Enguerrands Worte zu König Ludwig hinüber und flüsterte ihm etwas ins Ohr. Es war ein dürrer alter Mann mit einer hässlichen Hakennase, die ihm etwas Verschlagenes verlieh.

König Ludwig hörte ihm aufmerksam zu und wandte sich dann wieder Enguerrand zu.

»Euer Grund und Boden zählt nicht länger zu den Baronien, seit dem Tag, an dem die Böden von Bove und Gournay, denen die Lehnbarkeit und Würde der Baronien anhingen, durch brüderliche Teilung bedingt von der Grundherrschaft Coucy getrennt wurden.« Leiser Triumph klang in seiner Stimme mit. Er legte eine kleine Pause ein, um seine Worte wirken zu lassen.

»Damit seid Ihr bis zu Eurer Verhandlung, deren Tag ich festsetzen werde, festgenommen.« Enguerrand war fassungslos, musste sich aber wütend eingestehen, dass er nichts anderes tun konnte, als sich zu fügen.

Doch der König schien noch nicht zufrieden und setzte ihn ungerührt einer weiteren Demütigung aus.

Anstatt ihn, wie es ihm gemäß seinem Rang zustand, durch seine Barone oder Ritter festnehmen zu lassen, ließ er nach den Waffenknechten rufen, die Enguerrand in den Turm des Louvre führten, wo man ihn wie einen gemeinen Dieb in den Kerker warf und er ohnmächtig vor Wut zu rasen begann.

Doch dann erhielt er ausgerechnet von seinen größten Widersachern Hilfe.

Als der Tag der Gerichtsverhandlung gekommen war, versammelten sich der König von Navarra, der Herzog von Burgund, die Grafen von Bar und Soissons und viele andere, die in der Vorgehensweise des Königs einen Angriff auf ihre verbürgten Vorrechte sahen, und zogen sich mit ihm zur Beratung hinter verschlossene Türen zurück.

König Ludwig blieb bis auf seine Sachverständigen und Berater allein. Er hatte die Absicht, einen gerechten Urteilsspruch zu fällen und den Sire von Coucy entsprechend dem Wiedervergeltungsrecht zu bestrafen. Was nichts anderes hieß, als dass er ihn zu der gleichen Strafe verurteilen wollte, zu der Enguerrand zuvor die Jungen verurteilt hatte. Justum judicium judicare.

Der Tag sollte zum schwärzesten in Enguerrands Leben werden, denn um sich die Unterstützung der Fürsten zu sichern, musste er jedem einzelnen von ihnen solch große Zugeständnisse machen, dass er sich am Ende um ein Drittel seines Reiches gebracht hatte.

Nachdem die Zugeständnisse geschrieben und gesiegelt waren, ersuchten die Fürsten den König einstimmig darum, Milde walten zu lassen und Enguerrand eine Buße nach seinem Ermessen aufzuerlegen. Doch der König blieb hart. Er brannte darauf, Gerechtigkeit auszuüben.

»Wenn es Gott, unserem Herrn, gleichermaßen lieb wäre, ob ich den Beklagten nun hängen oder laufen lasse, würde ich ihn hängen, ohne mich um Euer selbstsüchtiges Gejammer zu scheren«, tat er öffentlich kund, und Enguerrand bekam es mit der Angst zu tun.

Erst nachdem sich König Ludwig nochmals lange beraten hatte, ließ er sich schließlich durch die demütigen Bitten der Fürsten umstimmen und zeigte sich großherzig. Er konnte es sich nicht leisten, die Mächtigsten des Reiches gegen sich aufzubringen.

»Enguerrand von Coucy wird sein Leben mit einem Bußgeld von zehntausend Pfund Silber einlösen und darüber hinaus zwei Kapellen errichten, in denen täglich Gebete für die Seelen der drei jungen Leute gesungen werden. Den Wald, in dem er seine schändliche Tat begangen hat, wird er an die Abtei Saint-Nicolas-au-Bois abtreten, und er wird geloben, drei Jahre im Heiligen Land zu verbringen.«

Das Urteil war gesprochen.

Enguerrand von Coucy verließ Paris, so schnell er konnte, und reiste wutschnaubend zurück nach Coucy. Noch nie in seinem Leben war er so gedemütigt worden, und alles in ihm schrie nach Rache.

Für seine Untergebenen brach eine schwere Zeit an.

43

Robert und Marie ritten auf dem schnellsten Wege nach Forez. Zum zweiten Mal war Marie abrupt aus einem Leben herausgerissen worden, an das sie sich gewöhnt hatte, doch dieses Mal war sie glücklich darüber.

Umschlungen von Roberts starken Armen, passte sie sich den wiegenden Bewegungen des kräftigen Hengstes an und ließ sich von ihm tragen. Roberts vertrauter Geruch, vermischt mit Leder und Schweiß, weckte dabei unbekannte Sehnsüchte in ihr.

Viele Fragen brannten ihr auf den Lippen, und sie wünschte sich den Augenblick herbei, in dem sie endlich mit Robert allein sein würde.

Sie wusste, dass er sie liebte, und doch war er nicht mehr der Mann, der er auf Coucy noch gewesen war. Er hatte seitdem Dinge erlebt, von denen er ihr nicht erzählt und die sie auch nicht mit ihm geteilt hatte. Sie spürte, dass die Zeit nicht spurlos an ihm vorübergegangen war, sondern ihm tiefe Wunden geschlagen hatte. Zurückgeblieben war eine Mischung aus Trauer und hilfloser Wut, die ein Teil von ihm geworden war.

Damals, als sie vor dem Bischof geflohen waren, war Robert noch voller Hoffnung und überschäumender Gefühle gewesen. Fast naiv war er durchs Leben gegangen, stets von dem wohltuenden Gefühl getragen, dass auf dieser Welt alles möglich war, solange man nur fest daran glaubte.

Jetzt hatte er sich verändert, genau wie auch sie sich verändert hatte.

Sein Gesicht war kantiger, männlicher geworden, und um seine Augen tauchten bereits die ersten Fältchen auf. Seine gesamte Haltung strahlte Willensstärke und grimmige Entschlossenheit aus, nur seine Stimme, die dunkel vor Zärtlichkeit wurde, sobald er zu ihr sprach, war noch die gleiche wie früher.

Doch Marie drang nicht in ihn, denn sie war davon überzeugt, dass er ihr von sich aus irgendwann von seinen Erlebnissen erzählen würde.

Robert drängte immer wieder zur Eile, er wollte kein Risiko mehr eingehen, jetzt, wo er Marie endlich aus den Fängen Enguerrands befreit hatte.

Die Nächte wurden mit jedem Tag kühler und die Pilgerwege einsamer.

Als Robert bemerkte, dass Marie am Ende ihrer Kräfte war, schlug er vor, in einer Herberge einzukehren. An einem der schmuddeligen Tische der Schänke hatten sie das erste Mal Gelegenheit, in Ruhe miteinander zu sprechen.

»Ich möchte Euer Glück nur ungern trüben«, begann Bernard, nachdem der Wirt das Essen gebracht hatte. Hungrig steckte er sich ein Stück von dem zähen Fleisch in den Mund und sprach kauend weiter: »Enguerrand haben wir ja nun erfolgreich geschlagen, aber glaubt Ihr wirklich, dass Radulfus Ruhe geben wird? Immerhin hat er Euch diesen Dominikaner auf den Hals gehetzt.«

Marie sah Bernard entsetzt an.

»Radulfus wird es nicht wagen, an dem Mord des armen Bruders Gregor zu rühren, es ist zu gefährlich für ihn«, gab Robert zu bedenken.

»Aber das hat er doch längst getan.« Bernard schüttelte ungläubig den Kopf und vergaß dabei sogar, wie hungrig er war.

Sah Robert die Gefahr, die von dem teuflischen Bischof ausging, wirklich nicht oder wollte er sie nicht sehen? Er konnte es einfach nicht glauben.

»Habt Ihr vergessen, wie besessen er von Marie war? Das Auftauchen des Dominikaners ist der beste Beweis dafür, dass er gar nicht daran denkt aufzugeben.«

»In meiner Burg sind wir sicher. Ich werde die Wachen verstärken und jeden kontrollieren lassen, der die Burg betritt. Wenn der Dominikaner noch einmal auftauchen sollte, werden wir unsere Aussagen machen und alles aufklären. Die Dominikaner handeln im Auftrag der Heiligen Inquisition und gelten als unbestechlich. Sie dienen nur dem Herrn.

Wir haben ein reines Gewissen und – wie Ihr wisst – nicht das Geringste mit dem Mord an Bruder Gregor zu tun. Radulfus wird also keine Gelegenheit haben, an Marie heranzukommen, dafür werde ich schon sorgen.«

Bernard wirkte allerdings nicht sehr überzeugt.

»Ich kann Euch nur wünschen, dass Ihr recht behaltet, denn die Kirche verfügt über mehr Macht, als ihr denkt.«

Robert war sich längst nicht so sicher, wie er vorgegeben hatte zu sein, doch er wollte Marie nicht beunruhigen. Sie hatte bereits genug durchgemacht. Das glatte Gesicht des Dominikaners tauchte wieder vor ihm auf und damit das unmittelbare Gefühl von Gefahr. Würde die Vergangenheit denn niemals Ruhe geben?

Marie lag schläfrig in seinen Armen, und er trug sie hinauf in die Kammer, wo er sie behutsam auf das Lager bettete. Während Bernard längst neben ihm lag und schnarchte, streichelte er Marie noch lange über ihr weiches Haar.

An diesem Abend waren sie die einzigen Gäste gewesen und hatten daher das breite Bett in der muffigen Kammer über der Herberge für sich allein.

Nur Jack war bei den Pferden geblieben und übernachtete im Stall.

Immer wieder dachte Robert darüber nach, ob er einen Fehler machte, indem er Marie mit nach Forez nahm. Aber er durfte sie unter keinen Umständen noch einmal in Gefahr bringen, und wohin sonst konnten sie gehen?

Seitdem er nach dem Tod seines Vaters die alleinige Verantwortung für die Grafschaft übernommen hatte, war es ihm nicht mehr möglich, die Burg zu verlassen. Andererseits war er auch nicht bereit, sich noch einmal von Marie zu trennen.

Dabei wusste er nur zu gut, dass er Marie nicht den gleichen Schutz gewähren konnte, den sie innerhalb der mächtigen Burganlage von Coucy genossen hatte. Dort war sie sicherer gewesen, als sie es in Forez je sein würde.

Erregt setzte er sich auf. Sie waren lange genug auf der Flucht gewesen, nun war es an der Zeit, für sein Glück zu kämpfen und sich Radulfus zu stellen. Immerhin war er der Graf de Forez und nicht mehr der unerfahrene Kathedralenschüler von einst. Radulfus hatte keine Macht mehr über ihn, trotzdem durfte er kein Risiko eingehen.

Plötzlich fiel ihm der Ring ein, den König Ludwig Marie geschenkt hatte.

Ob Marie den Ring noch besaß? Der König war für seine Gerechtigkeit bekannt, außerdem hatte er versprochen, Marie zu schützen, sollte sie jemals seine Hilfe brauchen.

Wieso hatte er nicht schon viel früher daran gedacht? König Ludwig allein hatte schon immer die Macht dazu gehabt, Marie aus den Händen Enguerrands zu befreien. Denn

Enguerrand hätte es nicht gewagt, sich seinem Befehl zu widersetzen. Dann fiel ihm jedoch erleichtert ein, dass der König ja gerade erst von seinem Kreuzzug zurückgekehrt war und er sich daher keinen Vorwurf zu machen brauchte.

Dennoch ging ihm der Ring nicht mehr aus dem Kopf. Selbst wenn der König Marie längst vergessen hätte, würde der Ring ihn an sein Versprechen erinnern.

Es konnte nicht schaden, einen Verbündeten im bevorstehenden Kampf gegen den Bischof zu haben, schon gar nicht, wenn es sich um einen so mächtigen handelte wie den König von Frankreich.

Gleich am nächsten Morgen nahm er Marie zur Seite.

»Habt Ihr eigentlich noch den Ring, den König Ludwig Euch damals geschenkt hat?«

Marie sah ihn überrascht an. Roberts Gesicht war ernst, und er schien besorgter zu sein, als er am Abend zuvor zugegeben hatte.

Er macht sich Sorgen um mich, dachte sie glücklich.

Lächelnd griff sie unter ihren Umhang, zog den kleinen Beutel hervor, in dem sie den Ring aufbewahrte, und öffnete ihn. Stolz holte sie das kostbare Schmuckstück, dessen Rubine in der Sonne wie Blutstropfen funkelten, heraus und hielt es Robert hin.

Robert nahm den Ring und betrachtete ihn nachdenklich.

»Ihr müsst gut auf ihn achten, vielleicht werden wir ihn eines Tages noch brauchen.«

»In dem Fall ist es besser, wenn Ihr ihn bei Euch behaltet«, sagte Marie entschlossen.

Nach nur vier Tagen Reise später trafen sie auf der Burg ein.

Nachdem sie Gesicht und Hände vom Reisestaub befreit hatten, zeigte Robert Marie die ganze Burg und führte sie schließlich auf einen der vorderen Wachtürme hinauf, von dem sie ihren Blick über die gesamte Grafschaft schweifen lassen konnte.

Wie Flickenteppiche lagen die einzelnen Felder unter ihnen, und die Katen der Leibeigenen wirkten von oben noch winziger, als sie es ohnehin schon waren. Ein frischer Wind blies ihnen ins Gesicht, und Robert blickte Marie nicht an, als er ihr die Frage stellte, die er ihr schon die ganzen letzten Tage über hatte stellen wollen:

»Erinnert Ihr Euch noch an das Versprechen, das Ihr mir damals zum Abschied gegeben habt?«

»Wie könnte ich es jemals vergessen?«, fragte sie lächelnd zurück, als sich Robert endlich zu ihr umwandte.

»Dann seid Ihr also bereit, mich zu heiraten?« Eine leichte Unsicherheit schwang in seiner Stimme mit.

Marie nickte glücklich.

»Dann werden wir gleich morgen nach Bourges reiten, damit ich Euren Vater um Eure Hand bitten kann«, sagte Robert entschlossen, zog ihre beiden Hände an seine Lippen und drückte jeweils einen Kuss darauf. Danach bat er sie, mit ihm zusammen zu seiner Mutter zu gehen.

»Ich habe ihr gesagt, dass wir kommen würden, und sie erwartet uns sicher schon ganz sehnsüchtig, ich habe ihr viel von Euch erzählt.«

Mathilda saß in ihrem Lehnstuhl, sie wirkte erschöpft und verhärmt, und ihr Gesicht war seit dem Tod ihres Mannes um Jahre gealtert.

Sofort nachdem sie die Nachricht von der Rückkehr ihres Sohnes erhalten hatte, hatte sie ihre Zofe zu sich gerufen und ihr befohlen, ihr die Haare zu kämmen und zu richten und ihr danach in den Lehnstuhl zu helfen.

Sie hatte alles herrichten lassen, und so war das Stroh auf

dem Boden frisch und sauber und mit duftenden Kräutern durchsetzt. Kleine Binsenlichter brannten in den kupfernen Metallhaltern an den Wänden, und der Raum war warm und gemütlich, als Robert zusammen mit Marie eintrat.

»Das ist Marie«, stellte Robert sie stolz seiner Mutter vor. »Sie ist die Frau, der mein Herz gehört und die ich zu meinem Weib nehmen werde.«

Mathilda hörte die Freude in seiner Stimme.

»Kommt her, mein Kind, und lasst Euch ansehen.«

Sie reichte Marie beide Hände, zog sie etwas näher zu sich heran und betrachtete sie aufmerksam. In den schwarzen Augen der jungen Frau lag ein eigentümlicher Ausdruck. Dunkel hoben sie sich von der ungewöhnlich hellen, fast schon weißen Haut ab.

Es war ein seltsames Gefühl, dieses Mädchen anzusehen, es war, als ob sie in einen tiefen Brunnen hinabtauchen würde, an dessen Grund eine Überraschung auf sie wartete. Tatsächlich fühlte sie sich leicht und immer leichter werden, und gleichzeitig spürte sie, wie die Kraft in ihren Körper zurückkehrte. Guido, ihr treuer und gerechter Mann, hatte sie nicht verlassen, und auch Sophie, ihr kleines Mädchen, war bei ihr. Die ganze Zeit über waren sie bei ihr gewesen, sie hatte es nur nicht bemerkt. Wie war das nur möglich? Verwirrt strich sie sich über die Stirn, dann erhob sie sich und schloss Marie in ihre Arme. Diese begann nun zu wanken, und Robert hielt sie fest und drückte sie an seine Brust.

»Ich danke Gott, unserem Herrn, dafür, dass Er einen Engel wie Euch erschaffen und zu mir gesandt hat, um mich von meiner Trauer zu erlösen.«

Marie sank nun ganz in sich zusammen, und Robert hielt sie, bis die Krämpfe, die ihren zarten Körper schüttelten, wieder nachließen und sie – wie immer erschöpft – in einen tiefen Schlaf fiel. »Jetzt kann ich verstehen, warum es Philippa nicht gelungen ist, Euer Herz zu erobern«, meinte da Mathilda leise, die noch immer ganz von dem Unfassbaren gefangen war, das sie gerade erlebt hatte. »Sie hatte nie eine Chance. Begleitet mich in die Kapelle, mein Sohn, und lasst uns dort gemeinsam für ihre arme Seele beten. Meine Zofe wird so lange hierbleiben und über Marie wachen.«

Robert kam ihrem Wunsch nach und begleitete sie in die Kapelle. Anschließend begab er sich in seinen Schreibraum, wo er einen langen Brief schrieb, den er sorgfältig versiegelte und danach seinem zuverlässigsten Boten übergab.

44

Am nächsten Morgen ließ Robert die Pferde satteln und ihre Sachen packen. Bernard bestand darauf, sie zusammen mit Jack zu begleiten, und so machten sie sich kurze Zeit später zu viert auf den Weg nach Bourges.

Robert hatte Marie angeboten, die Reise noch um einen weiteren Tag zu verschieben, damit sie sich erholen konnte, aber Marie hatte nicht länger warten wollen. Es hatte Tage gegeben, an denen sie geglaubt hatte, ihre Familie und Elsa niemals wiederzusehen. Und deshalb wollte sie nun endlich so schnell wie möglich ihrem Elternhaus einen Besuch abstatten.

Die Herbstwinde fegten die letzten bunten Blätter von den Bäumen und kündigten den nahenden Winter an. Es war ein kalter, wenn auch sonniger Tag, und Marie schlug den warmen Umhang, den Mathilda ihr geschenkt hatte, etwas enger an ihren Körper.

Robert hatte für sie eine rotbraune sanfte Stute ausgewählt, weil Marie nur wenig Übung im Reiten besaß. Überrascht stellte er fest, dass sie jedoch keine Mühe hatte, sich den Bewegungen des Pferdes anzupassen und es mit weicher Hand zu lenken.

Während sie nebeneinander durch die leicht hügelige Landschaft ritten, dachte Marie an ihren Verlobten Renaud Chandos. Der Gedanke an ihn beunruhigte sie, doch Robert fegte ihre Sorgen fort wie der Wind die Blätter.

»Es ist viel Zeit vergangen, seitdem wir Bourges verlassen haben, und die Ehe zwischen Euch wurde aus geschäftlichen Gründen arrangiert. Habt Ihr mir nicht erzählt, dass Eure Schwester Agnes noch unverheiratet war? Wahrscheinlich ist sie längst an Eure Stelle getreten, und wenn nicht, werde ich mit Eurem Vater über die Mitgift verhandeln. Die Ernte im letzten Jahr war gut, und ich konnte einiges an Silber zur Seite legen.«

Robert nutzte die Reise, um Marie zu erzählen, was während der Zeit ihrer Trennung alles geschehen war. Als er ihr vom Tod Philippas erzählte, sah er, dass Marie Tränen in die Augen stiegen.

»Wir werden gemeinsam für ihre Seele beten«, versprach sie, und Robert, der sich noch immer Vorwürfe machte, fühlte sich durch ihre ehrliche und warme Anteilnahme getröstet.

Als die Umrisse der Kathedrale von Bourges vor ihnen auftauchten, wurde Marie immer aufgeregter. Sie parierte ihr Pferd durch und sah Robert bittend an.

»Bitte lasst uns noch, bevor wir meine Familie besuchen, in die Kathedrale gehen und Gott danken«, bat sie.

Bernard, der dicht hinter ihnen ritt, hatte ihre Worte gehört.

»Das ist viel zu gefährlich, denkt daran, dass wir dort dem Bischof begegnen könnten«, warnte er besorgt, noch bevor Robert etwas erwidern konnte.

»Früher oder später werden wir uns ihm sowieso stellen müssen, und dann wird er für seine schändlichen Taten büßen«, meinte Robert entschlossen.

»Ich habe Euch schon einmal gewarnt«, entgegnete ihm Bernard. »Ihr wisst, dass ich keinem Kampf aus dem Weg gehe, aber skrupellose und gefährliche Gegner wie Radulfus sollte man niemals unterschätzen. Und genau das tut Ihr.«

Er machte sich große Sorgen um den Freund, aber auch um Marie, und beschloss deshalb insgeheim, so lange bei ihnen zu bleiben, bis die Angelegenheit endgültig geklärt und jede Gefahr gebannt sein würde.

Als sie in Bourges angekommen waren, hatte Bernard Jack den Auftrag erteilt, sich nach einer Unterkunft für die Pferde umzusehen, die dringend getränkt und gefüttert werden mussten. Währenddessen wollten sie die Kathedrale aufsuchen und danach zu Maries Elternhaus gehen.

Auf dem großen Vorplatz der Kathedrale saßen wie immer verdreckte und zerlumpte Bettler, um an die Herzen der Gläubigen zu appellieren. Alles schien unverändert, als seien sie niemals weg gewesen. Marie betrat die Kathedrale, und sofort stieg ihr der vertraute Geruch von Weihrauch und Wachs in die Nase. Sie drehte sich einmal um die eigene Achse und stellte beglückt fest, dass die starken Mauern noch immer die altgewohnte Geborgenheit ausstrahlten. Es war beruhigend zu sehen, dass sich während ihrer Abwesenheit nichts an der Kathedrale verändert hatte. In der kleinen Kapelle ihrer Familie sank sie auf die Knie und begann zu beten.

Nachdem sie sich wieder erhoben hatte, fühlte sie sich leicht und frei und konnte es kaum noch erwarten, ihre Familie und besonders Elsa endlich wiederzusehen.

Nicht einmal Bernard bemerkte, dass sie schon die ganze Zeit über beobachtet wurden, obwohl er jeden Gläubigen, dem sie begegneten, misstrauisch musterte und sich immer wieder aufmerksam nach allen Seiten umsah.

Radulfus erstarrte, als sein Blick eher zufällig auf die junge Frau fiel, die, begleitet von zwei Männern in Waffenröcken, die Kathedrale betreten hatte. Er befand sich in der Schattenzone des mittleren Triforiums, von wo aus er unbemerkt verfolgen konnte, was in der Kathedrale vor sich ging. Die ganze Nacht über hatte er sich, von düsteren Träumen gequält, hin- und hergewälzt, zerrissen von der unerfüllten Sehnsucht nach Gottes Herrlichkeit und der furchtbaren Angst, ihr eines Tages zu begegnen. Um sich abzulenken, hatte er seine Gedanken auf den Dominikanermönch Albertus gerichtet. Sofort war heiße Wut in ihm hochgestiegen. Albertus war für ihn genauso ein Versager wie der strohblonde Otto. Er stieß einige wilde Verwünschungen gegen die beiden aus, was ihn einen Moment lang beruhigte. Am liebsten hätte er sie jedoch beide in der Hölle schmoren sehen, doch solange er Albertus noch brauchte, blieb ihm nichts anderes übrig, als sich zu beherrschen, auch wenn es ihm noch so schwerfiel.

Und nun war Marie auf einmal hier. Sie war zu ihm zurückgekommen! Wilde Freude überkam ihn. Allein ihr Anblick reichte aus, um ihn von all seinen düsteren Gedanken und Ängsten zu befreien. Seine Nase begann zu zucken, und seine Hände wurden feucht vor Aufregung, als er sich an die verzweifelte Hoffnung klammerte, dass nun doch noch alles gut für ihn ausgehen könnte.

In seiner ersten Euphorie hatte er Maries Begleiter vollständig vergessen, und so traf ihn fast der Schlag, als er mit ansehen musste, wie der Graf de Forez Maries Hand nahm und sie einen Moment lang drückte.

Niemand durfte Marie berühren, schließlich war sie zu ihm zurückgekommen, um ihn von seiner Schuld zu erlösen. Ihre lichte Unschuld würde alle düsteren Schatten vertreiben. Seine Gedanken überschlugen sich, als er fieberhaft überlegte, wie er Marie ein zweites Mal an sich bringen konnte. Noch einmal würde sie ihm gewiss nicht entkommen.

Er raste die schmale Treppe hinunter und verließ die Kathedrale durch die Sakristei. Ohne sich um die neugierigen Blicke der Passanten zu kümmern, rannte er mit wehendem Gewand über den großen Vorplatz zum Bischofspalast. Dort angekommen, begab er sich unverzüglich in seine Privatgemächer und ließ Albertus zu sich rufen. Es blieb ihm nicht mehr viel Zeit, um seinen Plan in die Tat umzusetzen. Marie und Robert ahnten von alledem nichts. Still genossen sie die weihrauchgeschwängerte Atmosphäre der Kathedrale, in der man die Anwesenheit Gottes deutlich spüren konnte.

Hier, unter dem gewölbten Dach des Herrn, das für die Ewigkeit errichtet worden war und das zu sehen die Menschen ihren Kopf weit in den Nacken legen mussten, weil es fast bis in den Himmel reichte, schien die Zeit stillzustehen.

Die Gassen waren schmaler, als Marie sie in Erinnerung hatte, aber weit weniger verschmutzt als früher. Die Schweine und Gänse waren aus ihnen verschwunden, und einige der Gassen waren sogar vollständig gepflastert worden, sodass man nicht mehr von einem Trittstein zum anderen hüpfen musste, um trockenen Fußes zu bleiben.

Tatsächlich hatte der Stadtrat erst im letzten Jahr ein neues Gesetz erlassen, nach dem Tiere nur noch in Ställen oder außerhalb der Stadtmauern gehalten werden durften.

Auch die Gasse der Tuchhändler war neu gepflastert worden und rief Marie schmerzhaft ins Bewusstsein, dass nichts so blieb, wie es einmal gewesen war.

Die Angst vor weiteren tief greifenden Veränderungen während ihrer Abwesenheit schnürte ihr die Kehle zu. Vor Aufregung griff sie nach Roberts Hand. Die Berührung beruhigte sie ein wenig, doch der Kloß, den sie in ihrer Kehle verspürte, blieb.

»Ihr braucht Euch nicht zu fürchten. Solange ich bei Euch bin, wird Euch nichts geschehen.« Sie hatten Maries Elternhaus erreicht, und Robert klopfte entschlossen an die schwere Holztüre.

Marie pochte das Herz bis zum Halse. In wenigen Augenblicken würde sie ihre Familie wiedersehen, von der sie so lange Jahre getrennt gewesen war.

Nichts ahnend öffnete Elsa die Türe und starrte Marie an, als wäre sie eine Erscheinung. Das Wiedersehen kam einfach zu plötzlich und verschlug ihr zunächst einmal die Sprache. Es dauerte eine ganze Weile, bis sie sich wieder gefasst hatte.

Erst als sich Marie in ihre Arme warf, begriff sie, dass Gott ihre unzähligen Gebete erhört und ihr kleines Mädchen, das sie längst verloren geglaubt hatte, wohlbehalten wieder zurückgebracht hatte.

Aus dem Inneren des Hauses schallte Eleonores Stimme. Ungeduldig rief sie nach Elsa.

Marie warf Robert einen kurzen Blick zu, in dem Erleichterung, aber auch Unsicherheit stand. Robert nickte ihr kurz aufmunternd zu. Dann folgten sie Elsa ins Innere des Hauses.

»Marie ist zurück«, platzte es aus Elsa heraus, die immer noch nicht fassen konnte, dass Marie tatsächlich wieder da war. Ihre Augen folgten Marie voller Stolz. Sie hatte immer gewusst, dass ihr kleines Mädchen eines Tages eine Schönheit werden würde, und sie hatte recht behalten.

Eleonore sah erschrocken von ihrer Näharbeit auf. Sie hatte Elsa gerufen, weil sie mit ihr über das Abendessen hatte sprechen wollen. Mit einer solchen Nachricht hatte sie nicht gerechnet.

Ruhig trat Marie auf ihre Mutter zu. Auch Eleonore

hatte sich verändert. Sie war dünn, fast schon hager geworden, und ihr Gesicht wirkte blass und eingefallen. Marie spürte sowohl die Einsamkeit wie auch die Kälte im Herzen ihrer Mutter, die sie als Kind so sehr verletzt hatte. Doch jetzt erkannte sie, dass ihre Mutter all die Jahre über ebenso gelitten hatte wie sie selbst, und war nur noch voller Mitgefühl für sie. Sie hielt Eleonores Blick fest, um sie zu trösten, und Eleonore ließ es geschehen. Die unbekannte Wärme, die von einem Moment auf den anderen jede Faser ihres Körpers ergriff, war unbeschreiblich. Der harte Ausdruck in ihren Augen verlor plötzlich alle Strenge. Zurück blieb eine verwirrte und etwas unsichere Frau.

Sie stand auf und reichte Marie beide Hände. Das war mehr, als Marie zu hoffen gewagt hatte, und vor lauter Rührung stiegen ihr die Tränen in die Augen.

»Wir hatten die Hoffnung längst aufgegeben, dich lebend wiederzusehen. Wo bist du nur die ganze Zeit gewesen?«, fragte Eleonore leise.

In diesem Moment betrat Martha das Zimmer. Erstaunt hatte sie ihre Mutter reden hören, deren Stimme noch nie zuvor so weich geklungen hatte. Und als sie sie jetzt zusammen mit Marie sah, stellte sie fest, dass auch der Ausdruck in Eleonores Gesicht ein vollkommen anderer war als der, den sie sonst zu sehen gewohnt war.

Man konnte Martha deutlich anmerken, dass sie wenig begeistert über das Wiedersehen mit ihrer Schwester war, die sie kühl von oben bis unten musterte.

»Du hättest uns wenigstens eine Nachricht schicken können, unsere Eltern haben sich um dich gesorgt.« Der Vorwurf in ihrer Stimme war nicht zu überhören.

Doch schon war Robert zur Stelle und legte schützend seinen Arm um ihre Schulter.

»Mein Name ist Robert de Forez, Graf von Forez, und ich bin gekommen, um Euch um die Hand Eurer Tochter zu bitten«, sagte er an Eleonore gewandt.

Martha schien erleichtert, hatte sie doch insgeheim befürchtet, dass Marie wieder in ihr Elternhaus einziehen wollte.

Endlich besann sich Eleonore auf ihre Pflichten als Gastgeberin.

»Elsa, bring unseren Gästen Wein und etwas zu essen in die Stube, und richte deinem Herrn aus, dass Marie wieder da ist!«

Wenig später saßen alle Familienmitglieder rund um den großen Tisch in der warmen und gemütlichen Stube. Henry schien ebenso wie Martha nicht sehr erfreut über Maries unerwartetes Auftauchen zu sein. Er vermied es, ihr in die Augen zu sehen, und musterte sie nur hin und wieder voller Misstrauen, sobald er sich unbeobachtet fühlte. Maries Vater war noch schlanker, aber auch grauer geworden. Die letzte Zeit hatte er Tag für Tag wie ein Besessener vom Morgengrauen bis in die Nacht gearbeitet, und so lagen unter seinen Augen tiefe Ringe und er wirkte gereizt und erschöpft. Er hatte keinen Blick für seine Tochter und wandte sich sofort, nachdem Marie ihm Robert und Bernard vorgestellt hatte, an Robert, ohne seine Tochter noch eines weiteren Wortes zu würdigen.

Das Feuer im großen Kamin flackerte warm, und ein köstlicher Duft nach gebratenem Fleisch entströmte dem großen Topf über dem Herd.

Marie wurde von Erinnerungen überflutet. Es war so unwirklich, neben Robert am Tisch ihrer Eltern zu sitzen. Und wie gern hätte sie erfahren, wie es Katharina und Agnes ergangen war, doch dafür würde später noch Zeit sein. Nachdenklich musterte sie ihre Mutter, die während des gesamten Essens völlig geistesabwesend wirkte.

Nach dem Essen berichtete Robert dann so knapp wie möglich, was alles geschehen war, wobei er einige Dinge wegließ, um Maries Familie nicht mehr als nötig zu beunruhigen.

»Ich bin gekommen, um Euch um die Hand Eurer Tochter Marie zu bitten«, schloss er und sah Jean Machaut dabei fest in die Augen. Jean, dem die Blicke, die der Graf seiner Tochter zuwarf, nicht entgangen waren, hatte längst geahnt, dass so etwas kommen würde.

»Ich habe dem Vater von Maries Verlobten Renaud Chandos dreißig Pfund Silber bezahlt, damit er Marie heiratet«, antwortete er kühl und betrachtete Robert prüfend.

Robert schluckte. Mit einer so hohen Summe hatte er nicht gerechnet. Dreißig Pfund Silber waren mehr, als er in bar besaß.

»Ich könnte Euch einen Schuldschein geben oder Euch einen Teil meiner Ländereien überschreiben«, bot er an.

Jean warf Marie einen kurzen Blick zu, vermied es aber ebenso wie Henry, ihr dabei direkt in die Augen zu sehen.

Im Grunde konnte er froh sein, dass es jemanden gab, der bereit war, Marie zu heiraten und auch noch dafür zu bezahlen. Er war außer sich gewesen, als man ihm berichtet hatte, dass seine Tochter verschwunden war.

Um seine Geschäftsverbindung mit Raymond Chandos dennoch zu festigen und das Geld, das er bereits in diese Verbindung gesteckt hatte, nicht zu gefährden, hatte er wenige Monate nach Maries Verschwinden zähneknirschend beschlossen, Renaud seine Tochter Agnes zur Frau zu geben.

»Ich bin einverstanden, wenn Ihr mir zehn Pfund Silber in bar gebt«, sagte er endlich.

Robert war erleichtert. Glücklich nahm er Marie bei der Hand.

»Wäret Ihr damit einverstanden, wenn ich Marie bis zur Hochzeit mit nach Forez nehme? Meine Mutter, die Gräfin, hat sie sehr in ihr Herz geschlossen und wird dort auf sie achten.«

»So soll es sein.«

Die beiden Männer reichten sich die Hand, damit war das Geschäft besiegelt, und Robert drängte auf einen schnellen Aufbruch.

Die Familie des Tuchhändlers schien darüber nicht unglücklich zu sein, und Robert konnte es kaum glauben. Konnte es tatsächlich möglich sein, dass sie nie begriffen hatten, welchen Schatz ihnen Gott da anvertraut hatte?

Marie gab vor, die Latrine aufzusuchen, um sich auf diese Weise noch einmal gesondert von Elsa verabschieden zu können.

»Nehmt mich mit Euch auf die Burg«, flehte Elsa, die den Gedanken, sich so schnell wieder von ihrem kleinen Mädchen trennen und im Haus der Machauts bleiben zu müssen, nicht ertragen konnte.

Marie lachte erfreut auf. Die Idee, Elsa mitzunehmen, war ihr noch gar nicht gekommen, umso glücklicher war sie jetzt über deren Vorschlag.

Elsa hatte sie ihr Leben lang geliebt und umsorgt wie eine Mutter, und so war es nur gerecht, wenn sie Elsa endlich auch einmal etwas Gutes tun konnte.

»Ich werde mit Robert reden«, versprach sie. »Wenn meine Eltern dich gehen lassen, wird er mir meinen Wunsch nicht abschlagen.«

Robert erklärte sich sofort damit einverstanden, Elsa mitzunehmen, und Jean Machaut schien es nicht sonderlich zu interessieren, ob Elsa fortging oder blieb. Mägde gab es schließlich genug, außerdem waren sie Frauensache, und sie würden schon bald einen adäquaten Ersatz für Elsa gefunden haben.

Martha sah zu ihrer Mutter hinüber. Doch aus deren immer noch abwesendem Blick schloss sie, dass diese ihrem Mann gar nicht zugehört hatte. Das Wiedersehen mit Marie, die sie alle längst tot geglaubt hatten, schien sie doch mehr getroffen zu haben, als Martha vermutet hatte.

Eine neue Magd zu finden, würde tatsächlich kein großes Problem sein, und Martha war froh darüber, Elsa endlich loszuwerden, der sie die ständige Bevorzugung ihrer jüngeren Schwester bis heute nicht verziehen hatte.

»Die Magd des Silberschmieds hat eine Tochter, die Arbeit sucht. Sie zieht ihr linkes Bein ein wenig nach, ist aber fleißig und kocht sehr gut. Ich werde gleich zu ihr hinübergehen«, bot sie eilfertig an.

Jean nickte ihr gleichgültig zu.

Damit war das Thema erledigt, und Elsa stieg mit vor Aufregung geröteten Wangen in ihre Kammer hinauf und schnürte ihr Bündel.

Die Verabschiedung verlief reserviert. Marie suchte ein letztes Mal den Blick ihrer Mutter. Eleonore wirkte immer noch verwirrt und in sich gekehrt, doch als Marie zu ihr trat, schenkte sie ihr ein scheues Lächeln.

Marie nahm dieses Lächeln mit sich auf den Weg. Es war ihr kostbar, galt es ihr doch als sicheres Zeichen dafür, dass sie und ihre Mutter sich zu guter Letzt doch noch versöhnt hatten.

45

Es war gar nicht so einfach, Elsa davon zu überzeugen, sich auf ein Pferd zu setzen. Sie hatte Angst vor den großen Tieren, deren Augen ihrer Meinung nach voller Heimtücke waren. Erst nach einigen Überredungskünsten gelang es Robert, Elsa so weit zu überzeugen, dass sie sich von ihm auf Jacks Pferd helfen ließ. Jack war nicht sehr begeistert davon, doch da ihn niemand nach seiner Meinung fragte, fand er sich notgedrungen mit den Tatsachen ab. Von oben betrachtet, nahm sich das Reiten aber noch viel bedrohlicher aus als von unten, und Elsa klammerte sich verzweifelt an den Knappen, der schon mit den Augen zu rollen begann.

Robert und Marie warfen sich immer wieder innige Blicke zu. Sie hatten es geschafft und alle Hindernisse, die zwischen ihnen gelegen hatten, überwunden.

Verheißungsvoll und strahlend lag die Zukunft vor ihnen, und schon bald würden sie endlich Mann und Frau sein.

Vor dem Westtor hatte sich eine lange Schlange aus Wagen, Tieren und Menschen gebildet, und sie kamen nur langsam voran. Immer wieder geriet die Schlange ins Stocken. Marie und Robert waren fest eingekeilt zwischen anderen Reisenden, Tierleibern und Holzkarren und konnten sich weder vor noch zurück bewegen.

»Wir hätten besser daran getan, das Osttor zu nehmen und außen um die Stadt herumzureiten«, brachte Bernard ärgerlich hervor und versuchte zu erkennen, was vorne am Tor vor sich ging.

»Die Wachen scheinen nach jemandem zu suchen«, stellte er schließlich fest.

Als sie näher kamen, erkannte er die schwarzen Gewänder der Dominikaner, die neben den Wachen auf der Brücke standen und jeden kontrollierten, der die Stadt verließ. Sie hatten das Tor beinahe erreicht, als Robert erstarrte. Nur wenige Pferdelängen von ihm entfernt stand Albertus, den Blick fest auf die langsam vorbeiziehenden Passanten gerichtet. Mit lauter Stimme gab er den Wachen Anweisungen. Was hatte das zu bedeuten?

Aufgeregt wandte er sich zu Bernard um, der sich direkt hinter ihm befand.

»Seht Ihr den Bruder in der schwarzen Kutte? Das ist der Dominikaner, der von Radulfus den Auftrag bekommen hat, den Mord an Bruder Gregor aufzuklären.«

Bernards hübsches Gesicht verzog sich zu einem grimmigen Lächeln.

»Ich habe ja gewusst, dass es ein Fehler sein würde, in die Stadt zu reiten. Der Bischof muss von unserer Anwesenheit erfahren haben.« Er zweifelte nicht einen Moment lang daran, dass sich die Wachen vor ihnen ihretwegen am Tor befanden.

»Was gedenkt Ihr jetzt zu tun? Umkehren können wir nicht, genauso wenig können wir kämpfen. Gegen die Übermacht der Wachen haben wir keine Chance.«

Vor ihnen war eine kleine Lücke entstanden, und einige der Menschen hinter ihnen versuchten, sich an ihnen vorbeizudrängen. In diesem Augenblick sah Albertus auf. Über die Köpfe der Menschen hinweg blickte er Robert mitten ins Gesicht, und in seine kalten, blauen Augen trat ein schadenfroher Ausdruck.

»Dort vorne sind sie«, rief er mit lauter Stimme. »Ergreift sie, und schafft sie in den Bischofspalast.«

Noch bevor Robert reagieren konnte, sprang eine der Wachen auf sein Pferd zu und griff nach den Zügeln. Zwei weitere rissen Robert und Marie unsanft vom Pferd. Hilflos musste Robert mit ansehen, wie Marie von einem kräftigen Kerl gepackt und fortgeschleppt wurde, während er selbst von den anderen beiden Wachen in Schach gehalten wurde. Er versuchte sich loszureißen und hatte bereits einen Arm frei, als ihn eine Faust mitten ins Gesicht traf.

Er hatte sich noch nicht von diesem Schlag erholt, als er schon brutal zu Boden gedrückt wurde. Einer der Männer fesselte ihn mit einem Seil, sodass er sich kaum noch bewegen konnte.

Bernards rechte Hand war zunächst nach vorne gefahren und hatte mit festem Griff sein Schwert umfasst, das in der Scheide am Sattel befestigt war. Dann aber war ihm klar geworden, dass es keine Möglichkeit für ihn gab, Robert zu befreien. Allein vor ihm befanden sich sechs Wachleute, und auf der Brücke standen weitere sechs, bereit, sofort einzugreifen, falls es nötig werden sollte. Es fiel ihm schwer, ruhig zu bleiben, und am liebsten hätte er sich noch immer mit dem Schwert in der Hand mitten in die Wachen hineingestürzt. Aber er wusste, dass er Robert jetzt nur noch helfen konnte, indem er abwartete und einen kühlen Kopf bewahrte.

Robert sah ihn an. Er bot einen jämmerlichen Anblick. Sein Gesicht war angeschwollen, seine Lippen aufgeplatzt, und aus seiner Nase strömte das Blut nur so heraus und beschmutzte die Waffenröcke der Wachen.

»Reitet zu König Ludwig und bittet ihn um Hilfe«, rief er Bernard zu.

Doch seine Worte gingen in dem plötzlich entstandenen Tumult unter, der hinter ihnen entstanden war, nachdem ein reicher Händler versucht hatte, sich an zwei Bauernkarren vorbeizudrängen.

Bernard konnte die Worte, die Robert ihm zuschrie, nicht verstehen. Er sprang vom Pferd und schob sich näher an Robert heran.

»Verschwindet«, schrie ihm einer der Wachen, ein kräftiger, bulliger Kerl, zu und erhob drohend sein Schwert.

Bernard achtete nicht auf ihn. Erneut versuchte er, an Robert heranzukommen, doch vier weitere Wachen schirmten die Gefangenen ab.

Dann wurden sie weggebracht. Zwei der Wachen liefen mit Knüppeln voran durch die Menschenmasse, die erschrocken zur Seite wich.

Elsa starrte mit weit aufgerissenen Augen auf die Szene, die sich ihr bot. Sie verstand nicht, was das alles zu bedeuten hatte.

»Bitte hilf mir hier herunter«, sagte sie zu Jack. »Ich muss zu Marie.«

»Du kannst ihr doch nicht helfen und wirst dir nur Ärger einhandeln, wenn du ihr folgst«, weigerte sich Jack entschlossen. »Mein Herr wird schon wissen, was zu tun ist, doch zuerst müssen wir einmal diesem Gewühl entkommen.«

Albertus folgte den Wachen zum Bischofspalast, wo Radulfus schon ungeduldig auf ihn wartete. Der Bischof hatte ihn in Bezug auf die junge Frau gewarnt. Sie sähe aus wie die Madonna, sanft und unschuldig zugleich, und dennoch wäre sie der ideale Beweis für die hinterlistigen Machenschaften Satans.

Er hatte keinen Grund gehabt, an den Worten des Bischofs zu zweifeln. Frauen hatten schon immer eine ernst zu nehmende Gefahr für Männer dargestellt, die sie verführten, um sie auf die unmöglichsten Abwege zu bringen. Von klein an hatte er sie misstrauisch beobachtet und stets darauf geachtet, dass sie ihm nicht zu nah kamen. Er war gespannt auf die bevorstehende Verhandlung, aber vor allem darauf, ob Satan sein wahres Gesicht zeigen würde, wenn er bemerkte, dass er, Albertus, ihn erkannt hatte.

Als ein Diener Radulfus die Ankunft Albertus' und der Gefangenen meldete, schickte dieser seine Dienerschaft bis auf einen Schreiber, der ihm sehr ergeben war, hinaus. Seine Nase begann aufgeregt zu zucken.

Zum zweiten Mal hatte Marie versucht, vor ihm zu fliehen, und daran war allein dieser junge Graf schuld. Warum sonst wäre sie zu ihm in die Kathedrale gekommen? Die verschiedensten Gedanken liefen durch sein krankes Hirn. Seine Hände waren plötzlich feucht, und er schwitzte am ganzen Körper.

Albertus' glattes Gesicht wirkte dagegen kühl wie immer. Mit einem kurzen Blick auf Radulfus erfasste er die Unruhe, die im Inneren des Bischofs tobte, ließ sich jedoch nichts anmerken.

Radulfus streckte ihm seine Hand entgegen, und er beugte sein Knie, um einen ehrerbietigen Kuss auf den Bischofsring zu drücken.

»Ich bringe Euch die Gefangenen, Robert de Forez und Marie Machaut«, verkündete er glatt. »Sie warten draußen vor der Türe.«

»Dann schafft sie herein!«, befahl Radulfus. Er bemühte sich, seine Aufregung zu unterdrücken, doch es gelang ihm nicht. Das Zucken seiner Nase verriet ihn und verstärkte sich noch einmal mehr, als die Wachen Robert und Marie in den Audienzsaal führten.

»Ihr könnt draußen warten!«, ordnete Radulfus an.

Dann wandte er sich Marie zu, die hoch aufgerichtet vor ihm stand und keinerlei Angst vor ihm zu haben schien. Sie sah ihm direkt in die Augen, worauf Radulfus seinen Blick von ihr abwendete. Es gefiel ihm nicht, wie Albertus ihn lauernd beobachtete.

Er gab sich einen Ruck und zwang sich mit aller Kraft zur Ruhe. Trotzdem konnte er ein leises Zittern in seiner Stimme nicht verhindern.

»Ihr seid festgenommen, weil Ihr in dem Verdacht steht, unseren armen Bruder Gregor in der Kapelle ermordet zu haben«, erklärte er und ärgerte sich im gleichen Moment über sich selbst. Als Bischof von Bourges schuldete er den Gefangenen keine Erklärung.

»Wir haben nichts mit dem Mord zu tun, und das wisst Ihr ganz genau«, gab Robert bestimmt zur Antwort.

»Schweigt!«, fuhr Radulfus ihn an. »Ihr redet ab sofort nur noch, wenn Ihr gefragt werdet!«

Maries Anwesenheit brachte ihn total durcheinander. Immer wieder glitten seine Augen über ihre schmale, frauliche Gestalt, und er wünschte sich nichts anderes mehr, als endlich allein mit ihr zu sein. Doch dafür musste er erst Robert und Albertus fortschaffen. Für das, was er vorhatte, konnte er keine Zeugen gebrauchen.

»Wir werden sie später zu ihrer schändlichen Tat befragen«, gab er daher an und rief nach den Wachen.

»Schafft sie in den Nordturm!«, befahl er. Dann wandte er sich an Albertus.

»Ich habe noch wichtige Angelegenheiten zu erledigen, die keinen Aufschub dulden. Sobald ich damit fertig bin, werde ich den Tag der Verhandlung festlegen.« Damit reichte er Albertus erneut seine ringgeschmückte Hand, als

Zeichen dafür, dass er entlassen war. Gehorsam beugte sich Albertus vor und drückte seine Lippen auf den Ring. Dann erhob er sich und verließ den Raum.

Im Flur blieb er stehen und beobachtete, wie die beiden Wachmänner die Gefangenen in ihre Mitte nahmen und aus dem Bischofspalast führten.

Robert und Marie wurden in den Nordturm der Kathedrale geschafft, dessen unterste Stockwerke der Kirche als Kerker dienten, und dort in getrennte Zellen gesperrt.

Robert war ruhig und gefasst, eine kalte Wut auf den Bischof hatte ihn überkommen. Radulfus war entweder vollkommen wahnsinnig, oder aber – und diese Vorstellung gefiel ihm gar nicht – er fühlte sich so sicher und unangreifbar, dass er selbst die Heilige Inquisition nicht mehr fürchtete. Das aber würde wiederum bedeuten, dass er vor der Aufklärung des Mordes an Bruder Gregor keine Angst hatte, obwohl niemand außer ihm selbst für dessen Ermordung verantwortlich war.

Allerdings war Otto, der einzige Zeuge, der Radulfus als den wahren Schuldigen und Auftraggeber dieses Verbrechens entlarven konnte, tot. Ob Radulfus von Ottos Tod wusste? Er konnte sich jedenfalls nicht sicher sein. Wenn jemand verschwand, war das noch lange kein Beweis für dessen Tod, und der Bischof musste damit rechnen, dass Otto jederzeit wieder auftauchen konnte.

Die verschiedensten Gedanken gingen ihm durch den Kopf, dazwischen tauchte immer wieder Maries Gesicht vor ihm auf. Er würde alles dafür geben, um bei ihr sein zu können. Ob es ihr wohl gut ging? Dann zwang er sich jedoch, den Gedanken an sie zur Seite zu schieben und stattdessen weiter die gegenwärtige Lage zu analysieren. In keinem Fall durfte er jetzt die Fassung verlieren.

Niemand würde einen Bischof mit einem Mord in Zusammenhang bringen, aber auch um einen unbescholtenen Adligen zu verurteilen, brauchte man überzeugende Beweise und glaubhafte Zeugen. Er war kein Ketzer, und auch der Kirchenbann war zu keiner Zeit über ihn oder ein Mitglied seiner Familie verhängt worden.

Bernard würde bezeugen, dass er nichts mit dem Mord zu tun gehabt hatte.

Der Gedanke an Bernard war beruhigend. Sein Freund befand sich irgendwo da draußen und würde alles unternehmen, um ihnen zu helfen. Fieberhaft überlegte Robert weiter.

Die Angelegenheit mit dem Bischof musste endgültig bereinigt werden, sonst würde er niemals mit Marie in Ruhe leben können. Er konnte nur hoffen, dass der Tag des Gerichts so bald wie möglich anbrechen würde. Bevor sie getrennt und jeder von ihnen in ein anderes Verlies gebracht worden waren, hatte Marie ihn noch angelächelt. Er wusste, dass sie auf Gott vertraute. Ihre aufrechte Haltung und ihr entschlossener Gesichtsausdruck hatten ihm gezeigt, dass sie den Bischof nicht mehr fürchtete.

Dass sie keine Angst zeigte, machte es einfacher für ihn, trotzdem war es schwer für ihn zu ertragen, eingesperrt und damit zur Untätigkeit verdammt zu sein.

Wieder einmal war Marie durch ihn in eine Situation gekommen, die sie nicht verdient hatte. Wäre es vielleicht besser gewesen, sie in Coucy zu lassen? Er überlegte kurz, beantwortete die Frage dann aber mit einem klaren Nein. Es war an der Zeit, sich Radulfus zu stellen. Der Mord an Bruder Gregor musste endlich aufgeklärt werden, und er würde alles tun, um den Bischof zu überführen.

Robert sah sich in seinem Gefängnis um. Das dunkle

Verlies war feucht und stank nach Kot und Moder. Es gab keinen Schacht oder sonst irgendeine Öffnung, die Licht eingelassen hätte, sodass die Zelle tagein, tagaus in eine gleichmäßige Dunkelheit getaucht war, die Robert jedes Zeitgefühl verlieren ließ.

Robert schob das angefaulte, modrige Stroh in eine Ecke und setzte sich auf den nackten, feuchtkalten Boden. Er war dazu verdammt zu warten. Um ihn herum war alles still, und er döste eine Weile vor sich hin. Ab und an schreckte er hoch und starrte in die Dunkelheit. Schließlich begann er, die dunklen Schatten zu zählen, die ab und zu an ihm vorbeihuschten, oder lauschte, wie von irgendeiner Stelle an der Decke dicke Tropfen auf den Boden klatschten.

Robert wusste nicht mehr, wie lange er so gesessen hatte, als er schließlich Schritte vor der Türe hörte. Ein Wärter kam herein und reichte ihm wortlos eine Schale mit dünner Suppe.

Robert zwang sich dazu, etwas zu essen, denn er wollte unbedingt bei Kräften bleiben, um Radulfus im Laufe des Prozesses die Stirn bieten zu können. Doch die Suppe schmeckte so scheußlich, dass er sie – entgegen seinem Vorsatz – wieder zur Seite stellte. Sehr zur Freude einer fetten Ratte, die sich vorsichtig an die Schale heranschlich, sich aber quiekend wieder verzog, als Robert ihr einen heftigen Tritt verpasste.

Erneut begann er eine Zeit lang zu zählen, dann schloss er die Augen und dachte an Marie, bis er endlich in einen tiefen Schlaf fiel, der ihn die Schrecken des Tages vergessen ließ.

Marie hatte ihren Umhang fest um sich gehüllt und hockte bewegungslos auf dem Boden der winzigen Zelle. Die Schritte des Wächters rissen sie aus ihrer Erstarrung.

Im Schein der Fackeln, der durch die geöffnete Tür in die dunkle Zelle fiel, sah sie in das Gesicht eines Mannes, der ihr mit einem anzüglichen Grinsen eine Schale Suppe reichte und sie dabei mit unverhohlener Gier in den Augen von oben bis unten begutachtete.

»Ich möchte nichts essen«, sagte sie abweisend und hüllte sich noch fester in ihren Umhang ein.

»Dann überlass es den Ratten«, antwortete der Mann gleichgültig. »Ich habe meine Vorschriften.« Wieder wanderte sein Blick anzüglich über ihren Körper.

»Wenn du mir allerdings ein wenig entgegenkommst, könnte ich dir auch noch etwas anderes bringen, ein Stück Käse und frisches Brot«, schlug er vor und leckte sich dabei voller Vorfreude genießerisch über die Lippen.

»Ich will nichts, nur meine Ruhe«, erwiderte Marie abweisend.

»Jetzt stell dich doch nicht so an«, meinte der Mann. »Zumal meine Kameraden weit weniger zimperlich mit dir umgehen werden als ich.« Er trat einen Schritt näher.

Marie sprang auf und sah ihm fest in die Augen. Der Mann wurde sichtbar unsicher unter ihrem Blick und wandte sich fluchend ab.

»Ich komme wieder, und dann wird dir auch dein komischer Blick nichts mehr nützen«, sagte er drohend.

Krachend fiel die Türe hinter ihm ins Schloss, und es war wieder dunkel um Marie.

Der Wächter war ihr zuwider, aber seine Dreistigkeit hatte immerhin bewirkt, dass ihre Widerstandsgeister zu neuem Leben erwacht waren. Er unterschied sich nicht besonders von all den wüsten Rittern in Coucy, gegen die sie sich mit der Zeit zu wehren gelernt hatte und von denen sie sich nicht mehr einschüchtern ließ, auch wenn sie nicht verstand, warum diese Männer sie nicht in Ruhe lassen konnten.

Draußen erklangen Schritte, die sie rasch näher kommen hörte. Sie schlug ein Kreuzzeichen und sandte ein Stoßgebet gen Himmel. Was auch immer käme, sie würde sich ihren Feinden nicht kampflos ergeben.

Nachdem Albertus den Bischofspalast verlassen hatte, eilte Radulfus zum Nordturm und stieß dort auf zwei vor sich hin dösende Wachen, die erschrocken aufsprangen, sobald sie erkannten, dass der unerwartete Besucher, der auf sie zukam, niemand anders war als der Bischof selbst.

»Bringt mich zu dem Mädchen«, befahl Radulfus barsch. Sofort führte ihn einer der Wachen den schmalen Gang an den Zellen entlang und blieb schließlich vor der letzten Zelle stehen.

»Ihr könnt gehen«, befahl Radulfus. »Ich möchte allein mit ihr reden.«

Der Wächter gehorchte und ging zurück zu seinem Kollegen.

Radulfus' Hände waren feucht vor Aufregung, als er den schweren Eisenriegel zurückschob.

Wie lange hatte er auf diesen Moment gewartet. Er öffnete die Türe und glitt lautlos wie ein Schatten in die Zelle.

Marie brauchte nicht erst aufzusehen, um zu wissen, wer zu ihr gekommen war, dazu erinnerte sie sich ihrer ersten Gefangennahme und Radulfus' damaligem Besuch in ihrer Zelle noch viel zu gut. Sie hatte gewusst, dass er auch dieses Mal zu ihr kommen würde.

Stolz richtete sie sich auf und blickte ihm furchtlos mit offenem Blick entgegen.

In seinen schmalen Augen blitzte Unsicherheit auf. Das

war nicht mehr das schüchterne Mädchen von einst. Vor ihm stand eine selbstbewusste junge Frau. Ob sie überhaupt noch Jungfrau war? Der Gedanke versetzte ihm einen Schock, denn er war sich sicher, dass ihn allein ihre Unschuld vor der ewigen Verdammnis bewahren konnte, auch wenn er keine Ahnung hatte, was für ein Rätsel sich hinter ihren geheimnisvollen Kräften verbarg. Wenn Marie keine Jungfrau mehr war, wäre er endgültig verloren. Er musste es einfach herausfinden.

»Was wollt Ihr von mir?«, fragte Marie ruhig und unterbrach damit seine Gedanken.

»Ich möchte Euch helfen, hier herauszukommen«, erwiderte Radulfus glatt.

»Doch dafür muss ich wissen, ob Ihr noch unberührt seid oder Euch der Sünde hingegeben habt.«

»Das geht Euch nichts an, und ich möchte Euch bitten, jetzt zu gehen, zumal ich Euch nichts zu sagen habe.«

Radulfus wurde wütend. Mit einem Satz war er bei Marie und packte sie so fest an beiden Armen, dass sie vor Schmerz aufschrie.

»Ihr werdet mir erzählen, was ich wissen will, und zwar jetzt!«, sagte er drohend. Brutal griff er ihr ins Haar und bog ihr den Kopf in den Nacken.

»Was ist Euer Geheimnis, redet oder ich bin gezwungen, andere Maßnahmen anzuwenden, um Euch zum Sprechen zu bringen.«

Marie versuchte, Radulfus in die Augen zu sehen, doch das Licht, das von draußen in die Zelle fiel, blendete sie, während sein Gesicht im Schatten lag.

Radulfus löste seinen Griff so abrupt, dass Marie beinahe das Gleichgewicht verloren hätte und gestürzt wäre.

»Ich komme wieder«, zischte er, verließ die Zelle und knallte die Türe hinter sich zu.

Erleichtert ließ sich Marie wieder auf das modrige Stroh sinken und begann zu beten, während Radulfus aufgewühlt vor ihrer Zelle auf und ab lief. Er war seinem Ziel so nahe, aber irgendetwas stimmte nicht. Die Gedanken in seinem Kopf verwirrten sich und verstärkten den Schmerz, der hinter seiner Stirn tobte. Fieberhaft überlegte er, wie er weiter vorgehen sollte, doch er konnte einfach keinen klaren Gedanken mehr fassen.

Der Zwang, Marie zu sehen und sie zu berühren, wurde übermächtig in ihm. Erneut öffnete er die Türe. Sie wirkte so schutzlos, wie sie da auf dem Boden kauerte.

»Werdet Ihr mir helfen?« Seine Stimme war schwach und dünn wie die eines verzagten Kindes.

»Nur Gott kann Euch helfen«, flüsterte Marie leise.

»Ihr lügt.« Angst kroch in ihm hoch, als er an die Höllenqualen dachte, die er unweigerlich erleiden würde und denen er ohne Maries Hilfe nicht entkommen konnte.

Marie musste ihn retten. Solange sie bei ihm wäre, würde ihm nichts geschehen. Für einen Moment fand er Trost in diesem Gedanken, dann aber quälte ihn sein krankes Hirn mit weiteren Schreckensvorstellungen. Marie kauerte noch immer auf dem Boden und beachtete ihn nicht mehr.

Ihre Schutzlosigkeit erregte ihn, und der Gedanke, der ihm plötzlich in den Kopf trat, war so ungeheuerlich, dass er im ersten Moment selbst davor zurückschrak, bis ihm klar wurde, dass er die Lösung gefunden hatte.

Er musste sich mit ihr vereinigen, dann würde er für immer mit ihr verbunden sein und der Allmächtige ein Einsehen mit ihm haben. Sein Mund wurde trocken, und seine Nase begann aufgeregt zu zucken, als er überlegte, wie er seinen Plan am besten in die Tat umsetzen konnte. Im schwachen Licht der Fackel betrachtete er Marie.

Hüllenlos stand sie vor ihm, so wie der Herr sie erschaffen hatte, und reichte ihm lockend die Hand. Ihre zarte Haut schimmerte alabasterfarben, und er brauchte nur seine Hand auszustrecken, um ihre festen, runden Brüste mit den steil aufragenden Spitzen zu berühren, die sich ihm auffordernd entgegenreckten. Er seufzte auf, während sein Blick gierig über ihren schönen Körper glitt und schließlich am Dreieck ihrer Scham hängen blieb, die sich dunkel von der hellen Haut abhob. Ihre Hüften waren sanft gerundet und ihre Schenkel schlank und fest. Sie lächelte ihn an, dann öffnete sie ihren Mund und ließ ihre Zungenspitze langsam und herausfordernd über ihre vollen, roten Lippen kreisen.

Wohlige Schauer rasten durch seinen Körper und entfachten eine kaum zu ertragende Hitze zwischen seinen Lenden. Sein Atem ging stoßweise, und ein tiefes Stöhnen entrang sich seiner Brust.

Sie war Eva, die Mutter aller Frauen, die ihn mit all ihren Reizen verführen wollte. Er wurde unsicher, obwohl es ihm nicht gelang, den Blick von ihr zu wenden. Von einem Augenblick zum anderen verwandelte sich das unschuldige Lächeln vor ihm jedoch in eine dämonische Fratze, die ihn höhnisch angrinste. Sein Verlangen erstarb ebenso plötzlich, wie es gekommen war. Erschrocken trat er einen Schritt zurück und schloss die Augen.

Als er sie wieder aufschlug, kauerte Marie auf dem Boden der Zelle, als wenn nichts geschehen wäre. Hatten ihm seine Augen gerade einen Streich gespielt, oder steckte etwas anderes dahinter?

Eisige Angst kroch in ihm hoch.

»Ich habe dich gesehen, Satan«, schrie er unbeherrscht. »Du wirst meine Seele nicht bekommen.« Seine Stimme überschlug sich.

Marie sah ihm nach, als er aus der Zelle stürmte, ohne die Türe hinter sich zu schließen. Die unverhohlene Gier in seinen Augen und sein Stöhnen hatten sie das Schlimmste befürchten lassen, obwohl er sie dabei nicht einmal angesehen, sondern die ganze Zeit auf einen Punkt vor ihr gestarrt hatte. Sie entspannte sich ein wenig und betrachtete die offen stehende Zellentüre.

Ob sie versuchen sollte zu fliehen? An den Wachen draußen würde sie eh nicht vorbeikommen. Außerdem hatte Robert recht gehabt. Sie waren bereits lange genug geflohen, und es war an der Zeit, sich dem Bischof zu stellen.

Und wenn Robert stark genug dazu war, würde sie es auch sein.

Marie erhob sich und schloss die Türe. Sie hatte nicht das geringste Verlangen danach, dem Wächter früher als nötig zu begegnen.

Von seiner Unruhe getrieben, stürmte Radulfus durch die Gänge und den Nordturm hinauf. Außer Atem stand er schließlich auf der Plattform und stieß einen triumphierenden Schrei aus. Hier oben würde Satan ihm nichts anhaben können. Die Luft war grau und diesig, und mit dem schwindenden Licht des Tages wurde es zunehmend nebeliger. Ein scharfer Ostwind ließ sein Gewand flattern, und der Himmel war weit weniger von ihm entfernt als sonst und schien mit dem Dach der Kathedrale zu verschmelzen.

Ein schlaues Lächeln zog sich über sein Gesicht. Ich habe dich überlistet, Satan, dachte er frohlockend, dich und deine Höllenhunde.

Doch da tauchte in dem undurchsichtigen Dunst vor ihm ein Schatten auf, der sich langsam auf ihn zubewegte und immer deutlicher wurde. Radulfus' Gesicht verzerrte sich zu einer von Angst gezeichneten Grimasse. Verzweifelt rang er seine Hände, dann explodierte in seinem Kopf eine rote Wolke, und er sank weinend in sich zusammen.

46

Albertus bereitete sich voller Eifer auf den Prozess vor und richtete sich für die Zeit seiner Anwesenheit im Bischofspalast ein Empfangszimmer im Gästetrakt des Gebäudes ein.

Hier hatte sich jeder einzufinden, der entweder denunziert worden war oder sich durch Selbstanklage zu verantworten hatte. Er sprach mit unzähligen Zeugen, versprach jedem, der ihm weiterhalf, himmlischen Lohn und fieberte dem Tag entgegen, an dem er Gott erneut seine Hingabe und Treue beweisen konnte.

Währenddessen war Bernard ebenfalls nicht untätig geblieben, sondern hatte sofort nach Roberts und Maries Festnahme Jean Machaut aufgesucht.

Jean Machaut wurde blass, als Bernard ihm berichtete, was geschehen war. Seit dem merkwürdigen Besuch des Bischofs in seinem Haus war er beunruhigt gewesen. Er hatte gespürt, dass dieser eine Bedrohung für ihn und seine Familie darstellte, doch er hatte den Gedanken stets wieder verdrängt und war seinen Geschäften weiter nachgegangen. Die Anschuldigungen, die Radulfus nun gegen seine Tochter erhob, waren gefährlich und würden ausreichen, um seinen Ruf für immer zu ruinieren. In aller Eile rief er daher den Stadtrat zusammen und machte seinen ganzen Einfluss geltend, um bei der Zusammenstellung der Schöffen, die für den anstehenden Prozess aus Geistlichen und Laien gebildet wurden, mitentscheiden zu können.

Es war ein sonniger, wenn auch kalter Tag, an dem Robert und Marie aus dem Kerker geholt und in die Kathedrale geschafft wurden. Deren Hauptschiff war, ebenso wie die vier Seitenschiffe, bis auf den letzten Platz besetzt. Während ihn die Wachen durch den Chorumgang zerrten, hatte Robert genug Zeit, um in die Gesichter der Menschen zu blicken, die wie die Schafe im Pferch dicht aneinandergedrängt standen, um nur ja nichts zu verpassen.

Für sie war der Prozess nicht mehr als ein Schauspiel, das ihnen eine willkommene Abwechslung im täglichen Einerlei ihres Lebens bot, und er konnte nirgendwo auch nur das kleinste Zeichen von Mitgefühl in ihren Mienen entdecken. Eine lähmende Müdigkeit nahm von ihm Besitz, und er senkte seinen Blick zu Boden, um nicht mehr länger in all die kalten, abweisenden Gesichter blicken zu müssen.

Danach richtete er seinen Blick nach oben und ließ sich für einen kurzen Moment vom Spiel der Sonnenstrahlen in den kostbaren Glasfenstern gefangen nehmen, deren lichte Weite und unendliche Farbenvielfalt ihn auf seltsame Weise tröstete.

Ein Raunen ging durch die Menge, als Marie hereingeführt wurde. Ihre offensichtliche Schönheit und Unschuld begeisterte die Leute, und man war darauf gespannt, was diesem Mädchen wohl vorgeworfen werden würde.

Vor dem Lettner war ein großer Tisch aufgestellt worden, hinter dem das Tribunal thronte. Wenige Ellen vor dem Tisch blieben die Wachen stehen. Robert musterte die beiden schwarz gekleideten Inquisitoren, die dem Tribunal vorstanden und über sein Schicksal entscheiden sollten. Albertus' Miene war wie immer unbeweglich und glatt, während ihn der wohlgenährte dunkelhaarige Dominikaner neben ihm aus wässrigblauen Augen neugierig anstarrte, bevor sein Blick zu Marie weiterwanderte.

Die restlichen Teilnehmer des Tribunals bestanden überwiegend aus prächtig gekleideten Kaufleuten und Mönchen, die mit gleichgültigen Mienen am Tisch Platz genommen hatten. Rechts von ihnen standen die Ratsherren, unter ihnen auch Jean Machaut, dem man seine Anspannung deutlich ansehen konnte.

Radulfus seinerseits saß auf einem thronähnlichen Stuhl rechts neben dem Richtertisch. Sein hageres Gesicht war blass und eingefallen, doch in seinen Augen stand ein tödlicher Hass, den zu lesen Robert seltsamerweise erleichterte. Denn Radulfus' Hass konnte nur bedeuten, dass ihm Marie erfolgreich verweigert hatte, was er mehr als alles andere begehrte.

Er blickte zu Marie hinüber, die nur wenige Ellen von ihm entfernt stand. Er musste sich einfach vergewissern, ob seine Vermutung zutraf. Marie schien seinen Blick zu spüren, da sie sich ebenfalls zu ihm umwandte und ihn lächelnd ansah. Ruhig, fast schon gelassen, stand sie da. Mit ihrer festen Haltung flößte sie Robert einen ungeheuren Stolz ein, und so richtete auch er sich auf und wartete gestärkt darauf, dass der Prozess endlich begann.

Die bischöflichen Wachen hatten alle Hände voll damit zu tun, die Zuschauer, die sich beständig weiter nach vorne schoben, wieder zurückzudrängen und auf Abstand zu halten.

Radulfus saß derweil auf seinem Stuhl und brütete vor sich hin. Seit seinem düsteren Erlebnis auf dem Turm, von dem er sich noch immer nicht ganz erholt hatte, befand er sich in einer schrecklichen Verfassung.

Marie hatte ihn verraten. Sie allein war schuld daran,

wenn seine Seele nun für immer verloren war. Jetzt blieb ihm nur noch eine einzige Möglichkeit. Er musste sie vernichten und mit ihr all die Dämonen, die in ihrem Körper lebten.

Der Gerichtsdiener läutete seine Glocke, um die Menge zur Ruhe zu ermahnen, musste sie jedoch mehrfach zum Einsatz bringen, bevor das Gemurmel endgültig verstummt war.

Albertus, der dem Tribunal zusammen mit einem weiteren Bruder vorstand, erteilte dem Schreiber den Befehl, die Anklageschrift zu verlesen. Mit hoher, näselnder Stimme kam der Mann dem Befehl nach:

»Robert de Forez und Marie Machaut sind angeklagt, unseren armen Bruder Gregor heimtückisch ermordet zu haben. Die Tat ist umso schändlicher, als sie in einer Kapelle direkt vor dem Altar und außerdem hinterrücks begangen wurde.«

Wieder erhob sich lautes Stimmengewirr. Das war ja ungeheuerlich. Einen Betrug oder Diebstahl hätte man dem schönen, jungen Paar noch ohne Weiteres zugetraut, aber einen Mord? Sofort wurde laut darüber diskutiert, wie sehr man sich doch täuschen konnte.

Die Glocke des Gerichtsdieners ging in dem gewaltigen Lärm unter. Erst als die Wachen drohend ihre Schwerter erhoben, wurde es wieder etwas ruhiger in der Kathedrale.

Albertus wandte sich an Robert.

»Ihr habt die Anklage gehört. Habt Ihr etwas dazu zu sagen?«

Die Leute verstummten augenblicklich, denn keiner wollte sich auch nur ein Wort des Gefangenen entgehen lassen.

»Wir haben Bruder Gregor nicht umgebracht und werden zu Unrecht beschuldigt«, sagte Robert fest.

»Wollt Ihr abstreiten, dass Ihr zu dem fraglichen Zeitpunkt in der Kapelle gewesen seid?« Albertus' Stimme klang eisig.

»Nein, aber als ich in die Kapelle kam, lag Bruder Gregor bereits schwer verletzt auf dem Boden.«

»Darf man erfahren, wer ihn verletzt hat?« Es klang beinahe mitleidig, und Robert war sich durchaus bewusst, wie unglaubwürdig das, was er zu seiner Verteidigung beitragen konnte, in den Ohren der Zuhörer klingen musste.

»Als ich in die Kapelle kam, war niemand mehr da, aber Bruder Gregor konnte noch etwas sagen, bevor er in meinen Armen starb. Er hat mir den Namen seines Mörders genannt.«

Sein Blick wanderte zu Radulfus, der vor Schreck den Atem anhielt. Damit hatte er nicht gerechnet. Würde der Graf es tatsächlich wagen, ihn, den Bischof von Bourges, zu beschuldigen?

»In dem Bericht hier steht aber, dass Bruder Gregor hinterrücks erstochen wurde. Wie kann er da seinen Mörder gesehen haben?«, holte Albertus zum Gegenangriff aus. Wie zum Beweis hielt er das Pergament mit dem Bericht hoch, sodass jeder im Hauptschiff es sehen konnte.

»Ihr seid ein Lügner, und Eure Lügen machen Eure Lage nur noch schlimmer. Es wäre bei Weitem besser, wenn Ihr gestehen und Eure schändliche Tat bereuen würdet.« Er unterstrich seine Worte durch eine verächtliche Bewegung seiner Hand, die ihre Wirkung nicht verfehlte.

Robert merkte zu spät, dass er mit seiner Lüge einen Fehler begangen hatte. Doch wenn er stattdessen wahrheitsgemäß gesagt hätte, dass Bruder Gregor ihm in der Kapelle den Schlüssel zum Geheimgang übergeben hatte, hätte er auch sagen müssen, dass der Bischof Marie entführt und gefangen gehalten hatte, und dafür gab es nur einen Zeugen, Bernard.

Vor Gericht benötigte man aber mindestens zwei Zeugen, um jemanden eines Vergehens anzuklagen oder zu entlasten, und selbst dann würde ihnen noch immer niemand glauben, dass der Bischof von Bourges ein Entführer und Mörder sein sollte.

Ihre Lage war ernster, als er angenommen hatte. Suchend ließ er seinen Blick über die Menge schweifen, aber er konnte Bernard nirgends entdecken.

»Bringt die Zeugen her«, befahl Albertus dem Gerichtsdiener.

Gewaltsam räumten die bischöflichen Wachen den Mittelgang und bahnten den beiden Mönchen dadurch einen Weg nach vorne.

»Das hier sind Bruder Wilhelm und Bruder Martin. Sie haben gesehen, wie der Graf de Forez fluchtartig die Kapelle verlassen hat.« Albertus wandte sich an das Tribunal.

»Warum sollte ein Mann, der nichts zu verbergen hat, aus der Kapelle stürmen, als ob der Teufel hinter ihm her wäre?« Die Menge murmelte Zustimmung.

Robert wurde langsam wütend.

»Ich habe Euch schon einmal gesagt, dass ich Bruder Gregor in seinem Blut liegend vor dem Altar gefunden habe. Der Mörder konnte noch nicht weit sein, und ich fürchtete ebenfalls um mein Leben. Nur aus diesem Grund habe ich mich beeilt, von der Kapelle fortzukommen.«

»Aber es entspricht doch der Wahrheit, dass Ihr den Mord nicht gemeldet habt, sondern stattdessen noch in der gleichen Nacht aus der Stadt geflohen seid?«

Robert winkte resigniert ab. So wie Albertus den Vorgang schilderte, konnte gar niemand daran zweifeln, dass er Bruder Gregors Mörder war. Und wenn ihm nicht bald etwas einfiele, würden sie ihn tatsächlich wegen Mordes verurteilen.

Zufrieden mit sich selbst wandte sich Albertus daraufhin wieder an die Schöffen. Sein Gesicht glühte vor Eifer.

»Gott hat mich erwählt, um diesen heimtückischen Mord aufzuklären, bei dem Satan seine Hände mit im Spiel hat. Bringt die anderen Zeugen.«

Die Wachen brachten nunmehr drei Frauen herein, die Robert nie zuvor gesehen hatte. Ihren Gewändern nach zu urteilen, handelte es sich bei allen dreien um wohlhabende Händlerfrauen.

»Sagt, was Ihr zu sagen habt, so wahr Euch Gott helfe.« Albertus nickte den Frauen aufmunternd zu.

Die Blicke der Frauen richteten sich auf Marie, die den Verlauf des Prozesses bisher schweigend verfolgt hatte.

»Das da vorne ist Marie Machaut, die Tochter des Tuchhändlers Jean Machaut, und sie ist von Dämonen besessen«, begann schließlich eine von ihnen, die offensichtlich als Wortführerin fungierte. Ihr gewaltiger Busen wogte drohend auf und ab, als sie Luft holte, um fortzufahren. Sie genoss die allgemeine Aufmerksamkeit ganz offensichtlich und leckte sich genüsslich mit der Zungenspitze über die fleischigen Lippen, bevor sie weitersprach.

Ihre mit Federn besetzte, überdimensionale Haube lenkte die Aufmerksamkeit von ihrem feisten Gesicht ab, konnte aber nicht verhindern, dass sie in ihrem blauen Gewand aussah wie eine Wurst in der Pelle.

»Ich habe es mit meinen eigenen Augen gesehen, Gott ist mein Zeuge«, fügte sie theatralisch hinzu. Die beiden anderen Frauen nickten zustimmend.

Albertus triumphierte, und in seine harten Augen trat

ein wissender, hasserfüllter Ausdruck. Einmal mehr zeigte sich, dass allein die Frauen der Grund und die Wurzel allen Übels waren.

»Da habt Ihr es. Die junge Frau hat einen Pakt mit dem Satan geschlossen und gemeinsam mit ihm den Grafen dazu verführt, den Mord an Bruder Gregor zu begehen. Heimtückisch und ohne Gnade.«

Die Zuschauer tobten. Rufe nach Vergeltung wurden laut, die Menge wollte Blut sehen.

Jean Machaut wurde blass. Gegen diese Beweislast würden selbst die von ihm erwählten Schöffen nichts ausrichten können. Die schrecklichen Bilder der Vergangenheit tauchten erneut aus den Tiefen seines Gedächtnisses empor. Sollte sich alles noch einmal ereignen? Konnte Gott so grausam sein und zulassen, dass seine Tochter in den Tod geschickt wurde, nur weil sie Menschen geheilt hatte? Auch wenn sie nach dem Mord an Bruder Gregor spurlos verschwunden war, hatte sie doch ganz sicher niemals einen Menschen getötet. Er konnte nicht zulassen, dass seine Tochter verurteilt wurde, obwohl sie unschuldig war, und überlegte verzweifelt, welche Möglichkeiten ihm noch zur Verfügung standen, um das Schlimmste zu verhindern. Vielleicht würde es möglich sein, nachträglich noch eine Begnadigung für Marie zu erwirken? Schließlich besaß er genügend Silber, und der Bischof hatte sich schon einmal empfänglich für sein Geld gezeigt.

Rechts von Robert entstand Bewegung, und erleichtert erkannte dieser seinen Freund Bernard, der sich, gefolgt von drei Männern, entschlossen nach vorne drängte. Es war nicht leicht gewesen, den Hurenwirt zu überreden, sein bestes Gewand anzulegen und mit ihm zu kommen, um vor dem Tribunal als Zeuge auszusagen. Seit Constances Tod war sein Geschäft mehr schlecht als recht gelaufen, und er hatte längst jede Hoffnung auf eine Änderung zum Guten aufgegeben. Trübsinnig und voller Mitleid mit sich selbst hatte er tagtäglich Unmengen seines eigenen Weines in sich hineingeschüttet, und Bernard hatte große Mühe gehabt, ihn halbwegs nüchtern zu bekommen. Dann aber hatten ihn die Silberstücke, die Bernard vor ihm auf dem Tisch ausgebreitet hatte, zusammen mit der Aussicht, Constances Mörder endlich seiner gerechten Strafe zuzuführen, davon überzeugt, aussagen zu müssen.

Als der Blick des Hurenwirtes auf Radulfus fiel, zog er Bernard aufgeregt am Ärmel.

»Das ist der Mönch, der meine arme Constance umgebracht hat.« Aus glasigen Augen starrte er Radulfus an. Warum trug dieser Mönch zwei Kreuze auf seiner Brust und dann auch noch so kostbare? Die beiden Kreuze begannen vor seinen Augen zu verschwimmen und verschmolzen schließlich zu einem einzigen.

Er schüttelte einige Male seinen Kopf, um klarer zu werden, und langsam dämmerte ihm, dass es sich bei dem Mönch vor ihm um keinen einfachen Bruder handelte. Es war der Moment, in dem die Alarmglocken in seinem Kopf Sturm zu läuten begannen.

»Das ist doch der Bischof«, entfuhr es dem Kleineren seiner beiden Begleiter entsetzt.

»Der Bischof hat unsere Constance ermordet.« Ratlos kratzte er sich am Kopf. »Wir können unmöglich gegen den Bischof aussagen«, wandte er sich, von plötzlicher Panik erfüllt, an Bernard. »So etwas kann nicht gut ausgehen. Wir werden alle im Kerker landen oder sogar am Galgen.

Du hättest uns sagen müssen, dass es sich um den Bischof handelt. Gegen einen einfachen Mönch hätten wir ausgesagt, aber nicht gegen den Bischof.« Und bevor Bernard noch etwas erwidern konnte, waren die drei auch schon wieder in der Menge untergetaucht und verließen so schnell wie möglich die Kathedrale. Bernard überlegte, was er jetzt noch tun konnte, um Robert zu helfen, wusste sich aber keinen Rat mehr, und die Sache schien ihm nunmehr ziemlich aussichtslos.

Wenn nur Otto, diese Ratte, noch unter den Lebenden weilen würde. Dieser hätte, allein schon um seine eigene Haut zu retten, sofort gegen den Bischof ausgesagt, wenn ihn das Tribunal mit seinen Fragen in die Enge getrieben hätte, dessen war sich Bernard ganz sicher. Eine Idee nahm in seinem Kopf Gestalt an, und plötzlich wusste er, was zu tun war. Warum war er nicht schon vorher darauf gekommen? Jetzt blieb ihm nur noch wenig Zeit, um seinen Plan in die Tat umzusetzen, und er konnte nur hoffen, dass es ihm noch rechtzeitig gelingen würde.

Die Geschworenen steckten ihre Köpfe zusammen, um sich zu beraten, während die Menschen in der Kathedrale ungeduldig darauf warteten, dass es endlich weitergehen würde. Einige der Leute vertrieben sich die Zeit, indem sie begannen, ihr mitgebrachtes Essen zu verzehren, was ihnen die neidischen Blicke derjenigen einbrachte, die nicht daran gedacht hatten, etwas mitzunehmen. Es dauerte eine ganze Weile, bis das Tribunal zu einem Ergebnis gekommen war.

Albertus trat vor, und in der Kathedrale wurde es auf einmal so still, dass Robert seinen eigenen Atem hören konnte.

»Wir haben das Beweismaterial sorgfältig geprüft und dabei festgestellt, dass die Angeklagten nichts zu ihrer Verteidigung vorbringen konnten, was sie von den schweren Vorwürfen, die gegen sie erhoben wurden, entlastet hätte.

Unser Urteil steht fest. Robert de Forez und Marie Machaut sind nicht nur Ketzer, sondern auch Mörder und werden daher bei lebendigem Leib auf dem Scheiterhaufen verbrannt. Das Urteil wird innerhalb von drei Tagen vollstreckt.«

Lauter Beifall ertönte von allen Seiten. Die Menge schrie nach Vergeltung.

Tod auf dem Scheiterhaufen. Angebunden an einen rußgeschwärzten Pfahl. Sein Blick suchte Marie, die alles regungslos über sich ergehen ließ und nicht einmal aufsah.

»Wir sind unschuldig«, rief er verzweifelt. »Der wahre Mörder sitzt noch immer unter uns.« Köpfe fuhren herum und beäugten misstrauisch die jeweiligen Nachbarn. Einen Mörder, der mit dem Teufel im Bund war, mit sich im gleichen Raum zu wissen und vielleicht sogar direkt neben sich stehen zu haben, war äußerst besorgniserregend.

Als im gleichen Moment auch noch ein furchtbares Krachen zu hören war, das die Kathedrale in ihren Grundfesten erbeben ließ, verstummten die Menschen auf einen Schlag und starrten zitternd vor Angst nach oben. Wo soeben noch Tageslicht durch die kostbaren Glasfenster gefallen war, herrschte jetzt tiefschwarze Finsternis. Ein eisiger Lufthauch fuhr durch die Kathedrale und löschte den größten Teil der Kerzen aus. Es war, als wäre der Jüngste Tag gekommen.

Die wenigen Flammen, die noch brannten, verwandelten die Kathedrale in ein unheimliches Gewölbe voller gespenstischer Schatten. Furcht ergriff die Leute, und einige von ihnen drängten schon in Richtung Ausgang, um die Kathedrale zu verlassen, als plötzlich ein gleißender Lichtstrahl durch das Dach der Kathedrale fuhr. Geblendet schlossen die Menschen die Augen, und als sie sie wieder öffneten, konnten sie kaum glauben, was sie sahen.

Inmitten des gleißenden Lichts stand Marie, die Tochter des Tuchhändlers, und bewegte sich nicht. Ihr Blick war nach oben gerichtet, und ein glückliches Lächeln spielte um ihren sanft geschwungenen Mund. Es war ein Wunder. Ehrfürchtig sanken die Menschen auf die Knie und begannen laut zu beten.

Radulfus hingegen zitterte vor Erregung am ganzen Körper. Am liebsten hätte er sich auf Marie gestürzt, um sie den Blicken aller zu entziehen. Sie gehörte ihm, ihm allein. Er wollte aufspringen und zu ihr eilen, doch es gelang ihm nicht, sich zu bewegen.

Und dann erlosch das Licht so plötzlich, wie es gekommen war. Der Himmel wurde wieder hell, und die hereinfallenden Sonnenstrahlen ließen die Glasfenster wieder in allen Farben glitzern und funkeln.

Jean Machaut sah wie gebannt auf seine Tochter, die in diesem Moment das genaue Ebenbild seiner Mutter war, deren sanfte und trotzdem eindringliche Stimme er noch immer im Ohr hatte.

»Es ist Gott, unser Herr, der die Menschen heilt, nicht ich. Ich bin nur Sein Werkzeug. Vor Ihm können wir nicht fliehen, und wenn es Sein Wille ist, wird Er uns beschützen.« All die Jahre über hatte er sein Herz vor der Wahrheit und der Gnade, die in ihren Worten gelegen hatte, verschlossen, doch jetzt standen sie klar und deutlich vor ihm. Nie gekannte Gefühle erfüllten ihn, und er sank, von unbeschreiblicher Freude überwältigt, auf die Knie. Alle seine Ängste fielen auf einmal von ihm ab und wichen einem tiefen Frieden und großer Dankbarkeit.

»Lasst das Mädchen frei, sie ist unschuldig«, rief jemand, und nach und nach fielen immer mehr Stimmen in die Forderung mit ein. Albertus musste mehrfach schlucken, weigerte sich aber zu glauben, dass Gott ihnen ein Zeichen gesandt hatte. Er suchte nach einer anderen Erklärung für das soeben Geschehene, fand jedoch keine. Stattdessen sah er um sich herum nur lauter bleiche Gesichter, und die Männer des Tribunals mieden seinen Blick. Ein unbehagliches Gefühl kroch in ihm hoch. Trotzig wandte er sich an Marie, die noch immer entrückt und glücklich lächelnd vor ihm stand. »Glaubt ja nicht, dass ich mich von Euren Zauberkünsten täuschen lasse wie dieses ungebildete Volk hier«, zischte er ihr zu. »Ihr habt Euch mit den Mächten der Hölle verbunden, doch das wird Euch nichts nützen, denn ich werde dafür sorgen, dass Ihr der Strafe Gottes nicht entgeht.«

Die Rufe nach Maries Freiheit wurden unterdessen immer lauter, und Albertus wusste, dass er etwas tun musste. Er durfte gar nicht daran denken, was geschehen würde, wenn der Mob erst einmal außer Kontrolle geriet. Mit einer herrischen Handbewegung versuchte er die Menge zum Schweigen zu bringen.

»Das Urteil ist gesprochen und wird vollstreckt, so wahr mir Gott helfe«, begann er hart, der Rest seiner Worte ging in wütenden Rufen unter, die auch dann nicht verstummten, als die Wachen drohend ihre Schwerter erhoben.

»Schafft die Gefangenen zurück in den Turm«, befahl Albertus den Wachen in einem letzten verzweifelten Versuch, die Lage doch noch unter Kontrolle zu bekommen.

Aber es war zu spät. Mehrere Leute drängten sich bereits an den Wachen vorbei und versuchten nach vorne zu gelangen, wo sie Marie befreien wollten, wodurch sie einen Tumult auslösten. Dieser verstärkte sich noch, als im selben Moment prächtig gekleidete Wachen mit dem Wappen des Königs auf ihren Waffenröcken erschienen und sich rücksichtslos ihren Weg durch die aufgewühlte Menge bahnten. »Platz da«, brüllte jemand. »Macht Platz für den König!«

Auf dieses Kommando hin flogen die Köpfe aller nach hinten. Jede Angst war vergessen, und niemand machte noch Anstalten, die Kathedrale zu verlassen. Das unerwartete Auftauchen des Königs durfte man sich in keinem Fall entgehen lassen.

Knisternde Spannung herrschte im Raum, als der König, begleitet von seinem Seneschall, den schmalen Gang entlangschritt, den seine Wachen für ihn freigekämpft hatten.

Vor dem Tribunal blieb König Ludwig stehen, und ein bewunderndes Raunen ging durch die Menge. Nur wenigen Menschen in der Kathedrale war es schon einmal vergönnt gewesen, den König mit ihren eigenen Augen zu sehen.

Über seinem Waffenrock trug er einen mit Hermelin besetzten scharlachroten Mantel, der seine schlanke Gestalt imposanter erscheinen ließ, als sie in Wirklichkeit war. Joinville hatte ihn dazu überredet, diesen für die Verhandlung anzulegen, um das nach Prunk gierende Volk nicht zu enttäuschen.

Seine feinen, charismatischen Gesichtszüge strahlten stillen Ernst und eine wahrhaft königliche Autorität aus. Aller Augen waren nun auf den König gerichtet, und man war darauf gespannt, den Grund seines unerwarteten Erscheinens zu erfahren.

Robert seufzte beim Anblick des Königs erleichtert auf. Mit jedem Tag, der seit ihrem Aufbruch von Forez vergangen war, ohne dass er etwas von König Ludwig gehört hatte, waren seine Hoffnungen auf Hilfe weiter geschwunden. Und in den letzten Tagen hatte er sich im Kerker immer wieder das Schlimmste ausgemalt: Der Bote, der König Ludwig seine Botschaft überbringen sollte, konnte unterwegs überfallen worden sein, oder der König hatte seine Nachricht vielleicht gar nicht erhalten, weil er sich außerhalb von Paris aufgehalten hatte. Genauso gut hätte der König durch wichtige Staatsgeschäfte, die keinen Aufschub erlaubten, daran gehindert sein können, Roberts dringendem Hilferuf Folge zu leisten. Und zu guter Letzt war nicht einmal sicher, ob der König sein Versprechen nicht schon längst vergessen hatte.

Doch König Ludwig nickte ihm unmerklich zu, bevor sein Blick dann zu Marie glitt, die ihm direkt in die Augen sah.

Wie viel Zeit war vergangen, seitdem er die Kathedrale besucht und diesem Mädchen in die dunklen Augen gesehen hatte? Er wusste es nicht mehr, aber es war auch nicht wichtig. Denn seitdem war kein Tag vergangen, an dem er nicht an dieses seltsame Mädchen gedacht hatte. Mit einem Blick aus ihren tiefgründigen Augen hatte sie ihm seine Schmerzen genommen und ihm neue Kraft und Hoffnung gegeben.

Auf einmal wurde ihm bewusst, wie sehr er sich die ganze Zeit danach gesehnt hatte, Marie wiederzusehen. Der Kreuzzug hatte tiefe Wunden in ihm hinterlassen und seine Zweifel, ob es tatsächlich Gottes Wille gewesen war, den er befolgt hatte, verstärkt. Jetzt aber fühlte er sich wie damals von den dunklen Augen der jungen Frau getröstet, und tiefe Dankbarkeit erfüllte ihn, als die schwere Last endlich von seiner Seele genommen wurde.

Robert schickte ein heimliches Stoßgebet gen Himmel. Der König hatte sein Versprechen, Marie zu helfen, gehalten und war seinem Ruf gefolgt. Atemlos wartete er darauf, was weiter geschehen würde.

»Was wirft man diesem Mädchen vor?«, fragte König Ludwig streng.

Entschlossen trat Albertus vor.

»Das Heilige Gericht der Inquisition hat sie für schuldig befunden, gemeinsam mit Robert de Forez den Mord an Bruder Gregor begangen zu haben«, erklärte er bereitwillig, obwohl er sich das plötzliche Auftauchen des Königs genauso wenig erklären konnte wie alle anderen.

Radulfus wurde nervös.

»Dieses Mädchen steht unter meinem Schutz, ich verbürge mich für sie«, erwiderte König Ludwig.

»Aber sie hat einen Pakt mit dem Teufel geschlossen und ist für schuldig befunden worden«, widersprach Albertus, der nicht bereit war, auf seinen Sieg über das Böse zu verzichten. »Wir haben Zeugen.«

Er konnte nicht verstehen, wie es sein konnte, dass sich der König von diesem Mädchen blenden ließ, wo er doch allgemein für seine tiefe Frömmigkeit bekannt war und jeder wusste, dass sich der Satan bevorzugt an unschuldige Jungfrauen heranmachte.

Doch König Ludwig blieb von seinen Worten völlig unbeeindruckt, wie Albertus ärgerlich zur Kenntnis nahm.

»Was haben Eure Zeugen denn bezeugt? Haben sie etwa gesehen, wie dieses Mädchen den Mönch ermordet hat?«

»Das nicht, aber sie haben gesehen, wie Robert de Forez nach dem Mord an dem Bruder fluchtartig die Kapelle verlassen hat.«

Er wies auf die drei Händlerfrauen. »Diese frommen Frauen haben außerdem bezeugt, dass Marie Machaut von Dämonen besessen ist.«

»Ist das wahr?«, wollte König Ludwig wissen. Die Frauen blickten jedoch, von seinem strengen Ton eingeschüchtert, auf den Boden und schwiegen beharrlich.

»Ich habe Euch etwas gefragt«, wiederholte der König.

»Wir haben gesehen, wie die Dämonen ihren Körper

geschüttelt haben«, antwortete die dicke Frau des Salzhändlers schließlich zögernd.

»Und wie haben die Dämonen ausgesehen?«

»Sie haben sich in ihrem Körper versteckt, wir konnten sie nicht sehen.«

»Wenn ihr sie nicht sehen konntet, woher wusstet ihr dann, dass es Dämonen waren?«

Die Frauen schwiegen kleinlaut.

König Ludwig trat drohend auf sie zu. »Habt ihr je daran gedacht, dass sie vielleicht nur krank gewesen sein könnte?«

Die Frauen schüttelten verängstigt die Köpfe.

»Ihr habt also aufgrund einer Vermutung gegen dieses Mädchen ausgesagt und sie mit euren bösen Zungen verleumdet, ohne einen Beweis für euren Verdacht zu haben?«

Die Frauen begannen vor Angst zu schlottern.

König Ludwig wandte sich an Albertus, der offensichtlich die Verhandlung führte.

»Ich verlange, dass diese Frauen wegen Verleumdung und falscher Anklage verurteilt und an den Schandpfahl gestellt werden.«

Ein überraschtes Raunen ging durch die Menge, dann wurde es von einem Moment zum anderen wieder still.

»Kommen wir zu den anderen beiden Zeugen. Sie haben gesehen, dass Robert de Forez in aller Eile die Kapelle verlassen hat, in der er Bruder Gregor ermordet aufgefunden hat. Robert de Forez war unbewaffnet und hätte sich gegen einen bewaffneten Mörder, der nicht weit weg sein konnte, nur schwer verteidigen können. Ich kann an seinem Verhalten nichts erkennen, was gegen das Gesetz verstoßen hätte.«

Die Leute waren verwirrt. Aus dem Mund des Königs klang alles ganz anders, als der Dominikanermönch es dargestellt hatte. Wie sollte man denn da noch wissen, was man glauben konnte und was nicht?

Zuletzt wandte sich König Ludwig zornig an Radulfus. Schon vor vielen Jahren hatte er die Grundsätze der Rechtsprechung in dementsprechenden Ordonanzen festgelegt und sie durch seine Ermittlungsbeamten zur Anwendung bringen lassen, um nach dem Vorbild Gottes, des himmlischen Richters, mit Barmherzigkeit die Strenge des Gesetzes zu mildern und vor allem Gerechtigkeit auszuüben. Gerechtigkeit, die keinen Unterschied machte zwischen Adel, Klerus und gemeinem Volk.

»Wie konntet Ihr zulassen, dass dieses Mädchen angeklagt wird, wo Ihr doch wusstet, dass sie unter meinem Schutz steht? Ihr habt es nicht einmal für nötig gehalten, mich zu informieren«, klagte er ihn öffentlich an.

Unwillkürlich richteten sich die Augen aller auf den Bischof, der unbehaglich auf seinem Stuhl hin- und herrutschte.

»Das Heilige Gericht der Inquisition ist zusammengekommen, um über ihre Schuld oder Unschuld zu entscheiden. Die Aufklärung des Mordes an Bruder Gregor ist allein Sache der Kirche«, stieß er schließlich trotzig hervor. Sein Puls raste, und feine Schweißperlen traten auf seine Stirn.

Aus den Augenwinkeln heraus bemerkte Robert, wie erneut Bewegung in der Menge entstand, und als er sich umwandte, entdeckte er Bernard, der sich entschlossen nach vorne drängte, gefolgt von zwei Wachen, die einen Mann in einem dunklen Umhang zwischen sich führten. Das Gesicht des Mannes war im Schatten der Kapuze nicht zu erkennen, lediglich einige strohblonde Strähnen waren deutlich zu sehen.

Atemlose Spannung machte sich in der Kathedrale breit, als Bernard mit blitzenden Augen vor das Tribunal trat.

»Ich habe einen Zeugen, der beweisen wird, dass Robert de Forez und Marie Machaut unschuldig sind«, sagte Bernard mit fester Stimme und wies anklagend auf Radulfus. »Der Bischof von Bourges ist der wahre Mörder. Er hat Bruder Gregor in der Kapelle ermorden lassen, weil dieser zu viel über ihn und seine schändigen Machenschaften wusste.«

Radulfus stockte der Atem. Er zweifelte keinen Moment daran, dass es sich bei dem Mann im dunklen Umhang um Otto handelte. Diese schleimige Ratte war gekommen, um ihn zu verraten.

Das bedeutete das Ende. Das Spiel war aus, und Radulfus verlor endgültig die Nerven. Blitzschnell sprang er auf und rannte mit wehender Kutte am Richtertisch vorbei und auf die Sakristei zu. Rücksichtslos stieß er dabei jeden zur Seite, der ihm im Weg stand.

Erst als er die Tür zum Nordturm erreicht hatte, hielt er einen Moment lang inne. Jetzt konnte ihn niemand mehr aufhalten. Er sah den Scheiterhaufen vor sich und hörte das grässliche Knistern der gefräßigen Flammen, die nach ihm griffen. Schneller und schneller stürmte er die Treppen hinauf und auf die Plattform hinaus. Doch dann hörte er die Wachen hinter sich. Sie durften ihn nicht lebend bekommen. Und so schwang er sich mit einem Satz über die Mauer und stieß sich von ihr ab.

47

Sein schriller, markerschütternder Schrei lenkte die Blicke der Menschen auf dem Vorplatz der Kathedrale nach oben. Wie ein riesiger schwarzer Rabe stürzte der Bischof auf die Menschen zu, die erschrocken schnell zur Seite sprangen, um sich vor seinem fallenden Körper in Sicherheit zu bringen.

Als die königlichen Wachen die Plattform erreichten, fanden sie sie leer, und so eilten sie, so schnell sie konnten, wieder die schmalen Stufen hinunter, um dem König Bericht zu erstatten.

»Der Bischof hat sich vom Turm gestürzt.« Die ungeheuerliche Nachricht verbreitete sich in rasender Eile, und Bernard warf Robert einen triumphierenden Blick zu. Sein Plan hatte funktioniert.

Albertus verstand gar nichts mehr. Wer war dieser junge Mann, und was hatte der fluchtartige Aufbruch Radulfus' zu bedeuten?

»Es war Otto, der Bruder Gregor im Auftrag des Bischofs ermordet hat«, erklärte Bernard. »Radulfus muss irgendwie von Maries Heilkräften erfahren haben und wollte sie für seine eigenen Zwecke nutzen. Dazu musste er sie jedoch zunächst einmal in seiner Gewalt haben und sie seinen Wünschen gefügig machen. Deshalb ließ er sie entführen und in ein Verlies im Bischofspalast bringen. Doch Bruder Gregor war ihm, ebenso wie mein Freund Robert de Forez, auf die Schliche gekommen. Darum ließ der Bischof Bruder

Gregor töten und meinen Freund, der ihm entkommen war, verfolgen.«

Er trat zu dem Mann im dunklen Umhang und streifte ihm die Kapuze vom Kopf. Robert sah einen Mann, den er noch nie zuvor gesehen hatte.

»Otto ist tot, was Radulfus nur ahnen, jedoch nicht mit hundertprozentiger Sicherheit wissen konnte. Ich habe zu einer List gegriffen, um ihn zu überführen«, fügte er stolz hinzu und drückte dem Mann ein Silberstück in die Hand. »Ich danke dir für deine Hilfe, du kannst jetzt gehen«, sagte er.

Albertus gab sich zähneknirschend geschlagen. Auf seinen Wink hin wurden Roberts Fesseln gelöst. Glücklich trat er neben Marie und drückte zärtlich ihre Hand. Auf ein Zeichen des Königs setzten sich die königlichen Wachen in Bewegung und machten Ludwig, gefolgt von Robert und Marie, energisch den Weg zu einem der Ausgänge frei. Vor der Kathedrale angelangt, wurden sie sofort wieder von Neugierigen umringt.

König Ludwig sah lächelnd auf Marie hinunter. Er wirkte gelöst, beinahe fröhlich, was sein Begleiter Joinville verwundert zur Kenntnis nahm. Seit dem Kreuzzug hatte er ihn kein einziges Mal mehr so voller Schwung und Heiterkeit gesehen.

»Gott hat unsere Wege ein zweites Mal zusammengeführt.« Er nahm ihre Hand und steckte ihr den kostbaren Rubinring, den ihm Roberts Bote überbracht hatte, vorsichtig an den Finger.

»Er gehört Euch, und wenn Ihr jemals meine Hilfe braucht, zögert nicht, ihn mir ein weiteres Mal zukommen zu lassen.«

»Ich danke Euch, Sire.« Marie verneigte sich tief und sah

ihm nach, als er sich nach diesen Worten umwandte und mit weit ausholenden Schritten auf die wartenden Pferde zuging.

Am Goldenen Tor angelangt, wandte sich König Ludwig noch einmal um und winkte ihr ein letztes Mal zu.

Robert legte seinen Arm um Marie und zog sie näher zu sich heran. »Wir haben es geschafft. Mit des Königs und unserer Freunde Hilfe hat sich doch noch alles zum Guten gewendet«, sagte er glücklich. »Nun lasst uns nach Hause reiten und mit Gottes Hilfe unser gemeinsames Leben beginnen.« Und so brachen sie nur wenig später auf und ritten gemeinsam mit Bernard und Elsa aus der Heiligen Stadt und aus Bourges heraus, erfüllt von der Hoffnung auf eine Zukunft in Freiheit und Frieden.

EPILOG

Nachdem sie auf die Burg Forez zurückgekehrt waren und glanzvoll Hochzeit gefeiert hatten, war es Robert und Marie endlich vergönnt, ein Leben zu führen, wie sie es sich schon immer erträumt hatten.

Und so war es ein düsterer, Unheil verkündender Tag, an dem Marie Robert eine Tochter gebar und die Gräfin Mathilda ihre Augen für immer schloss. Zur Erinnerung an sie gab Robert seiner Tochter den Namen seiner Mutter, Mathilda.

Die Weissagung der Alten im Sumpf erfüllte sich auf unheimliche Weise. Maries merkwürdige Krämpfe und mit ihnen ihre Heilkräfte verschwanden von einem Tag zum anderen. Es war, als wäre sie nie krank gewesen. Doch ihre warme Anteilnahme am Schicksal ihrer Mitmenschen blieb. Wann immer es ihr möglich war, spendete sie Trost und Hoffnung und wurde von allen, die sie kannten, gleichermaßen verehrt.

Zu ihrem siebten Geburtstag bekam Mathilda von ihrem Vater ein kleines geschecktes Pony geschenkt, das sie über alles liebte. Sie gab ihm den Namen Molly und war von nun an mehr in den Stallungen zu finden als in den Wohngebäuden der Burg. Während einer übermütigen Jagd über die Felder stolperte das Pony über einen Grenzstein und zog sich eine so schwere Verletzung am Bein zu, dass keine Hoffnung mehr auf Heilung bestand.

Weinend ließ sich die kleine Mathilda neben dem verletzten Tier auf dem Boden nieder und weigerte sich, es zu verlassen.

Und dann geschah es, dass sich ihr süßes Gesicht von einem Moment auf den anderen zu einer schrecklichen Fratze verzerrte und ihr Körper wie von unsichtbaren Händen geschüttelt wurde. Heller Schaum rann ihr aus den Mundwinkeln und tropfte auf den feuchten Ackerboden.

Die Angst um sein kleines Mädchen brachte Robert beinahe um den Verstand. Während das Pony wieder auf die Beine kam, als wäre nichts geschehen, trug Robert Mathilda auf seinen Armen zurück in die Burg. Verzweifelt flehten Robert und Marie Gott an, Mathilda nicht sterben zu lassen. In dieser Situation erinnerte sich Elsa der Kräuter, die sie einst von der Sumpfmalfica erhalten hatte. Sie befanden sich noch immer in dem kleinen Beutel, den sie über all die Jahre hinweg wie einen Schatz gehütet hatte. Mit zitternden Händen gab sie etwas von den getrockneten Kräutern in den heißen Wein und half Marie dabei, dem Mädchen die Medizin tropfenweise einzuflößen.

Mathilda wurde wieder gesund, doch sie hatte sich verändert. Aus dem übermütigen Kind war ein nachdenkliches, stilles Mädchen geworden. Dunkle, glänzende Augen beherrschten ihr schmales Gesicht mit der außergewöhnlich weißen Haut und schienen jedem Betrachter bis auf den Grund seiner Seele zu blicken.

DANKSAGUNG

Mein besonderer Dank gilt dem Office de Tourisme in Bourges und ganz besonders Madame Sonja Policard, der Präsidentin der Französisch-Deutschen-Gesellschaft in Bourges, die Tage lang mit mir durch Bourges gelaufen ist und deren liebevolle, historische Stadtführung eine große Hilfe für meine Arbeit war.

Danken möchte ich auf diesem Wege auch dem Bauhistoriker Jean-Yves Ribault, der sich spontan bereit erklärt hat, mich durch die Kathedrale Saint-Etienne zu führen, und dessen umfangreiches Wissen und fachliche Kompetenz mich stark beeindruckt haben.

Vor allem aber möchte ich Frau Doktor Heike Fischer danken, die unzählige Stunden damit verbracht hat, mein Manuskript in die richtige Form zu bringen und ihm den letzten Schliff zu verpassen. Ihre wohlüberlegten Hinweise und Ratschläge haben mir bei meiner Arbeit sehr geholfen.

Ebenfalls bedanken möchte ich mich bei meinem Freund Andreas Krüger, der einen großen Teil seiner Freizeit dem mittelalterlichen Lederhandwerk widmet und mir sein Wissen darüber zur Verfügung gestellt hat.

Danken möchte ich auch meiner lieben Freundin Petra Indenhuck, die mir durch ihre konstruktive Kritik wertvolle Anregungen gegeben hat.